Os anos felizes

Ricardo Piglia

Os anos felizes

Os diários de
Emilio Renzi

tradução
Sérgio Molina

todavia

No bar **7**

1. Diário 1968 **17**
2. Diário 1969 **108**
3. Diário 1970 **183**
4. Diário 1971 **247**
5. Diário 1972 **301**
6. Diário 1973 **351**
7. Diário 1974 **366**
8. Diário 1975 **405**

Índice onomástico **443**

No bar

A vida não se divide em capítulos, disse Emilio Renzi ao barman do El Cervatillo naquela tarde, com os cotovelos apoiados no balcão, em pé diante do espelho e das garrafas de uísque, vodca e tequila que se alinhavam nas prateleiras do bar. Sempre me intrigou o modo irreal mas matemático em que ordenamos os dias, disse. O próprio calendário já é uma prisão insensata sobre a experiência porque impõe uma ordem cronológica a uma duração que flui sem critério algum. O calendário aprisiona os dias, e é provável que essa mania classificatória tenha influenciado a moral dos homens, disse Renzi sorrindo para o barman. Falo por mim, disse, que escrevo um diário, e os diários só obedecem à progressão dos dias, meses e anos. Não há outra coisa que possa definir um diário, não é o material autobiográfico, não é a confissão íntima, nem sequer é o registro da vida de quem o escreve que o define; simplesmente, disse Renzi, é a ordenação do escrito pelos dias da semana e os meses do ano. Só isso, disse satisfeito. Você pode escrever qualquer coisa, por exemplo, uma progressão matemática, uma lista da lavanderia ou o relato minucioso de uma conversa num bar com o uruguaio que atende o balcão ou, como no meu caso, uma mistura inesperada de detalhes ou encontros com amigos ou testemunhos de acontecimentos vividos, tudo isso pode ser escrito, mas será um diário apenas e exclusivamente se você anotar o dia, o mês, o ano, ou uma dessas três formas de nos orientarmos na corrente do tempo. Se eu escrever, por exemplo, *Quarta-feira 27 de janeiro de 2015* e abaixo dessa legenda escrever um sonho ou uma lembrança, ou imaginar algo que não aconteceu, mas antes de começar a escrever a entrada puser, por exemplo, *Quarta-feira 27* ou, mais breve, assinalar *Quarta-feira*, isso já será um diário, não um romance, não um ensaio, mas pode incluir romances e ensaios desde que você tome o cuidado de antes pôr a data, para se orientar e criar uma serialidade datada, mas depois, olho nisso, disse — e tocou com o dedo indicador da mão esquerda a pálpebra inferior do olho direito —, se você publicar essas anotações conforme o calendário, com seu nome, quer dizer, se garantir que o sujeito que está falando, o sujeito do qual se está falando e o que assina são a mesma pessoa, ou, melhor dizendo, todos têm o mesmo nome, então será um diário pessoal. O nome próprio garante a continuidade e a propriedade do escrito. Embora, como se sabe, desde que Sigmund Freud publicou *A interpretação dos sonhos* (grande texto autobiográfico, diga-se de passagem), no fim do século XIX, cada um nunca é um, nunca é o mesmo, e como a esta altura não acredito que exista uma unidade concêntrica chamada "o eu", ou que os muitos modos de ser de um sujeito possam ser sintetizados numa forma pronominal chamada Eu, não compartilho da superstição atual sobre a proliferação de escritas pessoais. Por isso, falar em escritas do Eu é uma ingenuidade, pois não existe o eu a que essa escrita — ou qualquer outra — possa se referir, dizia rindo. O Eu é uma figura oca, o sentido deve ser buscado em outro lugar; num diário, por exemplo, o sentido é a ordenação conforme os dias da semana e o calendário. Por isso, ainda que no meu diário eu vá manter a ordem temporal matemática, também me preocupa outro tipo de cronologia e outro tipo de escala e periodização, e é nisso que estou pensando, mas, claro, desde que o diário seja publicado com o nome verdadeiro do autor e em suas entradas a pessoa que as escreve seja a mesma que as viveu e tenha o mesmo nome, concluiu Renzi. Ao reler estes cadernos eu me divirto e a musa mexicana vai às gargalhadas com as divertidas aventuras de um aspirante a santo, ela me diz. Concordo, é isso mesmo, eu lhe digo, um livro cômico, claro, sempre quis escrever uma comédia, e no fim foram esses anos da minha vida que conseguiram o toque de humor que eu andava procurando, disse Renzi. Por isso, talvez, vou chamá-los "meus anos felizes", porque enquanto os lia e transcrevia me diverti vendo como a gente é ridículo; sem querer fiz da minha experiência uma sátira da vida em geral e também em particular. Basta você se olhar de longe para que a ironia e o humor transformem suas teimas e deslizes em piada. A vida contada pela mesma pessoa que a vive já é uma piada, ou melhor, disse Renzi ao barman, uma brincadeira mefistofélica.

Eu tenho, por causa da minha deformação como historiador, uma sensibilidade especial para as datas e a progressão ordenada do tempo. A grande incógnita, a pergunta que me acompanha nestas semanas que tenho dedicado a transcrever meus cadernos, a ditar meus diários e passá-los, como se diz, a limpo, é em que momento a vida pessoal se cruzou com a política, ou foi interceptada por ela, por exemplo, nesses sete anos a que me dedico agora, sem cessar, exclusivamente interessado em saber como vivi, entre 1968 e 1975, minha pobre vida de jovem aspirante a, digamos assim, escritor, a ser um escritor, coisa que eu não era em sentido pleno — porque cada um é alguma coisa, chega a ser alguma coisa mais ou menos definida depois de morto —, eu já havia publicado um livro de contos, *A invasão*, bastante decente, posso dizer agora, sobretudo se comparado com os livros de contos publicados naquele tempo, portanto era só um jovem aspirante a escritor, e agora, ao ler os diários desses sete anos, a pergunta que me surgiu, quase como uma ideia fixa que não me deixa pensar em outra coisa, é o que é pessoal e o que é histórico na vida de um indivíduo qualquer, dizia Renzi naquela tarde ao barman uruguaio do El Cervatillo, enquanto tomava uma taça de vinho no balcão do bar.

Um fato-chave foi uma razia do Exército na tarde de 1972 em que, procurando um jovem casal não identificado, vasculharam o prédio de apartamentos da rua Sarmiento onde eu morava com a Julia, minha mulher na época. Nós também éramos um jovem casal, e o Exército, ou aquela patrulha, que fazia uma "operação pente-fino" — como se dizia no jargão — na área, certamente estava tentando confirmar um dado, uma informação obtida com os métodos de interrogatório típicos das forças de segurança, que são a força aplicada a intimidar e matar cidadãos indefesos. Sabe-se lá quem eram os integrantes daquele jovem casal, o que eles faziam, ao que se dedicavam, decerto eram estudantes de esquerda, garotos de classe média, pois moravam e eram procurados num prédio na esquina das ruas Sarmiento e Montevideo, em pleno centro de Buenos Aires. Não éramos nós, mas morávamos lá.

Tomei conhecimento da operação porque, quando ia chegando em casa, avistei os caminhões do Exército e vi dois soldados que saíam do prédio, então desandei meus passos, como se diz, e liguei para a Julia no escritório da revista *Los Libros*, onde ela trabalhava à tarde, e a avisei e resolvemos passar aquela noite num hotel. No City Hotel. Tínhamos, disse Renzi ao barman, certo traquejo para mudar de endereço quando a tempestade se anunciava, sabíamos que uma tática das forças repressivas do Exército de ocupação, eu diria agora, era agir rápido, de surpresa, e em seguida se retirar para cercar outro bairro. Se bem que o que estava acontecendo naquele tempo não tem nem comparação com os métodos brutais, criminosos e demoníacos que o Exército argentino, ou melhor, as Forças Armadas usaram poucos anos depois, sob o comando operacional da Junta Militar, como diriam a partir de março de 1976. Essa época era muito mais leve, mas de qualquer forma a Julia e eu sumimos, por assim dizer, durante alguns dias. O Exército patrulhava meio ao acaso — ou baseado em dados não muito precisos — uma área da cidade, para depois cercá-la e revistar casa por casa e ver se pescava algum peixinho perigoso. E assim passamos dois dias naquele hotel perto da praça de Mayo e depois, quando achamos que a tempestade tinha passado, voltamos para casa. Renzi se virou para a porta de entrada e, absorto, comentou com voz cansada "esse calor vai nos matar" e em seguida, como se despertasse, retomou a conversa sem mudar de posição, quer dizer, de perfil para o barman, olhando para a rua Riobamba.

Então, ao chegar, o zelador me disse que tinham voltado, gente do Exército, para perguntar pelo casal de jovens que morava no quarto ou no quinto andar do prédio, e, como morávamos no quarto, juntamos algumas coisas — meus cadernos, meus papéis, a máquina de escrever — e fomos embora para não voltar. Aí eu vejo uma interseção entre a história e a vida pessoal, porque essa retirada produziu em mim diversos efeitos tão decisivos quanto a mudança para Mar del Plata quando meu pai foi afetado pela política e, a contragosto, tivemos que abandonar Adrogué, o lugar onde eu nasci.

Os zeladores dos prédios de Buenos Aires se dividiam em duas categorias, 30% ou 35% eram policiais aposentados, e outros 30% ou 35%, ativistas disfarçados do Partido Comunista. Os comunistas tinham feito um grande trabalho plantando antigos militantes nos edifícios da cidade como encarregados de manutenção. Os comunistas argentinos usaram essa técnica prevendo uma insurreição em Buenos Aires parecida com a que levara os bolcheviques ao poder; controlar os prédios da cidade era uma excelente tática revolucionária, mas, como os comunistas não tinham nenhuma intenção de armar confusão, os zeladores se transformaram em informantes do partido e também foram usados para proteger os simpatizantes de esquerda perseguidos pela polícia. E quem me coube foi um desses, um correntino simpático que, quando me viu aparecer, me avisou do que estava acontecendo e me ajudou a levantar voo.

Nunca vou saber se o Exército estava mesmo no meu encalço, mas tive que agir de acordo, como se de fato eu, um pacato e atormentado aspirante a escritor, fosse um revolucionário perigoso. Esse mal-entendido, esse cruzamento, mudou minha vida, dizia Renzi naquela tarde, ao que parece, ao barman do El Cervatillo. Tudo mudou, o caos voltou à minha vida. É por isso, para pôr um pouco de ordem nas paixões e pulsões da existência e transformar a desordem numa linha clara, que preciso periodizar minha vida, e é por isso que encontro nesse jovem casal que o Exército estava tentando capturar, no acaso, um sentido.

A experiência pessoal, escrita num diário, às vezes é interposta pela história, ou pela política, ou pela economia, quer dizer, o privado muda e é muitas vezes ordenado por fatores externos. Portanto, uma série poderia ser organizada a partir do cruzamento da vida própria e das forças alheias, digamos externas, que sob os modos da política costumam intervir periodicamente na vida privada das pessoas na Argentina. Basta uma troca de ministro, uma queda no preço da soja, uma informação falsa trabalhada como verdadeira pelos serviços de informação ou de inteligência do Estado, e centenas e centenas de indivíduos pacatos e distraídos se veem obrigados a mudar drasticamente de vida e deixar de ser, por exemplo, elegantes engenheiros eletromecânicos, numa fábrica obrigada a fechar por uma decisão que o ministro da Economia tomou numa manhã de mau humor, para virarem taxistas rancorosos e ressentidos que só falam com seus pobres passageiros desse acontecimento macroeconômico que lhes transtornou a vida de um modo que poderíamos associar à forma como os heróis da tragédia grega eram manipulados pelo destino. Outro exemplo poderia ser o meu, disse Renzi ao barman do El Cervatillo, quer dizer, um jovem escritor que deve abandonar imediatamente a própria casa e fugir por causa da decisão incompreensível de um coronel do Exército que olha um mapa da cidade de Buenos Aires e, com base numa informação vaga dos serviços de inteligência do Exército, diz, depois de uma leve vacilação, marca com um pino um bairro da cidade, ou melhor, uma esquina que deve ser vasculhada em busca do casal suspeito. Um *factum* abstrato, impessoal, atua como a mão da fatalidade e apanha entre os dedos indicador e polegar um casal de jovens, suspende os dois no ar e literalmente os joga na rua.

Portanto, para escapar da armadilha cronológica do tempo astronômico e permanecer no meu tempo pessoal, analiso meus diários seguindo séries descontínuas e sobre essa base organizo, por assim dizer, os capítulos da minha vida. Uma série, então, é a dos acontecimentos políticos que atuam diretamente na esfera íntima do meu existir. Podemos chamar essa série, ou cadeia, ou encadeamento dos fatos, de série A. Naquela tarde, quando saímos clandestinamente, tentando não ser vistos, como dois ladrões roubando a própria casa, carregados de malas e sacolas que enfiamos num táxi, enquanto um furgão dirigido pelo zelador interiorano transportava alguns móveis, muitos livros, luminárias, quadros, uma geladeira, uma cama e uma poltrona de couro até um guarda-móveis na rua Alsina, começava para mim uma vida nova, muito caótica, sem endereço fixo, muito promíscua, porque o primeiro efeito daquela intervenção do destino político e da razia militar foi minha separação da Julia, uma mulher com quem eu tinha vivido, àquela altura, cinco anos. Aí temos uma nova cronologia, uma escansão temporal, um acontecimento que mudou minha vida, eu me separei de uma mulher não por motivos sentimentais, mas pelo efeito catastrófico causado pela intervenção militar no meu pequeno círculo pessoal. A pata de um elefante havia esmagado as flores, os pensamentos que eu cultivava no meu jardim, falando em sentido figurado, disse Renzi ao barman.

Muitas vezes havia pensado em seus cadernos como uma intrincada rede de pequenas decisões que formavam diversas sequências, séries temáticas que podiam ser lidas como um mapa para além da estrutura temporal e datada que à primeira vista ordenava sua vida. Por baixo havia uma série de repetições circulares, fatos iguais que podiam ser rastreados e classificados para além da densa progressão cronológica dos seus diários. Por exemplo, a série dos amigos, dos encontros com os amigos no bar, do que eles conversavam, sobre o que construíam suas esperanças, como os temas e as preocupações mudavam ao longo de todos esses anos. Digamos a série B, uma sequência que não responde à causalidade cronológica e linear. Ou sua relação com as garotas, que podia formar parte da série B, já que muitas delas tinham sido suas amigas, duas ou três, as melhores amigas, as mais íntimas. Ou essa devia ser uma série autônoma, digamos a série C? Mas os amores, as aventuras, os encontros com as moças queridas eram a série B ou a série C? Em todo caso, essa organização serial definiria uma temporalidade pessoal e possibilitaria uma escansão ou uma série de escansões e periodizações muito mais íntimas e verdadeiras que a mera ordem de um calendário. Porque ele não recordava sua vida conforme o esquema dos dias e dos meses e dos anos, recordava blocos da memória, uma paisagem de chapadas e vales que percorria mentalmente cada vez que pensava no passado.

Passara várias semanas trabalhando em seus cadernos, sem sair para a rua, perdido no rio das lembranças escritas, com a intenção de ordenar tematicamente os capítulos da sua vida — os amigos, os amores, os livros, os encontros clandestinos, as festas. Passou meses copiando e colando fragmentos do seu diário em diferentes documentos, cada um deles percorrendo e reconstruindo obsessivamente e registrando um mesmo fato, por exemplo, os jantares de família ao longo dos anos, acompanhando o modo como se repetiam e mudavam sem deixar de ser o que eram, também podia se tratar dos encontros com uma mesma pessoa. Quantas vezes David Viñas aparecia no seu diário? Do que falavam? O que diziam um ao outro? Por que brigavam? Ele disse D. V., mas podia ter dito Gandini, ou Jacoby, ou Junior. O que fazia com eles? O que anotava depois dos nossos encontros? Trabalhei nessa linha durante meses, decidido a publicar meus diários ordenados em séries temáticas, mas — sempre há um "mas" quando se pensa — assim se perderia a sensação de caos e confusão que um diário registra, como nenhum outro meio escrito, porque ao ser ordenado apenas cronologicamente, por data, mostra que uma vida, qualquer vida, é uma desordenada sucessão de pequenos acontecimentos que, enquanto são vividos, parecem estar em primeiro plano, mas depois, ao lê-los anos mais tarde, adquirem sua verdadeira dimensão de ações mínimas, quase invisíveis, cujo sentido justamente depende da variedade e da desordem da experiência. Por isso agora decidi publicar meus cadernos assim como estão, fazendo de vez em quando pequenos resumos narrativos que funcionam, se não me engano, como moldura ou enquadramento da múltipla sucessão dos dias da minha vida.

Para mim não se tratava, claro, de usar a estúpida sequência decimal que agora está na moda no mundo inteiro, na imprensa marrom e nas pesquisas, teses, congressos e debates do mundo acadêmico; agora descobriram que cada década pressupõe uma alteração essencial no modo de ser das coisas (em primeiro lugar), das pessoas, da cultura, da arte, da política e da vida em geral. Fala-se da década de 60 ou de 80 como se fossem mundos separados entre si por centenas de anos-luz. Os idiotas, como já nada se move no mundo e nada muda na realidade, inventaram que a cada década nos transformamos em outros, muda a música que escutamos, a roupa que usamos, a sexualidade, o peronismo, a educação etc. A cultura dos 80, a política dos 90, a estupidez dos 70, e é assim que se ordena e periodiza neste tempo ridículo: todos acreditam que essa expressão é verdadeira e se lamentam por serem dos 80 e serem vistos *agora*, digamos, por exemplo, nos 90, como indivíduos românticos e meio yuppies, quando nos 90 as pessoas são cínicas, conservadoras e céticas. Antes pelo menos, quando eu era jovem, se periodizava por séculos, o XVIII era o Século das Luzes, o século XIX era o do progresso, do positivismo, do culto à máquina. Agora as mudanças na civilização e no espírito absoluto se dão a cada dez anos, ganhamos um desconto no supermercado da história. Nunca vi nada mais ridículo; por exemplo, acusa-se uma pessoa de ser dos anos 70, quer dizer, de acreditar no socialismo, na revolução. Alguns jornalistas estrelas, que são o ponto mais baixo a que chegaram a inteligência humana e a cultura atual em decadência irremediável, inventaram os termos "oitentoso" ou, pior ainda e mais feio, "sessentoso", e até "setentoso", como se fossem categorias do pensamento, como quem diz "Renascimento italiano" ou "protestantismo anglo-saxão". Os imbecis também raciocinam, embora não pareça, com categorias, e assim disfarçam sua absoluta falta de massa cinzenta e falam como se fossem intelectuais e pensadores.

É insensato acreditar que a vida se divide em capítulos, ou em décadas, ou em segmentos definidos, tudo é mais confuso, há cortes, interrupções, passagens, fatos decisivos que eu chamaria de *contratempos*, porque produzem marchas e contramarchas na temporalidade pessoal. E fez uma pausa para beber da sua taça de vinho branco. Contratempo, essa é a palavra que eu usaria para definir os momentos de corte no meu viver, disse Renzi ao barman, num tom áspero mas educado e sincero. E retomou depois de alguns instantes. Quando fui jogado na rua pelo Exército argentino, minha vida obviamente mudou, mas eu não percebia então, acrescentou olhando agora com desconfiança para seu rosto refletido no espelho que cobria a parede do bar, na frente, ou melhor, atrás das garrafas de uísque, de tequila, de vodca e de licor Caña Legui, alinhadas e semivazias ou meio cheias que estavam diante dele. Não, não percebia, e foi só ao escrever os fatos — e principalmente ao ler anos mais tarde o que havia escrito — que eu vislumbrei a forma da minha experiência, porque ao escrever e ler já alinhamos o acontecido numa configuração ordenada, pois, gostemos ou não, já estamos submetendo os acontecimentos à estrutura gramatical, que, por si só, tende à clareza e à organização em blocos sintáticos.

Eu me dei conta, então, de que havia perdido algo essencial ao ficar, por assim dizer, nu na cidade, carregando de um lado para o outro, de táxi ou metrô, meus papéis, meus cadernos e minha máquina de escrever portátil no estojo azul-claro. Mantive a ordem cronológica nos diários que vou publicar, mas quero deixar registrada minha convicção de que naquela expulsão, ou melhor, naquela intrusão da realidade política e militar na minha vida, ocorreu uma mudança que só hoje, ao reler meus cadernos daqueles dias, posso compreender, disse Renzi ao barman do El Cervatillo naquela tarde, e também lhe confessou outras situações que levavam, todas elas, a pensar qual a ordem, qual a forma que daria a seu diário ao publicá-lo, se optasse por editá-lo vencendo seus reparos e sua vergonha de expor aos desconhecidos os segredos íntimos de uma etapa da sua vida feliz, mas também canalha, porque, disse ao barman, a felicidade às vezes pode adquirir uma tonalidade criminosa e desprezível.

O que mudou, depois que tivemos de abandonar a casa onde morávamos, foi minha vida sentimental, entrei numa voragem sem centro, promíscua, numa circulação erótica que sempre foi um ponto de fuga ou uma compensação nas épocas ou nos dias de seca, quando não conseguia escrever, e então os corpos amados ou os corpos desconhecidos aliviavam o vazio e davam um sentido à vida. Um sentido ou uma forma de ser que não durava nada, ou durava apenas algumas horas, e já naquele tempo comecei a procurar formas de fazer o desejo persistir, com rituais e jogos perigosos que adentravam a madrugada, como marés oceânicas que me ajudavam a seguir em frente.

Quando nos entregamos à certeza dos corpos, esquecemos a realidade. Naqueles dias, ao deixar para trás as seguranças com que vivera para sair à intempérie, me hospedei com a Julia em hotéis ou em casas de amigos, obrigados a manter uma sociabilidade constante, dividindo espaços, conversas, porque éramos intrusos ou hóspedes e tínhamos que seguir o ritual das convenções sociais, até que uma tarde a Julia veio me propor que nos instalássemos num apartamento desocupado que uma amiga da faculdade tinha lhe oferecido. Era um abrigo num edifício imponente na rua Uriburu, perto da avenida Santa Fe, e nessa mudança, como voltei a recordar agora ao reler meus cadernos escritos naqueles dias, como intercâmbio ou troca, iniciei uma relação intensa e clandestina com a Tristana, grande amiga da Julia, bela e misteriosa e um pouco alcoólatra, que eu já observava de longe com interesse, porque a mulher tinha uma intensidade inesquecível. Uma tarde, sem pensar, e quase sem nos darmos conta, acabamos na cama, a Tristana e eu, e iniciamos uma série confusa de encontros clandestinos e de conversas que para mim atingiam uma dimensão desconhecida, até que a Julia descobriu no meu diário — ao lê-lo, como se verá — minha versão do que estava vivendo.

Aí, nessa série, viver, escrever, ser lido — um fato escrito num caderno pessoal é depois lido, secretamente, por um dos protagonistas da história —, descobri uma morfologia, a forma inicial, como eu gostaria de chamá-la, da minha vida registrada, dia após dia, no meu diário pessoal. E por isso, porque uma vez fui descoberto, porque fui lido insidiosamente mais de uma vez, decidi publicar meus diários para exibir à luz pública minha vida privada, ou melhor, a versão escrita, ao longo de cinquenta anos, dos trabalhos e os dias deste seu servidor, Renzi disse aquele dia ao barman do El Cervatillo. E acrescentou, como que falando sozinho, depois de pagar a conta, e ao se retirar do bar e voltar para a rua: essas descobertas, essas fugas, esses momentos confusos foram, para mim, pontos de inflexão, e sobre eles construí a periodização da minha vida, os capítulos ou as séries em que dividi minha experiência, pensava Renzi enquanto caminhava ereto, mas mancando de leve e apoiado numa bengala, rumo ao seu esconderijo de sempre.

I.
Diário 1968

31 de janeiro

Estou de volta. Conto histórias da viagem aos meus amigos e à Julia.

Um fim de mês com algumas novidades. O Jorge Álvarez me convidou para dirigir uma revista de crítica (na linha de *La Quinzaine*) em troca de cinquenta mil pesos mensais. Essa proposta teria sido minha felicidade há três anos, agora me deixa (como tudo, exceto a Julia nesta época) indiferente, distante. Talvez seja necessário trabalhar com os outros. Na arte sempre se trabalha pelos outros.

Série A. Encontro o Virgilio Piñera no Hotel Habana Libre, levo para ele uma carta do Pepe Bianco, vamos para o jardim, ele me diz. Estou cercado de microfones, estão escutando o que eu digo. Era um homem frágil e sutil. Sem conhecê-lo, já gostávamos dele. Tinha sido amigo de Gombrowicz e o ajudara a traduzir *Ferdydurke*, por isso o admirávamos, e em seus contos notáveis se percebe o toque de Gombrowicz. Que perigo ou mal esse artista refinado podia causar à revolução?

3 de fevereiro

Ela disse: "E quem é que pode saber como nos soltamos, o que os homens deixam depois do primeiro encontro?".

Grande estranhamento diante do vazio dessa janela que dá para a rua, com tudo para ser vivido agora, de volta, mas sempre de fora; também estas anotações, seu tom mais que seu estilo, às quais voltarei quando será tarde, quando será o tempo justo das decisões sem motivo. Um diário de bordo.

Série E. Num caderno de 66 encontro o registro de um filme de Michael Powell (*Peeping Tom*), com um psicopata que quer apreender a realidade com a câmera e acaba filmando a própria morte. Parece muito ligado a *Blow-Up*, de Antonioni. A ideia da técnica cinematográfica como olho mágico para captar a realidade pessoalmente, e a mesma coisa com a câmera fotográfica. Um diário é também uma máquina de registrar acontecimentos, pessoas e gestos. *Viver para ver*, esse seria o lema.

4 de fevereiro

Dura reação a um telefonema da família, o que antes era infância plácida, resguardada, agora é a experiência de uma invasão. Prefiro não me estender nisso.

Quarta-feira 7 de fevereiro

Idas e vindas, movimento de solidariedade. David Viñas e Germán García, cartas à *Primera Plana*. Não entendo essas respostas. Depois, ontem, reportagem no Canal II de televisão: não é permitido cruzar as pernas nem falar do Vietnã. Depois o David em casa, outro convite: escrever um artigo sobre literatura norte-americana para a revista do Centro Editor que o David está tentando publicar. Esse projeto complica a revista do Jorge Álvarez.

Quinta-feira 8

Ontem, sequência de encontros: José Sazbón, Ramón Plaza, Manuel Puig, Andrés Rivera, Jorge Álvarez, Piri Lugones. Por que anoto isso? Porque mudei meus hábitos, agora me instalo no bar La Ópera e os amigos vêm me ver enquanto eu permaneço na mesma mesa durante três ou quatro horas, ou mais. Longa conversa com o Puig, que me dá para ler *Boquinhas pintadas*, na linha do seu romance anterior, mas aprofundando a poética e buscando a emoção popular e a experimentação técnica. Sempre admirei seu ouvido para a linguagem falada, uma rara sensibilidade para captar os tons de cada personagem. Os procedimentos do romance são muito originais: a forma do folhetim pressupõe pensar o corte de cada capítulo como o suspense no romance clássico. De novo um romance em que o narrador está ausente e só é notado em suas intervenções objetivas e clínicas. Depois, jantar com o Quinteto da Morte. A Piri calada e melindrosa por causa da presença do Andrés Rivera, galanteador e meloso com ela, enquanto o Jorge Álvarez me revelava sua inteligência (maior do que a que eu lhe atribuía) e ao mesmo tempo sua aproximação de posições políticas terceiristas, escoradas, como sempre, em dados que provam o maquiavelismo e a eficácia das grandes potências (Estados Unidos e União Soviética), que jogam com o resto do mundo. E assim tudo desemboca no ceticismo absoluto, porque qualquer coisa que façamos já está nos planos das superpotências. Ao meu lado, a Julia deslumbrante com sua pele bronzeada, ressurgindo de uma *guayabera* branca que eu lhe trouxe de Cuba, uma trança sobre os ombros e todos os atributos da sua inquietante tentação pelo *Mal* (com maiúscula e destacado).

Um dia vou ter que ver minha contínua e sucessiva capacidade de manter conversas que me parecem sempre as mesmas com interlocutores diferentes entre si mas todos próximos a mim, como se eu fosse o único capaz de uni-los e fazê-los concordar.

"Trata-se de não conceder aos burgueses um só instante de ilusão, nem de resignação. Há que tornar a opressão real ainda mais opressiva, acrescentando-lhe a consciência da opressão; há que tornar a infâmia ainda mais infamante, escancarando-a. Há que pintar todas e cada uma das esferas da sociedade burguesa como as vergonhas da sociedade; há que fazer dançar essas relações sociais petrificadas cantando-lhes sua própria música." Karl Marx.

Sexta-feira 9 de fevereiro

Na literatura sabe-se o que não se quer fazer, pois o que se quer nem sempre funciona na hora de escrever. Em compensação, a negatividade nos permite escrever descartando tudo o que não interessa. A força da moda (Cortázar), que traga meus contemporâneos (Néstor Sánchez, o tom do romance que Castillo, Gudiño Kieffer, Aníbal Ford estão escrevendo etc.), nunca me desviará dos meus projetos. Sei que isso eu não quero fazer, e aí já se define uma poética. O que não quer dizer que eu vá adotar normas rígidas de defesa (à maneira do David Viñas), que excluem todos os escritores argentinos de todas as épocas, e sim ter uma atitude que consiste em pensar que não existe um único modo de fazer literatura (e aqui é de Borges que é preciso se afastar, e das suas convicções literárias, que contagiam e são repetidas sem analisar, coisas como "Chesterton é melhor que Marcel Proust"). Assim, o escritor que consegue descobrir o perfil pessoal do *seu próprio mundo* (para reiterar o possessivo) ao menos garante um tom próprio, uma música da língua que se impõe à época, e não o contrário.

Algumas vitórias, certas circunstâncias da minha vida que antes teriam satisfeito minhas mais caras pretensões, são agora cotidianas, e sua relatividade atual é para mim uma prova de que meus anos de aprendizagem já estão dando alguns frutos. Ao mesmo tempo, vêm da infância as certezas mais firmes. Naquele tempo totalmente estranho a qualquer conhecimento que pudesse corresponder ao futuro da minha própria vida, adotei ou construí as convicções que hoje me sustentam. Como se as defesas da alma tivessem surgido antes da alma propriamente dita, como se o conhecimento da história da minha vida me fosse vedado até depois da catástrofe. Tinha começado a viver sem saber nada de mim mesmo, até o momento em que eu soube que todo conhecimento era inútil para fazer o que eu queria fazer. Por isso é fácil recordar a magia das decisões tomadas com toda segurança, sem nada que as justificasse, tudo para mim se deu com naturalidade. *Por isso* não há presente que possa dar vida àquilo que persistiu por si só. Daí a perversa coerência que alguns destes cadernos adquirem quando os reviso e encontro neles os sinais que levam à estrada principal, perfis de mim mesmo que na época não intuí e que agora já são meu modo de ser.

Sábado 10
Ontem, visita do Germán García, logo magias verbais, decolagem a pensamentos que pairavam no ar, retomada das investidas do Germán contra a *Primera Plana*, ele que primeiro foi ungido pela revista para depois ser esquecido.

Já que escolhemos o possível, o que podemos escolher — agora nada pode ser resgatado do passado, nem os caminhos, nem os sentidos — são fantasmas que nos guiam, pois por trás das incertas intuições surgem os presságios alheios, a obscura certeza, os olhos vazios e o olhar cego.

Domingo 11
Súbita mas não inesperada visita do Ismael Viñas, fugindo do vazio desta tarde chuvosa, longa conversa sobre o nacionalismo argentino e as virtudes do estilo epigramático e provocador. Ficamos fazendo uma genealogia que começava com o padre Castañeda e chegava a Aráoz Anzoátegui. A partir daí, críticas ao estilo do jornalismo de esquerda: escrevem mal porque tentam ser sempre otimistas. Só o negativo brilha na linguagem.

Quinta-feira 22

Estou em Mar del Plata, no meu quarto de sempre, com a janela que dá para a árvore que cresceu na calçada, vejo velhos amigos com quem reconstruo os anos do Steve em Buenos Aires, sua obsessão por Malcolm Lowry etc.

Sexta-feira

Ontem, situação perigosa. Três rapazes de pulôver azul apareceram na varanda seguidos pelo meu irmão, pensei que fossem amigos dele até que vi as armas. Eu estava com a Julia tomando mate na cozinha. Primeiro me assustei pensando que fossem policiais e curiosamente fui me acalmando ao perceber que era um roubo. Procuravam dinheiro, é claro que eu não sabia onde meu pai o guardava, e ele não estava em casa. Aquele que tinha a arma, um magrelo de boina e com cara de pássaro, estava muito nervoso, mais nervoso do que nós. Eu pensei: "As coisas vão se complicar se eles não acharem o dinheiro". A Julia estava comigo, mas não tínhamos nem um peso, nenhuma joia, nada. A tensão foi aumentando até que, de repente, o sujeito que tinha ficado de campana entrou trazendo um homem de cara redonda que estava procurando pelo meu pai. Sentaram o sujeito numa cadeira e apontaram o revólver contra a cabeça dele. O homem entregou todo o dinheiro que tinha, cerca de oitenta mil pesos. Aquele que estava com a arma lhe deu um beijo na cabeça e disse: "Você nos salvou, careca". De repente, eles já tinham sumido e nós continuávamos sentados à mesa. O homem que tinha sido roubado saiu e voltou com a polícia. Pensou que a Julia, meu irmão e eu fizéssemos parte da quadrilha porque estávamos calmos demais. Tivemos que explicar tudo aos policiais, e meu irmão aproveitou para fazer a denúncia pelo roubo de um gravador que ele adorava. Meu pai voltou à noite e não deu a menor importância ao assunto.

Segunda-feira 26

Romance. Momento de tensão e espera. Presos numa ratoeira, as sirenes da polícia cruzam a cidade, todos em silêncio. Malito: Fala, diz alguma coisa. Costa: Como assim? Malito: Qualquer coisa, alguma coisa. Costa: Quando eu era criança, via meu tio chegando a cavalo pelo campo...

Ontem, durante o roubo, percebi que, numa situação de tensão violenta, com um homem armado e nervoso procurando dinheiro, qualquer diálogo funciona bem porque ninguém se refere explicitamente à situação que está vivendo. É esse o modo de fazer uma cena narrativa funcionar: se a situação é forte, o diálogo é como uma música.

Cena gravada no romance. Quatro ou cinco pessoas falam sobre o Inglês. Vão deixando escapar matizes, dados sobre ele e sua história, mas falando ao mesmo tempo de outras coisas.

A Série X. "Nas condições em que viviam, o insólito podia ser perigoso." Joseph Conrad. (Parece definir a situação do Lucas, o homem clandestino deve viver uma vida "normal" e evitar o que parece fora do comum.)

2 de março
Romance. O cerco, sem tempo, ação flutuante, vários narradores não identificados.

Realismo. Balzac não foi realista apesar do seu teocraticismo, mas justamente por causa dele. Essa foi a condição do seu olhar crítico sobre a sociedade burguesa. O modo de ver o social é definido pela posição e pelo modo de vida.

Domingo 3
É evidente o pressuposto que leva os "pensadores universitários" a dissolverem as oposições e os contrários para sempre pensar em saídas intermediárias. É o *nem-nem* de que fala Barthes. O pensamento balanceado que se opõe a qualquer pensar situado, "parcial", localizado: buscam a verdade nas alturas, no meio-termo. Imaginam que não tomar posição num conflito equivale a ser objetivo, quando na realidade têm a posição de quem se abstrai e pensa fora do social (como se fosse possível).

Por trás das críticas a *O jogo da amarelinha* deve-se detectar o que o livro feriu, antes de tudo, uma ideia do que um romance deve ser, como se isso já estivesse resolvido, não entendem o caráter fluido da forma romanesca. As outras críticas negam a novidade do procedimento e argumentam que isso já foi feito antes etc. Claro que o modelo do romance enciclopédico pode ser rastreado em *Bouvard et Pécuchet* de Flaubert (para ficar num exemplo) e, claro, também nas estruturas de Borges (por exemplo, "Tlön") ou no romance sempre por começar de Macedonio Fernández. Mas encontrar seus precursores não diz nada sobre o valor de um livro.

Poucos contatos, inclusive com a irrealidade (nestes dias).

Série A. Temos nos movimentado com muita cautela, como que poupando energia, porque estamos duros e, como se sabe, é o dinheiro que permite os movimentos e as sucessivas mudanças. Temos quinhentos pesos, e essa seria a medida da distância que podemos percorrer. Ou, em todo caso, as decisões materiais que podemos encarar. Descubro então uma relação secreta entre *economia e espaço*, ou melhor, a velocidade e a amplitude de movimento dos sujeitos conforme seu patrimônio etc.

Terça-feira 5

Em La Modelo, sempre neste bar que ainda tentarei descrever num conto. As persianas que escurecem o ar, as pás do ventilador de teto girando lentas. As grandes vidraças por onde penetra, esmorecida, a luz da tarde, as paredes forradas de madeira. Aqui eu me encontrava de vez em quando com o José Sazbón para ler o capítulo sobre o fetichismo em *O capital* de Marx.

Acho que tudo o que escrevo é autobiográfico, só que não narro os fatos diretamente.

"Todos os deuses morreram, todas as guerras foram travadas, toda fé no homem está abalada." F. S. Fitzgerald.

"Pois quem pode agir age. E quem não pode, e sofre profundamente por não poder agir, esse escreve." W. Faulkner.

Sexta-feira

Alguém lê tua ausência na palma da minha mão [esquerda]. Devaneio que ninguém há de escrever [a não ser eu mesmo].

A lição do primeiro Hemingway é crucial, definitiva, ele se nega a aceitar "a profundidade" e narra a superfície dos fatos. A fragilidade, o laconismo e a fugacidade da ação em alguns dos seus contos põem em risco a integridade do real. Age sobre o real como se estivesse cego. Leva a linearidade da história até a exasperação, não narra o que está antes nem o que vem depois dos acontecimentos. Busca o presente puro, tende a narrar o efeito invisível da ação.

Suicídio. Seu pai tinha tentado se suicidar dois dias antes. Ficou sabendo naquela noite, alguém lhe telefonou com insistência até que conseguiu encontrá-lo. "Sou uma amiga do seu pai", disse, e se seguiu um silêncio. O pai tenta o suicídio. É salvo. Para de falar. Viu o pai sentado numa poltrona da sala, coberto com uma manta de cor vaga, parecia... Não parecia constrangido, e sim distraído. Olharam-se sem falar. (Nunca se conhecem "as razões" que um homem tem para se matar.) Durante a viagem de ônibus, tentou não pensar. Chovia. Numa das paradas, num posto desolado de beira de estrada, na entrada de uma cidadezinha, teve a impressão de que os homens e as mulheres que viajavam com ele se conheciam e conversavam muito. Voltou e se sentou no ônibus vazio, sonolento. Chegou ao amanhecer. Foi até um bar para esperar que acabasse de clarear. No táxi, viu o mar. Fica com o pai, essa noite. Sente tédio. Sai e o deixa sozinho.

Domingo 10

De repente, há poucos dias, como numa rajada, enxerguei o relato do suicídio do pai, completo, fechado. Basicamente penso em narrar a viagem noturna de volta para casa.

Romance. Trabalhar com notas de rodapé do narrador. Ele confirma ou desmente os fatos. Acrescenta informações. Microcontos de rodapé.

Em Beckett, trata-se sempre de narrar. Uma literatura pós-Joyce, ou seja, um relato que se move entre as ruínas e o vazio. "Parecia-me que toda linguagem era um excesso de linguagem." Molloy.

Sempre pensei com certo atraso, as experiências estavam lá, mas quando tentava *dizê-las* já era tarde, estavam fora de lugar.

Segunda-feira

A Série X. O Lucas apareceu. Ele parece sempre o mesmo, mas o que acontece entre uma visita e outra é brutal (o assalto a um banco, o sequestro de uma empresária), mas ele nunca conta nada disso, nos jornais encontro seus rastros nas notícias e nas crônicas policiais.

Segunda-feira 18

Ontem à noite, por acaso encontrei um amigo, o Mejía, na passagem de La Piedad. Ele mora lá, um lugar fantástico. Eu não o via desde a infância, em Bolívar. A passagem é outro mundo, é circular com casarões e árvores, ao fundo a igreja e o letreiro: *Saída de carruagens*. O Mejía tocava bandoneon, e minha avó sempre lhe pedia "Desde el alma", e ele tocava a valsa com muito sentimento, sentado num banco, com uma manta de tecido preto sobre as coxas, onde apoiava o bandoneon. O pai e a mãe eram comunistas e liam as revistas russas e criticavam o peronismo com acidez.

Quinta-feira 21

Série A. Atolado e sem dinheiro. Trabalho no conto "O Laucha Benítez". Nunca vai se saber com certeza…, é assim que deve começar. O Miguel Briante me convida a escrever duas críticas por mês na *Confirmado* em troca de vinte mil pesos, respondo que não. Um futuro incerto mas não muito diferente dos anos anteriores. Uma economia pessoal sempre em crise.

Hoje na televisão: Hitchcock. O cinema na telinha, como dizem, atravessado pela publicidade rolo após rolo, vira outra coisa. É como se houvesse duas narrativas cruzadas, uma *colagem* entre uma história muito cuidadosa feita com imagens muito pensadas e quase perfeitas e, em paralelo, gente feliz que com imagens demagógicas tenta vender diversos objetos em breves relatos microscópicos. Esse jogo duplo provoca um distanciamento, dissolve a ilusão que o cinema produz na sala; além disso, assiste-se à televisão de luz acesa, e quem está lá conversa e se movimenta. Algo mudou na recepção das imagens.

Segunda-feira 25

Nasci em 24 de novembro de 1941, procurei nos jornais as notícias desse dia. Procurei na Biblioteca Nacional tudo o que pude encontrar. A guerra ocupava todo o espaço informativo. Eram seis da manhã e, segundo meu pai, estava chovendo.

Romance. Estando os três pistoleiros já dentro do apartamento, o informante da polícia conseguiu sair por alguns minutos do local com o pretexto de comprar mantimentos e aproveitou a oportunidade para avisar que tudo havia corrido conforme o previsto, voltando rapidamente ao local com a compra, para se retirar alguns minutos depois por motivos não revelados. (*Dos jornais.*)

Sábado 30 de março

Romance. Investigação com o gravador. A fábula é exposta de saída (foram cercados e não podem sair do apartamento). Trata-se de narrar a pausa, três monólogos gravados, sintaxe oral.

Domingo 31

Numa hora incerta da madrugada (por volta das quatro), tento dar uma virada na minha vida e começar a trabalhar à noite. Ficar mais isolado ainda. Vou para a rua com um espírito diferente de outros tempos, mais atento a mim mesmo que à realidade. Disposto a voltar para casa e varar a noite, sem interrupções. A disciplina de trabalho é um modo como qualquer outro de ordenar as paixões.

Acordo às duas da tarde, tomo um banho, faço a barba e tomo o café. Vou à Biblioteca Lincoln e trabalho ali à tarde por algum tempo.

"Ninguém pode descrever a vida de um homem melhor que ele mesmo. Sua vida real, interior, só é conhecida por ele, mas, ao descrevê-la, ele a disfarça, mostrando-se como gostaria que o vissem, não como ele é." J.-J. Rousseau.

Terça-feira 23 de abril

Não ficção. A noite inteira para ler *Treblinka*, um testemunho da descida ao inferno. O que mais impressiona nessa investigação sobre o funcionamento do campo é o uso da técnica, um reconhecimento da mudança no uso dos dispositivos de destruição. Aparece certa historicidade do horror e das formas de servidão. Formalmente está na linha de Oscar Lewis e Walsh: é um "romance" como *Os filhos de Sánchez* e uma denúncia narrativa à maneira de *Operação massacre*. Hoje, quem quiser respeitar o realismo crítico deve usar o gravador, a reportagem e a não ficção. Esse novo caminho tem tanta importância documental quanto o cinema. Constrói uma realidade com um uso novo dos procedimentos e da linguagem. Experiência narrativa com formas de investigação e uso das técnicas do relato verdadeiro (ou testemunhal).

"Apenas faça com que a visão geral do mal seja suficientemente intensa para o leitor, e suas próprias experiências, sua própria imaginação, sua própria simpatia e horror lhe fornecerão todos os detalhes necessários. Faça-o pensar o mal, faça-o pensar nisso por conta própria, e você se poupará frouxas especificações." Henry James.

A Julia saiu do sono ao meio-dia e começou a passear pela casa mal coberta com a camisa do meu pijama, suas esplêndidas pernas à mostra, e assim conseguiu me despertar e levantei para tomar um chá com ela. Depois tomei um banho gelado, e embora o corpo continuasse morto e em outro lugar, não tive como fugir do dia que começava.

"Destino é caráter", Heráclito. "Caráter é destino", Novalis. Entre essas duas definições se encerra o conceito moderno da experiência, e a ênfase em um ou em outro define uma visão do mundo. A frase de Novalis (mais perto da psicanálise) escapa do sentido mágico e ritual, trágico de Heráclito, que vê no caráter um desígnio, uma prova da existência da fatalidade. Em Novalis, ao contrário, não há distância: o homem escolhe "livremente" conforme seu caráter, isto é, conforme suas pulsões, suas repetições, ou seja, seu destino.

Concepção cristã: consciência do pecado original, culpa inicial e queda na mundanidade (e na contingência), nostalgia do paraíso perdido, anterior à divisão dos sexos, senso do sobrenatural. Transcendência.

Concepção trágica: não há culpa pessoal, mas há castigo e fatalidade. O destino de cada um está escrito e é ditado pelos deuses, mas, ao lê-lo em sinais múltiplos (oráculo) e se enganar, o sujeito trágico se condena (na pura imanência).

Octavio Paz se equivoca em *Corriente alterna*: não se trata de afirmar que nossa arte é "subdesenvolvida", e sim que nossa maneira de entender a arte é que é, quero dizer, um modo de olhar colonial, deslumbrado com certos modelos. Na literatura argentina, esse momento percorre a história até Borges: desde o início, a literatura se sentia em falta em relação às literaturas europeias (Sarmiento diz isso diretamente e Roberto Arlt, com ironia: "O que era minha obra, existia ou não passava de uma dessas pobres realizações que aqui se aceitam por falta de coisa melhor?"). Só a partir de Macedonio e de Borges é que nossa literatura — na nossa geração — passou a estar no mesmo plano que as literaturas estrangeiras. Já estamos no presente da arte, ao passo que, durante o século XIX e até bem entrado o século XX, nossa pergunta era: "Como estar no presente? Como nos tornar contemporâneos de nossos contemporâneos?". Nós resolvemos esse dilema: o Saer, o Puig ou eu mesmo estamos em diálogo direto com a literatura contemporânea e, para dizê-lo com uma metáfora, à sua altura.

Quarta-feira 24 de abril

Série B. Às vezes sinto que "deixo correr" certas amizades (minhas relações com José Sazbón ou León Rozitchner, por exemplo), certa distância com o mundo e com os outros, e um descaso que sempre posterga as ações.

Volta e meia me preocupo por estar há muitos meses sem escrever, tomado pela vertigem e pela circulação social. Reuniões, festas, diversões. Decidido a acabar com essa farsa e me sentar a escrever, saia o que sair, enfim.

Romance. Talvez toda a narração dos fatos possa girar em torno de um interrogatório ou de um diálogo com Malito, o chefe, intercalado com a narração em terceira pessoa e sem ordem cronológica.
— Mas por que não?
— Porque me incomoda falar com isso aí.
— O gravador te incomoda?
— Eu travo, é como se me travasse.

Série E. Nem o ensaio histórico nem a literatura propriamente dita conseguiram registrar as mudanças microscópicas da experiência no interior da vida privada. O narrador fala de si mesmo em primeira pessoa, como se se tratasse de outro, porque habitualmente constrói sua vida no final da sequência que está narrando, isto é, no presente da escrita. O melhor do gênero são os rascunhos, ou os restos, ou os projetos de uma autobiografia futura que nunca é escrita. A vida é um impulso rumo ao que ainda não é; portanto, deter-se para narrá-la é interromper o fluxo e sair da verdade da experiência. A literatura, por seu lado, é um modo de viver, uma ação, como dormir, como nadar. Essa ideia tira o sentido de construção deliberada que a literatura tem? Acho que não, o erro é buscar as cinzas dessa experiência no interior do livro, quando na verdade devem ser buscadas nas pausas, nos fragmentos, nas formas breves.

Quinta-feira 25

Tarde agitada, fui até a Biblioteca Lincoln procurar as novelas completas de Melville num único volume, depois na Galatea consegui o artigo de Raymond Queneau sobre *Bouvard et Pécuchet* que quero usar como prefácio para a tradução do livro. Depois fui até a Tiempo Contemporáneo receber dez mil pesos para me manter até o fim do mês e acabei na Jorge Álvarez sem muitas novidades, exceto o livro de Y. Mishima *Confissões de uma máscara.*

Sexta-feira 26

"Porque eu crio um mundo imaginário — sempre imaginário — em que eu gostaria de viver." William Burroughs.

No La Paz, bar de modestos delírios, desconfortável porque me agasalhei demais e estou sentindo calor e porque o Jorge Álvarez faltou ao encontro, e portanto meu dinheiro não dará para chegar até o final do mês. Interrompi a anotação porque apareceu o B., que quer fazer comigo, a partir do meu romance em curso, um roteiro sobre a batalha no refúgio de Montevidéu. Não me parece muito interessante usar o tema em outra narração paralela, mas o Carlos insiste e me oferece tanto dinheiro pelo roteiro que acabo escrevendo a primeira cena, bem no tom dos meus contos.

Sábado 27

Surpreso e incômodo com a notícia da publicação de *Gazapo*, um romance de Gustavo Sainz que, segundo Monegal, foi escrito a partir do gravador. Como meu conto "Mata-Hari 55" e como o romance que estou escrevendo. Espero não ter que suportar um antecessor involuntário.

Série C. Mulher que apareceu poucos minutos depois de começar a madrugada como que arrastada pelo vento ou pela manhã, vestida com um estranho casaco de couro, manto escuro para oficiar a noite.

Romance. Entre as hipóteses da delação insinua-se a possibilidade de que o Inglês tenha escolhido o apartamento sabendo que a polícia iria aparecer.

Para uma estética da máquina de escrever. Escrever à máquina implica introduzir a leitura fixa na hora de escrever, já que se separa o ato de teclar palavras com a forma de ler o que se está escrevendo simultaneamente mas em outro registro e outra posição do corpo, sem necessidade de se afastar do papel ou de parar de escrever (como acontece quando se escreve à mão). Por outro lado, o som das teclas cria um ritmo que você mesmo sustenta ou modifica, e se dirige ao ouvido e ao olho ao mesmo tempo. As teclas com as letras pintadas fazem da linguagem uma partitura, uma clave que é preciso saber interpretar para que a música da linguagem se deixe ouvir (mas, por certo, escrevo à mão num caderno com uma caneta de tinta preta).

Quarta-feira 1º de maio

Série B. Ontem à noite, concorrida reunião para comemorar o aniversário da Piri Lugones. A certa altura alguém a desafiou, não sei se foi um homem ou uma mulher, mas de repente a Piri estava beijando a Laura Y. no meio da sala, e foi como um flash dos desejos perdidos e das fantasias secretas. Ficamos a noite inteira lá, circulando entre os pequenos núcleos neuróticos da festa, e voltamos para casa às oito da manhã.

Quinta-feira 2 de maio

Eu me divirto de todas as formas possíveis, ele disse, e sempre com pessoas que vejo com os olhos de um estranho; de vez em quando corro para a rua em busca de uma aventura.

Não tenho muita certeza, em todo caso os riscos são mínimos. Sempre os riscos são mínimos. Penso: "Há muita gente no meu caminho". Penso em Zelda, que morreu como qualquer um dos personagens do marido; não quis deixar a clínica, como se esperasse o incêndio.

Um conto. Aquela madrugada no Club Atenas de La Plata, o corpo de Laucha Benítez largado no chão de barriga para cima e como que pairando na luz trêmula do amanhecer. // Um recorte da *El Gráfico*, roto e amarelado, envolto em trapos, com o rosto finíssimo e luminoso do Viking encarando a câmera, os olhos arregalados, ao lado de Archie Moore, que ria com os olhos sérios.

Segunda-feira 6

Série A. Época semelhante ao período final de 1964, falando de si mesmo como se fosse um historiador que reconstrói um passado perdido.

Hoje fiquei sem escrever (já está pronto) "O Laucha Benítez" porque não o enxergo. A imagem (verbal) é tudo numa narrativa: o ginásio do Club Atenas, um pugilista treinando fintas diante de um espelho de corpo inteiro.

Vontade de fugir daqui, partir sozinho, sem bagagem, alugar um quarto num hotel do centro, montar a lógica íntima da minha vida.

Série E. Diário: colagem, montagem, formas breves, muito tenso. "Matar-se parece fácil."

Fumar maconha o acalma. Ou melhor, o relaxa. Estava sempre muito tenso e alerta. Pela janela, a cidade cheia de luzes e abaixo, muito abaixo, a rua escura.

O suicídio do pai. O telefone o arrancou do sono, sentou na cama, teve tanta dificuldade em se vestir que pensou que ainda estava sonhando. Então foi até o hospital: lá o informaram do que já sabia. (Talvez fosse melhor começar com a chegada da freira.) Tom seco, lacônico, *sem* metáforas.

Karl Marx. Geração histórica das categorias de compreensão. A racionalidade do processo de produção é retomada pela filosofia em nível linguístico. Pensa-se o processo histórico não como conteúdo, mas a partir das categorias que o próprio processo produz. Exemplo: Nação. Exemplo: Classe social. A literatura também é um conceito produzido pela experiência histórica? Em todo caso, não chamamos de literatura os mesmos textos em diferentes épocas.

Uma economia. "O dinheiro que recebia em troca de sexo era uma indicação simbólica do desejo unilateral: despertava bastante desejo para que me pagassem, aceitando minhas condições." John Rechy, *City of Night*.

Sábado

Série E. Mudar drasticamente de vida, outro nome igual a outras paixões, procurar a paz, sair desta desordem vazia.

Em Cuba, durante uma longa caminhada e conversa com o León Rozitchner pelo *malecón* de Havana, o León estaca e me pergunta: Mas você viveria aqui?

Sua filosofia se baseia na postulação de um acordo entre os modos de pensar e as formas de vida. Chama a isso "botar o corpo dentro". Lembrei dos desafios habituais na poesia gauchesca, o que eu falo com o bico defendo com o couro.

Romance 1. Para mim era como voltar à minha cidade, fazer de conta que não existiam esses ganchos nos pulsos, a cara dos passageiros no vagão do trem me olhando de relance, na frente uma mulher com um vestido de bolinhas que não sabia onde pôr seus olhos azuis. Estava voltando para minha cidade como sempre, acorrentado, com um policial preso a mim.

Romance 2. O Costa vira e me diz: o Inglês me falou não sai daqui, mas aí vi ele saindo do Acapulco, pela Suipacha, diz. Tem três dias que estamos dormindo no trem La Plata-Buenos Aires, ida e volta, ida e volta, digo. Uma vez acabamos nos galpões da ferrovia, um dia e uma noite, me diz o Costa, dormindo. Pedíamos carona para qualquer lugar, atravessávamos a estrada e já estávamos viajando no sentido oposto, para o sul.

Sábado

Série A. Em El Foro. Escrevo nos bares, passo horas aqui. De novo na vertigem, circulando em giros cada vez mais largos em torno de um centro que varia conforme a hora. Ontem, os classificados do jornal, vou daqui para lá (como dizem), de um lado para o outro da cidade e acabo encontrando um apartamento na passagem Del Carmen. Procuro um fiador, isso mesmo, quem se fie de mim. Pago três aluguéis de caução. Ontem à noite, borrascas com a Piri por causa da minha despedida. As semanas que se aproximam parecem difíceis. Se eu conseguir pousar neste lugar (ou em outro), tentarei começar, depois de dez anos de hotéis e quartos de pensão, a viver num acampamento estável. Começarão, de resto, outra vez, os problemas financeiros. Prefiro estes aos outros...

Série A bis. Outro bar, agora na Carlos Pellegrini, um vento gelado penetra pelas frestas da janela mal fechada, à esquerda uma mulher fala em voz baixa em francês com um homem que parece ser seu pai, ela ri dele e lhe conta um caso meio obscuro com um argelino numa viagem de navio a Gibraltar. O homem mais velho, que talvez não seja o pai dela, e sim seu amante, que talvez sustente a garota ou seja sustentado por ela, repete várias vezes Gibraltar, Gibraltar, como se fosse uma ladainha.

Domingo 2 de junho

Instalado neste apartamento luminoso, numa passagem que vem do passado, zona de retaguarda, último bastião, última defesa. Fim das travessias. Quantos lugares nos últimos anos? Certa segurança financeira que nos permite sobreviver por uma temporada. Dei sorte. No beco havia uma feira, muito barulho a partir das quatro ou cinco da manhã, mas graças à minha boa estrela foi transferida e saiu daqui... a partir de ontem. Tudo tranquilo agora, à espera.

A estrutura do romance do Puig é faulkneriana, narração coral a partir de narradores que participam dos fatos e ao mesmo tempo são testemunhas. É o leitor que deve reconstruir e sintetizar um emaranhado de frases entrecortadas, fragmentos de diálogos, cartas, diários, até construir uma história que não está em lugar nenhum, que não foi narrada mas aludida. Romance de iniciação, grande destreza no uso da oralidade.

"Uma vez uma mulher me deixou atarantado diante do conceito do piegas quando me escreveu entre lágrimas: você pode achar piegas estas lamentações e meus protestos. Piegas é todo sentimento não compartilhado." Ramón Gómez de la Serna.

Terça-feira 4 de junho

Série E. Minha tendência a imputar às "presenças" a falta de solidão, minhas dificuldades para entrar no jogo são na realidade, como sempre, um pretexto. Penso nos espaços vazios como o lugar em que posso deixar de ser eu mesmo, como quem, no canto de um saguão de estação, troca seus óculos, usa documentos falsos e se transforma. Um transformista, como dizem.

Agora há pouco, caminhada pela Santa Fe até o banco Supervielle para descontar um cheque, passo pela livraria e encontro *Cabot Wright Begins*, de James Purdy.

Quinta-feira 6

Série B. Ontem, encontro com o León Rozitchner, que me oferece uma estante para arrumar meus livros aqui, caminhada com ele pela Florida, todo mundo estarrecido com o assassinato de Bobby Kennedy. Depois, na Jorge Álvarez, encontro com o David Viñas, que tem uma capacidade notável para mudar de assunto e entrar no mundo das suas preocupações. Nesse caso, a amizade se funda no que poderíamos denominar uma velocidade comum para pensar várias coisas ao mesmo tempo, esquivando-se dos obstáculos. É impossível conversar quando não se parte de uma série densa de subentendidos e zonas comuns.

Em *A traição...*, do Puig, ocorre um fenômeno de estilização, uma espécie de distorção aparente que pode ser vista como um "defeito" de composição (à maneira do choque e da afetação estilística de Onetti). E no entanto é sua maior virtude, porque o romance revela o caráter extremo de um mundo que se move no interior de uma linguagem comum baseada em formas de expressão que vêm do cinema de Hollywood, da fotonovela e do correio sentimental, que moldam a experiência vivida (e estão fora de toda formulação literária ou da alta cultura). O notável é que ele trabalha essa forma de realismo verbal com tanta qualidade que transforma a linguagem na expressão vívida da vida. Essa linguagem já é uma forma de vida. O romance trabalha então a realidade já narrada (pelos *mass media*).

Série A. Atravesso a Viamonte para comprar croissants, caminho rápido para espantar o frio, com o vento e o sol no rosto. A passagem dá à esquerda na rua Córdoba e à direita na Viamonte, e fica na altura da Rodríguez Peña. Antigamente essas travessas eram uma passagem para as carruagens ou um trecho do bonde. A rua é silenciosa e me sinto muito bem aqui.

Sexta-feira 7

Ontem, com o velho Luna, resolvi a questão dos artigos jornalísticos. Fixo, por mês, noventa dólares (uma bolsa). Meu sonho de viver com uma diária de três dólares... Tenho que ficar três horas por dia na redação, disso eu não gosto.

A Série X. Depois o Lucas apareceu em casa, vestido como um bancário, atravessando sempre na faixa e esperando o sinal abrir, mas anda o tempo todo armado e com documentos falsos. Veio com a bela Celina, e imagino que ela também lhe serve (apesar do amor) de álibi ou de imagem comum de homem casado que passeia com a mulher. Tudo é falso, menos o perigo. Ele se senta e conversamos tranquilos, a Celina foi minha aluna em La Plata e é muito mais inteligente e sensível do que ele, mas talvez não tão corajosa.

(Eu me pergunto: será que ela sabe? Ou, em todo caso, quanto ela sabe da vida clandestina do Lucas?)

Hamlet = Stephen Dedalus = Quentin Compson = Nick Adams = Jorge Malabia. O jovem romântico, aspirante a artista, que se confronta com o mundo tal como ele é e não o suporta. O que se conta é como cada um reage ao peso de uma realidade insuportável (e adulta ou adúltera). Fazer então uma história dos *escritores imaginários*.

Sábado 8

Série B. Agora há pouco, visita do José Sazbón, é o amigo mais antigo da minha nova vida (que começou em 1960 d.C.). Não conheço ninguém mais inteligente nem mais culto (da cultura que me interessa), ninguém mais tímido ou mais cordial. Conflitos velados por causa de cinco mil pesos etc.

"Não é que ao escrever expressemos algo. Construímos outra realidade com palavras." Cesare Pavese. "A literatura não é um espelho do mundo, é algo mais, agregado ao mundo." Jorge Luis Borges.

"A economia, o interesse, estão na base dos comportamentos, das crenças, dos sistemas de neurose." Roland Barthes.

Dostoiévski. Em seus romances, a ação avança por motivos ocultados do leitor, e só quando a catástrofe se avizinha é que se expõe às claras a causa oculta, numa longa confissão. No fundo há sempre uma impossibilidade de recordar ou nomear "O Pecado" (que é diferente para cada um e é secreto). Essa explicitação tardia é a teoria do crime e do homem superior exposta por Raskólnikov só depois do assassinato. É a Lenda do Grande Inquisidor que funciona como o romance de Ivan Karamázov. A confissão de Stavróguin em *Os demônios* participa do mesmo procedimento.

Domingo 9

Assisti a *Os carabineiros* de Godard, uma fábula sobre a guerra, cinema mudo, um ar de Beckett e Borges para construir uma história cheia de surpresas, vertigem, lama, magia etc., com fotos de todas as coisas do mundo (na linha de *Bouvard et Pécuchet*) envoltas na violência da guerra.

Terça-feira 11

A poética do Puig. "Sem modelo, não sei desenhar", diz o Toto. Depois vem o capítulo magnífico em que sua redação escolar é o relato da experiência de assistir ao filme *A grande valsa* e contá-lo. A carta que fecha o romance é a mesma que Berto rasga no primeiro capítulo.

É notável comprovar o tratamento da sedução em Stendhal e Laurence Sterne (*A Sentimental Journey Through France and Italy*). Nos dois, a mesma situação: Julien Sorel e o narrador autobiográfico de Sterne hesitam em encostar pela primeira vez a mão na mão da mulher amada. Só isso. Um toque, o gesto de aproximação...

"E já é tempo de que o leitor saiba disso, porque o omiti no ponto em que ocorreu, não por esquecimento, mas pensando em que, se o pusesse lá, esqueceria de pô-lo aqui, que é onde mais convém." L. Sterne (parece Macedonio Fernández).

Quarta-feira

Série A. Visita do meu pai, sempre alegre e ressabiado, ar desamparado mas convicções fortes. Desalentado porque eu não me interesso tanto quanto ele pela política (ou seja, pelo peronismo), vamos jantar juntos, e ele me lembra momentos da minha vida que eu tinha esquecido. (A tentativa de pôr uma bomba na sede da UCR em Adrogué, na velha casa que tinha sido de Carlos Pellegrini, em 1956, quando eu tinha quinze anos e fazia tudo em segredo, pensava na época, porque agora vi que meu pai estava a par. Planejei o atentado com meu primo Cuqui, e achávamos natural fazer algo assim em resposta à catástrofe provocada pela Revolução Libertadora.) Meu pai se diverte contando essa história e assim omite a história de suas "façanhas", que o levaram à prisão.

Estou relendo com assombro e admiração *Absalom, Absalom!*. Consigo numa velha livraria a série mexicana de *Los narradores ante el público*, são autobiografias de escritores da minha própria geração que contam modos e rotinas da sua vida muito parecidos com os meus ou os do Saer ou do Miguel Briante. Uma geração é uma série dispersa, não cronológica, de leituras e rituais em comum, que envelhecerão conosco.

Quinta-feira 13

A Celina L. vem me ver trazendo um convite para uma conferência em La Plata. Ela está doente mas não desiste, apesar das perspectivas sombrias, segue em frente inteligente e firme. Saí e fui pela Corrientes debaixo da garoa. Na Jorge Álvarez tudo segue bem, trouxe de lá o livro de Rojo sobre o Che. Muitos casos sem maior importância, crítica à teoria do foco guerrilheiro de Guevara.

Trabalho sobre os possíveis temas para a conferência em La Plata, talvez fale de Puig e Cabrera Infante: linguagem falada e narração coral de uma história sempre elusiva. Outra possibilidade é dar uma palestra sobre Puig, Saer e Walsh: a não ficção e os textos do Walsh no jornal da CGT num extremo, e o Saer com sua escrita que tende à lírica no outro. No meio, o Puig. Os três elaboram à sua maneira a experiência do peronismo. Walsh em *Operação massacre*, Puig com o diário da garota que fala de Eva Perón e Saer em *Responso*, um romance em que o peronismo é o contexto da vida "marcada" do protagonista. São os três que podem ser lidos hoje em Buenos Aires (ver os contos do Walsh).

Sexta-feira 14

Série E. São cinco horas da manhã, mais uma noite vazia, de bar em bar. Sempre as mesmas conversas ainda que se sentem diferentes amigos à mesa. Saio e bebo uísque até de madrugada para afogar certas ideias fixas que sempre me acompanham e que prefiro não mencionar. Noite gelada, caminhei sozinho até chegar de volta a este canto em frente à janela por onde se infiltra o vento da madrugada.

Sábado 15

Série Z. Quero registrar o que está acontecendo comigo. São ligeiras alucinações que me perturbam. Começa com uma sensação de plenitude, uma alegria feroz, e depois de repente um véu se desenrola e se afasta e vejo a realidade tal como ela é. Não sci o que me acontece e quero apenas nomear essas visões. Se puder. Não sei se a linguagem dá conta de descrever essas vistas.

Já faz algumas semanas, tenho vindo todas as tardes à biblioteca para trabalhar em Tolstói, ainda direi por quê, tenho os olhos cansados, segundo os médicos não pisco no ritmo normal e meus olhos estão secos como um poço sem água, como me disse um dos especialistas, e me receitou lágrimas. Não que eu chorasse (o que para mim é difícil), mas que pingasse um colírio. Veremos.

Domingo

Série Z. Essa secura pode ser a causa da minha visão perturbada. É no deserto, onde a aridez é extrema, que aparecem as miragens.

Notas sobre Tolstói (1). Na companhia da filha mais nova, Alexandra (que morre nos anos 60 nos Estados Unidos), e de seu médico pessoal, o velho Tolstói parte — como um rei Lear que fugisse com Cordélia — numa errática peregrinação com rumo desconhecido. Sai à procura, dizem, do padre Alberto, um *staretz*, um homem santo (modelo do seu conto "Padre Sérgio" e do padre Zózima, dos *Karamázov* de Dostoiévski), que foi para ele uma espécie de Mefistófeles do Bem e é quem o converteu ao cristianismo, num encontro realizado no passado.

Devo seguir em frente, vou registrar o que está acontecendo comigo sem deixar de anotar minha vida dia após dia.

Terça-feira 18

Série B. Ontem, longa travessia pela cidade com o David Viñas, conversas circulares e divertidas, manobras, sondagens, as preliminares de uma amizade. Não comento o que está acontecendo comigo, mas para atravessar as ruas seguro no braço dele para não desabar. Ele não percebe nada e continua falando.

Quarta-feira 19

Ontem, reunião frustrada da revista, confissões do Andrés Rivera, tristeza do jardim real. Vejo o rosto do Andrés como num espelho deformado e em seguida faço um comentário sobre o Parque Japonés. Digo: era de noite e os rostos se deformavam, ele se espanta.

Duas horas depois, a crise já passou. A lembrança é hilária. O rosto do Andrés era de borracha, inflava e murchava. Agora estou trabalhando sobre Hemingway para o livro *Balance de E. H.*

Hemingway via as mesmas coisas que eu, na Clínica Mayo lhe aplicaram eletrochoques, mas quando o levavam de volta para casa tentou se jogar do carro. Cômico e insuportável.

Estou bem e tranquilo, são dez horas da noite.

Os meios de comunicação de massa e o jornalismo encontraram em Hemingway seu herói. A imagem do escritor que não escreve e passa a vida caçando na África ou pescando tubarões. Trata-se de um culto à personalidade que põe o literato no lugar dos astros de cinema, onde o que vale é o aspecto pitoresco da biografia. Por baixo disso está a superstição de que a vida legitima a literatura e a substitui. Daqui a pouco já nem será preciso escrever, bastará que o sujeito tenha uma vida agitada e diga que é escritor. Seus primeiros livros, claro, são um exemplo de escritor muito consciente, próximo das experiências da vanguarda, que construiu uma prosa extraordinária a partir do laconismo e do culto ao não dito.

Série A. Quando Henry Ford criou o motor V8, potente o bastante para escapar das patrulhas da polícia, as quadrilhas de gângsteres começaram a se desenvolver. O automóvel virou uma arma de guerra. Os pistoleiros praticamente viviam dentro de seus carros. Nessa época o automóvel substituiu o cavalo como símbolo do homem fora da lei, e em certo sentido foi assim que o *western* deu lugar aos filmes de gângsteres. (De uma descrição do gênero pelo diretor de cinema Arthur Penn.)

Noite difícil, como todas estas em que luto contra minhas próprias visões. Escreve-se com o corpo, ou seja, com a postura, o cansaço se percebe em diferentes partes e na dificuldade para mexer os dedos: um pianista de luvas, um caçador de óculos escuros. Algo assim. De que vale a lucidez extrema quando se sente que o próprio corpo é de outro?

Domingo

Hora de começar, mesmo com cãibras não penso em me afastar desta mesa, debruçado na máquina, sentado nesta cadeira de madeira com espaldar alto. (Também se escreve com a bunda.)

Um conto. Um pugilista peso pesado, elegante, tem magia, move-se com a rapidez de um peso leve.

Romance. Um gravador oculto no apartamento, a polícia sabe dos planos. Eles mudam de esconderijo. De todo modo, o narrador informa:

esta é uma fita entregue pela polícia (escuta-se um fragmento de uma conversa telefônica).

Em Pavese há uma oposição entre "o ofício dos clássicos" e "o tumulto dialetal dos nossos dias". Já não existe uma linguagem comum a todos, mas ela alguma vez existiu? A linguagem dos clássicos é na realidade a língua literária que funciona como um modelo social (entre nós, o estilo de Borges, copiado nas revistas semanais).

Segunda-feira 24

Série B. Visita inesperada do Andrés R., no momento do amor. É preciso fazer uma teoria da interrupção: quem interrompe ou o quê, e qual é a situação que é "freada" e deve mudar de direção. Para completar, o Andrés vem com suas desventuras sentimentais, tão pavesianas (a mulher fugiu com seu melhor amigo, um poeta, para variar).

Para mim, as interferências são as vistas (não quero falar em visões) que me espreitam. Estão num canto, eu as vejo com o rabo do olho. Situação no canto nordeste do quarto. Cochicham como o gemido de um arame tenso no vento da noite. Tapo os ouvidos com as mãos ou às vezes ligo o som para não ouvir.

"A literatura me preserva." Gosto da prosa do primeiro Onetti, menos barroca. Estou lendo *Tierra de nadie*, um estilo nervoso, sensível, tenso, que incorpora os ecos da prosa de Faulkner mas sobretudo certo ar dos romancistas "duros": Hammett e Cain. Aí se vê também sua ligação com Roberto Arlt, a etapa argentina de Onetti é uma ponte para atravessar o vazio dos anos 40 depois de Arlt. Borges está lá como uma luz que ofusca a todos e de quem Onetti toma muito do fraseado estilístico. Contra a forma breve de Borges e Rulfo, Onetti procura estabelecer uma narrativa de longa duração, o que só vai dar certo em *A vida breve*, embora o que ele escreve nesses primeiros romances seja muito bom.

Continuo bem, apenas o ritmo alterado, arrítmico, das pulsações do coração me mantém alerta enquanto escrevo para não pensar, e não vejo nada além da mão deslizando pelas páginas do caderno.

É possível detectar o modo como certos escritores invisíveis constituem o tom de uma época, que depois se cristaliza naquilo que chamamos "um grande escritor" ou "um grande livro". Isso pode ser visto em José Bianco, em Daniel Devoto e no próprio Antonio Di Benedetto, e também em Silvina Ocampo e María Luisa Bombal ou Felisberto Hernández, que por fim terminam ou desembocam em Onetti. Com certeza não se trata de alguém que recupera "conscientemente" uma tradição, mas de uma espécie de tom ou de horizonte contemporâneo no qual vários escritores procuram, sem conexão, "o caminho". (E o nosso, quem é ou quem são?)

Série E. Como se vê, este caderno tende a marcar sobretudo minha biografia intelectual, como se a vida se desenhasse sem outro movimento além da literatura. E por que não? Sempre se deve escolher a obra e não a vida, ou melhor, a obra constrói o modo de viver. O assaltante solitário já não formula, para mim, a pergunta "a bolsa ou a vida", e sim, com mais leveza: "a obra ou a bolsa". De outro modo, em outro registro, o que há são fatos contingentes, aos quais dou certo sentido quando os escrevo, embora aí o risco seja a introspecção, a baboseira da "vida interior" (e o que haveria no exterior?), falar, por exemplo, do meu passeio de hoje com a Julia, os dois atracados numa discussão retórica e circular, tentando achar um jeito de conviver. Impossível.

Série E bis. Mas ao mesmo tempo há uma moral da história simples, que é não fazer da literatura um mundo superior, não entrar no jogo de considerá-la um território santificado no qual só os iluminados ou os sacerdotes podem entrar. Se a pessoa em vez disso subordinar a vida à literatura, o risco será tão grande que nunca lhe passará pela cabeça "bancar o artista", serão tantas as coisas em perigo, ou tantas as coisas deixadas de lado, que será impossível não encarar os projetos com critérios que são clássicos e vêm desde Aristóteles. O artista é como um carpinteiro, que sabe intuitivamente trabalhar a madeira e por isso escolhe esse ofício, tenta aprender como se faz bem uma mesa. Isso é tudo.

Romance. Quando digo linguagem falada, usar uma sintaxe oral ao narrar, penso na origem da literatura argentina moderna, ou seja, no *Martín Fierro*, que por seu léxico e seu tom é uma narrativa cantada. Essa foi a descoberta de Borges. Arlt, ao contrário, é pura linguagem escrita, uma linguagem fascinada pela literatura, que traduz as traduções dos romances russos para a linguagem culta. Às vezes é mais "literário" que Borges. Para descobrir um cruzamento é preciso esperar por Manuel Puig, um ouvido muito fino para a linguagem oral e uma decisão experimental para narrar com técnica e formas que muitas vezes vêm de outro lugar e não da tradição literária propriamente dita (e nisso Puig é muito joyciano).

A traição de R. H. e *O brinquedo raivoso* são romances de iniciação. Arlt define sua poética na primeira frase desse livro ("fui iniciado nos afãs e deleites da literatura bandoleiresca"). Essa frase constitui todos os livros que seguem esse primeiro romance. No caso do Puig, o momento constitutivo é a composição escolar que o Toto escreve sobre o filme *A grande valsa*, que ele narra. Nos dois está presente o bovarismo, que consiste simplesmente em preferir a ficção à realidade. Isso os une e aí se define sua educação.

Passo a noite acordado à escuta dos ruídos que vêm do apartamento vizinho. De novo aqueles murmúrios que só eu posso escutar, uma mulher (uma voz como se fosse de mulher, uma voz empostada) diz alguma coisa sobre um tio que comprou uma casa no campo. Essa simples menção me perturba. A voz mulheril (é assim que a defino, como se fosse um mugido) repete sempre a mesma coisa, mas às vezes dá risada com um trinadinho ruço. Será que estou ouvindo vozes? Preciso fazer alguma coisa, não quero acordar a Julia nem lhe dizer o que está acontecendo comigo há catorze dias. Para escapar, saio furtivamente e faço uma pequena excursão pela Corrientes até a livraria. Descubro a edição espanhola de *La seducción*, de Gombrowicz, que eu já tinha lido em italiano com o título de *Pornografia*, emprestado do Dipi Di Paola. Um passarinho enforcado com um arame, um pardal?

Notas sobre Tolstói (2). Sonho comum de Anna Kariênina e Vronski no livro: um velho com uma sacola que diz palavras incompreensíveis em francês — já apontado por Nabokov — está ligado a uma lembrança pessoal de Tolstói. No quarto da avó, à noite, ela já deitada e com a vela apagada, entrava um velho cego que, de longa data, desempenhava na fazenda a tarefa de narrador. Ele se sentava no parapeito interior de uma janela profunda, comia ali, numa tigela, alguns restos do jantar e em seguida, à luz vacilante das mariposas que ardiam diante dos ícones, começava a contar uma história. Longos cabelos, grande barba, parecia-se com outros mujiques, sempre com uma túnica de pelo de carneiro preto, dentro ou fora de casa, segundo o costume camponês. Tem os olhos de Homero, mas como é diferente do aedo antigo e de seus sublimes cantos, banhados no azul do mar! O velho mescla contos que, não nos livros (é analfabeto), mas por via oral, remontam o Volga para chegar até ele, vindos do fundo do Turquestão e de mais longe ainda, da Pérsia. Uma noite Lióvochka — conforme o diminutivo russo com que Tolstói era chamado na infância — se esgueira até o quarto de sua avó e o escuta. O mistério da cena o impressionou por causa dos olhos sem olhar do narrador. Sempre diz que é uma de suas primeiras lembranças.

Terça-feira

Penso no Martín Mejía, que tocava bandoneon para minha avó Rosa no quintal de terra batida, nos fundos do casarão em Bolívar. Vejo a mim mesmo aos oito ou nove anos olhando o rosto sério do Martín, que toca de olhos fechados.

Quarta-feira

Série B. Acordei às três da tarde, e era o David quem estava batendo, como se eu precisasse ser salvo de um perigo que ele detecta em mim, embora nem saiba disso. Fui abrir a porta e o recebi meio dormindo, mas, como é habitual nele, me deu a sensação de que vinha falando sozinho já no elevador e que depois continuou com seu monólogo íntimo-político-literário sem se dar conta de que eu ainda estava dormindo. Veio me ajudar, mas o enxotei, apesar do seu visível empenho em passar a tarde inteira conversando comigo. Agora preciso ficar sozinho para poder pensar.

Chegou a noite em que me fecharam a porta daquela casa perdida no campo e eu pulei o muro pensando que podia ser um problema com minha chave, que sempre me dava trabalho na hora de sair: mas do outro lado me depa rci com o cadeado, e foi como um roubo ao contrário. Principalmente porque meus livros, minha roupa e acima de tudo os originais dos meus contos estavam do outro lado daquele cadeado. E aí tive que voltar a pular. E tomado de aflição, tendo só aquela porta na minha frente, sem nenhum lugar onde dormir, fui com a Julia pernoitar num hotel infame perto da estação, num quartinho minúsculo.

A iniciação. Sem querer provar nada, de repente me vi fazendo amor com uma mulher pela primeira vez, eu tinha catorze anos e ela era uma vizinha com a idade da minha mãe e era amiga dela. Para confirmar todas as minhas hipóteses meio místicas, ela, Ada, tinha cabelo avermelhado. E sempre amei as ruivas.

Série E. Lá fora, outra paisagem: sacadas com grades, casas escuras, sempre uma imagem diferente na janela, ao lado de onde estou escrevendo. De quando em quando ergo a vista e olho para a esquerda e fico um pouco assim, quieto, enquanto as palavras vão e vêm, até que de repente volto a escrevê-las. Aquele quarto mínimo pintado de branco na Riobamba, no primeiro andar; o cômodo de pé-direito alto e com uma vidraça do teto ao chão, na Montes de Oca; o quarto de esquina como uma cruz que dava para a avenida Rivadavia; a parede pintada por um estudante da Belas-Artes na pensão da diagonal, em La Plata, onde ao amanhecer se escutava o jornaleiro chegando do fim da rua e eu me vestia para pegar o jornal na sacada; ficaram todos fixos na memória como lugares vindos de um tempo imóvel.

Não estou em lugar nenhum, tenho a sorte de não pertencer à minha geração nem a nenhuma classificação dos escritores atuais. Digo isso porque hoje (quarta-feira 3 de julho de 68), no panorama da nova narrativa argentina apresentado na *Primera Plana*, minha ausência é estrondosa e volto a sentir o mesmo sentimento de rancor que sustenta aquilo que escrevo e a mesma sensação de narrar contra a corrente. Há sinais, muito fracos, mas já me bastam, só eu os vejo, disposto a sustentar um silêncio que já se estende por cinco meses.

Segunda-feira

Vejo que estou preso no turbilhão desatado por minha mudança da casa da Piri Lugones, ela com seu organizado sistema de reuniões e festas contínuas. É habitual que no vazio da publicidade se exija sempre mais tempo para promover um livro do que para escrevê-lo e então passar, como referência obrigatória e medida de valor, pelas mesmas pessoas que controlam essa publicidade.

Sexta-feira

Vi passar obstinada, com o queixo cravado no peito e falando sozinha, aquela mendiga que se esgueirou na rua Viamonte como se estivesse fugindo de alguém. Ela dorme embaixo de uma marquise, e eu a observo viver enquanto espero o momento de me aproximar para puxar conversa.

Experiência narrativa do boxe. Descrição verbal que avança em três planos: narração rápida do que vai acontecendo, uma análise lúcida da técnica e da estratégia de luta e, por último, os gritos que vêm do ringue e da plateia. Seria preciso escrever um romance que funcionasse com os dois primeiros níveis: narração e análise num só texto. Tudo isso porque escutei a narração da luta entre Bonavena e Foley, que tem momentos de irônica picaresca: "Bonavena olhou para a plateia e seu rival se enfureceu".

Funcionalidade da narração. Todos os personagens aparecem narrando, põem, como se diz, seu relato sobre a mesa. A função do narrador, quer dizer, de uma pessoa que conta alguma coisa, deve circular através de todos os personagens, incluído aquele que escreve a história. Trata-se de valorizar o ato de contar (conversando) contra o simples ato de escrever.

Toda referência explícita ao vazio, à ausência ou ao fim da literatura, feita a partir da própria literatura, invade o território da ética e é idiota.

"Os ingleses se matam sem que se possa imaginar razão alguma que os leve a isso; eles se matam no seio mesmo da felicidade." Montesquieu.

Sobre Puig. Nele não há distância irônica entre o escritor e a fala dos personagens (como em Bioy Casares e Cortázar, que fazem graça menosprezando o uso da linguagem pelas classes subalternas). Há uma relação sentimental entre a linguagem e o personagem. Eles se contam a si mesmos e deixam passar o sentido sem vê-lo. Puig entende imediatamente que é preciso narrar sem paródia. Em vez de assistir ironicamente de fora, o narrador circula como mais um dos personagens. Puig evita a sátira aristocrática aos modos de falar que estabelece uma cumplicidade fácil com o leitor; ao contrário, ele estabelece cumplicidade com seus personagens.

Série E. Seja como for, querendo ou não, estes cadernos passarão a ser um arquivo ou um registro da minha educação sentimental, portanto serão feitos basicamente da reflexão sobre os sentimentos e estarão cruzados de eventuais atos, ou fatos, ou palavras sobre mim mesmo. Ao mesmo tempo, estes cadernos são uma narração sutilmente significativa no nível da fábula, mas com uma tensão que só surgirá da leitura futura: nesse momento, como em qualquer romance, aquilo que acontece, ao sabor do acaso e da contingência, será visto, quando já passou, como imutável. Tendo agora a cruzar a narração com a análise dos atos e com a descrição pura dos fatos.

Sábado 13

Solidariedade com o Viñas e seu discurso contido e violento contra o que ele chama de "a sedução da mídia" (que o seduz demais, penso eu). Ele tem razão, captou a mudança no clima intelectual. A legitimidade literária já não passa pelos sistemas tradicionais (exemplo *Sur*), e sim pelos meios de comunicação de massa, os jornalistas são os novos intelectuais ou, em todo caso, são aqueles que cumprem a função de intelectuais.

Naquele ano, antes de publicar meu primeiro livro, eu tinha que fazer um esforço extenuante para começar um novo conto, meus nervos estavam em frangalhos, confundia perigosamente os nomes próprios e estive uma manhã inteira chamando todo mundo, homens e mulheres, de "Ramón". Na tarde desse dia, vivida por mim como uma madrugada, três horas depois de sair da cama, eu estava olhando o entardecer pela janela, com fome, e escutando um estranho relato radiofônico sobre uma região desértica no norte do país. Na época, eu morava num quarto de pensão num casarão perto do parque Lezama, na esquina da Martín García com a Montes de Oca. Estava tranquilo e esperava o cair da noite para descer até o mercado e comprar presunto, queijo e sardinhas para comer com pão fresco e vinho, e assim deixar passar a noite sem sobressaltos. Agora, ao contrário, um ano depois, vivo acossado pelas visões ou as vistas — é como as chamo — instantâneas. Como se eu tivesse ativado um canal privado de televisão na cabeça que me faz ver num lado da minha mente uma sucessão de imagens sombrias e verdadeiras. De nada adianta, a esta altura, fechar os olhos. São imagens mentais ou lembranças esquecidas?

Segunda-feira 15

Garoa. Hora de começar. Agora, ficção para o B.; depois, reunião da revista com o David Viñas, ele levando bem e do meu lado; o resto, ambíguo, sem clareza. Vamos ver no que dá.

Romance. O tom acima da fábula, as vozes interiores acima da trama.

"O autor? Para mim, o autor é quem põe o título." Juan Carlos Onetti.

Quinta-feira 18

Série B. Ontem, passeio com o David por La Boca, as casinhas que evidentemente eu mal vi quando morava lá. Um mundo que se mistura com a tradição anarquista e com o tango. Encontro fraternal com ele, um modo de entender uma realidade muito parecida com a minha (como nenhum outro), depois, no final, comemos raviólis com vinho numa biboca de frente para os navios, entre o barulho e as paredes coloridas.

Domingo

Série B bis. Novas visitas do David, suas tentativas de ataque a Borges que eu atalhava com elegância mas sem sucesso, jantares no Bajo, reuniões na revista; no meio disso tudo, trabalho sobre Puig, muitas ideias.

Segunda-feira 22

Golpes de insônia, raros em mim, trabalho irregular, sem grandes resultados, mês conflituoso. Hoje assisti ao filme *À queima-roupa*, de Boorman, com Lee Marvin, a solidão dos gângsteres.

Série A. O que me subjuga na figura do indiferente é a decisão de ousar viver sem os outros. Vive num círculo fechado.

Dia complicado, mas todos são, a não ser que eu resolva ir viver numa ilha.

Domingo 28

Aventuras com o David, que investe repetidas vezes contra Borges. Na quinta fomos a uma conferência de Sabato, para arrumar um pouco de confusão. Apreensões, mas eu mais contente, suportando bem esta fase da vida sem dramatismo, com pouca clareza e muitos sonhos, sem nada à frente salvo minha própria desordem, certezas vazias, enganos repetidos. Leituras desordenadas. Exaltações passageiras.

Quinta-feira 1º de agosto

Fim de mês sem grandes cataclismos interiores, com a Piri, com a Julia, com a realidade.

Sexta-feira 2

Não falo com ninguém sobre as coisas que vejo. Mesmo aqui evito escrever sobre as vistas, para não alimentá-las. O que está acontecendo? Viajadas, visões. Não é um segredo, não são um segredo nem nada parecido, mas são tão vívidas que não consigo narrá-las (ainda).

Notas sobre Tolstói (3). "Poeta, calvinista, fanático, aristocrata", são as quatro palavras que Turguêniev usou para defini-lo. As categorias de "calvinista e fanático" acabaram anulando as de "poeta e aristocrata". Depois de suas crises e de sua conversão, afastou-se paulatinamente da literatura, aprendeu a fazer sapatos com o sapateiro da aldeia. "Um bom par de botas vale mais que *Guerra e paz*." Como já se apontou em outro contexto, a oposição literatura-botas tinha uma tradição na discussão política e social russa. "Písarev, na linha de Bazárov, havia declarado em tom altissonante que um sapateiro era mais útil que Púshkin." O lema peronista "alpargatas sim, livros não" parece uma versão local da mesma tradição (populismo extremo).

Agosto 8

Desnorteado, descubro que faz mais de uma semana que não paro para escrever o que está acontecendo, as noites que se estendem até depois do meio-dia, o sono trocado, trabalhando no ensaio sobre Puig interrompido por uma carta a Cabrera Infante. Reuniões da revista, certa tristeza que começou a tomar conta de mim há dois dias. As perturbações continuam, ontem tive dificuldade de sair do prédio com a mulher sentada na frente do portão, voltei atrás e esperei até que não a vi mais. Está sempre com uma capa azul-marinho e até sabe meu nome. É gorda, eu a vi em sonhos, e agora me reaparece.

Sexta-feira 9

Ontem o David veio afirmando que se sentia "muito bem, melhor do que nunca". Beba Eguía já estava de partida para a Europa, e nem a Julia nem eu soubemos o que fazer por ele, eu por causa do meu excesso de pudor, ela por respeito ao meu excesso de pudor, até que finalmente ele foi embora, como que fazendo um esforço, e ficou de me ligar. A luz é fraca e tenho a vista cansada, e agora estou lendo o *Diário* de Gombrowicz.

Terça-feira 13

Série E. Acordo cedo apesar do frio, abro a janela, do outro lado da rua, contra a parede, dois velhos se aquecem junto a um braseiro improvisado numa lata de óleo que já está avermelhada pelo fogo. As chamas se erguem e envolvem o recipiente precário, eles giram em volta e dão risada batendo os pés contra o chão. O dia é cinza e ao mesmo tempo limpo.

Terça-feira 20

Muito trabalho para conseguir cinco mil pesos como adiantamento dos cinquenta mil que me devem pelo livro com três novelas de Melville, prefácio de Carl Olson! Antes, um médico me receita óculos. Veremos se, vendo mais claro, eu vejo mais claro. Seria engraçado constatar que um par de óculos altera a realidade. Segundo o oftalmologista, a visão lateral de figuras ou de objetos é efeito do excesso de leitura. Ele me tratava como se eu fosse um idiota: o que está vendo aí?, me perguntava, e com uma lanterninha iluminava a parede ao lado das letras de diferentes tamanhos no quadro usado para medir o alcance do olho. Nada, eu respondia. Como assim, nada? Bom, vejo a luz da sua lanterna. Continuamos nisso por algum tempo, ele queria verificar se eu via as tais figuras, mas só vejo essas coisas quando estou sozinho. Esse especialista é muito caro. Foi uma indicação do Junior.

Série E. Um dia vou ter que tomar coragem para *revisar* todos os cadernos escritos, selecioná-los e passar tudo a limpo. Medo, entre outras coisas, de tergiversar o passado, de esquecer premeditadamente, de selecionar mal, deixando de lado o que — daqui a dez anos, digamos — pode me parecer fundamental. Entro e saio do estilo, às vezes tudo é muito fluido e em outros momentos caio nos estremecimentos íntimos. O fundamental é o cansaço na mão esquerda, a tensão ao escrever, e é por isso, acho, que eu vejo demais.

Quinta-feira 22

Os efeitos da crítica são sempre insubstanciais, parece que falam de outra coisa, e de fato é assim, pois o que esperamos? Algo que pode nunca chegar e por isso mesmo é preciso continuar escrevendo. Não há como alcançar a certeza do que fazemos, a não ser que pudéssemos voltar da morte. Toda essa parolagem porque ontem publicaram o volume da coleção Capítulo del Centro Editor dedicado à geração atual (e qual é a minha?).

Exclusões, pequenas maldades etc. Para escapar dos furores abstratos tenho que me sentar para escrever, projetar-me a um futuro que parece incerto (mas não é essa a qualidade essencial do futuro?), porque estou há dois anos na seca, escrevendo para o esquecimento.

Série A. Seja como for, esplêndida lição, estou aí, mas prefiro não estar, confirmação de certas verdades entrevistas. Se eu tivesse coragem (ela quase me faltou para escrever a frase acima, porque nunca devo falar de mim mesmo nem da minha relação com os críticos), voltaria repetidas vezes a essa época, mas narraria tudo em terceira pessoa: desde minha chegada à cidade em 1965, a viagem a Cuba, minha temporada na casa da Piri, o trabalho com o Álvarez, a publicação do livro, os problemas e as soluções financeiras. Todo esse processo é uma espécie de romance de formação, que ainda não é narrado por mim, porque custo a tomar distância, por mais que mencione essa atitude distante como minha pretensão mais legítima. Talvez a tarefa fundamental seja achar o tom para narrar minhas paixões à distância. Saber deixar os acontecimentos chegarem. Mas é evidente que passei a vida pedindo mais prazo, tentando adiar o momento das decisões fundadas.

Numa tarde inesperada, sua mulher — aquela que em sua imaginação ele considerava sua mulher — apareceu de surpresa no seu quarto de pensão em La Plata, acompanhada do seu pai (o pai dele). Ele estava na cama com a Constanza, não estavam fazendo nada demais, os dois tinham se enfiado na cama porque fazia muito frio. A Inés subiu as escadas na frente e, ao abrir a porta, ficou parada, sem entrar, disse apenas que vinha com seu pai (dele). Perplexidade, a Constanza demorou um pouco para se vestir e calçar os sapatos e depois desceu as escadas, tranquila (tentando parecer tranquila). Ele não lembra nada desse dia. A Inés disse que seu pai tinha aparecido procurando por ela e que a situação era tão equívoca que resolveu ir com ele a La Plata, sem avisar. Imaginou seu pai tentando conquistar a Inés, já havia tentado isso com a Helena, e se sentiu tão magoado que na mesma hora resolveu largar tudo e ir morar em Buenos Aires com a Inés. Ele se lembra da viagem de ônibus, a Inés e ele conversando em voz baixa, ele talvez fazendo promessas, seu pai no banco atrás deles.

Às vezes a realidade de um ato se manifesta em suas consequências (seria o caso de dizer: sempre se manifesta assim). Por vezes se cometem grandes crimes com facilidade, como num sonho. Depois se tenta acordar, mas já é tarde. Não queria dizer que essa foi a história da minha vida.

"Eu não sou um *entertainer*. O que me preocupa é a manipulação precisa da palavra e da imagem para criar uma alteração na consciência do leitor: para tornar as pessoas conscientes da verdadeira criminalidade do nosso tempo." William Burroughs.

Dificuldade de me concentrar na leitura, certa inquietação indefinida, continuam as *olhadas de soslaio*, como as chamo. Agora estou lendo o diário de André Gide, do qual me mantenho distante, como se ele fosse o responsável por levantar um cerco que isola sua vida, ou melhor, a narração cotidiana da sua vida, apresentada como a experiência de um homem muito consciente dos seus privilégios e virtudes (e também dos seus belos defeitos).

Sexta-feira 23 de agosto
Sozinho, com a Julia, num ato em homenagem a Felipe Vallese em Avellaneda, tomado de entusiasmo e fúria.

Termino um rascunho do ensaio sobre Puig, leio o diário de Gide; com o Luna, aceito escrever alguns textos assinados com o pseudônimo de Tretiakov, fisgado por aquilo que o jornalismo tem de narrativo; termino dois artigos, um sobre a delinquência social e outro sobre os militares. Prevejo nesse trabalho voluntário uma mecanização cada vez mais eficaz e impessoal.

Boa temporada, em todo caso, apesar de certas inquietações indefiníveis que deixo de lado, até que de repente, ao virar o rosto, me deparo com elas como quem surpreende a si mesmo, de improviso, num espelho. Nessas coisas, obviamente, a experiência não serve de nada. Se eu pudesse conseguir que me deixassem sozinho, tardaria menos em deixar de olhar esse espelho inesperado.

Série B. Ontem à noite, chegada do David.

Série A. Nervoso por causa da visita que daqui a pouco vou fazer à Jorge Álvarez. Por que tantos problemas? Não suporto os favores econômicos, por causa da minha relação delirante com o dinheiro e ao mesmo tempo da minha resistência a "entrar" na realidade (e os dois movimentos são um só). Queria receber o dinheiro sem ver ninguém — do nada, como se diz — para trabalhar tranquilo um ano inteiro.

Reluto em narrar o jantar de ontem à noite e o encontro com o David, certa saudade comum de tempos idos.

Domingo

Hoje vou tocando meu dia sem maiores sobressaltos. Ontem, bom trabalho, ainda que o artigo sobre Puig continue a um palmo do final. A revisão de um texto lembra o paradoxo de Zenão. E mais: revisar um escrito é — depois de cada alteração — abrir um novo caminho, encontrar outra passagem que mexe com toda a estrutura e abre um novo equilíbrio, um novo desequilíbrio que ao ser alterado abrirá um novo equilíbrio etc. Seja como for, se eu tiver tempo, espero revisar o começo e o final antes de passá-lo à máquina definitivamente.

Segunda-feira

Boa reunião da revista na casa do David. Discussão sobre alguns materiais fracos (o do Ismael sobre os intelectuais), tensões prévias vividas pelo David depois da nossa conversa da outra noite (que eu não quis contar). Bom senso crítico, por momentos excessivo, do Raúl Sciarreta: a entrada dele, do David, do Walsh e meu ímpeto (quanto vai durar?) podem valer.

Série E. Como se vê, tenho dificuldade de narrar aqui o que vivo no presente, a experiência vai adquirir toda a sua densidade na lembrança. Em todo caso, é preciso que nestes cadernos eu me exija mais continuidade e um estilo menos direto. Mas como narrar a travessia da Carlos Pellegrini ontem à tarde depois de tomar um LSD, com a sensibilidade superaguçada e uma espécie de velocidade que se lançava à frente dos próprios fatos? Ou a tarde de sexta na praça Lavalle lendo uma entrevista de Gustavo Sainz na *Mundo Nuevo* e pensando que eu tinha a idade dele mas ainda não tinha publicado um romance? Fico pensando nessas coisas, que idade têm os escritores, o que fizeram quando tinham, como eu, vinte e seis anos. Para completar, eu pensava nisso sentado entre um velho asmático e uma senhora que abria um pacote com seu almoço.

Segundo a Julia, eu falo em sonhos; ontem à noite, por exemplo, segundo ela, eu disse: "Mas, cara, olha que esse assunto é uma espiritualização". Antes, na sexta, segundo ela (acreditando nela), eu disse enquanto dormia: "Para mim, Erdosain é o inconsciente literário, digamos".

Terça-feira 27

Série B. Num bar cheio de luz na esquina da Lavalle com a Rodríguez Peña. Manhã torta, que começou mal, conflitos com a Julia que se agravaram a ponto de eu sair de casa para ficar tranquilo e acabar aqui. As pessoas neste lugar vêm e vão, quase me atropelam para usar o telefone público na parede atrás de mim. Quando vi uma bela mesa vazia ao lado da janela, não notei o risco do telefone público ali pegado. Dali a pouco já estava me divertindo com as conversas: uma moça de olhos claros que anunciava a morte do pai a um amigo que lhe pediu para repetir a notícia duas vezes. Invasão de senhoras espaçosas que enchiam minha mesa de bolsas e objetos, enquanto se queixavam do tempo e da situação do país.

Sábado

Meio-dia. Ontem, reunião da revista. Bom editorial escrito pelo David, boa recepção do meu artigo, embora o David tenha aproveitado para criticar o Puig e insinuar que ele não merecia um ensaio como o meu. Já o Ismael disse que o artigo estava ótimo, mas que eu não dizia se o livro era bom ou ruim. Aí o David, com ar malicioso, falou para o irmão: "Isso não se usa mais, Ismael". O Sciarreta, por seu turno, critica meu artigo por falta de nível crítico e de teoria literária. Que será a teoria literária para ele? Nem imagino. Croce, talvez, ou Della Volpe. A crítica da literatura é um saber que falta no livro ou que já está lá? O Sciarreta acha que falta e deve ser incluído pelo crítico, para "completar" o sentido. No fim, encontramos uma saída intermediária, apresentaremos meu ensaio sobre Puig como parte de um livro, assim ficam sossegados, porque o que falta pode vir depois. Todos elogiam a prosa e o nível, mas estamos em mundos diferentes.

A dificuldade deriva não do que as palavras dizem, mas do que elas dizem entre si. Isso quer dizer que a sintaxe é mais importante que o léxico.

De repente, em meio à preparação do curso sobre Arlt e Borges, sou tomado de um acesso de terror: medo de não conseguir escrever mais, de fracassar etc. Sou racional com a literatura e irracional na minha relação com a literatura.

Segunda-feira 2 de setembro

Série B (ou C?). Estou em La Modelo, em La Plata, numa mesa encostada na janela, ao sol, do lado esquerdo. Do lado de fora se veem as árvores, as ruas largas, neste bar onde está meu passado. As várias tardes em que eu era o único freguês. Hoje pedi, como antigamente, salsichas com batatas fritas e uma garrafa de vinho branco. E de repente passou a Lucía Reynal, linda como sempre, do outro lado da vidraça, sorrindo e me cumprimentando com gestos carinhosos. Depois entrou no bar e se sentou comigo e ficamos calados. Seis anos atrás vivemos uma história que imagino que nenhum dos dois vai esquecer. Ela anotou seu telefone num papelzinho e falou para eu ligar da próxima vez que fosse a La Plata. Mas não vou fazer isso porque prefiro a lembrança.

Terça-feira 3 de setembro

Olhei meu rosto no espelho, e eram 5h30. Voltei a me olhar, e já tinham se passado duas horas. Agora estou tomando mate para enganar a fome. E são 8h30.

Quarta-feira 4 de setembro

Agora olho a rua com meu "robusto par de óculos" (pesados, de armação preta), sem saber se me ajudam a clarear as coisas ou a borrá-las por completo. O que se vê com mais precisão é aquilo que tento esquecer. As imagens estão nítidas aqui, mas de viés e como que escurecidas. O cachorro da família que pegou raiva era um capa preta e seu nome era Duke. Estava preso num quarto e nós o olhávamos pela bandeira da porta. Pulava e rosnava enfurecido; o policial gordo subiu numa mesa e, apontando lá de cima, o matou com um tiro.

Notas sobre Tolstói (3 bis). A *ostranenie* [distanciamento] como diferença entre mostrar (fazer ver) e dizer. Desse modo, Tolstói se afastou da versão alegorizante da leitura do Antigo Testamento e dos Evangelhos e impôs sua leitura distanciada ("racional"). Tudo se constrói a partir da pergunta "que fazer?", e lateralmente, "quem sou?". O compromisso como uma teoria do uso, das relações entre a arte e a vida, da recusa da autonomia artística como falsa religião e falsa arte. Contra o possível *kitsch* na iluminação profana, na *ostranenie* e na epifania.

Série E. Quando eu puder juntar meus cadernos dos oito anos anteriores, vou passá-los à máquina. Corro o risco de confiar sempre mais no meu passado do que no futuro. Em todo caso, seria interessante publicar todos os meus diários de 1958 a 1968.

Quinta-feira 5

Acordo às cinco e meia, salto da cama. Agora são seis, e pela janela entra a luz limpa do sol. Incerteza quanto à minha percepção, fico testando a vista, convencido do excesso de foco nos meus óculos, comecei enxergando borrado e agora luto contra uma visão dolorida, em que *sinto* os olhos como se fossem de vidro. Tenho interesse em observar meu modo de ver, entender a contingência do mundo, um par de óculos pode alterar a textura visível do real. Claro que também posso ir ao oculista para que ele confirme ou desminta o excesso de foco. O que seria o *foco*?

Ver uma coisa de cada vez.

Descrição de um estado mental. A cabeça paralisada, uma dor nos olhos, um vazio, como se pairasse no ar, um peso que me puxa a cabeça para o lado; sempre desconfiei do meu corpo, de tudo aquilo que não posso controlar, daí minha cisma com doenças. Sempre as vivo como rebeliões, experiências metafísicas nas quais comprovo a existência de um corpo.

Se eu me deixasse levar pelos mistérios, tão fáceis, tão atraentes, veria uma relação mágica no meu encontro com certos livros: *O brinquedo raivoso*, os contos de Hemingway, o diário de Pavese, que nunca consegui "largar", que volto a descobrir a cada releitura, encontrando uma qualidade que não conhecia mas que me fez amá-los no passado. É visível que foram esses encontros que fizeram de mim o que sou, por isso os vejo como um encontro, e não como uma origem. E isso vale para qualquer ideia mágica do destino, sempre pensamos que vemos pela primeira vez fatos e coisas que fomos aprendendo a descobrir sem saber.

Sexta-feira 6

Sigo com meu confuso experimento para tentar descobrir o que está acontecendo com meus óculos: por exemplo, olho meu rosto no espelho, sem eles, e me reconheço; com a ajuda das lentes polidas, a cara muda, e muda até de um instante ao outro, talvez por causa das expressões que faço ao me ver de óculos.

Sábado 7 de setembro

Série B. Ontem, confissões e misérias do Luna, em quem vou confirmando essa duplicidade feroz de todos os humilhados. À noite, visita do David, caminhada pela Corrientes, o clima louco da cidade nas noites de sexta e por último, *Estranho acidente*, de Losey, com roteiro de Pinter, com todos os esnobes de Buenos Aires extasiados no saguão do cinema, olhando uns aos outros.

Série E. Queria localizar mais rápido nestes cadernos, sistematizar a informação, narrar a cotidianidade e analisá-la, mas — e isso é algo que já me perguntei muitas vezes — como narrar meu diálogo de ontem com o Luna sem fazer "literatura" no mau sentido? A dificuldade de escrever com franqueza nestes cadernos deriva da falta de construção deliberada, que é ao mesmo tempo a virtude e o sentido de um diário. Mas como eu não acredito na espontaneidade nem na sinceridade, é claro que este diário não será mais do que apontamentos, anotações, um modo de ficar em cima de mim mesmo, de registrar dados com os quais depois reconstruir certas épocas, certos estados. Por isso eles precisam não de "mais literatura", e sim de mais rapidez, mais *visão instantânea*. O importante é procurar esses tons, ensaiá-los, escrever "ao correr da pena".

Surpresa ontem à noite ao topar com o ex-pugilista bêbado e meio louco que me cumprimenta sempre que saio para a rua, dormindo na marquise do prédio. Tentei passar por cima dele sem acordá-lo, mas assim que abri a porta já me cumprimentou. Seguiu-se um diálogo temeroso com ele, no qual eu procurava tranquilizar a mim mesmo mais do que tranquilizá-lo.

Lembrando da minha experiência de ontem na marcenaria. Ao entrar, presencio uma discussão entre um operário de olhos claros e um peão com cara de tédio que apoiava um decreto proibindo o cabelo comprido nos homens e a minissaia nas mulheres. "Está certo", disse, "tem que dar com tudo." O outro me olhava espantado e achando graça. "Mas você é um inimigo do gênero humano", disse para o rapaz. "Precisava ficar com os presos pra ver o que é bom." No fim, quando o de olhos claros atravessou a rua para saber da minha cadeira, o outro olhou para mim sem parar de trabalhar. "Pois é. Esse aí não quer conversa comigo. Acabou de sair da cadeia. Ficou cinco anos preso..." Foi um embate entre a defesa da repressão militar feita pelo homem livre e a defesa da liberdade feita pelo ex-presidiário. Cenas como essa são as que para mim condensam a experiência, porque permanecem abertas e a gente poderia construir a história completa (que não conhece mas pode imaginar).

Agora há pouco, a voz de um garoto pela janela: "Estou com tanta pressa que nem sei aonde vou".

Domingo 8

Série A. Meio-dia nublado com um sol pálido no ar. Hoje é o aniversário do meu pai, a indiferença de sempre diante desse homem golpeado "pela história", como ele mesmo diz. Sentiu a fúria e o ódio político como uma questão pessoal, isso era o peronismo para ele, uma questão privada, como se se tratasse de ser fiel a um amigo (o peronismo fez da política uma questão sentimental, por isso persiste). Telefonei para ele, sempre tenta parecer eufórico e cheio de projetos. *Quando é que a gente se vê?* é nosso leitmotiv.

Ontem, ao contrário, dia lindo, um sol limpo, no fim da tarde caminhada pela rua Córdoba, o ar cálido, os jacarandás floridos e eu muito sensibilizado talvez pela conversa com meu pai, que voltou a insistir para que eu voltasse a viver em Adrogué, agora que a casa está vazia. Preocupado com o arquivo do Nono, eu podia cuidar disso? Talvez, respondi, seria bom fichar e publicar os segredos do velho e as cartas dos mortos. Nós, homens da família, temos passado esses restos fúnebres um para o outro. Assim caminhei entre o ar cálido e as vozes das pessoas, pela cidade inquieta.

"Toda a ciência seria supérflua se a forma de manifestação das coisas e sua essência coincidissem diretamente." K. Marx. Há um pouco de platonismo nessa frase que abre a análise do fetichismo, quer dizer, da realidade que no capitalismo se revela ilusória. E há também uma poética da narração policial, o filósofo é um detetive que indaga nos rastros confusos para decifrar o mundo oculto. Só se a pessoa tiver um olhar cândido e otimista (ou conservador) pode pensar que as coisas são como são.

Uma turma de garotos está jogando bola no beco: um deles chuta procurando o gol que montaram precariamente. A bola se desvia e quebra um vidro. Eu passei de lado, diz um, e bateu em você. É, mas o ruivo não pegou.

Acusam uns aos outros, procuram o culpado, todos se individualizam, se "separam" do grupo como tal e também se diferenciam de cada um dos integrantes em particular. É o mecanismo íntimo do social, que as crianças logo aprendem. Os culpados são individuais, as responsabilidades coletivas se diluem, ninguém pensa que o campo que escolheram para jogar é estreito e com muitas janelas disponíveis para a bola. Um modo de ver o mundo estilhaçado e que se aprende na infância.

A literatura funciona, inevitavelmente, a partir de uma situação (um contexto não verbal) de leitura: o delírio interpretativo mede-se conforme a maior ou menor capacidade do leitor para entender aquilo que vai limitar sua leitura.

Segunda-feira 9

Dia tranquilo, interrompido brutalmente pela aparição do Luna com uma desculpa esfarrapada, matreira (problemas de trabalho que poderiam ser resolvidos em outro momento, o projeto de uma nova editora que é um ataque disfarçado às minhas relações de trabalho com o Álvarez). Instala-se com a obstinação dos imbecis, invade o espaço, toma conta dele, fala sozinho, conta as mesmas histórias sempre do mesmo jeito, com o mesmo tom professoral, esquemático. Eu sinto ondas de furor, estou a ponto de começar a xingá-lo, de gargalhar, de sair correndo. Ele continua lá, movendo os braços, lento, cheio de si e do seu próprio rancor e ressentimento.

Duas horas depois, eu continuo irritado, preparei um mate e fui tomando devagar com uma sensação de desajuste que vem do fato de tomar mate sozinho, como se faltasse alguém para sustentar o ritmo circular da cerimônia arcaica de se reunir "para tomar *uns amargos*". Como sempre, são as pequenas coisas que me perturbam, questões insignificantes, telefonemas, visitas inoportunas, obrigações adiadas que me incomodam. É muito simples, para mim não há outra saída afora o isolamento absoluto, viver fora de tudo, num espaço fechado, sem futuro. Não me resta outro caminho senão aprender a me trancar, a me refugiar numa zona própria, altiva, amuralhada, e trabalhar como se o mundo não existisse.

A única coisa que importa é conhecer os limites da muralha exterior, mas esse aprendizado leva a vida inteira. Agora, o ar fresco entra pela janela aberta, e o barulho seco dos caixotes, embaixo, as rodas de uma carroça no calçamento irregular.

Ontem, a epifania: na rua deserta, Martínez (o ex-pugilista louco e bêbado) com ar de "seriedade", o rosto manso, "educado", postado ao lado de um guarda, fumando temeroso, com um embrulho de papel branco numa das mãos, a camisa aberta — e atrás, recostado num portal, outro vagabundo, muito velho mas com um brilho feroz nos olhos e uma cicatriz no rosto que delatava sua verdadeira idade —, caminhando com uma lentidão que nunca vi em ninguém, imóvel, movia-se imperceptivelmente, marchando devagar, ao ritmo de um homem que perdeu o rumo no escuro, afasta-se, tangido por outro policial, que parava a cada dois passos e esperava, aborrecido, que o alcançasse.

"Eu sou Ricky Martínez, pugilista, tenho uma mulher lindíssima, jovem", aplaudia a si mesmo, procurava o resto de vinho que sobrava nas garrafas vazias, corria xingando: "Polícia, rato, meganha, macaco". A turma de moleques ecoava: "O Martínez é o maior do boxe nacional! Viva o Martínez!". Ele erguia os braços, os punhos fechados, baixava a cabeça, gingava em guarda.

Terça-feira 10

Às sete da noite, no ônibus quase vazio, prestes a sair para La Plata. De onde vem essa inquietação? Como se sabe, sempre vi as coisas "de cima" e me irrita pensar num grupo de imbecis, condescendente com o "conferencista". Talvez eu não suporte viver este tempo sabendo que ninguém sabe nada de mim. Não suporto as mediações. Veremos.

Quarta-feira 11

Série B. Em La Modelo, o bar vazio, com o sol limpo do outro lado da janela, pedi, como sempre há anos, salsichas com batatas e um copo de vinho branco. Certo sossego e paz. Depois dou minha primeira conferência. Tudo correu bem, algumas vacilações no início, mas depois a sensação de controlar o assunto, a não ser por certos olhares vazios entre as senhoras do público. A primeira experiência prova que meu melhor tom é o da improvisação, quase sem anotações; deixando-me levar pelas ideias, logo caio no vazio e dali a pouco sinto que as pessoas vêm comigo. O melhor foi a hipótese inesperada sobre a tradução (entendida como prática social), que fixa melhor do que ninguém o estilo literário de uma época. Por isso é preciso voltar a traduzir os livros a cada tanto, porque o tradutor sem se dar conta repete os modelos do que é possível dizer "literariamente" em cada momento. Trabalha com a língua estrangeira mas também com um estado da língua para a qual traduz. Esse estado marca os fraseados do estilo possível, que lhe permite dizer certas coisas de um modo aceitável para a época. Caberia ver aí implícitos os traços do estilo social e literário. Os livros são traduzidos para essa língua, já formada com sua retórica e sua gramática "estética".

Antes, apresentação arltiana da minha pessoa por um professor, poeta e jornalista da Sade,* que falou do saber planetário e da minha fama "além das fronteiras", eu olhando para o chão e para ele, enquanto tentava escalar uma espécie de estrado, junto a uma mesa enorme, longe de tudo.

Ezra Pound diz: Flaubert é o precursor imediato de Joyce. Aprendeu em *Bouvard et Pécuchet* a forma enciclopédica que estrutura seu *Ulysses*.

Tensão entre o estilo barroco e o estilo clássico, definido por T. Wolfe em carta a Scott Fitzgerald. Eu sou *a putter-inner*, e você é *a leaver-outer*.

Quinta-feira 12
De manhã, o mais difícil é não pensar no que está lá fora, um pouco como se eu amontoasse todos os sentidos, os fatos, no que começa depois das duas da tarde, quando acabo de trabalhar. Hoje, por exemplo, passar na J. Álvarez, pagar o que devo à Piri, resolver como fazer com o diário de Gide, e por outro lado vários prováveis encontros com amigos, conhecidos etc. Depois procurar o Luna, suportar suas fofocas, suas lamúrias.

Hoje trabalho no roteiro para o B. Em duas horas defino sem vontade três cenas — ainda muito esquemáticas — da estrutura da história dos marginais que fogem para Montevidéu. Depois tomo notas sobre o diário de Gide

---

* Sociedad Argentina de Escritores. [N. T.]

e o diário de Kafka, também leio o diário de Musil. O que eles têm em comum e o que eu tenho a ver com eles?

Nos contos do livro descobri, sem saber, a diferença entre dramatizar e narrar. Por um lado, as histórias "objetivas" tendem a ser narradas no presente, enquanto se dão os fatos e os diálogos ("Tarde de amor", "A invasão"); por outro, os monólogos, definidos mais pelo tom do que pela fábula ("Suave é a noite", "Uma luz que sumia"). Por isso "Meu amigo", lido em voz alta por Héctor Alterio, foi facilmente transformado num monólogo teatral. "Mata-Hari 55" é um romance reduzido: gravação, documento, justaposição de vozes (modelo ou plano do romance sobre os marginais que fogem para Montevidéu). No presente. Prosa falada, ato de contar, forma de romance de não ficção (falso) baseado em fatos reais.

Sexta-feira

Série A. Ontem à noite, meu irmão Marcos, um estranho que reconheço a duras penas. "Amadurecido", mais real do que eu jamais fui, decidido a deixar o país e ir morar no Canadá com sua família e minha mãe. Apreensivo com as debilidades do meu pai (que é o dele), com seu tom frágil que meu irmão já não suporta. Vieram juntos de carro de Mar del Plata, papai confessando suas crises, não vê saída, a política é criminosa, diz, e descarrega suas mágoas sobre o Marcos, assim como fazia comigo, em Mar del Plata, eu tendo que bancar seu confessor aos dezessete anos. Com ele aprendi que não devemos nos deixar chantagear por quem põe a história do seu lado e justifica todas as suas fraquezas ou seu fracasso com causas "históricas". Meu pai vivia as atribulações do peronismo proscrito como se estivessem pessoalmente dirigidas contra ele. Ao mesmo tempo, nele reconheço meus próprios conflitos: fixação nos fatos futuros, recusa em aceitar a realidade. Portanto, eu, que sou seu espelho, do que posso acusá-lo?

Estou lendo as cartas de Scott Fitzgerald: "Não se preocupe com a opinião alheia. Não se preocupe com o dinheiro. Com o passado. Com o futuro. Em fazer carreira. Com que alguém passe na sua frente. Com o triunfo. Com o fracasso. Com os mosquitos. Com as moscas. Com os insetos em geral. Com os pais. Com os filhos. Com as decepções. Com as satisfações". Preocupe-se apenas em fazer as coisas direito e em procurar a compensação no próprio trabalho (nem sequer no seu resultado). É preciso ser um santo para cumprir essas regras, ela disse.

Sábado

Na hora do almoço, atrito do David com o Edgardo F., fomos comer no restaurante da Montevideo com a Sarmiento, falando de Eva Perón. A mulher da rua que ocupa um lugar único. Repudiada pela classe média e alta, seu rancor e seu ressentimento se convertem numa oratória política extraordinária, desconhecida neste país. Depois o Luna anotando escritos que encontra nos banheiros e ligando para os telefones ali anotados, e no fim o B. com boas ideias para avançar no roteiro.

Série E. Riscos: substituir a memória por estes cadernos. Não viver a experiência mais do que por escrito.

Quando trabalho, não posso ler. Nada me interessa ou tudo parece ligado àquilo que estou escrevendo. Os livros são tomados pela paixão do romance e viram objetos supérfluos ou objetos contagiosos. Não valem nada ou dizem melhor do que eu aquilo que não consigo acabar de escrever. Situação curiosa, o escritor como inimigo do leitor. O sujeito tão sensibilizado pela linguagem que tudo o que está escrito lhe parece pessoal ou dirigido pessoalmente a ele. Pensamento supersticioso do artista que sente que o mundo inteiro — não apenas os livros — fala privadamente com ele e está a serviço do assunto em que perde horas, dias, anos.

A outra maneira de ler consiste em ter à mão cinco ou seis livros e mergulhar neles para não pensar e não lembrar que estou em dívida com o que deixei sem escrever.

Pavese tinha decidido se matar, estava no Hotel Roma, mas se detuve a escrever umas cartas, entrou no tempo morto da linguagem e deixou seu suicídio em suspenso. "Os deuses enviaram as desventuras aos homens para que eles pudessem narrá-las." Homero. O tempo suspenso de Pavese antes de se matar lembra "O milagre secreto", o conto de Borges em que um homem pede a Deus um tempo para terminar sua obra antes de ser fuzilado. Acabar de escrever antes de entrar na morte.

A narração popular, o folhetim. O que acontece é que eles possuíam uma eficácia funcional precisa e coincidem rigorosamente com seu sentido, que era antes de mais nada a vontade de ser lidos. Mas a questão para esses romances não é ser lidos no nível do seu estilo e na dimensão própria da linguagem; eles queriam ser lidos por aquilo que narravam, por aquela emoção ou aquele medo ou aquela piedade que as palavras tinham a obrigação de transmitir e que deviam comunicar com sua pura e simples transparência. A prosa precisava ter a seriedade absoluta da narração, não devia ser nada além do elemento neutro do patético. Ou seja, nunca se ofereciam por si mesmos. Havia uma febre de expressividade, uma linguagem informativa. Daí sai seu oposto complementar, que chamaríamos paródia, um gesto artificial que transforma a linguagem das paixões excessivas num efeito cômico. Mas esse efeito não está na linguagem e sim no modo de ler. Inversão da leitura e não do sentido do texto.

Domingo

A melhor coisa, ontem, a descoberta de Doris Lessing, uma escritora lateral, como nós. Nasceu na África do Sul, foi do Partido Comunista, teve uma filha, se separou e partiu sozinha com ela para Londres. Olha a cultura inglesa de viés e escreve a partir do que aqui chamaremos uma poética de esquerda. Primeira categoria: usa muito bem os materiais autobiográficos, vê a si mesma como um dínamo que recebe raios múltiplos. A protagonista de suas histórias é sempre uma aspirante a escritora. Portanto, a tensão entre viver e escrever está sempre presente. Li coisas dela durante horas, como me acontece sempre que descubro um escritor. Vou ler todos os seus livros. Agora escapo, como acontece com os "entusiasmos" que não me deixam em paz (mas que paz?), e me afasto do verdadeiro caminho, para falar como os místicos. Está escuro, lá fora, cinzento. Pela frente, no final da tarde, *public relations avec* Mr. R.: vamos ver filmes tchecos. "La" Lessing se diferencia do Andrés R. e de todos os ex-comunistas porque não põe a culpa em ninguém, apenas observa suas reações com ironia.

Segunda-feira

Série A. Notável meu desconhecimento do passado, o esquecimento completo dos dias da minha infância. Não os recordo porque estou lá. Ontem, ondas das minhas saídas com o vovô Emilio e da sua morte, tão próxima que parece não ter acontecido. Fora disso, quase nada, retalhos fugazes, como se o Nono tivesse ocultado todo o resto até que só restasse ele no passado.

Nestes dias estou relendo todo o Chandler, gosto muito da combinação de aventura e ironia, uma épica tranquila. Marlowe procura o tempo todo objetos perdidos, enfrenta diversos obstáculos. Vive esse trabalho cansativo (o de detetive privado) como um herói de Kafka, com humor, vendo a morte de perto e o dinheiro como uma chave que dá sentido ao jogo. Finge aceitar essas regras para ocultar a atração pelo movimento contínuo. Uma formidável técnica narrativa destinada a bifurcar os caminhos incessantemente, a ação está sempre dois passos à frente do herói, que encontra apenas os efeitos dos fatos mas nunca os próprios fatos. Muitas vezes senti a tentação de escrever o *D. Quixote* dos romances policiais. Um único protagonista que deve ser ao mesmo tempo Quixote e Sancho, um ex-delegado um pouco louco acompanhado por suas vozes interiores que só falam com ele (ou que só ele escuta), com a sabedoria popular de Sancho Pança, ditados, provérbios, soluções inesperadas dos enigmas. Resolve "por palpite". Ter um palpite é adivinhar o futuro, imaginar como as coisas continuam. E é esse o método que deve ter esse investigador que estará nas bordas do gênero.

Tenho interesse no modo como Chandler maneja um único herói-narrador em seus romances, desse modo os livros podem ser lidos como um único grande romance. Gosto desse procedimento.

Terça-feira

Série B. Ontem, confabulação, lamentos, abraços afetuosos e secretos com o León R. e o David V. Os dois me adotaram como herdeiro do seu modo de pensar. Por quê? Talvez por causa do editorial que escrevi no primeiro número da minha revista *Literatura y Sociedad*.

Antes, conversa ao telefone com o León, agressivo e magoado por causa do episódio daquele sábado na cervejaria alemã antes de irmos para o aeroporto, com todo mundo criticando (e o David em primeiro lugar) seu modo de vida — confortável demais, ele já é proprietário e isso não nos agrada —, mas também seu modo de pensar o marxismo, demasiado pessoal. Desde aquele dia, várias semanas de silêncio. Ontem meu afeto por ele voltou, e a lembrança daquele mês viajando com o León pela Europa e das nossas conversas em Havana.

Houve reunião da revista, discussões diversas mas cheias de tensão (o David e o Ismael contra o León), que eu observava com a lucidez que dá o conhecimento dos três ou quatro níveis de uma situação. O editorial se centrará na análise do modo como as classes dominantes se pensam e definem a si mesmas. Aquilo que Brecht chamava "os hábitos idealistas" da burguesia. O capitalismo com ilusões: o que se faz nunca coincide com o que se pensa sobre o que se faz.

Trabalho intenso, escrevo três quartas capas (Mailer, Vargas Llosa e narradores franceses de hoje) e vários perfis biográficos (Robbe-Grillet, Claude Simon, Le Clézio). Agora, cansado, tenho uma longa jornada pela frente: ir ao banco, descontar um cheque, pagar o aluguel (atrasadíssimo, intimação inclusa), ver o Jorge Álvarez, passar pelo *El Mundo* para olhar as fotos, conversar com o Luna sobre futuros artigos e finalmente voltar para casa.

Obviamente, um panorama confuso: o que faremos? Aflito, penso no suicídio como uma saída para mim. Minhas cicatrizes no pulso direito que usei como marca da minha vida passada (um machucado que fiz ainda criança quando enfiei a mão numa porta de vidro, mas sempre usei para seduzir, mostrando essa marca como uma prova da minha decisão de acabar com tudo). A ordem louca da minha vida vai se quebrar... como o vidro da porta.

Quarta-feira 18

Reescrevo "O Laucha Benítez", funciona bem porque é o relato de uma investigação implícita que não consegue decifrar o mistério (quem ou o que matou o Laucha?). O amor entre homens num mundo hipermasculino: o boxe.

Ir para a cama com a Julia na hora do almoço e ficar a tarde inteira lá com ela, até agora.

Anotado por mim no verso da orelha de um livro de Pavese. Encontro um escrito datado de 15 de agosto de 1966: "Eu sempre quis encontrar um estilo que definisse meu modo de viver. A linguagem depende da forma como se vive a vida". Essa anotação aí solta no vazio, por isso fui ao caderno daquele ano e encontrei uma entrada do dia anterior: "Estou com a Julia no Jockey, decido voltar com ela a La Plata, passar um tempo lá, escondido, escrevendo". Logo depois, em 16 de agosto, escrevi que já tinha encontrado um quarto: "Uma casa com quintal, e os quartos dão para esse jardim, mas na frente as sacadas se abrem para a diagonal 80. Eu me instalo aqui sem que ninguém saiba onde estou". Curioso jogo de espelhos.

Se eu me decidisse a reconhecer que minha vida, digamos, também muda e "evolui", poderia recordar minha profunda estupidez inicial (1957), antes de chegar ao fim desse período de aprendizagem, dez anos depois, isto é, há um ano, quando publiquei meu primeiro livro. Esses dez anos poderiam ser a matéria viva da minha autobiografia — se a escrevesse.

Um conto, começa assim: "Depois, meu pai se suicidou".

Quinta-feira
Série C. Mulheres vistas como uma aparição em diferentes momentos da minha vida, guinadas, até chegar a essa visão fugaz — uma mulher de capa branca —, como quem vê passar a forma da sua própria vida.

Ontem a mórbida conversa do Luna, uma paixão infame pela desgraça (própria e alheia) que ele disfarça de generosidade, de bons sentimentos. Meu repúdio à piedade pelo que ela tem de espetáculo, de má-fé, que encontra toda a sua razão nesse boneco viscoso, com seu jeito de hipopótamo desamparado que se dedica a espiar pela janela, a procurar notícias suculentas, a ler livros pornográficos, a delatar, tudo com a maior "boa vontade" e amor ao próximo.

Agora há pouco, ida e volta à casa do David V., preocupado com possibilidades de emprego, critica a linha literal da *Primera Plana*, a facilidade da escrita autobiográfica apresentada como um exemplo de experimentação.

Série E. Relendo o diário de Pavese recupero a velha mania de autoconstrução da vida (como obra de arte) com seus ofícios (de viver, de escrever, de pensar), com suas técnicas e regras.

Rápidas rajadas de imagens com os livros que perdi nas minhas mudanças, nas minhas "separações", e ao mesmo tempo os livros que preciso ter hoje mesmo nesta mesa e que estão — digamos — no escritório do Jorge Álvarez ou na casa do León ou em alguma livraria que não conheço. Sempre haverá novos (e velhos) livros para ler, mas sempre haverá um livro que estou procurando e não acho. Minha ilusão é ter todos os livros à mão para usá-los quando uma necessidade prática exigir, escolhê-los quando minha leitura for apropriada e estiver disponível para esse livro e não outro. Portanto, minha biblioteca e os livros que compro não são para ser lidos agora, e sim para uma leitura futura que imagino que encontrará seu lugar num volume que comprei anos atrás. Uma ideia que se sustenta na minha tendência a enxergar no presente os rastros do futuro (e estar preparado). Também a biblioteca persiste como um lugar para o qual eu volto: os mesmos livros, as mesmas ideias que se repetem há anos e que também se repetirão no futuro.

Penso que o melhor que escrevi nestes cadernos resultou da espontaneidade e da improvisação (no sentido musical), nunca sei sobre o que vou escrever, e às vezes essa incerteza se transforma em estilo. Defendo o escritor perplexo que busca entender um mundo hostil. E a partir de uma intuição me deixar levar pelo *palpite* (bela palavra que remete à palpitação e também a imaginar o que virá).

Tudo o que tenho pensado ou tentado pensar vem do não saber e da tentativa de escrever nesse lugar. Por exemplo, ao reler Faulkner e escrever seu perfil, descobri o romance como investigação. Pude pensar nisso porque o que me levou a essa intuição foi um trabalho em que outras questões me preocupavam.

Série A. Sempre tive medo de pensar até o final, por prevenção dos efeitos que o pensar poderia ter no meu corpo. Para evitar a dor, esquivo todo pensamento sobre mim. Melhor dizendo, penso a partir de mim mas não em mim. E aí está a revelação de que é sempre outro — não sou eu — quem escreve.

Visto por outro lado, está minha decisão de postergar, de deixar para outro dia o que me incomoda agora: criar uma pausa, uma espera. Por isso a queda é tão surpreendente, porque irrompe na trégua quando ninguém a espera (a surpresa é a catástrofe).

Comecei a ganhar a vida aos vinte e dois anos. O que houve antes disso? O mecenato do Nono. E antes?

Essa temporalidade descontínua, nunca linear, onde não há progresso, é visível naquilo que escrevo (no modo como escrevo): são raptos, instantes felizes, inspirações, escrever sempre por momentos, por ondas, dificuldade para estabelecer um ritmo estável de trabalho, uma disciplina. Trata-se de uma busca incessante da ocasião perfeita. Tenho muita confiança no futuro, e isso define minha vida, minha maneira de pensar e de escrever (e de amar). O que virá, essa iminência, me permite seguir.

Releio Conrad com o pretexto de preparar uma seleção de seus contos para minha coleção de clássicos. Gosto muito do seu jeito de pôr o narrador, que está contando a história, no centro da cena. Ele sempre define a situação que possibilita o relato. Por exemplo, a vazante do rio, a calmaria que interrompe a navegação e reúne os marinheiros ociosos com o narrador (que é ou que foi um deles).

"Marlow (pelo menos acho que é assim que se escreve seu nome)." Aí aparece a distância entre quem escreve e quem narra, mas também a relação entre o escritor e o narrador que já conhece a história e a conta à sua maneira a um grupo de interlocutores. O que falha é a confiança no tom falado do relato. É preciso menos calma para narrar, mais confusão narrativa, menos diálogos diretos. E é isso que Faulkner faz, vindo diretamente de Conrad mas definindo um narrador alucinado com a história que tenta contar.

Todas as manhãs, antes de começar a trabalhar, abro uma fresta na janela para deixar entrar a luz do dia, sem acordar a Julia, que continua dormindo atrás de mim, e depois arrumo a mesa, faço um espaço para a máquina de escrever e começo sem reler o que já escrevi.

A Série X. Nas notícias da prisão de um grupo de guerrilheiros em Tucumán, aparece o A. P., que conheço há anos, e portanto também o

Lucas T. M. Converso sobre isso com o David V., necessidade de lhes dar "apoio moral", mesmo que politicamente não concordemos com seus métodos etc.

Segunda-feira 23

Com o David V., percorrendo a cidade, fomos parar na ponte La Noria e perambulamos pelas *villas miseria* em volta, pelos lixões, Boedo Sur, para terminar pelos lados da Corrientes e depois no teatro Alvear, assistindo a *Bajo la garra*.

Nota ao romance de não ficção. Como eu já disse, tomei conhecimento dessa história pelos jornais, achei que havia pontos obscuros e decidi investigar etc.

Série E. Estou lendo o diário de Gide, não gosto da autocomplacência, do seu jeito de viver sob os holofotes. Para mim só valem os diários escritos contra si próprio (Pavese, Kafka). No meu caso, o que mais encontro são momentos que — lidos hoje — eu queria ter vivido de outro modo. É difícil me reler porque descubro o que havia em mim de indesejável. Não porque eu tenha dito isso — ou entendido — explicitamente, mas pelo que se vê olhando do presente. Teria bastado um gesto para que tudo fosse diferente, mas naquele momento eu era cego: nunca vemos o que queremos fazer, até que se passaram dez anos (pelo menos), portanto vivemos cegados pelos acontecimentos, sem encontrar a saída que buscamos, mesmo que ela esteja a um metro do nosso corpo, mas não é um problema de distância física, e sim de perspectiva temporal. Quando releio estes cadernos, vejo bem claro o sujeito que eu era.

O comércio é o motor das peripécias nos romances de Conrad, o intercâmbio entre regiões distantes funciona em suas narrativas como o destino na tragédia.

A Série X. A guerrilha de Taco Ralo. Na teoria do foco, a margem de erro se reduz ao mínimo, só uma eficácia total permitiria desenvolver uma possível ação no futuro. Por isso todos caem antes do tempo por causa de erros mínimos. Neste caso, a novidade é o caráter peronista da política (mas não dos seus métodos).

Terça-feira

Série B. Ontem à noite, David. Fui à casa dele para uma reunião com o León. Ele me recebe com um sorriso enigmático. "Você gosta do Borges, não é?" Eu continuo caminhando para o interior do apartamento e vejo um livro sobre a mesa. "Que cilada você armou?", pergunto. O David recua e pega o livro, enquanto me dá um soquinho no braço, ofendido. "Que é isso, *che*?", diz. Depois eu, muito constrangido, tentando exagerar minha gratidão para dissipar o mal-entendido. Ele me presenteou com a primeira edição de *El idioma de los argentinos*, com a dedicatória do próprio Borges, à qual o David acrescentou outra, escrita com traços largos. Logo percebo que o livro foi roubado do José Bianco, porque conheço o jeito como o Pepe encaderna seus livros, mas não digo nada. Portanto, uma situação múltipla. O David rouba um livro para me dar de presente e, como arma uma cena sem mencionar o roubo, eu atuo na defensiva porque conheço suas manhas. Enquanto isso, o León demora (acaba não vindo), e o David volta a provar sua amizade ao recordar nossa viagem pela cidade no domingo passado. Volto caminhando devagar pela Viamonte, e em casa, surpresa, o León está me esperando para repetir a cena anterior: me oferece uma estante (porque meus livros estão empilhados pelo chão), e procuro ser equânime.

As relações entre escritores de outra geração sempre são complicadas, porque cada um fala uma língua diferente, então acabamos nos entendendo num jargão inventado com retalhos do idioma pessoal de cada um e só conseguimos a incompreensão e o mal-estar.

Minha desconfiança diante da exteriorização muito efusiva e evidente dos afetos é a primeira coisa que me separa dos meus amigos sartrianos León, David, Ismael, o próprio Masotta. Eles encenam as leituras de sua juventude, procuram "a autenticidade", fazem da sinceridade e das palavras explícitas a prova de uma consciência aberta ao mundo. Eu, da minha parte, tenho outras leituras, as verdadeiras emoções são aquelas que não se demonstram, a paixão é forte demais para ser exibida como se fosse um brinquedo numa vitrine.

Para completar, encontro a seguinte frase de Borges no livro que ganhei do David: "O sujeito [deste livro] é quase gramatical, faço questão de anunciá-lo para aviso daqueles leitores que censuraram minhas gramatiquices e que solicitam de mim uma obra humana. Eu poderia contar que o mais humano (isto é, o menos mineral, vegetal, animal e até angelical) é justamente a gramática".

Outra de Borges: "Uma pessoa que não trabalha para ganhar a vida se encontra um pouco fora da realidade".

Quinta-feira
Chegou a estante que ganhei do León, coloquei encostada na parede, agora os livros estão aí, enfileirados, demais para eu ver de uma vez, poucos demais para minha fantasia (de ler tudo).

Domingo 29 de setembro
Consigo o volume de cartas do Pavese, caríssimo (nove mil pesos), a contingência do que ele escreve, os vazios entre uma carta e outra, tudo isso eu posso completar com seu diário e sua ficção. O que procuro? Sempre a mesma coisa, descobrir por que ele escreve, o que ou quem o levou a isso — como a mim. Resultado: quando um escritor me interessa, leio tudo dele. Não são muitos os que têm essa sorte. E Pavese foi um dos primeiros.

Uma impressão que vem dessa leitura me ajuda a entender que nós estamos na situação de romper a exterioridade que desde o início nos define. Já não olhamos as outras literaturas ou os escritores estrangeiros como se tivessem mais oportunidades do que nós. Lemos de igual para igual, isso é o novo.

Série E. Eu imagino a mim mesmo a partir de três ou quatro lembranças nítidas e não muito remotas, como se minha vida tivesse começado recentemente e antes o resto — fosse o paraíso perdido da minha infância demasiado longa. A decisão estava tomada por impulso, e meus amigos mais chegados (a Diana, a irmã da Elena, o Raúl) insistiam em que eu não podia dedicar minha vida à literatura, uma aposta muito arriscada. Durante um ou dois anos, meu pai e seus sequazes fizeram uma campanha para me convencer de que eu devia tomar decisões sensatas, e foi isso o que acabou por me acuar na defesa suicida de um futuro sobre o qual tinha ideias muito confusas. Recordar e ver essas cenas para entender minhas sucessivas vinganças (a literatura como vingança), e principalmente para entender por que escrevo este diário. Durante anos foi — e ainda é — o único lugar em que eu podia me apoiar para me sustentar numa decisão delirante. *Tudo ou nada* deveria ser o título destes cadernos, se os publicasse.

Isso por causa do meu espanto ao confirmar em Pavese o que eu não soube de mim, digamos, "conscientemente", e que só entendi muito depois de ter decidido, mais uma vez, "ser um escritor" antes de ter escrito qualquer coisa que justificasse essa ilusão. Os conselhos que não ouvi procuravam me convencer da necessidade de reconhecer que a literatura devia ser para mim uma "ocupação secundária". Vi tudo isso — vi quase psicoticamente minha vida inteira já vivida — num instante daquela tarde, sentado no piso de lajotas do corredor, com as costas apoiadas na parede, escrevendo palavras furiosas num caderno. Devo ter pensado: "Se eu escrever aqui o que quero viver — e não estupidamente só aquilo que vivo —, poderei depois viver o que escrevi como um oráculo realizado". Assim liguei para sempre escrita e vida. Nunca me preocupei com a ideia de que a literatura afasta da experiência, porque para mim as coisas se passaram ao contrário: a literatura construía a experiência.

"Guarde-se bem de fazer da arte uma ocupação secundária, senão será castigado pelos deuses que protegem da mediocridade geral", pensei sem saber. Visto por mim aos dezessete anos, quando ainda não tinha feito nada que justificasse essa convicção. Por isso me intrigava a vida "dos escritores", procurava neles o momento — ou os momentos — dessa decisão. Lembro-me de um verão lendo *La Recherche* de Proust e vendo a epifania da descoberta na biblioteca dos Guermantes, quando Marcel no fim da vida percebe que viveu tudo para poder escrever o romance que lemos. No meu caso, a coisa foi ao contrário, tomei a decisão antes de viver, sentado no chão de uma varanda com a casa desmantelada.

Antes de mais nada, deixei de lado todos os subterfúgios (estudar direito, procurar um emprego fixo, formar, como se diz, uma família etc.), do mesmo modo que Marcel percebeu que seu fascínio pela vida social, pelas festas e pelo mundo aristocrático não era nada comparado com sua vontade — ou melhor, com seu desejo — de ser um escritor.

Há algo de estranho na decisão de escolher o imaginário como razão da própria vida. Uma falha, uma fissura que ninguém vê mas cujas consequências são sentidas na linguagem, numa disposição obscura e problemática das palavras: tudo isso não justifica nada, você pode ter essas certezas e nunca chegar a escrever uma única página. Também por isso comecei, sem me dar conta, a observar a construção dos escritores imaginários nos textos de ficção. Como são os escritores que os escritores inventam em seus romances? O que eles fazem? Com que trabalham? O primeiro dessa estirpe foi para mim Nick Adams, o jovem aspirante a escritor dos contos de Hemingway, depois veio o grande Stephen Dedalus, o jovem esteta que olha o mundo com desprezo — sua família, sua pátria e religião — porque escolheu ser artista e não sabemos se conseguiu, porque Joyce o deixa no final da noite do *Ulysses* caminhando meio bêbado por Dublin, com Leopold Bloom, que o leva para sua casa com a intenção secreta de adotá-lo como filho (e também perversamente como o amante de Molly, sua esplêndida mulher). Há uma série que eu li com ardor, como se fosse minha própria vida: Quentin Compson, o suicida de Faulkner, que se mata antes de ter feito o que imaginava que queria fazer (ser um escritor). A lista continua, e estou a ponto de preparar uma galeria ou uma enciclopédia da vida dos escritores imaginários: todos parecem ter em comum certa imaturidade, não chegam a ser adultos (porque não querem). Aqui eu poderia usar os romances de Gombrowicz, nos quais o artista resiste à maturidade. Esse é o limite, já que a maturidade é a conversão do artista em homem integrado. É isso que acontece no final de *D. Quixote*, quando Alonso Quijano já esqueceu suas ilusões e se resigna à vida trivial. Por isso a vida dos artistas nos romances termina rápido e em geral todos morrem ou se suicidam para não se resignar e aceitar o peso do real.

Há uma cena quase irreal à qual respondo: uma mulher me pede um romance e me pergunta se eu o li, poucas semanas depois já estou escrevendo estes cadernos. Isso se esclareceria se eu pensasse na situação em que entreguei à Vicky "sem perceber" — meu diário em lugar dos meus cadernos de anotações. E ela foi nitidamente a segunda mulher da minha vida (por esse motivo).

Tudo estaria no lugar se eu ousasse viver como se estivesse prestes a completar (não vinte e oito anos como é o caso, e sim) dezoito anos. Aí sim eu seria capaz de esperar, de manter a calma, de deixar estar e ficar disponível para os anos de formação. Mas, claro, no meu caso a temporalidade funcionou ao contrário.

Segunda-feira 30 de setembro

Lendo as cartas de Pavese, me volta a vontade de compor o conto que se passa em Turim, uma colagem invisível com fragmentos do seu diário e do meu. Narrar a vida de Pavese (ou um dia, ou o final) em paralelo a alguns dias — ou horas — da vida do protagonista, que é um escritor imaginário (e por isso foi até lá para ver de perto as imagens de Pavese). Um início possível (se eu escrever o conto em primeira pessoa): "Não entendo por que estou aqui, como pude acabar em Turim, sem que nada justifique essa viagem a uma cidade que não conheço, que só sinto próxima porque meu pai e o pai do meu pai nasceram aqui. Vim com uma bolsa para estudar Pavese, ou melhor, vim aqui para escrever algo sobre o diário de Pavese, mas isso é um pretexto, como sempre as razões e as causas são mais obscuras. Às vezes, certas tardes, quando estou mais desorientado que de costume, procuro um lugar neste quarto do Hotel Roma, abro minha mala e releio uns cadernos onde escrevo de vez em quando sobre o que faço ou o que penso. Estou sozinho em Turim, conheço três ou quatro pessoas, se tanto, o garçom que me serve no restaurante, a moça que vem limpar o quarto, um amigo circunstancial que conheci no café aonde vou todas as manhãs. Meu italiano é lento e tentativo, e meus conhecidos pensam que sou meio lerdo da cabeça, nem tanto um estrangeiro, mas um estranho, um forasteiro...".

Livros franceses e ingleses

Arte-Ciências-Medicina-Literatura etc.

Preços extremamente baixos

......

Don Bosco 3.834 (Rivadavia e Medrano)

Tel. 89-6098/6099

De segunda a sexta, das 14h às 17h.

1º de outubro

Agora o sol, que sempre na mesma hora se reflete na janela e me bate nos olhos: uma luminosidade branca, que se afasta e me ofusca; então tudo se recorta nitidamente com um brilho que dá à cidade a forma de uma fotografia.

Também Pavese tematiza a cifra de todos nós (ou melhor, de alguns, ou melhor ainda, só de mim), a literatura é o contrário da vida, e essa é sua virtude. Por exemplo: o que ele faz nessa cidade que não conhece, estudar um autor que falava uma língua que era a do pai e do avô, mas não a dele. Quem sabe, em vez de se perder em formas que se duplicam, seria melhor que se dedicasse simplesmente a traduzir alguns contos de Pavese dos quais gosta muito ("Viagem de núpcias", "A jaqueta de couro", por exemplo). Desse modo sua estadia em Turim seria eficaz, no final poderia apresentar um relatório para justificar o dinheiro da bolsa que lhe permitira viajar. Por exemplo, dizer: Pavese era um homem insólito, o que não quer dizer um homem valioso.

Ontem, longa reunião da revista com David, Ismael, Rodolfo e Andrés, acabamos às duas da manhã no Munich perto do porto. Discussão sobre a editora, a questão é como integrar aquilo que eu chamei de série estrangeira. Tento fixar num termo o sentido múltiplo de uma posição lateral. País à margem das correntes centrais. Isso já foi visto pelo próprio Sarmiento, mas nós agora pensamos que essa localização não nos impede de estabelecer contatos diretos com o estado atual da cultura. Pela primeira vez estamos em sincronia com a cultura contemporânea.

Aí o Andrés limpa sua consciência. Procura nos outros a iniciativa de toda ação ambígua que o comprometa ou complique. Uma imagem levemente desfocada de qualquer um de nós, ressentimento, busca de segurança, verbalismo revolucionário, imagina que viver tudo complicadamente é uma prova de sinceridade. Uma bela alma que esconde o que poderíamos chamar, nas palavras dele, obscuras tentações.

Muito animado com o projeto de escrever um conto sobre Pavese, reencontro velhas anotações que estão em mim desde 64. De repente uma lucidez fenomenal que me deixa ver numa só imagem o conto inteiro e seu título: "Um peixe num bloco de gelo".

Um peixe. Eu também cheguei a Turim com as neves de janeiro e vi os brilhos do sol pálido sobre as águas do Pó. Para conhecer um escritor é preciso fazer dele uma parte da nossa vida. Por isso estou aqui. (Utilizar meu próprio nome para marcar um narrador fictício é inverter o mecanismo do pseudônimo.)

Destino. Textura de fatos escolhidos sem saber. Caminho visto em seu conjunto no final, quando já é tarde.

Quarta-feira 2 de outubro

Ontem, as cumplicidades indesejáveis. O Luna, sempre. Agora tecendo uma rede ambígua na qual rondam algumas mulheres e — sobretudo — vários homens dos quais ele quer se vingar. Intenção, desejo ritual, repetir sua própria miséria, poder ser (depois de ele próprio ter assumido muitas vezes esse papel) um canalha "prestigioso", enganar, usurpar a mulher de um amigo, abandonar o lado "honesto", miserável, do marido corno e fiel enganado pelos seus camaradas.

O rosto de Sartre, instalado, meio barbado, os olhos olhando para os cantos do quarto, imaginar o momento em que ele olhou para a câmera e sentiu a tensão prévia a essa fugaz imortalidade e em seguida o que veio depois dessa pausa, que eu pendurei na parede, o fotógrafo e Sartre conversando, despedindo-se, enquanto eu estava em algum outro lugar do mundo sem saber que essa foto me era destinada.

Agora vou tomar o chá que estou deixando esfriar enquanto o ar limpo da manhã me bate no rosto e embaixo uma mulher varre a calçada, um som familiar que me transporta à infância. Estou na cama, devo ter seis ou sete anos, passo a polpa dos dedos pela barra de madeira que atravessa a parede na altura do meu rosto. São sete e meia da manhã, custo a começar, como se quisesse eternizar o momento, essa pausa em que tudo está para acontecer e eu estou sozinho, livre, no meio da cidade.

Por que meu fracasso com "Los días futuros" em 1965 não mudou nada em mim? Deixou tudo como estava, a mesma segurança, a mesma ênfase apesar do tempo que foi necessário para conseguir escrever alguns contos que ainda perduram para mim. De onde, de que cegueira eu tirava minha confiança naquele tempo? O fracasso então, parcial, momentâneo, que volta com a certeza de que só os imbecis vencem e chegam lá. (É preciso 40% de mediocridade para poder vencer na arte. Qualquer redução nessa cota de estupidez condena sumariamente ao fracasso.) Teoria que é a realização direta do meu modo de pensar a realidade.

Série E1. O que está em jogo é a oposição entre forma e sinceridade. Velha polêmica que assume diferentes nomes ao longo dos anos e tornou a reaparecer neste tempo em que se canta o não saber e se celebra a espontaneidade do bom selvagem. Enquanto isso, estou sozinho remando contra a maré e procuro construir minha literatura fazendo dessa tensão — vida ou literatura — o tema das minhas narrativas (e também destes diários). Construir na arte e construir na vida. Dar forma à experiência.

Série E2. Certas épocas da minha vida que vivi com angústia recuperam, quando "volto a lê-las" (não é a mesma coisa que voltar a vivê-las), sua verdadeira realidade: algumas intuições muito boas, certas frases felizes que delatam um saudável "movimento da alma", apesar do peso suicida com que eu as sustentava, como quem olha uma própria ferida dolorosa sem ver a bela textura da carne que se expõe pela fenda na pele. A passagem da ferida à cicatriz. Por isso hoje mesmo, tenso e com rara lucidez, não vejo razões para me desembaraçar da carga que me afasta do mandato (próprio) de escrever, todas as manhãs, o romance em que estou trabalhando.

Série E3. E se o melhor que escrevi, e se o melhor que escreverei na minha vida, forem estas notas, estes fragmentos, em que registro que nunca consigo escrever como gostaria? Admirável paradoxo, enfurecido por não poder escrever o que quer, um homem se dedica a registrar num caderno a história da sua vida, sempre contra si mesmo, e se sustenta dos seus cadernos, observa-se e vai fracassando sem saber que nesses cadernos está escrevendo a melhor literatura do seu tempo. Morre desconhecido, anônimo, sem que ninguém queira ou possa (mesmo que reconheça seu valor) ousar editá-lo. Cadernos em que um desconhecido fala da sua vida, relata dia após dia sua frustração, escreve o testemunho mais profundo da sua época, da fatalidade do fracasso. Seria a vida de Kafka ao contrário, o segredo de uma qualidade totalmente ignorada, de uma grande literatura que se ignora, ou melhor, que é desconhecida também do próprio autor.

Quinta-feira 3

Chove, são sete da manhã, o ar úmido entra pela janela aberta, preocupado porque já não consigo mais ler, espero sair à rua à tarde, depois de ter escrito durante a manhã, para encontrar meus amigos, tomar uns copos e procurar aventuras na cidade até tarde da noite.

Notas sobre Tolstói (4). Em sua idade madura, Tolstói lutou intensamente para se libertar dos laços da vida social e do conformismo, e por isso fascinou no mundo inteiro um grande número de homens e mulheres que — assim como Gandhi —, com toda sinceridade, queriam "voltar" a uma vida simples e pura e praticavam a não violência. O próprio Tolstói foi tragicamente incapaz de realizar essa volta e sua última tentativa foi, a seu modo, um suicídio.

Dom Quixote. "À maneira do que seus livros lhe haviam ensinado, imitando sua linguagem quanto podia." Há sempre no romance de Cervantes uma aspiração a passar da vida à literatura, ao romance futuro: "Quando vier a lume a verdadeira história dos meus famosos feitos, o sábio que os escrever há de pôr, à hora de contar esta minha primeira saída, desta maneira: 'Mal havia o rubicundo Apolo espraiado seus...'", e continua mostrando como sua história será contada. Quer dizer, ele aponta o verdadeiro sentido dos seus atos: serem lidos. O que ele faz ao viver é marcar o ritmo do sábio escritor que escreverá sua vida. Em suma, ele fala e age de acordo com os romances que leu (e essa é sua loucura), ao mesmo tempo que anseia um escritor que no futuro os escreva conforme ele os viveu (essa será sua lucidez). E sua calma ao morrer, lúcido, de novo Alonso Quijano, será essa ilusão de ter deixado sua marca (escrita), enquanto o autor fala com a pena com que está escrevendo.

Sexta-feira 4

Ontem, breve aparição do David por volta das quatro da tarde, muito afetuoso, com aquela insólita orfandade e desamparo que ele tenta esconder por trás dos seus gestos enfáticos, da sua retórica e sua inteligência.

Trabalho desde as sete da manhã, sempre em ondas descontínuas, com a tentação de que tudo o que escrevo deve ser "consumido" em um dia. Para mim a concentração é sinônimo de rapidez. Preciso cultivar a virtude da continuidade.

Recentemente, com o rosto colado nos vidros embaçados, olhei a água caindo sobre as garrafas de leite empilhadas em caixotes de arame na calçada da "Provisión San Miguel". Toda a rua escureceu com a chuva, e eu estava de novo na calma de certas manhãs em que tudo é possível para mim, porque a madrugada, a chuva, me envolvem e me escondem do futuro.

Às vezes tenho dúvidas, não sei se essa despreocupação — escrever uma hora, completar uma situação, parar — é a esperada maturidade ou é preguiça. Antigamente escrever era uma paixão, algo que me tomava, que exigia certos rituais, certos tempos exatos. Agora consegui uma disciplina de trabalho, as primeiras horas da manhã como uma bênção, deixar uma página escrita pela metade e retomá-la no dia seguinte e seguir em frente. Não acho que tenha perdido o entusiasmo, porque para mim não há nada que se compare a estar sentado escrevendo, mas acho que gostaria de fazer disso um costume ou um hábito que se pega e se larga, como naquele tempo em que eu nadava na piscina do Club Temperley e batia meus recordes, ou baixava o tempo, todos os dias, sem esperar o momento ideal.

Narrar é como nadar. Os contos são a velocidade do *crawl*, os cem metros a toda, mas já há algum tempo quero escrever como quem nada no mar e não tem um limite, a não ser seu próprio cansaço, que o incita a voltar para a praia. Tempos atrás escrevi um conto, "O nadador", narrando a experiência de um homem que conheci na praia, que nadava até o navio afundado três quilômetros mar adentro e mergulhava no interior da embarcação submersa na esperança de encontrar um tesouro. Essa seria para mim a metáfora de um romance.

Seja como for, penso que sempre posso voltar aos meus velhos "momentos puros de criação" e escrever contos, mas tento adquirir um ritmo ao nadar que me permita o fôlego longo, a concentração "estendida". Por um lado, a experiência de "Suave é a noite", escrita em seis horas; por outro lado, o trabalho da novela "italiana", com Pavese como centro da trama, que continua a girar em falso.

Sábado 5

Aprender com o Pavese de 1935, em pleno confinamento e com três anos de desterro pela frente, sem notícias da mulher que amava, sozinho, na intempérie, em seu diário escreve sobre sua poesia, sobre seu modo de trabalhar, nunca se deixa tomar pelas "tragédias da alma". Digo isso porque ontem trabalhei a manhã inteira, até que fiquei perdido, "atordoado" de cansaço, um aro de ferro me apertando a testa. Daí em diante, até de noite, nada, salvo minha "rotina mundana", que ontem foi apenas uma passada pela redação, porque o Luna não estava, e em seguida desci até a cidade, uma caminhada pela praça San Martín. Ao descer do ônibus a caminho da

Air France, houve um estrondo no Círculo da Marinha, medo, correria geral para o parque, embora fosse apenas um inocente curto-circuito que encheu a calçada de fumaça "como uma bomba".

"Ao escrever, a dificuldade não está em dizer, mas em não dizer." Kipling.

Domingo 6 de outubro
Série C. Digamos que os livros que escrevo são o preço que devo pagar pelos erros remotos, penas que ninguém poderia aliviar, horas lentas que foram canceladas por uma mulher de saia vermelha, meias pretas e sorriso doce. De que vale recear e lamentar uma história da qual já não restam nem cinzas, em que só persistem alguns livros perdidos, uma biblioteca dividida, como se fossem objetos valiosíssimos que justificassem uma disputa, quando na verdade eram apenas símbolos do amor que ficava para trás e de momentos imperecíveis, monumentos à felicidade passada. Porque eu nunca saí dos livros, por isso os livros são a única coisa que eu posso perder e lamentar e na qual posso pensar. Por exemplo, ainda gostaria de escrever o relato de uma separação amorosa só com os títulos dos livros em disputa.

Tudo me foi dado facilmente, a partir de certo momento (1957), como se depois as forças tivessem se acumulado e tudo tivesse ocorrido ao mesmo tempo: a mulher ruiva (a Vicky foi a terceira da série), a decisão de viver sozinho, com o dinheiro justo (graças ao trabalho que meu avô Emilio inventou para mim), sem esforço, até chegar a este lugar onde moro, num beco da cidade. Por isso a convicção, a certeza da qual nunca duvidei, mesmo, para além dos "fracassos". Ausência do sentido confuso e sempre postergado que encontro na realidade, no amor ao ofício — e não a seus resultados —, que me permitiu viver todos estes anos.

Mas então, o quê? Uma vida descoberta sempre depois, decisões, mudanças, escolhas sutis que me levavam a essa necessidade de organizar tudo em torno da literatura. Sem nunca pensar na possibilidade de outros caminhos.

Estou lendo *Señas de identidad*, de Juan Goytisolo. Entre os narradores da sua geração (Viñas, Fuentes), é o que parece ter se recuperado melhor da crise provocada pelo "compromisso" e pelo romance social. Aqui ele avança numa nova direção, política no melhor sentido.

Quarta-feira 9 de outubro

Ontem reencontrei um eixo da minha própria educação, as revistas literárias, inglesas, francesas e italianas, onde fui descobrindo a literatura contemporânea e seus debates na biblioteca da Universidad de La Plata, e fui "aprendendo" a ser este que sou. Também a experiência no Arquivo Histórico da Província de Buenos Aires, nos porões da galeria Rocha, onde o Barba foi meu Virgílio. Aprende-se rápido, com a velocidade instantânea de uma ave de rapina, e bastam alguns segundos para distinguir com clareza um caminho na floresta da cultura.

De novo as confissões do Andrés R., obcecado com os Viñas, com as mulheres dos Viñas, com suas histórias que me conta como se fossem dele. O Ismael, que durante dois anos oculta do seu irmão David a morte do pai, para poupar-lhe o sofrimento. A descendência. O Ismael que pergunta ao David, segundo o Andrés: o que há de errado com a gente para que os filhos saiam assim? Uma queixa, um lamento.

Passo os dias ouvindo música na Rádio Municipal. Acabei percebendo a lógica dupla das apresentações ao vivo: os espectadores que aplaudem e gritam durante dez minutos como se a música fosse essa. Penso: isso é o concerto. Agora vem o intermezzo, ou seja, a música. Agora, Schubert.

Hoje, pouco trabalho. Agora estou esperando a Julia para irmos almoçar. Coisa estranha. Faz só duas horas que comecei a ler firme, e as letras já estão dançando, não consigo enxergar.

Antes, bela caminhada ao meio-dia depois de uma conversa com o Álvarez e de cortar o cabelo. Todas as livrarias de Buenos Aires (Dinesen, Akutagawa, Les Temps Modernes), e depois sentei na calçada de um bar na avenida de Mayo. Depois, na praça, uma mulher espantando pombas e eu tentando descobrir, sozinho num banco, se realmente gostaria de ser pai. Decidi que a decisão que tomei há dez anos era a melhor, nada de família. No fim fui falar com o Korenblit para acertar a conferência que vou dar na sexta, na Hebraica, sobre Arlt e Borges, em troca de cinco mil pesos, e que vejo se aproximar não muito animado. O Álvarez me ofereceu fazer um *omnibus*, ou seja, uma antologia da obra do David. Será o fim de uma amizade? Quero dizer, será seu documento (seu testamento)? Veremos.

Sábado 12

Ontem, tudo certo, sala cheia e eu mesmo "me vendo" sair em direção às pessoas, recordar meu corpo, o delas sentadas lá, enternecidas com minha juventude e com minha brilhante rapidez. Depois, no Arturito com a Julia comemorando os cinco mil pesos pela minha primeira conferência paga.

Época muito boa, teria que procurar muito para achar um tempo tão limpo e sem sobressaltos, e tão "criativo".

"Minha paixão começou no dia em que minha alma caiu neste corpo miserável, que acabo de gastar escrevendo isto." Michelet.

Série E. Caminhei ao sol por uma Buenos Aires deserta por causa do Dia da Raça (assim chamado), tentando encontrar a vontade de escrever o artigo sobre tradução que preciso entregar no dia 21. Vontade de dar um pulo em Mar del Plata, apesar de todas as cerimônias familiares, para procurar os cadernos que deixei lá guardados e começar a transcrever meus diários de 58 a 62. Ver o que se pode resgatar daquele tempo. E o que será essa reescrita? Uma leitura escrita de uma escrita vivida?

Domingo 13

Nada pior que as manhãs, nada pior do que as manhãs de domingo. Escuto Mozart, olho pelas frestas da janela os retalhos de sol, o cicio de uma vassoura lá embaixo, vou saindo aos poucos da opacidade opressiva da manhã, reencontro a segurança, convicções onde me agarrar para tirar a cabeça fora d'água e respirar. Logo tudo entra em movimento, os trabalhos que começam ao amanhecer, os livros por ler. À frente está o final da noite, o dia que vem... Sempre recupero a vontade.

"Uma autobiografia sempre se refere não ao que aconteceu, mas àquilo que deveria ter acontecido." Tomachevski.

Série C. Batalhas, marchas e contramarchas, por momentos essa mulher passa para o outro lado, se refugia numa cerimônia esquisita que faz de mim um estranho hóspede. Os dois sentados, ajoelhados, deitados na cama, chorando. Pausa para encontrar novos caminhos rumo à destruição. Desconhecidos que se batem sem nenhum motivo, salvo não se conhecerem.

Segunda-feira 14

Acho que o que me irrita no *Journal* de André Gide é certa contemplação fascinada da natureza. Seu otimismo santarrão: pássaros que comem da sua mão, montanhas que se deixam escalar, peixes que desenvolvem sua vida diante dele etc.

Foi um modo de "posar" meu choro repentino ao ler as terríveis cartas finais de Pavese? Sobretudo — quem sabe por quê? — aquela que um parente lhe escreveu parabenizando-o ingenuamente por seu "grande prêmio" (o Strega daquele ano), como se aí eu tivesse visto o choque da sua própria realidade com sentimentos detestáveis. Um modo de parecer sensível, digno, chorar por Pavese como se fosse eu mesmo. Um modo aristocrático de expor minha dor pelos eleitos, que o mundo esmaga.

"A crítica literária deve reconhecer o procedimento como seu único herói." R. Jakobson.

O sol arruína os objetos, os livros, a escrivaninha, todos os dias, às dez e meia da manhã.

"É difícil descrever um personagem que não tenha nada a fazer na história." L. Tolstói.

"O destino do artista está, em última análise, em sua técnica." Heimito von Doderer.

Quarta-feira 16 de outubro

Hoje a cidade inteira, um coro: Estudiantes de La Plata campeão intercontinental de futebol. Buzinas, papel picado, barulho e cantoria. Antes o León R., boas suas ideias sobre Freud, que confirmam minhas intuições; a par disso as sondagens, suas escaramuças com o David, que me deixam indiferente.

Por momentos me vejo presa de uma vertigem cega, do caos insignificante do cotidiano que não controlo e me sufoca: telefonemas, visitas, encontros que se esgotam em si mesmos e me invadem e imobilizam. Quando dou por mim, é tarde, já se foi o tempo em que eu imaginava um espaço próprio, como se meus dias fossem essa confusão e meu trabalho um constante adiamento.

Quinta-feira 17 de outubro

Bomba na Biblioteca Lincoln. Eu pensei: "Só espero que não tenham destruído os livros de literatura".

Manhã limpa, certos rituais que perturbam a felicidade de mergulhar no livro de Jakobson, para mim, que estou aprendendo a me relacionar com meu próprio corpo. Certos jogos que faço com a realidade acabam por se transformar numa forma retórica e ao mesmo tempo têm algo de frágil, teatral. Um esforço de vontade, de inteligência, me leva a ser sempre uma testemunha levemente cínica de fatos que me comprometem (a mim ou a uma pessoa próxima). Nunca vou saber ao certo se essa pretensão de objetividade irônica não é uma elaboração implícita de má-fé. Um pouco como o Andrés, que sempre delata o que pensa na realidade ao evitar esse sentido em seu discurso, embora suas palavras o evoquem diretamente. Como se os fantasmas mais firmes fossem o reverso dos gestos que fazemos para exorcizá-los. Digo, minha incapacidade para o controle, que acabou me transformando numa espécie de esquizofrênico que salta do extremo autocontrole, da ironia, às confissões. Em todo caso, poderia escrever uma sequência de representações: morte do vovô, acidente no Exército, assalto em Mar del Plata. Acontecimentos em que ensaiei uma representação de mim mesmo. A velha história dos pássaros tristes.

Sexta-feira 18 de outubro

Meus lugares-comuns: agora há pouco, a voz de alguém que lia contos de ficção científica com uma distante afetação passiva na casa da Piri, eu nas tardes vazias junto àquelas carteiras que davam para o nada, numa casa cheia de teias de aranha invisíveis, visitas imprevistas, objetos dolorosos. A partir daí as buscas, os encontros, aquela música esganiçada (um oboé?), vinheta da Rádio Municipal que eu escutava em La Plata, e na avenida Medrano a voz daquela mulher lendo um conto de ficção científica, e antes o recanto de Mar del Plata, estranho ritual com aquela outra mulher com quem eu só tinha em comum o show do Montecarlo, e antes os programas com que eu escapava da minha adolescência — jazz moderno, com Basualdo —, que agora tenho reencontrado às tardes, aqui.

Prefiro saber de mim pelos outros, pelo reflexo de um gesto, de uma frase no rosto de quem está perto. Saber de mim pelo espelho que de repente me surpreende quando entro num quarto e ele mostra um desconhecido, ameaçador, que me olha olhando para ele com estupor.

Ter explorado ontem à tarde todas as minhas ideias (ou quase todas) sobre uma possível história da tradução e não poder resistir à tentação de parecer mais lúcido do que sou diante do Roberto C. é uma prova das minhas várias vidas: deixar-me levar para ser sincero é uma delas. As vidas de que estou falando são modos de ser e sempre me lembram a frase do filósofo austríaco: "O mundo do triste não é igual ao mundo de quem está alegre". As mudanças no olhar e na percepção da realidade são, portanto, comprometidas por certo ponto de vista (na linha de Henry James). Quer dizer que ontem comentei todas as hipóteses que poderiam parecer brilhantes, mas o instante em que as expus depois poderá me custar caro: não se deve falar do que se está escrevendo, o brilho não é garantia de qualidade. Com isso, introduzi um ritmo nocivo no *tempo* da minha própria maturação, na medida em que preciso de outros para pensar.

A Série X. Ontem, fugaz atrito com o Lucas, sempre arredio e evasivo, mais "seguro" que de outras vezes, o rosto marcado pelo barbeado recente, certa convicção que sustenta sua vida. "E se te pegarem?" Ele sorri: "Não me pegam". "Mas se te pegarem, o que a gente pode fazer?" "Não vão me pegar." A convicção é tudo; sem ela, não há nada que possa ser feito. Também fez algumas análises e recordou sua história. A guerrilha de Taco Ralo, da qual ele participou, na esteira do EGP,* são experiências anteriores e começam em 1961. Ao mesmo tempo, nele percebo um ar de espreita, de tédio, de falsidade. O homem de ação.

Série A. Na terça, fiquei esperando, ansioso, que abrissem a venda em frente de casa. Essa espera me tirou do prumo, não é curioso? Parece que qualquer alteração nos meus planos ou na minha vontade, por mínima, microscópica que seja, desencadeia em mim um efeito generalizado. Finalmente, depois

---

* Ejército Guerrillero del Pueblo, grupo armado guevarista que concentrou sua ação na província de Salta, em 1963-4. [N.T.]

de algumas idas e vindas hesitantes, desci e vi o dono abrindo a porta de metal com as duas mãos, de costas para a rua, então atravessei para comprar uma garrafa de leite. Paguei com cinquenta pesos, ele não tinha troco. Aceitei, rápido, para não dar lugar a situações desagradáveis, para ressaltar meu desprendimento, que o dono da venda ficasse me devendo dezoito pesos. Hoje de manhã era eu quem estava sem trocado. Reuni trinta pesos em moedas, mas ficaram faltando dois. Enquanto remexia nas moedas, estive várias vezes a ponto de lhe recordar sua dívida. Acabei estendendo confusamente os trinta pesos, pedindo que me fiasse os dois que faltavam. Sem prestar atenção à sua resposta — amável —, recuei como quem foge. A economia é para mim uma forma da paixão secreta, nunca consigo lidar com o dinheiro "à luz do dia", é como se eu mexesse com dinheiro falso e em qualquer situação estabelecesse trocas desiguais. O homem sem uma economia pessoal. Ou melhor ainda, o homem que tem uma economia pessoal, ou seja, privada, que não pode compartilhar com ninguém, no sentido de não ter interlocutores ou figuras com quem "fazer negócio".

As violentas reações (ver a carta de Sabato na revista *Análisis*) a qualquer hipótese sobre o caráter marginal da literatura argentina expressam uma indignação que prova o acerto do meu argumento. Não se trata, claro, de falar numa literatura "inferior", e sim de pensar a temporalidade da cultura num âmbito territorialmente definido. Meu argumento foi afirmar que desde as origens, no Salão Literário de 1837, pensou-se numa cultura defasada do presente, que chegava tarde à situação contemporânea. O que irrita tanta gente é minha opinião de que nós, os escritores que começamos a publicar por estes anos, rompemos a defasagem e estamos hoje na mesma temporalidade literária que os escritores europeus ou norte-americanos. A indignação resulta do fato de a cultura ter sido o espaço em que mais lentamente se dissimulou e desviou a relação com os países centrais. Vimos que depois de Borges e Cortázar as coisas mudaram. Hoje qualquer um de nós, Puig por exemplo, pode exibir a plena contemporaneidade da sua escrita e já não é preciso insistir no "atraso" da nossa situação. Trata-se de não aceitar essa mistificação e usar toda a literatura contemporânea sem nenhum tipo de "diferença" nem inferioridade.

Caminhada tortuosa sob a luz implacável que atravessa as nuvens e brilha no cimento como uma faca ao sol, evitando o encontro com outros escritores (por exemplo, cumprimentar o Rozenmacher de longe e seguir reto), até aportar num banco da praça San Martín, sob outro sol, agora já limpo e mais brando.

Sábado

Se fui arrancado do paraíso pela idade, quando tudo desmoronou e eu entendi, como procurar fora da minha experiência as certezas daquele tempo incomparável? Nossa capacidade de ser felizes depende de certo equilíbrio entre aquilo que nossa infância nos negou e aquilo que nos concedeu. Completamente satisfeitos ou completamente privados, estaremos perdidos. Talvez eu sofra as consequências de uma infância feliz demais (feliz demais?).

Quem continua a explicar a crise do tango em razão do embelezamento dos temas cai numa mistificação realista. Essas pessoas não veem que o tango é um gênero com uma origem nítida (1913, "Mi noche triste", gravado por Gardel) e um glorioso final ("La última curda", 1953, cantado por Goyeneche). Isso é comum a todos os grandes gêneros (à tragédia, por exemplo): estão ligados a certas condições que os tornam possíveis, e, quando essas condições mudam, o gênero não se adapta e se encerra com esplendor. As letras que sustentam a história tinham uma duração mínima, que ainda assim permitia contar uma história em três minutos, mas essa duração estava intimamente ligada à dança. Os tangos eram para dançar, e, quando o cantor entoava a letra, às vezes o público parava de dançar para escutá-lo. Troilo, por exemplo, às vezes reduzia a canção a um minuto e depois a música ocupava todo o espaço. Foi o rock que pôs fim a essa lógica, os jovens encontram nele o que precisam para dançar, e o tango se transformou numa música para ser escutada e não para ser dançada. Piazzolla está para o tango assim como Charlie Parker está para o jazz. Também o jazz deixou de ser uma música popular dançante diante da presença do rock e se refugiou nos clubes ou nos bares aonde as pessoas vão escutar, como se fosse um concerto, o desenvolvimento de uma música sofisticada, popular por sua história mas minoritária por sua nova situação. Com o tango aconteceu o mesmo, a orquestra típica desapareceu, e hoje no Caño 14 ou no Jamaica vamos escutar o duo Troilo-Grela ou Salgán-De Lío ou o Quinteto de Piazzolla ou de Rovira. Mas os tangos não têm mais letra, e também não se dança como nos grandes bailes da década de 40, que permitiam sustentar uma complexa — e cara — formação orquestral.

Domingo 20 de outubro

Continuam minhas antecipações verbais à minha própria realidade, minhas leituras do futuro, o projeto de escrever sobre Pavese, em Turim, é um modo de preparar minha viagem à Itália, que hoje voltou a se apresentar como uma possibilidade iminente. Uma fuga.

A Série X. Na sexta esteve aqui, fugaz e receoso, como sempre, o Lucas T., rígido, aferrado a uma racionalidade pertinaz, me fez pensar em certos pianistas que conheci que sempre parecem estar ensaiando a próxima peça. O Lucas está sempre em ação, nunca relaxa, vem me ver para descansar, para mudar de assunto, deixa as armas sobre a mesa e conversa comigo. "Um homem trabalhado politicamente não fala", diz. E a tortura? "Não fala." "Mas que garantias vocês têm?" "A garantia ideológica, o trabalho ideológico. Sei do que estou falando. Já estive preso, você sabe." Eu me enfurecia, isso é metafísico, dizia, a dor é um salto no abismo, como a morte. "Confio absolutamente em mim e nos meus companheiros. Sei quem são, nunca vão trair." "Mas a confiança absoluta é a razão dos fracassos. É o avesso do voluntarismo, não existe a realidade. A vitória ou o fracasso acontecem por causa de um erro, nunca por uma questão política." O Lucas sorri. "Se eu pensasse como você, estaria trabalhando de advogado, se quisesse estaria vivendo em Paris gastando a fortuna da minha família." Um homem endurecido, um homem que se endurece e se aferra à sensação de poder que as ideias lhe dão. Com ele, as razões me envergonham: foi delatado, procurado, seu nome está nos jornais, acusado de assassinato, todas as saídas estão fechadas, só pode escapar para a frente. Gosto dele como de um irmão, mas o vejo cada vez mais longe de mim, e por outro lado acho que sou o único amigo que lhe resta da outra vida. Ficamos até de madrugada falando da morte da bezerra. Se ele lesse isto, diria: "Mas de quem era essa bezerra? Quem são os donos da bezerra morta?". O Lucas começaria assim um poema se estivesse morando na França, desocupado e sem risco.

Hoje, a cidade deserta, como se a imaginasse, com o sol limpo que prenuncia a chegada do verão. Um estranho que vê a si mesmo caminhando pelas ruas que vão em direção ao rio. "A cidade sem ninguém", pensa.

Roman Jakobson tratou de mostrar as relações entre tradutor, criptógrafo e detetive, na medida em que os três decifram mensagens que estão em outra língua, com outro código ou numa linguagem implícita que foi apagada pelo assassino para não deixar rastros que permitam ler sua presença no "lugar do fato".

Série A. Em relação às tratativas de Perón, a ditadura de Onganía está em crise não só por razões políticas, mas também porque carece de política. É a demonstração daquilo que disse Gramsci: "a classe dominante" perdeu o consenso e já não é "dirigente", mas apenas "dominante" e só ostenta a força coercitiva.

Estranho dia, perambulando de quando em quando por este apartamento vazio, com a Julia em La Plata enfrentando a mãe e a filha, e eu distante e neutro, neste lugar, tão alheio a mim como todos, ouvindo música na Rádio Municipal, trabalhando de quando em quando no ensaio que parece encaminhado e me deixa tranquilo pensando que amanhã vou começar a dar forma a essa intuição que agora deixo em suspenso. Vazio, exausto, sem vontade de ler nem de fazer o mínimo gesto, o que vou fazer com o tempo que falta para ela voltar?

Terça-feira 22

Série B. As amizades que perturbam minha realidade são como uma ponte que me liga às coisas, às ações a realizar num futuro próximo e que invadem e anulam qualquer empenho presente (as ações imaginadas, não meus amigos).

A Série X. O homem clandestino, que mergulha na luta armada e se torna invisível, sua vida se duplica, vive à luz do dia como qualquer um de nós, mas à noite vive a revolução por vir, age como um demente ou — para manter a aliteração — como um valente. Nos primeiros anos deste caderno, o sujeito em estudo foi o Steve, o secreto escritor norte-americano que parecia viver em dois mundos. Depois, nos anos seguintes, o herói foi o Cacho Carpatos, o homem fora da lei que entrava para roubar nas casas dos poderosos e se cercava das figuras necessárias da sua própria vida (Bimba, a moça de má vida, o "pelciro" que receptava os objetos roubados). Agora, faz algum tempo, a figura que está sob meus olhos é o homem de ação, o revolucioná rio clandestino que trabalha na sombra para provocar a reviravolta da história. Quem observa essa variada espécie de homens, que são seus amigos e que ele admira, é o indiferente, o homem tranquilo (que seria eu, em certo sentido). São os personagens da minha vida, meus amigos. A outra série é a das damas amadas: a ruiva, a garota casada, a mulher complicada, a jovem de vida fácil (a garota da Vespa).

Quarta-feira 23 de outubro

Assassinato no bairro, um homem magro, leve, com um delírio verbal cheio de tiques: "Ela tinha quinze mas ele a sangrou. Sangrou bem sangrada. Eu estava na frente, lá, e ouvi um barulho que achei que fossem fogos. Nem percebi o que era até ver o bolo de gente em volta porque achei que eram fogos. Agora um menino me falou que viu os dois virando a esquina, discutindo, pra mim que estavam parados aqui, na porta". Um casal, ali perto: "Vão fechar o hotel", ela disse. "Não, por que iriam fechar?" E ela: "Você acha pouco?", retrucou. "Para mim, tudo aconteceu na calçada. O que o hotel tem a ver com isso?" Depois, na venda: "Que me diz do crime? Mas olhe que ela era meio cabeça-tonta. Toda vez que ela vinha aqui, eu via que era meio cabeça-tonta. Mas também tem cada um...". E, ao sair, várias pessoas em volta de uma mulher que está segurando o jornal *Crónica*, que traz algumas fotos. "Está igualzinha", diz com um misto de estupefação e inveja secreta, como se a notícia lhe pertencesse. E um homem ao lado diz: "Ele deu um beijo nela, e a garota fez assim", passando a mão pela boca, "como se limpasse... Se uma mulher faz isso comigo...". E os outros o olhavam entre compreensivos e irônicos. Enquanto isso, na esquina, dois rapazes descarregavam umas máquinas (fotocopiadoras?). O que estava mais longe, cético, disse: "Não tem nada. Não está vendo? Já limparam tudo. O que você quer ver?".

O temporal vem romper as tardes luminosas que preparavam o verão. É meio-dia, na rua a escuridão esmaga a fachada das casas enquanto a chuva começa a cair com violência, uma cena clássica, já vista muitas vezes no repertório das imagens da natureza na cidade. Agora a chuva desabou furiosamente (desabou furiosamente a chuva?) e o vento fresco traz o cheiro pesado de terra molhada. A luminária traça um círculo branco sobre a mesa e me esquenta o braço esquerdo enquanto tudo é escuro no mundo. Estranha sensação de despojamento que me obriga a fechar os vidros da janela, para evitar que a chuva molhe o caderno em que escrevo, e me isola ainda mais da realidade. Estou vazio e sozinho, ando em círculos em volta do engenho sem tirar os olhos do eixo, imóvel.

Quinta-feira 24

Ontem ao desembarcar do metrô uma aglomeração de gente olhando com um estranho misto de satisfação e vergonha. Um cheiro acre de borracha queimada, funcionários correndo de um extremo ao outro da plataforma, o condutor do trem, pálido, estaca toda vez que alguém olha para ele ou insinua uma pergunta. É um homem calvo, de óculos, com o rosto marcado e na mão um estranho objeto, uma espécie de manivela. Estaca subitamente, como se tivesse encontrado o que procurava, e explica que não conseguiu frear. "Não conseguiu frear", diz. Depois volta a correr. E estaca novamente. Eu também espio pela borda da plataforma e olho pelo vão entre os vagões para a vala escura dos trilhos. Tento imaginar a mulher lá embaixo, calada e viva. Não conseguiu se matar. A cena se prolonga. Há uma espécie de movimento contínuo no interior de uma cena estática, algumas pessoas se mexem e correm, o resto espia pela borda da plataforma (como eu), outros rodeiam um homem de rosto franco, gordo, escuro, com os dentes separados, que subiu na escada, um palanque, fala lentamente e parece surpreso, estupefato. "Eu gritei", diz, "se tivesse visto que ela queria se jogar, teria segurado, mas gritei porque ela foi indo para os trilhos e estava com uma bolsa e de saia xadrez, bem na borda da plataforma com a bolsa na mão, lá, parada, do meu lado, e eu vi a luz do trem chegando e depois da freada já não a vi mais." Meia hora depois chegaram os bombeiros. Estava viva. "Destruída", disse o policial, que parecia inchado e falava com voz lenta, meio infantil, que enrouquecia quando queria ser autoritário e evacuar os curiosos. Eu me deixei levar até a superfície pela escada rolante. Tinha saído de casa depois do temporal pensando justamente nos "suicídios", mas pensava na metafísica dessa decisão e não no canal escuro com um corpo pulsando embaixo, estirado sobre os trilhos, que todos procuravam nervosamente. O corpo de uma mulher que se aproximou da beira do precipício pensando em quê, em quem?... Saltou no vazio para romper uma trama e abrir outra mais atroz, mas diferente.

Nota sobre um suicídio. Tudo se passa como se a imagem pavorosa naturalmente deflagrasse um conceito. Existe uma relação misteriosa entre terror e pensamento. O que é vivo se transforma em natureza. Morrer no subterrâneo (*sic*), nos baixos da cidade, atropelada por um veículo silencioso que ilumina a aflição.

Vivíamos num palco, diante dos olhos furtivos mas atentos dos vizinhos, os cidadãos espiavam nosso cotidiano: assomavam nas janelas, entreabriam os cortinados, as gelosias, as cortinas de tule, as persianas, o *voyeur* espia pelas frestas. Para nos beijar tínhamos que nos esconder atrás das portas ou — quase sempre — no banheiro, recinto onde acabamos nos instalando definitivamente. (*Um conto.*)

Taxiar, sentado na poltrona de um avião, sobre a pista molhada, e voar sobre a cidade chuvosa, na direção do sol.

Podemos dizer que, no caso de *O jogo da amarelinha*, o que escandalizou os críticos de direita ou da esquerda conservadora foi sua poética explícita, visível, o fato de ser deliberadamente um *work in progress*. Cortázar tentou atravessar a ponte estreita que liga a forma breve às grandes estruturas romanescas, sem ocultar as engrenagens. O romance de Cortázar narra certos procedimentos prestigiosos do consumo cultural. Em certo sentido estabelece uma hierarquia moral no interior dos produtos artísticos, e esses críticos se sentiram provocados ao ser associados ao "leitor-fêmea" (nome infeliz que Cortázar inventou para o consumo conservador).

E se eu fosse o tema da minha coleção de ensaios sobre literatura? A crítica como autobiografia.

You're Lonely When You're Dead, de J. H. Chase, é um grande romance policial porque é muito consciente dos procedimentos e da tradição do gênero. Romance cínico que os utiliza friamente e nesse sentido é o oposto de *The Long Goodbye*, de Chandler, no qual a consciência da história do gênero é romântica e nostálgica. A cena da moça que faz contorções seminua, com as meias desfiadas, diante do promotor que escreve à máquina sem olhar para ela, e que ela não pode insultar para não perder a chance de conseguir o emprego, é sensacional. Por outro lado, a cena da violência brutal sobre um corpo para obter a confissão é notável, porque Chase a narra no presente, faz com que transcorra durante o tempo que dura a leitura. Digamos que os elementos malogrados do gênero são a expressividade excessiva e o uso do acaso para resolver a investigação. E a consciência demasiado visível das regras do policial. "'Esta cena está meio esquisita', comentei para dizer alguma coisa. 'O detetive sempre fica com a mocinha. Se você atirar em mim, a história vai ter um fim imoral.'" J. H. Chase.

Série E. Um bom dia de trabalho, ágil, cheio de ideias. Vantagem: estes cadernos que nascem "para que nada escape", que logo mostram nossa "pobreza interior", quando não há nada que possa escapar, e então devo tentar pensar para "ter" algo que não escape. Uma poética do pensamento.

Sexta-feira 25 de outubro
Série E bis. Nestes cadernos há também uma subordinação ao espaço: muitas vezes tudo melhora quando há uma folha em branco e piora quando

se trata de preencher o final de uma página. A disposição espacial é também um modo de pensar. Em literatura, acredito, os meios são fins.

Confirmo com o Andrés Rivera uma intuição para narrar que funciona bem, uma poética menos elaborada porém mais arriscada; uma releitura de todos os seus contos permite encontrar um uso da ambiguidade, do meio-tom, que tem poucos exemplos entre nós (talvez "Todos os verões" de Conti, "Essa mulher" de Walsh). A chave é não fechar o sentido ao concluir a história. Claro que essas virtudes têm seus defeitos e seus limites, o material parece sempre a ponto de se perder. Esses narradores (Wernicke, Rivera, Conti) acertam uma vez a cada cinco tentativas, mas têm dificuldade de ir além dos limites que eles mesmos se impõem. São deliberadamente ingênuos, ao contrário de Hemingway ou Borges, porque, quanto maior a consciência, maior o risco, mas também maior o ganho. Para pensar a "espontaneidade", basta reler algumas páginas destes cadernos. Necessidade então — ou melhor, desejo — de uma consciência alerta na narração, sobretudo quando o procedimento consiste em dizer aquilo que se passa, tanto quanto possível, como aqui, enquanto se passa.

Sábado 26

Vaivém pelo quarto às duas da manhã, eu certo de que eram oito horas, depois dormi abraçado à Julia, e acordamos de improviso às seis e dez, confusos ao olhar as agulhas do relógio e ver que marcavam vinte para o meio-dia no despertador de ponta-cabeça. Confusões de uma noite de primavera, efeitos da paixão que não nos deixa dormir. No fim saímos para a rua e ficamos dando voltas sob a garoa gelada, encontramos a versão inglesa de Dostoiévski (*Notes from Underground*) e acabamos no La Fragata, na Corrientes com a San Martín, tomando café com leite e croissants.

Queria recuperar a travessia com o David Viñas por este mesmo apartamento, conversávamos enquanto passeávamos pelo quarto, e depois continuamos na casa dele e almoçamos juntos e acabamos caminhando pela Corrientes

Domingo 27

Série E. Também este caderno sofre os efeitos de um tempo novamente estático no qual eu só faço procurar uma saída, como quem nada embaixo d'água nos porões de um navio afundado.

Segunda-feira 28

Vejo os dias passarem um após outro sem que eu possa fazer nada para lhes dar algum sentido. A Julia disse: "Daqui a dez anos, você vai continuar pensando que está liquidado. Vai procurar outros pretextos para dizer: Estou acabado, estou no fundo do mar". Tudo isso dito com doçura.

Os vinte e cinco anos ficaram para trás, certas damas, que foram muito bonitas quando jovens e veem as marcas do tempo em seu rosto altivo, penduram a foto de Jeanne Moreau nas paredes do coração. Mas isso não é mais que a parede diante da mesa de vidro, e numa de suas cadeiras de espaldar alto eu me sentava, sem tirar o paletó, vendo aquela mulher de pálpebras pintadas de azul narrar com metáforas nas quais eu estava incluído e falar com desprezo de si mesma. Finalmente fui embora, desci um andar sem o guarda-chuva, subi de volta e entrei na casa vazia, até que ela apareceu com meu guarda-chuva, com um sorriso terrível, sorriso que despertou em mim uma tristeza sem fim, com a garoa que não parava de molhar as ruas.

Série A. Contabilizo neste caderno os mil seiscentos e setenta e dois (1672) exemplares comprados por supostos leitores do meu livro. Exatidão matemática que se converteu em sessenta mil e cinquenta pesos (60.050), com os quais saldei minha conta de livros na livraria do meu editor, que me permitiram sobreviver lendo durante os dois últimos anos. Por isso, para comemorar, comprei a revista *Comunication* nº 11 e o romance do Libertella.

Quinta-feira 31 de outubro

Vi o David passando de táxi, transtornado, agressivo, com aqueles óculos que parecem uma mascarilha, sofrendo vertigens e dores de cabeça, com sua comovente tentativa de "objetivar" e se distanciar, como se seu medo da velhice fosse coisa de outra pessoa. Uma lição especular, porque o David se parece demais comigo.

Segunda-feira 3 de novembro de 1968

Consegui acordar às cinco e meia da manhã e agora escuto o motor do caminhão de lixo, lá embaixo, na passagem, misturado com o barulho das latas de lixo ao bater na calçada e a voz dos lixeiros que trocam gritos entre si.

Álcool demais ontem à noite, impossível não sentir esta pressão na cabeça que o ar fresco da manhã vai limpando lentamente.

Terça-feira 4 de novembro

Verificação de que fui construindo minha vida apesar de mim mesmo. Desde a foto em que sorrio timidamente nos meus seis anos (de macacão curto e uma camisa por onde se entrevê a — comovente — camiseta de malha com botões, estou postado à esquerda do jasmim florido, na entrada do hall aberto onde se veem as duras poltronas de madeira clara) até esta noite quente de novembro: seria narrativamente feliz buscar os caminhos, os desvios, os acertos, os acasos que levam de uma imagem à outra.

O que parece inegável é minha aprendizagem do pudor, quer dizer, do controle da minha afetividade para enfrentar a expressividade extrema da vida familiar. Daí talvez meu interesse pelos céticos, figuras fugidias que disfarçavam seus sentimentos com a ironia. Aprendizagem que pode acabar na aridez, no silêncio, se eu não for capaz de voltar sobre meus passos para resgatar minhas emoções.

Quarta-feira 5

Série E. Leitura dos meus diários de 1957, algumas constantes: transformar uma relação com a Elena, deixando-me envolver nas cerimônias cotidianas (todos os dias ia jogar xadrez. Descoberta da leitura voraz, três livros numa semana). Experiência narrativa, dupla consciência, quebra entre o que eu era em 1957 e o que sou agora ao ler esses fatos em 1968. Recuperação dos acontecimentos pelo valor que poderiam chegar a ter no futuro, tempo imprevisível para quem o está vivendo. Eu me deixo arrastar por uma excitação inusitada diante da leitura da minha própria vida.

A Julia caminha e se move, tira lindos vestidos, prova um cor de laranja, encosta-o contra o corpo e olha para seus pés descalços.

A desmesurada expressividade dos meus primeiros cadernos, das minhas cartas para a Elena, provam o movimento espontâneo de uma interioridade feita no clima expressionista da minha família.

Sexta-feira 6

De repente voltam, como um vento noturno, os rumores da minha adolescência: furores, medos, choros que são uma busca daquele tempo, quando o mundo era meu nas minhas ambições e eu imaginava que ia conquistar a cidade com meus livros.

La tumba, de José Agustín, me interessa pelo manejo atropelado de uma linguagem áspera que captura a vertigem e o mundo sem saída da adolescência. Não me interessa seu uso de uma linguagem muita datada, de um gíria muito lexical, palavras que envelhecem de um dia para o outro. Melhor é usar a estratégia de Anthony Burgess, inventar uma linguagem de territorialidade indecisa e sem data.

Algumas cenas se repetem no gênero policial. Por exemplo, as meninas más, Marlowe se depara com a filha de um milionário que chupa um dedo e olha para ele, insinuante. Em Chase o detetive seduz a filha inválida de outro milionário e ela tenta fazê-lo entrar pela porta de serviço. Nesse sentido é possível descobrir certa retórica. Milionários em apuros, geralmente casados com atrizes ou ex-dançarinas que os abandonam ou morrem e os deixam sozinhos com as filhas, paralíticas ou meio bobas ou ninfomaníacas. Mordomos cínicos, muito sagazes, formidáveis para criar climas e armar réplicas engenhosas. Uma multidão de personagens secundários, todos caracterizados por alguma singularidade. O elemento "outro" fundamental é o repetidíssimo código moral do detetive. Como diz Molley num romance de Chase: "Meu trabalho me diverte. Talvez não seja muito produtivo, mas é original o bastante para me apaixonar".

Quinta-feira 7

Recordo a hipótese de Valéry, é preciso narrar a história de uma ideia e não de uma paixão, e penso que, se o *Discurso do método* é o primeiro romance moderno, então o capítulo sobre o fetichismo da mercadoria em *O capital* de Marx é o *Ulysses* do nosso tempo.

Sexta-feira

Ontem, encontro com o Miguel B., as "delícias" do ambiente, anônimos que delatam nossas diferenças, fofocas. O Miguel perdido no mundo brutal do jornalismo, melhor dizendo, do jornalismo literário, ninho de ressentidos, de onipotentes mediocridades dedicadas a se justificar com a injúria. Fiz questão de declarar meu código de honra para me prevenir. Seja como for, ele arrasta seus ressentimentos, sua infância, horrível, pai louco, sua brilhante entrada na literatura como uma câmera à prova de balas. Difícil diálogo comigo, que venho de outro lugar e me encontro com ele numa literatura de salvação, de fuga desse reino sinistro.

Toda essa metafísica na redação da *Confirmado*, com os jovens fortes (Mario E., Horacio V., Andrés A.) que praticam "o jornalismo de antecipação". No tumulto, vi sobre uma mesa um exemplar de *62. Modelo para armar*, último romance do Cortázar, espécie de guia que tem sua estética calcada em *O jogo da amarelinha* e já vendeu vinte e cinco mil exemplares, pelo que me contam.

Sonho. Telefono para Montevidéu, viajo para o Sul, onde teria que trabalhar como matemático em troca de cinquenta mil pesos por mês, montanhas cobertas de neve, abismos onde teria que me perder silenciosamente para atrair os abutres que me destroçariam o corpo com suas garras, para depois limpar o bico na minha barba.

Certa relação com as mulheres, certas cerimônias, festas com luz difusa, que se repetem com o passar do tempo e são a cifra da minha vida.

Sábado
Ontem à noite caminhando perto do rio, tomando vinho e comendo carne assada, ao ar livre. Antes, ida e volta a La Plata para receber inesperados quatro mil pesos.

Série E. Pela primeira vez ir abrindo um lugar meu, um ponto onde pôr o corpo sabendo onde estarão os recantos amáveis, é uma festa que descubro nas manhãs em que me levanto enquanto amanhece e escrevo ou leio nesta escrivaninha junto à janela. Na mesa estão Cortázar, *Adolecer*, de Paco U., Pavese e as novelas do Onetti.

Por momentos, a elegante prosa floreada do último livro do Cortázar, *62*, que me enjoa um pouco. À primeira vista, digamos, todos os personagens são o mesmo ou, em todo caso, respondem à mesma "figura", como Cortázar os chama, um espaço (cidade, zona) ubíquo que é todos os personagens e nenhum. Romance que deveria ser lido num canto de *O jogo da amarelinha* junto a outros fragmentos e contos ("A flor amarela", "O outro céu", "Todos os fogos o fogo") e as entradas de Persio em *Os prêmios*, por sua irmandade, suas semelhanças temáticas: uma hipótese secreta sobre a causalidade narrativa e a motivação que, no seu caso, tende a ser aleatória e espacial. Autobiografia (em coro), sessenta e duas vozes em que cada múltiplo narrador vai desenhando a silhueta de uma figura esquiva.

Pavese, um conto. Eu havia escolhido ir à Itália porque era o que tinha mais à mão, obcecado que estava com Pavese, mas poderia ter sido qualquer outro, Osamu Dazai, digamos, sempre que estivesse meio derrotado, um aliado que me ajudasse a atuar. Mas escolhi *O ofício de viver* e pedi uma bolsa no Dante Alighieri e pude viajar a Turim e me instalar lá.

Terça-feira 12

O uso do pseudônimo, muito comum na literatura popular. Nesse sentido, o gênero policial é a narrativa de mais alta qualidade que eu mesmo já li. Preparo listas e listas de títulos para o projeto de uma coleção de romance policial norte-americano. A produção é imensa, portanto vou ter que escolher três romances de cada vinte que eu ler. Vou começar com uma antologia e depois publicar os contos do Chandler.

Sexta-feira 15

Ontem, encontro com Marcela Milano, que deixo para comentar outro dia. Um juiz mandou recolher *Nanina*, com a acusação de ser um romance pornográfico, passei a tarde ajudando o Germán a assimilar o golpe. Por último, reunião da revista (Ismael, Andrés, Rodolfo W.), onde circulam várias ideias sobre a situação política.

Série C. "Antes você furtava o corpo, agora furta os sentimentos", a Celina me disse. Grande capacidade das garotas para captar e desmascarar as poses masculinas. Na fala popular se diz *me caló*, como quem corta um pedaço da casca de uma fruta para ver se está madura.

Terça-feira 19

Certos tons, a melodia de algumas prosas (Chandler, Céline) que marcam a cadência e o ritmo da narração. É preciso se livrar desses tons, como um músico de jazz improvisando ao piano sobre um *standard* conhecido que tenta esquecer.

Quarta-feira 20

Edição de "Los parientes de E. R.", um ensaio da Beatriz Guido sobre os narradores que publicaram seu primeiro livro na Jorge Álvarez. Veremos o que acontece nos próximos dez anos, lembrar que meu amadurecimento é lento.

Sábado

Notável reencontro com o melhor de Dostoiévski enquanto reviso a edição de *Memórias do subsolo*, primeiro livro da minha coleção de clássicos na Jorge Álvarez. Essa novela será uma revelação, nunca foi publicada como livro autônomo em castelhano. A tradução de Floreal Mazía capta bem os tons iracundos da prosa, é baseada na versão em inglês de Constance Garnett, que eu li há muitos anos em Mar del Plata por recomendação do Steve.

Se, como aponta G. Lukács no prefácio dessa edição, "Raskólnikov é o Rastignac da segunda metade do século XIX", o homem que escreve essas memórias é o precursor das grandes prosas em primeira pessoa deste século. Beckett em primeiro lugar, mas também o Roquentin de Sartre, *A queda* de Camus, e sem dúvida tem o clima e a percepção dos monólogos de Kafka: "Josefina, a cantora", "Investigações de um cão", "Relatório para uma academia" etc.

Série B. Tristeza na despedida do David, que está de partida para Cuba e Itália, solidariedade com seu corte de amarras, vendeu sua biblioteca, liquidou o apartamento. Sensação de ter perdido o único interlocutor com quem eu podia falar livremente.

Em Puig: o leitor onisciente. (O narrador ausente.)

Segunda-feira 25

Sábado, dia complexo. Visita do David, com quem cresce a amizade contra o limite da sua fuga. Seu apartamento devastado, o barbante de sisal para empacotar os livros, a desolação das despedidas. De tarde, reunião da revista, resistências para completar o número três, que parece já estar quase pronto. À noite, uma insólita e policialesca invasão do Paco U. e do Pepe A. às três e meia da manhã, gritando na rua para a janela do meu apartamento, perguntando pelo disco de Bola de Nieve que ficou na casa da Piri há mais de um ano. Prepotência que não teve resposta, porque não vou entrar nesse jogo de vestiário de time de rúgbi e tenho educação e experiência suficientes para ver quando os rapagões estão bêbados. Mais um número desses, e eles vão... Preciso confiar na minha intuição e desconfiar dos aliados inseguros, anti-intelectuais e populistas. O U. viajou comigo a Cuba no ano passado, e na viagem tivemos vários atritos; no meu caso, a primeira impressão é sempre a que vale.

Quarta-feira 27

Ontem à noite no teatro Apolo, na Corrientes, show *beat*: Almendra, Manal, Javier Martínez. A música do futuro que escuto com a distância que os anos me dão, digamos assim. Fui com o Jorge Álvarez, e isso parece a consequência dos encontros que vemos na livraria, Pappo, Pajarito, Zaguri, Miguel Abuelo, os garotos cabeludos que fumam erva enturmados com Jauretche, Pajarito García Lupo e outras aves.

Quinta-feira 28

Ontem, travessia pela cidade para recolher os 158 mil pesos para o Andrés e as publicações clandestinas, ou quase, em que colaboro de modo esporádico e anônimo. Finalmente achei vários volumes de contos policiais que me levaram à agência do Costa em Belgrano. Vou avançando na antologia que será o primeiro volume da Serie Negra que começa este ano e na qual deposito minhas esperanças literárias e financeiras. Acabei, morrendo de calor, na editora olhando várias outras caixas de livros policiais. A produção de romances é assombrosa, autores como Ed McBain, Richard Prater, Chase etc. escrevem dois ou três romances por ano para um público fiel que compra o gênero, e não os escritores como tais.

Quinta-feira 2 de dezembro

Ontem, fugacidade do cinema, decepção ao rever *O homem do braço de ouro*, que foi mítico para mim e que o tempo arrasou. O melhor, Eleanor Parker, a mulher histérica que finge estar paralítica para segurar Sinatra, notável o valor narrativo do apito que ela usa para chamar quando está sozinha. Lembro a primeira vez que assisti a esse filme em Adrogué, depois de ler o romance de Nelson Algren, de que eu tinha gostado apesar do seu tom naturalista. O cinema envelhece mais rápido, mas a literatura se esquece mais facilmente.

Terça-feira 3

O Manuel Puig veio me visitar, contando sobre os cálidos prostíbulos masculinos de Tânger e sobre Roberto il Diavolo, lembrado com fascínio no Paseo de Julio, um homem inesquecível, dizia o Manuel, que chegou a conhecê-lo pessoalmente. Ontem, conversa com o Conti sobre seu primeiro romance, seus projetos atuais. Leio mal, quero despachar logo as duas antologias para deixar o verão livre.

Quarta-feira 11

A Série X. O David vem se despedir porque está indo embora; como sempre acontece com ele, dificuldades para tematizar as verdadeiras razões dessa fuga. Depois o Lucas T. M. num bar no Mercado del Plata, bebendo cerveja dinamarquesa para dar sentido ao encontro. Está na clandestinidade e suas reaparições à luz do dia estão sempre ligadas a mim, que ele visita para fazer uma pausa; apesar do calor, veio de terno e gravata para parecer um escriturário, embora esteja armado. Logo me conta de um assalto a um banco para confiscar recursos, o caixa não acreditou nele quando lhe apontou uma Beretta, "Sai fora, não enche o saco", falou. O Lucas o ameaçou. "Vou te matar", disse recuando, e saiu do banco de mãos vazias.

Hoje, cheques da Jorge Álvarez (cinquenta mil pesos) pelas crônicas inglesas. E 25 mil da Tiempo Contemporáneo pelo mês de dezembro, mais promessa de outros 25 mil em janeiro. Com esse dinheiro espero viver tranquilo por todo o verão.

Quinta-feira 12

Reunião da revista, discussão com o Andrés e o Ismael sobre as implicações da viagem do David. Muito claro nesse ponto o ódio do A. pelo D. Ele mesmo tratou de armar o tribunal incitando o Ismael a acusar o irmão.

O Carlos B. me conta um par de histórias. Seu pai comprando os jornais da revolução de 55 para "ler tudo quando se aposentar". A mãe internada e chorando. O pai sai com o Carlos para a varanda. "Só não dou um tiro na cabeça porque não tenho arma." Outra história, o argentino que sai com a sueca e, sem se entender com ela, a leva ao seu apartamento, e aí ela, sem dizer uma palavra, tira a roupa. No dia seguinte, diz obrigado e se despede.

Sexta-feira

A Série X. Ontem à noite, o Lucas. Transformações — também físicas — de alguém que há dez anos vem se mantendo em forma apesar das sucessivas transformações (guerrilha rural em Taco Ralo, operário metalúrgico, depois aliança com o Casco, um dirigente trotskista). O único da minha geração que (apesar do diploma de advogado) não voltou ao rebanho. Ao mesmo tempo, seu modo de cortar amarras, mergulhar no inevitável turbilhão de uma violência descontrolada que arrasta a vida. Aprende a ter coragem, a não fugir dos tiros, a aparentar "a calma estarrecedora" de que falam os jornais. Também é verdade que eu deveria voltar a escrever sobre ele, aqui.

No diário de Gide (ao qual sempre volto relutante), boa intuição quando compara o museu à biblioteca. Aponta o perecível da literatura, mudanças no tempo que se transformam em mudanças no espaço. O museu, espaço puro, permite verificar a justaposição entre o renascer de alguns esquecidos e o implacável fim de certos pintores da moda. Verificação ou superposição daquilo que parece novo e do que se esqueceu, que se sintetiza num único espaço: o museu.

Em Pavese, no seu admirável "Primo amore", a reticência é um tom, um nível de consciência, e não, como em Hemingway, um vazio ou um silêncio; o não dito em Pavese se transforma em dizer pela metade, num recato que define o personagem.

Vou deixar aqui anotadas as manobras do dia de hoje. Acordei às seis, escrevi até as dez. Das onze à uma, li inteiro *Feria d'agosto* de Pavese. Aí apareceu o Néstor García Canclini com uma carta do Cortázar e outras bobagens. Depois fui até a casa do Andrés e terminei um texto sobre a CGTA* para o jornal *No Transar*, assinando como Sergio Tretiakov. Agora estou lendo um livro de Pierre Macherey e daqui a pouco vou me deitar.

Sábado 14

Chove desde ontem à noite. Notável domínio da segunda pessoa abstrata em *Double Indemnity*, de James Cain, a referência ao interlocutor invisível permite reforçar e estruturar a narração.

---

* Confederación General del Trabajo de los Argentinos, sindicato nascido de uma cisão da CGT, que teve em Rodolfo Walsh uma de suas principais lideranças. [N.T.]

"O escritor não fabrica os materiais com que trabalha." Macherey. Nesse sentido, não é um "criador" que extrai algo do nada. Seria preciso fazer uma história dos motivos, dos temas, dos procedimentos, das formas, e essa história seria o espaço em que uma obra deveria se inserir para ser compreendida.

Segunda-feira 16

Notável a desorientação de certos escritores europeus (Gide, Sartre, Pavese) diante de Faulkner, veem surgir um grande escritor e se negam a acreditar. Ficam procurando um jeito de refutá-lo, de "encolhê-lo". Hoje a tendência é usar seus procedimentos mas falar de outra coisa, por exemplo do *nouveau roman*. É impossível entender um escritor como Claude Simon sem a prosa de Faulkner, mas eles preferem dizer que sua poética é apenas o resultado de uma reação contra a narrativa tradicional do século XIX. A mesma coisa com a narração no presente e a quebra da continuidade narrativa que, obviamente, estavam em Faulkner.

Quanto a Chandler, sua maior virtude é o domínio da ironia romântica contraposta a um mundo cínico e cruel. As ingenuidades de seus romances são típicas do gênero policial; por exemplo, sempre deve haver uma testemunha que tenha visto pela janela cenas que o detetive — que ao mesmo tempo é quem narra — não pôde ver.

Agora há pouco, caminhada pela Corrientes até os escritórios onde me esperam dois livros de Chandler, dois livros de David Goodis e um romance de Ross Macdonald, livres de direitos, em castelhano, pelos quais vamos fazer uma oferta.

Terça-feira 17

Seria preciso refletir sobre o uso dos parênteses numa narração (são uma pausa ou uma intromissão que se deve assinalar?).

Desde que fui visitar o José Bianco, algumas semanas atrás, para lhe entregar o livro com dedicatória (e uma foto) que Virgilio Piñera mandou para ele de Havana, entabulamos uma amizade telefônica, nos falamos de manhã cedo ou ao cair da noite, um jeito de começar ou terminar o dia conversando com uma pessoa de outra geração com quem, no entanto, me entendo praticamente sem explicar nada.

Olho meu rosto no espelho, penso que não ficaria mal de barba. Dali a pouco considero todos os inconvenientes, e agora estou praticamente decidido a manter meu rosto como ele é.

Quinta-feira 19

De manhã passei no Jorge Álvarez para deixar uma lista de livros, como sempre neste tempo, ótima conversa com ele, sempre cheio de projetos e ideias inesperadas. Avançamos no projeto de uma coleção policial que edite romances norte-americanos distantes do modelo do romance-problema à inglesa. Na livraria, encontrei o Walsh, que me convidou para assistir a *La hora de los hornos* na sexta da semana que vem. Depois, almoço com o Schmucler, e organizamos algumas coisas para o próximo ano. Ele levou uma resenha muito elogiosa do meu livro antológico com textos autobiográficos, que saiu no *La Nación*. De lá fui à reunião da revista sem muita energia, tentando fechar o programa de um encontro de intelectuais de esquerda no fim do mês. Para completar, em casa com o Daniel e o B. Ótima discussão sobre o roteiro, concordâncias e acordos que permitem avançar rápido.

Sexta-feira 20

À noite me encontro com o Manuel Puig, sempre infalível em suas escolhas, enxerga "o argentino" no cinema da Isabel Sarli e do Armando Bo. Encontra aí o que ele mesmo procura: paixão e política social, tudo levado a limite e ao excesso. Também enxerga "o nacional" em Silvina Bullrich e na radionovela, mais claramente do que nos escritores de esquerda, que tentam deliberadamente refletir a realidade.

Hoje reli quase de uma sentada *The Long Goodbye*, de Chandler, tem todo o mistério, o clima mítico e o tom de um grande romance, como *Gatsby*, ou como *Fiesta*, ou como *The Glass Key*, de Hammett. Em certo sentido, todos os romances formam uma saga, estruturados sobre as aventuras que vêm ao encontro de Marlowe, o passado do personagem passa a ser o romance que lemos antes. Isso fortalece a sensação de realidade da vida cotidiana do protagonista, que já conhecemos. No comecinho de *The Little Sister*, logo depois do seu encontro com Maioranos na última página do romance anterior, deve ter tomado um banho e ido ao seu escritório para esperar um telefonema. Ou seja, a estrutura dos romances permite encadeá-los como uma sucessão de aventuras de Marlowe, que envelhece e não aprende com a experiência.

Sábado

Ontem à noite, tentativa frustrada de assistir clandestinamente a *La hora de los hornos*. Estava chovendo, e todos nos amontoamos em El Foro. Escrevo a orelha dos contos completos de Mailer.

Domingo 22

Deslumbrado com a viagem à Lua dos dois norte-americanos que vi pela televisão ontem na casa do Daniel.

Antes de ir a Mar del Plata:
M. Milano.
Miguel Briante.
Editora Tiempo Contemporáneo.
Chandler.
Revista.
Boccardo (quinta-feira reunião).

Comprar:
Agenda.
Caderno.
Sapatos.

Terça-feira 24

Vai chegando ao fim um ano cujas virtudes se limitam ao dinheiro. Passei a ganhar cem mil pesos por mês, em vez dos trinta mil que ganhava no ano passado. Autonomia, tempo livre.

Reunião da revista (que sai na quinta), depois na editora *and nothing more*.

Quarta-feira 25

Passo a noite de Natal sozinho.

Fim de ano, dias vazios, sem ler nem escrever, esperando alguma coisa mudar, sem saber muito bem por quê.

Quinta-feira

Na segunda-feira, encontro com Borges, minha ideia é conseguir que ele selecione e prefacie um conjunto de contos de Conrad para a coleção de clássicos.

Terça-feira

Ontem visita a Borges (fugaz, frustrada por María Esther Vázquez), que se repetirá na próxima segunda.

Segunda-feira

Às dez e meia, encontro com Borges. Chego, e a empregada abre a porta e me convida a entrar. Borges está tomando o café da manhã, a toalha é uma bandeira inglesa, parece estar comendo presunto. Tateia o ar e se inclina para cumprimentar, dá para ver os ossos do seu rosto embaixo da pele transparente. Enquanto responde às perguntas imperativas de um jovem que tenta "fazê-lo falar" sobre Perón e o comunismo russo, Borges concorda com o que o outro diz, mas depois começa a lhe falar de Stevenson. Por fim, quando está saindo, Borges lhe pede que não inclua nada sobre política, exceto uma frase que ele disse na entrevista e o diverte: "Neste país, precisamos de um polido ditador suíço". Finalmente vem até mim, que o espero sentado numa poltrona encostada à janela, esbarra num móvel e diz: "Está muito escuro. Continua chovendo?". Começamos a escolher os contos de Conrad. "O duelo" é o primeiro, e então pude ver quase a nu o mecanismo de construção da ficção borgiana. Primeiro ele me falou do conto de Conrad, sua leitura acentuou a simetria entre a guerra privada dos duelistas e as guerras napoleônicas que os acompanhavam. Ao mesmo tempo, insistiu na diferença entre os duelistas, não são semelhantes, mas bem diferentes, disse. Um deles não quer o confronto, enquanto o outro o força. De imediato o tema "duelos" começa a se organizar como uma sequência ininterrupta ou uma cadeia sem fim. Ele os conta como se fossem dele e constrói uma série enlaçada pela unidade temática.

1) Sainte-Beuve repudiava os duelos. Era gordo e muito alto, era careca e andava com a mulher de Victor Hugo, vestia-se de mulher para entrar na casa da amante. Alguém um dia o desafiou, ele não podia aceitar, pois suas convicções repudiavam o duelo, mas por outro lado devia aceitá-lo para que não se pensasse que suas convicções se deviam ao medo de duelar.

Aceita e no campo da honra, me conta Borges, empunha a pistola na mão direita e um guarda-chuva amarelo na mão esquerda para ridicularizar todo o mecanismo.

2) Júlio César no meio da guerra foi desafiado a duelo por um general do exército inimigo. Júlio César não aceitou e disse ao outro que, se queria morrer, podia lhe mandar um gladiador. Napoleão fez o mesmo, disse que estava muito ocupado e ofereceu enviar um mestre de esgrima.

3) O dr. Johnson, numa taberna londrina, teve uma áspera discussão sobre teologia, o oponente, furioso, atirou um copo de vinho na cara dele, o dr. Johnson o encarou, "Isso é uma digressão", disse, "sigo à espera de seus argumentos".

4) Conrad esteve a ponto de desafiar B. Shaw, porque este disse não gostar dos seus romances e não recordava por que razão. H. G. Wells intercedeu e convenceu Conrad de que só queria duelar porque desconhecia as regras do humor inglês.

5) Uma funcionária da Biblioteca Nacional lhe contou a história de um jardineiro, o índio Narciso, que tinha duelado com um homem e o matou. Foram lutar na rua para não sujar a casa (esses cavalheiros insuspeitados fariam a mesma coisa se estivessem num prostíbulo). Lutaram por meia hora, o índio recebeu graves ferimentos no braço esquerdo, mas matou o rival. O povoado inteiro assistiu ao duelo, inclusive o policial. Lutaram perto da farmácia, esclareceu Borges, para poderem ser atendidos.

6) Um domador de leões chamado Soto que chega a San Antonio de Areco acompanhando um circo. O povoado inteiro está espantado com sua coragem: o homem enfia a cabeça na goela do leão. O valentão Soto, apelidado "Toro negro", quando o domador entrava no casario e ia ao bar para tomar uma genebra, sempre o desafiava. "Aqui está sobrando um Soto", dizia, e por fim o matou num terreno baldio, embora o outro se negasse a lutar.

2.
Diário 1969

Janeiro

Ver a relação entre escrita e estigma, a cicatriz com a forma da espada, o rosto coberto com um pano do meu tio Sergio. Ele imaginava que tinha uma deformação na pele e não quis que ninguém visse seu rosto durante dois anos. Um dia resolveu que estava curado e retomou sua rotina habitual.

Quinta-feira 2

Notas sobre Tolstói (5). A lógica da moral tolstoiana deveria levá-lo à completa inação, à renúncia de enfrentar qualquer problema concreto, à *epokhé* e à *apatheia* dos estoicos ou à contemplação inativa do mistério do ser, própria dos monges budistas. Todo o mal, diz às vezes nos *Diários*, provém do fazer. Assim, a moral tolstoiana é uma moral negativa, porque se baseia na negação e na recusa de todos os valores reconhecidos e exaltados pela sociedade. Logicamente, a crítica à sociedade não é acompanhada por nenhuma opção concreta por uma sociedade mais justa. Suas ideias fundamentais de propriedade comum da terra, da exigência do trabalho manual, da abolição de qualquer forma de violência e de qualquer controle do Estado sobre o cidadão, seu vegetarianismo, sua abstenção de álcool e tabaco, a não violência e o voto de pobreza parecem na verdade formas de vida religiosa sem transcendência nem fé.

Sexta-feira 3

Ontem, encontro clandestino e sigilosa caminhada por San Telmo com Dalmiro Sáenz, Ricardo Carpani, Lorenzo Amengual etc., até entrarmos num apartamento onde nós todos nos amontoamos para ver *La guerra de los hornos*, um filme muito bom do Solanas, um documentário na linha do *agit-prop* da vanguarda russa.

Domingo 5

Ontem, armadilha desnecessária: o Daniel me convidou para jantar e ver uns slides da China, dali a pouco aparece do nada o Roberto C., o chefe, lição pesada e pedagógica sobre a "grande revolução cultural". No meio do seu discurso — segundo a Julia — não paro quieto, pego no sono, saio para a sacada, irrito todo mundo e vou embora quando não devo. Lição repetida: não gosto da linguagem dos políticos de esquerda, embora tente não perder de vista suas posições. Preciso defender minha solidão, me isolar (não só da política, embora a política esteja muito presente neste tempo).

Também não gosto dos estilos afetados que circulam na narrativa da minha geração: todos escrevem com a voz de outro (principalmente de Borges, Onetti e Cortázar); da minha parte, apesar de tudo, uma voz própria que não é necessariamente a minha, quer dizer, a que eu uso na vida. Escrever com a sinceridade de um sujeito que não conheço e que só aparece — ou se insinua — quando escrevo. Xis, como se diz agora quando a pessoa não consegue dar detalhes sobre algum assunto.

Acho interessante o modo como Scott Fitzgerald escreve sobre cinema e a experiência de roteirista nos estúdios. Ele utiliza uma chave, por exemplo, no conto "Pat Hobby e Orson Welles", que já no título mitifica Welles, não só pelas semelhanças formais entre *Cidadão Kane* e *O grande Gatsby* (via Conrad), mas porque os dois são uma metáfora do fracasso do artista nos Estados Unidos, que ambos contaram repetidas vezes: geniais, famosos antes dos trinta anos; acabados, esquecidos depois dos quarenta. "Os escritores norte-americanos não têm segundo ato." F. S. Fitzgerald.

Passo meio dia organizando a coleção de clássicos para a Jorge Álvarez. *Memórias do subsolo* com prefácio de George Steiner, *Robinson Crusoé* com prefácio de Joyce, *Bouvard et Pécuchet* com prefácio de R. Queneau. Também *As ligações perigosas* com prefácio de M. Butor. Rascunhei a apresentação geral da série e defini o sentido das quartas capas.

Depois, ao cinema. *A carga da Brigada Ligeira*, de Tony Richardson. Desdramatização, trabalho brechtiano das cenas de multidões; heróis românticos, levemente ingênuos e comoventes, destruídos pelo absurdo do seu próprio heroísmo.

Segunda-feira 6

Madruguei, para acordar de vez fui dar uma volta pela praça deserta, com seus matizes inesquecíveis do verde das árvores. Também gosto muito das luminárias *art déco* da praça Rodríguez Peña.

Série E. Compreendo, eu disse, mas ela entendeu "comprar". Aí ela disse, no fundo é a mesma coisa compreender e comprar. Compreendo que tudo deve estar ligado à minha história pessoal, compro a ideia de uma vida própria (mas de que propriedade se trataria?). Poderíamos usar como metáfora meu passeio pela praça ao amanhecer: um escritor percorre seus territórios, que podem ser uma planície infinita ou o mar (como em Melville), ou uma toca circular amuralhada (como em Kafka), ou uma praça qualquer na cidade. O que importa é ter um campo próprio e cavar aí.

A necessidade de se manter por cima da linguagem é como nadar, avançar por cima do mar (a profundidade é uma tentação que deve ser controlada). Uma prosa de superfície, um nadador de curta distância, em toda a minha vida não escrevi nada além de contos de cinquenta mil palavras. A impressão de me perder se me afasto demais da margem. Lembro a sensação de nadar à noite no mar, com o temor de que poderia me perder de vista e nadar para dentro pensando que estava voltando.

Tenho um lugar que só posso perder se resvalar no entusiasmo pela poética que eu mesmo deploro (escrita automática, prosa espontânea), que está na moda nesta temporada (efeito da escrita de Cortázar e da gravitação da *beat generation*).

Claro que para sobreviver ao *boom* é preciso manter distância. Ficar quieto, escrever contos à contracorrente da expansão liderada pela literatura latino-americana atual. Escrever sem se interessar pela circulação (nunca vou passar dos três mil exemplares, com sorte). Menos é mais. Esperar. Quem conseguir manter a calma em meio à avalanche chegará mais longe, sem se queimar no caminho. Vamos ver.

Terça-feira 7

Acordei apavorado, vendo bichos esquisitos correndo pelas paredes, efeito do calor, quem sabe, ou de um sonho onde se organizaram todos os meus medos (eu atravessava uma ponte frágil e estreita sobre uma torrente que me atraía enquanto avançava pé ante pé, na superfície instável e suspensa no ar). Quando me levantei, tentei sair desse lugar enquanto recordava os detalhes do pesadelo, sentado diante da janela, tomando mate com a sensação de que era absurdo tentar qualquer coisa com tanto calor, a cidade inteira é um forno desde as seis da manhã.

No fim da tarde vi confirmadas minhas intuições no misterioso encontro com o Walsh para assistir à primeira e segunda parte de *La hora de los hornos*, que me interessou menos que da outra vez. Na segunda parte, a arbitrariedade ideológica se transforma em erro estético. Solanas acaba de inventar o peronismo de esquerda.

Quarta-feira 8

A renovada e maciça crítica à indústria cultural (Briante, De Brasi, Espartaco, González Trejo, Sebrelli) esquece que não se pode pensar a arte a partir da circulação das obras ou de seus efeitos na mídia e que é preciso pensá-la no momento da construção.

Sexta-feira 10

Naquele tempo — direi um dia — eu descobri como é bom sair para a rua bem cedo e caminhar pela cidade vazia, no ar limpo da madrugada.

Narrar a tragédia cinicamente, narrar a história de amor de um modo antissentimental. A ironia, o detalhe e a distância que oculta a vulnerabilidade. Um estilo esquizo para narrar as paixões. O estilo não é feito de "belas palavras", e sim de mudanças de direção ao longo da frase. Uma forma que é um ataque aos sentimentos "naturais". Uma linguagem que apenas *mostre* a intensidade — mascarada — da emoção.

Sábado

Bouvard et Pécuchet II. Um romance inacabado que narra a tentativa de escrever o mundo. Nesse sentido, esse volume singular está ligado a algumas das mais exemplares obras atuais (os *Diários* de Kafka, *O homem sem qualidades* de Musil). Por baixo corre uma torrente de leitura: os quinhentos volumes de diversos saberes e técnicas específicas de erudição inútil lidos por Flaubert para construir um livro no qual narraria a empresa de dois "escreventes" dedicados a classificar suas leituras.

Segunda-feira 13

Ontem à noite, Lucas e Celina: o passado. Luis Alonso, Junior, Casco: perdidos tentando armar uma coerência capaz de resgatá-los da desordem do mundo. Os anos em La Plata foram definitivos para mim. Uso os julgamentos sumários para esconjurar qualquer nostalgia.

Antes, no cinema, *Crime sem perdão*, de G. Douglas, um filme muito bom, com Sinatra no papel de um Marlowe "oficial" que bate de frente contra a corrupção. De novo um herói puro, lacônico e eficaz, perdido num mundo de traidores. Como todos os detetives do gênero, é misógino, violento, solitário. Ao contrário de *O homem que odiava as mulheres*, que vi na sexta, onde se trabalham todos os fetiches (psicanálise, telepatia, esquizofrenia) para fortalecer o mundo norte-americano em que os assassinos sociais são doentes psíquicos contra os quais se levanta a natureza pura (e religiosa) dos valores liberais.

Terça-feira 14 de janeiro

Desci pela cidade até o rio, sentei num banco ao sol, na Costanera, em meio a uma divertida corte dos milagres que sempre se atualiza e surpreende com seus personagens: o pescador que passa horas fitando o rio, a mulher que fala sozinha, o jovem exibicionista que troca várias vezes o calção de banho para de vez em quando aparecer nu. O rio é a última fronteira aonde vão aportar os excluídos e os suicidas.

Quarta-feira 15 de janeiro

Ontem me encontrei com o G. L. na livraria do Álvarez. Eu tinha ido até lá para deixar pronta a coleção de clássicos e assim poder passar o resto da semana em paz e sem *public relations*. Mas o Jorge não estava, e me encontrei com o G. L., que por pouco não me estragou a tarde inteira. Tomamos um café e, quando tentei escapulir, ele veio comigo até a Córdoba e tive que parar em outro bar. A cortesia é uma forma de masoquismo. Parei no bar para que ele não se instalasse em casa a tarde inteira. Parece um homem perdido que se aferra a qualquer conhecido que encontra por perto e se dedica a dissertar sobre suas leituras e projetos. Como sempre, suas ideologias compensatórias, a obsessão por si mesmo, citando de cor, textualmente, as críticas ao seu romance. Por trás dessa malha de arame se veem lampejos de uma inteligência muito viva que funciona bem em certos campos e escorrega em outros. O narcisismo extremo pode ser visto como a couraça dos corações mais sensíveis. Ele fala de si mesmo porque não há ninguém aí, não há um "si mesmo", digamos, não há um "em si", tudo é plano. Uma superfície irregular, tudo muito perdido entre as leituras da moda e os delírios renitentes. Quando consegui me safar, eram duas horas da tarde, ai de mim, há em mim uma alma caridosa cuja qualidade é suportar os monólogos dos amigos que estão meio loucos. Assim me defendo da minha própria loucura, da minha parte estou sempre procurando um lugar onde possa ficar sozinho, mas nunca o encontro, e por isso passei quase seis horas perambulando pelos bares com o G.

Encontro numa biografia de Tolstói a história que eu sempre quis escrever. Um casal, ele escreve um diário e o entrega para ela ler (uma variante pode ser que ela o leia às escondidas): "Tolstói deu para sua noiva ler um atormentado e explícito diário de solteiro". Ele escreve ali: "A ideia de que ela está sempre por perto, disposta a ler o que escrevo por cima do meu ombro, é irritante e me impede de ser honesto", disse Tolstói. Ela, Sofia, uma moça de classe média que aspira a ser alguém no mundo dos aristocratas, casa-se muito nova com esse conde atraente, fascinante e acima de tudo perigoso e manipulador. Quando ela lê o diário de Tolstói, fica horrorizada e nunca se recupera da "verdade" que lê nessas páginas: há alusões claras a experiências homossexuais e narrações explícitas de caçadas de mulheres jovens de origem camponesa que são suas criadas ou seu pessoal de trabalho, que Tolstói assedia e conquista como um predador sexual. Sofia fica marcada para sempre por esses atos e durante toda a vida verá em Tolstói às vezes um homossexual seduzido pelos homens que o rodeiam e às vezes um proprietário despótico que abusa das moças da sua criadagem.

Série E. Acho que foi isso o que me fascinou na possibilidade de escrever um diário. Anotar minha vida num caderno para que fosse lido por uma mulher. Portanto, minha primeira história de amor marcou toda a minha vida. Posso dizer que escrevi este diário para a Elena, embora ela nunca tenha sabido disso. Apenas me pediu um livro que eu tivesse lido, e imediatamente pensei em ser um escritor para ela. O que está escrito para ela, ele disse, não são as obras que publicava, e sim estes cadernos que ninguém leu, exceto algumas amigas que os leram clandestinamente para ver em quantas eu andava.

Se fossem necessários alguns dados (e não bastasse minha própria experiência) para provar as relações entre a leitura e a vida, bastaria pensar no diário de Kafka. Uma coisa é viver, outra coisa é ler em segredo a própria vida nos cadernos íntimos. No caso de Tolstói, *Anna Kariênina* se inicia com a iluminação que nele provoca a leitura de uma festa narrada por Púshkin. Essa leitura casual, uma noite, inesperadamente o levou a se sentar de imediato a escrever o romance sobre uma mulher que segue seu desejo e abandona o marido e os filhos para fugir com um sedutor cínico, muito parecido ao que Tolstói imaginava que ele mesmo era.

Poderíamos dizer, na linha de Lévi-Strauss, que uma sociedade fora dos circuitos estabelecidos pode ser vista como "primitiva", e como tal é observada de fora. Esse "fora" é o que Borges teoriza em "O escritor argentino e a tradição". Encontra-se à margem das correntes centrais, numa terra de ninguém que só pode ser definida de fora (pelos que estão dentro). Problemática dos marcos, dos enquadramentos e dos sujeitos que estão ao mesmo tempo dentro e fora do seu país natal.

O olhar externo. Lévi-Strauss diz: "Quando a olhamos de fora, podemos atribuir-lhe um certo número de índices, determinar o grau de seu desenvolvimento técnico, a amplitude de sua produção material, o efetivo de sua população e assim por diante, e depois dar-lhe friamente uma nota, e comparar com as notas que damos às diferentes sociedades". Por um lado, trata-se da condição extralocal dessa cultura, que sempre é comparada com outra, e também da sua assincronia com o presente. Uma cultura que está longe dos seus contemporâneos (por isso se diz que está "atrasada"), fora de tempo e lugar. Isso é o que os historiadores chamam "sociedade subdesenvolvida" ou "dependente" ou "semicolonial". É definida em relação a outra que aparece como mais desenvolvida e mais atual. Assim descobri a importância da distância, de estar sempre fora de contexto, a meio caminho entre a colônia e a metrópole: a chave é o espaço vazio que as separa. É aí que Borges situa o modo de ler: lê-se de viés, observando duas realidades ao mesmo tempo, é o olhar estrábico ("é preciso ter um olho posto na Europa e o outro cravado nas entranhas da pátria", como escreveu Echeverría). Trata-se de ver duplo, um olhar metafórico que sempre compara uma realidade presente com outra alheia e superior. Trata-se de uma versão do teorema de Gödel: nenhum sistema fechado pode garantir a certeza de uma verdade, é necessário verificar em outro sistema e à distância, e essa série é interminável. A realidade se verifica fora do sistema de provas internas, fora de si.

Quinta-feira 16

Ontem à tarde, apareceu o Manuel Puig, nervoso, confuso, sempre tentando agradar, cair nas graças, e submete seus livros a essa prova impossível de verificar. Sempre haverá alguém que não gosta do que ele escreve, e isso o obceca e prevalece sobre o reconhecimento e o sucesso. Ele guarda as críticas negativas, os gestos de desprezo por sua obra. Em meio a essas queixas, ele se ilumina quando conta suas experiências e conquistas, como se fosse uma moça ávida e comovente. Depois me fala do projeto do Jorge Álvarez de lançar *Boquinhas pintadas* como folhetim e do seu projeto de escrever um romance policial sobre o mundo da arte e da crítica cultural, que ele vê como assassinos que matam o artista sensível e contracultural. Decidiu se refugiar na Itália, retirar-se para sempre da ingrata Argentina.

Mais tarde me encontro com o Héctor Schmucler, recém-chegado da França, com vontade de montar uma revista (modelo: *La Quinzaine*), está deslumbrado com Cortázar, com quem conviveu em Paris, e fascinado com as "novidades" em circulação, especialmente a maré estruturalista (estilo Barthes + revista *Tel Quel*).

À noite, *Os doze condenados*, ótimo filme de Robert Aldrich, com bom domínio da ironia e principalmente da violência, com toques meio fascistas e "adolescentes". Doze homens escolhidos entre os condenados à morte nos presídios norte-americanos realizam uma missão suicida: todos são psicóticos e muito unidos.

"Só se perde o que realmente não se teve." Borges. Vou usar essa citação como epígrafe do meu próximo livro.

Respiração artificial. É minha experiência, hoje, no bar: todos falavam comigo como se eu fosse idiota, num tom meloso e entrecortado. Não gosto dos jargões, das linguagens estabelecidas e fechadas, falo outro idioma. Recordar Saussure: "Um homem que fala outra língua é facilmente considerado incapaz de falar". Isso pode ocorrer também no interior de uma mesma língua. A palavra grega *bárbaro* parece significar "gago" e é parente do latim *balbus*, e em russo os alemães são chamados de *nemsty*, "os mudos".

As palavras sofrem uma distorção quando dizem a mesma coisa em línguas diferentes: "Não há motivo algum para preferir *sœur* a *sister* ou a *irmã*", diz Saussure. Na tradução para o espanhol de um romance de Chandler, alguém substitui o título *Little Sister*, ou seja, irmãzinha, por *Una mosca muerta* (que sintetiza a imagem da protagonista: uma moça simples e muito perigosa). Esse mecanismo de torção é o que constitui a língua de Arlt. Ele escreve: *equino fulero*, onde *cavalo* está alambicado e *feio* é dito em gíria.

Sexta-feira

Vejo com muito entusiasmo a épica que pode ser narrada a partir de fatos reais no roteiro de *Encerrona*. Homens duros e diretos que, levados a uma situação extrema, se tornam heróis trágicos, mas trabalho um tanto desanimado, sem sintonizar com o Daniel (que se desvia para o estereótipo argentino do grotesco fácil) e o B. (que tem sensibilidade dramática, mas muito estetizada). Deve-se contar uma história sem cair no esteticismo nem na demagogia grosseira — que são as duas linhas principais da cultura argentina.

Nesta época anda chovendo dinheiro, sem que eu trabalhe. Ontem acertei com o Jorge A. cinquenta mil pesos por mês e vinte mil em livros (que posso retirar na livraria) pelo meu trabalho na série dos clássicos. Com a editora Tiempo Contemporáneo, fechei a Serie Negra por cinquenta mil, e ainda tem os trinta mil por minhas colaborações no jornal (via Andrés e Junior). Ao mesmo tempo, vão se definindo as possibilidades de uma revista com o Schmucler, voltada a enfrentar a cultura imposta pelos *mass media*. Enquanto isso, vou rondando um grande projeto de um romance baseado em fatos reais, usando falsamente os procedimentos da não ficção (gravador).

Trabalho no conto sobre o suicídio do pai (de um pai).

O Schmucler vem me ver, e avançamos no projeto da nova revista. Equipe possível: Del Barco, Aricó, Germán García, José Sazbón, Aníbal Ford, Jorge Rivera...

Sábado

Ontem, *A primeira noite de um homem*, de M. Nichols, um personagem à la Salinger, um marginalizado numa família de milionários, devorado pelo matriarcado e pela sociedade do conforto. O mito do adolescente puro triturado pela estrutura social, que se defende com a rebeldia cega (Teddy Boys, *beat generation*, rebeldes sem causa) e habitualmente foge para a natureza (Nick Adams em Hemingway) ou se suicida (Quentin Compson em Faulkner).

Domingo

Curiosa publicação de uma resenha elogiosa de *A invasão* no jornal *La Prensa*. Vai saber as razões de falarem do livro um ano depois da sua publicação. Como sempre, me incomoda ver matérias ou ler ensaios que têm como tema aquilo que escrevo, a sensação de ler uma carta não dirigida a mim na qual encontro sombrias revelações sobre mim mesmo.

Segunda-feira 20

Só trabalho bem quando tenho o dia inteiro livre e posso me concentrar num único objetivo. Agora pus duas fatias de pão para torrar e depois vou comer com queijo gruyère acompanhadas de um copo de leite frio.

Terça-feira 21

É curioso, mas o que realmente constitui um clima de trabalho para mim não é o tom da prosa que estou procurando, mas uma coisa anterior, certos fatos na vida de alguns escritores que admiro (Hemingway, Beckett). A constatação de que eles também tiveram dúvidas e estiveram a ponto de fracassar etc. Identificações não com um estilo, mas com uma atitude. "Ser um escritor" precede o fato de escrever. Esses modos de ser são para mim mais importantes que as técnicas ou os procedimentos narrativos desses autores. Desse modo posso "justificar" minha despersonalização ao escrever (essa é a condição da prosa para mim, ser outro quando escrevo, ou melhor, ser outro para escrever). Justifico assim minha esquizofrenia (leve), me desdobro, mas isso é o mais difícil, e assim justifico o trabalho (não pelo conteúdo nem pelo resultado). A literatura é um sonho dirigido. Sua condição, para mim, é eu deixar de ser quem supostamente sou. Como num sonho.

Quarta-feira 22
"Não existe armadilha tão mortal quanto a que a gente prepara para si mesmo." R. Chandler.

Quinta-feira 23
Ontem, enquanto me recuperava do entusiasmo da véspera, com o J. D., velhas lembranças de 60 e 61, quando ele já era para todos um escritor reconhecido e de sucesso, enquanto eu ainda tentava aprender a suprimir as descrições na prosa narrativa. Agora ele está na lona, por isso continuo a lhe dar trela, como faço com todas as pessoas que conheci na minha remota juventude. Uma espécie de pacto de sangue entre irmãos; um pacto de não agressão.

Em Chandler encontra-se um nervosismo que expõe o narrador, que existe então como personagem autônomo (por esses toques um tanto afetados da prosa), ao mesmo tempo em que está lá para contar uma história que não é a dele.

Encontro com um boneco delicado e de bigode que avançou contra mim quando eu tentava atravessar a rua sem cumprimentá-lo. Gestos de surpresa e de reconhecimento, ele se apressa a me contar que comprou uma boate em Palermo e a dizer: "Já sei que as coisas vão indo muito bem pro teu lado". Encontros que têm a ver com meus cadernos de 1959. Era o Jorge S., sempre com sua distância pedante, naqueles anos no colégio em Mar del Plata. Lembrei, como num flash, da primeira tarde no pátio do Nacional, ele falando da antidisciplina, e agora o vejo reaparecer como um fantasma.

Sexta-feira 24
Voltei a tomar anfetaminas em busca da euforia química e de uma lucidez luminosa com a duração da chama de um fósforo (mas em que a gente pode queimar a cabeça). Risco assumido com a certeza de que sempre que eu quiser vou poder encontrar esse clarão artificial.

Domingo 26

Ontem e hoje com o Roberto Jacoby, que me propôs um folheto dedicado a certos emblemas equívocos: o crime, o futebol, o peronismo etc. Uma espécie de publicação mimeografada de *agit-prop* usando as categorias de Roland Barthes (*Mitologias*). Seria distribuído de graça nas esquinas da cidade aos transeuntes, ou se organizariam "panfletagens" na saída do cinema ou depois de uma luta de boxe no Luna Park.

Segunda-feira 27

Série E. Estou pensando no pseudônimo e no duplo como uma forma não corporal de suicídio. Perder-se em outra identidade, desdobrar-se, deixar que outro faça o trabalho sujo (por você). Os dois remetem ao enigma. Em certo sentido, consegue-se que o duplo malvado seja você mesmo e que o mal ou a infâmia sejam narrados como algo pessoal. Resolução gramatical do suicídio. (Voltar a isso.) A questão do duplo verbal (o nome falso), dois nomes, duas enunciações.

Em relação à problemática do colonialismo, recordar a análise das sociedades primitivas de Lévi-Strauss. Várias séries de acesso ao modelo de civilização. Em cada sociedade, esse modelo corresponde a um ideal aceito durante certo tempo. Na maioria das sociedades humanas, a categoria proposta (mundo ocidental, desenvolvido, moderno etc.) carece de sentido, é desprovida de significado. A questão-chave é que essa categoria (civilização ocidental, ou seja, capitalismo) não é proposta, e sim imposta (pela força).

Terça-feira 28

Dormi menos de seis horas e acordei morrendo de sono, faz duas horas que vou e venho sem conseguir acordar. Li o jornal sentado na praça Rodríguez Peña e depois fui tomar um café com leite num bar da Charcas e li um — estúpido — artigo de Mario Benedetti sobre Cuba, e agora há pouco um conto de Chandler ("Nevada Gas"), mas continuo sonado, irremediavelmente. Depois trabalhei na série policial, consegui os direitos de *The Tin Man*, de Hammett, uma guinada para o policial irônico.

Quarta-feira 29

15h. Depois de mais de dois anos (escrevi "Mata-Hari 55" em outubro de 66), pela primeira vez um conto que ficou bom, a história de Pavese define a relação com a Inés. Falta ainda ajustar os diálogos, mas já está pronto. Como sempre, tenho "outros problemas" que não me dão tempo de ficar contente.

Quinta-feira 30
Voltei para casa, acabei de ler o romance de Hammett. *The Tin Man* é um dos seus livros que mais me agradam: uma comédia disfarçada no gênero policial. A mocinha é um personagem notável: irônica, inteligente, autônoma, uma companheira atraente e perigosa para o herói, que deixa de ser o homem solitário. O detetive apaixonado já é por si só uma paródia do gênero. Depois comecei a ler outro *thriller* esplêndido de Raymond Marshall (pseudônimo de Chase).

Sexta-feira 31 de janeiro
Ontem, confirmei com Capelutto, o contador do Álvarez, o acerto pela coleção de clássicos: um salário de cinquenta mil pesos por mês. Se também confirmar o combinado com a editora Tiempo Contemporáneo, mais cinquenta mil pela série policial, quero poder me libertar do Luna e combater seu apego burocrático a horários. Passar a um máximo de trinta textos por mês, ou seja, um por dia. Os quatro textos que escrevi na terça (que levei ao jornal na quarta) mais os dois que apronto na sexta (que levo à redação no sábado). Então ele vai cobrir os outros quatro (é mais lento) que faltam para completar a seção. Ontem também começou a funcionar o crédito de vinte mil pesos por mês em livros: comprei os *Racconti* de Pavese (seus contos completos editados pela Einaudi).

Muitas leituras variadas: *As palavras e as coisas*, de Foucault (o demônio das analogias). Steiner sobre *Tolstói ou Dostoiévski* (gosto do sistema de condensar o estado de uma literatura a partir de duas poéticas confrontadas: Hemingway e Faulkner, Arlt e Borges). Leitura atenta da *Psicopatologia da vida cotidiana* de Freud: extraordinária nova forma de autobiografia na análise pessoal do caso Signorelli. O sujeito da autobiografia se desdobra e vê a si mesmo sendo apanhado por ondas invisíveis, como se fosse outro. A distância temporal entre o presente da escrita e o passado do sujeito é o tema básico do gênero. Outro exemplo: *As palavras*, de Sartre.

Escrevo o rascunho de "A caixa de vidro". Encontro o diário do Genz por acaso, agora o leio quando estou sozinho. Surpreso de que ele escreva, nunca imaginaria. Encontrei várias passagens sobre mim. Sempre leva o caderno com ele. Começaria mais ou menos assim, e no final estaria a história do acidente na torre que quero contar há muitos anos. É preciso construir a relação entre os dois.

Trabalhei no roteiro para o B., toquei a seção do jornal sozinho (escrevi vinte textos, a maioria sem assinar ou sob pseudônimo). O Luna insiste em que quer me transferir para a seção policial ou de "variedades". Preparei uma excelente apresentação da série de clássicos. O primeiro livro é *Memórias do subsolo* de D., que nunca saiu em castelhano como um volume autônomo. Fui muito ao cinema, não deixei escapar nenhum filme que andasse por aí. Ótima recepção crítica da minha antologia de autobiografias argentinas, e finalmente a proposta do Schmucler de fazer com ele uma nova revista para vender nas bancas e enfrentar a seção cultural dos jornais e revistas. Por que faço esses resumos fúnebres? A quem pretendo pedir que preste atenção em tudo o que trabalhei? Faço listas das coisas feitas como se quisesse saldar uma dívida — contraída com quem? Perguntas feitas no entardecer de um dia do verão de 1969.

Segunda-feira
Depois de leves vacilações, aproveito a chuva para me enfurnar e me drogar. Quero escrever um conto sobre as sombras que vejo. Impressão vaga e triste. Um velho lúcido e atroz. O menino que ele deixa cair. Vou narrar algo além dessa queda? Não tenho a fábula e preciso ver que tom usar. Depois de duas horas, não há nada. Mais inclinado a trabalhar a história do homem que lê um diário às escondidas. Quem sabe fundir as duas histórias?

Terça-feira
A cidade muda de cor porque as nuvens baixas encobrem a luz. Escrevi uma lauda do conto. Ainda não sei o "objetivo" da história. Vou ver como faço para introduzir o acidente. Possibilidades: acontece com o narrador, ele rouba o caderno ou Reinaldi é que o escreve em seu diário.

São seis horas da tarde, poderíamos dizer que montei a história. Os dois moram juntos. Reinaldi escreve um diário, Genz quer ir à praça. Deixa o menino cair. Reinaldi aparece. Segura a criança nas mãos, escreve versões do acidente no diário, obriga o outro a pagar. Acho que o tom ainda derrapa.

Preciso encontrar uma concatenação mais real para a aparição de Reinaldi. Talvez possa ser resolvido assim: Reinaldi só aparece muito depois, mas no diário ele conta os fatos reais. Deixo pronto um primeiro rascunho muito esquemático, desenvolver as linhas internas.

Domingo 2 de fevereiro

Como sempre, avidez, intranquilidade, medo de não repetir o milagre de ontem. Está clara minha paixão romântica pela literatura, dois ou três dias como o de ontem poriam tudo no lugar.

Terça-feira 4

Caminhada com a Julia por Retiro, a ladeira rumo ao rio, as arcadas do Bajo, a zona um tanto sombria e ao mesmo tempo cheia de livrarias e bares onde se reúnem as diversas tribos dos boêmios da cidade. El Moderno, o bar Florida, o Instituto Di Tella e a Galería del Este. Antes, o mundo da coletividade francesa (formal, hipócrita, empolada) na biblioteca da Aliança Francesa, lendo Foucault (o simulacro). Na saída encontrei o Conrado C., e antes o S. e o I., a ambiguidade dos velhos conhecidos que me mostram seu quadro de horror (não mais o quadro de honra): "Estou traduzindo o Barthes", diz. "Comprei um apartamento em Palermo", aponta. "Tenho uma bolsa da universidade", anunciam respectivamente. Buscam segurança, se instalam e me observam, incômodos por causa das "minhas atividades". Eu poderia ter sido como eles se me distraísse por um instante e não fosse capaz de largar tudo para perseguir um objetivo claro e impossível. Outra coisa: parece difícil para mim ter amigos da minha própria geração.

Quarta-feira 5

Para mim, escrever quer dizer "estar financiado".

Visita do Roberto Jacoby, atordoado pelo populismo. Sempre muito sagaz, inteligente e criativo.

Conversa com o Julio:

— Você sabe o que acabou com meu pai?

— Não.

— Tentou se suicidar e não deu certo.

Terça-feira

Sobre "a sinceridade" na literatura. "Na linguagem, aquele que fala jamais se confunde com suas palavras." C. Lévi-Strauss.

Ida e volta à Tiempo Contemporáneo e à Álvarez: chego em casa com 92 mil pesos, mágicos como sempre. Vejo a guinada do Jorge A., seduzido pelos rapazes do rock e pelo mundo *under* de Buenos Aires. Esbanjando dinheiro à la Scott Fitzgerald e jogando pela janela tudo o que conseguiu até agora. Vai a Mar del Plata de táxi com o pessoal do Mandioca.

Quinta-feira 13

"De certo modo, a marca do verdadeiro escritor é a impossibilidade de escrever." Michel de M'Uzan em seu artigo sobre Freud e a criação artística, *Tel Quel* nº 19.

Deleuze: "Para Proust, escrever é ler esse livro interior de signos desconhecidos. Não há Logos, só há hieróglifos. Escrever é interpretar o que já está escrito e é ilegível".

A narração. A condenação que Valéry faz do romance é uma recusa da vertigem dos possíveis narrativos que se abrem em cada situação e cada frase. É impossível, diz, ou melhor, é inútil escrever a frase "a marquesa saiu às cinco" (para começar um romance), trata-se de uma decisão injustificada. A marquesa (ou qualquer outro sujeito, por exemplo, o cachorro) saiu (ou qualquer outro verbo, por exemplo, entrou) às cinco (ou qualquer outra hora, ou qualquer outra medida de tempo da ficção). O cachorro entrou às três da tarde. Essa frase tem o mesmo valor da outra. Em todo caso, o romancista deve optar. Trata-se de um agrupamento contingente de unidades substituíveis. O narrador não pode descartar essa vertigem de possíveis porque se trata de uma decisão arbitrária, ou seja, pautada numa convenção que não pertence à ordem da ficção. Os possíveis narrativos estão no centro da discussão da poética do romance. A literatura potencial de Georges Perec, ou a intriga do romance que se bifurca e não deixa de lado nenhuma opção, em "Análise da obra de H. Quain", ou o romance interminável e sucessivo de "O jardim dos caminhos…", de Borges, ou o romance sempre prestes a começar de Macedonio Fernández, todos tratam dessa questão. O romance é uma arte combinatória. Narrar é tomar decisões.

Um dos caminhos da renovação do romance tende a expor e a dizer que se trata de um romance, de uma convenção que se delata. Günter Grass: "Digamos que são cinco horas da tarde". Ou Néstor Sánchez: "Neste romance, estava chovendo naquela tarde". Não gosto do modo de mostrar a conexão entre as palavras como se fosse o único mundo possível. Nunca se deve esquecer que a mimese é o que define a ficção. Algo do real sempre entra na narrativa para que a crença atue resolvendo a arbitrariedade das decisões. Devemos acreditar que acontece uma coisa e não outra por razões que a narração não diz mas mostra, isto é, faz ver.

Um exemplo da consciência das convenções é *Tristram Shandy* de L. Sterne: a forma e os procedimentos tornam-se visíveis com a violação das normas, e isso se transforma no conteúdo do livro. Joga com a arbitrariedade romanesca, assim como Macedonio Fernández.

Literatura e política. A cultura se assenta na repressão, mas a literatura é uma luta constante contra esses limites e contra as proibições. O romance se instala na fronteira psíquica da sociedade em que o indivíduo se transforma em outro não permitido. Essa atividade à beira da censura se chama: adquirir uma linguagem. Trata-se de estar diante da realidade entendida como um escrito e não como um espetáculo.

Vou ao cinema para assistir a *Tony Rome*, de G. Douglas, com Frank Sinatra. Mais uma vez, o herói solitário e cético que decifra todos os mistérios em troca de um pagamento em dólares.

Sexta-feira 14
Série E. Tentar três registros nestes cadernos. Irônico, com os fatos narrados sem elaboração, diretamente. Introspecção, quer dizer, ver a si mesmo como se um fosse outro que está no passado daquele que se observa. Conceitual, para alguns pensamentos ainda não pensados. Não os escrevo com o mesmo espírito que uso na prosa que vou publicar. A vaga esperança de que um dia vou parar para transcrever estes cadernos — a imagem que me vem é a do sujeito que, na hora de morrer, segundo dizem, vê, como num filme, os principais acontecimentos da sua existência —, aqui se trata não de ver, mas de ler.

Ontem, súbita aparição do Edgardo F., breve conversa e leve sarcasmo para disfarçar sua decadência. Os ex-jovens brilhantes que se amontoam para resistir em manada e não se perdoam por terem escolhido (inconscientemente, mas até as últimas consequências) uma vida segura, distante dos sonhos e das ilusões. Por exemplo, eu lhe digo:

— Talvez eu compre alguma coisa para mim.

— Para garantir a velhice.

— Sigo teu exemplo.

Série A. Se eu analisar o dia de ontem e o diálogo que acabo de transcrever, poderei entender certos níveis ou camadas daquele que eu imagino que sou (para os outros). Quando o E. chega, eu baixo a guarda, "comovido", pensando que, já que ele veio, preciso ser generoso. Ele, por seu turno, se sente incômodo por ter dado o primeiro passo e me ataca. Eu, que não estou preparado, fico sem resposta e passo o resto da tarde maquinando uma vingança que só agora consigo concretizar, quando ele já não está, e só no imaginário, ou melhor, no que escrevo. Metáfora nítida da minha relação com o imprevisto que, no entanto, é sempre igual ao que já conheço.

Não me interessa o gênero policial, o que me interessa é escrever narrativas sob a forma de uma investigação. Além disso, vejo o detetive como um Ulisses moderno perdido num labirinto (dados, pistas, crimes) que ele procura decifrar com suas averiguações.

Claro que o que mais me interessa em Chandler (ou em Ross Macdonald) é a construção de uma série de romances como uma saga que tem sempre o mesmo personagem (Philip Marlowe) como protagonista, que é quem conta a história. O último da série, *Playback*, começa com o casamento de Marlowe (que não está mais preocupado com o risco de perder a licença). Casamento que só pode ser entendido depois de ler *The Long Goodbye*. Num ponto, *Playback* faz parte desse romance e permite que todos os livros de Chandler se encadeiem como uma longa série de investigações que termina com a aposentadoria de Marlowe. É isso que eu gostaria de fazer: escrever uma série de livros que tenham X como protagonista ou narrador, uma saga de temas variados que sempre remetam à vida de um mesmo personagem.

A história que eu quero narrar. A vida de um homem em diferentes situações ao longo de cinquenta ou sessenta anos. Uma série de contos e de romances com o mesmo protagonista secreto.

Pavese. Vou deixar incompletas uma conversa no aeroporto e várias alusões na narração (ela tirando fotos; festejo sexual num hotel), agora posso pensar um pouco melhor na situação italiana. "Fatos objetivos": Inés pega um táxi e vai embora (vamos nos casar, diz ele). Pavese. Conversa. Aeroporto. Viagem. Texto em Turim. Reportagem (alguém que conheceu Pavese ou que esteve com ele poucos dias antes do suicídio).

Sábado
O ato mais definitivo e kafkiano de Kafka é a tentativa de sumir com sua obra: decisão que, se existiu, deveria fazer-se sentir naquilo que sobreviveu. Provar essa hipótese transforma-se automaticamente numa ficção kafkiana (sem fim).

Domingo 16 de fevereiro
Ontem, novo encontro com o admirável filme *El último suspiro*, de Jean-Pierre Melville: uma elegia da honra, a épica do nosso tempo. Os únicos heróis "possíveis" são aqueles que negam o sistema (guerrilheiros ou delinquentes); na outra série estão os *losers*.

Analisar a situação social da leitura: as condições de possibilidade do sentido são um espaço material que no fundo decide o significado do texto. Essa situação é não apenas social, mas também histórica. Torna alguns livros legíveis e outros invisíveis. Um procedimento-chave na relação entre as obras e suas condições é, entre nós, a tradução. Isto é, o acesso à série estrangeira. Seria possível reconstruir esse espaço em três livros-chave: *A traição de Rita Hayworth, Ficções* e *O jogo da amarelinha*, que contam de modo elíptico sua relação com a cultura contemporânea.

Segunda-feira 17
Toda arte constrói sua técnica e sua forma usando o saber do seu tempo, com o conhecimento estranho ao seu âmbito, e daí extrai os procedimentos (por exemplo, Joyce com a psicanálise; Borges com a matemática).

Terça-feira 18

Série E. O protagonista escreve em seu diário aquilo que ele não pode pensar, aquilo que ele não ousa dizer ou enfrentar, esses apontamentos são o reverso da sua vontade. Sempre fora de contexto, suas anotações registram o que ele acredita que está vivendo e o que ele acredita lembrar da sua infância. A cena imaginária em que ele é sempre o herói. O diário é como um sonho, tudo o que acontece é verdadeiro, mas acontece num registro tão condensado, tão carregado de subentendidos, que só quem o escreve é capaz de entendê-lo. A literatura tende a ir por aí: seu campo é a escrita privada, que se ilude com a ideia de ser escrita para não ser lida por ninguém. Por isso o suicídio de Pavese é também uma teoria ou uma resolução daquilo que ele escreveu nos seus cadernos pessoais. Kafka dizia: só quem escreve um diário pode entender o diário dos outros. Enquanto Pavese diz: só quem joga com a ideia do suicídio pode escrever um diário convincente. A convicção que é dada pela certeza de se matar.

18h. Avanço numa possível estrutura do conto sobre o diário. Acho que posso resolver a conexão entre romance e ensaio. É isso que eu procuro. Pensar no interior da narração.

As garantias imaginárias da literatura. A pergunta da sociedade é sempre: o que é preciso ter para poder escrever? Respostas diversas que se leem nas obras e que remetem diretamente ao lugar da escrita na sociedade. O fundo que garante a forma é, em cada caso: 1. A erudição. 2. A experiência vivida. 3. Os demônios interiores. 4. A mimese da realidade: "Aconteceu assim", diz o escritor, "conto as coisas como foram" (como se isso fosse possível). Diz: "As pessoas falam assim", e então explica seu uso da linguagem. Como se diz no jargão da tauromaquia sobre a coragem dos toureiros, "se dá como certa", e portanto só se fala da arte empregada na lide, é idiota fazer alarde do talento — e até do gênio —, porque isso se dá como certo e não se fala de alguma coisa que está subentendida. Só se analisa o que se mostra (desse fundo que garante a forma). A inspiração é um modo de nomear a capacidade de o escritor se esquecer de si mesmo e passar para o outro lado (da linguagem) ao escrever (diferença entre escrever e redigir). Trabalhar a noção de "respaldo" e de valor na economia da literatura.

Notável ver como dois escritores, que em sua obra remetem ao caráter sagrado (ou seja, inverificável) tais garantias (Sabato etc.), por outro lado fundamentam essa qualidade excepcional (ou de um sujeito que se autodefine como excepcional) no tempo que demoram para escrever suas "obras-primas". O resto, Borges em primeiro lugar, exibe as provas desse respaldo (citações, herança cultural recebida dos pais mortos). Trata-se sempre, num caso e no outro, de negociar com os espectros.

A linguagem da ação é falada pelo corpo: chave narrativa da literatura que me interessa. Basta ver o papel da mímica nos momentos significativos dos diálogos (por exemplo, no romance policial); os gestos, as maneiras, permitem ver o pensamento não dito — não verbalizado — do outro. Em outras palavras, o registro da atitude física, em Hemingway, é a marca e o substituto do pensamento do outro. Mostra-se mas não se diz (o que se pensa). Formas de uma linguagem subterrânea destinada a ler o pensamento (que permanece sempre inarticulada, isto é, ligada, confundida com a própria ação). O herói nunca diz nada sobre si mesmo, como se fosse permanentemente vigiado. Essa linguagem — cuja sintaxe é atuada — é decifrada e reconstruída pela investigação. Na literatura popular (e nos sonhos), esses gestos estão classificados: empalidecer, corar são modos diretos de mostrar o que se pensa ou se sente (medo, vergonha) mas não é dito explicitamente. Nesse lugar se põe em jogo a função da descrição numa narrativa. Aí se compreende a frase de V. Woolf: "Deus — ou o diabo — está nos detalhes". Aquilo que não tem função é o que funciona como revelação. Por exemplo, enquanto fala sem dizer nada, o personagem se olha — demais — no espelho que há no fundo da sala. Essas olhadas furtivas que tendem a passar despercebidas são a evidência de que ele está falando de si mesmo e de que está "nervoso" (a descrição deve mostrar que ele não pode deixar de fazer esse gesto, inútil, repetido, sem causa). Por exemplo, os "desejos" de uma mulher grávida. Meu pai tinha que se levantar de madrugada e sair feito louco em busca de sorvete de morango para minha mãe, que queria "isso", e ele tinha que consegui-lo para que quem estava prestes a nascer — ou seja, eu — não tivesse ou carregasse uma mancha cor de morango no rosto. A coisa não é dita, mas atuada. Nas melhores narrações, por exemplo, em Kafka ou em Tolstói, o gesto é visível mas não se sabe a que série ele pertence nem o que significa. Está aí para abrir uma incógnita e dar à narração uma densidade não verbal. A investigação é o modo pelo qual essas ações mínimas, quase invisíveis, se constituem num significado que só se encontra no final da história. Portanto há um momento duplo: ações cegas, "soltas", que, articuladas — uma sintaxe as encadeia —, dão lugar a uma investigação que reconstrói e vertebra o que esses gestos invisíveis (se tomados isoladamente) dizem.

Nos grandes relatos em primeira pessoa (por exemplo, *O estrangeiro*, de Camus, ou *The Sun Also Rises*, de Hemingway), a consciência está sempre no mesmo nível imediato da ação. O narrador nunca conta o que já sabe. Portanto, poderíamos dizer que não narra, na medida em que não estabelece conexões causais, tende a narrar sempre no presente.

Na realidade, a literatura mostra a opacidade do mundo, nunca sabemos nada sobre as pessoas, mesmo aquelas que estão perto e que amamos, só sabemos o que elas nos dizem mas nunca o que pensam, porque sempre podem mentir; nesse sentido, lemos romances porque eles são o único modo de vermos uma pessoa por dentro. Eu conheço melhor Anna Kariênina do que a mulher com quem vivo há anos.

Portanto, as grandes narrações de Beckett, de Tolstói ou de Kafka são uma sucessão contínua e desconexa de acontecimentos mínimos. Ação mais ação mais ação, desarticulada, sem conexão causal. O elo torna-se visível porque a sintaxe ou a gramática estabelecem relações que não são de causa e efeito. Mostram, dão a julgar, não explicam, apenas relacionam. Por que, afinal de contas, o sr. Samsa acordou uma dia transformado num inseto monstruoso? Kafka nunca diz isso, mas o mostra. Então, quem instaura essa sintaxe?: a narrativa como investigação é um modo. Começa ao contrário: um amigo da família chega à casa e se depara com uma situação muito confusa, alguma coisa está acontecendo com Gregor Samsa, mas ninguém diz o quê, e além disso ocorreu no aposento ao lado, onde se deduz que Samsa está descansando; o amigo passa o dia na casa, recolhendo dados, pequenos indícios, testemunhos indiretos, e com essa rede indecisa de informações constrói uma hipótese e diz, sem abrir a porta do quarto: "Parece que o Gregor acordou transformado num inseto". A realidade é inferida, contada pelo avesso. Ele se aproxima da verdade de um modo indeciso, não sabe tudo, tateia. Mas em que espécie de bicho Samsa se metamorfoseou? O relato pode continuar.

Todo romance construído assim é um único pensamento que se esconde e se nega e está perdido e dissimulado na ação. No caso do gênero policial, o detetive apenas tenta ler o pensamento do assassino. Porque esse modo de agir — do assassino — está apagado, alterada a prova, dissolvido na opacidade do real, e o investigador deve inverter a ordem, ir do efeito às possíveis causas. No gênero, a investigação é sempre sobre um ato violento, é só isso que o identifica.

Quarta-feira

Série E. Agora há pouco repeti um gesto que é a única explicação válida deste diário: uma cerimônia que se repete. Saí para a rua e fui comprar o caderno de capa preta onde escrevo isto. Há anos, em todos os lugares em que eu morei, um dia saio para a rua e procuro no bairro uma loja onde possa encontrar esse tipo específico de artefato (um caderno de cem folhas, marca Congreso). A livraria e papelaria da rua 1, perto do restaurante universitário em La Plata; a livraria de La Boca, com velhos livros da editora Losada e um velhinho que guardava no porão uma caixa com cem cadernos como este (Casa Liscio. Olavarría 624. Tel. 21-4461); a outra livraria em frente à pensão onde eu morava, atravessando a avenida Montes de Oca, e agora, hoje de manhã, na loja de material de escritório (ligada ao fórum e aos advogados) na esquina da Viamonte com a Talcahuano. Toda vez que volto para casa com um caderno novo tenho certeza das "grandes mudanças" que haverá na minha vida quando começar a escrever o futuro nas folhas em branco, pautadas, deste objeto mágico em que tudo é possível, antes de começar a escrever com minha letra nervosa os acontecimentos da minha vida que, para justificar o caderno, preciso anotar.

Ontem assisti a *Bullitt*, com Steve McQueen: a vida cotidiana de um policial, a densidade, o cansaço. Revistar baús cheios de roupa, espionar num hospital, correr sem parar atrás de um sujeito num aeroporto e, em meio a tudo isso, uma relação apenas insinuada com uma mulher, que está sempre sendo interrompida (telefonemas enquanto fazem amor), dá o tom de uma vida fraturada, interceptada pela violência. A realidade "tapa", encobre essa abertura para o *exciting*. Muita desdramatização, clima carregado, tempo morto, e no meio uma formidável perseguição de carro pelas ruas de San Francisco.

Agora a Julia, que perdeu suas lentes de contato. Desolação, medo supersticioso, toda perda de um objeto é vivida como um sinal ou um aviso. Portanto se move, lenta e como que perdida, ela também.

Ontem, encontro com o Edgardo perto do fórum, cumprimento mínimo e fugaz; como sempre, minha tensão diante dos imprevistos. Depois, em casa, ele redefiniu — sem saber — minha situação.

— O que deu em você hoje quando nos encontramos? Parecia que estava com medo de se comprometer.

— Foi meio que o contrário — respondi. — Não queria comprometer a tua imagem de advogado deixando que te vissem comigo.

A brincadeira dissolve a questão, mas deixa um fato de pé: a ambiguidade das situações em que não estou só. Necessidade de logo impor às ações uma interpretação, uma leitura (sempre opaca) para os outros, sem significados precisos. As agressões são meios para provocar o significado escondido e descobrir os sentidos que o outro mantém ocultos.

Telefone do Cacho: 72-5237.

Quinta-feira

Notas sobre Tolstói (6). O autoexame, no sentido do cuidado de si, como mutilação. O sujeito contra o mundo e o sujeito fora do mundo se sobrepõem. Em seus *Diários* (que na época são a Obra que substitui sua obra), principalmente nos seus dez anos finais, vê-se a luta contra todo sentimento de autoafirmação e até de alegria, tanto que ele sente vergonha da felicidade que experimenta ao ver sua *nipotina* Tanechka ou de se comover ao escutar boa música e até por ter sentido mais tristeza pela morte da filha do que pela morte de qualquer camponesa. A única alegria que ele se permite é a que lhe proporcionam as críticas e os insultos recebidos e o sentimento de desagrado e de culpa em relação a si mesmo. A felicidade surgia na negatividade pura como expressão de ser porta-voz da vontade de Deus. Por isso a última anotação do seu Diário, em 3 de novembro de 1910, quatro dias antes de morrer, reproduz a posição. Aí se define a ideia da solidão absoluta que Górki percebe ao visitá-lo: niilismo, indiferença diante dos outros homens, desespero irremediável e uma solidão que nunca ninguém tinha experimentado com tanta lucidez. "Verdadeiro amor é só o que se devota a um objeto não atraente" (ver diário de 8 de outubro de 1910).

Alexandra Tolstói anota esta frase do pai (10 de outubro de 1910): "O amor excepcional pelos filhos é um pecado. Se sepultarem minha Masci, eu sofro, e se sepultarem outra menina não me importo".

Sexta-feira 21 de fevereiro

Acabo de ver pela janela um carro sendo guinchado: acho graça no estupor do dono, que sente que sua propriedade foi questionada. Não suporta ver os guardas tirando o carro do lugar como se fosse deles. Procedimento pelo qual ter uma propriedade "mal estacionada" revela que o país inteiro é a grande possessão de um outro que ninguém conhece e para quem a polícia trabalha.

Estar do lado das distinções tem suas vantagens, pelo menos neste tempo impassível em que nossos militares estenderam o manto nefasto que cobre o país inteiro com a mesma modorra. Um rapaz que mora nos hotéis deste quarteirão murcha os pneus dos carros estacionados na passagem. Pequena rebelião que me diverte. Para mim, portanto, a realidade são as notícias dos jornais (hoje, no Uruguai, os Tupamaros realizaram um roubo espetacular e deixaram um bilhete com seus cumprimentos) e as coisas que vejo na rua quando olho pela janela do apartamento. Assim eu poderia imaginar um narrador que só enxerga o que tem diante dos olhos ou que lê fragmentariamente: o restante, ele imagina.

Depois de uma tarde lendo, tomando notas e procurando a unidade das minhas ideias sobre Borges, terminei o dia jantando com a Julia no restaurante da esquina, sentindo atrás de mim a presença suntuosa de um casal que se exibia junto a uma garrafa de champanhe gelando num balde. Apesar da teatralidade da cena, no final a mulher reclamou da conta.

Sábado 22

Fui com a Julia pela Corrientes, que estava meio deserta no final do verão, até as calçadas da Cerrito, tentando adivinhar a história que chegava fragmentada e em rajadas, como se toda a cidade fosse um tecido de pequenas histórias. Um velho que interrogava uma mulher de rosto duro lhe pedia explicações, retórico, revirando um passado comum sem que ela despregasse os lábios.

Encontro o poeta Alberto Szpunberg; constrangidos, sem ter o que dizer um ao outro, apertamos as mãos cerimoniosamente prometendo prontos telefonemas.

Segunda-feira 24

Estreia leve no trabalho com o Luna, que me esperou para que eu lesse um conto dele em que repete sua retórica de falso pudor numa história "literária" desatinada. Saiu logo depois, como era de esperar, e nessa hora liquidei o trabalho, dois textos sobre educação.

Agora leio, desatento, atordoado por esse calor úmido piorado pela luz da luminária que ajuda a criar uma atmosfera pesada.

Terça-feira 25

Dia estranho, tudo tergiversado e pela metade, idas e vindas à editora sem encontrar o Jorge, em seguida vou ao jornal e trabalho com o Luna.

Depois, visita do Germán García com um projeto (mais um) de revista para criticar a *Primera Plana*. Não é ruim, um jeito de intervir no debate sobre a mídia, que hoje define os rumos da cultura.

Quinta-feira 27

Decisão de correr os riscos que forem necessários. Preciso falar com o Luna para reestruturar o trabalho, sair da formalidade burocrática de três horas por dia. Se ele não concordar, vou abrir mão do meu salário de trinta mil pesos, mesmo que com isso eu volte à época de miséria indigna. O risco é ter que viver apenas com o salário da Álvarez, sempre à beira da falência, prefiro a incerteza a esse tempo fechado de trabalho.

Sexta-feira 28

Agora há pouco, esbarrão silencioso com a Helena, cumprimento veloz da minha parte para evitar o reencontro; mulher sobre a qual eu escrevia nos velhos cadernos de 59 e que hoje parece uma intumescida dona de casa.

Sábado 1º de março

Desde as onze sem conseguir largar a prosa cínica e o clima sufocante de *Lolita*, de Nabokov.

Ontem à noite, na casa do B., a mulher contando seus males da alma, a história do avô, elegante e bêbado, que caiu num buraco cheio de piche e saiu preto, coberto pela culpa de ter perdido as maneiras. Depois, o de sempre, meu tédio irresistível no meio dos grupos.

Série A. Reunião de Borda, ministro do Interior, com o diretor da revista *Semanal*, pedindo censura para os reflexos da "alarmante evolução dos costumes". O governo militar não quer apenas mudar os hábitos culturais, mas também eliminar qualquer menção a uma realidade que não lhe pareça ocidental e cristã.

Os bares da costa, sob as árvores, com música, o disc jockey anunciando a presença de Pascualito Pérez, "para quem peço uma salva de palmas", a Julia e eu de cara para o rio comendo um churrasco com vinho gelado, enquanto o vento levantava as toalhas de papel expondo a superfície lisa [*ilegível*] escritos a punho e canivete.

Terça-feira 4
   A Série X. Domingo à noite, encontro com o Lucas, furtivo e cauteloso como sempre, atraído pelos fatos que não pode contar e que o isolam. Um marginalizado, ele me lembra o Manuel, os dois enterram seu mundo real, que devem preservar. Num caso, as ações armadas; no caso do Puig, a caçada furtiva de homens nas construções. A mesma instabilidade, o mesmo receio. Eu também preciso esconder as razões para cumprir os acordos secretos. Jamais perguntar.

Antes, encontro com o Néstor, vaivém entre a mediocridade cotidiana (faculdade etc.) e o fascínio esnobe do consumidor cultural (Grotowski, Cortázar, as pessoas que ele tem visto em Paris). No fundo, a síntese define o tipo médio do intelectual argentino, zeloso da hierarquia da cultura oficial, deslumbrado com a vanguarda (futura academia), consumidores sem imaginação.

Antes, León Rozitchner, que esteve em Israel e confirmou a volta do David. Meio intruso, autocompassivo por causa de uma pancada na cabeça, repetindo os tiques dos caras de sua geração, vaivém entre lucidez (abstrata) e tentação de mostrar seu domínio das coisas (reais).

Estive com o Luna, escrevi dois textos e fui a um velho estúdio de cinema na rua Riobamba (onde estive em 1963, vendo *A dama do cachorrinho*). Torre Nilsson fazia girar tudo em torno dele, silêncios, olhares, antes a Beatriz Guido me contou que "Os autos do processo" foi selecionado entre os dez melhores contos argentinos.

Quarta-feira 5

Aproveito o ar fresco, o tempo bom, sem a avidez do verão, sem o pesadelo do dia que acabava às duas da tarde porque eu devia ir ao jornal. Estou lendo com prazer *Lolita*, que tem um tom excelente.

É interessante observar a diferente atitude dos indivíduos isolados e dos mesmos indivíduos incluídos na trama familiar. Parecem pessoas diferentes, por um lado há uma espécie de automatismo social, de comportamento estereotipado, e por outro lado a decisão, muitas vezes não pensada, de mostrar não mais como se acata a norma, e sim como ela pode ser alterada. Digo isso porque na minha família as pessoas mudam quando estão em grupo ou sozinhas; por exemplo, meu primo Z., que é extrovertido e cordial quando está sozinho, e reservado e acanhado quando está com a família.

O Daniel veio me ver, passei pelo constrangimento de ter que lhe dizer que o Álvarez tinha recusado seu livro de contos. Depois vimos com a Julia um grande filme de Melville: *O samurai*, com Alain Delon.

"Parece que falo, não sou eu, de mim, não é de mim." Beckett.

Quinta-feira

Propaga-se cada vez mais a cultura do neocapitalismo, organizada como um modo de "adorar" a vida cotidiana atual. O mundo é um espetáculo, uma festa sem fim.

Terça-feira

Carta do David para o Jorge Álvarez, da Itália. Está planejando uma revista em Roma. "Daqui a catorze meses, o E. R. virá para cá, é o único que pode assumir sua direção quando eu for embora."

Quarta-feira

Ontem à noite, visita do Héctor G. Relembra o esplendor do maio parisiense, a invenção, a alegria; agora, aqui, a opacidade o esmaga, enterra-o como a todos nós. Não há lugar para as belas generalizações, aqui tudo é política, a literatura é tão remota como o próprio passado. Entre ganhar a vida e nos livrarmos da realidade, lá se vai a juventude.

Quarta-feira 26

Carta do David repetindo o convite de coordenar na Itália a revista sobre a América Latina que ele está preparando.

Variações sociais. Primeiro com o León. R. conversando sobre o projeto do David, depois chegam o Elías e o Roberto C. com dois rapazes da Faculdade de Filosofia para me propor um curso na universidade, em maio. No final aparece o Héctor Schmucler, de Paris; muito generoso, me propõe fazer com ele uma revista estilo *Quinzaine* em Buenos Aires. Quer dizer, uma revista mensal que tente resenhar todos os livros publicados na Argentina e que ao mesmo tempo, como eu proponho, atualize os debates sobre literatura e se oponha frontalmente à crítica jornalística e aos suplementos culturais.

Uma piada que circula nestes dias: "Que é que você anda fazendo?". Estudo chinês. "Por quê?" Sou pessimista.

Sexta-feira

Escrevo para o David uma carta cautelosa, imaginando seu estado atual de euforia otimista. Nela, eu lhe pergunto o que ele quer dizer quando fala em fazer uma revista na Itália e que eu assuma a diretoria.

Mais tarde, reunião com o Walsh, o Cossa, o Rivera etc., discutindo diversas questões e fazendo projetos.

A melhor parte é minha conversa com o Walsh sobre Borges e meu posterior e inesperado encontro com o próprio Borges ao descer do ônibus perto da estação Retiro. Eu o vejo passar e digo seu nome, ele para um instante e sorri para mim.

1º de abril

Minha literatura começa como representação da escrita de um romance (copiado de Verne) em que eu contava uma viagem à Lua. Vaga lembrança de uma aula na escola, eu contando para alguém a aventura de ter uma casa na árvore onde me refugiava para escrever. Antes, dois fatos: o concurso de leitura no terceiro ano contra o McDonald (que levou a melhor), para seduzir a professora, por quem eu estava apaixonado, e depois a derrota para o Castelli num torneio de "composição", os elogios compensatórios, caridosos.

Tarde com o Luna, e à noite uma pobre reportagem que vou ter que revisar: profissões de fé literária para o rapaz bobo e a mocinha bonita que me entrevistaram e minha velada e cavalheiresca competição (com o Walsh e o Puig), que me levou a ser atento e equânime.

Quarta-feira 2

Cativado pela biografia de Freud escrita por Marthe Robert, um romance e, ao mesmo tempo, a vertigem de um homem pensando contra os próprios limites da razão. História de uma "loucura" que consiste em descobrir uma lógica secreta que inverte a história da filosofia. Interessante analisar o papel do dinheiro em suas descobertas. A economia transformou sua vida em destino e deu sentido retrospectivo a todas as suas descobertas. Por momentos parece esquecer o percurso do seu conhecimento, mas em grande parte seguiu o caminho marcado por suas necessidades. Bolsa de seiscentos francos, viagem a Paris, Charcot, a histeria. Outro circuito, o nível econômico dos pacientes, em especial as mulheres (e seus maridos).

Ao sonhar, vemos a nós mesmos como um personagem. Assistimos às aventuras e desventuras de um herói que vemos atravessar bosques mágicos. Borges reconstruiu o espaço e a distância, mas ao mesmo tempo sua obra é uma cuidadosa elisão da sexualidade e do corpo. O que poderíamos chamar, usando um oximoro, de sonho casto.

Como sempre, a euforia e a retórica do desejo são minha conduta em cada contato com a realidade (sempre mínimo). Rápida ida e volta à livraria. Encontro com o Jorge Álvarez e com o Vicente Battista. Mais uma carta do David da Itália, insistindo no seu projeto de uma revista feita em Roma.

Dados incertos que parecem ser a causa deste desconforto em face do presente, como se estivesse prestes a acontecer alguma coisa. Preciso voltar a esse sentimento de iminência e pensá-lo com mais ordem, ou seja, narrativamente.

De certo modo, meu ideal sempre foi Robinson Crusoé, o isolamento, os limites de um espaço interior intransponível (sobretudo para mim mesmo). Recordo o efeito de projeção que a leitura do romance provocou no meu pai, quando ainda morávamos na rua Bynon (seria o ano de 54?), suas fantasias de felicidade na ilha deserta.

Série E. Nos meus cadernos (1958-1968) os anos passam, as datas se sucedem, mas a temporalidade é imóvel, o tempo quieto. Relendo minhas conclusões de maio de 60, entendem-se meus acidentes de 1965. Num sentido gramatical, o que eu chamo de "temporalidade" é uma espécie de transferência, substituições semânticas da experiência vivida.

Quinta-feira 3

Dia incômodo, de manhã, interrupções, cortes. Sempre pensei que, para mim, a interrupção define a experiência, rompe a continuidade da linguagem (porque paro de escrever ou paro de ler), em todo caso, de uma linguagem escrita que parece ser a única coisa que tem valor para mim, embora as conversas ocupem um lugar muito importante na minha vida, mas pertencem à ordem da realidade, enquanto a outra linguagem (solipsista e intensa) é da ordem da literatura.

Minha cisão é, falando narrativamente, uma tentativa de reconstruir a casa da minha infância, um espaço sem história em que eu era "considerado" (com todos os sentidos que podemos dar a essa palavra). Eu, o considerado, quer dizer, que pensa demais nos outros, mas também o que é levado em conta (mesmo que não faça nada).

Domingo 6

A que se deve minha dificuldade para "deixar" um tema e passar a outro, como se meu interesse se fixasse com tanta intensidade num objeto que depois parece impossível transladá-lo a outro lugar? Deixar o ensaio sobre Borges (falta passá-lo a limpo) e entrar em outro tema (retomar o Capítulo 3 do romance). Nessa passagem há sempre mediações, ou pontes, ou pontos de fuga (Conti, policiais, cursos).

Um resumo: espero avançar no romance, revisar o ensaio sobre Borges, preparar o curso, escrever os textos para a editora e o prefácio à antologia da Serie Negra, escrever o artigo sobre Conti e pensar no primeiro número de *Situación*, a revista que ontem o Lucas conseguiu me convencer a dirigir.

Série E. Noite, crise autodestrutiva, compaixão. Meus conflitos com a realidade, as fobias, as reclusões que me isolam e não me deixam agir de forma fluida. Deveria poder reconstruir essa trama no contínuo narrativo destes cadernos.

Segunda-feira 7

Rápida visita do León R., eu me sinto confuso sem saber por quê. Estou mais atento às minhas palavras que às dele, enquanto o León, como sempre, se instala num espaço sem distância, muito próximo, sem o qual não consegue pensar, como se precisasse de confidentes mais que de interlocutores. Seja como for, estou bem com ele, levando em conta as dificuldades de sempre, que são as mesmas do início da minha amizade com o David. Certo receio e certa retração da minha parte diante da barreira entre gerações, que, na verdade, mais do que um problema de idades, é um problema de leituras e convicções. Eles leram Sartre, acreditam na autenticidade e na sinceridade, desconfiam da má-fé e das representações de um personagem social. Eu, por meu lado, sou "um norte-americano", quer dizer, tenho uma série de leituras e uma poética antissentimental, distanciada, "objetiva", desconfio da vida interior e das "confissões" sinceras. Li Brecht e Hemingway, mas acima de tudo fujo do excesso melodramático da minha família, onde tudo é sentimental, emotivo e trágico.

Fazer crítica de livros estrangeiros é criticar a versão, a tradução, como se fosse o original. E, mesmo quando lemos um autor em sua língua, nunca captamos o mesmo que o leitor que tem esse idioma como língua materna. Estou lendo Faulkner em inglês, mas o que entendo é diferente do que um escritor da minha idade nascido no sul dos Estados Unidos pode entender.

Terça-feira 8

Outro caso. Encontro o G., que vem vindo pela mesma calçada que eu diante do fórum, razão pela qual viro em direção à praça Lavalle, sento num banco, volto para a livraria do Álvarez e ao sair volto a encontrá-lo na porta. Ele titubeia, me cumprimenta com grande afeto e a necessária dose de sorrisos que se usa em situações desse tipo. Brevemente, recuo para não ter que cumprimentá-lo e ao voltar torno a encontrá-lo, como num sonho.

Se eu pensar no sonho real do meu encontro com o G., poderia começar a interrogar os fatos com uma lógica onírica. Foi uma conduta de reação, portanto, uma tentativa de resolver um conflito que não era pessoal com ele, teria sido a mesma coisa com qualquer conhecido que cruzasse meu caminho. Uma espécie de conexão substitutiva, viver o que não conheço como se fosse externo a mim. Por outro lado, isso que é enigmático também não é atual, mas tem um sentido que desconheço e provoca a reação. Como diz Freud, citado pelo León: "O delírio é na realidade a tentativa de reconstruir um sentido perdido".

Quarta-feira 9

Necessidade de me adestrar para o tempo complexo que se avizinha, conseguir lidar com quatro ou cinco situações ao mesmo tempo sem perder a calma. Para o primeiro número da revista que o Schmucler está planejando, vou escrever uma crítica de *Catch-22*, o romance de Heller.

Longa travessia, primeiro com o Jorge Álvarez, preparando o terreno para amanhã, forte pressão sobre o Omar pelos cinquenta mil pesos que tenho a receber. Depois o Mario Szichman no La Paz, falando do seu romance baseado no Walsh, e no fim com o Schmucler e o Willie Schavelzon discutindo a revista, que vai indo muito bem. Assim como, à primeira vista, minha relação com o Willie, para quem vou preparar um livro sobre Malcolm Lowry.

Domingo

Na sexta à noite, longa conversa com o Manuel Puig, por um lado sua experiência de trabalho múltipla e um tanto irreal (lavador de pratos, recepcionista em Nova York, caronista), tudo atravessado de caçadas sexuais. Por outro lado, a qualidade da sua literatura, muito original, pouco frequente, extraordinária. No meio, uma figura frágil, insegura, um pouco teatral. O cabelo que raleia e o preocupa, o sorriso débil, as brincadeiras para se manter em pé na realidade e seduzir. No fundo confirma minhas velhas certezas, são as experiências, a conduta real, o romance, no caso do Puig, o que define uma pessoa, o resto são gestos vazios, máscaras brilhantes para palcos reduzidos.

Segunda-feira

Longa conversa ao telefone com o José Sazbón, em quem reencontrei a inteligência e o humor de sempre. Somos ligados por uma cumplicidade secreta, hermética para os outros e clara para nós. Como se formássemos uma seita de duas pessoas. Por momentos tenho a impressão de que o José é o indivíduo mais inteligente que conheço.

Terça-feira 15 de abril

Como sempre, a leitura casual permite procurar as notícias mais enigmáticas e mais reveladoras sem que nada as preparasse. Hoje, nas páginas perdidas do *La Nación*, fico sabendo da morte de Manolo Vázquez, que foi uma pessoa-chave para mim e para o meu destino, digamos. Professor de literatura e história no Colegio Nacional de Adrogué em 1956 e 1957, teve forte influência nas minhas escolhas, já que poderíamos dizer que foi por causa dele, num sentido metafórico e mais ou menos casual, que eu mesmo me dediquei à literatura e à história. Imperceptivelmente, como acontece com as coisas importantes, eu me identifiquei com ele, sabe-se lá em que obscuro lugar. Ainda recordo o poema que ele recitou uma vez, e que era dele, dedicado ao pai morto: "Sozinho, sem luz, sem sombra, sem pulso". Começava assim, e acho que não devia ser muito bom, mas, em todo caso, ainda o recordo. Agora estava com 45 anos, e sempre pensei que quando eu fosse conhecido teria que ir visitá-lo para lhe agradecer. Lembro que naquela primeira tarde ele leu o poema como se fosse de outro e depois, com um sorriso, reconheceu que era seu. Nem ele nem eu sabíamos aonde iríamos parar doze anos depois.

Passei a manhã revirando anotações dos anos 60 e relendo os diários, com este já são 37 cadernos.

Sábado 19

Ajusta-se cada vez mais a relação com o Schmucler em torno da revista. Recusei o convite de dividir a direção com ele, mas me comprometi a cuidar de uma seção-chave onde vou resenhar, numa espécie de microcrítica, todos os livros publicados no mês. O trabalho em comum melhora minha relação com ele, que me parece cada vez mais inteligente.

Sexta-feira 25 de abril

Várias reuniões sucessivas para definir a revista, que acho que poderá funcionar bem se conseguirmos fazer frente a certa tendência à imediatez absoluta, que faz da "notícia" o eixo da revista, é preciso encontrar um *tempo* que não seja o dos semanários nem o da revista *Sur*.

Visita do Manuel Puig, que traz um lindo exemplar da versão francesa de *A traição*. É um romancista profissional, o primeiro que eu conheço, e está decidido a viver da sua literatura. Ninguém que eu me lembre tinha esse projeto entre nós desde o tempo de Manuel Gálvez. O Manuel tem bem claro que precisa ampliar o círculo dos seus leitores, chegar à América Latina e à Espanha, acima de tudo ficar atento à circulação dos seus livros traduzidos. Usa as manhãs para pôr em dia uma correspondência muito volumosa, que o mantém em contato com editores, tradutores e críticos. Em seguida dorme o que ele chama de *una siestita* e escreve todos os dias entre duas e seis da tarde. Depois passa umas duas horas vendo filmes com a mãe e, após o jantar, sai, como ele diz, "para dar uma volta", quer dizer, para caçar comedores pela cidade em caminhadas aventureiras e perigosas. Você olha para ele, e não parece um escritor, e esse é seu mérito, porque é mais escritor do que qualquer um dos farsantes que representam esse papel, e aí, com toda sua fragilidade e timidez, ele mergulha na noite de Buenos Aires para caçar homens na rua com uma coragem que admiro e que não deixa de me espantar, porque se trata de alguém que segue com toda a firmeza dois desejos centrais (que na realidade são o mesmo e um só).

No romance policial há uma situação de leitura que define o próprio gênero, o leitor sabe ou imagina o que lhe espera ao ler o livro, e sabe disso antes de iniciar a leitura. Esse conhecimento, esse saber prévio, funciona como um protocolo ou um modo de ler que define o próprio gênero. Esse saber que está *antes* do livro é fortalecido pela crítica de consumo, que, de tão empenhada em definir essa situação, acaba tornando a leitura desnecessária. De certo modo, o campo de oposição a esse mecanismo procura inverter ou desmentir o conhecimento prévio, produzindo assim efeitos de paródia ou de renovação. A transformação literária consiste em ir além da situação e da expectativa do texto; por exemplo, o romance policial de enigma se cristaliza a tal ponto que antes de lê-lo já sabemos que o assassino nunca é o suspeito, e por isso o policial *hard-boiled* já não se preocupa com o enigma e começa diretamente com a preparação do crime.

Segunda-feira

A Série X. O fetiche da palavra escrita, uma notícia nos jornais que tenho quase certeza de que é falsa, mas mesmo assim me tira o sossego. Se bem que talvez não seja falsa e tenha consequências também para mim. Não escrever aqui sobre a visita que recebi no sábado à noite é imaginar que a polícia poderá ler este caderno, mas então qual o sentido de ter cautela? Melhor reter literariamente o clima daquela manhã depois da visita do Lucas, que me levantou o ânimo. Tomamos uísque para comemorar sua liberdade, para rir dos jornais que diziam que ele estava preso, mas aí, depois de uma tarde feroz, ontem à noite, *La Razón* e *Crónica*, o apelo à lógica para espantar os temores que *La Prensa* e *La Nación* confirmaram agora de manhã. Só me resta esperar, tentar saber quais dos meus amigos estão realmente presos. Faço uma fogueira no banheiro, queimo papéis, documentos comprometedores, como se diz. Agora estou com os olhos ardendo por causa da fumaça e do cheiro acre das fotocópias queimadas.

Série B. No velho café Castelar da Córdoba com a Esmeralda, aonde volto depois de muitos anos, como repouso depois de uma tarde zanzando por toda a cidade, sufocado por este verão interminável, sem fazer nada além de me deixar levar, capturado pelos pensamentos sobre o Lucas, que talvez esteja de novo na prisão. Espero os jornais da tarde, como se com isso eu pudesse mesmo me manter informado.

Terça-feira

A Série X. Confirmada a prisão do Lucas, a polícia esperava por ele quando voltava da minha casa. Os guardas o chamaram pelo nome quando estava esperando o elevador, mas ele não se abalou. Subiu com eles até o 11º andar, tentando não ser reconhecido e escapulir. Quando o zelador o cumprimentou, foi pego. "Que mancada", disse.

Quarta-feira 30 de abril

Passei a tarde na editora Galerna trabalhando e tentando tocar a revista *Los Libros*, discuti com o Toto, que está caindo no oportunismo e quer que a revista fique "em dia", como ele diz.

Estamos esperando notícias do Lucas.

Quinta-feira 1º de maio

Ontem à noite, com o Carlos B., o roteiro vai ganhando forma. O Carlos e seu cinismo em banho-maria, agarrando-se ao que há para se manter à tona, mas por trás uma espécie de melancólica tristeza (suicida).

Sexta-feira 2 de maio

A Negra Eguía (que voltou de Cuba antes do David) confirma certas intuições: não dar trela aos "esquerdistas" argentinos liberais, senhores da boa consciência.

4 de maio

Na hora do almoço apareceu o Carlos B., com quem vai aumentando a cumplicidade, é fundamental a vontade da parte dele, que — como todos os meus amigos — deve insistir ou ligar para poder me ver e assim vencer minha vontade de isolamento.

"A literatura não está a serviço da revolução, mas é a revolução no terreno das palavras." Edoardo Sanguineti.

Segunda-feira 5

Estranho o sonho de hoje (sonhado entre as sete horas, quando o despertador tocou, e as oito e meia, quando despertei por completo: quase um sonho diurno): estava escrevendo um artigo sobre Fitzgerald e de repente chegava a uma frase: "Se o mito de Faulkner nasce de seus romances escritos em quatro semanas, entre a meia-noite e a madrugada, aproveitando as pausas da calefação; se a chave de Fitzgerald é o fracasso, em Chandler é o destino de um escritor de grande talento, devorado pelo romance policial e por Hollywood, que devemos descobrir". Já não me lembro como a oração terminava, mas sei que a vi muito estruturada com Lowry, que fazia parte da hipótese. É sonhar com a literatura quando não se escreve.

Terça-feira 6

Ontem perdi a tarde inteira na Galerna com o Toto Schmucler, que insiste em dividir comigo a direção da revista, preciso encontrar um argumento que me permita tirar o corpo fora com elegância. De modo geral, a revista me parece interessante, mas eu não recorreria a certas figuras muito ligadas ao jornalismo cultural, e além disso daria a ela outra orientação (mais ligada à crítica da crítica midiática).

Pavese. "Ele incorreu num erro que eu jamais esperaria do meu professor de literatura: confundir biografia com crítica e elogiar certos textos por razões documentais. Minha ideia de literatura, ao contrário, é a seguinte: representar um mundo no qual o autor entre como um simples personagem, e não com a prepotente segurança do lírico que canta a si mesmo." *Lettere*, 1932.

Quarta-feira

Notas sobre Tolstói (7). A ideia de que a religião reside nos sentimentos e nas práticas e não nas crenças é um tema recorrente em Wittgenstein. O cristianismo [primitivo] é o único caminho seguro para a felicidade, não porque prometesse uma vida após a morte, mas porque, nas palavras e na figura de Cristo, oferecia um exemplo, uma atitude a seguir, que tornava suportável o sofrimento. A religião como prática. (Ser Cristo.) Em Tolstói, o plano ético pode mais que o pessoal e que o estético e o levou a sacrificar a felicidade da esposa, o sossego da vida familiar e sua elevada posição literária, em troca do que considerava uma necessidade moral: viver segundo os princípios da moral cristã racional, viver a vida simples e severa da humanidade generalizada, em vez da vistosa aventura da arte individual. E quando em 1910 se deu conta de que enquanto continuasse a viver em sua fazenda, no seio da sua tempestuosa família, continuaria traindo seu ideal de uma existência simples e piedosa, Tolstói, octogenário, abandonou o lar e saiu a caminho de um monastério, aonde nunca chegaria, e morreu na sala de espera de uma pequena estação ferroviária.

Quinta-feira

Ao mesmo tempo chegam: uma carta do David (fazendo projetos que se fundam em sua estadia na Europa) e o próprio David, que toca a campainha com maliciosa cara de culpa. Metafísica mais clara, impossível.

Domingo

Longa caminhada com o David pela cidade, que acabou num cinema da rua Corrientes, vendo um desenxabido documentário soviético sobre o fascismo.

Passei a manhã jogando fora papeluchos imprestáveis, velhos amores.

Terça-feira

Ontem à noite, toda a má-fé do David, que ideologiza sua tentação pela Europa, despertando a fúria da Julia e da Beba, enquanto eu assisto a tudo impávido, sem levar muito a sério.

Quarta-feira 14

Ontem, golpe baixo contra mim mesmo: estou pesando 72 quilos (quando minha média é de 65). Sensação de ser controlado pelo corpo, que ganha peso por conta própria.

Série C. Ao sair da editora, topo com a Inés, absurda, uma espécie de desconhecida meio ridícula de quem me despedi assim que nos vimos na calçada, livrando-me dela para não ter que aceitar a estupidez de ter passado três anos da minha vida com essa mulher.

O estilo consistiria, para mim, em ver os acontecimentos que estou vivendo com o olhar com que serão vistos daqui a cinco anos. Claro que isso é cinismo: controle crítico do que se tem nas mãos. Em literatura (pelo menos) é infalível. Exagero esse olhar também *with women*. Uma espécie de definição, olhando bem: dar cinco anos ao presente, esfriar o tumulto. Tão eficaz quanto minha teoria de que os defeitos (agravados) viram virtudes. Deus dirá.

Sábado

Volta do David depois de dois ou três dias de "ausência" por causa da discussão com a Julia e a Beba em torno da viagem à Europa. (Recomendava com entusiasmo que fôssemos todos morar na Europa.) Está deprimido e, como sempre, define a realidade segundo sua situação pessoal; acredita na literatura ou a nega conforme seu estado de espírito. Em todo caso, vive sua situação como uma tragédia e é inteligente demais para não transformar suas ideologias compensatórias em brilhantíssimas dissertações, onde o que menos importa é o tema. Vendeu seu romance *Cosas concretas* para a Tiempo Contemporáneo por 1,2 mil dólares (quinhentos mil pesos), mas não tem a menor vontade de publicá-lo, muito menos de reescrevê-lo, então se debate sem tomar decisões e fala do excesso de livros que inundam o país e seus arredores.

Domingo

Sexta-feira na revista, com o Nicolás Rosa e o Schmucler tentando diferenciar uns dos outros.

Estou fazendo regime para emagrecer; embora se trate do regime das Forças Armadas, não há dúvida de que é uma atividade ridícula e um tanto inútil (para não falar da fome).

Ontem, carta da minha mãe, que me repreende por ter esquecido seu aniversário e me conta que meu pai teve uma nova crise de úlcera e vai ter que ser operado. O que me incomoda é a situação que me toca suportar: visita ao hospital, serenidade, palavras de conforto; queria poder me isolar sem que isso fosse visto como falta de amor, coisa que não é.

Segunda-feira

Na revista encontrei com o David. Voltei com ele caminhando pela Corrientes, depois de tomarmos um café no Paulista, enquanto o bairro se enchia de gente sob a escuridão e a garoa. O David mal, sem vontade de trabalhar no romance, temendo o naufrágio das editoras que todos já preveem (falência da Schapiro e da Centro Editor, aposentadoria do J. Álvarez), obcecado com seus medos: ver seus livros na mesa de saldos, ser um velho escritor que todo mundo conhece mas ninguém lê, perdido na sombra das glórias juvenis (Gálvez, Verbitsky, Castelnuovo). Se não, sempre restará o suicídio, porque o verdadeiro temor do David é o suicídio. Ou melhor, o temor dos fatos que podem tornar o suicídio inescapável. Isso explica sua ilusão de ir para a Europa como um "nascimento", começar de novo lá, esquecer e deixar esta realidade para trás. Seus olhos brilhavam quando me falava dos botecos de Roma aonde ia almoçar sozinho, como quem deixou a casa dos pais e está aprendendo a viver.

Quarta-feira

Na editora, a notícia de que o Álvarez "dispensou a Piri" para se salvar do naufrágio, um jeito, imagino, de procurar um bode expiatório ou entregar um refém para sobreviver a seus rapazinhos *beat* e à penúria econômica.

Quinta-feira 22

Seguem os confrontos entre estudantes e policiais, três mortos no mês. Ontem em Rosario os estudantes tomaram o centro da cidade. Estranha sensação quando penso que olho para eles de fora porque têm vinte anos. São o que eu era em 1960.

Revisando com o David seu *Cosas concretas*. É incrível, em vez de cortar, ele acrescenta texto, não tem a menor ideia do que é uma estrutura.

Sexta-feira 23 de maio

Em Rosario os estudantes botaram a polícia para correr, outro morto, o quarto, vários feridos, intervenção do Exército.

Penduro cartazinhos na porta avisando que não estou, para barrar as "visitas".

Sábado 24

"Um escritor só consegue escrever sobre uma única coisa: aquilo que se apresenta aos seus sentidos no momento da escrita. Sou um instrumento de registro, não tenho intenção alguma de impor história, enredo ou continuidade." W. Burroughs, *Naked Lunch*.

Domingo 25

Trabalhei o dia inteiro sem grandes resultados mas com alegria: uma resenha de Pynchon, a quarta capa da romance de Bruce Friedman e um texto para a revista sobre os últimos conflitos universitários. Depois terminei a noite na casa do David, que está trabalhando ferrenhamente em *Cosas concretas*, tenta reproduzir o tom de um ano atrás, não consegue e com isso estraga o livro.

Sexta-feira 30

Ontem em Córdoba os operários e os estudantes tomaram conta da cidade a partir das onze da manhã, obrigando o Exército a intervir. A luta continuou pela noite adentro. Trata-se sem dúvida de grupos de ativistas que se movem como peixes n'água pela cidade com o apoio de todos.

Sábado 31

"O escritor moderno necessita de uma capacidade de reflexão crítica, da frequentação de textos especulativos e de pensamento que o escritor de outrora podia até desprezar. A obra de Joyce ou de Beckett é inconcebível sem a teoria freudiana e a leitura da filosofia." E. Sanguineti.

Estou resfriado, com dor de estômago, acabei a noite com o David vendo *A condição humana*. Saímos na metade porque o David não parava quieto na poltrona. Ele não gosta de cinema americano, nem do outro... No bar, o David muito animado com os eventos de Córdoba, necessidade de elaborar essa luta como um salto qualitativo e uma confirmação.

Interessante projeto do David de escrever um romance cujo tema — e título — seria *A redação*. A escrita de um manifesto político elaborado coletivamente por um grupo de latino-americanos; trabalhar a linguagem como matéria política, um romance que vai sendo feito e que no fundo não é outra coisa senão um texto.

Quarta-feira 4

Está muito claro: quando tenho muito que fazer, fico sem ação. Sento com a cabeça entre os braços (metaforicamente). Não faço nada. Deixo as coisas se acumularem. Agora, escrever artigo sobre *Catch-22* (para segunda-feira); na sexta, conferência sobre Arlt no Teatro Sha (Hebraica); terminar a seção informativa de todos os livros publicados neste mês para a revista (cada livro com seu comentário); escrever manifesto sobre os eventos de Córdoba para ser assinado pelos intelectuais na reunião da *Los Libros*, um texto para o Luna na quinta; visitar o Lucas T. (que está preso) em San Martín. Preparar uma mesa-redonda gravada com Onetti, Sarduy e María Rosa Oliver para hoje à noite; reuniões com o Schmucler, com o Jorge Álvarez e com os rapazes da editora Tiempo Contemporáneo. Além disso, as aparições de surpresa dos visitantes que vieram interromper minha tranquilidade na última semana, uma média de duas pessoas por dia. Sobrecarregado, acordo tarde (hoje, às oito e meia), trabalho mal no romance, uma bagunça. Não devo me queixar. Imaginemos Robinson Crusoé visitado todas as tardes por um cruzeiro de turistas...

Assim que reajo e tomo distância, tento dar um tempo a mim mesmo e começo a me sentir bem e com vontade de trabalhar. Lendo o extraordinário trabalho de Walter Benjamin, "A obra de arte na época de sua reprodutibilidade técnica", vejo confirmadas certas intuições sobre o estado atual da literatura. A chave, mais do que o mercado (que na Argentina não existe), são os meios de comunicação de massa. Sabato e Cortázar ampliam seu público graças às revistas *Primera Plana* e *Siete Días*. Eu poderia escrever algo sobre isso para a revista à tarde, se conseguir reservar a manhã para o romance.

Quinta-feira

O que eu ia dizendo sobre o jornalismo cultural volta a reforçar minha ideia de que a revista *Los Libros* deveria se dedicar a criticar a seção de resenhas dos jornais e revistas, analisar os suplementos culturais etc. Estamos na época da crítica da crítica crítica.

O tema em Malcolm Lowry é o destino *escrito*: não o homem que escreve, mas o homem que é escrito por outro romancista, cuja vida é um texto. Nesse sentido, Lowry altera a tradição dos romances que contam a vida de um artista (caso de Joyce com Stephen Dedalus e Faulkner com Quentin Compson): S. Wilderness, o protagonista dos seus últimos livros, sente que está vivendo a vida escrita por Lowry em *Under the Volcano*. Não é isso que está acontecendo comigo?

Sexta-feira 6 de junho

Encontro com o Onetti. Muito mais alto do que eu pensava, muito bem vestido com um terno escuro de lãzinha que ressaltava suas mãos longas, brancas e frágeis. Um rosto como de borracha, certas sufocações que lhe entrecortam as palavras, um ar furtivo, sem nunca olhar nos olhos. Eu o imaginava mais gordo e mais baixo, desalinhado e com certo ar que lembrasse as fotos de Dylan Thomas quando chegou a Nova York para morrer. A mulher, um misto de temor e fortaleza para se impor, quase que me obrigou a ficar para almoçar porque ele se sentia mal entre os velhos (M. R. Oliver, José Bianco, Sara de Jorge) e queria ter um jovem à mesa: ele me olhou sem dizer nada, e eu fiquei mais constrangido e tímido do que nunca. Nós dois nos olhávamos de um extremo ao outro, e eu tentava apoiá-lo nessa curiosa impostura. Pensava nele enquanto falava, mas só no final, quando começamos a conversar sobre literatura norte-americana, pude realmente corresponder como devia. Depois passamos ao romance policial. Ele é um leitor maníaco do gênero; concordamos em considerar David Goodis o melhor de todos. Não contemos para ninguém, disse, com um brilho cúmplice nos seus olhos escuros.

Para entender a situação, talvez eu devesse lembrar que, ao chegar à casa da María Rosa e entrar na sala, eu me aproximei do Onetti, que estava sentado numa poltrona, e disse que admirava muitíssimo seu conto "A noiva roubada" e comecei a recitá-lo de cabeça, porque sei de cor o começo do texto. Pedi que o liberasse para publicá-lo na coleção de novelas que estou preparando na Siglo XXI, e ele concordou em que eu lhe mandasse umas perguntas para incluir suas respostas no livro.

Quarta-feira

Pequena crise ontem quando me avisaram que devia falar com o Jorge Álvarez, já que depois de ter recebido quatrocentos mil pesos provavelmente me cortariam as provisões. Hoje, no entanto, o Jorge, sedutor e inteligente, ficou do meu lado, falou em "pequenas dificuldades", em prazos de pagamento etc. Está muito animado com a Serie Negra.

Época de caos e furor.

Sábado

Toda vez que passo para receber (seja onde for: ontem, na Hebraica), sinto que nesse momento exato, ao receber, estou realmente "ganhando", como se tudo dependesse da impressão que sou capaz de causar em quem vai me pagar. Metáfora da minha relação geral com o dinheiro: ela se dá sempre no presente, por isso tento ser convincente quanto às minhas virtudes nesse puro presente, como se eu não tivesse espessura ou passado e me pagassem pela atuação que realizo no momento de receber o dinheiro (e não pelo trabalho que já fiz).

Ontem tudo correu bem na conferência, muita gente na sala, falei bem e sem tropeços, sem ler e quase sem olhar minhas anotações. Depois, para comemorar, fui jantar sozinho no Arturito, na Corrientes quase esquina com a Nueve de Julio.

Segunda-feira 16

Passei o fim de semana inventando epigramas para definir cada um dos livros que saíram este mês na cidade. Trabalho interessante para o futuro, um leitor deixa registrada a impressão que nele produzem todos os livros publicados em sua época.

Terça-feira 17

Nunca consegui lidar com a realidade, o que eu chamo de minha esquizofrenia não passa da impossibilidade de escolher com clareza, no cipoal dos fatos, só aqueles que correspondem ao meu projeto principal. Sempre coloquei a literatura em primeiro lugar, por isso agora tenho a sensação de estar sendo arrastado pelo Toto, que "me obriga" (?) a publicar com ele uma revista na qual não acredito. Essa sensação de ser obrigado sempre me acompanhou. Ligá-la à minha ausência de ancoragem na realidade. Como não tenho necessidades (nunca tive), fortaleço meus desejos até transformá-los no meu único modo de vida (no fundo, um simulacro da necessidade real). Vivo como se fosse domingo e eu tivesse todo o dinheiro possível para satisfazer qualquer coisa de que possa necessitar: o passo seguinte é não ter tempo para viver, já que "tudo" parece transcorrer num único dia de folga. Rolo para lá e para cá anunciando mudanças fundamentais para o dia seguinte (isso há quanto tempo?).

Quarta-feira 18

Agora comprei uma Agenda, um espaço para organizar o caos.

Travessia infernal: às onze com o Toto na Galerna tentando encaminhar o número 1 da revista. Lá topo com Alberto Lagunas, um contista de Zárate, que se comove com a "solidez" da minha obra e desfia bobagens no tom de "criador iluminado", típico da *El Escarabajo de Oro*. Depois fui direto para a livraria do Álvarez: quatro horas esperando um contínuo trazer um cheque com que eu possa pagar o aluguel (cruzado e sem assinar).

Nesse meio-tempo, encontro com o Víctor Grippo, alcoolizado, perseguido pela CIA, obcecado por dinheiro. Depois chega o Germán García em grave crise com seu segundo romance, solitário e com o mundo contra si, recorre a mim para que lhe diga (depois de ler seus originais) se faz sentido publicá-lo (tenho a impressão de que ele faz toda essa cena só para eu ler seu livro). Para completar o dia, depois do jantar o David aparece em casa para me buscar "porque a Negra está na fossa", mentira com que disfarça sua própria depressão, sua necessidade de estar com outras pessoas o leva a falar comigo em tom fraternal para objetivar sua própria dependência dos demais quando está mal.

Nova constatação de que, ou eu rompo com as pessoas, ou essa frase vira do avesso.

Sexta-feira 20 de junho

Tenho claro, com toda certeza, o que estou procurando, um tom agressivo e autoirônico, fazer uma análise da minha vida como se fosse a de outro, "tirar conclusões", citar alguns fatos e experiências, como exemplos.

Pegar uma biografia real e escrevê-la como se fosse minha. Introduzir, nessa enxurrada de informações alheias, meu tom pessoal e minha própria consciência seria um modo de escapar de mim mesmo, ficar apenas com o estilo.

Sexta-feira 27

Vou ao ato da CGT na Plaza Onze. Guinada à esquerda do peronismo, segundo o PC. Discursos inflamados, distúrbios, repressão policial. Na correria, viro na Yatay e me vejo só.

Sábado 18

A Série X. Chove, o temporal liquida um verão tardio que nos atordoou a semana inteira. No La Nación fico sabendo da morte do Emilio Jáuregui, nascido como eu em 1941. Algumas diferenças: um excelente quadro político, grande formação militar. Foi assassinado pela polícia, que o seguiu até o ato. Penso no Lucas preso. Três anos do golpe de Onganía: aquela noite ouvindo o rádio e depois em La Plata, a Julia na escadaria da universidade. Ah, o passado.

Domingo 29

Ontem à noite, reunião da revista (Schmucler, Sazbón, Ford, Lafforgue, Romano, N. Rosa, J. Rivera). Discutimos os próximos números, insisto na necessidade de centrarmos fogo na crítica à visão cultural da mídia. Vários deles, Romano, Ford, Rivera, querem estudar a mídia no passado mas sem entrar na discussão no presente.

Julho

Ontem, novas notícias que balançam o país, onde é cada vez mais difícil viver. Cinco homens renderam a escolta de Vandor na sede dos Metalúrgicos, entraram no escritório e o mataram com três tiros e explodiram o prédio na retirada. Parecem ser os mesmos que explodiram ao mesmo tempo treze supermercados Minimax. Daqui a pouco vou me encontrar com o David (que pelo visto está sendo procurado pela Coordinación Federal). Depois, com os rapazes da editora Tiempo Contemporáneo para almoçar e ver como vai a venda dos livros.

Quarta-feira 2

Ontem, depois do almoço com a ETC, longa caminhada com o David pela cidade deserta até a editora do Álvarez, que no seu escritório, sozinho, escrevia cartas e escutava um rádio portátil com a caixa quebrada.

O Andrés e a Susana, apavorados com a repressão. Mais de quinhentos detidos, e eles trancando a porta à chave, olhando-se com intensidade toda vez que saem para a rua e voltam obsessivamente ao assunto dos mecanismos de segurança.

Quinta-feira 3

A Julia e a Susana, muito corajosas, entraram na casa do Emilio Jáuregui como se fossem amigas da família e saíram com as bolsas cheias de granadas e armas automáticas. Enquanto isso, o Andrés e eu esperávamos por elas num bar, com a desculpa de que as garotas teriam mais chances de passar despercebidas pela polícia. A Julia estava encantada com o perigo e queria voltar lá para pegar uma metralhadora russa que viu no banheiro.

Sexta-feira

Ontem à noite, Juan M., um terno adolescente, mescla de gênio e melancolia, uma espécie de cônsul à la Lowry meio asmático, igualmente impotente e bêbado, que escreve belos versos de amor e vive em meio ao caos como um senhor recalcitrante ou um cavalheiro que constrói estranhos presságios lendo as cartas de tarô. Em volta dele (como sempre nesses casos) se amontoam invejosos mocinhos educados que tentam corrigi-lo, mas ele se empenha em tomar um uísque atrás do outro e escrever tristes perfis sobre as mãos dos executantes da noite. Depois tocou ao piano vários tangos de Cobián, seguindo os arranjos que ele toca no Sexteto Mayor.

Domingo 6

Caminhada com o David pelo centro, no corpo o vento gelado que vinha do sul. Dobrado sobre si mesmo, sonhando que ainda está na Europa, com medo da velhice e de se repetir como escritor, ele falava sem encontrar as "aventuras" que pudessem despertar seu entusiasmo. Não será essa a imagem de mim mesmo dentro de doze anos?

Quarta-feira 9

Ontem à noite, David, Andrés, Bocardo *and company* no restaurante da esquina até as três da manhã. Conversas delirantes e em coro sob as luzes da cidade.

Neste fim de semana vamos fazer o lançamento da revista *Los Libros*.

Quarta-feira 16

Ontem à noite no Edelweiss, juventudes douradas e frívolas em bando; a Julia e eu tínhamos nos encontrado com o Miguel e a Nélida, e também com a Piri e seu quase ex-marido, o fotógrafo de moda Pérez, que ficou tentando seduzir a mulher do Miguel e insistiu para que fôssemos até a casa dele para nos mostrar umas coisas; lá chegando, continuou a paquerar a Nélida, dizendo que sua mulher estava em Punta del Este e mostrando para ela os vestidos modernos e luxuosos que a fascinaram; o mais engraçado foi quando ela disse que com seus sapatos aquelas roupas não lhe ficariam bem, e o Pérez respondeu: "Relaxa, linda, anda descalça"; ela logo ficou rendida a seus pés. Acabamos no Edelweiss, então, e a certa altura a condessa descalça se levantou para comprar cigarro, e o fotógrafo foi atrás dela. Não voltaram mais. O Miguel, a essa altura bêbado, estava na maior fossa, até que de uma mesa próxima Enrique Pichon-Rivière, o psicanalista, cumprimentou a Piri e veio se sentar conosco. Tinha entendido por alto a situação e se pôs a murmurar e a consolar o Miguel, e no fim, ao ir embora, deu de presente para ele o cachimbo que estava fumando. "Olha aí, uma grande interpretação", ria a Piri, e pediu o cachimbo emprestado ao Miguel e se pôs a fumar, tudo sem dizer que ela também tinha sido abandonada.

Sexta-feira

Quero escrever um conto que seja como um tango: um homem se entrega à morte porque a mulher fugiu com seu melhor amigo.

Meu pai esperando por mim naquela manhã na churrascaria da Viamonte com a Montevideo, intimidado pela solidão e pelo barulho da cidade. Tinha passado a manhã inteira telefonando para mim, mas eu queria continuar dormindo ou fazendo amor (já não me lembro) e no fim quis deixar comigo sua manta de ombro, como desculpa para voltar a me visitar, ficar comigo, matar as horas até a partida do trem.

Quinta-feira

Como sempre, nas temporadas em que trabalho bem eu me afasto destes cadernos, a "vida interior" se dissipa. Hoje à tarde apareceu o David, contente porque combinou com o Ayala a adaptação de *Amalia* ao cinema por um milhão de pesos e a escrita de um roteiro sobre Varela, o militar, por quinhentos mil. Também veio o Roberto C. insistindo nas transformações políticas atuais, na importância das lutas de libertação em que Mao é o Marx do Terceiro Mundo. Depois, na revista, encontro o Toto e o Roa Bastos, que está trabalhando ferrenhamente no seu romance *Eu o Supremo*.

Domingo 27

Estou lendo *O homem sem qualidades*, de Musil, a presença de um humor controlado, inteligente, para montar um quebra-cabeça onde se reconhece a ironia sobre as mitologias tecnocráticas, as "delícias" da vida cotidiana, o esplendor da ciência: uma racionalidade ardorosa, eu diria, passional.

Série B. Ontem passei a manhã no La Paz lendo numa mesa junto à janela, sozinho no bar vazio. O David passou por volta do meio-dia para irmos almoçar, eufórico e ao mesmo tempo deprimido por seu trabalho com o Ayala sobre Varela (a cinquenta mil por semana).

Observação inquietante de Scott Fitzgerald, que todas as noites se deitava sobre o lado esquerdo para — como ele dizia — cansar mais rápido o coração.

Quinta-feira 31 de julho

Posso viver com cem mil pesos por mês sem grande esforço. Se eu conseguir usar as tardes com felicidade e eficácia para ganhar a vida, tudo terá o ritmo que eu, "mentalmente", pedi à realidade. Usar também a inteligência para lutar contra as estúpidas ideias agressivas que de nada servem para além de uma reação doentia: de repente vejo inimigos por todo lado.

A ansiedade é a chave da minha loucura mansa: não suporto o futuro, ir ao barbeiro, me encontrar com o Jorge, com o Toto, escrever a apresentação da revista, qualquer coisa.

Série E. Toda vez que, como agora, vou terminando um destes cadernos, me pego a filosofar sobre minha vida. Estes finais, Senhor, as mãos sujas de tinta, os dedos carcomidos por manchas amarelas de nicotina, a cabeça pesada depois do almoço no restaurante da rua Sarmiento, com portas de vidro manchado por onde penetra o sol do meio-dia, para entorpecer ainda mais os movimentos já afetados pelo vinho.

"É verdade que não sei escrever, mas escrevo sobre mim mesmo." Juan C. Onetti.

Ao reler meus velhos cadernos, reencontro a confirmação de que se escreve sobre o que está acontecendo no momento de escrever, como se você fosse um aparelho que registra o mundo no presente e, ao mesmo tempo, a construção de uma imensa colagem em que só eu estou ausente, desapareço entre palavras que marcam um caminho cujo sentido só se entende muito depois.

Série C. Preciso sair para a rua, parar na frente da banca, cumprimentar a mulher e comprar preservativos, porque este mês a Julia parou de tomar a pílula. Estranhamente isso me perturba, como se eu não tivesse a força necessária para sair, ou como se, depois de comprar o que vou comprar, temesse me perder na cidade para nunca mais voltar.

Cheguei ao final desta página, como se deve.

Agosto

Caminho pela cidade deserta às oito da manhã, prevendo este momento: uma mesa junto à janela no La Paz vazio e as anotações que tentam captar o que acontece.

Série E. Encontrar uma escrita que fosse se apagando, ligeira e rápida de tão fugaz. Mas se eu não sou capaz de fazer isso aqui, onde seria? Recordar que sempre guardei tudo o que escrevo. Como se imaginasse que aí, nessa massa difusa de palavras, se conservassem os rastros de uma voz pessoal.

Domingo 3 de agosto

Ontem à noite na casa do David, tento compensar o fato de não o visitar com a frequência que deveria.

Procuro escrever em qualquer estado de espírito, agora mato o tempo antes de acompanhar o Toto à gráfica, onde já está pronto o número 2 da *Los Libros*.

Segunda-feira 4

Um garrafeiro de voz esganiçada gritando na esquina ("Compro camas velhas, compro colchões, trapos, jornais velhos. Compro alumínio, bronze, compro copos, garrafas, roupa"). Me lembrou o velho que passava com sua carroça todas as manhãs bem na hora em que eu me deitava para dormir depois de trabalhar a noite inteira.

Caminhada por Buenos Aires até a praça de Mayo, numa esquina da Florida vi chegarem os primeiros jornais da tarde. Na Hachette encomendei *L'Échec de Pavese*, de Dominique Fernandez, dei uma olhada nas revistas, nos livros, aí passei na casa do David, que não estava, segui sem rumo certo e quando voltei, pouco depois, o David chegou e fomos tomar um café num bar da Corrientes.

Quarta-feira 6

Ontem o general Onganía fechou a revista *Primera Plana*, tentou calar um setor flutuante da classe média, muito importante para impor um senso comum geral.

Ontem almocei com o David e fui com ele até a livraria, no café ao lado estavam todos discutindo: García Lupo, Mario Trejo etc. Ninguém dá mais de dois meses de vida a Onganía. Preveem saída eleitoral via Lanusse.

Quarta-feira 13

A catástrofe anunciada põe em xeque meus amigos de esquerda. Ontem, o David muito deprimido e pessimista, o Alberto S. sem dinheiro (como eu), o Andrés muito assustado: todos preveem a queda de Onganía e o aumento da vigilância, os efeitos cada vez mais próximos, fecharam a *Ojo* (que substituiu a *Primera Plana*). Acabo de saber que ontem à noite a Coordinación Federal, ou seja, a polícia política, recolheu livros no escritório do Álvarez, intimaram o Jorge a depor hoje às duas da tarde. Os amigos presos (Lucas, Ford, Fornari, Rojo), as fontes de trabalho em perigo. A oposição ao governo militar é a mais atingida.

Um sonho. Eu estava conversando com o Barba, meu professor na faculdade, numa sala cujas paredes estavam cobertas com meus livros, me dava vergonha que ele os tivesse porque estavam cobertos de poeira. Recriminação por eu ter dedicado minha vida à literatura. Eu me desculpava. "É meu nível de loucura", dizia, "assim que eu conseguir controlar esse delírio, volto à pesquisa histórica." Ele me mostrava seu último livro, criticava o título do meu livro de contos. Folheava a edição amarelo-ovo, muito surrada. Aí me falava de um diário que estava para publicar. Claro, eu pensava, ser um historiador profissional e fazer literatura convencional nas horas vagas. "Não tem título", ele dizia. "Todos os livros têm título hoje em dia." Eu o olhava admirando a originalidade desse livro vazio, uma capa sem nenhum signo além do seu nome pessoal.

Quinta-feira 14

Série B. Depois de muito tempo entendi meu modo de pensar esquizoide, atribuo aos outros questões que quero entender em mim mesmo. Digamos, escolho um duplo real (Dipi, Miguel Briante, Walsh, Germán) e experimento neles questões que não consigo ver em mim mesmo com clareza. Atribuo a eles o mecanismo de pensamento que dá lugar à *ideia fixa*. Desse modo me desdobro secretamente em alguém a quem atribuo modos de ser (que são meus) e os observo funcionar. Sobre a cena de uma vida alheia, penso minhas próprias ideias sobre o que eu sou (ou acredito ser):

uso o outro como crítico das minhas próprias falhas e, ao vê-las mais claras, com mais realidade, posso realizar com minhas vidas paralelas e possíveis uma crítica da minha personalidade. Experimento em outros escritores o que eu mesmo quero fazer. Trata-se de uma forma mais radical de trabalhar as vidas possíveis. Meus contemporâneos são a prova, o ensaio, a visão clara dos riscos de viver no imaginário. Venho fazendo isso desde minha adolescência, desde que comecei a escrever estes cadernos: Raúl A., Luis D. e também algumas mulheres como a Elena e a Helena. Parece inacreditável que só agora eu tenha descoberto isso: a amizade como campo de provas da minha vida. Em vez — ou ao mesmo tempo — de usar os personagens de ficção como modelos de projeção, faço isso na vida. Um modo vicário de ampliar minha experiência.

Sexta-feira 15
Quero escrever minha noite enfeitiçada na boate, na Mau Mau, a festa: trinta televisores mostram ao vivo diferentes lugares e cenas do que está acontecendo. Preciso encontrar uma prosa que permita apresentar o tom coletivo, a voz social de um grupo.

Curioso, no tango não há ciúme, há perda e traição. Narra-se o fato consumado e seus efeitos.

Segunda-feira 18 de agosto
Não entendo muito bem o que certas mulheres procuram em mim, desde o começo foi assim, sempre. Equívocos, mal-entendidos. Antes eu fugia, agora jogo jogos perigosos.

Chega o León R., que passou para me dizer que vai voltar lá pelas dez da noite, mas eu quero preparar a reunião com o Álvarez, levar os projetos já elaborados, escrever uma síntese do que falta fazer, portanto adio o encontro com o León. A Julia se zanga dizendo que a escondo, porque não convidei o León para subir. Tenho que brigar com o Omar para que me pague os cinquenta mil pesos por mês que combinei com o Jorge, porque agora só me paga — sempre atrasado — 25 mil. Depois vou até a casa do León, que se mudou para um bairro afastado (rua Salguero), para lhe pedir um artigo sobre Althusser para a *Los Libros*.

Terça-feira

Ontem encontro o León, muito deprimido, em crise, assim como o David. Tempos difíceis: crise do MLN,* esquerda liberada, a moda do estruturalismo, sem disposição para trabalhar no seu livro sobre Freud e Marx.

Agora há pouco o Dipi veio aqui, tenso e disparatado, falando das fotos que vai tirar do Sandro, de um romance de trezentas páginas que diz ter terminado.

Vejo *Sombras do mal*, de Orson Welles, cinema *noir* de primeira qualidade, com Welles inchado para parecer mais gordo ainda no papel de vilão.

Terça-feira 2 de setembro

Resisto à tendência atual de narrar sem personagens.

Na hora do almoço, visita do David, disposto a levar adiante meu projeto da revista, propõe *Carta Abierta* como título, com o León, ele e eu na direção.

"A ansiedade pulveriza a concentração." Norman Mailer.

Quinta-feira 11

Encontro com o David, que insiste no projeto de uma revista para combater seu sentimento de exclusão, de marginalização. Também vi o Aníbal Ford, que saiu da prisão e me conta que identificou Fiorentino como o cantor que aparecia na audição de tango na penitenciária, e isso o ajudou a fazer amizade com os presos comuns.

Pasolini tem razão em se perguntar até que ponto a distinção entre romance e poesia pode continuar existindo. Mas eu não pego por aí, para mim o romance deve se aprofundar na construção de pessoas.

Sábado 13

Quero separar a experimentação linguística do trabalho com a trama, e ao mesmo tempo me libertar da prosa objetiva e "realista". Uma narração em

---

* Movimiento de Liberación Nacional, também conhecido como Malena. [N.T.]

que a continuidade está alterada. O herói se reserva um território da experiência no qual se empenha em evitar a novidade do novo. O novo é irrupção da continuidade temporal. Daí o sentido de um tempo baseado na petrificação do presente, no nada cronológico. Na fixidez. O tempo deve parar de fluir.

Segunda-feira 15 de setembro

Série A. Estarei morto no começo do século XXI? Menos melodramaticamente, chegarei a ver o ano 2000? Como serei aos sessenta anos? Toda a minha surda ambição terá resposta?

O que escrevi acima é um efeito da insônia que me desvelou e me manteve acordado desde as três da manhã.

Quarta-feira

Preparo a mudança, maus presságios na Tiempo Contemporáneo, pessimista, ameaçador, fechar a editora, tudo depende das vendas de *Cosas concretas*. O Luna me dá duzentos dólares como adiantamento, que penso usar na mudança que tentarei resolver nas próximas semanas.

Quinta-feira 18

Encontro um apartamento enorme na Sarmiento com a Montevideo. Com telefone, dois quartos, bem iluminado, contrato até abril de 1971. Deixei um sinal, vamos ver se aceitam minhas garantias.

Sábado

Leitura voraz de *Boquinhas pintadas*, notável controle da tensão, movimento tortuoso da narração, percepção final das relações sociais. A carne erotizada como motor da trama. Prosa muito atenta aos registros orais. E o mais renovador é a ausência de narrador.

De repente sinto saudade dos meus velhos conhecimentos de história. A reconstrução de estruturas complexas e longas temporalidades.

Terça-feira 23 de setembro

De uns dias para cá, ansiedade, angústia, dificuldade de trabalhar. Sempre estou à espera de uma catástrofe que não vem. Há uma espera, semelhante à do caçador atocaiado, que aguarda a presa (só que a presa sou eu mesmo).

Sexta-feira 26

Deixo o apartamento na passagem Del Carmen, a janela que dá para a rua, os barulhos da cidade e a luz do dia, todo o tempo que passei aqui, escrevendo. Vamos ver se consigo arrumar as coisas, organizar os livros.

Os planos, como sempre:
1. Escrever versões definitivas e não rascunhos.
2. Melhorar o diário.
3. Escrever crítica por encomenda.
4. Sistematizar as leituras.
5. Não adiar os trabalhos editoriais.
6. Dormir pouco.
7. Ir muito ao cinema.

Sábado 27

Agora já estou instalado neste apartamento amplo e luminoso, montei o escritório num dos quartos, com todos os livros embalados, sem móveis, contente com o espaço de sobra.

Domingo 28

Boa luz, o rosto de Faulkner na parede, saímos para procurar poltronas e mesas nas lojas do bairro.

Terça-feira 30

Ontem à noite com o David, que voltou de La Rioja, aonde foi com o Olivera procurar locações para *El caudillo*, um roteiro que o David escreveu para o cinema. Fui procurá-lo para lhe pedir os dez mil pesos que preciso para pagar a estante. Na revista, encontro com o Osvaldo L. e o Oscar S., demasiada intenção de causar espanto com novidades que eu olho com desconfiança.

Série E. Tenho dificuldades — é evidente — para encontrar o tom destes cadernos, mas é justamente isso o que mais me agrada neles: a prosa é espontânea e rápida, portanto muito cambiante, não há uma retórica comum. O melhor é a continuidade, a persistência, que são o grande desafio da narração. Aparece também um traço que está em tudo aquilo que faço: não me concentro num ponto, antes me disperso e me deixo levar pelo impulso do que estou escrevendo. A extensão se dá em mim por acumulação, não por dar tempo à escrita e desenvolver um tema a fundo, os motivos reaparecem mas não se desenvolvem. Tudo o que consegui fazer eu o fiz no instante puro, sem futuro, o futuro sempre foi uma ameaça para mim.

Outubro

Série C. Recebi um exemplar da revista *El Corno Emplumado*, que sempre me traz à lembrança Margaret Randall, que não para de mandá-la apesar dos meus silêncios. Eu a conheci em Cuba, ela foi para mim a conexão viva com a San Francisco da *beat generation*, a quem está ligada. Muito amiga de Ferlinghetti. Tenho bem presente, como se fosse uma foto, ou melhor, uma sequência de fotografias, a noite em que passeamos pela praia e depois nos deitamos na areia morna até o dia seguinte. Margaret tinha uma hipótese poética sobre o amor instantâneo, livre, casual e fugaz, "como uma metáfora", ela dizia, "está por toda parte, e assim é o amor físico. A oportunidade da metáfora pura".

A irrealidade é, sempre, como se aquilo que vivo acontecesse com outro. Mas pela primeira vez os fantasmas se encontram com o presente. Eu me dedico a sonhar um futuro igual ao dia de hoje: conservador, pela primeira vez. O que quero dizer? Um trabalho que não me tome tempo, um bom lugar para morar, dinheiro suficiente para lidar com as inclemências do tempo, livros grátis e uma escrita pessoal que avance, lenta porém constante.

Terça-feira 7

Ontem, bom encontro com o David, cheio de tiques às vésperas da publicação do seu romance *Cosas concretas*, quer que a Piri assuma a divulgação, cobiçando os cinco mil exemplares que ela vende por semana. Apesar disso se mantém em forma, conversamos sobre o cruzamento entre Sarmiento e Hernández (deserto, sangue), ele lembra meu artigo sobre o Puig e voltamos ao cruzamento entre sexo e dinheiro.

Antes, no sábado, forte discussão com o León R., ele me recriminando por ter cortado a estante que me deu dias atrás. Eu lhe dei o uso que precisava, falei. Você devia ter me consultado. E se eu de repente precisar dela de novo? "Não se preocupe, León", respondi, "nesse caso, eu compro outra para você." A discussão se perdeu por um caminho perigoso: como unimos o que pensamos e o que fazemos? Ninguém tem essa questão resolvida.

Quarta-feira 8
Os cubanos me mandaram vários livros e insinuaram um possível convite, embora da minha parte as relações tenham esfriado depois do apoio de Castro à invasão soviética da Tchecoslováquia.

Figuras do escritor público: David Viñas, Günter Grass e Norman Mailer.

Sobre a leitura. Não existe leitura sem uma situação extraverbal. Essas situações são *a priori*, conduzem e organizam aquilo que se lê. Isso é evidente em obras com uma forte marca prévia: policiais, clássicos, folhetins. Há uma disposição prévia que define o tipo de uso do livro. A crítica deve descrever essas situações: isso inclui o que poderíamos chamar de "saber prévio" com o qual nos aproximamos de um livro, mesmo uma *opera prima* também responde a essa formação. Trata-se de um livro do qual não sabemos nada, e portanto o lemos com uma atitude predefinida diferente da que temos diante de um autor consagrado.

Sexta-feira 10
Notas sobre Tolstói (8). Escreve um novo Evangelho (*Resumo do Evangelho*, de Leon Tolstói) a partir da reunificação e síntese dos quatro evangelhos existentes. Wittgenstein: "O senhor vive como que na escuridão e não encontrou a palavra salvadora. Pareceria uma insensatez se eu, que sou em essência tão diferente do senhor, resolvesse dar-lhe um conselho. Contudo, ouso fazê-lo aqui. O senhor conhece o *Resumo do Evangelho*, de Tolstói? Houve um tempo em que essa obra praticamente me manteve vivo. Por que o senhor não compra esse livro e o lê? Se não o conhece, não pode imaginar o efeito que pode exercer sobre uma pessoa" (carta a Von Ficker, julho de 1915). Tolstói discute os evangelhos: o momento em que Jesus reconhece perante seus discípulos ser o Filho de Deus é o momento mais extraordinário na enunciação e no uso da linguagem (porque é mesmo).

Domingo 12 de outubro

Os conflitos com a revista se agravaram, discussões com o Toto, o Willie etc. por causa das tentativas de reorganizar a revista nos deixando de fora. Escutei a mim mesmo despejando inflamadas diatribes morais que surtiram pouco efeito. Tudo continua igual, e agora sou eu quem quer cair fora (depois de receber o salário do mês para cobrir o déficit da mudança).

Segunda-feira

Visita do David, tomado por um de seus arroubos econômicos que são sempre atraentes quando contados por ele. Projeto de montar uma editora, publicar uma revista, comprar um local para uma livraria. Tudo vai se dissipar assim que passar a euforia. Eu me dispus a escutá-lo com a indiferença de sempre.

Minhas recordações inesperadas e "visíveis": a voz impostada, metálica, perfeita do locutor do *Cabalgata Deportiva Gillette*, anunciando a luta de um tal Lauro Salas, me transporta ao hall da casa da minha prima Lili, que tinha acabado de comprar uma televisão. Devia ser o ano de 53 ou 54. Vejo os vidros da janela, o aparelho disposto sobre uma mesa de estilo japonês, e vejo a mim mesmo sentado no chão diante da tela.

Terça-feira 14

Ontem, o Andrés Rivera, como todos os escritores de sua geração, carrega com ele as tentações: saudade de um PC forte, com jornais, editorias, empregos, posições de poder no mundo da cultura. Critica os Tupamaros depois do golpe em Pando: forjaram um cortejo fúnebre, tomaram o povoado, cortaram o telefone, roubaram três bancos, a delegacia etc. Foram delatados por um radioamador: o Exército e a polícia chegaram com helicópteros, três mortos, seis presos, vinte deles conseguiram fugir. Para o Andrés, não passa de aventureirismo suicida.

Quarta-feira 15

Excelente recepção e boas vendas dos livros da Serie Negra.

O eu da narração não é mais o sujeito unitário da biografia, e sim o experimentador ocasional. A primeira pessoa pode ser gerada pela terceira pessoa etc. A escrita produz uma série de transformações e desintegrações, seja do eu que põe o relato em cena, seja pela matéria ou pela experiência que incorpora em seu funcionamento.

Tentação de abandonar o Pavese como tema da narrativa e incluir o deslocamento do estrangeiro que não entende bem a língua do país onde vive.

Quinta-feira 16
Ontem à noite, vinho demais no jantar depois da reunião da revista. Hoje de madrugada tive que me vestir e descer em busca de aspirinas para combater a dor de cabeça. Os botecos do bairro, semidesertos, com mulheres e homens sozinhos perambulando às cinco da manhã, enquanto os caminhões de lixo percorriam as ruas molhadas.

Os três livros de memórias de Hemingway (*Death in the Afternoon*, *Green Hills of Africa* e *A Moveable Feast*) são também exercícios de não ficção e antecipam muitos elementos do que hoje recebe o nome de "novo jornalismo". São também exemplos admiráveis de romance aberto: vários níveis na prosa, ruptura do gênero, narração direta etc. O capítulo final de *Death in the Afternoon* é resolvido do mesmo modo que "as histórias possíveis" ainda não narradas de "Kilimanjaro".

Nessa linha, o escritor contemporâneo trabalha em vários registros. Eu mesmo poderia ser um exemplo dessa situação. Alguém que lê ficção policial "profissionalmente", porque dirige uma coleção e recebe mais de trezentos livros por mês, dos quais escolhe cinco. Um romance policial sempre é bom nas primeiras vinte páginas porque o autor apresenta aí o mundo em que a intriga vai se desenvolver: por exemplo, digamos, os tintureiros japoneses de Buenos Aires. Primeiro se descreve esse mundo, e isso sempre tem algum interesse, você fica sabendo ou se pergunta por que será que os japoneses instalam tinturarias em Buenos Aires. Depois de responder a essa pergunta, aparece um crime, e a partir daí os romances que não são bons respondem ao enigma com esquemas previsíveis. Só os escritores muito bons são capazes de dar à construção da intriga um *plus* que vá além do simples suspense ou da simples solução de um problema. Só quem é capaz de narrar algo além da simples trama consegue criar um romance que vale a pena traduzir.

Mas, se eu continuar com essa espécie de visão antropológica de mim mesmo, poderíamos dizer que esse indivíduo também faz parte do conselho editorial de uma revista de cultura. Participa das reuniões, discute as matérias, propõe temas para os próximos números e trata, como é meu caso, de resenhar brevemente — nunca mais de cinco linhas — todos os livros publicados em Buenos Aires ao longo do mês. Além disso, esse escritor argentino escreve dois artigos por semana para os jornais, e por eles recebe um salário fixo; os textos começaram sendo resenhas bibliográficas, mas a partir de um evento fortuito (doente o cronista policial, foi enviado para cobrir um crime no Bajo de Buenos Aires) tornou-se também cronista policial. Em 1965, foi enviado a Montevidéu para cobrir o cerco da polícia a três bandidos argentinos que tinham roubado um carro-forte em San Fernando. Durante uma semana, mandou artigos sobre o que estava acontecendo lá: desde que a polícia chegou até que foram liquidados, dois dias mais tarde. Além de manter a correspondência atualizada (uma média de duas ou três cartas por dia) e de ler os jornais (habitualmente dois jornais na edição matinal) e alguma revista de notícias, além de várias revistas estrangeiras que assina, dedica parte do dia (nunca mais de uma hora) a anotar num caderno as aventuras de sua vida. A pergunta é: em que momento esse autor argentino se senta para escrever? Não há resposta no momento. Digamos que, além disso, esse indivíduo muitas vezes é convidado a dar cursos e conferências em diversos lugares.

Registrei aqui uma parte substancial mas não completa das minhas atividades diárias que, por culpa dessas mesmas ocupações, nem sempre consigo registrar neste diário.

Sexta-feira
Notas sobre Tolstói (9). O respeito tolstoiano pelo homem comum, o simples e franco afeto pelo trabalhador vulgar. ("Mais inteligente do que eu.")

Sábado 18
Ontem, ótima conversa com o David, que começou à tarde com um telefonema que parecia ao mesmo tempo atraente e misterioso, anunciando uma visita. Quando concordei em nos encontrarmos, o canalha me disse "obrigado". Fomos ao Ramos, onde tomei um chá e ele um café com leite, vimos passar pela Corrientes o César Fernández Moreno e outros amigos,

como se estivéssemos no mirante de uma casa de campo assistindo aos passeios dos nossos vizinhos em seus carros. O David desancando o Félix Luna e o Ayala por estragarem seu roteiro de *El caudillo*. Fica fantasiando em insultar os dois e mandá-los para o inferno apesar do milhão de pesos que lhe pagaram pelo trabalho. "E pela possibilidade de arruiná-los", acrescentei. Depois, algumas ideias sobre a velocidade do consumo que "queima" os produtos (livros, autores). Uma reflexão muito sagaz com que o David elabora a lógica atual do mundo cultural: acelera-se a circulação e concentram-se os lugares que decidem quais produtos literários serão ou não editados. Acabamos na editora que vai publicar seu romance *Cosas concretas*.

Eu li esse livro do David, seu estilo é o da confissão. Todos os personagens se entregam a uma espécie de declaração muito pessoal, com uma sinceridade direta e excessiva. O romance está escrito com mais monólogos do que diálogos. A política é o objetivo temático da sua obra. Nesse sentido, nunca fica claro o gênero em que se realiza a crítica à violência dominante: pode ser um romance, um ensaio ou um roteiro de cinema.

Sexta-feira

Ontem, passeio de carro pela beira do rio, minha mãe sempre mais inteligente e divertida do que imagino. Ontem sua irônica dissertação versou sobre as relações familiares, com um especial arrazoado crítico sobre as mães superprotetoras. Ela conhece os mínimos detalhes de todo o romance familiar: é a caçula de doze irmãos e, em certo sentido, a herdeira de todas as histórias que circularam desde o início. Tem uma particularidade que eu admiro e com a qual aprendi muito: nunca critica ninguém, não importa quem seja nem que crime cometeu, desde que faça parte da família. Jamais julga a conduta dos outros, quando fazem parte do seu círculo. Nesse sentido, acho que eu já disse isso antes, minha mãe é para mim um modelo do que deve ser um narrador. Detalhista, minucioso e incapaz de condenar o que os outros fazem.

Sábado

Ontem, mesa-redonda sobre "A nova geração", na Hebraica. No público, muitos amigos e muitos inimigos. Leve discussão com De la Vega, que recitou McLuhan, algumas alianças com Jusid e Manuel Puig. No início estava muito nervoso, mas logo me acalmei e falei coisas engraçadas.

Domingo

Escrever um pequeno texto sobre "O Nobel para Beckett". Ele não tem culpa e se escondeu e não se deixou ver nem pelos jornalistas nem pelos suecos que o premiaram. Em todo caso, é mais uma prova de que o sistema é capaz de incorporar o que à primeira vista parece mais contrário aos seus valores e mais antagônico.

Terça-feira 28

São cinco horas da manhã e estou trabalhando sobre Hemingway: um dossiê com vários artigos, uma cronologia e diversos textos. Defendo a escrita das suas primeiras obras, muito ligadas às experiências de vanguarda.

Viajo a San Fernando com o David para ver o Carlos B. e confortá-lo pela morte do irmão. O David triste, como se ele mesmo tivesse perdido alguém, mas na volta me contou certos segredos da sua vida (que não vou revelar) que me fizeram compreender seus momentos de melancolia.

Quarta-feira 5

"A formação do sintoma é um substituto para alguma coisa que não ocorreu; deu-se, então, algo assim como uma troca." Freud.

Domingo 9 de novembro

Passei o sábado inteiro em La Plata com o Nicolás Rosa na casa da Menena. A uma quadra daquele velho e comovente casarão onde morei por vários anos. Numa manhã clara de outubro, lá escrevi "Mata-Hari 55", tinha comprado pêssegos e ameixas e as enfiei num balde com gelo e fui comendo ao longo do dia, enquanto escrevia o conto. A certa altura, ontem, fui comprar queijo para acompanhar o vinho, enquanto esperávamos o Toto terminar o churrasco, e ao sair tomei o rumo da velha casa pensando em espiar pela sacada e ver o que havia lá agora, mas tive medo de me perder na noite e voltei atrás.

Quarta-feira 12

A voz do meu pai subindo pelo poço da escada enquanto perguntava por mim em algum lugar do edifício, à minha procura, até que finalmente chegou e se sentou comigo para falar da sua tentação suicida e seu medo da morte, dos seus terrores noturnos e sua angústia. Oh, a vida! Oh, a dor! O que um filho pode dizer ao pai sobre as dificuldades da existência? O tempo todo estive a ponto de lhe dizer: "Não me conte essas coisas", mas me contive e falei: "São momentos de depressão, marés, todos temos nossos momentos negros. A pior coisa é pensar que nunca vão passar, mas eles sempre passam, e acabamos esquecendo". Pareceu aliviado, não pelo que eu disse, mas por ter podido falar com o filho, porque é isso, acho, que ele veio fazer.

"Sugestionamento que, como toda prática mágica, tem como único motor uma situação de submissão e dependência, capaz de induzir na vítima significados estranhos a ela." J.-B. Pontalis.

Uma das minhas primeiras lembranças — não a primeira — é o momento em que meu avô Antonio me leva montado nos ombros pelo jardim da sua casa, do outro lado de um painel de treliça verde está minha avó Albina e uma mesa coberta com uma toalha de oleado encostada na parede da direita. (É diante dessa parede que fica o pátio com as duas portas que dão para o quarto e uma porta que dá para a cozinha?) Nessa mesa me mostram uma canequinha para tomar mate, e alguém — acho que meu avô — diz que é minha caneca de cerveja, porque eu sou criança. (Meu avô tinha uma caneca de louça branca para tomar cerveja.) Também me lembro da sua morte, uma das duas portas naquela parede (a primeira atrás do painel) dá para o quarto onde está o caixão. Há mulheres ("vizinhas" que reconheço sem saber quem são), e lá está o morto. Alguém me pega pela cintura e me ergue para que eu beije "o finado".

Um sonho. Olhar a cidade lá embaixo, num aposento cheio de luz. Tento dizer o que se espera que eu diga, mas não consigo lembrar as palavras. Vejo um rosto de mulher, os olhos claros. Enquanto isso, dou saltos no vazio. Na mulher, um ar de Marlene Dietrich, o rosto anguloso, afilado, olhos muito claros, uma luz na cara bronzeada.

Sexta feira
   Contra todos os muros em que tenho escrito, sem ver nada.

Meu rosto está ardendo, sinto uma leve coceira na bochecha, passo a palma da mão, a ardência aumenta. Esfrego brutalmente a bochecha, um modo de avivar a pele do rosto.

"Esse primeiro relato pode ser comparado a um rio não navegável, cujo leito é, num momento, obstruído por rochedos e, em outro, dividido e tornado raso por bancos de areia." Freud sobre um caso de histeria.

Série C. Pensei que era um desconhecido, que ninguém sabia de mim, não havia motivação para minha atividade. Precisava reler o que havia escrito para recordar. Tinha a sensação de fazer coisas das quais ela não tomava conhecimento, apenas uma metáfora do esquecimento, da minha morte nela. Ou seja, um modo de apagar a perda e combater a morte.

Lá fora um garoto recita em voz alta a tabuada do dois: dois vezes dois quatro, dois vezes três seis, dois vezes quatro oito. Lembro da sala de aula perto da entrada na escola nº 1 onde eu fazia força para não chorar porque iam me mandar para um colégio de padres e eu ia perder para sempre minha professora da terceira série.

Sábado 15

Almoço com o David. "De repente você sente que tudo se naturaliza e se pega contando o tempo pelas mudanças de estação", disse.

Série E. Um núcleo básico que se irradia em muitas direções, todas as minhas fantasias transformadas em diferentes níveis de um mesmo relato. Um delírio da narratividade, centenas de pequenos núcleos fabulares, cenas, situações, uma microscopia do tempo e da memória. Um diário.

Domingo 16

Estou lendo Freud com a paixão das minhas descobertas inesquecíveis. "Pois a criança, tal como o adulto, só pode produzir fantasias com material adquirido em algum lugar; as vias para essa aquisição se acham em parte interditadas à criança." S. Freud.

De fato, *A interpretação dos sonhos* é a primeira autobiografia moderna.

Freud fala da "origem narcisista da compaixão".

Meus terrores atuais se fundam no medo do excesso de consciência: do pensar além da conta.

Quando escrevo à mão, dali a pouco, digamos depois de escrever uma página, a dor no pulso me obriga aqui a rever os fatos velozmente, a ser superficial. Assim explico com essa situação física minhas dificuldades para "escrever a verdade".

Isso sem esquecer os procedimentos, ou seja, a certeza de que só quem conhece a técnica ao escrever pode ser sincero.

Interessantes, em *A interpretação dos sonhos*, as mudanças de perspectiva que se multiplicam enquanto escreve. Exemplo: "Ninguém que tivesse apenas lido o preâmbulo e o próprio conteúdo do sonho poderia ter a menor ideia do que este significava. Eu mesmo não faço ideia [ou seja, no presente enquanto escreve]. Para descobrir o sentido de tudo isso, será necessário proceder a uma análise detalhada [transferir ao futuro uma incógnita que ele certamente já resolveu, mas deixa a solução em suspenso]".

Outro exemplo: "Minha paciente — que sucumbiu ao veneno — tinha o mesmo nome que minha filha mais velha. Isso nunca me ocorrera antes, mas me parece agora [ao escrever isto] quase que um ato de retaliação do destino".

Um terceiro exemplo: "Devia ter havido alguma razão para que eu fundisse essas duas figuras numa só no sonho. Lembrei-me então de que tinha uma razão semelhante para estar mal-humorado com cada um deles". Pode-se dizer que Freud é o detetive de si mesmo nesse livro, transforma-se no campo de sua pesquisa. Compartilha as peripécias e as intrigas do seu lento processo de reconhecimento das razões — ou dos sentidos — do sonho, ou melhor, dos seus próprios sonhos. Digamos que a forma de Freud para analisar os sonhos é o monólogo narrativo, destinado a outro a quem ele conta suas descobertas seguindo a ordem que os sonhos tiveram enquanto os analisava, daí a profusão de questionamentos do tipo "seria possível que eu estivesse tentando zombar do doutor?"; outro: "mas qual poderia ser minha motivação para tratar tão mal esse meu amigo?" ou "como essas coisas entraram em meu sonho?". Essas perguntas não apenas interrompem a narrativa, mas estão formuladas do ponto de vista daquele a quem se dirige o que se está escrevendo (um leitor). De fato, ele se faz as perguntas que um leitor inteligente se faria em seu lugar. Por outro lado, desse modo ele dramatiza aquilo que escreve.

Sábado 22 de novembro

Série E. Um diário, estes cadernos, são feitos de pequenos rastros, situações isoladas, nada espetaculares, um desequilíbrio narrativo que faz parecer que não há tempos mortos. Por isso me sinto bem quando sou capaz de incluir meus projetos numa história, quer dizer, numa temporalidade narrativa, por exemplo quando digo "tenho uma semana para terminar o ensaio que estou escrevendo para a revista". Tendo a fazer com que a experiência exista no presente, assim num só momento convivem todas as histórias e todos os lugares.

Domingo 23

Ontem à noite assistimos a um filme de Enrique Juárez sobre os eventos de Córdoba: material documental e jornalístico de boa qualidade, enfraquecido por um comentário ingênuo, mal resolvido. Continuo vendo claramente as possibilidades narrativas do estilo jornalístico no cinema (câmera ágil, ritmo nervoso, montagem brusca). Além disso, necessidade de trabalhar sobre realidades cotidianas para não mitificar a história ou transformá-la num espetáculo, narrar, por exemplo, uma greve fracassada.

25 de novembro

Estive na *Los Libros*, encontrei o Osvaldo L., com quem mantenho uma relação irônica baseada num bom nível de acordo intelectual. No L. percebe-se um movimento muito deliberado para a perversão considerada uma das belas-artes. Seja como for, não tenho paciência para a afetação e as insistências cúmplices que não levam a nada.

Dezembro, 1969

Perto da hora do almoço, visita de um tal Gabriel Rodríguez, que me procurou para pedir emprego. Não conhece ninguém em Buenos Aires, é de Rosario, diz que é astrólogo e me pergunta se eu acho que sua profissão tem futuro. Fala muito a sério, e eu também respondo a sério. Alguém lhe falou de mim vagamente para se livrar dele. Eu digo que a pessoa que pode ajudá-lo é David Viñas, passo seu endereço e o mando para lá, mas antes lhe dou algum dinheiro. Imagino que o rapaz vai percorrer a cidade inteira indo de amigo em amigo, recomendado e compensado com uns trocados que ele não mendigou.

Depois me encontro com o Germán García, o único em quem vejo uma inteligência que funciona rápido. Agora está se dedicando aos cantores populares. Vou até a revista que estou dirigindo por alguns dias porque o Toto viajou a Córdoba. Encontrei o Ismael Viñas, me pareceu cansado, sem brilho, como que derrotado, falando a cada dois minutos da filha que ele não vê. É desse tipo de pai que abandona os filhos; essa paternidade é a que excluí da minha vida.

Terça-feira 2 de dezembro

Travessia entre multidões. Fui me encontrar com o David para almoçarmos juntos, depois um café com o Fernando Di Giovanni, e em seguida o Andrés, que acaba de voltar do Uruguai. Fui à revista e me encontrei com o Eduardo Meléndez. De volta em casa, o Ismael Viñas esperava por mim, e às oito o Roberto Jacoby chegou com um amigo e só foram embora à uma da manhã. A conversa circulou sobre os mesmos eixos, é possível uma política de vanguarda?, as respostas se bifurcavam conforme o lugar da experimentação fosse a arte ou a sociedade. Nos dois campos, relações de poder. Mas a literatura é uma sociedade sem Estado.

Quarta-feira 3

O suicídio de Arguedas me abala. Ele já vinha anunciando e adiando sua decisão. Os males da alma, ele se empenhou em unir a cultura andina e a cultura contemporânea e morreu na tentativa. Não se matou por isso (aí estava triunfando). Ele se matou porque a vida é muitas vezes insuportável. Também sua morte é uma metáfora do escritor latino-americano oculto, não revelado, subterrâneo e oposto às passarelas do *boom*.

Continuo indo bem nesta semana, apesar do trabalho duro que entrou (uma resenha sobre *Cosas concretas*, com a dificuldade que sempre acarreta escrever sobre o livro de um amigo, principalmente quando a gente não gosta do livro). O calor e as relações sociais. Hoje no fim da tarde o Manuel Puig veio aqui, longa conversa sobre meu projeto e o projeto dele: elaborações da tradição policial. O Manuel usa o gênero para criticar as relações criminosas no mundo da arte, e de passagem acerta suas contas com a estupidez e o despotismo da crítica jornalística.

Sexta-feira

Na *Los Libros* topo com o F., discípulo de Oscar del Barco, propaga a problemática *Tel Quel*, purismo na terminologia, culto à destruição estilo Bataille. Parecem acreditar que na literatura o desejo só funciona nos escritores que o explicitam. Acontece a mesma coisa com a linguagem. O esnobismo invade Buenos Aires com o jargão estruturalista. Delirante artigo coletivo sobre Marechal usando os actantes de Greimas para analisar *Adán Buenosayres*.

Domingo

Viajo a Mar del Plata, meu pai internado. Passo a noite com ele, eu o vejo deitado perto de mim, imobilizado pelas mangueiras de soro, neste quarto com dois leitos na Clínica Central.

Sensação de grande irrealidade. Indecisão sobre o futuro, quero ficar aqui e, ao mesmo tempo, decido viajar de madrugada de volta para casa. Meu pai em posição fetal.

"A propriedade privada não existe no campo da linguagem." Roman Jakobson.

Quinta-feira 11

Encontros vários. Com o David, que marcou comigo no Ramos e me deu para ler um trabalho, bastante bom, sobre Chacho Peñaloza, enquanto transborda nervosismo por causa do lançamento do seu romance. Depois com o G., que continua falando sem parar, seja com quem for, e sempre daquilo que acaba de ler. Com o Dipi Di Paola que, segundo o que ele me disse, deixou "de usar a cabeça", com o De Brasi que me passou um pequeno artigo sobre Dal Masetto. Vi todos eles no El Colombiano. Para terminar, com o Toto, que quer montar uma editora com o dinheiro do T., e no fim, perto da meia-noite, numa mesa na calçada da Carlos Pellegrini.

Sempre acabo arranjando o dinheiro de que preciso, de nada serve eu saber disso quando estou tentando receber. Como se eu cultivasse a certeza de não querer "ganhar a vida", ou melhor, como se pensasse — a par da sociedade — que o trabalho que faço é gratuito.

Terça-feira 16 de dezembro

Voltei a Mar del Plata para ver meu pai. São regressos físicos ao passado, às ruas que me transportam para trás, até a época em que comecei a pensar por conta própria.

Passo várias horas com meu pai doente, recém-operado. Reconheço em mim, cada vez mais, os traços do seu caráter, especialmente a necessidade de não ver a realidade. Quer dizer, começo a me distanciar dele, eu o vejo como um duplo futuro e construo, apesar de tudo, os dados da minha própria independência.

Um pequeno resumo. Na sexta de manhã, minha tia Elisa me telefonou avisando que meu pai ia ser operado. Dificuldades para descontar o cheque do Jorge Álvarez (datado de 29 de dezembro), fui até a casa do León R., que nesses casos assume suas próprias interpretações e faz da família o eixo de todas as compensações. Bem, recomendou que eu faça análise, assim como meus amigos vêm me recomendando com frequência.

Na conversa com o León redescobri a importância das minhas hipóteses sobre as *garantias* na literatura. A sociedade exige um respaldo, um fundo que garanta a forma. O respaldo é, para o León, não apenas "o talento" mas também a dor. Ele imagina que, quanto maior a dor, maior a verdade. Ao mesmo tempo, em toda a sua filosofia ele se opõe à lógica cristã, que faz do sofrimento o caminho para a salvação. É antes a experiência que funciona como respaldo na literatura. Claro que eu tenho uma noção de experiência menos direta que o León. Para mim não se trata das vivências, e sim da lembrança deixada — no futuro — pelos fatos vividos.

Por exemplo, posso escrever um conto com minha experiência da viagem a Mar del Plata para visitar meu pai no hospital. A chave são os acontecimentos da viagem que antecipam — aos olhos do aterrado narrador — o que está prestes a acontecer.

Nesse sentido, é claro que há sempre um tesouro escondido em cada um, que poderia garantir a escrita. O fundo é sempre aquilo que não se conhece, a questão é como passar desse lugar escuro à claridade da prosa.

Viajei no fim da tarde de sexta. Várias paradas durante a noite em cidadezinhas perdidas no caminho. Uma mulher desceu com sua bagagem de mão e ficou escutando música num jukebox que ela acionava com fichas compradas no caixa.

"Ideias que primeiro têm de ser traduzidas da língua materna em uma língua estrangeira para circular, para ser permutáveis, oferecem uma analogia melhor; mas a analogia, nesse caso, reside não na língua, mas em seu caráter estrangeiro." K. Marx.

Quarta-feira 17

Série E. Acordo sozinho às sete da manhã e saio para tomar mate no parque. Quando releio minhas anotações espontâneas, ponho em crise estes cadernos. Espero ajustar o tom que surge com frequência e com frequência se apaga. Procuro sustentar três ou quatro níveis na prosa: narração, reflexões, ironia, acontecimento.

Na sexta topei com o David no Ramos, nervoso, delirante por causa do lançamento do seu romance. Concentra toda sua capacidade competitiva na rivalidade com Cortázar, como antes fez com Sabato e antes com Walsh ou com Puig. Assim como eu, ele nunca usa o impulso adquirido, as possíveis "seguranças" adquiridas em seus livros anteriores, que são esquecidos em benefício da redação competitiva. A rivalidade é a chave do seu impulso. Falamos também do seu trabalho sobre Chacho Peñaloza segundo Hernández e Sarmiento. Achei interessantes suas análises internas, menos seu enquadramento político, onde aparece às claras sua tendência espontânea a trabalhar de forma esquemática um circuito de níveis demasiado amplo, que ele tenta sintetizar à força. Atravessa a rua Montevideo para comprar a revista *Confirmado* e me mostrar um textinho do Miguel Briante anunciando seu romance *Cosas concretas*.

Voltei a Buenos Aires de trem. Uma trégua em que tudo se organiza em torno do consumo, cenário falso calcado nas viagens internacionais, tentativa de representar o grande mundo em que os garçons percorrem o vagão-dormitório oferecendo uísque e champanhe. No meio da noite cruzamos Adrogué e Temperley, os lugares da minha infância. No vagão-restaurante, reencontro com meu passado e também com os mitos clássicos. Sentado à minha frente, um casal clandestino que viajou ao balneário numa escapada furtiva. Essa proximidade imprevista fortalece a sociabilidade, a simpatia profissional que se encontra em toda parte e que vi ser cultivada com destreza por vários escritores que parecem (ou são) diplomatas, Urondo, Fernández Moreno, Rodríguez Monegal.

Em Mar del Plata, de início, a desorientação, minha mãe na estação, ninguém em casa, o Cuqui, meu primo, fica sabendo na clínica que tinha estado "um filho do sr. Renzi", pensou que alguém estivesse se passando por mim.

Quinta-feira 18
Visita da tia Coca e do Marcelo Maggi, os mitos familiares. O Marcelo a tirou de um cabaré e a impôs à família.

Série E. Deixar de lado a lembrança, narrar como se eu não soubesse como as histórias (que vivi) vão terminar. Uma escrita ausente, sem memória: o modelo destes cadernos.

Sexta-feira
Minha mãe estabelece uma tensão irônica, uma atividade incessante e cega, de cuja atração fatal estive fugindo a vida inteira. É uma espécie de ativismo eufórico que me leva à paixão e ao caos. No meio desse círculo, para se acalmar, minha mãe lê, há anos, um romance por dia (ou quase). Agora, a trilogia de Durrell.

Os medos do meu pai na noite em que fiquei sozinho com ele. Meu choro (um tanto teatral) quando o vi voltar da cirurgia com o mesmo rosto pálido com que o verei morto.

Agora a voz ardida da televisão, as horas vazias, o tempo livre, a espera. Minha mãe comenta *Justine*, de Durrell. "O amor levado demasiadamente a sério", diz. Ela se refere aos excessos "artísticos" das descrições das paisagens, de que ela não gosta.

Sábado 20
O silêncio de Rulfo, quinze anos sem publicar, está ligado à sua prosa: contenção, rigor, forma breve, fragmentária. Ao mesmo tempo seu silêncio ajuda a entender a escrita de Rulfo, deixa ver sua verdadeira dimensão.

Segunda-feira 22 de dezembro

Estou de volta a Buenos Aires, escrevo na penumbra que não deixa entrar o sol, marco passo neste caderno em que procuro falsamente persistir. Percorri a cidade quieta no amanhecer, um recém-chegado que não sabe de nada e espera telefonemas que nunca vão acontecer.

Terrível a última noite em Mar del Plata. Crise de asma, falta de ar, terror que me obriga a apalpar a luz, sentar na cama, como se estivesse morrendo. Como as crianças, tive que dormir com a luz acesa para espantar os fantasmas e conseguir respirar (o fantasma do pai de Hamlet sempre volta).

Fim de tarde. Primeira volta pela cidade, euforia na Tiempo Contemporáneo porque foram eleitos os melhores editores do ano. Saiu o romance de Horace McCoy, número 3 da Serie Negra. *Cosas concretas* vendeu bem na primeira semana (quatrocentos exemplares).

Antes, ligação do David: "Até que enfim você voltou, estava com saudade". Com a ternura dos dias em que está em crise. Agora obcecado com *Último round* do Cortázar, seu rival exclusivo nestes dias.

Terça-feira 23

O David me telefonou no meio da noite porque saiu uma crítica muito negativa do seu romance na *Periscopio* (antiga *Primera Plana*). Ataque frontal, segundo ele, da direita, repúdio da "literatura de ideias" etc. Ele se nega a vir em casa para evitar atritos entre a Julia e a Beba, esquecendo que o único responsável por todo esse problema é ele mesmo.

Cansado dos meus artiguetes engenhosos na revista, que quando os leio deixam de me agradar.

Série E. Contando este, escrevi seis cadernos ao longo do ano, duvido que se salvem mais de vinte páginas, um repertório de falhas, de faltas e de perdas. Sei que a literatura se funda nisso, pelo menos no meu caso foi com isso que este diário começou a ser escrito. Um registro verdadeiro de acontecimentos ilusórios e de promessas (que não cumprirei). Escrevo cada vez pior, letra ininteligível, estilo cáustico, seco (caminho em círculos procurando aí meu modo pessoal de escrever). A única leitura possível devia ser ideográfica, ver os cadernos como um hieróglifo onde só importa o desenho sugestivo das letras. Estes traços cada vez mais exasperados, furiosos, que se desbarrancam e traçam as formas da minha alma...

Boa recepção crítica dos livros policiais da Serie Negra. Insisto, inutilmente, em que devemos anunciar cem títulos para manter a vantagem da novidade, antes que comecem a copiar nosso conceito na Espanha.

Quinta-feira 25

Festa ontem à noite, muito álcool, numa chácara nos arredores da cidade, ficamos lá nadando na piscina até o amanhecer. O velho Luna aumentou meu salário para quarenta mil pesos por meus textos no *El Mundo*, encontro com o Toto, planejamos o número 7 da revista, que eu já duvido que saia.

O fundamental é romper esta sensação de vertigem, de estar perdido num emaranhado de acontecimentos que nunca entendo por completo. Nesta noite o mais importante fica de fora, pensei em todos os Natais anteriores como se fossem um só dia.

Certo desamparo arrogante no Ismael Viñas hoje de manhã, com a camisa aberta para se mostrar descontraído e livre, perguntando quando vão lhe pagar pelo artigo na revista. Topo com o David, que vi pela janela do La Paz, onde eu estava com o Oscar Steimberg. Me pareceu solitário e muito inteligente, fiquei pensando que aos quarenta anos eu vou chorar como ele agora, tentando elaborar as críticas duríssimas ao seu livro na *Confirmado* e outras revistas, sem saber muito bem o que fazer com o futuro, ausente, sem entrar nos assuntos laterais que eu mesmo lhe ofereço, como quem estende a mão a um náufrago.

Terça-feira 30 de dezembro

Todo o mundo jornalístico no delírio do balanço da década. Eu mesmo: a "década de 60" provocou uma série de rupturas. Mudou a política de esquerda. Muita liberdade para cada um procurar o que quer. A literatura argentina, com minha geração, conseguiu — depois de Borges — ficar em relação direta e ser contemporânea da literatura em qualquer outra língua. Acabamos com a sensação de estarmos sempre defasados, atrasados, fora de lugar. Hoje qualquer um de nós se sente ligado a Peter Handke ou a

Thomas Pynchon, quer dizer, conseguimos ser contemporâneos dos nossos contemporâneos.

Quarta-feira 31 de dezembro

Alguns elementos da "maturidade" que foram se acumulando ao longo da minha vida permitem prever um futuro no qual certos sinais vão se repetindo, até que minhas reações parecem os movimentos de um estranho. Seja como for, embora eu não tenha terminado nada de que possa me sentir realmente satisfeito, aprendi a viver em diferentes séries, como vidas paralelas, sem me preocupar com a superposição. Imagino que minha prosa é o único lugar onde todos os caminhos se cruzam. Para mim o fundamental é pensar contra, lutar e viver à contracorrente. Por isso eu sempre achei que avanço com cinco anos de atraso. Em relação a que nível, idade ou norma estabelecida?

A confiança no "talento" marcou todos estes anos, é o que explica meu jeito de trabalhar, noites fulgurantes seguidas de longos tempos vazios. Por ora os resultados confirmaram parcialmente minhas previsões. Como todos, quero mudar de vida, mas no meu caso essa pretensão significa mudar meu modo de escrever. Ser mais sistemático e tenaz, e menos "inspirado" e repentino. Procuro uma fulguração contínua, persistir numa narrativa que dure o tempo que eu levo para escrevê-la.

3.
Diário 1970

Segunda-feira 30 de março

Ontem à noite, reunião em casa com a Julia, a Josefina, o Nicolás, o Toto e o Germán para discutir o livro do Nicolás Rosa *Crítica y significación*; inesperada aparição do Oscar Masotta e uma trupe — Luis G., Osvado L., Oscar S. —, o Masotta começou a bancar o analista selvagem e desatou — ajudou a desatar — o caos, o narcisismo e a competição. Acusou o Nicolás de copiar o estilo dele e do Sebreli, quando na verdade os três só traduzem Sartre. Depois bateu boca com o Nicolás, como se os dois encarnassem a luta entre Lacan e Sartre. E lutamos à morte defendendo essas traduções como se fossem nossas.

O Schmucler tinha planejado duas reuniões da equipe da revista *Los Libros* para discutir o livro do Nicolás Rosa e transformar a transcrição do debate em resenha.

Noite em claro, rodando pelos bares da cidade com o Germán García, meio louco, meio abandonado, como eu.

Quinta-feira

A Série X. Ontem a "súbita" (como sempre) irrupção do Roberto C., seu ar cauteloso e manso, uma espécie de calma que me deixa nervoso e desata em mim introspecções moralistas.

Sexta-feira 10 de abril

A tarde inteira em La Plata no velho salão da biblioteca da universidade, na praça Rocha, sempre com o mesmo relógio parado e com estudantes peruanos dormindo sobre o livro aberto.

Um pedaço de papel e umas marcas a lápis num livro que li há mais de dez anos, como se fossem os rastros confusos de gestos perdidos.

Os lugares iam produzindo lembranças à medida que eu entrava na cidade, nesse sentido o regresso não passa de uma lembrança, você documenta a distância e a diferença com a cidade onde viveu, cada lugar mostra a ausência da emoção conservada na memória.

Anotar todos os livros expostos nas vitrines de diferentes livrarias de Buenos Aires, ver os gêneros, os autores, as nacionalidades, a antiguidade, ver o que se repete e o que se diferencia, seria um modo de ver o estado da literatura na cidade.

Vejamos: há dez anos (abril 1960), eu estava nesta mesma biblioteca aonde chegava atravessando a diagonal forrada de flores azuis. O que eu teria dito naquele tempo sobre um dia como hoje? Ou melhor, o que teria dito naquele tempo se pudesse saber o que sou agora sentado neste mesmo lugar?

Sábado

Na Jorge Álvarez, também o David, com os bigodes cada vez mais bastos, como se seu rosto de sempre estivesse sendo desenhado de novo. Comprou brilhantina e foi pentear o cabelo no banheirinho atrás da livraria, de quando em quando vinha discutir com o Germán, que tentava defender o Masotta do seu ataque cruzado: "É um simples tradutor".

Respiração artificial. Duas definições preparadas por mim (enquanto atravessava a rua Sarmiento para comprar chá) como síntese para responder à entrevista com Celina Lacay para *El Día* de La Plata. É a história de um homicídio que um homem comete contra si próprio por causa de uma mulher. Dois: é um romance policial em que o narrador, o assassino e a vítima são a mesma pessoa.

Domingo 12

Visito sebos, caminho entre as estantes onde se misturam os livros mais disparatados, onde a literatura adquire uma coerência particular e mostra o deslocamento a que está submetida: Bataille convive com Bellamy, Bellow: vê-se a ordem real, que não é a de Bataille ao lado de Bachelard ou Barthes.

Segunda-feira 13

Ontem à noite, a Beatriz Guido e o Torre Nilsson em casa tomando vinho francês com empanadas caseiras e queijo gruyère, ela mais tranquila por estar com ele. O Bapsy tinha se recostado na poltrona de couro, sentindo dores por causa de uma hérnia. O eixo da noite foi a confusão e a surpresa, entre irônica e "inocente", de que nas duas primeiras semanas o filme *O santo da espada* faturou duzentos milhões de pesos. A partir daí reanimamos o mundo fitzgeraldiano do esbanjamento. Torrar dinheiro no cassino de Mar del Plata, comprar uma casa com piscina em Punta del Este, e ao mesmo tempo fica para trás a sedução pelo jovem e talentoso escritor de esquerda, pobre mas com um grande futuro pela frente. Depois a troca de informações sobre a decadência autodestrutiva do Jorge Álvarez. O interesse da Beatriz em que eu leia o romance que ela acabou de escrever e os dois contos novos do T. N. ou, como pensa a Julia, uma sondagem para me oferecer um cargo na distribuidora e editora que o Bapsy está pensando em montar sobre a estrutura da Contracampo. Incógnitas que o tempo há de esclarecer.

No ônibus, uma mulher contava para outra em voz baixa: "Aí ela vira para a mãe e diz: mãe, quero que você me dê um banho. Não, filha, não, que você vai ser operada. Não, mãe, eu não vou ser operada porque vou morrer. Quero que você me dê um banho e chame o padre para que eu vá limpa de corpo e alma. Ela falou assim várias vezes e depois pegou no sono: que sonho eu tive, mãe, se você soubesse que sonho, mas não posso contar. Ela partiu com esse segredo".

15 de abril

Passo o dia inteiro em casa, metade da tarde na cama com a Julia e à noite lendo Trótski; no meio, conversa com o Schmucler sobre o número 8 da revista *Los Libros*. Perspectiva de abrir uma polêmica a partir do artigo do David sobre a nova geração. Se vingar, penso dizer que o David fala de nós porque está obcecado com Cortázar. Na hora do almoço encontro o próprio David no Ramos, desesperado com a falta de grana: notável a relação entre sua escrita e o dinheiro. Todos os seus romances são "terminados" pelo prazo econômico.

Quinta-feira 16

À tarde com o Toto, que me emprestou seu gravador e me fez perder uma hora para me ensinar a mexer no aparelho, e depois se despediu porque está indo para o Chile acertar o patrocínio da revista pela editora da universidade. Depois apareceu o Ismael, com quem fiquei durante uma hora gravando sua história de vida. Antes de ele ir embora recuperei seu diálogo irônico e inteligente e suas excelentes caracterizações do León e do David. Agora estou esperando pela Juana Bignozzi, que vai trazer dinheiro para o Andrés, e me aborreço porque tenho muito que fazer.

Domingo

Agora há pouco o David apareceu com sua penúria de todos os domingos, sozinho na tarde vazia: sua inteligência de sempre para entender meu resgate do histórico concreto contra o consumo abstrato e sem medida dos estruturalistas. Depois sua angustiosa avidez ao saber dos duzentos milhões que o Torre Nilsson ganhou.

Segunda-feira 20

Sonho. A Julia está prestes a ter um filho meu, eu estou esperando sentado no corredor da maternidade, indeciso porque não sei que nome escolher, tenho dúvidas e a imaginação travada. Penso: "Por que deixei isso para última hora?". Vou lembrando nomes de homem, Luciano, Horacio, e descartando todos. De repente acho o nome: Juan. Penso, Juan Renzi, gosto, mas logo me lembro de que é o nome do Gelman, de quem estou afastado. Ao mesmo tempo, tenho a secreta certeza de que vai ser menina e tenho dois nomes para escolher: Greta ou Pola. Isso me tranquiliza.

Agora há pouco, o Nicolás me ligou de Rosario: no fundo, parece estar levemente ressabiado. Nunca o visitei, não lhe escrevi a carta prometida (na verdade, secretamente sempre me incomodou o jeito como ele se instala em casa sempre que vem a Buenos Aires).

Ontem, passeio pela cidade domingueira com centenas de adolescentes caminhando de braços dados, e, ao passar junto à vitrine da livraria Galerna, a certeza de que chegaram os livros do México (Lowry, Pacheco, José Agustín) desatou em mim tamanha ansiedade que até agora não me recuperei, enquanto escrevo isto e a Julia abre a porta com o *Panamá* de Lowry traduzido por Elizondo e me diz que o Polo "escondeu" o José Emilio Pacheco e o Agustín, que vou lá pegar à tarde.

Terça-feira

Clima pesado, misturam-se o calor, minha barba de três dias, a umidade, o sono, mais a briga surda que tive ontem com a Julia, que antes de ir para a faculdade enumerou as razões para eu não ver o Germán, que tinha acabado de telefonar, sem que eu tivesse a menor intenção de me encontrar com ele.

Antes me encontrei com o David, que está em sua fase depressiva e sem dinheiro; depois com o Pancho Aricó, que está na editora Signos, aonde continuam chegando cartas pedindo para publicarem as novelas da série Onetti, Sartre, Beckett. Nesse meio-tempo, o Andrés Rivera leu um capítulo do meu romance com olho clínico, interessado no tom e na ironia. Na Galerna, peguei os poemas de Pacheco e a autobiografia de José Agustín, que li de uma sentada, juntos, antes da meia-noite, com grande intensidade.

Quarta-feira

Todos nós nascemos em Roberto Arlt: o primeiro que conseguir juntá-lo com Borges vai triunfar.

À noite, conversa com o Carlos B., que se aferra a mim para não afundar no delírio: medo da morte depois de receber um telefonema noturno prenunciando a mesma doença congênita (no fígado) que matou seu irmão.

Quinta-feira

Ontem à noite, jantar com o Jacoby, diversos planos e projetos. A revista *Sobre* e os quadrinhos sobre a greve dos gráficos. Hoje ao meio-dia almocei com o León na editora, ele está lendo Freud como se fosse um sonho próprio. Agora são três da tarde, eu morrendo de calor neste verão tardio e úmido, leio Scott Fitzgerald com emoção. Volto à sua frase "para os escritores norte-americanos não há segundo ato", como se fossem condenados a ser sempre imaturos por se negarem a cultivar o talento natural e o melhor do que escrevem estivesse sempre nos primeiros livros (ver Hemingway, Faulkner, Salinger).

Fitzgerald tem uma graça tão natural que parece deliberada.

Seria preciso analisar minhas relações com a ilusão como criadora da realidade desejada. O Rozenmacher acaba de me pedir dicas sobre literatura norte-americana. Penso: isso me lisonjeia; já contei para a Julia. Penso: ela estava na revista, escutou a conversa, confirmou que era verdade.

Duplo vaivém: irrealidade dos meus desejos realizados e ao mesmo tempo a ilusão como realização desses desejos. Aqui caberia rastrear minha relação com a literatura, bem como certas antecipações verbais de desejos que se realizam por minha necessidade.

Sexta-feira

Curiosa nostalgia esta manhã ao atravessar a rua para ir ao mercado comprar leite e pão. A umidade e o calor contra a luz escura do amanhecer, com moças da vida voltando para casa exaustas, com latas de lixo alinhadas nas calçadas, uma após outra: no fundo volta a lembrança de outras madrugadas com essas "pausas" antes de entrar em ação. Tempos mortos que são sempre os que deixam sua marca.

Ao meio-dia me ligou o David, que passou por aqui às duas da tarde, ficamos um tempo fabulando coleções de viajantes pela América Latina "que nos permitiriam viver por dois ou três anos". Depois passei na editora e fui tomar um café com o Rodolfo Walsh, que está de partida para Cuba, vai ser jurado da nova categoria de literatura de testemunho. Conversamos sobre as relações entre não ficção e romance.

Sábado

Série E. Tudo era tão sombrio que poderia ter se suicidado essa manhã. Preso a esses cadernos pessoais em que certificava irremediavelmente o que havia perdido. Como se já tivesse vivido o melhor da sua vida e só restasse o vazio.

Domingo

Notas sobre Tolstói (10). Sua mulher, Sofia, quase uma menina quando se casou, moldou-se aos desejos do escritor, a quem prestou ampla colaboração não apenas em sua vida privada, mas também em seu trabalho literário. A mulher é materialista e prática, à maneira da Mãe Coragem de Brecht. Feminista, opõe-se à família e aos filhos. Diante da pretensão de Tolstói de ser Cristo, responde: "É impossível salvar a humanidade inteira, mas é possível alimentar uma criança e ensiná-la a ler. É impossível alimentar os milhares de seres humanos famintos de Samara, assim como de todas as aldeias pobres. Mas, quando tu mesmo vês ou conheces um homem ou uma mulher que não tem pão, nem vaca, nem cavalo, nem cabana, deves então provê-lo de imediato". Ela o vê como alguém que "estava em Iásnaia Poliana para brincar de Robinson Crusoé". E acrescenta: "Se um homem afortunado e feliz de súbito começa a ver apenas o lado ruim da vida e fecha os olhos para o bom, há de estar doente. Deve melhorar. Digo isso sem nenhum motivo ulterior. Creio ser essa a verdade. Tenho muita pena de ti, e, se refletires em minhas palavras sem ressentimento, quem sabe encontrarás remédio para tua situação. Começaste a sofrer há muito tempo. Costumavas dizer: 'Desejo suicidar-me porque não posso crer'. Então, por que és tão desventurado agora que tens fé? Acaso antes não sabias que no mundo havia gente doente, infeliz e perversa?". Também pensa em outro momento, quando Tolstói foge: "Se ele não voltar, quer dizer que ama outra mulher". (A intensa atração sexual que os une.)

E é ela quem luta para que ele volte à literatura. "Essa é tua salvação e felicidade. Isso nos unirá novamente: é tua verdadeira obra e te consolará e iluminará nossas vidas."

1º de maio

Recordo os churrascos rituais de vinte anos atrás, quando a família inteira se reunia para festejar o fato de continuarem vivos (mas aproveitando a ocasião para fazer a contagem das baixas). A terra batida no quintal da casa dos meus avós onde fincavam os espetos em cruz. Uma lembrança confusa do tio Gustavo, uma espécie de caudilho conservador, comigo ao lado — assistindo a uma discussão? Acho que alguém o acusava; o curioso é que vejo a mim mesmo, tenho consciência do lugar em que estava e, ao mesmo tempo, nesse momento sou eu quem olha a cena — como num sonho.

No fim da tarde apareceu o David, com sua habitual neurose dos feriados, recitando seus renovados furores contra Cortázar, que desta vez resultam de uma desagradável capa da revista *Atlántida*, com uma caricatura de Cortázar de cigarro e mamadeira, anunciando declarações de sua mãe (que parecem um conto de Cortázar com seu misto de pieguice e comentários "refinados"). A partir daí, o David chorou suas mágoas noite adentro: não sabe se continua seu romance sobre os guerrilheiros urbanos (com estilo *thriller* para exorcizar sua última "obsessão") ou prepara um livro sobre os anarquistas. Premido pela necessidade de dinheiro e pela vontade de publicar na Espanha com o Barral, exagera sua inteligência para urdir pretextos (como todos nós). Sente-se sozinho, desvalorizado, arremete contra moinhos de vento sempre renovados e confunde o escritor com o lutador de boxe, sempre atento ao ranking, sempre querendo "ser notícia". Acabamos comendo pizza e tomando café enquanto víamos povoar-se a cidade que tinha estado o dia inteiro deserta.

Sábado 2 de maio

Acordei sozinho às sete da manhã, morrendo de frio, preocupado com o dinheiro que hoje não vai dar para irmos ao cinema, por culpa dos desmandos de ontem com o David (1,5 mil pesos). Esses pensamentos sórdidos me ajudaram a sair da cama e me encaminharam até a carta que preciso mandar ainda hoje pela Air France. Então me visto, faço malabarismos para fechar as persianas sem acordar a Julia, que vai dormir o dia inteiro. Com esses belos pensamentos domésticos vou até a cozinha e preparo um mate. No *La Nación* fico sabendo da invasão do Camboja pelos americanos, consulto os horários em que poderíamos ir ver *Perdidos na noite*. Sento à mesa aqui da cozinha e começo a escrever estas linhas com uma dor aguda no estômago, que vai e vem. Logo penso que é uma úlcera, ligada ao regime de anfetaminas com que tenho escrito à noite. Não gosto disso, prometo a mim mesmo mudar o sistema, começar "na semana que vem" a trabalhar todos os dias de manhã cedo. Continua a queimação no estômago, tenho vontade de fazer amor, mas, quando a Julia acordar com o café que vou preparar, ela vai estar magoada por causa da briga de ontem à noite, esquecida das causas reais do conflito, certa da sua indignação e da minha maldade egoísta. Eis o meu novo dia, excluindo apenas um entreato fisiológico durante o qual, sentado na privada e antes de me levantar e encher de água o balde de plástico para deixar correr os meus restos, já que a descarga não está funcionando direito graças ao "conserto" que o zelador fez para resolver um vazamento de água que suportamos durante uma semana, em meio a uma operação repetida e selvagem de me sentar como todas as manhãs no vaso (e assim resgatar esse ritual sem dúvida tão desvalorizado na literatura contemporânea), li um artigo sobre Philip Roth em *La Quinzaine* e decidi tomar nota de um fragmento que entrelaça análise literária e psicanálise e que agora, de volta na cozinha, me disponho a copiar: "O paciente é ao mesmo tempo o ator e o espectador desse jogo dramático do qual também é autor, diante do olhar displicente mas atento do psicanalista" (assinado Naïm Kattan). Meu estômago queima, no futuro poderei estar (como meu pai) num leito de hospital, apavorado com a operação iminente, certo da minha morte.

Pavese. O modelo do amante pavesiano deve ter sido o Johannes de *Diário de um sedutor*: "Sabia seduzir uma moça até ter certeza de que ela sacrificaria tudo por ele. Chegando a esse ponto, cortava suas relações pela raiz" (S. Kierkegaard).

Uma história na Itália. Queria encontrar uma estrutura mítica que pudesse servir de fundo a essa novela: não sei se Pavese dará conta, sem dúvida é moderno demais. Seja como for, só tenho a ele, e para conseguir densidade a melhor coisa é ligá-lo a outros "mitos" modernos (*Diário de um sedutor*, talvez *Otelo*). Na história, preciso narrar Pavese como se fosse um herói negativo. E se o mito fosse a repetição e a réplica?

Domingo 3

Às seis da manhã, o centro da cidade é uma mescla estranha de notívagos, jovens a caminho da missa, senhores comprando suspiros de creme. No Ramos, onde vou tomar o café da manhã antes de ir me deitar, um grupo de atores, ou pelo menos um grupo barulhento e transbordante de trejeitos e falsa alegria, toma cerveja, fala aos gritos, com eles há uma mulher madura de cabelo platinado que todos homenageiam com discursos e brindes.

Segunda-feira 4

No sábado à noite apareceu o León R., mais inteligente que em outros dias graças à análise de Freud que tinha começado a escrever naquela tarde, um trabalho que tem sido sua obsessão faz uns três anos. Com tato lhe digo que os textos sobre os quais ele está trabalhando (*Moisés e o monoteísmo*; *Psicologia das massas e análise do eu*; *Totem e tabu*) não me parecem os mais representativos, mas o León não me escuta, e o que mais gosto nele é essa obsessão autista que o leva a insistir e insistir numa ideia quando alguém a critica, como que achando que o outro não o entende. Gosto também do modo como ele faz uma análise sintomática dos escritos do Freud, que lê como se fossem um sonho.

Terça-feira

Ontem à tarde na casa da Beatriz Guido, que "sofre" por causa do seu último romance, onde, como outros narradores de sua geração, ela descobriu — depois do sucesso de *O jogo da amarelinha* — a literatura experimental. Assim como no caso do David Viñas, ela continua presa a um tipo de imaginação (jornalística) que não combina com suas intenções formais.

Ontem me encontrei com o Francisco H. em El Foro, ele me deu um cheque de quinze mil pesos como pagamento pelo conto que incluiu numa das suas antologias, sem me avisar; por incrível que pareça, este mês ganhei 35 mil pesos com meus textos de ficção. Seja como for, isso não resolve meus problemas econômicos. Hoje vou à editora Signos levantar cem mil pesos (em troca da coleção de novelas) para tapar buracos.

Quarta-feira 6

Visitas variadas, David, Ismael, Andrés, na sexta, Nicolás, que se somam ao meu estado febril (é verdade, estou gripado). Se eu pudesse tirar todo o tempo necessário para terminar a novela que estou escrevendo, estaria muito melhor: para isso teria que viver sozinho, numa ilha deserta ou numa cidadezinha do interior, sem meus amigos, que estão sempre me pedindo alguma coisa para publicar. Sem ter que ganhar a vida desse jeito, com gente que me impõe um ritmo de trabalho e de problemas a resolver, como o Toto com a revista *Los Libros*, o Carlos B. com o roteiro, o Nicolás com suas visitas, o León com suas ideias freudianas: é só isso que eu preciso aprender.

Terça-feira 12

Talvez seja o caso de ver no conto "Grace", de Joyce, e sua alusão alterada ao inferno de Dante (um bêbado que *cai*, como também cai Tim Finnegan, bêbado, pela escada do porão) um embrião de *À sombra do vulcão* de Lowry. Para voltar ao *Finnegans*, que fiquei lendo até as duas da manhã de hoje, terça-feira 12 de maio, em que acordei às oito para voltar a me sentar diante da escrivaninha e continuar lendo esse livro impossível.

Finnegans Wake. Não trata do incesto? Escrito numa linguagem que ecoa a linguagem enlouquecida de sua filha Lucia Joyce, esse estilo desarticulado não disfarça aquele outro mito inicial? Em todo caso, para além de qualquer interpretação, não se pode esquecer que o romance inteiro narra, no fundo, o sonho de um bêbado.

Quarta-feira 13

Invenções, idas e vindas: Roberto C., Manuel Puig, Nicolás Rosa et al. Sempre a mesma tensão. Vontade de ser um estranho (a mim mesmo), de circular pelo mundo em outro ritmo. Já sei que nunca vou aprender, ao menos neste tempo sombrio, iluminado apenas pela luminária de mesa com sua luz branca, sem ter como desligá-la a não ser com uma complicada cerimônia que consiste em me ajoelhar no chão, entrar embaixo da escrivaninha e tirá-la da tomada, trabalho extenuante (como se pode ver) para poder me sentar sozinho no escuro.

Como sempre, procuro refúgio nos livros, sacudo os problemas (este mês, o aluguel, o futuro econômico) e entro em recintos amuralhados onde experimento os modos da minha própria loucura: ler das cinco da tarde às duas da manhã, depois das oito da manhã até as duas da tarde, o mesmo livro impossível — *Finnegans Wake* —, que retomo às cinco da tarde para continuar até as dez da noite com interrupções desagradáveis como respirar, tomar fôlego, mudar de posição, de tal maneira que, depois de ler trinta páginas em dois dias, numa média de trinta linhas por hora, chega um momento em que preciso sair para a rua, visitar livrarias em busca de outro volume atrás do qual me esconder para matar a indolência e o desespero. Brinco de esconde-esconde, um jogo moral se o olharmos de perto, escrever eu também grossos volumes que no futuro possam servir de refúgio a jovens derrotistas ou levemente canalhas, que poderão, depois de constatar a monotonia desse exercício solipsista que consiste em ler, passar da poltrona à mesa, sem sentido, até que finalmente eles também se lançarão a escrever grossos volumes atrás dos quais se esconderão outros jovens no futuro etc. Projeto, portanto, de uma história da literatura como reconstrução das posturas do corpo na hora de escrever, formas fixas que se repetiram desde o princípio dos tempos: alguém sentado na solidão de um quarto percorrendo signos inscritos numa página. Não esqueçamos o início deste jogo: alguém marcado pelo azar se põe de cara para a parede com um livro na mão e lê em silêncio até que meses depois ele também começa a escrever...

Tenho pensado que uma possível salvação para mim seria deixar tudo de lado, dedicar os próximos vinte anos da minha vida a estudar Sarmiento, por exemplo, sempre enfurnado em bibliotecas, preenchendo fichas, consultando velhas edições, sozinho e sem amizades, para chegar ao fim da vida com centenas e centenas de anotações e fichas e então montar um enorme volume de mil páginas que só falará de Sarmiento, só de Sarmiento, do *Facundo* talvez, só do *Facundo*, de tal maneira que ficasse para sempre fora da vida, tão ocupado em conhecer a vida de outro que fosse esquecendo a própria, e nas horas de desalento bastará voltar às fichas para recuperar a felicidade e até procurar momentos de desalento no próprio Sarmiento para ali encontrar alívio e conforto. Porque é sempre reconfortante saber que alguém viveu as mesmas tristes vicissitudes que privadamente pensamos como únicas, diferentes, individuais e idiossincráticas. Não é isso a felicidade?

Respiração artificial. Um romance do puro presente, porque esse é meu tempo natural e esse é o tempo deste diário, não recordar, não pensar, deixar o futuro vir. Essa é a lógica deste caderno onde tomo nota em função do momento presente sem narração.

Agora há pouco me ligou o Miguel Briante, longa conversa sobre Rulfo, que ele vai entrevistar no México.

Como antes com os contos e antes com os livros que lia, e antes com os músicos de jazz, e antes com os jogadores de futebol e antes com as séries de quadrinhos, faço listas. Listas de compras, listas de coisas a fazer, listas de amigos a encontrar, listas de amigas a procurar, listas de cidades que não conheço, listas de capítulos do romance que vou escrever. As listas sempre me tranquilizaram, como se ao anotá-las eu me esquecesse do mundo e, em alguns casos, como se anotar já fosse fazer aquilo que imagino ou prometo, satisfeito, portanto, como se o romance cujos capítulos anotei já estivesse escrito. (*Respiração artificial*. Dedicatória: a Ramón T. e Roberto C., pelo que virá.)

O David chegou aborrecido, nervoso, angustiado por causa do atrito ou da briga que teve com o Daniel Divinsky, sempre carinhoso e desastrado: o David foi lhe pedir dinheiro, e o Daniel respondeu com ironias, e o David, confuso, disse que não estava para brincadeiras e uma porção de outras coisas que já esqueceu. Não se preocupa, David, falei, o Daniel deve estar feliz da vida por ter uma história para contar.

Notável a presença da política em Joyce, Parnell, o herói irlandês, as discussões na família sempre implícitas e alusivas. Muito bom o domínio da consciência possível dos personagens, ele nunca diz nada que possa significar um conhecimento externo estranho aos protagonistas.

Segunda-feira 18

Quando perde o controle, faz a experiência da loucura. Tudo desmorona, vive no ar, na contingência pura, problemas de dinheiro, dorme demais, o tempo nunca é suficiente para ele fazer tudo o que se acumula dia após dia, aferra-se a momentos isolados, como o interno que foge do manicômio para dar uma volta no quarteirão.

"Receio que não nos livraremos de Deus porque ainda cremos na gramática." Nietzsche.

O dia inteiro enfurnado, morrendo de frio porque a calefação não funciona, manhã perdida, tarde girando em falso.

Ontem com a *family*, passeio de carro por Olivos. Os bairros separados do mundo entre a vegetação e o rio, a velha estação abandonada. Minha mãe que sonha sempre o mesmo sonho, todas as noites a mesma casa destruída que é preciso reconstruir.

Na sexta, jantar com León, David e Beba. Previsões sobre as formas de ação dos intelectuais, projetamos um dicionário, vários atos públicos, o David sempre obcecado em interferir, polarizado com o Z. Depois o León, com quem sempre discuto (quando o David está presente): pensa em contrapor a análise de um revolucionário com a de um burguês. Exigi uma opção menos esquemática.

Enfiado nesta casa, vivo uma única e longa noite gelada lendo Joyce. "O artífice é aquele capaz de fazer de sua língua materna uma língua estrangeira."

No meio da noite, o León voltou, queria discutir seu artigo sobre nacionalismo: lúcido, com boas ideias sobre o "privado" e o real, mas talvez excessivamente preso a uma problemática do sujeito.

Quarta-feira

Ontem ao meio-dia, o David veio almoçar, pedir dinheiro, contar seus desvelos com os anarquistas, que ele está estudando. Fomos às duas da tarde ao La Paz e me encontrei com o Palazzoli, que me deu seu livro sobre o Peru. Dali segui sozinho debaixo de chuva até a Viamonte para ver o Aníbal Ford, com quem discuti o artigo do David sobre a nova geração que ele publicou em Cuba. Ele usa a todos nós (Puig, Germán García, Néstor Sánchez e eu mesmo) para atacar Cortázar, diz que estamos todos influenciados por sua literatura, no meu caso isso é ridículo, porque ele sabe muito bem que me baseei em Hemingway. Não se conforma de não ter discípulos literários. Na editora Signos me garantiram que na sexta vou ter os oitenta mil pesos de que preciso para comprar a cama. As coisas se encaminham, o Andrés me trouxe sessenta mil pesos de Córdoba, o pessoal da Tiempo Contemporáneo aumentou meu salário para cinquenta mil pesos. Estão muito animados com meu projeto da revista. Vamos ver. Números possíveis: sobre Borges, sobre estilo e violência.

Telefonar:
    Toto (Gusmán),
    De Brassi (Lukács),
    Altamirano (Lefèvre, Mussolino),
    China *book*,
    Boccardo.

Ver:
    Álvarez,
    Willie.

Agora há pouco o David trouxe para mim um aquecedor que me tirou do clima glacial. Comentei com ele que estava pensando em polemizar com seu artigo sobre nós (Puig, Sánchez, García). Na opinião dele, a colagem e os mendigos são invenções de Cortázar. Meu querido, respondi, eu escrevo a partir de Hemingway e de Roberto Arlt, espero que você não se ofenda.

Sexta-feira
    Série C. Ontem caminhei pela cidade com a Julia, linda de cabelo curto e com as botas que lhe dei, admirada, como sempre que ganha um presente; fiel à sua beleza, ela a verificava nas vitrines e nos espelhos da *city*, embora seja capaz de duvidar dela em momentos de grande conflagração, quando

tudo se perdeu e a Sombra cai sobre ela, por diversos motivos, como o zíper da bota que travou e a enfureceu, ou a minúscula pintinha vermelha que apareceu na sua pele, atrás da orelha esquerda, e que, segundo ela, sem dúvida é um câncer incurável! E é preciso chorar até cair para depois se levantar, ir ao banheiro, começar a pintar os olhos e voltar a estar linda como no início da tarde.

Domingo

À noite, o Rodolfo Walsh veio para gravar a conversa que acompanhará seu conto "Um sombrio dia de justiça". Dificuldades no diálogo com ele, pragmático demais para o meu gosto. Com uma cautelosa isenção diante de qualquer pensamento abstrato, mas com ótimo funcionamento dos seus reflexos jornalísticos e várias confirmações de sua inteligência. A política nos serve de lugar-comum e, ao mesmo tempo, ele também vai vendo com clareza a estreita relação entre narrativas de não ficção e eficácia. Suas ideias sobre o romance derivam, salvo engano, de dois lugares: sua dificuldade para terminar o projeto do seu romance a partir de "Juan se iba por el río", apesar de ter dedicado a ele mais de um ano de trabalho assegurado pelo salário da Jorge Álvarez; por outro lado, desconfiança de raiz borgiana em relação a qualquer narrativa com mais de vinte páginas, por absoluta fidelidade a uma prosa de grande precisão na qual as corridas de longa distância parecem impossíveis.

Terça-feira 26

Cair (como o Cacho, como Malcolm X) por causa de um relógio, não será um oráculo?

Visita do Aníbal Ford, que transmite uma tensão surda, como se nós dois trocássemos golpes curtos, no fígado, em meio a sorrisos. Da parte dele, o quê? Um excesso de referências a si mesmo, às coisas que escreveu ou está escrevendo, e um populismo cuja consequência lógica é o anti-intelectualismo e a divisão entre certos objetos que podem ser criticados e outros não. Um olhar demasiadamente temático sobre questões que seria preciso trabalhar mais de perto. A ideologia de artista circula para além das poéticas. O escritor se coloca no centro do mundo, todos devem lê-lo etc. Eu não corro esses riscos. Sou orgulhoso demais e estou certo demais do meu valor para implorar que prestem atenção em mim.

Quarta-feira 27

Carlos Altamirano, que veio preparar uma reportagem para o *Clarín* e ficou para jantar, sempre com boas ideias sobre literatura e política: complexidade estética, distância e discrepância entre escritor e leitor, que se encontram — ou não — a partir de experiências e culturas distintas, divergentes, muitas vezes antagônicas.

Sexta-feira 29

Ontem acordei já bem entrada a manhã e me sentei para escrever ao meio--dia, e às cinco da tarde tinha terminado uma versão aceitável do capítulo 5. Depois fiquei na cama com a Julia, lendo, ouvindo música no nosso rádio novo, fazendo amor, até que por fim saímos para passear pela cidade, compramos o último romance de J. H. Chase, tomamos suco de pêssego em copos altos sentados na calçada da rua Corrientes diante dos cartazes anunciando uma nova versão de *A cabana do Pai Tomás*, romance muito popular no século XIX, como se sabe, publicado no mesmo ano que *Moby Dick*, de Melville.

A altas horas da noite o León apareceu para discutir seu artigo sobre nacionalismo, cheio de boas ideias, muito crítico em relação à ideia das unidades simbólicas e invisíveis, como o conceito de Estado-nação, e acabamos comendo *chinchulines* no Pippo, falando do David, que terminou sua peça baseada em *Lisandro*, em como seria bom trabalhar de vigia, escrever à noite sozinho numa fábrica deserta. Duas boas ideias do León: as pessoas de esquerda lamentam a fragilidade dos partidos revolucionários porque têm como modelo comparativo o ideal dos partidos tradicionais; daí — eu diria — a sedução do peronismo. Isso pode ser aplicado a qualquer "entrismo" que resolve a questão sem se aprofundar, procurando, sempre sem crítica, o momento positivo da organização tradicional: seu poder de mobilização, sua proximidade real das forças e dos grupos de poder etc.

O *déjà-vu*: sensação de já ter vivido uma situação, um modo de alterar a experiência e suspender a inquietação do presente transformando-o em algo vivido e passado.

Hoje dormi até o meio da manhã e, quando estava a ponto de almoçar, ou tinha acabado de terminar, o David apareceu com o manuscrito de *Lisandro*, a peça que ele escreveu em cinco dias, excitado, pressionado pela falta de dinheiro, mantendo-se à tona com anfetaminas. Leu o longo monólogo de Lisandro na câmara-ardente de Bordabehere, ressaltando as palavras, comovendo-se enquanto lia com uma ênfase cívica, ou melhor, romântica, uma espécie de Victor Hugo local falando com fantasmas. Ainda não posso falar da peça, gosto da ideia do coro que vai se transformando em diversos personagens, mas o desenvolvimento me parece excessivamente esquemático. Saí com ele, caminhamos juntos até a Corrientes e eu segui até a Viamonte, visitei o Aníbal Ford, que me devolveu alguns livros, depois dei uma passada na editora, mas não encontrei ninguém. Na livraria Galerna "papei" a tradução de *História e consciência de classe* de Lukács e as cartas de Freud à noiva. Tomei um café e comi um sanduíche de presunto em meio ao caos apocalíptico da editora, entre credores e demandas trabalhistas. Na mesa do bar, escrevi dois breves textos sobre o sequestro de Aramburu; li trechos do livro de Lukács procurando a ligação com as ideias da sua *Teoria do romance*. Depois visitei a editora Signos, onde recebi cinquenta mil pesos pela coleção, mas me fizeram esperar até o fim da tarde, quando o contínuo me trouxe o cheque.

Sábado 30 de maio
Desde as dez trabalhando na resposta à reportagem do Altamirano para o *Clarín*. Na metade do dia, o David apareceu em casa para almoçar: está sem dinheiro. Ele me contagia com sua problemática imediata, fechada em si mesma, na qual se amontoam sua urgência de publicar, o sucesso, a competição etc. Depois de sair para a rua e tomar um café, voltei para casa e terminei a reportagem com um parágrafo de 38 palavras em resposta à pergunta "Para que serve a literatura?".

Agora são dez horas da noite, quero ler Doris Lessing, comer provolone grelhado e ir para a cama com a Julia, sem pensar nos dias que virão nem nas coisas que tenho para fazer, nem nos livros que quero escrever.

Domingo
Hoje no meio da manhã, depois da paciente leitura dos jornais de domingo, todos aflitos com o misterioso sequestro do general Aramburu, me encontrei com o Nicolás Casullo, em quem reencontrei uma relação natural com a política e uma visão muito centrada da literatura, que não é frequente nos escritores argentinos atuais. Gosto da decisão do Casullo de organizar os intelectuais e conectá-los ao trabalho político. À noite apareceu

o Altamirano e levou a reportagem. Terminei o dia escutando a rádio Colonia, eu também intrigado com o sequestro de Aramburu. Será que foram os peronistas ou foram os serviços de segurança?

Segunda-feira 1º de junho

Acordei tardíssimo e almocei às quatro da tarde, nesse meio-tempo apareceu o David, está atrás de dinheiro e quer vender sua peça de teatro para a coleção da Signos. Viramos do avesso o caso Aramburu sem muito sucesso. Passei pela editora para receber um adiantamento de 22 mil pesos. Na revista *Los Libros*, insisti no número sobre literatura norte-americana que estou preparando. No fim me encontrei com o Battista, que me vendeu o primeiro número da *Nuevos Aires* (exibicionismo desordenado de nomes importantes). Em casa me esperava o Ismael, cansado, fora de jogo: concordamos que a oratória é um gênero literário em vias de desaparecimento (como um dia desaparecerá o romance).

Terça-feira 2 de junho

Carta do Onetti respondendo às minhas perguntas sobre seu conto.

Quarta-feira 3 de junho

Na rua Carlos Pellegrini, encontro uma mulher velha gritando na porta de uma loja de malas. Despejava insultos sem parar. "As pessoas vão passando pela calçada, e esses canalhas as puxam com um gancho e usam sua pele para fazer malas." A mulher tinha certa dignidade altiva e estava atolada nessa verdade atroz que só ela conhecia. Repetia os insultos sem parar, contando repetidas vezes que laçavam os homens e as mulheres com um gancho para arrancar a pele das suas costas e fazer malas.

Quinta-feira 4

Pensando no Onetti: trabalha com situações isoladas, sem passado, narradas a partir do presente. O mosaico se expande como se a narração não tivesse eixo. *A vida breve* é um crescimento deliberado desse núcleo que já estava em *O poço*, com a história de um homem que inventava uma vida para si mesmo.

Sexta-feira 5

A Série X. Crise hepática, vinho demais ontem à noite. Às onze apareceu o Rubén K., sempre com suas histórias revolucionárias: o torcedor do

Huracán que roubou um guarda-chuva com as cores do Racing: é detido pela polícia por provocar distúrbios, mas logo o culpam de um assassinato, é torturado e passa dois anos na cadeia. Todo mundo no pavilhão acha que ele é um idiota. Um dia se aproxima das grades, chama o carcereiro de plantão, tira o braço por entre as barras e golpeia o guarda. Mandado para uma cela de castigo, fabrica uma faca com o estrado de metal do catre e quando volta ao pavilhão se bate com o líder dos presos e toma seu lugar. Na cadeia conhece um militante de esquerda e vira um revolucionário. Agora ele é colega de trabalho clandestino do Rubén, em Córdoba. Depois apareceu a Menena, que está se recuperando de não sei que doença, fomos almoçar num restaurante chinês para compensar o corte de luz que atinge toda Buenos Aires.

Domingo

Claro que Onetti tem defeitos, são defeitos da sua tradição, diria, como em Arlt, que é "metafisicamente" explícito; seus personagens de repente afundam num sentimentalismo desesperado, pensam o tempo todo em suicídio ou assassinato e não amam ninguém, exceto mulheres perdidas no passado ou meninas púberes. Sem dúvida Cortázar viu isso com clareza e tentou fugir dessas "profundidades", mas às vezes cai no extremo oposto e tudo parece uma brincadeira de crianças (exceto em *O jogo da amarelinha*).

Reunião para a próxima revista projetada por mim para a editora Tiempo Contemporáneo: León R., David V., Eliseo Verón, Oscar Braun, Eduardo Menéndez, pensamos também no Oscar Terán. Certa tensão no ar, principalmente no início, o Verón só falou comigo por um breve instante, depois houve uma discussão sobre Borges, sobre o caráter da revista e suas relações com a política: no fim, depois de duas horas — com o León tentando arrastar o Verón para uma política declarada, mas o Eliseo, sempre isento e amável, não se deixou levar —, combinamos preparar um primeiro número sobre violência, e depois veremos o que fazer nos seguintes.

Segunda-feira 8 de junho

Acordo às sete e meia, disposto a continuar o capítulo de Malito e da preparação do assalto. Escrevo um esquema de 25 páginas: desde a preparação até a fuga.

Golpe de Estado: Lanusse derruba Onganía, que resiste. Foi o Toto quem veio me acordar com a notícia do comunicado do Exército, tudo resultado do Cordobaço.

Quarta-feira

Vários sonhos na noite passada: num deles eu era preso — policiais à paisana? —; numa casa, pessoas amigas para quem minha simples presença era comprometedora. Outros sonhos com ruas desertas e velhas geladeiras a gelo que eu usava como sarcófagos ou como caixas de lápis. Meu pai, no fundo de uma calçada que cortava os trilhos do trem, e eu — à sua direita? —, olhando o céu para ver a cara dele e saber se estava morto e por que estava mancando. Acordei de madrugada, cheio de fúria contra o mundo, eu sou cortante como um punhal, sem sê-lo na realidade, seguro — inicialmente — do funcionamento rápido da minha inteligência.

"O psicopata possui um agudo senso do presente; no plano crítico, é um mentiroso em série com quem não se pode contar. Para ele, a única realidade é o instante, é um ser sem raízes nem memória. A memória implica um 'banco de memória', e é preciso contar com reservas de energia e tesouros de segurança para fazê-la funcionar. Para o psicopata, a memória é um luxo que não se pode permitir. Quando há perigo de morte, primeiro sacrifica-se a memória, depois o coração." Norman Mailer.

Sexta-feira

Se eu mantiver meu plano de só ler em função daquilo em que estou trabalhando, praticamente vou parar de ler. Prefiro tentar escolher os livros por si mesmos, esquecendo o que estou escrevendo.

De manhã veio o David: nós dois lisos, juntamos nossos últimos trocados e fomos almoçar no Bachín. Ele perorando sobre temas históricos, quer escrever (para a Signos) um romance sobre a morte de Urquiza. Duas conclusões: o David sempre escreve por dinheiro, e esse projeto é uma homenagem ao meu conto "Os autos do processo", que — no meu modesto entender — esgotou o tema em dez páginas. Na editora encontro o Eduardo Menéndez, conversamos sobre a possível futura revista. O Eduardo é um antropólogo muito lúcido, e nós dois pensamos na possibilidade de usar a revista para fazer trabalho de campo. Temas possíveis: as bibliotecas e seu público, os militantes de esquerda como uma tribo, um registro do feminismo na Argentina (sua história e seu presente).

Sábado 13 de junho

Depois do inesperado encontro com o Gustavo F. — que veio me ver cheio de expectativas adolescentes —, fomos ao cinema assistir a *Beijos proibidos*, um excelente filme de Truffaut. No fim da tarde, o Roberto Jacoby deu uma passadinha e ficou até a uma da manhã. Projetos muito imaginativos para usar quadrinhos na propaganda política, também a ideia do trabalho dos artistas e a definição dos atos, a diagramação das publicações e o "formato" das posições de esquerda.

Domingo 14

Leio o extraordinário trabalho de Deleuze sobre Sacher-Masoch, uma síntese iluminadora: os sádicos criam instituições, e os masoquistas assinam contratos. Também estou lendo o livro de De Micheli sobre a vanguarda.

Primeiro o David, ávido pela possível estreia de *Lisandro* no teatro Liceo, sempre acelerado e preocupado com o sucesso. Depois apareceu o Manuel Puig, sereno e tranquilo: trabalhou três anos em *A traição de Rita Hayworth*, "escrevendo", como ele disse sorrindo, "todos os dias, menos um". Começou em outubro de 1968 seu terceiro romance, já escreveu cem páginas (oito capítulos), das quais só salvam 20%, o resto ele vai ter que reescrever. Recusa uma proposta do clã Stivel de escrever um argumento original para a televisão, recusa a proposta do Ayala de filmar *Boquinhas pintadas* com um roteiro escrito por ele. Trabalha um romance baseado, como ele diz, "no espaço dantesco do gênero policial".

Série E. O diário, "gênero psicótico", negação da realidade, ponte levadiça e tábua de salvação.

Continuo trabalhando num romance que interiormente já considero fracassado, e o conto aqui para que fique alguma coisa de todos esses meses de trabalho: uma narrativa de cem páginas baseada no roubo de um carro-forte em San Fernando, centrada no cerco e na perseguição dos bandidos, que resistem num apartamento sitiado pela polícia, em Montevidéu.

Escrito em terceira pessoa clássica, combina a situação de clausura (resistem a noite inteira e morrem ao amanhecer depois de queimar o dinheiro) com a biografia do refém que capturam ao entrar no edifício. Todo o romance respeita a unidade de tempo e lugar e é atravessado pelo monólogo do sujeito que foi capturado (um jogador de futebol uruguaio).

Terça-feira 16 de junho
Na Corrientes com a Montevideo, encontro casual com o David que "vinha pensando em você", vamos tomar um café no La Paz, ele está obcecado com o teatro e a estreia iminente. Depois com o Andrés, conversas sobre alguns amigos, militantes maoistas: vendem tudo (carros, apartamentos), entregam o dinheiro ao partido, recebem dezoito mil pesos por mês quando se profissionalizam. Às oito, reunião na casa do Nicolás Casullo: Dal Masetto, Germán García, Carnevale, Alba, Plaza: boa disposição para jogar com a política, dispersão e esnobismo, laboriosas possibilidades de trabalho que seria preciso organizar.

Quarta-feira
A Série X. A Celina me conta que o Lucas T. estava contrariado porque não pôde comentar comigo que tinha visto meu livro publicado em Havana, na época em que fazia treinamento militar em Cuba. O segredo político se choca com a espontaneidade afetuosa da amizade. Atrair o ódio, promover a indiferença dos conhecidos para guardar o segredo da vida clandestina. Vivem duas vidas, uma visível que muda e se torna cinzenta porque está a serviço da segurança da outra vida (na qual anda armado, procurado pelo Exército). Lembro de uma tarde em que o Lucas veio me visitar porque estava perto de casa, e, quando se sentou para tomar um chá vi, sem que ele notasse, a pistola que levava no coldre sovaqueiro.

Segunda-feira 22
Fiz fila para comprar querosene porque chegou o frio e é impossível trabalhar sem aquecimento. A cidade gelada, cinzenta, parecia envolta num tule. A mulher que estava na minha frente conversava com um homem de terno e aparência imperial (parecido com o Marcelo, meu tio): "Uma costureirinha chinfrim, bem da ralé, que eu não penso usar. Só aproveito. É que me convém. O senhor precisava ver, quatro ou cinco homens por semana, homens casados, a maioria. Têm vinte e oito anos e parecem umas

velhas. Eu, com trinta e quatro, sou uma mocinha perto delas. A má vida
acaba com elas (pausa). Aos trinta já sabem tudo de tudo, estão enjoadas".

Ontem assisti à partida Brasil (4) — Itália (1) na Copa do México. Seiscentos milhões de espectadores na televisão. O talento de Pelé e Gerson. Os
italianos, violentos, medíocres, surpresos com a "facilidade natural" dos
jogadores brasileiros, que transforma em absurdo o esforço e o sacrifício
com que os italianos tentaram resistir.

Terça-feira 23 de junho

Acho que o projeto de revista da editora fracassou. Ontem à noite, pobre reunião na casa do Eliseo Verón. Violento atrito entre o León e o Eliseo, que se opunha à revista por "falta de motivação comum". Acrescentou:
"Não podemos andar juntando artigos para fazer um saco de gatos" (minha
posição anterior). Eu disse que fazer uma revista ia além dos "desejos", que
tinha a ver com responsabilidade. Eliseo respondeu que isso era paternalismo
político. León ficou mudo. Na saída o repreendi. Difícil montar um grupo.

Quarta-feira

Notas sobre Tolstói (11). *Memórias de um caçador*, de Turguêniev, e *A casa
dos mortos*, de Dostoiévski, são seus livros preferidos. Ruptura com o romance. "Provavelmente como resultado dessas duas obras, há que se desenvolver uma nova forma literária que libertará o romancista da necessidade
habitual de criar uma trama formal." O futuro da narração não dependerá
da construção imaginária de um mapa de fatos, e sim da combinação de autobiografia, observação e reflexão.

Quinta-feira 25 de junho

Encontro com o Manuel Puig, que me contou do seu trabalho com
Boquinhas pintadas: trabalhava seis horas para conseguir meia lauda. Depois na revista *Los Libros* comentando a reunião de ontem à noite na casa
do Eliseo. E mais tarde com o B., a quem entreguei o roteiro, que não me
agrada muito.

Às quatro da tarde, ligação da livraria Rodríguez, atravessei a cidade inteira,
evitando a esquina do restaurante Pedemonte, para ir retirar o *Joyce* de Ellmann, oitocentas páginas das quais já li cem.

Sexta-feira 26

Sento para ler o livro de Ellmann sobre Joyce tentando esquecer tudo o que tenho para fazer.

Sábado 27 de junho

Homenagem a Emilio Jáuregui na Recoleta: caminhamos por entre os túmulos, nos concentramos, voltamos a correr perseguidos pela polícia. Lá fora, a explosão ocre do fogo dos coquetéis molotov, o estampido surdo das bombas de gás lacrimogêneo, o pneu de um carro que começou a arder. O rosto choroso dos que caminham com ar sedicioso pelas ruas desertas esquivando-se da polícia.

Segunda-feira 29

Morreu Marechal (na sexta?), conseguiu terminar seu romance. Segundo o David, não havia ninguém. E quando eu morrer?

Vejamos o diário de hoje: acordei sobressaltado como sempre por causa da janela aberta que deixa passar a luz através dos vidros, por onde sempre tenho a impressão de que estou sendo espiado por um vizinho dos andares acima. Levanto apesar do cansaço, atravesso a casa gelada, agasalhado com meu velho sobretudo cinza, pego o jornal, uma carta dos meus pais, a revista *Actual* com o artigo sobre o Puig que escrevi há dois anos. Tento não ver nem ler a carta, porque pressinto o que me espera. Sento para escrever às dez da manhã e "esqueço" meus encontros da tarde (às duas com o Cozarinsky, às três com o Lafforgue). Trabalho bem até as cinco e depois saio para buscar querosene no velho posto aonde eu ia em 1966 (quando morava na Riobamba com a Paraguay). Caminho pelos velhos bairros sem nenhuma nostalgia, pensando no que eu teria dito quatro anos atrás de um dia como hoje. Mas lá já não vendem querosene, portanto percorro a cidade inteira, obstinadamente, com minha lata de vinte litros vazia, acabo na Lavalle com a Jean Jaurès, uma hora depois, entrando finalmente num táxi com os quinze litros de combustível para me aquecer. Deixo a lata em casa, volto a sair, dou uma passada na livraria Premier, pego os *Diários* de Camus, ligo para a China Ludmer (para falar da sua resenha sobre *Boquinhas pintadas*). O Nicolás Casullo me liga para confirmar a reunião com os jovens escritores marcada para quinta às nove da noite, na Gallo, 1560, e me sento para escrever estas linhas antes de voltar a ler o livro sobre Joyce até meia-noite, hora em que a Julia deve chegar trazendo a paixão que me falta.

Terça-feira 30 de junho

Ao meio-dia apareceu o David, como ele sempre faz quando está sem dinheiro e se convida para almoçar. Está às voltas com um projeto delirante: tem que escrever trezentas páginas por mês para preencher os sete volumes sobre literatura argentina que vendeu para a Siglo XXI em troca de setecentos mil pesos, já pagos. Na verdade, só vendeu o índice, coisa que o David costuma resolver em dez minutos de euforia: o livro vai se chamar, segundo ele, *De Sarmiento a Cortázar*, e imagino que não vai deixar pedra sobre pedra. Depois fui até a editora Abril para me encontrar com o Cozarinsky, que está cada vez mais inteligente e dirigindo a seção de cinema da revista. Lá topei com o Osvaldo Tcherkaski, e na redação tudo girava em torno da polícia rebelada de Rosario, que ocupou a chefatura para exigir aumento. Encontrei as matérias que estava procurando sobre Larry, a garota de programa chinesa que foi assassinada no Bajo (número 143 da *Siete Días*), fiquei matando o tempo com o Lafforgue, com o Rozenmacher, com o José Speroni, um operário trotskista que trabalhou comigo na *Revista de la Liberación* em 1963 e hoje faz crônicas sobre si mesmo. A redação como teatro cínico: ceticismo, frivolidade e humor grosseiro.

A garota de programa chinesa será a vítima de Almada no meu conto policial em gestação, vou ligar seu assassinato à louca que delirava na porta de uma loja de malas, que vi faz algum tempo. Ela vai ser a testemunha do assassinato.

Quarta-feira 1º de julho

Série E. Sempre me vejo diante de falsas encruzilhadas e símbolos ou signos e sinais que justificam a inação. Hoje fui levar um artigo ao jornal, percorri as livrarias inglesas da Florida e comprei este caderno em que escrevo agora numa livraria religiosa da Viamonte, onde numa tarde de 65, recém-chegado à cidade, comprei outro como este e o inaugurei no bar Florida... Rituais ridículos que acompanham misteriosamente a vida.

Almocei com a Julia no Pippo e saímos ao frio da cidade. Passei pela Signos, onde o Aricó me entregou a gravação da entrevista que fiz com o Walsh.

Na *Los Libros* avancei com o Toto na preparação de um número sobre literatura norte-americana. Trouxe comigo os contos de Updike *The Same Door*, que inclui aquele sobre o campeão fracassado que é o núcleo inicial de *Rabbit, Run*. Lá está o personagem, a família, certa sordidez que fortalece a saudade do "paraíso perdido" da adolescência. Quero trabalhar com contos que foram núcleos iniciais de romances, há vários de Faulkner e alguns poucos de Hemingway, e poderiam ser trabalhados como um exemplo de embrião de uma narrativa.

De repente pensei em Joyce escrevendo o *Finnegans*, com todos os seus amigos tentando convencê-lo a não desperdiçar seu talento naquelas obscuridades incompreensíveis. "Eu poderia muito bem escrever essa história do modo tradicional. Qualquer romancista conhece a fórmula. Não é difícil seguir um plano simples e cronológico que os críticos consigam entender. Mas eu tento narrar de um jeito novo. Simplesmente tento malhar vários planos de narração com um único objeto estético. Você já leu Laurence Sterne?", Joyce diz mais ou menos isso numa carta a um amigo. Acossado pelas dívidas e dificuldades econômicas, Joyce conseguiu que Miss Weaver financiasse o livro e continuou a escrevê-lo, embora ela logo também tenha tentado dissuadi-lo porque não o entendia. Isso é o que se pode chamar pulsão de um escritor.

Um comando dos Montoneros ocupa a cidade de La Calera, em Córdoba (zona militar). Tomam a delegacia, o correio, a prefeitura, a central telefônica e o banco (de onde levam dez milhões). Comunicam-se pelo rádio. Obrigam os policiais a cantar "Los muchachos peronistas". Fogem de carro, um Fiat, o motor afoga, pegam outro carro, são perseguidos. Param o carro, há um tiroteio e dois feridos. Luis Losada sorri para os fotógrafos, discute com os policiais que o insultam e o golpeiam. Noite de buscas. Tiroteios. Várias mulheres. Dois feridos graves. O Exército ocupa a região. O coronel à frente da operação é o mesmo que em 1969 comandou a repressão do Cordobaço. (Narrar esses acontecimentos do ponto de vista dele...)

Sexta-feira 3 de julho
Inventa sonhos futuros e, no lugar deles, tem paisagens catastróficas. Melhor esquecer.

Passei a tarde na editora Abril, que publica várias revistas, almocei com o Tcherkaski, que trabalha na *Siete Días*, num restaurante do Bajo, com garçons obsequiosos que o receberam com festa. Ele me deu para ler um conto interessante, uma espécie de inferno com um ex-comunista e um operário polonês enfiados numa fundição. Depois, longas histórias faulknerianas que ele recolheu em Buenos Aires: Wassermann, o dono da ilha San Blas, que mandava a polícia interromper o trânsito quando ele saía da boate; a pianola do século XIX que tocava "A Internacional"; o francês milionário falido que todos os dias se embriaga, sozinho, com uísque; o velho armazém com a história dos dois valentões que saíram juntos depois de conversar e sumiram para sempre.

Sábado 4

Perto da hora do almoço, encontro por acaso com o Schmucler nas plataformas desertas da estação Retiro esperando pelo Nicolás Rosa. A partir daí começou uma maratona: sucessivas discussões, almoços, jantares, visitas (China, Jacoby, David), a sociabilidade e os amigos tornam a vida possível, mas sempre preferi ficar sozinho.

Segunda-feira 6 de julho

Levanto às sete, faço fila na neblina para comprar o que preciso para fazer o aquecedor funcionar. Quando às cinco da tarde parei de trabalhar e me deitei para descansar um pouco, pensei que escrever é paradoxalmente uma experiência que apaga todas as outras, e portanto eu tenho a sensação de um dia sem incidentes. O mais notório foi minha descoberta do final da história que estou escrevendo. O melhor, pensei que chegaria o dia — ou a noite — em que olharia uma pasta com o romance terminado.

Terça-feira 7

Hoje assisti no Lorraine à versão cinematográfica do *Ulysses* de Joyce feita por Strick. Desnudado o argumento, salta aos olhos o peso da prosa no romance. Os acontecimentos se diluem, esmaecidos, o filme gira em torno de Circe, ou seja, do final com Molly Bloom.

Quarta-feira 8

De tarde dou uma passada pela Jorge Álvarez, a editora está afundando. O Germán e o David pegam cem mil pesos em livros para com isso tentar deter o despejo do Germán, que ainda por cima está com a mulher grávida de oito meses, e todos organizamos uma vaquinha para ele.

Quinta-feira 9 de julho

Um pesadelo persistente, com tramas variadas e atrozes. Eu vinha voltando para casa sem encontrar o caminho e numa banca encontrava o Kafka. Até nos sonhos continuo me pegando com a literatura. Alívio indescritível ao acordar.

Sábado 11

Negro de fuligem o coração (foi isso que ele sonhou há poucos dias, essa frase). Em queda livre para o inferno mais profundo, perguntou-se para onde pode fugir o perseguido.

Domingo 12

Série E. Transcrever todos os dias uma página dos cadernos de dez anos atrás, sempre manter essa distância, não deixar o presente avançar, de tal maneira que daqui a dez anos eu possa escrever uma página sobre esta página.

A história literária é sempre uma maldição para quem escreve no presente, aí todos os livros estão acabados e funcionam como monumentos, dispostos em ordem como quem caminha por uma praça à noite. Uma "verdadeira" história literária deveria ser construída sobre os livros inacabados, sobre as obras malogradas, sobre os inéditos: aí se encontraria o clima mais verdadeiro de uma época e de uma cultura.

Respiração artificial. Queria estar naquilo que escrevo à altura desse projeto, do qual não falo nem mesmo aqui. Por ora sigo em frente com a história da violência mortal dos homens cercados em Montevidéu, por momentos a narrativa se desenvolve só com diálogos.

Segunda-feira 13

Passeio pela cidade, vou com ar distraído e passo em frente à casa de Aramburu, sequestrado recentemente, fotógrafos, policiais, curiosos. À noite, o Andrés e o Carlos com sua história do gangsterismo de novo estilo: longos casacos para assaltar hotéis de alta rotatividade, tiroteios com a polícia, pichações ambíguas nos muros.

Terça-feira 14

Acordei no meio da noite achando que já eram seis da manhã e me levantei para pegar o relato do sequestro frustrado do escrivão que trabalhou no caso Vallese. A voz daquele homem contando como tinha conseguido escapar vinha da janela do apartamento vizinho e eu não entendia bem onde ele estava.

Fiz fila com mulheres velhas e desiludidas que vivem na miséria, procurando, assim como eu, alimentar o fogo de um lar gelado. Gastei nisso meus últimos trezentos pesos e agora vou me sentar para escrever num quarto quente e sem dinheiro.

Sempre recusei a oposição entre sentimentos e ideias porque é o modo clássico de pensar dos anti-intelectuais que pululam no mundo cultural. Tudo o que se considera estranho à literatura me parece interessante: tramas intelectuais, tempos mortos, discussões etc. É preciso sustentar a narração com os materiais que todo mundo deixa fora de uma história. Mostrar, por um lado, o disparate e a retórica do narrativo propriamente dito e da história "bem-feita" e, por outro, potencializar o impacto que podem ter os materiais considerados "frios" e antissentimentais. Desse modo o mundo narrativo se abre para regiões habitualmente classificadas fora do literário. É isso que Joyce e Puig fizeram.

Desolação ao passar pela livraria Jorge Álvarez e ver as estantes vazias, ninguém — exceto a Marita, a virgem de quarenta anos de rosto tão branco que parece empoado —, ninguém no lugar, as luzes apagadas. Lembrei daquela tarde de 63 em que descobri a livraria e me postei na frente da vitrine, diante dos lançamentos.

Quarta-feira 15

Caminhada com a Julia pela Faculdade de Filosofia, agora localizada no velho bairro da rua Independencia, transformada pela presença frívola e intelectual dos estudantes que se aglomeram nos bares e nas pizzarias da região.

Quinta-feira 16

Escrevo para o Onetti, imagino a carta que vou mandar para ele quando sair *Respiração artificial*. Fico feliz em saber que este romance chegou às suas mãos, porque sei muito bem quanto ele deve aos seus livros.

Sábado 18 de julho

Através da parede da casa vizinha, chega a voz de um locutor de televisão narrando o enterro de Aramburu. É assim que têm de chegar as notícias da história.

Como sempre, sinto os escritores da minha geração longe de mim, como se eu vivesse num tempo anterior ao deles. Penso nisso enquanto escrevo para a revista o ensaio sobre narrativa norte-americana atual. Vejo o mais avançado em narradores que deixaram para trás a confiança na literatura.

"Oposição interior a meus amigos e inimigos; desejo de não estar em parte alguma e, no entanto, pesar e queixa quando sou rejeitado em toda parte." R. Musil, *Diários*, 1939.

"A história deste romance se reduz ao fato de que a história que nele devia ser contada não foi contada." Musil II.

Interessa-me em Joyce a mudança de técnica em cada capítulo, também a forma; em Borges, a ruptura dos gêneros, o uso disperso e persistente do policial; o uso traidor das convenções de leitura.

Terça-feira 21

Ontem o dia inteiro em La Plata, a rua 7 ensolarada, as árvores que começam a florir e os lugares da minha juventude. Talvez, então, esta crise seja o início de uma repetição em que a consciência do meu "passado perdido", a saudade de mim mesmo há dez anos neste mesmo lugar, estava prenhe de grandes ambições fundadas no tempo futuro.

Todo romance atual tende (a partir do surrealismo) à poesia, veja-se Cortázar, Néstor Sánchez, Sarduy, Saer. Da minha parte, assim como Macedonio ou Musil, vejo o caminho da renovação no ensaio, quer dizer, aspiro à abertura trazida por uma consistência de vários estilos que se articulam romanescamente, mesmo não tendo nascido como formas narrativas.

O David leu na casa dele sua peça *Lisandro*, na presença de Cossa, Rozenmacher, Talesnik, Halac, Somigliana. É muito boa, escrita em cinco dias, grande registro verbal e técnico, excelente manejo da tensão. O recurso do coro lhe dá grande liberdade e poder de síntese. Um teatro declamado, ligado à conjuntura atual, muito demagógico e dramático.

Quarta-feira 22

Vou e venho pela zona do Bajo, pela rua Florida, pela Viamonte, paro na biblioteca Lincoln, onde faço anotações para meu ensaio sobre narrativa norte-americana. Ontem, fim da editora Jorge Álvarez, a quadrilha judicial interditando a livraria. A mesma sensação que tive quando fui à casa da Elena e ela não morava mais lá. A casa estava abandonada, e eu pensei em todos os sentimentos que tinha deixado lá dentro.

Sexta-feira 24

O Andrés tem a hipótese de que, na Bolívia, Guevara estava tentando provocar uma invasão norte-americana para assim deflagrar um novo Vietnã. Pode ser. O curioso, para mim, é que os cubanos não o tenham resgatado com vida.

Na editora, recebo vários livros de narrativa norte-americana: Pynchon, Barth, Barthelme, Vonnegut. Na Signos com o Toto e o Pancho Aricó, notícias sobre o divórcio de Borges (?). Parece que ele saiu sem cumprimentar, amparado em seu advogado.

Sábado 25 de julho

No romance me interessam as tramas microscópicas que proliferam (assim como neste diário).

Traduções pessoais de contos mínimos. "O amante limpa o rosto da amada até que parece uma caveira." John Updike.

"Desci as escadas com minha habitual inocência e minha dor e caí bem no seu silêncio, sinal de que ela tem uma arma." J. P. Donleavy.

A Série X. À noite, Roberto C., passando as férias conosco. Ontem veio com sua linda mulher, herdeira de um famoso restaurante da cidade. Em todo caso, bem, apesar da desconfiança de mim mesmo (?) que ele me inspira. Os revolucionários são homens simples que escondem ações nebulosas diante das quais todos nos sentimos, de certo modo, intimidados. Foi até o cômodo ao lado e lá deixou a pistola e o coldre de couro que levava embaixo do casaco. Durante toda a conversa, ao não falar da arma, as palavras pareciam carregadas de um peso obscuro.

Domingo 26
Primeiro esquema do romance norte-americano. William Burroughs, o inferno técnico. Delírio cômico, LeRoi Jones. Revolução e violência, Black Panthers.

Saímos para jantar, passamos na casa do David para convidá-lo. Tensão por causa do encontro com a filha dele (do primeiro casamento?), que parece não estar muito bem da cabeça, lá estava também uma mulher velha, "sofrida", que não tinha os dentes da frente (era sua ex-mulher). No restaurante, fizemos circular as ideias com alegria e a toda velocidade. O David delira com uma revista (mais uma): mensal, poucas páginas, agitadora. Não é má ideia, uma revista que circule de mão em mão, como um panfleto.

Terça-feira 28
De madrugada, passei a noite infinita trabalhando com vários livros ao mesmo tempo, como naquela noite de 1964 em La Plata, num sótão, escrevendo sobre Goodis e Jim Thompson.

Quarta-feira 29
Ontem à noite, insônia como nos bons tempos. São raras, tenho muito de vez em quando, e por falta de hábito sinto como se estivesse doente, alucinado, de olhos abertos, um morto-vivo respirando e tentando dormir.

Lucas T. na casa do Jacoby. O Roberto sempre muito lúcido, revolucionou o Di Tella, propôs a desmaterialização da arte e também um uso artístico da mídia. Agora ele vê a revolução política com olhos de artista. Critica a tendência da esquerda de ver os serviços de informação do Estado por trás de qualquer ato político que eles não podem — ou não querem — realizar. A morte de Aramburu, por exemplo. O show da noite: Sabina (?), a filha de uma juíza que falava sem parênteses, com determinação histriônica, talvez para ocultar sua beleza deliberadamente degradada por sua "arrumação".

Quinta-feira 30

Acordo depois do meio-dia, acompanho a Julia até a estação Congreso, está indo para La Plata; na volta topei com o Osvaldo L., passa oito horas vendendo livros por um salário de quarenta mil pesos. Resmunga com ar irônico e sempre parece ser o único artista da comarca, e portanto o único que precisa de consolo e de apoio econômico.

Sexta-feira 31

São cinco horas da manhã, escrevo pouco e leio mal, vou me mantendo à tona com as infinitas remexidas que dou nos papéis onde anoto ideias soltas. O aquecedor amorna o ambiente, a Julia dorme no quarto ao lado enquanto eu, insone, passeio de um lado para o outro neste cômodo onde passo as horas.

Sábado 1º de agosto

Série E. Sonhei que tinham desaparecido estes cadernos onde escrevo dia após dia, eu acabava de completar trinta anos, e isso coincidia com "o começo da ditadura", a de 30, suponho. Sentado numa papelaria, esperava que um sujeito, muito parecido com Portantiero, acabasse de convencer o balconista a lhe entregar um dos cadernos de capa preta marca Congreso. O balconista relutava. Acho que eu pensava: "Se conseguir convencê-lo, estou perdido, não vai querer ceder de novo".

Mantenho distância da tradição narrativa dos jovens narradores "da minha geração" buscando um tipo de relato ao mesmo tempo mais pensado e mais violento.

Domingo 2 de agosto

Às quatro da manhã, mexi um pouco na arte do ensaio e ao meio dia chegou o David, saímos para caminhar pela cidade, questionei (carinhosamente) a excessiva segurança com que ele lida com toda a história da literatura argentina. Um pensamento histórico que só historia um conjunto confuso de relações às quais ele atribui um sentido único. Na volta, como um efeito dessa conversa, em poucas horas escrevi eufórico um panorama muito breve da narrativa norte-americana atual (1960-70).

Segunda-feira

A leitura das revistas semanais revela uma coerência esquemática, preparada para o consumo da cultura. Também elas sintetizam em três ou quatro itens ou nomes daquilo que chamam de "presente", atualidade, o que emerge em meio à fugacidade da circulação cultural.

O que seria diferente se em 1966 eu tivesse perdido a máquina de escrever? "Mata-Hari 55" e talvez o livro inteiro. Eu tinha levado a máquina para limpar, os ladrões entraram no meu quarto no hotel da rua Riobamba, levaram um terno, a jaqueta de couro do Cacho. Não encontraram a máquina de escrever, que era justamente o que deviam estar procurando.

Como sempre, a iminência de trabalhar a noite inteira me provoca imediatamente uma sensação de alegria. A escuridão é um parêntese, toda a realidade permanece à espera até a manhã seguinte.

Quarta-feira 5

Visito o David hoje à tarde, sua neura por causa do ensaio que está escrevendo e "não caminha", parece que ele tenta entrar na literatura latino-americana e aí se depara com a dificuldade de trabalhar com seu método de síntese drástica. Basicamente porque não conhece essa cultura nem esses escritores como ele imagina que conhece — e é verdade que a conhece — a tradição argentina. O David faz uma espécie de micro *close reading*, ou seja, lê algumas páginas ou algumas dedicatórias, e às vezes só alguns títulos de livros, e sobre essa base constrói hipóteses que apontam para o contexto.

Quinta-feira 6 de agosto

Hoje à tarde aparece o Rubén K., me convida para fazer parte do conselho editorial da *Cuaderno Rojo*, assumindo os números especiais. Tem muito interesse nas minhas hipóteses sobre a nova literatura de não ficção, a literatura *fakta* dos soviéticos, a possibilidade de gravar histórias de vida de pessoas estranhas à cultura escrita. É um jeito de me manter perto da política sem entrar nela, e trabalhar a partir daquilo que sei ou conheço.

Nunca deixo a política incidir diretamente naquilo que escrevo. Colaboro com os amigos em revistas e jornais. Mantenho a literatura à parte. Tento convencê-los a deixar em paz a prosa de ficção e a procurar no testemunho e nos usos do gravador uma saída para o empenho em politizar a escrita.

Sexta-feira 7 de agosto

Talvez um dia eu tenha de enfrentar esses fantasmas que me assaltam de vez em quando: ideias fixas, cerimônias psicóticas, no meio do círculo nunca há nada além da figura do Steve, que se afasta com sua capa branca; eu o vejo de trás e sei que é a última vez e que vai se matar. Não sabia naquele momento, mas, se eu soubesse, o que teria feito? Naquela idade eu não era capaz de salvar ninguém. Para mim, nunca se trata de culpa, e sim de vergonha, que é um sentimento diferente e mais nobre. Não ter estado à altura ou não ter dito a ele o que lhe diria agora. A lembrança de Steve vem e vai sem que eu a procure. Não me decidi escrever sobre ele, e as coisas que anoto aqui falam de mim, não dele...

Época dura, prenderam Raúl Sendic. Hoje de manhã, os Tupamaros raptaram um norte-americano. A polícia entrou em choque com eles no bairro de Malvín, caíram dezessete, entre eles B., o comandante militar.

Sábado 8

Acabei de escrever o artigo sobre narrativa norte-americana. Em certo sentido, usei o método do *cut-up* de Burroughs e intercalei no ensaio frases e dizeres de vários escritores; procurei, pela primeira vez, usar a forma da colagem.

Segunda-feira 10

Passei a noite inteira acordado e não penso em me deitar, porque estou tentando recuperar o horário do sono para voltar ao dia. Agora há pouco acabei de revisar o artigo sobre os Estados Unidos e espero em seguida voltar ao romance que me aguarda nas pastas verdes.

Quarta-feira 12

Escrevo isto numa mesa do La Paz, às sete, depois de ter me dedicado a alterar as horas de sono. Ontem fui ver Umberto Eco com o Jacoby, que levou para ele a revista *Sobre*, e Eco ficou surpreso. Não conseguia entender aquela "publicação", que consistia num envelope pardo comprado em qualquer papelaria dentro do qual se encontravam, sem ordem, quadrinhos, contos, entrevistas e manifestos políticos. Ele nos olhava sem entender direito, e nós (ou, em todo caso, o Roberto) percebemos que, mais uma vez, podíamos fazer algumas coisas aqui que estavam além da vanguarda oficial. Eco, superficial, um turista.

Sexta-feira 14

Jacoby, Schmucler, Funes e eu gravamos uma conversa com Eco para a revista. Voltamos a discutir com ele as hipóteses de McLuhan e seu livro sobre os que negam os *mass media* e os que os elogiam. Existe uma terceira via? Para nós, trata-se de unir os dois espaços. Aquilo que o Jacoby chama de "a arte da mídia".

Sábado 15

Um encontro com o Haroldo Conti depois de meses sem nos vermos. Ele terminou seu romance *En vida*, continua sempre com aquele seu ar melancólico, o mesmo esforço desinteressado em escrever suas histórias pessoais com espiões, marinheiros ingleses, viagens à Antártida. Aproveitou para me devolver o livro de Lajolo sobre Pavese que eu tinha emprestado para o Daniel Moyano. Naquela tarde, ele subiu comigo até o quarto da pensão na esquina da Medrano com a Rivadavia e procurei o livro na mala de papelão onde se amontoavam as revistas e os livros, embaixo da cama. O Haroldo me mostrou uma edição de *Los oficios terrestres* onde o Walsh tinha escrito como dedicatória, ao presenteá-lo com o livro: "Haroldo, você e eu vamos fazer a coisa", ou seja, vamos definir o futuro da literatura argentina. O mesmo que o Briante e eu dissemos um ao outro uma tarde, há cinco ou seis anos, com o mesmo rancor pelas coisas dadas e com a mesma confiança.

Segunda-feira 17

Existe uma tensão entre a forma breve e o romance que eu gostaria de enfrentar, quer dizer, levar ao romance a velocidade e a precisão da prosa do conto, tentar trabalhar diversas micronarrativas que se combinem e se expandam ao longo do livro. Fazer um estilo a partir da digressão.

Terça-feira 18

Passei pela revista, onde me encontrei com o Germán García e o Toto, e inventamos as propostas de sempre, todos agarrados a projetos que giram sem saída à vista. Depois dei uma passada no Luna, recebi 64 mil pesos e fui almoçar com a Julia no La Churrasquita. Lá, duas mulheres belas e sofisticadas, com grandes chapéus, pele fina, servindo de guia a dois norte-americanos meio idiotas, o garçom falando num inglês monossilábico fascinado com os clientes internacionais. Uma cena digna de um filme sobre turismo colonial.

Domingo 23

Em *O informe de Brodie*, o último livro de Borges, há certa perda da palavra que compromete a prosa e faz do estilo uma espécie de versão preliminar. Borges já não escreve porque não pode ler, portanto dita, e seus textos sofrem a carência de complexidade que sempre deu um tom muito convincente a sua ficção. O livro é bom, mas dá saudade dos seus contos dos anos 40.

Terça-feira 25

Trabalho com o Jacoby no seu artigo sobre o Di Tella para a *Los Libros*. O velho casarão de pé-direito alto, vazio, a cama desarrumada, o passado que vai e vem, o Roberto tentando enfiar de contrabando versões peronistas do Cordobaço.

O encontro com a nova geração de escritores que fazem a revista *Uno más Uno* me lembra meus próprios anos de juventude. Impunidade, radicalizações, teorias abstratas. Eu não era assim seis ou sete anos atrás?

Quarta-feira 26 de agosto

De repente penso que gostaria de viver em Paris, num quarto, numa mansarda, sem conhecer ninguém, fechado e sozinho, dedicado a escrever. Vivendo do quê? Isso eu ainda não pensei. Nas horas mortas, longas caminhadas pela rua, em meio a gente que fala outra língua, seguro de mim, sem pensar nas verificações, publicar meus livros — ou um único livro — sob pseudônimo. Estar morto para todos exceto para mim. A partir disso, precisaria ver por que deixei de mostrar aos meus amigos o que estou escrevendo.

Quinta-feira 27

Os Beatles tocando no gravador do Boccardo. Me vem como num flash a lembrança de quando os escutei pela primeira vez, em La Plata, em 60 ou 61.

O complicado mas divertido é aquilo que eu faço quando acabo de trabalhar, então tento me distrair para que não se realizem minhas próprias tentações de pensar errado. E mantenho um estado de espírito plácido em que sou uma espécie de velho de setenta anos, sem futuro, vazio, mas querendo que o dia não passe para não estar mais perto do final.

Desço para comprar o jornal e na esquina da Corrientes com a Montevideo fico sabendo que hoje de manhã mataram José Alonso. Antes de fazer a análise política, quando recebo essas notícias, sempre penso: quem será que fez isso? Se bem que eu posso imaginar, e portanto me pergunto: serão os dirigentes sindicais peronistas os inimigos que é preciso combater? Acho que não.

Leio o jornal *No transar* que o Elías trouxe para mim. Imediatamente vejo: verbos no futuro e na forma potencial para as seções da classe operária. O presente para as citações e convicções (*diz* Mao, a classe operária *sabe*). O pretérito para a burguesia (em 4 de junho *começou* a expulsão), que vive no passado. Muita adjetivação apocalíptica (*podre, sufocante, sujo, engendração*, pântano *mortal, bestialmente*) destinada ao inimigo. E ao mesmo tempo adjetivação angelical (*magnífico* tesouro, *florescente* selva comunista, recebe com *alegria*) para a classe operária, que é desse modo despolitizada por uma escrita moralizante e de um otimismo cego. Outro elemento-chave é o tipo de escrita exortativa (*rebelemo-nos, companheiros*, e depois *chamamos, convocamos, façamos*). Esse estilo é composto, portanto, de uma sobrecarga de verbos no futuro para a previsão, que corresponde à exortação, e apela ao presente de uma consciência futura que só eles podem decifrar (a classe operária *sabe*). Seria preciso fazer uma análise e escrever um ensaio sobre a linguagem política da esquerda, ver os clichês, o estilo de tradução (*proletários do mundo, uni-vos*), a proliferação de citações dos textos sagrados que nunca vêm ao caso.

Sexta-feira 28
    Passei pela *Siete Días* e fui almoçar com o Osvaldo Tcherkaski, ganhei dele um livro de contos que tem bons momentos e uma escrita solta. Depois com o Andrés, que acaba de voltar do Uruguai, onde, segundo ele, os Tupamaros são sete mil. Terminei o dia na editora falando com o Alberto, que se queixa da situação econômica e não vê saída para as publicações. Em

casa recebo a visita do Edgardo F. Anoto tudo isso para deixar um registro que mostre o cansaço da vida social, causa da fraqueza estilística deste fragmento. Como se eu não pudesse narrar o encontro de ontem com o Osvaldo no restaurante do Bajo, com garçons que reconhecem com subserviência os redatores da revista. Depois o cumprimento do Mario B., que se aproxima "comovido" e me transmite seu embaraço, então me distancio com ironia e lhe falo da sua barba (você está parecendo o Melville). Depois com o Gusmán, que está numa mesa com o Rozenmacher.

Procura então não sucumbir e preservar os resquícios de uma inteligência aguda e solta, desperdiçada pela dispersão, pois vê claramente que lhe restam poucas chances, porque, tendo decidido apostar tudo numa cartada, tem que virar as cartas sem tremer. Precisava então voltar aos valores do jovem leve e rápido, sempre desdenhoso do valor do esforço e da obstinação. Rajadas de lucidez que chegavam nos momentos de mais profunda confiança, seguro de si mesmo (e pensando sua vida em terceira pessoa).

Domingo 30

O assassinato de Alonso provoca reações que vale a pena analisar. Na esquerda, consideram o ato demasiado "bem-feito e eficaz" para não atribuí-lo à direita (são os serviços, dizem uns aos outros), como se a direita fosse a única capaz de um manejo verdadeiro da realidade. A direita não padece da cisão entre palavras e atos de que a esquerda tantas vezes se culpa. Além disso, "matar a frio" é imperdoável para aqueles que tentam ser respeitados como políticos "sérios".

A Série X. Não se trata, dizia o Rubén K. outro dia, de contemplar com heroísmo a fumaça dos próprios navios queimados, e sim de ser capaz de se lançar ao mar e subir em outro barco. Queria dizer que ele tentava não apenas mudar seu pensamento preso ao passado, mas também procurava, com sua mudança de vida, adentrar o pensamento dos que estão na vanguarda.

Série E. Talvez ao transcrever estes cadernos e copiá-los à máquina eu devesse dizer algo sobre o lapso aberto em 1962 e, portanto, relatar a queima daquele caderno num apartamento de hotel no inverno de 1967; gesto espetacular, vazio, que apagou vários meses da minha vida.

O Eduardo veio me ver com seu amigo inseparável, os dois estão casados e se apresentam como heterossexuais muito integrados, mas alguns gestos e algumas palavras mostram a verdadeira realidade do seu desejo. Parece o clima dos contos de James Purdy. Lembram, por exemplo, o acidente em que dois amigos que estão sempre juntos dormem no carro e acordam no meio do campo, espatifados contra um poste.

O bloco vermelho é o verdadeiro, tem apenas números e dias da semana; para não me enganar, comecei a anotar as horas reais de trabalho. Calculando as horas mensais, chego a uma média de cinquenta horas, menos de duas horas por dia. Isso explica por que o romance avança tão devagar. Em vinte dias de julho trabalhei 53 horas e em quinze dias de agosto somo 53. O mínimo que posso me permitir são noventa horas mensais, ou seja, três horas por dia, mas tenho que tentar uma média de vinte semanais. Digamos que esta semana trabalhei catorze horas...

Segunda-feira 31 de agosto
Ontem, sem saber por quê, resolvemos jantar num restaurante aonde nunca vamos, e numa das mesas do fundo estava a Helena, que custei um bocado em reconhecer (apesar de ter gostado tanto dela). Depois de jantar, saímos cada um para o seu lado sem nos cumprimentarmos.

Vejo crescer em mim a doença como em outros a alegria. Fechado nos meus próprios delírios, passo os dias à mercê das derivações ditadas pela febre da alma, sem me preocupar com as consequências que esse mal possa ter no futuro.

Visita do Roberto Jacoby, inesperada, no meio da tarde, quer que nós dois façamos juntos a crítica da peça *El avión negro*, de Cossa, Rozenmacher e outros. Não acho a ideia muito sedutora porque nos instalaríamos em — ou falaríamos a partir de — campos distintos. Para mim, a peça é um efeito do populismo; para ele, uma crítica do peronismo. Depois chegou o Boccardo e à meia-noite apareceu o David, jantamos todos em meio a tensões, muito divertidos.

Hoje com o David falávamos de Trótski como um mito, um personagem trágico de estatura shakespeariana. Pavese, ao contrário, é para mim um herói fracassado, o homem solitário que não consegue resolver sua paixão pelas mulheres.

Quando penso com saudade no passado, devia me lembrar daquela conversa com o Pochi F. num banco da rua 51 embaixo das árvores, no início do verão de 63, fazendo hora para ir almoçar no restaurante universitário. Naquela ocasião, o F. carregava as virtudes de um saber do qual fazia alarde (foi quem primeiro me falou dos cursos de Sciarretta e dos grupos de estudo de filosofia e lógica). O F., que reencontrei um dia desses, naquela ocasião me olhava com ceticismo, totalmente alheio à minha problemática literária, mais interessado em entrar no restaurante universitário com minha carteirinha do que em qualquer outra coisa. Agora ele trabalha ao mesmo tempo no *La Prensa* e na *Confirmado*, onde sem dúvida vai fazer carreira. Escrevo nestes cadernos na crença de que um dia terá sentido passá-los à máquina e publicá-los, porque com minha obra terei justificado a leitura destas anotações diárias e pessoais.

7h30. Acordo.
    8h. No La Paz, leio os jornais e escrevo neste caderno.
    9h. Trabalho no romance.
    14h. Almoço.
    16h. Tiempo Contemporáneo, *Los Libros*, Luna, trabalhos.
    20h. Volto para casa, leituras variadas.
    23h. Janto no Claudio.
    24h. Vou dormir.

Setembro 1º
    Vou ao La Paz para tomar um café e ler os jornais para acabar de acordar. Sento a uma mesa pegada à janela que dá para a esquina da Corrientes com a Montevideo e olho a cidade que muda, num processo múltiplo, conforme a hora do dia. Mais uma vez, como me acontece com frequência nestes tempos, volto a pensar nas vidas que poderia ter vivido e perdi, naquilo que matei em mim para ser o que sou ("Se é que sou alguém"). Pequenas escolhas imperceptíveis nas quais às vezes penso que prevaleceu a preguiça mais do que a decisão consciente de construir um certo modo de viver. Volto para casa caminhando pela calçada do mercado, me esquivando entre pessoas da minha idade que carregam caixotes de fruta,

as mãos enluvadas. Entro numa loja que dá para a rua, paro diante do balcão — que é uma geladeira — e compro pão, leite e queijo Chubut para comer na hora do almoço sem interromper o trabalho.

Quarta-feira 2 de setembro

Passei duas horas com o Roberto C. transcrevendo a gravação, trabalho duro e verbal. As fitas giram e a linguagem também, é preciso saber escandir aquilo que se ouve para captar o estilo e a força do testemunho. Com o Luna, os mal-entendidos de sempre, estamos de acordo mas falamos línguas diferentes. Muitas vezes eu o vejo concordar com algo que digo com um olhar de estupor, sem entender uma palavra. Dois amigos que trabalham juntos num jornal e conversam todos os dias durante anos e anos sem que nenhum dos dois entenda o que o outro diz. Por fim, na revista, a euforia artificial do F., muito consciente da sua paixão extrema pela transgressão profissionalizada (via Del Barco), Artaud é Alá e vários cordobeses são seus profetas.

Em Turim. O personagem não foge nem escapa, *se raja.** Como *A taça de ouro* e o prato de louça de Fitzgerald. Rachei, diz. Quer dizer "estou trincado" (quebrado), mostra as cicatrizes no peito (abre a camisa, gesto teatral e irônico). Possível título do conto: *Rajado* ou *El rajado.*

"Quando comecei eu era muito exigente com a forma, escrevia frase por frase e revisava essas frases repetidas vezes até que me satisfaziam. Agora trabalho de outro modo. Faz tempo que primeiro penso tudo, depois escrevo quase de qualquer maneira, por último reviso." J. L. Borges.

Quinta-feira 3 de setembro

Ontem na Tiempo Contemporáneo recusaram o livro do Andrés (indicação minha) "porque conto não vende". Na saída, o Andrés sentado numa cadeira contra a parede, de terno e gravata, esperando. Um encontro compassivo com o Schmucler, que procura "assessoramento jurídico" porque tem recebido "visitas" de agentes da Coordinación Federal. Na Signos, José

---

* O verbo *rajarse*, além da acepção corrente de "rachar", significa na gíria argentina "furtar-se", "retirar-se". [N. T.]

Aricó, grande editor que usa seu conhecimento para preparar livros excelentes, trabalhos de divulgação muito úteis na discussão cultural. Uma prova, o *Cuaderno de Pasado y Presente* dedicado a Trótski, do qual li cem páginas ontem, de uma sentada. Tento convencê-lo a aprovar um caderno dedicado a Brecht, mas sorri, não se anima, não quer dedicar as publicações à literatura.

Por momentos, medo de que as anfetaminas me estraguem a cabeça, que eu vicie, não possa pensar sem sua ajuda. Hoje a garotada de quinze anos toma LSD e outros estimulantes como se fossem balas. Pelo menos rompemos a repressão nesse campo e usamos as drogas para seguir em frente.

Escrevo cinquenta páginas de uma narrativa que intitulo "Trilha sonora", um relato oral que atribuo a uma gravação. Efeito de verdade do procedimento, mais que do conteúdo ou do referencial. O que conto é real porque — digo que — eu o gravei e transcrevi, com essa moldura posso contar qualquer coisa, que sempre será lida como verdadeira. Chamo isso de "realismo textual".

Sexta-feira 4
No B., vejo se manifestarem os riscos que eu mesmo evitei sem perceber: o cinismo, o cansaço, a convicção de que só vale o talento que se tem, sem necessidade de comprovação. Lenta queda das ilusões juvenis, enquanto se dedica a ganhar quinhentos mil pesos por mês, a comprar um apartamento enorme, a casar e ter filhos. Apenas comigo, que sou para ele o que ele era quando jovem, o B. fantasia com os vários filmes que quer fazer, e só faz falar nesse assunto. Um caso à parte são as sensacionais capas de livros (por exemplo, a da Serie Negra, pensada como uma tela onde se vê uma cena de violência), aí salta aos olhos sua qualidade, sua destreza, mas ser ilustrador parece pouco para ele, felizmente está preparando uma exposição das suas esculturas pensadas não como objetos e sim como situações narrativas cristalizadas, quer dizer, instalações ligadas ao cinema, *storyboards* com volume e no espaço. Não é má ideia, um escultor como cineasta frustrado que faz filmes fragmentados em cenas "escultóricas". Anoto isso porque ele é um amigo e também porque vive, assim como eu, as dificuldades de ser um artista (com perdão da palavra) neste tempo, neste país.

Curioso o esquecimento que me apaga uma frase no instante em que estou a ponto de escrevê-la. No lugar dessa perda há outra frase que já não lembro nem reconheço. A escrita ausente.

O David aparece às três, chega e se posta na porta com ar culpado e teatral, me arrasta para seus projetos e suas obsessões, simpaticamente. Eu o levo ao La Paz para poder escapar, e lá (depois de falar de Trótski, brigar com um sujeito que fala muito alto, criticar Jitrik e ver passar Murena, que se senta para escrever a uma mesa do fundo e toma Seven Up) ele me conta sobre o Miguel Briante, o rosto desfigurado pelo acidente de carro. Fatalmente volto às minhas ideias sobre os destinos que se fragmentam e se fraturam, e assim penso, mais uma vez, na vida que poderia ter vivido. Ser outro, o David não pode e acaba servindo de parceiro para o personagem público que ele inventou para si. David, eu lhe digo, raspa esse bigode e muda de campo, assim você vai encontrar caminhos novos para sua literatura. Ele me olha espantado e se defende com a teoria sartriana da autenticidade (que leu há tanto tempo e a encarnou de tal maneira que pensa que ele mesmo a inventou).

Sábado 5 de setembro

A vitória de Allende no Chile ("primeiro marxista a tomar o poder pelas urnas no Ocidente", segundo os jornais) implica várias interpretações: por um lado, triunfa a postura tradicional dos partidos comunistas de tomar o poder pela via pacífica; por outro lado, acende na direita um alarme que não leva em conta se a posição que o governo socialista assume foi conseguida pelas armas ou pelo voto, vão atacá-lo e tentar liquidá-lo sem jogar limpo e recorrendo — eles sim — à via armada. A morte do Che e o apoio de Fidel à invasão soviética da Tchecoslováquia são o marco da situação. No Chile, o reformismo é uma política de massas e a esquerda pode talvez conseguir aquilo que realmente foram tentar com o voto. A linha dos grupos armados aparece desmentida nessa situação e fortalece na Argentina a posição negociadora do peronismo (que também se apoia nas massas e nos sindicatos).

Domingo 6

A reunião na casa do Alberto S. teve outros méritos além do vinho, do uísque e da comida. Como sempre nos encontros sociais, eu me desdobro, me vejo atuar, sempre à distância. Discussões com a moça que estava com o Casullo, estupefação diante das análises políticas dos jovens acomodados de esquerda. Sempre que vou a esses lugares, juro que não volto, mas acabo voltando. Fui e voltei com o León, que ao entrar perdeu o interesse porque não havia mulheres sozinhas, mas teve cinco minutos brilhantes, o que para mim confirma que ele é o mais inteligente de toda a turma. Depois se recolheu como sempre e cochilou um pouco, talvez pensando com nostalgia que podia ter aceitado o convite de ir ao Chile para a posse de Allende.

Série E. Ao reler os cadernos, vejo claramente a continuidade que vai de 1958 a 1967, esse seria o Volume I da minha vida escrita. A consolidação do jovem esteta que desce à realidade, mora sozinho, ganha a vida e começa a publicar. O segundo volume começa em 1968 e está em andamento.

Segunda-feira 7 de setembro

Escrevo na mesa que dá para a esquina, no La Paz, à minha frente a cidade, o fragmento de cidade onde eu vivo, o gato percorre seu território, marca o lugar onde sai à caça de notícias do mundo exterior. Estou fazendo uma tradução de Fanon para a *Cuadernos Rojos*. Quando a violência é legítima? Essa é a pergunta atual. Porque ninguém mais acredita que as massas vão agir por conta própria, Fanon associa a violência aos atos individuais de um sujeito novo, que muitas vezes funciona como um suicida.

Terça-feira 8

Discussão absurda sobre literatura e política na *Los Libros*, com Funes, Germán G., Toto e David. Como sair da posição meramente testemunhal de que o escritor se vale para demonstrar que está de acordo com as boas causas? Para mim, trata-se de partir de uma renovação da técnica artística, pôr a arte a serviço da ação; implica, antes de mais nada, mudar ou ampliar o próprio conceito de arte.

Quarta-feira 9

Trabalhar a poética implícita, não o que se diz sobre literatura, e sim como se faz. A vanguarda se nega a entrar na circulação estabelecida e procura abrir novos canais de difusão da arte, deve inventar um novo território, assim como a vanguarda política abandona a luta parlamentar e deve encontrar outras formas de expressão.

Trabalho na conferência que vou dar em Rosario. Penso em argumentar com exemplos.

Quinta-feira 10

A mesa de madeira, pintada de amarelo, que o tio Luciano e eu carregávamos de bicicleta, balançando como um barco. A toalha de oleado sobre a mesa da cozinha na casa em Bolívar, com listras que se cruzavam como num mapa e um buraco na borda, que eu abria sem que ninguém visse. A vez em que eu passava a caminho do quarto e vi minha prima Lili nua, caminhando (cobriu os seios com as duas mãos).

Sexta-feira 11

Perto da hora do almoço me encontrei com o David, que oscila entre a sedução e a loucura, falei com o Willie Schavelzon sobre uma coleção de ensaios de escritores e consegui que ele me desse um cheque de cinco mil pesos como adiantamento pelo artigo que vou escrever para a *Los Libros*. O David recolheu na livraria um pacote com exemplares do seu romance *Los dueños de la tierra*, que acabaram de reeditar, e foi até a livraria que fica na frente da Dávalos, na rua Corrientes, para vendê-los pessoalmente e assim levantar algum dinheiro. São os livros do autor, me diz sorrindo, eles me dão dez exemplares para eu presentear e eu os liquido pelo preço de mercado. Passei pela Tiempo Contemporáneo, conversas várias com o Casullo; em casa, quando voltei, estava o Ismael Viñas e depois chegou meu irmão. Quando finalmente fui para a cama, senti que o dia tinha começado fazia um mês.

Sábado 12

Uma história real. Os irmãos do pai do Natalio W. tentavam passar da Polônia para a Rússia depois da revolução. O grupo tentou cruzar a fronteira, mas foi interceptado pela polícia. Só voltou o guia, que era surdo-mudo, e contou com sinais que todos tinham sido assassinados, todos exceto uma mulher de cabelos muito longos (ele abre as mãos atrás da cabeça e desce com elas até a cintura), era Sara, a irmã caçula, tia do Natalio, gêmea do seu pai.

Os judeus poloneses que não podem subir nos trens cheios de gente fugindo descem aos trilhos para obrigá-los a reduzir a marcha e poder saltar nos estribos, para assim chegar a Varsóvia.

O Exército Vermelho, com os soldados mortos de fome, maltrapilhos, atravessando a aldeia enquanto cantam "A varsoviana".

Série E. Continuo em busca de uma estrutura para o diário para publicá-lo. O material será real, mas a forma de apresentação deve ter um tom que permita sua leitura como um relato autônomo, ou seja, com leis próprias.

Depois o David veio me ver e conversamos a respeito do seu livro de ensaios sobre literatura argentina (de que eu não gosto). Dali a pouco apareceu o Dipi Di Paola e ficamos dando voltas pela cidade até o meio da tarde.

Domingo 13 de setembro

A decisão de fazer com que o pensamento (ainda não pensado) e a narração se interfiram cria múltiplos problemas para mim. A solução precária que tenho à mão é argumentar com exemplos, isto é, com relatos, ou seja, com argumentos. O conceito deve ser narrativamente visível sem que seja necessário enunciá-lo. Chamo isso de escrita conceitual.

Os artistas plásticos estão mais perto da realidade que os escritores. Não têm o lastro — milagroso — da linguagem. Podem usar aquilo que encontram e transformá-lo numa obra, e podem apagar o artista para fazer dele uma figura que se confunde com qualquer pessoa. Às sete da tarde aparece o Roberto Jacoby, longas e violentas discussões políticas sobre possíveis caracterizações do grupo Montoneros. Agora todos viraram peronistas.

Segunda-feira 14

Em "Strange Comfort Afforded by the Profession", Malcolm Lowry trabalha na construção de um escritor imaginário. Trata-se de Sigbjorn Wilderness, que no conto visita a casa de Keats em Roma e relembra seu encontro com o túmulo de Poe. O que é ser escritor? Essa é a pergunta da narrativa. O álcool é uma das respostas, e no conto o escritor ficcional bebe cinco copos de grapa como se fossem água. E esse parece ser seu talento natural.

O personagem do escritor está no centro de uma rede de narrativas. "Temor incipiente, enquanto escritor que faz anotações, de ser confundido com um espião", escreve S. W. em seus diários ("Through the Panama"): cabe lembrar que o cônsul em *Under the Volcano* é assassinado porque o acusam de espionagem. A figura do escritor como espião em território inimigo já era a definição que Benjamin fazia de Baudelaire como poeta maldito que negava a moral do capitalismo.

Na série de romances e contos que têm Sigbjorn Wilderness como protagonista, a questão é dupla. Por um lado, encontra-se "no meio da rua com um bloco de anotações na mão" e teme que por isso o confundam com um espião. Por outro lado, a questão é que aquilo que ele escreve em seus romances se realiza em sua vida. A ficção é um oráculo que determina sua experiência. O álcool está aí para suportar essa dupla maldição.

O David é visto por mim como um escritor imaginário. Penso nele como uma espécie de Silvio Astier de meia-idade. Sua incômoda — para ele — e inautêntica dedicação à literatura lhe dá uma espécie de superioridade, como se ele fosse um mártir que tem direito a tudo, por isso telefona, implora, seduz e, se eu me recuso a vê-lo, arrasta a Julia até um bar e a obriga a ouvir suas obsessões, impõe seus problemas como se ele fosse o centro do mundo. Vejo aí uma atitude, para não dizer uma pose, que muitas vezes encontro exibida nas histórias que têm como protagonista um escritor imaginário. Assim, vejo o David como um ator que se finge de escritor e ao mesmo tempo detesta essa figura, entende-a como um embuste que deve ser criticado pela ação, quer dizer, pelo empirismo que dissolve toda ilusão. Também há um pouco disso no Walsh, que se sente incômodo com sua literatura (porque além do mais escrever é muito difícil para ele) e decide se transformar num militante político.

Portanto tratarei de fazer uma cartografia — ou uma enciclopédia — das figuras e representações do autor na cultura contemporânea. Não é um artista, é uma testemunha, um cronista, e sua vida — imaginária ou real — é uma tentativa de justificar — ou de entender — por que se dedicou à literatura. Isso quer dizer que nesta época a literatura já não justifica a si mesma e precisa ser legitimada.

Terça-feira 15

Outra imagem que sobrevive e envio a mim mesmo do passado, procurando um sentido que não consigo decifrar (porque não sei ou não lembro o que está antes dessa cena). Minha mãe me leva no colo pela calçada da casa dos meus avós (que depois será a nossa), a cerca viva com flores brancas e folhas redondas (cujos frutos acho que eram comestíveis), ela geme e chora, me pergunta se não estou triste por causa do tio Eugenio que acabava de morrer num acidente. Lembro então, nesse momento, como um efeito do choro da minha mãe, de um caminhão estacionado na porta de entrada, carregado de tijolos, uma espécie de pirâmide de onde ele despencou. Muito mais tarde entendi que ele era alcoólatra e morreu porque estava bêbado.

Estão velando o pai da minha mãe, meu avô Antonio, eu jogando bola na rua e meu pai sai da casa, me chama e ralha comigo por minha falta de seriedade. Então eu vejo todo mundo vestido de preto, de luto, e tenho vergonha da minha gravata colorida. Devo ter, se bem me lembro, treze ou catorze anos.

Aquele restaurante alemão, com cadeiras de bambu, na rua Rivadavia, um verão em Mar del Plata, comíamos salsichas com batatas fritas e tomávamos cerveja (com que mulher eu estava?) e encontramos o Dipi e uns conhecidos de La Plata e, sentados a uma das mesas junto à janela, falávamos de Braudel e da longa duração. Aquilo que dura e persiste, o que é? Ou melhor, o que será? Braudel fala dos espaços geográficos (os vales, os rios) que mudam tão lentamente que não há um tempo para pensar sua presença na história. Qual seria a longa duração na literatura? O gesto de traçar signos para um destinatário desconhecido. A postura persiste, usa-se a mão habilidosa para escrever.

Ao ler "O discurso da história" de Barthes confirmo a verdade — ou o verdadeiro caminho aberto por essa compreensão — da minha intuição em 1963, no apartamento que eu dividia com o Oscar C. na rua 1 em La Plata, enquanto estudava história americana: ver a história como narração, estudar os procedimentos, as técnicas etc.

Série E. A Julia foi se refugiar em La Plata, e eu, que estou sozinho, sento no Pippo da rua Paraná para ler o jornal e comer um bife com salada. Penso no grande tema da minha vida: o homem sozinho (o que ele vê, o que ele pode ver, como ele pensa etc.) é a base e a condição da escrita deste diário. Por isso a ilusão de encontrar uma forma individual e uma linguagem privada. Esse estilo — se é que ele existe — não tem destinatário, portanto nada que se saiba deve ser dito. A prosa tende ao presente e à descrição, trata-se de uma exterioridade radical de quem escreve — o sujeito imaginário, ou melhor, o escritor conceitual — em sua relação com a linguagem como matéria própria. Um objeto que tende ao não dito, ao laconismo psicótico (a prosa se parece com isso) e à não comunicação hermética.

Quinta-feira

Notas sobre Tolstói (12). Pacto com o diabo (Fausto). Tchékhov intui do que se trata. Escreve a Suvorin na primavera de 1895: "O demônio tem que ver com a filosofia de homens como Tolstói, que pertence à estirpe dos grandes da terra. Todos os grandes sábios são tão despóticos quanto os generais, e também tão ignorantes e pouco delicados quanto os generais, posto que estão certos de ser intocáveis. Diógenes esbofeteava as pessoas no rosto por saber que não sofreria por isso. Tolstói maltrata os médicos como se fossem aproveitadores e expõe a nós sua crassa ignorância a respeito dos grandes problemas porque, exatamente como Diógenes, não pode ser preso nem atacado nos jornais. Portanto, para o inferno a filosofia dos grandes da terra".

Sexta-feira 18 de setembro

No fim da tarde apareceu o Néstor G., que acaba de voltar da França, sempre igual. Conta que assistiu a *Muriel* de A. Resnais, veio com Diana Guerrero, que trouxe uma análise de Arlt esquemática e reprobatória. Fui à revista e encontrei o David eufórico por suas conversas com D. Stivel, que o convidou a escrever algo para seu programa de televisão *Historia de jóvenes*. Um escritor como ele se sente realizado imaginando um público maciço.

Meu comportamento estranho em Havana, em janeiro de dois anos atrás, impressionado por causa do meu encontro com Virgilio Piñera. Levei para ele uma carta do Pepe Bianco. V. P. veio me ver no hotel, um homem magro, lúcido, que admiro muito. Foi logo me dizendo: "Vamos ao jardim, aqui dentro está cheio de microfones". Ao ar livre, disse às pressas que estava sendo perseguido pela polícia política, que estava isolado, que não tinha trabalho, que o espiavam etc. Uma pessoa frágil, amável, muito educada, que só se interessa pela literatura mas que aceitou a revolução com alegria e não se exilou. Por que é perseguido? "Porque sou invertido", ele disse com um sorriso, recorrendo a um termo da velha guarda. O invertido, o inverso, que está virado. Eles o consideram um perigo político, são esses os delírios forjados por quem se julga investido de uma verdade política pela história. Depois pedi na Casa de las Américas o livro de contos *Assim na paz como na guerra*, de G. Cabrera Infante. Houve certa hesitação, evasivas, mas decerto preferiram evitar o escândalo de me negarem o acesso a um livro editado pela revolução. Descemos por uma escada que nunca acabava de mergulhar nas entranhas da terra e no fim, lá embaixo, encontraram o livro e me entregaram o volume com olhar de sigilo e reprovação. Na biblioteca da Casa de las Américas havia um caderno pendurado num armário junto de um lápis. Nele devia escrever seu nome e outros dados pessoais quem quisesse ler *Três tristes tigres*, o romance de G. C. I. editado na Espanha em 1967. Muitos leitores correram o risco de se expor para poder ler um romance que admiravam. Imagino que tudo isso, além das discussões e os encontros, me levou a um estado de grande excitação nervosa que durou até o fim da minha estada em Cuba. Tratou-se da presença brutal de uma realidade para a qual eu não estava preparado. *Me caí de la mata*, como dizem os cubanos.

Sábado 19

Visita do David, que recusou a proposta de Stivel de fazer uma autocrítica como condição para montar *Lisandro*. Depois o Rubén K., que defende o romance linear e odeia os intelectuais por puro rancor contra si mesmo. O anti-intelectualismo da esquerda reproduz a posição dos meios de massa. Desconfiança de qualquer análise ou posição que exponha questões complexas, eles acham que tudo é simples e que as pessoas não os entendem por falta de consciência social. Dramático e triste.

Depois fui à revista, saiu o número com meu longo artigo sobre literatura norte-americana. Posições extremas que me ajudam a sobreviver. Faço de conta que sou invisível. Vou ao curso do León sobre Marx para aliviar um pouco o peso destes dias. Lemos *Formações econômicas pré-capitalistas*. O modo de produção asiático ligado ao despotismo oriental. O León cita Hegel de cor.

Domingo 27 de setembro

Um resumo da minha excursão que começou na sexta e acabou hoje cedo. Peguei o trem para Rosario às sete da manhã, experiência de simultaneidade, ouvia-se música *beat*, e no vagão se escutava um grupo de pessoas furiosas falando de dinheiro sem parar, enquanto eu, mentalmente, como se fosse outro, tentava explicar a alguém em pensamentos o sentido do termo "biblioterapia" e dizia a mim mesmo: é uma cura através da leitura. Estava a caminho de um congresso de bibliotecários, imaginei, e tudo o que se falava revelava a verdade da leitura privada. Ao mesmo tempo, pela janela do trem, de repente a cidade terminou e começou o campo, uma terra pelada, plana, e vi ao fundo, contra o horizonte, um casario, as últimas povoações, e depois, no deserto, uma *villa miseria*. "Uma tolderia", pensei, assim deviam ser vistas as barracas e choças dos nômades no pampa, quando as pessoas deixavam as posições fortificadas da "civilização". Pensei: "A altura em que estou, sentado contra a janela do trem, é igual à perspectiva que tinha um homem a cavalo". O que se vê é ao mesmo tempo distante e próximo, silhuetas que se desenham ao longe, ameaçadoras no vazio.

Em Rosario começou a maratona, o Nicolás estava à minha espera e imediatamente me encheu as mãos com seus escritos, bem que eu queria poder praticar a leitura imposta, mas nesses casos tenho uma reação contrária e não consigo ler. Artigos e comunicações de diversas origens e nenhum interesse "pessoal", escrita institucionalizada, neutra. "Como se não bastasse", ele acrescentou que também estava trabalhando nos problemas da tradução, o que para mim, eu lhe disse, não tinha importância, porque cada um escreve o que bem entende. Sua resposta foi não me deixar sozinho nem por um instante, como se estivesse me vigiando ou seguindo. Encontrei então o misto de soberba, perversão e provincianismo, modos de se diferenciar nos espaços burocráticos.

À noite dei a conferência, muito lúcida, mas vivendo mal inclusive os melhores momentos. Falei de Borges como exemplo da dupla enunciação, ou melhor, do texto duplo. A citação, o plágio e a tradução, exemplos de uma escrita dentro de outra, que está implícita. Lê-se por escrito um texto alheio, e a apropriação pode ser legal (citação), ilegal (plágio) ou neutra (tradução). Borges usa seu modo pessoal de traduzir para se apropriar de todos os textos que cita ou plagia: seu estilo "inconfundível" faz de tudo o que ele escreve sua propriedade. Usa com grande destreza também as atribuições errôneas, delirantes e múltiplas: habitualmente atribui suas próprias frases a outros, mas também apresenta formulações alheias como sendo próprias.

Durante toda a palestra me distraiu uma porta aberta, à direita do estrado de onde eu falava para aquela audiência ladina; pensei que os ouvintes não me acompanhavam porque estavam esperando alguém chegar (por isso tinham deixado a porta aberta). Quem poderia vir? O espectro de quem? Enquanto tentava descobrir, eu me "ouvia" falar. Quando ia entrando nas explicações, explodiram os aplausos e os elogios que me seguiram até o dia seguinte.

Romance. Não se trata de transformar o documento em ficção nem de explicar onde está a verdade naquilo que narro, trata-se de definir a ficção no modo de enunciar os materiais reais. Para mim a ficção é definida pela fórmula "quem fala não existe", mesmo que afirme chamar-se Napoleão Bonaparte e esteja dizendo ou contando somente a verdade. Está em jogo a crença do leitor, que é quem decide se recebe uma narrativa como verdadeira ou falsa, ou melhor, como real ou imaginária.

Curiosa atitude durante a conferência: primeiro no escritório, enquanto esperava, senti um vazio no ar, como se eu não estivesse lá: imaginei — vi — a mim mesmo perdendo o fio da meada. Assim que terminei de me sentar e comecei a falar, a atenção me deslocou para a direita, para a porta que dava no pátio. Tinha à minha frente vultos, rostos vazios, minhas palavras soavam ocas, tinha a sensação de avançar rápido demais.

Naquela noite no restaurante enorme e vazio, com um pátio no meio do salão ao ar livre, todos pediram — menos eu — costelas de porco. Sentado ao meu lado, Juan Pablo Renzi falava comigo sem parar, meio bêbado, e me perguntou se éramos parentes. Tinha visto o nome na antologia policial que aparecia assinada e traduzida por alguém que tinha o mesmo sobrenome que ele. "Não somos nada", respondi.

Segunda-feira 28

Notas sobre Tolstói (13). A arte como tentação. Enquanto escreve *O que é arte?*, anota no seu diário: "Não deixo de refletir sobre a arte e todas as formas de tentação que empanam o espírito: a arte é uma delas, com toda certeza; mas não sei como expressar meus pensamentos".

Terça-feira 29
Tenho a sensação de viver numa casa sem paredes.

Sequência de visitas e encontros. Na *Los Libros*, proposta de me mandarem a um congresso em Córdoba. Eu me recuso a viajar, e isso provoca muita agitação. Vamos ver, se eu fosse, teria que viajar na sexta. A revista banca transporte, hospedagem etc. Ontem me encontrei com a Beatriz Guido e o Leopoldo Torre Nilsson, achei os dois frívolos, ingênuos, um tanto cínicos, com a segurança que o dinheiro dá. A Beatriz preocupada com a publicação do seu romance *Escándalos y soledades*. Muita exposição, reportagens em todas as revistas. Ela me entrega o manuscrito para eu ler: eu sou o jovem, uma promessa, e estou à esquerda, ela espera, sem me dizer, que eu faça a crítica do seu livro na revista. Enquanto isso ele se mantém à parte, mostrando uma avidez infantil ao falar da "sua literatura". Depois me dá para ler dois contos e tenta desviar a conversa para sua escrita. Eu gosto do que ele faz, certo tom acanalhado, uma prosa falada que não está nada mal, bastante pessoal. Enquanto isso, prepara seu próximo filme, também histórico, baseado na vida de Güemes e seus *gauchos*, que defenderam a fronteira norte dos espanhóis. Conta e fala dos milhões que ganhou com seu filme sobre San Martín. Tem a inacreditável certeza de que a vitória do socialismo na Argentina é iminente e tenta se manter o mais perto possível de pessoas como eu, porque imagina que poderemos protegê-lo e evitar que o matem até que ele possa se exilar. Bebemos, nessa conversa histórico-política-artística-pessoal, uísque escocês e vinho francês, e comemos deliciosas empanadas feitas pela empregada correntina.

Um homem sozinho rendeu a família do gerente e dos dois tesoureiros de um banco, fazendo-se passar por integrante de um comando dos Montoneros. Obrigou o grupo a atravessar a cidade de ponta a ponta numa caminhonete, enquanto o ladrão os esperava no banco vendo televisão. Usando apenas a inteligência e o medo social, depois de cinco horas de trabalho, levou oito milhões de pesos.

Longa discussão ontem à noite com o Schmucler sobre a entrevista que me fizeram para a *Uno por uno*, logo assumo uma posição extrema (a mesma que tive na entrevista), enquanto ele, inteligente e sensato, argumenta cientificamente (repetindo Roland Barthes, sem citá-lo), defende "a escrita", a não representação e até mesmo o hermetismo como alternativa cultural, eu — na linha de Tretiakov, Brecht, Benjamin — defendo a não ficção, a escrita que não depende do livro e circula socialmente, negando assim a possibilidade de comprometer eficazmente a ficção. Só se escrevermos parábolas e fábulas com moral, no estilo chinês ou com a forma das histórias alegóricas da Bíblia, poderemos usar a ficção como propaganda. Atravessávamos a rua Paraná discutindo sobre vanguardas e agitação, quando um carro quase nos atropelou.

Quarta-feira 30

O Ismael Viñas cortou minha tarde, urdimos uma apócrifa consulta política que desatou nele uma ávida competição com os "intelectuais amigos". Tudo disfarçado com frases sobre os comunistas, mas preso a posições conservadoras. Depois apareceu o David, inseguro e ridículo perante o olhar do irmão, que sempre provoca nele atitudes teatrais, os dois se uniram para insultar Perón, continuam sendo liberais de esquerda e psicologizam a história como os populistas mais recalcitrantes, fazendo de Perón o eixo da realidade política dos últimos vinte anos (o que é verdade). Para me livrar dos dois aleguei um compromisso, fui caminhando com eles pela Corrientes (deserta, com o comércio fechado por causa do censo), entrei no metrô na Uruguay, desci na primeira estação e saí pela Callao, dando uma grande volta pela Riobamba e pela Sarmiento para não ser visto. Um ladrão protegendo os "tesouros" do seu pensamento privado.

Quinta-feira 1º de outubro

De tarde assisti a *Weekend* de Godard, a adaptação livre de "A autoestrada do Sul" de Cortázar transformada numa travessia tribal *on the road*, com catástrofes, canibalismo e delírios. Trabalho em algumas linhas da posição de Tretiakov para minha fala no congresso de Córdoba sobre vanguarda e política. É só eu me preparar para ler que começam os telefonemas. É o Luna que também quer viajar a Córdoba e acena com cumplicidades e dinheiro. Já posso até ver as reações perturbadas que ele vai ter diante do David, do Leon, do Toto. Eu sou "seu amigo", e ele vai querer provar isso a todo instante. Fez questão de se oferecer para comprar a passagem para viajarmos juntos e de me pagar a estadia para ficarmos mais tempo. Depois o León, que também se ofereceu para me pagar a passagem porque não quer viajar sozinho, e por último o David, que quer nos convidar para jantar. Tanta insistência liquida minha vontade de viajar.

Sexta-feira 2 de outubro

Estou relendo os cadernos de 1968, um personagem agressivo e solitário, que lança golpes no ar e luta cegamente contra a realidade. Eram os dias em que eu estava trabalhando na narrativa da viagem à Itália, obcecado com a mulher perdida e o diário de Pavese.

Segunda-feira 5

Fim de semana em Córdoba, sábado à tarde e todo o domingo, discussão pública com Oscar del Barco e seus acólitos (Marimón, Dámaso Martínez, Giordano etc.), eles defendem uma versão à la Bataille da autonomia da literatura com sua função ligada explicitamente às poéticas do "desejo" e a transgressão. Uma espécie de malditismo politizado, muito francês. Eu, da minha parte, voltei a insistir em que uma literatura política deve ir além do objeto livro e circular como uma prática aberta feita de manifestos, contos xerocados, histórias de vida, baseados sobretudo na não ficção. Em meio a esse aparte, as assembleias muito concorridas, os cartazes com a foto do Che, as palavras de ordem, os discursos dos operários radicalizados das fábricas de Córdoba. Ninguém falava com ninguém, eram só posições firmes, declarações que nunca se encontravam umas com as outras. Na volta, o David me procura em casa para racionalizar seu silêncio em Córdoba. Na realidade, nem eu nem o Del Barco levamos em conta a teoria do compromisso ou os romances sociais do David. Comentamos a carta do Toto a Cortázar com críticas e elogios.

Domingo 11

Eu me tranco na escrita, como o herói do romance que estou escrevendo. Qualquer ideia me roça a pele, estou em carne viva depois de sofrer as consequências de um incêndio. Custo a escrever nestes cadernos porque estou trabalhando bem e no diário sou sempre o outro, o que escreve para sobreviver. Basta acender a luz ou conectar o telefone para que todo mundo comece a forçar a entrada.

O narrador volta aos lugares da sua infância para se mostrar à sua nova mulher.

Todos me tomam por um ser humano, até que começo a falar. A cabeça paira no ar como um balão.

Sábado 17 de outubro

Decisão, digamos assim, de deixar a barba crescer, entrar "com outro rosto" nos vinte e nove anos que completarei no próximo mês. Vejo na maturidade uma maldição.

Domingo 18

Festa na casa da Alicia, discussão com o Sciarreta e o Malamud que me deixa mal. Por um lado, repete minha discussão com Del Barco (impossibilidade de uma crítica à literatura), nesse sentido tenho certeza de que estou com a razão. Mas ao mesmo tempo volto a encontrar o uso de uma cultura cada vez mais comum nos intelectuais meio lumpens, que exibem agressivamente um saber fechado dentro do qual se instalam. Por esse lado, sentimento de competição, vontade de eu também procurar o apoio de uma teoria que se possa receitar com confiança e, ao mesmo tempo, a certeza de que se negar a ser um consumidor passivo, um repetidor, é o único jeito de fazer uma "obra".

Segunda-feira 19 de outubro

Série E. Os efeitos de estilo destes "diários" nascem de um fato: tento reproduzir elipticamente minha vida oculta. Qual seria? Não tanto as ações que eu praticaria à sombra do mais visível, e sim o laço que liga pessoas e lugares. Preciso narrar os nexos, embora atualmente não os perceba. Escrevo numa prosa mais representativa que carece dos fios, afasto-me deliberadamente da interpretação e me aproximo da pura descrição. Procuro uma escrita que valha por si mesma e que reflita bem meu estado atual (medo do *surmenage*).

Quarta-feira 21

O Schmucler me fala da carta que o Del Barco pensa em mandar para a *Los Libros* discutindo meu artigo sobre literatura norte-americana, e vou ter que responder. Jantar na casa do Ramón Alcalde, chato e sem justificativa nem motivo.

Na realidade, a polêmica com Del Barco começou em Córdoba. Ele vive na ilusão de uma língua morta como material da literatura: uma linguagem "sem sociedade", sem modos de vida, vazia. Trata-se de uma retórica da perversão como força criativa: daí a monotonia e a repetição de procedimentos que aparecem nos escritores que respondem a essa lógica. Por exemplo, o

Osvaldo Lamborghini ou o bom conto do Del Barco "La Señorita Z.". Por outro lado, na *El Escarabajo de Oro*, a Liliana Heker critica minha entrevista para a *Uno por uno*. Estou como eu queria, no olho do furacão: Castillo, literariamente conservador, e Del Barco, o marginal, se unem para discutir minhas tentativas de encontrar uma saída para o debate realismo *vs.* delírio. Velhos acertos de contas, mas claro que não vou entrar numa polêmica explícita, e só responder de passagem, logo veremos.

Quarta-feira 28

Apesar da psicose que me provoca fazer algo por dinheiro, consegui montar a história para o roteiro do Hugo K. Um magnata, presidente de um clube de futebol que dirige um canal de televisão, é ameaçado de morte. Querem matá-lo, ele não sabe quem nem como. Descida ao inferno, sente-se perseguido, sente que há algo comprometedor no seu passado, mas não se lembra nem sabe o que é (aí está a chave: ele fez alguma coisa, mas conseguiu esquecê-la por completo). Todos, especialmente seu guarda-costas, acham que ele sofre de um delírio persecutório e insistem em que não há perigo. O espectador deve acreditar nisso, ou seja, que se trata de um surto de paranoia. O magnata também acaba se convencendo e organiza uma festa para mostrar que não tem medo e que entendeu que os sinais que o fizeram acreditar na ameaça de morte não passavam de maus pensamentos. Então, nessa noite, ele é morto durante a festa.

A história que o magnata esqueceu: uma turma de adolescentes, um deles encontra o revólver do pai. Saem uma noite e vão ao Parque Japonés, em Retiro, sobem na roda-gigante (uma grande roda com assentos que gira no alto do parque de diversões) e de lá, protegidos pela escuridão e pelo barulho dos fogos e da música estridente, atiram ao acaso contra a multidão. Pânico, correria, ninguém repara nos jovens de classe média que circulam tranquilamente pelo lugar depois de ter matado uma desconhecida. Ela tem dois filhos que decidem vingá-la. O Hugo K. me deu 25 mil pesos de adiantamento por esse argumento.

Sábado

Sensação de chegar muito longe porque vou deixando coisas pelo caminho: alguém que nunca para, que não pode parar, que avança para a escuridão porque não quer pensar. Acima de tudo, ele não quer saber nem se informar (e essa preocupação é abstrata, ele não sabe o que não deve conhecer, trata-se da pura forma vazia de uma perseguição pelas ideias e pelos pensamentos).

Faço um balanço deste mês que termina. Liquidação e balanço era a fórmula das lojas do bairro, principalmente no fim do ano. Vou usar esse procedimento na minha vida pessoal. Gosto muito do verbo *liquidar*, quer dizer, claro, vender barato, mas também matar. Escrevi sessenta páginas do romance "verdadeiro" baseado em fatos e na fuga a Montevidéu e o posterior cerco em que caem os, como se diz, *malvivientes*. (Todos somos *malvivientes*, ele disse.) Por outro lado, nessa linha, descolada da trama, a história do magnata que organizou uma grande festa desafiando seus perseguidores, que evidentemente o matam (para o roteiro do Hugo K.). Ecos das minhas novas posições sobre a função política da literatura (que exclui a ficção): longo artigo sobre a escrita dos Black Panthers como resposta à reflexão de William Burroughs: os pintores saíram do quadro, quando é que a literatura vai sair da página? Pesquiso por aí: escritas fragmentárias, muitas vezes gravadas, histórias de vida, panfletos, poemas, denúncias que circulam de mão em mão fora do circuito comercial do livro, de editores, livreiros, críticos. Abre-se um mundo de grande liberdade, uma prosa ligada àquilo que os vanguardistas russos chamavam "demanda social". Avancei nessa linha nas discussões da esquerda em Córdoba. Dei o exemplo dos textos de denúncia e não ficção do Walsh, contra a ideia de pegar uma forma acabada como o romance e mudar seu conteúdo. É a forma, a ficção, que deve ser reformulada: ela tem seu próprio sistema de recepção mediado, devemos procurar uma prosa imediata e urgente, que dispute com a circulação interminável de notícias no rádio e na televisão, inventar a notícia, como diz o Walsh. A prosa documental liberta a ficção e permite a experimentação e a escrita privada.

As reações e as críticas provam que estou seguindo no caminho certo. Ao mesmo tempo, escrita financiada: também aqui, relação direta e sem véus entre narração e dinheiro. Os cem mil pesos que vão me pagar pela invenção de um argumento. Tudo vai bem, posso dizer. As fantasias de dez anos atrás estão se realizando. Veremos aonde sou capaz de chegar.

Terça-feira 3 de novembro
Na livraria francesa Galatea, o vendedor, tão aprumado e elegante que cultiva um ar à la James Mason, achou que eu tinha roubado um livro, veio

me apalpar as mãos, e eu — que justo hoje não estava levando nada — pude insultá-lo, obrigá-lo a recuar e pedir desculpas.

Usar frases de tango como referente do narrador.

Almoço com o Vicente Battista, que publica a *Nuevos Aires*, uma revista, e tento convencê-lo a não incluir nela um artigo sobre Sabato como escritor *kitsch*.

Sábado 7

Mais uma vez — a segunda, até onde me lembro —, recuso a paternidade, de novo a literatura como substituto. Talvez por isso hoje de manhã tenha me surpreendido ao escrever as palavras alterando a ordem das letras, uma prosa elegante e incompreensível. Desarticulado, sou um espelho quebrado, o sol brilha em todas direções e não é possível refletir a realidade (deste quarto).

Pavese está ligado a certas escritas de mulheres. Não tinha percebido. Em que consiste esse toque? Extrema sensibilidade para os detalhes e os climas, enredos sempre anunciados que nunca se narram. Eu o vejo ligado a Silvina Ocampo, Katherine Anne Porter.

Série E. O único jeito de salvar estes cadernos é acreditar na superfície pura da prosa: não tentar registrar minha vida, mas criar um espaço homólogo que lhe sirva de espelho.

Uma história real. Detidos por uma denúncia anônima na hora em que iam assaltar uma farmácia, Guillermo P., vinte e dois anos, e Miguel R., dezoito, são acusados de assaltos a casais, tentativa de estupro etc. R. tinha ganhado um concurso organizado pelo Club Alsina de Villa Urquiza por permanecer cento e setenta (170) horas acordado e sem nenhum descanso, performance que quase repetiu em outro concurso, no Club Cabral de Villa Adelina, quando completou cem horas de vigília. Ambos os fatos foram repercutidos pela televisão e pelos jornais. Atuou sob efeito de drogas. Seu parceiro, por outro lado, que também atuou no primeiro caso, fez um uso tão desmedido dessas maratonas que sofreu um repentino surto de loucura e tentou se atirar da sacada do primeiro andar do clube, razão pela qual teve que ser detido (*La Razón*, 6 nov. 1970).

Segunda-feira 9

O poderoso distribuidor de jornais e revistas, que controla a área de descarga dos jornais e todas as bancas da cidade, ganha milhões e recebe seus pagamentos em dinheiro vivo e valores pequenos, e anda cercado de guarda-costas. Está tão acostumado a manusear dinheiro que deixa um pacote com duzentos mil pesos no teto do seu carro, onde o apoia para ter as mãos livres ao abrir a porta. O dinheiro voa como confete pela rua Corrientes.

Terça-feira 10

Por momentos, forte sensação de fracasso, como se o romance estivesse perdido e eu teimasse (sem verdadeira convicção) em fazê-lo sobreviver. Me agarro à escrita para não afogar.

Quinta-feira

Hoje, greve geral. Em Tucumán os estudantes controlam a cidade por dois dias seguidos. À tarde aparece o David, recém-chegado do Chile, eufórico, sentindo que Buenos Aires "fede a merda", culpa a cidade depois de confirmar que o cheiro não vem das suas axilas nem dos seus sapatos (fica de meias e se agacha na poltrona para cheirar os próprios pés), agora tem que escrever um livro sobre o Chile para a Galerna, que já lhe pagou o adiantamento.

Sexta-feira 13

Aparição inesperada do Jacoby, animado em mobilizar um grupo de artistas para que façam desenhos e quadrinhos apoiando os operários em greve. De certo modo, dou o ano por encerrado, daí a falta de entusiasmo, inconsciência que precede uma data-chave: vou fazer vinte e nove anos. Tempo morto, como se estivesse na véspera de uma grande viagem. Vivo por cima, sem me dar tempo para nada, atarantado.

Domingo 15

Ontem as FAL* liquidaram o subchefe de Coordinación Federal, era um torturador. Criticá-los exige um esforço, mas eu, que os conheço, os

---

* Fuerzas Armadas de Liberación, grupo guerrilheiro ligado ao Partido Comunista Revolucionario (PCR), dissidência maoista do Partido Comunista Argentino (PCA). [N. T.]

critico. Lembrar a estratégia de massas para discutir com os pequenos grupos elitistas de guerrilheiros iluminados.

Segunda-feira 16

"Por que repetir o péssimo hábito de considerar cultas as pessoas que usam roupa elegante, em vez de considerar cultas as que são capazes de confeccionar essa roupa?"

Terça-feira 17

Cortázar anda por Buenos Aires há uma semana, sem aparecer. Ou melhor, só aparecendo com seu guarda-costas, fugindo de qualquer tipo de discussão literária e/ou política. O David V., em contraste, desesperado, eufórico porque conseguiu dinheiro por algo que prometeu escrever, depois de passar dois dias sem comer. Agora me convidou para jantar para combater seus fantasmas (entre eles, a fama de Cortázar).

Cada vez preciso de menos dinheiro e de mais tempo livre.

Quarta-feira 18

Discutir o peronismo é discutir a estrutura sindical, que é, por definição, negociadora e que só em última instância e por motivos concretos se mobiliza e luta. Por isso me parecem ilusórias as tentativas de criar grupos de choque que se autodenominam peronistas revolucionários, expressão que para mim é um oximoro.

"Não podemos deixar de observar, em primeiro lugar, que a citação e a montagem de páginas alheias num contexto próprio é habitual em Brecht." Paolo Chiarini.

Cresce meu deslumbramento por Brecht, ou, melhor dizendo, pela prosa de Brecht. Impressão tão fundamentada quanto o conhecimento de Pavese, Hemingway, Borges ou Joyce.

Quinta-feira 19

Continuo com Brecht, apaixonadamente, vejo confirmadas minhas intuições, por exemplo, o trabalho com aquilo que chamei "discurso duplo", pôr um texto dentro de outro, não por alusão, e sim por dupla inscrição do escrito. Os ensaios devem ser vistos também conforme sua segunda acepção: tentativa, experimentos com a forma de argumentar.

Sábado 21

Decidi deixar de lado o romance e terminar o roteiro e os contos já em andamento. Época confusa, sem pausas, vertigem que não cessa, nenhuma chance de ficar quieto e pensar (para mim, "parar para pensar" vem antes de saber sobre o que pensar).

Vou ao cinema e vejo uma retrospectiva de filmes argentinos. *Deliciosamente amoral*, de Julio Porter, com roteiro em parceria com César Tiempo, com Libertad Leblanc. A mãe obcecada por Gardel vai todo dia ao cinema para vê-lo cantar em seus velhos filmes, que são reprisados num cinema de Almagro. O pai que se atormenta pois quer ir para a cama com a filha, a quem dedica canções incestuosas.

Domingo 22 de novembro

Tudo nasce do fato de não saber quem é o outro que vive comigo, medo de que ele me traia e não me deixe chegar aonde quero ir. Entre mim e ele, desconfiança, várias surpresas simultâneas, dúvida sobre o que estou procurando. Toda uma vida para viver.

Terça-feira 24 de novembro

Entro na idade da razão, como um amador, levemente sentimental, que evita toda responsabilidade social e sabe menos de si mesmo do que sobre qualquer outro amigo próximo.

Quinta-feira 26

Yukio Mishima, ótimo escritor (*Confissões de uma máscara*), fez haraquiri gritando "viva o imperador" e foi filmado pela televisão. A sociedade atual transforma os ritos medievais em *happenings* e espctáculos.

De tarde me encontro com Bernardo Kordon, que me propõe uma viagem à China no ano que vem. Acho a ideia divertida, mas não levo a proposta a sério. Depois, na casa dele, vejo a Beatriz Guido e o Leopoldo Torre Nilsson, cumplicidades e diferenças.

Sexta-feira 27

Encontro o Walsh na Tiempo Contemporáneo. Encomendei a ele a tradução dos contos de Chandler. Jogamos conversa fora, sempre me acontece quando o encontro, ele muito esquivo e muito populista (e anti-intelectual). Nem por isso deixa de tentar me vender sua velha *Antología del cuento extraño* para a ETC. Diz: "Esta é uma das duas antologias citadas por Roger Callois". Pausa. Depois em voz baixa: "A outra é a do Borges". Eu sorrio: "Claro, são as únicas".

Está claro que não quero ir à China agora, não estou "preparado", é como ir à Lua, e além disso quero terminar o romance. Sempre a mesma sensação de irrealidade, eu me olho de fora como se tudo acontecesse com um estranho.

Um par de tesouras sobre a mesa me provoca uma dor no pescoço: como se alguém as retirasse do meu corpo depois de enterrá-las. Um som úmido, oco, como de uma pia esvaziando.

Sábado 5

Termino o livro *Cinematógrafo* para o Hugo K., quarenta páginas para narrar a história do magnata que organiza uma festa em que será assassinado. Tenho quinze dias para reescrever e ajustar o roteiro do B. Vou ver se consigo tirar uns dias de férias e depois retomar o romance.

Domingo 6

Digamos que com muito tempo livre eu me perco: durmo demais, naufrago nos pequenos detalhes — preciso descer para comprar erva-mate, preciso ir pegar a roupa na tinturaria...

Para me livrar da sensação de ser um amador, teria que estudar sistematicamente os livros de ensaios dos escritores que admiro (Brecht, Pound, Pavese). Vou buscar no pensamento o espaço para fugir da idiotice da literatura.

4.
Diário 1971

Durante muitos anos, Bianco foi nosso Rulfo. Escreveu duas obras-primas breves (ou duas breves obras-primas) e depois ficou por trinta anos em silêncio. Uma dessas obras-primas, claro, é *Las ratas*. Há vários modos de ler esse livro, para além do prazer que sua leitura provoca com a limpidez de uma prosa elegante sem nunca ser afetada (sem ser nunca afetada pela elegância deliberada daqueles que o copiam para ostentar os traços da grande literatura): podemos ler suas páginas no contexto em que foram escritas e no espaço do presente.

É bom lembrar que quando *Las ratas* foi publicado (em 1943), era Borges quem estava ditando o rumo da literatura argentina: os contos que ele começara a publicar em 1940, e que depois reuniu em *Ficções*, haviam provocado um efeito dominó cujo exemplo mais claro é sem dúvida *A invenção de Morel*, um romance de Borges, diríamos hoje, um romance que Borges "escreveu" em pobre prosa, a de Bioy. Por seu lado, Bianco, muito próximo de Borges, fez (assim como Onetti anos mais tarde) um movimento diferente: procurou no denegrido — por Borges — romance psicológico o outro grande caminho de renovação da narrativa contemporânea. Não se tratava, portanto, do romance de trama férrea, ligada a um gênero, conforme os ensinamentos daqueles que Borges chamava de seus mestres (Chesterton, Kipling), e sim do outro grande caminho de renovação que, iniciado por Henry James, seguira com Julien Green, E. M. Forster e Ford Madox Ford. Certo trabalho muito sutil com a anomalia do narrador, uma anomalia ligada ao terror e à alucinação que gerava um mundo instável. Esse narrador via o real como uma névoa opaca. Lido hoje, o livro de Bianco se enriqueceu com o desenvolvimento de certa literatura contemporânea: Nabokov, Auster. "Toda vez que me sento para escrever", dizia Bianco com um brilho irônico no olhar, "sinto o Borges me olhando por cima do ombro." Hoje, porém, muitos pensam que é Bianco quem deve olhar Borges por cima do ombro.

Fevereiro

Ontem de manhã trabalhei com o B. no ajuste do roteiro; à noite, Carlos Altamirano veio com o projeto de um grupo de trabalho interdisciplinar que tenha como foco de pesquisa a situação colonial e busque as relações com a literatura. A proposta dele é começarmos com a discussão que proponho no meu trabalho sobre tradução. (Não me interessa o horror interdisciplinar nem me interessa uma questão tão abstrata como A situação colonial ou neocolonial.)

Na revista *Panorama*, elogios à Serie Negra, não suporto minha própria foto, vejo meu rosto e penso: esse não sou eu (e não sou mesmo).

Terça-feira 2 de fevereiro

Ontem no curso falei de Brecht mas também de Karl Korsch, de Walter Benjamin e do Lukács da *Teoria do romance*. Vejo aí uma linha de continuidade da crítica de esquerda com os pressupostos da vanguarda russa (sobretudo Eisenstein, Tyniánov e Tretiakov).

Encontro com o Hugo K., ele interessado, para minha surpresa, no argumento que escrevi ontem em exatos dez minutos. São flashes, feitos para o livro, do qual estou tão afastado que já nem me lembro do argumento e vou ter que anotar o que me dizem sobre o texto para não perdê-lo por completo.

Quinta-feira 4

Longa conversa com o Manuel Puig ontem à noite, diversas concordâncias, nele encontro o que poderíamos chamar de lucidez técnica, um conhecimento profundo da arte de narrar. Insiste em sua necessidade de concentração maníaca e na recusa de tudo aquilo que perturbe a escrita, vontade férrea no Manuel para revisar e recomeçar tantas vezes quanto necessário. Por aí, concordância total; claro que, a meu ver, ele se preocupa demais com a sorte dos seus livros depois de publicados (relações públicas, acompanhar as críticas, trabalhar nas traduções).

O Miguel Briante me telefonou alegando um pretexto banal, como querendo ratificar minha releitura admirada do seu livro *Hombre en la orilla*. Nos encontramos no La Paz e voltamos a sentir a mesma cumplicidade irônica que nos acompanha desde nossos vinte anos. Seu livro é extraordinário e eu mesmo o editei pela Estuario porque a Piri Lugones o recusou na Jorge Álvarez quando o indiquei a ela, dizendo que não estava interessada em contos rurais. Cega para a literatura, como o avô. O Miguel se envenena porque vê uma quantidade inacreditável de idiotas recebendo aplausos enquanto ele deriva na solidão e no álcool.

Época de confusões e dispersão, tento dar cabo do roteiro que estou escrevendo por dinheiro, do artigo para a revista *Pasado y Presente* e, acima de tudo, da minha constante tentação de ler tudo o que sai para ficar em dia. Não há nada mais ridículo do que essa pretensão, mas no meu caso está ligada ao meu trabalho na revista, onde devo resenhar *todos* os livros editados ao longo do mês. Os trabalhos com que ganho a vida lendo me transformam inevitavelmente em alguém que está "informado" e pode falar com qualquer idiota sobre as novidades literárias.

Sexta-feira 5

Trabalho em ajustar os diálogos do roteiro. É curioso, mas deve-se procurar um efeito de realidade que só se consegue evitando as marcas mais visíveis da fala. Por isso, os bandidos dessa história falam numa linguagem inventada, estranha à realidade imediata, e desse modo é possível que suas palavras sejam críveis. O cinema, ao contrário do que se pensa, torna tudo artificial.

Ainda pressionado pela lição de rigor profissional que — sem pensar — o Puig me deu na outra noite. Ele viajou da Itália a Nova York para se instalar em paz e trabalhar isolado durante três anos em *A traição de Rita Hayworth*. Desconhecido e sem apoio, escorou-se em sua própria obstinação. A par disso, sua "incapacidade" de ler, que lhe permite fundar qualquer conhecimento naquilo que está escrevendo. "Não consigo ler romances, porque os corrijo", excelente definição da leitura do escritor, lê todos os livros como se fossem seus e não estivessem terminados.

Sábado 6 de fevereiro

Assisto a *Os irmãos Karamázov* no cinema (direção de I. Pyryev): a figura de Smerdiákov, que "odeia a Rússia inteira", e a frase de Ivan: Quem é que já não quis ver seu pai morto? (eu também quis ver meu pai morto e também odiei meu país).

Quarta-feira 10

Em não mais de duas horas, escrevi hoje um capítulo do romance que não me desagrada: a mulher no quarto do Hotel Majestic. Faz muito tempo que não me sinto tão bem, confiança no livro depois de alguns meses de incerteza.

Ontem na editora recebi uma carta de Sartre: incrível. Dirigida a mim com simpatia, nela me autoriza a publicar num livro dois de seus ensaios e uma longa entrevista sobre literatura. Penso com secreta ironia em Sartre comprando o papel no qual iria me escrever. Obviamente, claro, nessa carta a mediação não é a de um sacerdote, e sim do seu secretário.

Quinta-feira 11

Termino o dia assistindo a *Meu ódio será sua herança*, de S. Peckinpah, num cinema com ingresso a 95 centavos, aonde homens sozinhos e mulheres da vida vão dormir, aliviar o cansaço da cidade ao abrigo do ar refrigerado.

Lembro das figuras carnavalescas da Casa Lamota: o Leão de Damasco, a Dama Antiga, o Pirata, o Zorro, ilusões precárias mas luminosas. Escolhíamos as fantasias na página ilustrada da revista *Billiken*.

A cidade deserta e bela no verão, com o vento quente que sopra do rio. Estou na calçada do bar junto à Carlos Pellegrini enquanto a noite cai recortando a silhueta dos prédios entre as árvores. Na rua, a mulher de idade indefinida e olhos claros, que fala sozinha e nunca arreda pé das calçadas largas, briga aos gritos com uma mulher mais jovem de vestido brilhante que leva um filhote de buldogue e um menino de roupa amarela. A velha queria afastar o cachorro da grama e defender as pombas. A mulher de vestido brilhante teimava em continuar discutindo como se houvesse alguma lógica no vaivém delirante das duas entre os canteiros.

A Série X. À noite, o Elías e sua família partem para Córdoba com a quieta segurança e a firmeza de convicções políticas em que eu também gostaria de poder acreditar. Recordações de sua estada em Tucumán: o velho Arias estava desempregado e queria lhes vender as placas "de noite", às escondidas da mulher. Ou os condenados a prisão perpétua por matar a própria mulher que durante o dia saem para trabalhar e voltam para pernoitar na cadeia. O tio desempregado que vendia sorvete e voltava para casa de táxi toda vez que conseguia juntar algum dinheiro.

Segunda-feira 1º de março

Encontro com o León R., que vem almoçar em casa satisfeito com sua máquina de escrever elétrica, mas sempre assolado por ondas de sombria insegurança.

Terça-feira 2 de março

Por meio do Walsh, Roberto Fernández Retamar me manda uma carta--convite da Casa de las Américas para integrar o conselho editorial da revista. Gesto estranho e defasado; como se sabe, estou cada vez menos de acordo com a política cultural dos cubanos e me desencantei de tudo aquilo depois que Fidel Castro apoiou a invasão soviética da Tchecoslováquia. Escrevo uma carta gentil mas fria pedindo detalhes sobre a formação desse conselho ampliado e a envio através do Toto, que está indo para Madri. Nos encontramos à tarde, e ele também estranha a repentina decisão de Retamar. Converso com o Aricó, que vê com reservas a publicação do próximo número de *Pasado y Presente* e diz que não preciso me apressar muito com meu artigo sobre tradução, que ele tinha me pedido para meados deste mês.

Quarta-feira 3

À noite, o Roberto Jacoby vem em casa e se diverte com as histórias delirantes sobre J. Posadas, o dirigente trotskista do *Voz Proletaria*: seus textos intermináveis em todas as línguas sobre todos os temas. O Roberto sustenta que J. Posadas é um coletivo de trabalho do qual sem dúvida deve participar o próprio Borges e você mesmo, me diz. Não está nessa? Segundo ele, tudo o que se escreve na Argentina vai parar nos escritos de J. Posadas.

Quinta-feira 4

Assim que eu baixo a ponte levadiça, o David me telefona e vem me ver: ansioso e mal, sem casa, sem trabalho, tentando se ajeitar na torre da Cangallo com a Rodríguez Peña.

Série C. À noite, enquanto espero a Julia voltar da faculdade para irmos jantar, releio meus cadernos do ano de 65. Por momentos a certeza de que estava psicótico. Um personagem que se enreda em seus pensamentos e vai sufocando a si mesmo numa rede de ideias fixas, até ficar completamente imóvel, estirado na cama, respirando com dificuldade.

Sexta-feira 5 de março

A cidade destruída, com crateras e valas na rua, caminhamos em fila indiana pelas tábuas de madeira que servem de ponte sobre os profundos buracos cavados na rua Florida, "sem conserto". O sol úmido, o gás quente lançado pelo escapamento do tratorzinho que avançava pela calçada a passo de gente, amontoando atrás dele, numa longa coluna, centenas de transeuntes.

Sábado

Encontro casualmente com Ricardo Nudelman e um chileno que cantava boleros no bar da Viamonte com a Maipú. O chileno adoça o café com sacarina, com um aparelhinho branco que me lembra os frascos redondos de DDT que na minha infância eram usados para polvilhar os formigueiros. Viajamos de ônibus por toda a cidade: ele conta que cantava em dupla com Gregorio Barrios. Depois, numa casa em Belgrano, passamos três horas falando sobre a situação no Chile e sobre o mundo em geral. Forte impressão. Camaradagem instantânea, encontros que sempre parecem acontecer entre amigos que se conhecem há muitos anos.

Terça-feira 16 de março

Na sala de leitura da biblioteca de La Plata. Dificuldade para escrever com a caneta de pena nova. Leio vários trabalhos sobre Meyerhold.

Contorno o prédio para tomar um leite maltado numa banca que vende sanduíches para os estudantes; em frente, a diagonal com a calçada coberta de flores azuis que eu pegava para ir até minha pensão na 17 com a 57.

"A estética de nossos dias será obrigada a aceitar normas elaboradas em outros meios sociais. Contudo, nossa arte é diferente da arte de qualquer época anterior." Meyerhold.

Quarta-feira 24

Eu me fecho em casa, tranco a porta, escondo o telefone, disposto a escrever o dia inteiro. Vou até a cozinha preparar um chá, e o telefone e a campainha começam a tocar ao mesmo tempo. Permaneço na cozinha, no escuro, a campainha toca várias vezes. A partir daí começa a tocar a cada cinco minutos, mas eu não atendo, decidido a ganhar o dia seja como for, mas com uma indefinível e estranha sensação de estar fazendo papel de ridículo. Claro que a literatura é meu pretexto: o que eu procuro — a única coisa que procuro — são essas fugas da realidade. Trancado, todas as persianas fechadas, com luz artificial, é como se estivesse ausente. Daí a impressão que me provoca a campainha abafada do telefone: como se estivesse sitiado por uma tribo inimiga que tenta romper minhas defesas e entrar. O mais engraçado — além da anedota em si — é que, enquanto estou escondido, a realidade política segue seu curso: quando volto para a rua, fico sabendo que um presidente militar foi deposto por outro.

Sexta-feira

Passei a tarde com a Julia em La Plata, remando no lago do bosque e depois pedalando em estranhos velocípedes que se deslocam como motocicletas marinhas.

Sábado

Notas sobre Tolstói (14). Liev Tolstói foi o primeiro escritor a utilizar a nova invenção da máquina de escrever, em 1885. "A morte de Ivan Ilitch" (1886) e suas grandes obras finais foram escritas assim. "A sonata a Kreutzer" (1889), "Padre Sérgio" (1891) e "Hadji-Murat" (1904) levaram sua capacidade narrativa ao limite, essas novelas são muito diferentes dos seus romances do ponto de vista formal, complexas, diretas, quase sem descrições. Além disso, ele permitiu que sua filha Alexandra aprendesse a usar a máquina, e com o tempo passou a ditar a ela suas obras e sua correspondência, portanto a filha de Tolstói se tornou a primeira datilógrafa da Europa.

Terça-feira 30 de março

Nostalgia só de entrever vagas silhuetas pelas ruas da cidade onde estive, recordar um passado nebuloso, ter saudade do que imagino ter vivido; inversão da frase de Borges que vou usar no meu romance: só se perde o que nunca se teve.

De manhã dei cabo do trabalho atrasado: escrevi uma resenha e vários textos sobre os livros que vamos publicar; de tarde, a ronda de sempre,

Galerna, Tiempo Contemporáneo, encontros com o David, que continua obcecado com Cortázar; depois, entrevista sobre a editora na revista *Siete Días* com um jornalista imbecil.

Na segunda topei com o León R. no bar da Tucumán com a Uruguay, longa conversa que desembocou em suas opiniões sobre o David, sua compulsão que o obriga a escrever a toda velocidade um livro atrás do outro, suas racionalizações compensatórias. É preciso tomar muito cuidado com as versões do León, em todo caso. Atrás de nós, uma moça leitora do Marechal declarava para o rapaz que estava com ela: "As pessoas normais me enchem de tédio".

Quarta-feira 31 de março

Série E. Certeza de que toda a minha vida é um processo de aprendizagem, o ensaio de um papel que nunca vou poder representar de novo. O banco na avenida 51 onde eu estava sentado com o Pochi F. num entardecer de 1963, esperando o restaurante universitário abrir, decidindo que é preciso estudar dez horas por dia. Banco aonde volto com a Julia no domingo e conto para ela que nesse lugar há quase dez anos estive conversando com o Pochi F. etc. Este caderno é uma prova da precariedade da minha atenção: tomo nota de sensações confusas que têm sentido enquanto as escrevo no contexto do presente; ao lê-las tempos depois, devem valer por si mesmas, funcionar para além das circunstâncias a que estão ligadas. Nesse sentido, um diário é o laboratório da literatura, mas neste caso o escritor é posto à prova diante de si mesmo.

Um mês confuso, exasperante, afundado em ridículas reflexões. Trabalho bem no romance, que já tem umas cem páginas. A lição de sempre, se me fecho e me isolo, o romance caminha; se me disperso, empaca.

Quinta-feira 1º de abril

A Série X. O Ricardo N. conta dos anos em que viveu numa *villa miseria*, por decisão política, o fedor que sobe das fossas negras no verão, acordar às cinco da manhã para entrar na fábrica às seis, o frio, a viagem de ônibus, sempre lotado. Necessidade de conversar com os vizinhos, mas não poder ler nem escrever. Me pareceu a experiência de um etnólogo que tentasse assimilar e apreender a cultura que está estudando.

Quinta-feira 8 de abril

Renovei o contrato de aluguel por mais um ano, até abril de 1972 vou continuar trabalhando neste apartamento cheio de livros por quarenta mil pesos por mês (cem dólares).

Sábado

Hoje o David apareceu surpreso com uma notícia que leu no jornal, anunciando meu curso na Universidad de La Plata, pensou que eu tinha uma cátedra lá e projetou seus desejos, seu medo do futuro. Quem, na idade dele, continua indo ao cinema para matar a solidão e escrevendo a todo vapor um fascículo por semana sobre as lutas populares? Sempre obcecado com o peronismo.

À tarde, boa reunião com o Elías, sua inteligência irônica, a sagacidade que me permite valorizar a proposta de Ossip Brik, o vanguardista russo, sobre a demanda social.

Segunda-feira 12

Passo metade da tarde com o proprietário do apartamento copiando o contrato de aluguel para o próximo ano, suas demonstrações de simpatia e suas declarações de afeto não o impedem de me fazer pagar pelas fotocópias e pela autenticação, aumentar a caução etc. No meio disso, sua mulher lhe telefona, nervosa, muito sensível. Motivo: o pai se suicidou diante dela. Ele a mandou para os Estados Unidos para acalmá-la, mas ao chegar lá teve que suportar o terremoto de Los Angeles; voltou no dia seguinte.

Quarta-feira 14

Época estranha, paira no ar um astronauta, em sua cápsula.

Domingo 18

Leio o romance do Haroldo na madrugada fria de segunda-feira, *En vida*, um tom norte americano, digamos, escrito no presente como *Rabbit, Run* de Updike, ou melhor, o herói derrotado, o perdedor narrado com o estilo "ingênuo", conversado e lírico do Conti, mas que acaba cansando com sua forma tão "natural". Ontem passei a manhã inteira com ele, que me falou de sua viagem a Cuba, de Álvar Núñez Cabeza de Vaca, da filha do filósofo V., que ele está namorando e de quem fala com distância "masculina".

Sábado 24

Nestes dias incertos em que as coisas me acontecem sem que eu as procure, visito polidos agentes literários ingleses numa mansão vitoriana de Belgrano R. para negociar com eles os direitos de tradução de vários romances norte-americanos.

Sem dinheiro, impelido pela necessidade, resolvo escrever alguns ensaios e deixar o romance de lado por um tempo. Para esquecer, leio um livro de Mary McCarthy de uma sentada, atraído por esse seu modo de narrar inteligente, tradicional, numa terceira pessoa rápida e sedutora. O romance se chama *A Charmed Life*.

Segunda-feira 26

Vou me encontrar com o León, mas antes repito meus velhos truques, sem dinheiro, conto as moedas antes de sair para a rua; esses truques são velhos porque já envelheci e não tenho nada a perder.

Terça-feira 27

Em casa, o Luna me traz dinheiro depois de cinco dias na miséria. Vagas notícias de Córdoba, entre elas os honorários dos meus cursos e os futuros projetos de voltar a dar aulas por lá. Acabamos bebendo uísque no Ramos; eu estou sem comer desde o dia anterior, peço queijo, mas mesmo assim o uísque me faz flutuar.

Quinta-feira 29

Jantar concorridíssimo para inaugurar a sede argentina da Siglo XXI. Orfila Reynal foi obrigado a se demitir da Fondo de Cultura por ter publicado o livro *Os filhos de Sánchez*, de Oscar Lewis, considerado antimexicano; imediatamente organizou uma nova editora com grande apoio internacional e com sede no México: um grande catálogo que começa com *As palavras e as coisas*, de Foucault, e com o romance *José Trigo*, de Fernando del Paso, muito elogiado por Rulfo. No jantar, comida ruim e muitos discursos. Encontros variados e fugazes: Briante, Jitrik, Altamirano, Mario Benedetti et al. Circulação múltipla que terminou com vários amigos no bar La Paz, com o Schmucler, o Tandeter. Na saída, Federico Luppi, que elogia meu roteiro sobre o cerco dos bandidos.

Sexta-feira 30 de abril

Ao meio-dia caminhando pela cidade com o Nicolás C. atrás de mim, tentando me animar com uma nova reunião de intelectuais de esquerda...

Sábado 1º de maio

Visita do David, sempre obcecado, agora com a crítica dos peronistas aos filmes que realizou com o Fernando Ayala, que saiu na revista *Envido*, ele responde como um liberal, mas é inteligente e agora está trabalhando sobre os textos anarquistas.

Série B. Antes o Carlos B. vacila com o filme, quer esperar até janeiro do ano que vem para filmar com Luppi. Sentados no belo bar na esquina da Corrientes com a Callao, La Ópera, que acabo de descobrir: enorme, vazio e luminoso, ideal para encontrar os amigos ou sentar para ler.

Segunda-feira 3

Sequência de telefonemas que me tiram da cama morrendo de sono e de frio, para assistir ao escândalo dos meus amigos diante do discurso de Fidel Castro contra os intelectuais. O pivô é o caso Padilla, e a adjetivação de Fidel (ratos etc.) é clássica da tradição soviética. O modelo é bem conhecido, ditadura administrativa que tenta impor o pensamento único, liquidando toda possibilidade de crítica.

Jantar na casa de Juan M., poeta e pianista de tangos. Velho apartamento, elegante, pátio e entrada com grandes portas *art déco*. M. lê para mim um estranho conto com uma algébrica lógica do absurdo, com máquinas surrealistas e imagens pornográficas. Ele se expressa com uma voz arcaica sustentada pelo álcool. Por momentos, enquanto o ouvia ler em meio à indiferença entre receosa e indignada dos outros (sua mulher, seu irmão), pensei que ele me lembrava Malcolm Lowry e que seu texto tinha a visível marca de Kafka. É um desses homens que com obstinada vontade seguem em frente com sua obra apesar de tudo, como se não pudessem fazer outra coisa. No caso de M., fico sabendo que ele tem três romances, um livro de contos, duas peças de teatro e um livro de poemas. Todos inéditos. De onde ele tira a convicção para continuar escrevendo esses textos gelados, fora de qualquer convenção aceita, abstratos, simbólicos? Por outro lado, é um respeitado pianista de tangos que tocou com grandes orquestras e viveu a noite portenha e que agora é o pianista do Sexteto Mayor, com o qual viaja pelo mundo e faz apresentações especiais em Buenos Aires. Sempre meio bêbado, loquaz e sedutor, vestido com uma elegância envelhecida (estava usando um *robe de chambre* de veludo), só lhe importa encontrar um interlocutor para sua obra secreta que não interessa a ninguém do seu entorno.

Terça-feira 4

Sobressaltos diversos entre os intelectuais de esquerda diante da ridícula autocrítica stalinista de Padilla e do discurso policialesco de Fidel Castro. A convenção que os dirigentes cubanos abraçam baseia-se na ideia de que os intelectuais não devem ter nenhum privilégio, mas a primeira coisa que nos vem à cabeça é que, se eles trataram assim um poeta que posava de dissidente, pode-se imaginar o que acontece com os opositores de origem popular. Ou deveríamos achar que eles não existem e que Padilla não passa de um delirante solitário que imagina críticas ao sistema? Por outro lado, o próprio mecanismo da autocrítica já é uma prova da influência soviética: a consciência que Padilla parece ter adquirido na prisão (solidão, isolamento, introspecção, pressão policial) é totalmente contrária ao que podemos imaginar como democracia socialista, quer dizer, ninguém discute com ele em seu campo, só os policiais, eles o convencem e o levam ao estrado para que represente ali o papel de palhaço arrependido que repreende e interpela os escritores presentes, como se ele agora fosse um exemplo. De fato, são bem visíveis os procedimentos administrativos dos dirigentes cubanos, que só abrem a discussão quando o assunto já está encerrado, e só resta a todos concordar com a decisão que tomaram em segredo. Por outro lado, o conteúdo da autocrítica que li hoje no *Marcha*, tomando um café num bar da Viamonte com a Uruguay, é lamentável: e o pior não é o conteúdo do que Padilla diz, mas o que na esquerda chamamos as condições de produção do seu discursinho (que parece redigido pela polícia política).

Quarta-feira 5

Decrepitude dos velhos textos da década de 60, revistas, declarações, notícias que naquele tempo tinham vida e provocavam discussões e temores. Hoje, por quarenta pesos, comprei um número da *Eco Contemporáneo*, uma revista da moda dos fossentos: tristeza "lírica", despolitização e "poesia" da experiência. Seu maior mérito foi dedicar um número ao velho Gombrowicz.

Vou e venho pelas ruas varridas pelo vento gelado, atravessei a cidade até a Fausto da Santa Fe em busca do diário de Ernest Jünger. Ao voltar pela Callao, paro em todas as esquinas, desorientado como nos meus velhos tempos.

Um sujeito grisalho no restaurante Pippo oferecia cigarros, medalhões e moedas estrangeiras a uma loira peituda de *hot pants*. Ela chegou toda provocante e acompanhada de um jovem; o grisalho — de jaqueta de camurça, parecia amigo dos dois — ficou excitado com a mulher, começou a lhe acariciar a pele, deu a ela um maço de Camel. Ela retocava a maquiagem no espelhinho de mão exibindo os peitos sob a malha justa. Quando o jovem foi ao banheiro, o grisalho passou as mãos pelo pescoço, tirou sua correntinha de ouro com crucifixo e a entregou à mulher. Ela fez que não com a cabeça, a corrente de ouro na mão direita, sempre o mesmo olhar duro e frio. Quando o jovem que a acompanhava voltou, ela fez como se parasse de resistir e aceitou a correntinha, pendurou-a no pescoço e mergulhou a cruz de prata entre os peitos, por dentro da malha.

Quinta-feira 6

Nunca vou ser capaz de ajudar a Julia a superar seus medos (síntese brutal: filha de pai desconhecido, ela mesma deixou a filha recém-nascida com o pai da criança). Não encontro soluções reais (encontrar seu pai, de quem há algumas pistas, recuperar a filha, que já está com três anos). Em vez dessas possíveis ações, apenas a abraço e a consolo, inutilmente. Depois, conforme meu estilo detestável, racionalizo, dou definições, falo de códigos, falo de Kant, para abafar seu mantra.

Novos rituais, desço de madrugada (cinco ou seis da manhã) e sigo pela Montevideo até a Corrientes para comprar o jornal *La Opinión* (tradução do *Le Monde*). A cidade gelada e cinza sob a luz branca dos postes, nos bares, nos restaurantes, os notívagos se amontoam para sobreviver tentando segurar a noite.

Sexta-feira 7

Estou sozinho (a Julia continua em La Plata), levanto às três da tarde, a boca feito uma lixa por causa da noite de trabalho, e escrevo estas linhas. Depois atravesso a cidade cinza embaixo da garoa, vou até a editora, me encontro com Eduardo Menéndez e Eliseo Verón, conversamos sobre livros em tradução, coleções e novos projetos.

Tento me livrar do torpor do álcool de ontem e trabalhar no artigo sobre Brecht.

Sábado 8
Estou em casa, chove lá fora, um frio invisível na madrugada (seis e meia). Releio minhas anotações e meus velhos cadernos, onde previa futuros gloriosos.

Veladamente ele premeditava suicídios sutis, deixar-se cair, desenfrear-se. Matar em mim, disse.

Segunda-feira 10
Vou dormir às sete da manhã do domingo, preocupado com a falta de dinheiro, depois de avançar às cegas no ensaio. Antes, visita do Roberto Jacoby, conversas sobre a possível influência do *La Opinión* na cultura de esquerda. Será que vai ser tão influente quanto a *Primera Plana* nos anos 60? A vanguarda hoje se define como uma alternativa perante a mídia, infiltrando-se nela, criticando ou ignorando os veículos.

Quero ver se dormindo pouco (hoje acordei às onze, depois de quatro horas de sono) consigo "desvirar" o tempo e começar a trabalhar de dia.

Terça-feira 11
Uma hora e meia de espera para dar entrada num pedido de crédito ("universal") que preciso para terminar o ano sem problemas econômicos. O episódio basta para me mergulhar na realidade (que eu sempre nego), e me fazer enxergar a espessura do dinheiro. Basta, digo para pôr em crise minhas relações aristocráticas — e de esbanjamento — com o dinheiro que eu ganho.

Quinta-feira 13 de maio
Minhas leituras dos últimos meses (principalmente Joyce e Brecht) confirmam que estou cinco anos "atrasado" (no mínimo) em relação ao resto da minha geração. Eu sempre leio na contramão do tempo, e essa

leitura é muito produtiva, sempre trabalho os livros fora de contexto, em outras relações ligadas ao meu próprio ritmo e não ao clima da época. Por exemplo, em Brecht me interessam não o teatro, mas os ensaios, enquanto em Joyce procuro suas formas clássicas e não tenho nada a ver com o fluxo de consciência que faz estragos entre meus contemporâneos. Ser de vanguarda é estar na contramão do tempo, num presente que não é de todos.

Sábado 15 de maio

Já perdi a noite, são quatro da manhã do sábado e fiquei trabalhando inutilmente num ensaio que parece não ter fim: acumulo anotações, apontamentos, ideias soltas que acredito poder estruturar mais tarde.

Não consigo "desvirar o dia", começo a trabalhar às dez da noite, e, quando vou ver, já está clareando.

Quarta-feira 19

Debate sobre crítica literária para o suplemento cultural do *Clarín*: Jitrik, Romano, Horacio Salas, Schmucler *and I*. Falei da crítica como leitura do escritor, usei como exemplo o marxista Brecht e — para provocar — o peronista Pound: os dois são antiliberais e, portanto, leitores de vanguarda etc. Paradoxalmente, a discussão se "ordenou": Romano e Salas *vs.* Schmucler e eu. No meio: Noé Jitrik.

Domingo 23

A Série X. Visita do Rubén, sempre a mesma convicção contagiosa e afável. Uma curiosa simplicidade que lhe permite elucidar as questões mais complexas ao mesmo tempo que defende com ferocidade sua linha política, voluntarista e minoritária. Seu grupo parece ser o único que se opõe ao peronismo sem deixar de ser populista e criticar o militarismo dos grupos guerrilheiros, defendendo também uma violência revolucionária (de massas). Eu converso com eles, os escuto, colaboro sob pseudônimo em suas publicações clandestinas, e paro por aí. O Rubén, o Elías riem um pouco de mim: sou um teórico que nunca chega à realidade prática. O que eles veem como um defeito eu cultivo como minha maior qualidade. Chove sem parar, são quatro e meia da manhã de segunda-feira, na rádio Mitre escuto as últimas novidades.

Segunda-feira 24 de maio

Exausto, morto de sono, começam a rondá-lo ideias sinistras, surtos de fuga: trancado nessa casa com as janelas fechadas, dorme mal, senta à mesa às oito da noite e o cansaço o ajuda a desconfiar de tudo, principalmente de si mesmo. Prepara as aulas que vai dar na faculdade em La Plata, faz anotações, sínteses, diagramas etc. Assim está ele nesta época cinzenta em que trabalha sem pausa e sem alegrias. Prevê futuros gloriosos que serão cinzentos como esta tarde em que volta a sentir que lhe falta o ar.

Sexta-feira 28

Todos os intelectuais de esquerda às voltas com o caso Padilla. Reunião na casa do Walsh para discutir uma possível carta aberta. Os liberais estão horrorizados com a violência stalinista contra a dignidade humana. "Então se vive melhor no capitalismo" (Rozitchner). Os populistas anti-intelectuais, com seu oportunismo, pragmatismo, fetichização da eficácia. "Todo poder é sempre mais racional do que qualquer razão política que não esteja no poder ou não o tenha" (Walsh). O Viñas permanece o tempo todo num silêncio arisco. Urondo se rende à posição do Walsh. Eu, por meu lado, argumento que a política parte de um campo próprio e que nós, como escritores, nos politizamos a partir daí: a prisão e posterior autocrítica de um poeta — cujos poemas todos apreciamos — é um fato a partir do qual devemos pensar nossa relação com os dirigentes cubanos; falar de maneira geral de todos os problemas, tomar posições sobre qualquer questão não é o caminho que consideramos correto. Devemos partir daquilo que conhecemos, e neste caso temos uma ideia bastante clara do que acontece no campo literário em Cuba e é sobre isso que podemos falar. Criticar ao mesmo tempo o liberalismo dos intelectuais que querem ser protagonistas da história e as vacilações da cúpula revolucionária cubana parece impossível.

Conheci Heberto Padilla em Havana. Nós nos encontramos num bar em El Vedado, com mesas no terraço. Ele recitou fragmentos de um romance do Mallea, como se o admirasse ou o ridicularizasse e de passagem risse da literatura argentina. Há os que fazem história e os que a sofrem, disse com um sorriso. Amigo de Cabrera Infante, publicou um ensaio elogioso a *Três tristes tigres* no qual zombou de Lisandro Otero e seu romance *Pasión de Urbino*, só que Otero é um escritor oficial, e dali a pouco foi publicado um ataque ameaçador contra Padilla em *Verde Olivo*, a revista do Exército, assinado com pseudônimo, mas escrito, segundo Padilla, pelo próprio Otero. Os ódios literários no socialismo viram questão de Estado (recordemos a reação de Pasternak à prisão de Mandelstam).

Escuto música, Schumann, Mozart, Schubert... no meio da noite. São quatro e meia da manhã.

Sábado 29

Aulas em La Plata, um público dividido: meus velhos amigos (Sazbón, García Canclini, Schmucler etc.) e os jovens professores de letras, malformados e muito atentos. Estabeleci algumas boas relações entre Tyniánov, Tretiakov, Brecht, Benjamin via Asja Lācis.

Voltei a achar a cidade onde vivi por cinco anos igual a si mesma, sofisticada, recebendo a cada temporada uma legião de estudantes vindos de todo o país. Me lembrei daquele dia, pouco depois de chegar, em 1959, com o Alvarado, eu feliz de estar começando uma vida nova longe de tudo.

Na quinta, jantando num estranho restaurante com salão familiar, reencontro a Pola, idiotizada, uma bela atriz decadente no estilo das heroínas de T. Williams. Quem muda?

Domingo 30 de maio

Talvez seja necessário fechar este caderno apontando que hoje tenho uma convicção quase absoluta de que o romance que passei três anos escrevendo não funciona. Vamos ver o que faço.

Pesadelos sucessivos e indiferenciados, acordo de madrugada com uma nítida sensação de horror, o corpo sujo como se tivesse nadado em águas poluídas.

Terça-feira 1º de junho

Acumulo livros (Bryce Echenique, Mailer, Beckett), para não pensar nas minhas sucessivas dispersões desencadeadas pelo curso de quatro aulas que dei em La Plata sobre marxismo e crítica literária, dentro do ciclo organizado por Néstor García Canclini (no qual Nicolás Rosa falou de psicanálise e crítica literária e Menena Nethol sobre linguística etc.).

A preparação do curso me tomou dois meses e tudo girou em torno dos ensaios de Brecht e Benjamin e suas polêmicas com Lukács. De Marx, o mais interessante é seu conceito da arte como trabalho improdutivo para o capitalismo (não produz mais-valia). Benjamin e Brecht desenvolvem as consequências dessa oposição.

Encontro com a Marta Lynch no La Paz, estranhamente ela marcou comigo alegando motivos que não ficaram claros, percebo nela o temor de ficar de fora da possível carta aberta que venhamos a fazer sobre o caso Padilla. Vestida de cinza, envelhecida mas atraente, assim que se senta me fala dos seus ovários inflamados pelo apêndice. Olho para ela com cara de resignação.

Quarta-feira 2 de junho
Dormi doze horas seguidas.

Quinta-feira 3
Parei de trabalhar à noite, levantei às dez da manhã e revisei com o Lucas a reportagem sobre a situação no Chile. Depois apareceu o David, que continua com suas vacilações: carta para Fernández Retamar sobre o caso Padilla, centrista e ambígua. Já sabemos que, como dizia Barthes, o nem-nem é a chave do pensamento da classe média, ele o chamava de "pensamento balança". O David sempre foi o oposto disso, embora goste muito das oposições binárias, mas neste caso ele se atrapalha com a possibilidade de ficar mal com os cubanos ou conosco.

Sábado 5
Gravamos numa sala da editora Signos um debate em que Aricó, Altamirano, Schmucler e eu discutimos o caso Padilla. O problema é a confissão autocrítica que soa, por um lado, a exigência da polícia e, por outro lado, a uma paródia realizada deliberadamente pelo próprio Padilla para tirar toda a seriedade da situação. Mas essa seria uma leitura cínica, porque o fato é que não faz sentido prender um poeta, não porque seja poeta, mas porque é evidente que a literatura não tem nenhuma eficácia política. Então, das duas, uma: ou os cubanos se tornaram fanáticos pela eficácia da poesia, ou estão usando o Padilla para atacar tendências ou grupos que se opõem à política oficial.

O León R. me telefona a altas horas da noite, em seguida aparece em casa desolado e triste para tomar um vinho, "atormentado" pela obscuridade das suas opiniões sobre Borges no jornal *La Opinión* e por seu artigo sobre a União Soviética na revista da Unesco.

Economia imaginária. Ontem, depois que o León foi embora, desci mal-humorado para a rua às três da manhã e fui comprar o *La Opinión* para ver seu artigo sobre Borges e na volta encontrei cinco mil pesos (quase cem dólares) na porta de entrada. Alegria, estranha sensação de armadilha ou delito: subi pelas escadas para que não vissem o elevador parado no meu andar e pudessem me encontrar. Apaguei as luzes para fingir que dormia; depois pensei que eram notas falsas ou que tinham sido roubadas e estavam marcadas. Só agora, ao pagar a conta do jantar, pude acreditar que o dinheiro era real. De fato entendi a relação fetichista entre o dinheiro achado na rua, como se fosse papel, e o valor real: ao estar no chão, era "lixo", não dinheiro, e, se era dinheiro, estava lá para me sujar e me comprometer. Todo esse delírio porque é irracional que possa haver cinco mil pesos jogados no chão ao alcance da mão.

Quarta-feira 9 de junho

Parado na esquina da Corrientes com a Talcahuano conversando com o Luis Gusmán: estou procurando um livro de biologia para a Julia, falamos do seu livro que vou levar para ler. Aproxima-se um casal, ela loira tingida, ele de calças justas e com um livro na mão. Inclina-se e fala com humildade excessiva: "Podem nos dar umas moedas? Estamos sem dinheiro para viajar". Entrego para eles tudo o que tenho no bolso, e se afastam. Depois penso nos dois numa espécie de pensão, contando as moedas. Modo de vida que sem dúvida deve organizar de maneira "singular" a relação entre os dois.

Quinta-feira 10

Ontem encontrei o Haroldo Conti, que vive a recepção do prêmio Barral na Espanha "como se estivesse acontecendo com outro", igualmente depressivo e inseguro. Almoçamos num bar seboso da Lavalle onde ele trabalha com Sarquis num roteiro "latino-americano" (à la Glauber Rocha).

Diversas vicissitudes na esteira do caso Padilla. Primeiro, discussões sobre o caso com o Schmucler e o Aricó. Decisão de não seguir com a carta aberta, deixar correr. Depois o David, que volta eufórico como sempre que tem dinheiro (cinquenta mil pesos por *Lisandro*), com quem discuto, duramente, sua carta a Cuba (liberal, vacilante etc.).

Sexta-feira 11

De manhã escrevo a apresentação da reportagem sobre o Chile para a revista *Cuadernos Rojos*, que assino como Juan Erdosain.

Sábado 12

De noite em casa, Páez, um delegado dos sindicatos combativos do SiTraC.* O espanto de sempre, sobretudo por mim mesmo, de repente metido pelos "outros" numa situação especial que em geral não escolho, como que arrastado pelas próprias circunstâncias. Hoje, então, Páez do SiTraC, um dos líderes do Cordobaço. Sentou no sofá com os pés descalços sobre a mesa; monopolizou a atenção a noite inteira. "Um sedutor", pensei, "esse cara é um sedutor." Tratava-se de outra coisa, mas é o modo como eu penso as situações que são estranhas ao meu mundo. A questão, segundo ele, é promover os sindicatos de fábrica, para assim se opor à centralização burocrática dos sindicatos peronistas. Claro que isso enfraquece o poder de negociação dos setores populares.

Segunda-feira

Dou voltas pela cidade que já não desperta em mim o mesmo saudosismo de antigamente, quando eu tinha a vida pela frente e a nítida sensação de que se faria justiça comigo. (Quem fará ouvir sua voz na cidade deserta?) Agora, ao contrário, percebo o que nunca se pode conseguir.

Na *Los Libros* me encontro com o Viñas, o Germán García, o Casullo et al. Diversos projetos: entrevista coletiva amanhã na Filosofia e Letras com o pessoal do SiTraC, que preparamos com entusiasmo (excessivo).

Entre os livros que recebo para resenhar na revista há uma antologia de *Nuevos narradores argentinos* preparada por Néstor Sánchez para a Monte Ávila da Venezuela (aí está "A atiradeira", um conto que escrevi há dez anos).

---

* Sindicato de Trabajadores de ConCord. Ao lado do Sindicato de Trabajadores de Mater-Fer (SiTraM), ambos vinculados a empresas subsidiárias da Fiat em Córdoba, teve papel fundamental no movimento operário-estudantil de 1969 conhecido como Cordobaço. [N.T.]

Terça-feira 15 de junho

Atravessei a cidade na noite quente de junho para assistir à entrevista coletiva do SiTraC na Cidade Universitária de Núñez. Lembrei-me daquela assembleia na faculdade em La Plata (há quanto tempo?) à qual faltei porque estava chovendo. A cara do Luis Alonso na entrada sem conseguir acreditar.

Sexta-feira 18

Vou pela Corrientes, percorro as livrarias, passo um bom tempo na Moro revirando livros usados. Encontro o Luis Gusmán na livraria Martín Fierro, falamos de Lacan, ele fala de Lacan e eu com a cabeça em outra coisa: preciso avisar o Haroldo Conti que saiu a segunda edição de *Paris é uma festa*. Depois volto, compro salsichas no mercado, ponho para esquentar e como com salada; penso que tenho a tarde inteira para trabalhar em paz. Agora vou preparar um mate.

Terça-feira 22

Lendo Macedonio: extraordinárias posições narrativas sobre as possibilidades de escrever um romance. Equação: Macedonio está para Borges assim como Pound está para Hemingway.

Quarta-feira

Inesperadamente, o Luna chegou de Córdoba, as histórias de sempre. O "Sapo" Montes que pediu demissão da Fiat em troca de quatrocentos mil pesos para pagar suas dívidas. Depois disso, "pirou" para Buenos Aires como um criminoso.

Sexta-feira

Resolvo dar uma volta, espairecer um pouco; topo com o David, vamos juntos a El Foro, ele me soterra com sua obsessão do momento: a revista *La Comuna*. Discutimos a inclusão de um poema do Gelman. Oportunismo, não estou de acordo (Gelman dirige a seção de literatura do *La Opinión*). O David sabe que eu tenho razão e por isso se enfurece. Acaba de ver o Aricó, que me lembra meu artigo para a *Pasado y Presente*. Sigo sozinho, caminho pela Corrientes até a Air France, lá pergunto se chegou uma passagem para Paris enviada pelos cubanos. Enquanto percorro a cidade, as ideias circulam na minha cabeça a toda velocidade: é melhor eu escrever de noite, tirar o corpo fora, não ver ninguém, mas como sempre vou acordar ao anoitecer se trabalhar até de madrugada, porque desço para tomar o café da manhã e comprar os jornais, então é melhor trabalhar de manhã...

Tudo isso entrando e saindo das livrarias, na Corrientes, Florida, Viamonte, procurando absurdamente um livro de contos de Raúl Dorra; quando saio da Ateneo, hesito entre voltar para a esquina da Viamonte com a Florida ou seguir pela Reconquista até a Paraguay. Faço isto. Entro na Harrods e vou à livraria onde está o Lecuona. Sou desajeitado e brusco, mas apesar de tudo consigo descobrir que o livro do Dorra está na Tres Américas, na altura do 1300 da rua Chile. Saio e na Paraguay topo com o Miguel Briante, mal o cumprimento e sigo em frente, apesar de ele ter parado, querendo falar comigo, mas dou meia-volta e entro num táxi. (Decidimos economizar, não gastar mais de mil pesos — dois dólares — por dia para chegar ao final de mês sem dívidas.) Gasto quatrocentos pesos para comprar um livro que certamente não vou ler.

Sábado 26 de junho
São três da tarde, acabo de almoçar dois sanduíches com um copo de leite, uma maçã e um café duplo no bar da esquina, agora estou sozinho em casa, tranquei a porta à chave, cobri o telefone com mantas para abafar a campainha. Faz frio, a tarde é cinza, minhas mãos estão tão geladas que é até difícil escrever, e sou feliz.

Domingo
Série E. O pavesiano em mim é a ressonância mítica, por isso estes cadernos têm que ser "abertos", com informações soltas e núcleos morais.

Julho
Satisfeito com o debate no *Clarín*: certa obsessiva repetição da mesma ideia (narrar é pensar) ajuda a dar coerência à minha intervenção.

Encontro com o Horacio, eu brincava com ele na infância, agora tem um Citroën, dois filhos, uma profissão, vive na casa onde nasceu, ele é aquele que eu seria se tivesse ficado em Adrogué. Vagamos pela cidade sob o sol e almoçamos junto ao rio. Tudo o que "tenho", eu consegui "perdendo" o que ele tem, e vice-versa.

Leio Kafka.

Sexta-feira 2

Questão com sapatos: a Julia me compra um par porque nem isso eu faço para fugir da realidade. Ela os traz da loja, penso que o vendedor lhe deu o tamanho errado, esses sapatos não são número 40. A partir daí começo a sentir que ficaram grandes (principalmente o pé direito), hesito entre ir trocá-los ou não, perco a tarde nisso, e agora (que decidi ficar com eles porque não aguento aparecer na frente do vendedor carregando a caixa) sinto o pé muito folgado no sapato direito, como se estivesse envolto num vazio.

Acabei no cinema para esquecer o dia perdido: *Metello*, de Bolognini, baseado em Pratolini, as velhas histórias que eu admirava na adolescência.

Sábado 3

Uma boa tarde de trabalho no romance, por momentos acho que tenho um "grande livro" nas mãos. Antes, o David, com quem topo na Montevideo quando desço, furtivamente, para comprar leite e presunto para o café da manhã. Ele volta a se "pendurar" em mim, cúmplice depois dos recentes distanciamentos. Vinha de Córdoba, para onde fugiu tentando superar mais uma crise afetiva. Como sempre, constrói ideologias compensatórias: vai embora sem avisar, desaparece por uma semana para todo mundo pensar que se suicidou ou está preso, escolhe Córdoba como lugar de fuga porque na volta ele pode alegar que foi lá por causa da política, da necessidade de ir ver de perto o que está acontecendo etc. Típico.

Segunda-feira 5 de julho

A Série X. O Rubén K. de terno azul, elegante, porque veio se despedir do pai, que está indo para a Europa. Trouxe um disco do Viglietti, enquanto o escuta, "interpreta" a letra, cantarola etc. É capaz de ser vários ao mesmo tempo, aí está todo o poder de sedução do político. Fala das dificuldades de trabalhar em Córdoba, concentrados no SiTraC sem pensar no resto do país. Obstinação, otimismo que é preciso renovar todos os dias.

Antes disso, com o Schmucler. Preocupado com a dificuldade de tocar a *Los Libros* sem o apoio da Galerna. Preparamos a viagem a Córdoba para agosto. Pego uns livros e estou contente (Henry James, Hammett etc.).

Terça-feira

À noite, Edgardo F. e Eduardo M., este perseguido por uma mulher que subiu com ele no trem para Mar del Plata. "Tinha uma maquiagem que lhe deformava o rosto. Você não acha estranho uma mulher tão maquiada às oito da manhã?" A coerência fatal do paranoico: grande tema. Depois, tarde da noite no La Paz, com o Dipi Di Paola narrando sua viagem à ilha Robinson Crusoe. Faz questão de que o procurem na revista (*Panorama*) onde passa as tardes, apesar de trabalhar sem vontade, resenhando um livro por semana em troca de cinco mil pesos.

Quarta-feira

Viajo a La Plata com o Roberto Jacoby para participar de um bate-papo com o García Canclini na Belas-Artes, vamos discutindo sobre o papel da burocracia sindical, o Roberto acha que fragmentar o movimento operário em sindicatos por fábrica enfraquece a luta; é preciso estar atento à política real. Ele é trotskista, mas também meio peronista. Em La Plata, uma sala lotada, cem "artistas" que não entendem uma palavra. Falamos — principalmente o Roberto — da arte como uma prática social que inclui a circulação como parte da obra. Depois uma assembleia, e aí um moleque com cara de búlgaro vem defender a Nona Sinfonia...

Sexta-feira 9 de julho

Desci até a cidade no meio da noite, habitada por habitantes estranhos, jovens de cabeleira escura, mulheres seminuas. Caminhei sozinho pela Corrientes como antes, há cinco, seis ou sete anos, sustentado apenas por minhas esperanças desmedidas e grandes fantasias. As luzes, os transeuntes, a música nos locais, não conheço solidão mais perfeita.

Leio o diário de Virginia Woolf.

Domingo 11

Passo a manhã na mesa do La Paz lendo jornais e revistas, depois vou passear por San Telmo e volto pela Carlos Pellegrini desviando do entulho acumulado com o alargamento da avenida, admirando o perfil da cidade que parece crescer contra as ruínas.

A Série X. Ontem almocei com o Lucas no Pippo depois de caminharmos pela avenida de Mayo, acabamos tomando café no Ramos (ele achou cem pesos na calçada e pudemos pagar). Nós dois nos aproximamos sondando um ao outro apoiados na ironia: sua fictícia autovalorização, timidez brusca, ressentimento pelo fracasso dos grandes projetos onipotentes dos vinte anos, são essas coisas que nos unem, antes de mais nada. A política é casualmente o que vem depois, o que deixamos de lado porque atrapalha a fluida circulação da inteligência. Ele ficou preso depois de Taco Ralo, essa experiência o radicalizou ainda mais. Anda sempre armado.

Segunda-feira 12 de julho

Vou ao curso do León R. Discussão agitada sobre a mitologia da arte grega segundo Marx. O León vê na mitologia algo anterior à ideologia; eu acho que ele tem muito de religioso, hegeliano, mas claro que não posso prová-lo. Seja como for, arrasto comigo o conjunto dos que assistem à aula. "Mas, então, para você *tudo* é ideologia", o León esbraveja, e começamos de novo.

À noite vou ao cinema e assisto a *O evangelho segundo São Mateus*, de Pasolini. Não deve haver história mais bela: daí saem todas, de Shakespeare a Faulkner. Impressiona o monólogo incessante sempre dirigido a provar algo: sermões, parábolas, orações, discursos, não há outra palavra. Só isso basta para dar à palavra de Cristo uma dimensão delirante e obsessiva. Bom recurso para construir um personagem: por um lado, tudo o que ele diz é "significativo" e ao mesmo tempo essa expressividade serve para construí-lo como personagem. Assim, ele é "portador de uma mensagem" e ao mesmo tempo um personagem alucinado que só fala de Deus, do Céu, do Inferno, opera com sermões, narrativas, em face de qualquer ato, pergunta ou situação que ocorra diante ele. Daí suas relações com dom Quixote. Os dois são "ingênuos" porque sua palavra é prévia, já está escrita (nos livros de cavalaria ou nas Sagradas Escrituras), e os dois são levemente ridículos porque sempre parecem estar falando de "outra coisa".

Terça-feira 13

Quase no final de uma boa tarde de trabalho, recebo um telefonema de Juan Carlos Martini. "Estou gravando", me avisa. "Que opinião você tem de Proust?" A partir daí começo a gaguejar, digo besteiras, como alguém que tivesse sido surpreendido numa situação desconfortável — atravessando um alambrado, digamos — e viessem lhe pedir que recite a "Ode a uma urna grega" de Keats. Quando a entrevista aparecer na *Confirmado*, vou cair duro.

Na hora do almoço o David apareceu, cada vez mais tempo sem nos vermos mas sempre a mesma simpatia feita de acordos e concessões (minhas). Pragueja contra os quadros do PCR que o seguem a meia-marcha no seu projeto de *La Comuna*. Descobre os mesmos esquematismos, a mesma resolução canhestra que é tradicional nos militantes políticos. Distância com os dirigentes mais flexíveis e, a par disso, suas obsessões pessoais que ele ideologiza e contra as quais devem lutar (os políticos). Quer escrever uma peça de teatro sobre Manuelita Rosas etc. Eufórico com o sucesso da sua peça *Lisandro*, que lhe rendeu tanto dinheiro que se ausenta dos lugares que costumava frequentar quando era pobre (por isso o vejo menos). Minha situação com ele: no fundo ele me acha "frio" e pouco sincero, sou seu melhor amigo, diz, e ao mesmo tempo ele ostenta um modo de ser — excessivamente explícito e autocentrado — que é minha antítese. Sempre batendo cabeça com alguns escritores: Manuel Puig, Conti, Borges, Cortázar ou Bioy, que segundo ele realizam um projeto de direita. Eu o contesto com muita convicção, ele diz essas coisas porque não lê os livros, constrói suas hipóteses baseado em leituras arbitrárias e muito inteligentes centradas na figura do escritor. No final da discussão, dou o exemplo do Walsh, que escreveu dez contos em dez anos de trabalho e agora dirige o jornal da CGT.

Quarta-feira 14 de julho

Série E. Passo a manhã relendo estes cadernos, com este já são 48: mil páginas escritas, espero que se salvem duzentas. Isso é 25%? Fico tonto com tantos números.

Quinta-feira 15 de julho

Se ninguém soubesse nada dele, seria feliz. Viver em segredo, caminhar pela cidade, esquecido, convencido de sua glória futura. É disso que ele precisa nestes dias: hoje por exemplo, longas tratativas na editora para conseguir o cheque com o salário que lhe permite pagar o aluguel. Vou ficar sossegado pelo menos até meados de agosto, sem necessidade de pensar em dinheiro, pensou desiludido.

Sexta-feira 16

Hoje ao meio-dia topo com o David na Corrientes quando vou ao La Paz tomar um café e ler o jornal. Imediatamente passamos ao peronismo: crítica ao *La Opinión*, que faz o jogo da moda de apoiar Perón. No caso dele é quase uma questão pessoal. Sensação de que o David e eu patrulhamos a área (da Corrientes com a Callao até a Nueve de Julio), dois lobos solitários na cidade, por isso nos encontramos tão seguido na rua. Antes eu tinha passado metade da manhã com o Vicente Battista e o Goloboff, que estão escrevendo um editorial sobre Padilla para a revista *Nuevos Aires*. Criticam a dureza dos políticos com a literatura e defendem a autonomia da arte (como se fosse essa a questão).

Ontem à noite me encontrei com o Manuel Puig, ansioso diante de cada tradução dos seus livros, como se sempre os escrevesse pela primeira vez em outra língua. Muito sagaz, com uma fina consciência profissional e um grande sentido para detectar "o que" é uma boa escrita: crítica à monotonia do estilo do Conti, "sempre o mesmo para qualquer tema"; o desleixo da escrita de Mailer, "que não escreve nada bem". Sua cultura é muito instrumental, como deve ser a formação de um escritor: tem uma grande capacidade para encontrar rapidamente aquilo de que precisa. Um exemplo, diz: "Dei uma olhada por cima no *Ulysses* do Joyce, vi que cada capítulo estava escrito com um estilo e uma técnica diferente, e isso me bastou". Quando lhe perguntei como tinha preservado sua relação com o castelhano, vivendo tantos anos em Nova York mergulhado em outro idioma, respondeu com um sorriso: "O espanhol era para mim o idioma da cama". Toda sua graça e seu encanto estão misturados com o dramatismo de sua vida pessoal: amores tempestuosos com um jornalista brasileiro, romance inesperado e casual com o taxista que pega na esquina quando vai "fazer a noite" nos baixos de Palermo. Comigo, relação estranha e muito amistosa: ele desconfia das minhas "virtudes" por razões inversamente proporcionais à minha desconfiança das dele.

A que se deve essa onda em que estou afundando? Convites para dar conferências, antologias, revistas, projetos de teatro que me oferecem. Claro que não significa nada, mas de onde ela vem?

Segunda-feira 2 de agosto

A Julia está estudando por noites a fio disposta a despachar três matérias por temporada de provas. Eu uso o dia para vagar pela cidade, visito bares, livrarias e acabo no coquetel da Siglo XXI, onde encontro o Sazbón com sua ironia de sempre e outros habitantes do mundo. Entre eles o B., que insiste em que eu trabalhe com ele num documentário sobre o movimento estudantil. A certa altura me vejo cercado entre livros, poltronas, a parede, e bebo uísque sem parar enquanto falo ao mesmo tempo com Eliseo Verón, com José Sazbón, com Luis Gusmán, com Manuel Puig, que veio com um professor da Yale: falo com todos ao mesmo tempo de coisas diferentes.

Terça-feira 3
Trabalho durante algumas horas e depois vou ao cinema, assisto a *Little Big Man*, de Arthur Penn, e na saída vou comer uma pizza na Los Inmortales.

Sexta-feira 6
Estou escrevendo às seis da tarde, quando fico sabendo pelo rádio da morte do Germán Rozenmacher, um grande amigo e companheiro que conheci no início de tudo, em 1962, quando ganhei com o Miguel Briante um concurso de contos da *Escarabajo de Oro*. Ele estava em Mar del Plata passando uns dias com a mulher e o filho e morreu por causa de um vazamento de gás do aquecedor. Lembro daquela noite no bar na esquina da Córdoba com a Reconquista e da última vez no bar da Córdoba com a Callao, eu numa mesa na calçada e ele parando para me cumprimentar.

Domingo 8
Ontem fui ao velório do G. R., em quem cada um de nós via a própria morte.

Quarta-feira 11
Reunião na casa da Piri, com Walsh, Briante, Conti, para discutir a situação política e ver como podemos participar dos acontecimentos. Nenhuma conclusão clara, o Rodolfo acha que a melhor coisa seria todos colaborarmos no jornal da CGT, mas eu não sou peronista e não gosto de fingir nessas questões.

Encontro o David de madrugada no bar da Cangallo com a Rodríguez Peña, ele está querendo escrever um romance que já começou a esboçar, focado nos anarquistas e no atentado contra Ramón Falcón. Acho que a melhor parte até agora é o relatório real da polícia que ele pensa em introduzir no livro.

Sexta-feira 20

A Série X. O Lucas ainda desesperado por causa da morte do seu amigo Emilio Jáuregui; era seu controle no ato da praça Once, não podia ter deixado que levasse uma arma, não podia ter deixado que fosse sozinho. A polícia armou uma emboscada e o matou. Seis meses depois, o Lucas se deitava com a Ana, a viúva, e assinava seus textos como Emilio Vázquez. Um ano depois está de novo sozinho, atordoado pela dor; hoje ele dormiu em casa, porque estava chovendo, e contou sua desolação para a Julia. Ana, vivendo com um pintor; ele tendo que se mudar de um dia para o outro. O que torna a história mais trágica é a necessidade idiota de negar a legitimidade dessa dor.

Leio durante a tarde inteira a biografia de Hemingway escrita por Carlos Baker.

Terça-feira 24

Ontem, jantar na casa do Osvaldo T. com ele e a mulher, escutando suas histórias: os caras das Fuerzas Armadas Revolucionarias que lhe deixaram um recado no hotel ao saber que ele estava em Córdoba para fazer uma reportagem sobre a morte do chefe de polícia. Telefonam para ele e, quando vai atravessando o hall para atender, aparece um desconhecido: "Atenda aí, depois venha comigo". Ao telefone, uma mulher trata de tranquilizá-lo, diz que é para ele acompanhar o desconhecido até seu quarto. Fazem a entrevista lá mesmo, em pleno centro da cidade, e lhe mostram o cartucho que usaram para matar o policial, enquanto todas as forças de segurança estão à sua procura.

Sexta-feira 27 de agosto

Resolvo avisar aos meus amigos que saí de viagem mas vou ficar em Buenos Aires, trancado em casa durante três dias, para ver o que acontece. Fiquei sentado à mesa das dez da manhã até de noite. Sem dúvida, esta também é uma "respiração artificial", invento que meu pai está doente para justificar a ausência e assim crio, de algum modo, uma chance de felicidade, enfurnado nesta casa escura e silenciosa, lendo e escrevendo como se fosse um sobrevivente.

Sábado 28

Escrevo agora na mesa redonda que a Julia pintou de laranja, estou fechado no escritório, tranquilo no meu segundo dia de completo confinamento (tendo pela frente mais três dias sem sair de casa), isolamento que promove uma paz nebulosa, certa confiança no futuro pessoal (apesar de todos os presságios). Trabalho conforme o planejado, termino o Capítulo 2 e deixo preparado o 3.

Segundo dia de reclusão, que suporto muito bem, certa apatia, uma vaga sensação de esgotamento e uma leve tontura causada pela visão das paredes que me cortam a passagem. Tirando isso e certa inquietação que me invade quando penso que aqui enfurnado eu engordo sem parar, me alimentando só de queijo, batata e pão, tão inerte que por momentos tenho cãibras nos pés. Portanto, a não ser pelos pensamentos miseráveis que me provoca pensar que vou virar "um gordo", o resto vai bem.

Domingo 29 de agosto
Terceiro dia de reclusão. Enquanto eu continuar ocupando meu tempo com o trabalho no romance, duvido que consiga escrever algo que preste nestes cadernos. Especialmente quando tento narrar a reclusão em que me encontro.

Segunda-feira 30
Levanto da mesa para festejar estes dias de isolamento, em que não vi ninguém e fui tão feliz quanto é possível nos tempos que correm. Saio para a rua e tenho a sensação de que todos se movem a uma velocidade desconhecida para mim, os carros brilham demais sob as luzes e o barulho me incomoda. Por isso viro na Paraná e entro no restaurante da esquina da Sarmiento. O local amplo, as mesas com toalhas brancas, os espelhos nas paredes de madeira e os garçons imóveis ao fundo me acalmam no ato.

Saí para a rua depois de oitenta horas de reclusão voluntária, imediatamente elaboro a história da doença do meu pai que "está mal". Antes disso, a Julia, que eu deixei entrar, cortou demais meu cabelo e isso provoca em mim certos obscuros desassossegos, ideias estranhas em relação ao meu rosto, como se na solidão tivesse se transformado; também constato a gordura que "ganhei" na imobilidade do confinamento. Essa sensação de fracasso corporal "me ajuda" a criar o suficiente clima trágico e a atmosfera teórica necessária para dar verossimilhança à história da doença do meu pai. Vou então pela cidade repetindo meu circuito habitual: *Los Libros*, Galerna, Tiempo Contemporáneo e uma longa caminhada até a Galería del Este e o Instituto Di Tella, por ruas marginais da cidade. O curioso é isto: minha história desperta nos outros uma solidariedade instantânea. Natalio, Luis, Alberto e Toto me contam eles também alguma tragédia pessoal, conflitos com suas mulheres, com os pais, para manter o clima de sincera tragédia que eu instalo ao falar do meu pai hospitalizado e em estado grave. Desse modo, a ficção me garante a relação amigável com todos depois de uma semana de solidão.

1º de setembro

Agora já é o dia seguinte, mas não quero sair deste caderno enquanto não deixar registrada minha situação atual: estou esperando o Luna, que chegou esta manhã e vai me trazer o dinheiro necessário para este mês (temos menos de trezentos pesos e ainda não pude comprar o próximo caderno). Preciso agir com muita cautela para impedir que o Luna me envolva e estrague meus planos. Pretende me levar de volta a Córdoba e, quando souber que não vou com ele, vai mudar de ideia. Esses detalhes têm pouca importância, pelo menos até ele chegar daqui a uma hora e eu possa então conhecer bem seus propósitos e montar "minha versão".

Na hora do almoço, enquanto tomava um café no La Paz e lia a revista *Libre*, alguém chega e bate na vidraça que dá para a esquina, era o S., que eu conheço desde o ano de 62. Nesse ano fui com o Miguel Briante ler uns textos na revista *Vuelo*, de Avellaneda, o S. me disse que o Rozenmacher repetia os climas de Rulfo e foi uma surpresa, porque eu não tinha pensado nisso. Agora se sentou comigo e encontrei nele a velha megalomania de sempre, fala de si mesmo como se não existisse outro assunto. Comenta certos contos que escreveu, romances que está para escrever, com a segurança e a confiança necessárias para que acreditem em tudo o que ele diz.

O Luna chegou com o dinheiro das minhas aulas de Córdoba. Recebeu um convite para ir ao Vietnã, vai em outubro e volta no fim de janeiro. Todos os meus amigos estão viajando: Osvaldo T. vai a Madri entrevistar Perón, León R. vai a Paris, Eliseo V. viaja aos Estados Unidos; imediatamente penso: "Todos estão indo embora, menos eu".

Minha situação econômica melhorou. Além dos sessenta mil pesos que o Andrés me trouxe, tem os cinquenta mil da editora Tiempo Contemporáneo: com isso já posso garantir os próximos dois meses.

A Julia passou pela Tiempo Contemporáneo para pegar o cheque de cinquenta mil pesos e trouxe também uma carta de José Giovanni. Um escritor que trabalha no cinema policial, autor de *El boquete* e *El último suspiro*, filmes que admiro há anos. Usou o gênero para construir uma épica baseada na honra entre os marginais.

Quinta-feira 2 de setembro

Vou ver o David, ele me ligou e combinamos de nos encontrar no La Paz. Preocupado, conta que esteve em casa, tocando a campainha, batendo na porta. "Vi o balde e o jornal, pensei que tivesse acontecido alguma coisa com você", como o Andrés naquela tarde em que o encontrei no hall e ele achou que eu tinha me suicidado. O David me fala do seu projeto de escrever uma peça sobre os fuzilamentos de Dorrego (no plural, a história se repete). Ele vê Dorrego gordo, expansivo, demagógico (parecido com ele), vestido de branco, saindo no balcão e se agitando, balançando-se com os aplausos.

Sexta-feira 3 de setembro

Perón acaba de receber o corpo de Eva. Escuto na rádio Belgrano a narração dos fatos transmitida de Madri. "O cadáver apresenta algumas marcas e hematomas no rosto. Salvo por isso, o corpo encontra-se em perfeito estado." Penso em Perón abrindo o caixão e "se encontrando" — dezesseis anos depois — com a imagem de Eva e seu corpo. "Uma das testemunhas da cerimônia de entrega informou nesta madrugada que, no momento de abrir o caixão, o ex-presidente olhou longamente para aquela que fora sua esposa e disse: 'Eva... Eva'. Perón estava muito comovido e tinha o rosto sulcado de lágrimas." Os despojos da sra. Eva Perón foram trasladados dentro de um féretro de madeira escura num furgão com placa italiana. Para garantir a discrição e o sigilo de sua passagem pela Itália e pela Espanha, trocaram três vezes de veículo.

Nessa história aparece um personagem secundário que poderia ser a base de um romance: o coronel Héctor Cabanillas, chefe da Secretaria de Inteligência de Aramburu, que em 1956 foi incumbido de levar o corpo para a Europa e, quinze anos depois, seria o único a viajar no furgão. Por fim, claro, o corpo da própria Eva Perón: o que havia de mais degradado para a burguesia, a figura mais inaceitável (uma "puta", uma ambiciosa atriz de segunda, vista como amoral), tornou-se eixo e símbolo por sua ascensão social e seu encontro com Perón. Ela se redime e está presente como a figura mítica que regressa nessa espécie de "viagem dos mortos", que está em todas as culturas e que ela encarna como uma nova metamorfose da sua presença luminosa. Eva cruza o oceano e durante dezesseis anos tem em seu inimigo mais firme (já que o coronel fora incumbido de fazê-la desaparecer) o guardião alucinado. "O coronel Cabanillas cumpriu silenciosamente sua missão de entregar os despojos de Eva Perón em Madri (como antes realizara discretamente a missão de sepultá-la num túmulo anônimo com uma placa com outro nome em Roma)." Ele, que havia sido incumbido de fazê-la desaparecer; ele, que era o único conhecedor da chave para abrir o segredo que toda a nação perseguia. Seu paradeiro é desconhecido. Que foi feito dele, depois de manter sob sua guarda o próprio símbolo das classes populares? Um homem condenado, basta pensar que nos últimos dezesseis anos não foi promovido.

Sábado 4 de setembro

Série C. De repente e sem aviso, volta a invadi-lo a sensação de estar ausente da vida, incerto, vaga como um fantasma. Tudo o que ele toca se desmancha e estraga, perdeu toda a confiança no que escreve e pensa que sem convicção não tem sentido fazer literatura. A certeza é anterior à escrita e é sua condição. Está no centro nevrálgico da história de sua vida, que ele transformou num relato de iniciação. A chegada de Murray quando Greta está nua põe por terra toda a sua poética de climas sutis e prosa elíptica.

Sexta-feira 10

Ontem à noite me encontrei com o M., que toda semana vai à praça da Belas-Artes para dar aulas de música e anda perdido pela cidade. Com ele estava o F., que parece outra pessoa depois de ficar preso e ser sido torturado, parece nervoso, resolvendo bruscamente que deixássemos o bar onde estávamos tomando uns tragos (de genebra Llave). Ele contava com humor (e desespero) sua experiência carcerária, os dez dias que passou sem comer, "a grelha" (o estrado de metal onde o amarravam nu e lhe davam choques elétricos), o delegado que engatilhava seu .38, calibre irregular, e ameaçava matá-lo e atirá-lo no Rio da Prata, já que ninguém sabia que ele estava preso. Uma experiência-limite que se percebe apenas em certos gestos ásperos, na avidez com que acende um cigarro atrás do outro. O Eduardo M., de resto, meio surdo, disfarçando seu terror, sua paranoia, que o assola há meses, com gente que o segue e amigos que o traem.

Leio os contos de Baldwin que vou editar na Tiempo Contemporáneo e os contos de Bruce J. Friedman que preciso mandar traduzir para editar pela Fausto. Estou com a Julia em Mar del Plata, uma viagem-relâmpago. Despertam em mim imagens esquecidas. Agora brilha o sol nesta cidade gélida.

Voltamos de trem, tomando café com leite com croissants no vagão-restaurante quase vazio, iluminado pelo sol e pelos lustres com tulipa de vidro sempre acesos. Antes, à tarde, assistimos a dois filmes de Billy Wilder por cem pesos.

"Não sou realista, sou materialista, fujo do realismo indo para a realidade." S. Eisenstein.

Em B. Brecht entende-se que a oposição entre pensar e sentir, ou entre inteligência e coração, ou entre racionalidade e emoção, se desdobra numa tensão muito dinâmica entre inconsciente e eu fictício, não existe equilíbrio nesses dois campos que estão presentes em toda prática (inclusive na teoria pura e na política). Brecht mudou o eixo da discussão sobre a criatividade, assumindo que a força ignorada é a chave da cosmovisão artística.

Domingo 12 de setembro

Estou de novo em Buenos Aires, depois de alguns dias "familiares" em que não li nem escrevi: fui ao cinema, vi televisão, perambulei pela cidade e fiquei parado de frente para o mar (vazio como uma ostra vazia), lutei com o choque entre minhas lembranças infantis, e a realidade me mostrou minha incapacidade para controlar a situação. Fomos de carro embaixo de chuva até o centro espacial de Balcarce, os inescrutáveis cones brancos que recebem e transmitem a imagem dos satélites: paisagem onírica. A estrada que atravessa entre os morros escuros, que comovem a Julia. No meio de caminho me encostei no banco e dormi meia hora, sem sonhar, a mente em branco.

Segunda-feira 13

Ontem durante a viagem, com o sol batendo no rosto, o trem parando em vilarejos perdidos no pampa. A estação deserta e os moradores se aproximando para ver o trem passar. A Julia, irritada porque o vagão-restaurante estava lotado e era impossível manter a janela aberta com o sol contra os olhos, se fechava em si mesma vendo o fracasso de sua esperança de fazer da viagem uma aventura. Enquanto isso, eu lia os contos de Friedman, vários muito bons com seu manejo irônico do absurdo e do humor negro.

Quando mal tinha saído da cama de manhã, o telefone começa a tocar anunciando as visitas: Szichman, Marta Lynch, Aníbal Ford, David, Schmucler. Entro na vertigem que me seduz e me assusta. Com o David, bate-papo divertido no La Paz, ele eufórico, inteligente como em seus melhores momentos. Eu vinha pela Corrientes tentando tomar pé da situação política pelas manchetes do *La Nación* pendurado com pregadores no beiral da banca, ferido pelo sol do meio-dia nos subúrbios doloridos, e o David sorria para mim da janela que dá para a calçada, ao ver minha "cara de neurótico". Depois, com ele, a cantilena de sempre: Perón, Getino, Solanas, Jitrik, Cortázar, seus rivais fantasmagóricos que se renovam sem sair do círculo ameaçador que, segundo ele, o condena ao esquecimento, e ao mesmo tempo eufórico com o periódico *La Comuna*, que ele dirige e cujo terceiro número o enche de entusiasmo.

Da parte do Schmucler, algumas novidades. Ele propõe (depois de um preâmbulo intimista sobre sua necessidade de escrever e usar melhor o tempo) dividir comigo a direção da *Los Libros*, eu lhe proponho chamar o Carlos Altamirano para ser o terceiro diretor. Acho a proposta atraente por causa da nova imagem política da revista, que participa sempre mantendo seu centro na vida cultural, e também porque ando com vontade de brigar (motivos: discussões com os amigos da Vanguarda Comunista, novas referências às minhas posições na *Escarabajo de Oro*, onde não suportam que eu tenha virado as costas para eles e tenha seguido meu caminho sem necessidade de me amparar na caverna progressista que eles constroem educadamente, e de quebra minhas polêmicas com o Walsh, o Urondo e outros novos peronistas. Mas por outro lado me preocupa perder o ritmo de trabalho no romance, me dispersar etc.).

Por fim, à noite vou ao cinema com a Julia e o Ricardo N., excelente versão de *O jovem Törless*, de Musil: a violência dos futuros oficiais nazistas, que no romance são jovens internos num colégio militar, e também revela a

ótica de um filósofo nietzschiano procurando conciliar a exatidão da matemática e a eficácia prática. Belo final, com Törless expulso afastando-se de
carro "sentindo o perfume que recende da blusa da mãe".

Terça-feira 14

Passo o dia arrumando os livros que forravam o chão deste cômodo de
trabalho. Novas estantes na parede abrem o espaço de que preciso para me
instalar.

Caminho pela cidade carregando ao ombro uma luminária de chão. Tento
retomar o conto do Pavese, procuro a sintaxe e o tom. Duas horas depois
de começar, chega o David, e a partir daí já não consigo mais me concentrar. Ideias de fugir para o Tigre, para uma ilha, para o campo, para um povoado do interior, para um hotel, um quarto anônimo no centro da cidade,
passar uma ou duas semanas isolado, sem interrupções, só escrevendo.

Quarta-feira 15

A Série X. O Ricardo me conta enfurecido a história dos revolucionários
(peronistas) deslumbrados com o guevarismo, opostos àqueles que, como ele,
tentam (sem muito ânimo nem convicção) reforçar a linha de massa, traba-
lhosa, opaca e humilde (nada épica). A moça do seu grupo político que rompe
o contato com seus ex-companheiros para entrar na "pesada", e que ele encontra como assistente numa exibição de *La hora de los hornos* num apartamento muito elegante do Barrio Norte. Ou o ruivo de longa cabeleira que
pontifica sobre a violência revolucionária usando jeans de marca e sandálias
de couro, fantasiado, como diz o Ricardo, de místico revolucionário.

Pouco depois do meio-dia o David me visita, eu o escuto sem vontade, perdido nas minhas próprias vaguezas. Curiosa sensação de ver meu corpo flu-
tuando no ar e ouvir minha voz vindo de um lugar inesperado, como se alguém a transmitisse de um gravador.

Quinta-feira 16

Notas sobre Tolstói (15). Relação entre linguagem e formas de vida. *Big
Typescript 213* (1933). No capítulo "Filosofia" (86:2), Wittgenstein reflete sobre uma opinião de Tolstói segundo a qual a significação de um objeto artístico reside em sua compreensibilidade geral. A reflexão de Tolstói está em

O que é arte?, e deve-se reler esse texto extraordinário para entender certas posturas de Wittgenstein. Ligá-lo à questão da linguagem privada-hermética (como anti-Tolstói). Wittgenstein diz que o movimento lento do terceiro quarteto de Brahms o levara duas vezes à beira do suicídio. O que há com esse quarteto? Podemos usá-lo para matar nossos inimigos? Mandelstam dizia que um artista pensa no significado dos acontecimentos e não em suas consequências. A filosofia é uma atividade e não uma doutrina, e seu universo primário de aplicação é a linguagem. Tolstói manteve uma relação direta com sua obra literária, mas deu um passo além; procurou uma linguagem não ideal, e sim pura (direta e sincera), fiel aos fatos. Uma linguagem em sua forma incorrupta, capaz de representar o mundo como verdadeiramente é (em sua pureza implícita e simples). Tolstói imaginou que era possível encontrar essa linguagem (que seria o fundamento e o ponto de partida e o início da construção de um mundo ideal: não um esperanto, mas uma língua simples). Nesse sentido, a conversão de Tolstói implica um abandono da literatura por uma forma mais avançada da prática verbal. Em determinado momento, entendeu que a forma e o conteúdo dessa linguagem "pura" eram inefáveis. Os evangelhos que escreveu são uma prova desse intento de usar uma língua nova (estudou aramaico, grego e hebraico, e os escreveu em russo). Tolstói estava em busca de uma linguagem perfeita e considerava que a literatura (Shakespeare incluído) era uma versão corrupta desse intento. Em seus *Diários*, em algumas indicações, pode-se afirmar que Tolstói estava em busca de uma linguagem impossível (*never--never-language*), uma linguagem absolutamente hipotética. Uma linguagem tão distante da que usamos para escrever quanto a vida simples e incorrupta (*never-never-land*) está longe da sociedade corrupta em que ele estava destinado a viver. Desse modo, conseguia-se estabelecer uma linha entre o primeiro e o segundo Tolstói, entre *ostranenie* e compromisso. Abandonar a literatura era um sacrifício extraordinário ("Escrever é fácil, o difícil é não escrever", dizia Tolstói), mas nao estava ainda à altura do sacrifício que devia realizar. Desse modo, os trabalhos de Tolstói propõem a hipótese de que a linguagem pura postula (não apenas se refere a) uma realidade, e portanto pode-se sustentar que o mundo que essa linguagem deve representar é um mundo ideal que vem postulado e que a linguagem pode criar. Mas que linguagem é essa? (a oração). Mas que mundo é esse? (o mundo camponês). Ele buscava, então, uma linguagem em estado natural (um estado natural da linguagem), e a buscava sob a máscara fulgurante da linguagem ordinária. Estava em algum lugar profundo sob a superfície da linguagem cotidiana, mas não a encontrou. E chegou à conclusão de que não era aí que ele a encontraria. Pensou que era necessária, primeiro, uma forma de vida natural, e que desse modo de viver surgiria a língua pura.

Sexta-feira 17 de setembro

Série E. Agora escrevo aqui porque estou desnorteado e estas notas são um mapa que eu desenho tentando seguir o caminho mais direto até um lugar desconhecido. O romance, bem ou mal, com a lentidão que é habitual em mim, eu o estou escrevendo com energia no limite mesmo das minhas possibilidades, instalado naquilo que chamo "a fronteira psíquica da sociedade". Daí envio mensagens e notícias, mas sofro também as consequências de uma estadia prolongada na terra de ninguém, inóspita. Não sei se o esforço de procurar a concentração se justifica. Nem mesmo a possibilidade do fracasso é algo que eu possa considerar como uma perda, quando a narrativa avança para um nada que me abre novos caminhos.

Além da insatisfação nascida dos projetos malogrados, das expectativas não cumpridas, acrescentam-se as demandas sociais, por exemplo, a confirmação da minha participação na direção da *Los Libros*, que significa uma aposta política e também o compromisso de viajar a Córdoba, que não posso mais adiar. Eu poderia confiar na minha capacidade de trabalho, na boa situação econômica, e pensar: tenho vários projetos (como editor e diretor de uma revista) que se realizam sem por isso ter que descuidar do meu trabalho pessoal. Estar em ação, mergulhado na realidade, é isso que uma das várias pessoas que eu sou sempre buscava. Em suma, ganho a vida lendo e estou presente no mundo sem me ver obrigado a publicar conforme os ritmos de visibilidade do mercado editorial. Minha situação intelectual me exige rigor e esforço. Minha paixão pela literatura me leva a pensar que de fato não estou em condições de suportar tanta exposição.

"O dinheiro transforma a vida dos homens em destino." Karl Marx. Essa frase define bem o *pathos* do romance policial.

Terça-feira 21 de setembro

Volto para casa, onde me espera o Manuel Puig, que está prestes a se mudar para a Europa, obcecado com a tradução dos seus livros, intraduzíveis por causa do estilo oral, com os efeitos da tese do David sobre "a geração de 66" (ele a chama assim porque é o ano da ditadura de Onganía, e o Viñas periodiza a literatura com sequências definidas diretamente pelos eventos políticos), que caracteriza como despolitizada (clichê banal que tem sido retomado na Espanha e na França para caracterizar os novos escritores argentinos), preocupado também porque a máfia do *boom* se esquece dele, Manuel, e exalta Bryce Echenique. Em todo caso, ele já tem quase pronto seu romance III (um policial sobre o mundo artístico de Buenos Aires na época do Di Tella e do poder de legitimação da *Primera Plana*). Sua posição como escritor o transforma para mim em outro dos meus "dublês de corpo" (como são chamados no cinema os atores anônimos que substituem as estrelas nas cenas de risco, entram com o corpo, mas ninguém os reconhece) e me provoca profundas ruminações e inveja.

Quarta-feira 22

Retomo a ideia de escrever um romance familiar a partir das narrativas e mitos que circulam na minha casa. São muitos personagens e muitos argumentos, preciso achar um tom irônico para contar essa épica. Curiosamente, quando faço algumas anotações me foge o nome de Luisa, uma das irmãs da minha mãe, casada com Gustavo, um capanga próximo dos caudilhos conservadores. É a única dentre as mulheres que frequentaram a minha casa que já morreu, e não fui ao seu velório. Talvez eu devesse deixar de lado tudo o que estou fazendo para escrever a saga familiar, que é minha e cujas histórias conheço melhor do que ninguém.

Essas narrativas são a matéria dos meus sonhos e se instalaram na zona baixa da minha vida. São rumores, situações nítidas, personagens inesquecíveis que estão mergulhados no fundo do meu inconsciente, com sua estrutura melodramática de grandes paixões e grandes crises. "Em arte, não conheço melhor conselheiro do que o inconsciente", diz Puig.

Quinta feira 23

Desencontro com o Haroldo Conti, que chega atrasado, quando já estou conversando com o Osvaldo Tcherkaski. Mesmo assim, o Haroldo ainda dá um jeito de me contar o argumento do seu próximo romance com o Príncipe Patagón, o Leão doente e Raymundo que escreve cartas à querida Lu. Como sempre, mostra uma grande sensibilidade para contar histórias de perdedores, gente comum que resiste e sempre tem uma ilusão a que se agarrar, mas agora receio que ele tenha acrescentado o lirismo demagógico do realismo mágico, a retórica de García Márquez de colocar situações poéticas como saída manipulada de uma nova realidade no mundo rural. Depois janto com o Osvaldo, que me conta sua viagem a Madri para entrevistar Perón e insiste em falar do meu romance como se já estivesse escrito.

Quinta-feira 30

Encontros com o Luna, que fala de Córdoba e das oscilações do seu entusiasmo sempre instável. Discussões na Tiempo Contemporáneo sobre o projeto de editar o *Flaubert* de Sartre, centenas e centenas de páginas de uma prosa turbulenta que exige leitores viciados ou condenados a ler esse livro.

Resumo de uma temporadinha no inferno. Meu pessimismo: dúvidas quanto ao romance em que trabalho há anos, fico preso à situação de confinamento dos bandidos cercados pela polícia num apartamento no centro de Montevidéu. Não consigo manter o tom porque essa estrutura só dá para um conto longo. Vou ter que abrir a história para o que vem antes: o plano do roubo, o assalto ao carro-forte, a fuga violenta, rompem o pacto com a polícia e escapam para o Uruguai com todo o dinheiro. Um incidente fortuito com um policial obriga o grupo a fugir, e eles perdem o contato que lhes garantiria a travessia para o Brasil. Conseguem um apartamento através de uma garota que pega um deles na rua. Mas o lugar está grampeado, e a polícia os cerca. Não gosto do que escrevi até agora, é desordenado e confuso.

Sexta-feira 1º de outubro

Fantasias de fuga, passar o verão na ilha do Haroldo Conti no Tigre, terminar o romance lá, como se o problema fosse geográfico e eu tivesse que mudar de lugar.

Vejamos o dia de ontem. Acordei, como sempre nestes dias, às dez da manhã, tomei um café preto e me sentei para trabalhar. Almocei sozinho, porque a Julia foi à faculdade, fiz um bife na chapa e comi com uma salada que já estava pronta. Quando a Julia chegou, fui até a *Los Libros*, onde topei com o Carlos e o Marcelo discutindo sobre Borges. Na Tiempo

Contemporáneo seguimos com o projeto de publicar o *Flaubert* de Sartre, vamos encomendar a tradução a Patricio Canto. Voltei à *Los Libros* para procurar o Schmucler. Tomamos um café falando sobre a televisão e seus efeitos sempre desviados, caminhamos juntos até o La Paz, onde me esperava o Gusmán, que queria ter um conto dele publicado pela Casa de las Américas, falamos do Conti, que depois de *Sudeste* estagnou e só se repete; do projeto do Díaz G. de não publicar seu volume de contos e abandonar a novela em que esteve trabalhando (mais de cinquenta páginas) porque não lhe agrada. Quer ganhar um pouco de dinheiro antes de voltar a escrever. Depois, em casa, me encontrei com o Andrés e jantamos com ele e com a Graciela e o Ricardo N. Insisti no projeto de alugarmos a ilha do Haroldo no Tigre. E não fomos ao cinema porque a Julia tem uma prova parcial bem ferrada.

Analisar o programa de rádio muito influente de Guerrero Marthineitz: dialogismo, folclore, políticas de apoio a Lanusse no específico, prova de um novo modo de fazer política assentado nos jornalistas como formadores de opinião (substituindo os intelectuais).

Quinta-feira 7 de outubro

Ontem à noite, nova hecatombe, violenta discussão (gravada) com Kaplan, Jitrik, León e outros. Ficaram todos contra mim quando questionei a autonomia da literatura, ou melhor, a ilusão de autonomia na literatura. Reação intempestiva clássica da esquerda liberal, que considera a cultura um campo neutro onde tenta assumir posições abstratas. Qualquer discussão sobre a condição concreta do trabalho intelectual faz com que se unam em defesa dos seus feudos pessoais. Estão acostumados a discutir com os peronistas e a defender a alta cultura, mas não estão preparados para enfrentar uma estratégia de vanguarda que procure intervir nas relações da arte com a sociedade (e não ao contrário: como a sociedade se vê na arte), ou melhor, qual é a função da arte na sociedade.

Contos

1. Suicídios: o pai que fracassa.
2. Pavese: a mulher que não o recebe.
3. O joalheiro: leva um revólver.
4. O Laucha, contado como uma reconstrução.

Sexta-feira 8

Encontro com entusiasmo minhas teses e anotações sobre Borges. Mesmo assim, continuo na zona cinzenta, efeito da minha discussão de ontem com o grupo de intelectuais de esquerda na *Nuevos Aires*. Eu me afasto deles, assim como me afasto e diferencio dos escritores da minha geração. Minha definição da figura pública do escritor me isola (prova de que tenho razão), mas continuo preso à discussão de ontem, que foi muito violenta. Voltam à minha mente frases, situações, encontro as respostas que deveria ter dado. Distância entre o que quero fazer e o que realmente posso fazer.

A Série X. Encontro o Elías S., sempre inteligente e parecido com o José Sazbón, com vários conflitos simultâneos com a realidade, me conta sua fantasia de vender livros de porta em porta em Córdoba. Os desacordos da prática política, a militância é sempre difícil para um intelectual. Não conheço outros heróis além desses amigos anônimos que mudam seu modo de viver e se põem a serviço da revolução.

Sábado 9

Vou e venho pela casa vazia. A Julia está em La Plata com a filha, e eu desço para a rua, vou até a Corrientes, pessoas caminhando de um lado para o outro, é noite de sábado, se divertem. Eu estou sozinho no mundo, penso. Preciso entrar numa livraria, verificar que os livros estão lá, que há leitores que os compram, que podem ser folheados, são sempre os mesmos títulos, revistos vinte vezes numa semana. São objetos reais, e portanto é possível pensar que faz sentido perder a vida neles. Então entro nos grandes sebos, no Dávalos ou no Hernández, onde sempre se escutam músicas de protesto e se amontoam os jovens de esquerda. Uma única olhada basta para eu verificar se chegou alguma novidade da Espanha ou do México, as únicas que podem me surpreender. Depois volto para casa e ponho o café para esquentar.

Segunda-feira II de outubro

Estou sozinho desde sexta, a Julia em La Plata, só volta hoje à noite, talvez por isso essa melancolia, uma tristeza sem conteúdo. Vou até a *Los Libros*, me encontro com Carlos Altamirano e Mario Szichman, volto e caminho pela cidade como um fantasma.

Sábado 16

A Série X. Continuo com minha pesquisa sobre o modo de vida dos políticos revolucionários. São profissionais, o grupo decide quanto dinheiro cada um recebe por mês, que é sempre pouco e funciona como exemplo moral. Realizam uma atividade clandestina e têm a vida cindida entre uma superfície visível e uma região oculta sobre a qual chegam notícias confusas. O Roberto tenta negar o que há dele em mim, por exemplo — e principalmente — a vontade de fazer uma obra pessoal. Rende diversas homenagens à inteligência. Falamos da minha carta com recomendações sobre o trabalho cultural. Na opinião dele, eu uso a ironia para me distanciar. Nesse meio-tempo apareceu Juan Carlos M., para me livrar dele o acompanhei até sua casa e lá peguei os contos de Salinger que eu tinha lhe emprestado.

Antes deles tinha passado em casa o Lucas, outro revolucionário profissional que vem me ver para recuperar um pouco da sua vida pregressa. Planeja alugar ele também uma casa no Tigre e passar o verão perto de mim. Sempre estou para lhe perguntar se ele já matou alguém, mas nunca é a hora certa. Ele fala comigo do passado e do futuro, mas não me diz nada sobre o presente, "por razões de segurança", não posso saber nada que possa colocá-lo em perigo. Vive com um misto de irônico ceticismo e debilidade ingênua, fantasiando com uma mulher que mora a dois mil quilômetros e que ele só viu uma vez. Ela é uma militante clandestina, o Lucas não sabe seu nome, mas passou uma noite com ela depois de uma reunião da cúpula política da sua organização. Acha que ela é viúva de um cavalheiro morto, um herói. Elabora com eficácia e candidez o mito do amor impossível e, enquanto procura a arma que tinha deixado escondida embaixo de uma almofada ao chegar, me diz: "Quero uma mulher dominante, preciso ter medo de que ela fuja com outro para poder desejá-la".

Ontem de manhã vim ao bar para ler os jornais e encontrei a Beatriz Guido, abatida, vestida de vermelho, recuperando-se do fracasso do seu romance *Escándalos y soledades.* "Somos escritores profissionais, não autores de um só livro." Isso me fez pensar, na verdade os grandes escritores que admiramos são autores de um só livro e o resto dos romancistas produz incessantemente obras que logo esquecemos, mas que os sustentam. O autor de uma única obra (mesmo que tenha escrito muitas outras) está fora do circuito econômico. Essa é a diferença entre os autores do século XIX (Balzac,

Dickens) e os do século XX (Joyce ou Musil). A Beatriz está como sempre, atrapalhada, divertida, sempre atenciosa comigo. Pergunta pelo meu romance, e eu lhe digo que está quase pronto.

Série E. Me dá cada vez mais trabalho narrar fatos e situações nestes cadernos, tendo a pensar antes de agir, a esquecer o corpo e seu movimento. Portanto, o que eu quero aqui é descrever o estado mental e a história de uma alma cativa (nas redes da linguagem). Já usei cinquenta cadernos em que escrevi a série dos meus encontros com a realidade.

Segunda-feira 18 de outubro

O David vem em casa e não me encontra. Nos falamos por telefone e combinamos tomar um café no bar da esquina da Tucumán com a Uruguay. Ele me pareceu muito eufórico ao chegar, ao cumprimentar o Roberto, que falou brincando que ele estava mais gordo. No bar, percebi que a euforia é um jeito de o David dissimular a angústia, uma espécie de excitada representação teatral na qual ele encarna um personagem com traços de comédia. Em crise porque recusaram o roteiro sobre Juan Moreyra que ele tinha escrito para o Ayala, com medo de que recuem e desistam de produzir sua peça sobre Lisandro de la Torre. Deixou de lado três milhões de pesos, e isso lhe dá vertigem. Ele se segura onde pode, se define em contraposição ao Jitrik, se aferra à lembrança de uma conferência que deu em Bahía Blanca para quinhentos estudantes. Pensa no pai, juiz na Patagônia, que recusava todos os subornos. E por outro lado fala da sua idade, tem medo do futuro. Quando passou em casa, deixou um livro com uma dedicatória comovente e "poços de debilidade".

Ao sair de uma reunião, discuto com o León. Primeiro ele tenta justificar o Jitrik. Em seguida tento lhe mostrar sua própria vacilação. "É medo de pensar", digo, e ele reconhece. Reconhece tudo e fala em mal-entendidos, ou lembra que nossa amizade avança porque é ele quem toma a iniciativa. Eu sou, segundo ele, intransigente, agressivo, não enxergo as nuances. Bom saber, digo.

Quarta-feira 20

A discussão de sempre com o Roberto, que aceita a crítica e de modo geral concordamos. A questão é pensar o lugar da cultura de esquerda na política e não pensar no lugar da política na cultura de esquerda.

A entrada lateral no correio da galeria Rocha, em La Plata — na rua 50, se não me engano. Subia-se por uma escada que dava na central telefônica, de onde eu mandava os telegramas avisando em casa que tinha passado numa disciplina e informando a nota (que era quase sempre um dez).

Quinta-feira 21

A inquietação me persegue, como se eu nunca pudesse dominá-la. É a "angústia fodida" de que fala Roberto Arlt, uma relação perigosa com o futuro e suas alternativas. Somos vários em mim (por mais estranha que soe a expressão): há um sujeito que se oculta como um ladrão, para se apropriar de qualquer certeza. Alguém que não consigo dominar, um inimigo que me mostra a fragilidade das minhas certezas e derruba a força da razão, que é uma das minhas últimas aliadas e na qual confio.

Outra, converso com o Haroldo pelo telefone, criei o mito da minha viagem à ilha. Todos me tratam como se fosse eu quem vai a Havana. Penso: por isso me procuram. Penso: devia ter escrito ao Retamar deixando bem clara minha posição sobre Cuba. Também penso: não quero ir, prefiro não viajar. Ficar e terminar de uma vez o romance que estou escrevendo.

Domingo 24

Só a prosa de Brecht me salva da tensão deste naufrágio interior, espécie de catatonia inquieta. Talvez seja isso o inferno para mim: imóvel, sem poder me mexer, mas não manso e tranquilo, e sim inquieto, ansioso, sempre a ponto de dar um salto para não sei onde. Eu me aferro a certas máximas brechtianas (assim como Alonso Quijano se aferrava aos romances de cavalaria para esquecer a realidade), por exemplo: "Não se ater ao bom tempo passado e sim ao mau tempo presente", diz Brecht, e eu acrescento: "Nem ao mau tempo futuro".

Tema. Um conto com a história de Blanco, casado com a filha do prefeito da cidade, e a de R., casado com a filha do presidente da República. Os dois são galãs, rosto bonito, bastante parecidos fisicamente, loiros, finos, um artista de esquerda e um nacionalista, respectivamente. O arrivista que para subir na vida seduz a filha de um homem poderoso. Clima Stendhal. Aqui o herói — uma espécie de Julien Sorel e Fabrizio del Dongo — não está fascinado com Napoleão como modelo de audácia, e sim com Perón como negociador astuto. Histórias que vão acabar mal, se minha intuição romanesca estiver afiada.

Quarta-feira 27

Notícias variadas. A principal foi a intervenção dos sindicatos de esquerda do SiTraC-SiTraM, em Córdoba, cidade ocupada pelo Exército. O David traz um documento para assinar. Em meio à sucessão de eventos políticos, tento voltar ao romance. Tenho a fantasia de fugir para o Tigre e passar o verão inteiro na ilha do Haroldo.

Aniversário da Julia, vamos aos bosques de Palermo, caminhamos ao sol, comemos sanduíches de linguiça embaixo das árvores numa churrascaria perto do rio. Tiramos fotos junto ao lago com um lambe-lambe que usa uma velha câmera caixote. Leio um livro sobre Salinger, na grama, com as costas contra uma árvore.

Domingo 31 de outubro

Diversos encontros com o David, que anda obcecado com a peça de Ricardo Monti no teatro Payró. "Avalanche populista", ele a chama.

Quarta-feira 3 de novembro

A história da Nacha, amiga da Julia. Um pouco esquizofrênica, tenta se matar duas vezes, sem sucesso mas com riscos. Queria reatar com seu primeiro marido, de quem se separou há anos. Antes disso havia rompido com o namorado, que lhe quebrou o nariz aos murros na noite da separação. Está internada com o rosto desfigurado, enfaixado, toda dolorida e dopada de éter. O ex-marido cuida dela e de madrugada literalmente a estupra no leito do hospital. Alguns dias depois, ela é "ganha" por uma espécie de lúmpen intelectual de barbicha. O sujeito invade sua casa, "luxuosa" (o pai da Nacha é um general e tem um grande patrimônio familiar), junto com seus amigotes. A Julia os viu lá no domingo: todos reunidos, falando dos objetos, dos quadros e dos enfeites do lugar enquanto bebem uísque. A Julia vai embora, a Nacha depois acaba de contar a história dessa noite: ela desce para comprar mais uísque, é vista por "aquele que lhe quebrou o nariz", que ela havia abandonado porque era rígido, ciumento, e começa a lhe telefonar. Acaba fazendo plantão na porta do seu prédio e, quando alguém abre para sair, o ex-namorado sobe e a encontra no apartamento com toda a turma do lúmpen. Parece uma novela de Salinger.

Diversas discussões na *Los Libros*, será preciso impor as posições à força.

Sexta-feira 5

Desembarco com o Haroldo em sua casa no Tigre, vamos de carro até a estação fluvial e depois, no clube de remo, ele aluga um bote e vamos juntos pelo rio até o sítio na ilha. Ele me mostra um exemplar do seu romance *En vida* editado pela Seix Barral. Impressão de estar em outro mundo, o Delta tem uma magia particular. Me preparo para passar a noite na ilha.

Sábado 6

Acordo bem cedo e passeio pelo lugar. O armazém do Tito, o remador que ganhou a medalha olímpica de skiff duplo em Londres, em dupla com Tranquilo Capozzo; o local tem as paredes cobertas de fotos das suas vitórias e páginas dos jornais que as celebravam. Ele remava desde criança no Tigre e se tornou naturalmente um grande remador. "Natural", disse, "quem é do campo sabe andar a cavalo e nós ilhéus aprendemos a remar antes de saber andar."

Aos poucos vou me habituando ao lugar. A cheia do rio nos isola, agora não temos como chegar até o armazém do Tito. Eu me instalo tranquilo nesta casa cheia de janelas, por onde o sol entra mesclado com a folhagem das plantas que rodeiam o jardim.

Domingo 7

A pulsação do motor das lanchas que atravessam o rio, ao fundo entre as árvores, ontem à noite. Hoje cedo desci a escada e preparei para mim um Nescafé batendo o creme com um jato de soda. Agora estou tomando a fresca sentado na varanda da casa. Ontem à tarde, no alpendre que dá para o riacho Rama Negra, algumas ideias leves sobre o que quero escrever.

A linguagem dos técnicos sempre me fascinou. O modo como eles falam da maré e das mudanças do rio, os navegantes que vivem no Tigre com suas pequenas lanchas a motor que os levam até os barcos areeiros com que atravessam até Punta Lara, ou os pescadores que contam com detalhes o modo como iscam o anzol e a maneira como se deve lançar a linha (meio agachados para conseguir que a boia chegue quase ao meio do rio). Há certa capacidade prática no modo de verbalizar a ação.

Infelizmente sou um homem da cidade, farto do Tigre, da lama e dos mosquitos, amanhã volto para casa.

Segunda-feira 8

Ao meio-dia, literalmente fugimos da ilha cheia de insetos. O Tito nos levou num bote e atravessamos com ele os rios barrentos para voltar à cidade de trem.

Reencontro todos os problemas que não me permitem pensar.

Quinta-feira 11 de novembro

Cada dia mais longe destes cadernos e de mim mesmo. Para completar, encontro com o David, obcecado com o peronismo e com Sabato. No dia seguinte de ter pensado um texto sobre o livro como resenha para a *Los Libros*, estava sentado no La Paz lendo o livro de Steiner sobre Dostoiévski e Tolstói, quando vejo Sabato passar, tenho que ir e voltar várias vezes porque, apesar de dar um tempo para que ele se afaste, quando pego o rumo de casa volto a me deparar com ele, olhando a vitrine da Plaza y Janés. Recuo e atravesso. Além disso, hoje de manhã o David estava especialmente obsessivo por causa de Machi, que lhe apresenta versões da sua peça *Lisandro*, que espera estrear no teatro em janeiro.

Sábado 13 de novembro

De resto, esta manhã tenho certeza dos meus fracassos com o romance no qual venho trabalhando inutilmente há quatro anos e que estou tentado a jogar fora. Uma montanha de papéis escritos e reescritos repetidas vezes.

Totalmente mergulhado nos contos de Flannery O'Connor, volto às minhas ideias de escrever as histórias da minha família.

Terça-feira 16

Marco com o David no La Paz, ele me dá um exemplar de *Lisandro*, sua peça de teatro que acaba de sair em livro. Caminhamos até o correio de Congreso, grandes concordâncias sob o sol enquanto eu posto uma carta para minha mãe.

Quinta-feira 18

Almoço com o Altamirano e o David no restaurante da esquina, falamos das perspectivas do governo militar encabeçado por Lanusse. O David, como sempre, obcecado com Perón. Depois, na *Los Libros*, encontro com o Eduardo Menéndez, em quem aprecio a calma com que ele encara seus estudos de antropologia sem, aparentemente, entrar nas refregas competitivas da academia. Vou com o Alberto até a revista *Gente* para oferecer uma prévia do livro de José Giovanni, e, depois de meia hora de espera num salão escuro com belas mulheres esperando a vez de serem fotografadas, vamos embora, fartos. Por último, o Francisco me fala das suas mágoas, frustrado aos trinta e dois anos, mortas todas as suas ilusões. No fim, inesperadamente me presenteia com o livro *Claves de la Internacional*; surpreso, me atrapalho e não sei o que responder.

Sábado 20

Enquanto leio e faço anotações erráticas numa mesa do La Paz, aparece o David, postado na sorveteria em frente ao Ramos, na esquina da Corrientes com a Montevideo: começa a acenar na minha direção, morrendo de rir, enquanto os carros passam pela rua, e gesticula apontando para si mesmo e para mim, contente com o texto sobre Sabato que saiu no *La Opinión*, em que Carlos Tarsitano tomou sua defesa.

Dali a pouco, tomando um café, comento com o David minha ideia de fazer um romance de cem páginas extraídas do manuscrito do livro inacabado sobre o qual venho trabalhando há anos. Inesperadamente ele ressalta a seriedade do meu trabalho, o direito a nos darmos o tempo necessário, fala do *Ulysses* e de *Adán Buenosayres*, e pronto, estou de novo embarcado num projeto sem fim.

Quarta-feira 24 de novembro

Completa trinta anos. A virtude de tocar fundo e estar sozinho, tão baixo, sem nenhum incômodo a não ser a falta de ar. Perdido, vaga pela cidade no início do verão, sombrio, aprendendo a reconhecer seus próprios limites. Estou morto, diz, já não resta nada de mim. O que é feito de suas velhas ilusões e da confiança cega no futuro? Derrotado, não tem nada a dizer, está tudo dito.

À tarde saí para caminhar e topei com a Inés na rua Lavalle, perto da Florida. Nada, somos dois estranhos. Claro que ela não lembra que hoje é meu aniversário. Eu me lembrei de "O transeunte", de Carson McCullers. Triste etc. LSD, o ouro do Peru, viver na França.

Alta noite, escuto Duke Ellington, estou trincado, já não acredito e espero o pior. Nome que reverbera em mim. Penny Post, Fournier, Eva.

Sábado

Aparece o Rubén K., o revolucionário profissional, sempre habilidoso, sempre convincente. Tomamos uns tragos no Ramos e vamos juntos ao cinema: *Sem destino*, o mundo da *beat generation*, a estrada, o rock, as motos possantes para cruzar o país de leste a oeste.

Terça-feira 30 de novembro

Uma piada infame, o sujeito que mora embaixo, no segundo andar, reclamou com o zelador que eu escrevo à máquina de noite. Impossível, digo, já não escrevo, sou um ex-critor. O zelador me olha tentando descobrir se estou zombando dele, e então lhe dou duzentos pesos e peço que diga para o inquilino de baixo vir falar comigo, se quiser.

Sexta-feira 3

Passo a tarde fazendo trâmites para renovar o crédito e poder comprar um ventilador que me permita trabalhar à noite com a janela fechada, apesar do vizinho nervoso e idiota.

Sábado 4

Minha verdadeira descoberta deste ano foi Bertolt Brecht. Tenho muito interesse em sua prosa, no modo como ele pensa narrativamente e constrói argumentos para discutir diversas questões. Tem um lado "chinês", gosta das parábolas, dos epigramas, das alegorias.

Domingo 5 de dezembro

A discussão estratégica gira hoje em torno de uma questão: a luta armada tem apoio popular? Quem pensa que sim são os grupos armados, que denunciam sobretudo a repressão do Estado contra as forças populares. Mas o problema é que a organização política dos atores é definida pelo peronismo, e achar que o peronismo tem tendências revolucionárias é uma ilusão.

No La Paz, um sujeito de barbicha mefistofélica e expansivo falando aos brados sobre as vantagens de morar no interior. É fotógrafo e mostra paisagens da província de Buenos Aires para o garçom, que o escuta indiferente. Uma mulher chamativa e madura, de olhar alucinante, cola no monólogo do fotógrafo e os dois travam uma "conversa" aos gritos, de uma mesa para outra, cheia de insinuações eróticas. Eu, diz ele, gasto três mil pesos por dia, fico no Victoria Plaza, que é o melhor hotel de Salta, e tomo duas canecas de cerveja.

Quinta-feira 9

Encontro com o David no La Paz, grato e solidário, leituras cúmplices da minha participação no debate sobre intelectuais e revolução que saiu ontem na *Nuevos Aires*. Brigo com todos, segundo ele, e isso é bom. "Um faquista argentino." Comovido, agradecendo que eu o tenha citado porque se sente excluído etc. Eu, da minha parte, vejo com ironia e receio minhas intervenções nesse debate. De repente estavam todos unidos na defesa de uma posição liberal, enquanto eu argumentava com energia, mas muito isolado.

Depois vou até a revista *Análisis* para uma entrevista sobre a publicação do *Flaubert* de Sartre. O jornalista é Osvaldo Seiguerman, que conheço de nome por ter lido alguma coisa dele na *Gaceta Literaria* e em outras revistas de esquerda, dez anos atrás. Digo que Sartre escreveu uma série de trabalhos sobre o escritor como alguém que dedica a vida ao mundo imaginário. Tenta entender a decisão que leva uma pessoa a viver das ilusões em que acredita. Fez isso com ele mesmo em *As palavras*. Flaubert é a figura central na constituição da literatura como religião.

Sexta-feira 10

Passo 36 horas sem dormir. Escrevo a noite inteira muito ligado e feliz, tentando mais uma vez salvar o que escrevi. Quando me deito ao amanhecer, continuo insone, levanto e desço para a rua e dou voltas pela cidade. É nessa noite em claro que eu deveria basear o romance, o fato é que no fim topo com o Gusmán e o Francisco Herrera, que me recebem como se me esperassem, com grande euforia. Nunca entendo bem o que eles me propõem ou o que querem fazer comigo. Para registrar a realidade, direi que durante todo o dia e a noite me alimentei com três ovos cozidos e dois copos de leite. Mas, quando me encontrei com esses amigos no bar, quebrei a regra e tomei dois uísques.

Sábado 11 de dezembro

Trabalho na reportagem sobre os sindicatos combativos ligados à esquerda em Córdoba. Gravei as entrevistas e as histórias de vida quando passei uns dias lá e me puseram em contato com os operários da Fiat. A pergunta é: como a comissão interna que liderou as lutas foi derrotada? Ou melhor: por que foi derrotada? Nesse ponto, os depoimentos funcionam como declarações perante um tribunal e a pergunta tem a forma de um interrogatório. Assim, a tensão tem que estar dada pela circulação sem fim dos argumentos. Trata-se de um caso, de um *exemplum* no sentido clássico, o que me desanima é ver que estamos sempre fazendo registros da derrota. Não há nada além da derrota no horizonte, interessante do ponto de vista épico, mas muito triste do ponto de vista político. A ideia de organizar sindicatos por fábrica permite à esquerda liderar o movimento, mas também isola o sindicalismo combativo, e isso facilita sua derrota. O peronismo é muito forte em nível sindical porque defende os direitos com a força de uma organização nacional (a CGT).

Uma citação de Brecht: "A tensão não provinha de uma trama, mas da excitação causada pela demonstração lógica abstrata, aumentada pela pressão dos acontecimentos políticos concretos".

O relato de não ficção deve ter a tensão de um julgamento aberto no qual é preciso decidir quem é o responsável pela derrota, não o culpado — que é a patrãozada —, mas a postura ética de um grupo de dirigentes operários que preferem a derrota à negociação.

Por outro lado, o destino aparece aqui encarnado justamente no diálogo entre os operários e os "chefes", funciona como um oráculo. Primeiro, a tentação com que a empresa alicia os ativistas, oferecendo 1,2 milhão de pesos como "indenização" pela dispensa, contanto que concordem em assinar um acordo reconhecendo que foram demitidos por justa causa. Aí temos o dilema trágico. Operários marcados pelo ativismo sindical perdem o trabalho e são condenados ao desemprego porque nenhuma fábrica do país os contratará. As listas negras circulam nos jornais. Endividados depois de uma greve em que não receberam seu salário, pressionados pela situação familiar e ao mesmo tempo considerados os heróis das grandes lutas operárias. Mas de que vale ser herói quando não se consegue sobreviver? O heroísmo é uma ética reservada aos cavalheiros endinheirados que podem tomar decisões drásticas sem maiores riscos. As classes subalternas têm outra noção da eficácia. Para completar, a situação se dá num contexto de recuo e debandada, com o SiTraC acuado e enfraquecido. Penso num livro coral sem narrador, só as vozes dos protagonistas discutindo e relatando a experiência. Na linha de Peter Weiss ou Alexander Kluge.

Aos operários combativos, principalmente os líderes, não resta a possibilidade que Martín Fierro tinha de ir viver com os índios, refugiar-se no deserto...

Quinta-feira 16

Passo os dias vagando pela cidade, morto de fome, sono e cansaço, sem vontade de fazer nada. Muito cuidado ao remexer em tantas histórias de fracassos, senão você acaba imerso no mundo que narra.

Às voltas com esse drama shakespeariano de heróis anônimos que lutam contra a patronal e contra a burocracia sindical peronista. Não têm aliados, a esquerda não tem políticas de alianças e os ativistas ficam isolados sem o apoio de ninguém, salvo o apoio moral.

Passo as tardes no La Paz lendo Brecht e todos os dias me encontro com o David V., que anda mal e como que ausente, abalado com a ascensão do populismo e com a perda de consciência da sua literatura entre os jovens. Também ele se sente vencido. Para compensar, faz planos onipotentes, romances que se passam em sete cidades, dramas históricos.

Por outro lado, ontem encontrei o Haroldo Conti no La Paz. Pediu a bolsa Guggenheim, nove milhões de pesos que resolveu aceitar apesar da sua hesitação e dos seus reparos. Imagens do seu triunfo, o prêmio Seix Barral, a crítica positiva etc., mas está mortificado pelos conflitos familiares.

Sexta-feira 24 de dezembro

Passo a noite de Natal sozinho, lendo. Compro um frango assado e uma garrafa de vinho branco. Leio durante horas o livro de Fanger sobre Dostoiévski.

De madrugada saí para caminhar pela cidade deserta, os bares fechados, sem saber bem aonde ir. Acabo sentado no La Paz. Imagino pontos de fuga, faço planos num bloco de anotações, traço caminhos e saídas, rotas de fuga.

Quarta-feira 29 de dezembro

Muito calor nestes dias em que vou deixando o ano acabar. Almoço na *Los Libros*. Reencontro amizades que se impõem a mim saltando o cerco que construí em torno da minha vida. Schmucler, Aricó, Altamirano, Marcelo Díaz. A mesma coisa no jantar de fim de ano no grupo de estudos do León, aonde vou como convidado especial, digamos assim. Sempre de fora, perseguido por minhas próprias ideias. Telefonemas do Haroldo, do Tcherkaski, do Boccardo, que recebo com indiferença. Estou dentro de uma caixa de vidro.

Quinta-feira 30

Vou visitar o David no seu novo apartamento na rua Cangallo, vários quartos, muito grande, móveis novos, um ventilador de pé. Sempre me impressiona sua capacidade para reconstruir a vida. O David se destrói, vende tudo, fica sozinho no mundo, vive em hotéis baratos, vaga perdido pela cidade sem dinheiro até que, poucos dias depois, de repente volta a se instalar numa casa com seus livros. Talvez esse seja seu maior talento. Falamos da sua peça *Lisandro*, que para ele virou uma obsessão, precisa que seja um sucesso para confirmar que continua vivo. Mais uma vez está apostando tudo numa cartada.

Eu circulo pela cidade calcinada, hoje fui ao San Martín, ao cinema, para me refugiar no ar-condicionado da sala. Assisto a *Excalibur*, de Boorman, marco com o Ricardo no Ramos. Troco a calça cinza por outra idêntica e vou entregar meu artigo no jornal, preparo a mala para viajar a Mar del Plata. No fim da tarde me encontro com a Julia, linda depois de passar o dia na piscina.

Não me resta nada, nem as ilusões que eu tinha dez anos atrás. Ou melhor, não me resta nada porque já não restam ilusões.

Terminamos com uma citação de Brecht: "Toda a moral do sistema se baseia nesta questão dos meios de vida: qualquer pessoa que não tenha dinheiro é culpada".

5.
Diário 1972

Segunda-feira 3 de janeiro

Sento com a Julia no terraço de um bar da rua Independencia, em Mar del Plata. Eu me escuto falar com ela sem acreditar no que eu mesmo digo. O ar frio vaza pela janela corrediça de vidro e compensado. O garçom não tem o polegar da mão direita, sensação estranha, como se um bicho deslizasse pela mesa.

4 de janeiro

A festa de fim de ano com a família, uma reunião tribal, canibal. O Roberto é o narrador circunstancial, o clã como sistema narrativo. Várias posições fixas, o tio jogador, a irmã louca, o primo bêbado, a cunhada suicida. Ele conta então uma nuance da história: a Susana e o Agustín, que brigam há quarenta anos, casados por necessidade (ela grávida), já quase não se falam, a não ser para discutir. No fim ela ameaça ir embora e trabalhar de empregada; ele avisa: "Contanto que não seja em Adrogué...".

Quadrinhos políticos. Pesquisar as primeiras organizações operárias, a assembleia de tipógrafos, os grupos socialistas iniciais (1900). Consta nas atas que um operário chegou à reunião com três horas de atraso porque sua mulher estava dando à luz. "Quero avisar aos companheiros que dei à minha filha o nome de Socialista Revolucionaria." Fazer quadrinhos de propaganda e deixar de lado os panfletos e os jornais ilegíveis.

5 de janeiro

Série E. Única solução para o problema do estilo destes cadernos, definir seu tom, nada de interioridade. Deixar de lado a ilusão de narrar, a esta altura já deveria saber que é inútil transcrever uma vida. Só poderia construir uma ficção a partir de certos fatos reais, mas então "para que escrever romances?". Não descarto encontrar nestes diários argumentos e fábulas que posso aproveitar no futuro.

O Marcos, meu irmão, partiu ontem para Buenos Aires decidido a se casar e procurar emprego depois de um ano de vacilações. Em casa isso é vivido como uma crise. O encontro com a solidão e a velhice, os filhos se perdem como a vida.

Segunda-feira 10

Ontem à noite me encontrei com o Juan Ñ. num bar alemão para os lados do centro. As esfiapadas conversas de sempre, não muito inteligentes, fora de tom. Ele, como intelectual, é minha antítese, pertence à espécie dos que começam assegurando sua posição social e subordinam o pensamento a esse lugar.

Segunda-feira 17 de janeiro

Tudo se precipita de repente. Na sexta, operação pente-fino do Exército no prédio. Não entram no meu apartamento. "Estão procurando um casal jovem" que mora no quarto ou quinto andar. Uma semana depois, na sexta-feira 14, aparecem seis agentes da Coordinación Federal, metralhadora na mão, na entrada, acordam o zelador, perguntam por mim e por um tal de Bordaberry, ao saber disso começa o caos, recolho todos os papéis, o apartamento em desordem, faço três viagens, pego um pouco de roupa, o romance, a máquina de escrever, os cadernos, deixo tudo na casa da Tristana, amiga da Julia.

Preciso me mudar, a biblioteca, a roupa, os móveis. Transporto malas, tentando não ver os livros que estou deixando para trás. Junto roupa, papéis, entro e saio várias vezes, procuro um táxi, tranquilo perante os fatos consumados. Depois na *night*, a casa da Tristana, as conversas.

Terça-feira 18

Procuro os advogados, versões opostas sobre o futuro (mudar ou voltar?), os dois concordam em que é preferível eu sumir até o fim do mês.

Volto a trabalhar nos bares, como quando acabava de chegar à cidade. Desolado por causa da minha biblioteca, por não poder continuar com o romance.

Com a Tristana e sua irmã, discussões sobre poesia. As duas narram de um modo desopilante uma fuga de táxi, ou melhor, uma fuga do taxista que depois de bater saiu em disparada, perseguido por todo mundo, e voltou a bater mais três vezes.

Quarta-feira

Numa linda casa numa rua arborizada, conversa com o Andrés e o Lucas. Dormimos aqui depois de um dia inteiro viajando através da cidade em meio ao calor e às ruas esburacadas. Leio Pound e Joyce.

Sábado 22

Aos poucos começo a trabalhar, lentamente. Vagamos pela cidade, mas agora pelo menos tenho um lugar. Na quinta à noite me encontrei com o Benjamín e vim com ele até Boedo, a esta casa caindo aos pedaços. Lembra minhas casas de estudante, as luzes que não funcionam, os móveis estropiados.

Quarta-feira 26

Janto com o Enrique. Falamos de Borges. Nele, a cuidadosa difamação dos países socialistas serve para garantir seu emprego no *La Opinión*. Enquanto isso, ele avança num conto sobre a morte de Aramburu. Excelente estilo, mas ainda assim fraco, pouca clareza para narrar.

Passo a noite com a Tristana e suas histórias, viajou à Europa com a família em plena guerra.

Quinta-feira 27

Tristana, carente, se aferra a qualquer pessoa que se disponha a escutá-la. Narra seus suicídios. "Quando nasci, minha mãe me abandonou para ir à Europa." O marido que a atende no hospital.

Na revista *Los Libros*, o mesmo de sempre. Tédio mortal, o anúncio da ampliação do conselho me deixa indiferente.

Domingo 30

Desde que estamos nesta casa, com seu pátio espanhol cheio de árvores, as coisas foram se ajeitando. Todas as manhãs vou no Benjamín e lá trabalho no romance por quatro ou cinco horas. Estou me sentindo "em viagem", como se Buenos Aires fosse uma cidade que mal conheço, efeito das simultâneas mudanças de endereço que me fazem percorrer diferentes bairros.

De um jeito ou de outro, esses "golpes de realidade" sempre me ajudaram. Me obrigam a me adaptar rápido e a me desadaptar com a mesma rapidez, como um viajante que desfaz as malas em cada parada e volta a fazê-las na manhã seguinte. Por exemplo, a caminhada de tarde até esta casa no sul da cidade em que me fecho para escrever sozinho.

Segunda-feira 31

O garçom que me vê lendo no jornal *Crónica* a notícia do assalto do ERP ao Banco de Desarrollo, de onde levaram quinhentos mil dólares, e quase sem transição começa a falar da sua vida. Órfão aos sete anos, foi criado por uns tios que o fizeram viver num sótão onde amontoavam malas, móveis velhos, tralhas imprestáveis. Não havia nem sequer uma mesa, e para fazer as tarefas da escola tinha que se sentar no chão. "Mesmo assim quase completei o técnico de contabilidade e só larguei por motivos de força maior." Fala dos livros: "Nem queira saber tudo o que eu li. E serviu para quê? Olhe aqui para mim, de uniforme branco servindo de garçom". Queixa-se da situação política.

Notícias, os agentes da Coordinación Federal vão mais duas vezes ao meu apartamento. Impossível voltar etc. Sensação de alívio, como se eu já esperasse por isso. Não se sabe muito bem o que fazer, em todo caso, durante este mês tenho onde ficar. Depois veremos.

Tarde da noite, vou visitar o León, que conseguiu falar comigo telefonando para a revista e me recriminou porque não o visito. Seu belíssimo apartamento no 16º andar, grande clima de intelectual *high*. Acabou de escrever seu livro sobre Freud e Marx, que espera entregar em fevereiro. Conversa social, por momentos ele recita trechos do seu livro. Eu lhe conto, com ironia, *of course*, minha odisseia etc.

Fevereiro

Conversas com o Rubén, que me critica por não ter posto em prática minhas ideias sobre o *agit-prop*. Nisso ele tem razão, estou muito preso à minha obsessão pela literatura (que não penso abandonar jamais); aí está o exemplo do Walsh, que abandonou a ficção para dirigir o jornal da CGTA. Walsh chegou a me chamar para o projeto, mas eu recusei. O resto da discussão, difícil por causa da sua demagogia comigo. Aceita tudo etc.

Depois vou até a *Los Libros*, grande confusão. Lá estão Carlos A., Marcelo, Germán e Toto, que contam de um surto psicótico do David. Chegou perguntando quem e por que editaram o livro de poemas da Alejandra Pizarnik na Siglo XXI, que o livro é uma porcaria, que quem o editou não entende nada, é um analfabeto. A coisa vai crescendo, o Toto mal se defende, o David se enfurece. Avança contra ele, tira os óculos como se fosse brigar e o insulta: "Cago para você, tua mãe e tua avó, e só não te bato porque você está de óculos". Explosão de loucura e, ao mesmo tempo, uma amostra da perigosa espontaneidade do David, muito competitivo. Por que se pegou com Alejandra Pizarnik? Impossível saber; talvez, penso agora, porque ela é protegida do Cortázar.

Sexta-feira 4 de fevereiro

Agora estou no meu novo apartamento, um ambiente amplo, com um grande janelão, a cidade onze andares abaixo. Nervoso pelos possíveis riscos deste lugar (o telefone grampeado por causa de gente do ERP). Tento escrever, ou melhor, tento entrar em movimento. Descubro o sedativo que a solidão completa é para mim, planejo alugar um estúdio para morar sozinho.

Domingo

Eu não me acho neste apartamento luxuoso e vazio, pairando sobre o mundo atroz da cidade. Ontem eu mesmo, na esquina com a valise na mão às três da manhã, disposto a ir embora. Almoço com o José Sazbón, falamos da tradução do *Flaubert* de Sartre, que ele revisou. O José, lúcido e tímido, nunca faz alarde, apesar de suas brilhantes possibilidades. Bolsa de doutorado em Paris, carreira de pesquisador garantida etc., livre para estudar a vida inteira. Por contraste, vejo a mim mesmo no ar, sem futuro. Imaginemos alguém que toma decisões e de repente suspeita que errou o caminho e não sabe como atrás voltar nem aonde ir.

Gênero policial. Artesãos anônimos que costumam escrever sob pseudônimo, muito conscientes do mercado e do preço que lhes pagam por palavra escrita.

Seus textos circulam primeiro em revistas baratas e depois em livros de banca. Demanda pouco diversificada que sofre saltos bruscos: do romance de enigma ao *thriller*, e daí para a série de espionagem. Muitas vezes o mesmo autor escreve em todos esses registros usando diferentes nomes, por exemplo, J. H. Chase.

De noite, na editora, conversamos sobre os problemas na edição do monumental *Flaubert* de Sartre. Vamos publicá-lo, mas há muitas dificuldades com a tradução.

Segunda-feira 7

Linda a paisagem da cidade sob a garoa, com o rio ao fundo. Os aviões decolando do Aeroparque próximo. A única cor é a dos painéis de Seven Up.

Quarta-feira 9

A Julia começou, ela também, a se afastar de mim. Vai se segurando como pode em meio a este caos absurdo.

Nova mudança, agora na casa da Tristana, mais perto da civilização.

Ontem o David, que acena para mim de um bar em frente ao San Martín quando eu atravessava para me encontrar com o Ricardo em El Foro. Cumprimentos pomposos e promessas de nos vermos logo. Com o Ricardo, almoço na rua Paraná e caminhada por toda a cidade, as livrarias francesas, a Hachette, todos os livros pelo dobro do preço de um ano atrás. Por último, o bêbado insultando o garçom e apanhando e chorando de humilhação.

Depois com o David, que terminou a primeira versão da sua peça sobre Dorrego, me chama à parte num quarto que dá para os telhados e me fala compungido do seu surto psicótico com Schmucler, se autoincrimina sem a menor convicção.

Quinta-feira 10

Bem, ontem à noite, o final com a Julia. Encontro com ela na Galerna, caminhamos até El Toboso, jantamos e nos despedimos como se não nos conhecêssemos.

Ninguém jamais esteve tão sozinho como o apaixonado que se despede para sempre da mulher com que viveu por cinco anos.

Vou me segurando no vazio, nem sonho em escrever ou ler. Os amigos são caridosos, e eu poso de estoico. Encontro o Ricardo, espero por ele durante meia hora, atordoado, morto. Reencontro os exercícios que aprendi na juventude para não pensar, há seis anos que não os praticava. Dali a pouco, segue-se a conversa previsível. Do tipo "as relações acabam etc.". Quase sem falar, ele me leva até sua casa clandestina, almoço com ele e falamos do futuro político. No final nos abraçamos, lúgubres.

Não tenho um lugar onde trabalhar, salvo a casa dos amigos. Não tenho ideia de como vou fazer para pegar meus livros sem topar com a polícia.

Pensar no que vai acontecer me debilita de tal maneira que só posso me aferrar a este momento. Se quero evitar cenas, queixas, é melhor que eu continue aqui trancado, sozinho, esperando a mágoa passar e adormecer.

Sexta-feira 11
À margem das minhas questões passionais, ontem com o Szichman e o Germán García, que diz que eu sou a articulação entre o marxismo e a vanguarda na Argentina. O David voltou a lhe dizer que eu era o melhor ensaísta da minha geração.

Domingo 13
Procuro apagar meu sonho desta noite: os policiais estavam em casa, destruíam tudo, eu me arrependia de não ter ido embora no Carnaval. Por que me procuram? Sempre haverá um motivo.

Quarta-feira 23
Série C. Talvez fosse o caso de eu me perguntar por que deixei de escrever aqui nestes dias, tão cheios de acontecimentos, quem sabe por isso mesmo. Talvez eu não quisesse "vê-los" como são. Ontem, por exemplo, a noite inteira com a T., até as cinco da manhã, os jogos que eu tinha esquecido. Jantamos no Taormina e, depois de tomar um uísque no El Blasón, sentamos na praça de Las Heras, caminhamos pela cidade deserta até de madrugada e chegamos ao casarão de mil quartos na rua Arenales, onde

ouvimos Schumann e continuamos bebendo álcool sob os gobelins flamencos, eu sem saber como fazer para fechar a noite sem irmos para a cama ou pelo menos tentar. Hoje continuo sob o impacto, telefono para ela e não a encontro.

Antes, jantares, passeios, com a tribo da *Los Libros*, Germán, Marcelo e David.

Tentando achar um jeito de entrar no apartamento da rua Sarmiento. Será que é melhor de noite ou em pleno dia?

A Julia e eu vamos e voltamos levados pelo vento. Decisão de vivermos separados. Dias sem nos vermos, até que ela aparece, bela como uma estranha, atenuada por si mesma.

Quinta-feira
Que tempos estes, sozinho como um gato e perdido em casas alheias. Repentinas esperanças numa mulher em quem nunca teria reparado três meses atrás.

4 de março
Eu devia pelo menos ter tentado registrar esta temporada frenética dia após dia: escrevi em dez dias um artigo sobre Brecht, sem a biblioteca, perdido nesta casa na rua Uriburu onde o sol me bate de frente às sete da manhã; junto com isso, o caso com a T., nascido em meio ao caos enquanto a Julia se afastava, começou a crescer e agora é outra questão pendente.

Saímos juntos várias noites seguidas para jantar, beber uísque até as quatro da manhã. Eu tateando no escuro, cada vez mais fascinado com seu comovente modo de ser. Por fim, no sábado 26 de fevereiro, estou tão sozinho e me sinto tão mal que largo o Ricardo, com quem tinha ido ao cinema, ligo para a casa da T., e a Julia está lá. Nós três estamos armando o grande jogo ridículo. No dia seguinte, volto a sair, passo a noite com ela até as oito da manhã. Aceito que o assunto gire em torno do eixo "contar ou não contar para a Julia", que é sua amiga. Na tarde seguinte, volto a vê-la, ela de fato insiste em continuar. No dia 27 me encontro com a Julia no Pippo na hora do almoço e aceito seu jogo e o da T. de ser "sincero". Assim que eu digo que nesses dias estive com a T., a Julia sai correndo do restaurante. Começo a tentar falar com a T., todos os telefones públicos da Corrientes estão mudos.

Às três da tarde me encontro com o David no Ramos, e aparece a Julia com a T. Vou ao Politeama, digo à T. que vou ligar. Ela não consegue me olhar e baixa a vista. "Para quê?", pergunta. Está dando para trás, não vai continuar, escolheu a Julia, evidente.

A noite de 1º de março foi infernal. "Despedida" da T. e ao mesmo tempo longe da Julia, de manhã volto ao Ramos, onde a Julia marcou com o David. Vem e me diz que eu não posso ficar com "sua amiga", com outra mulher, sim etc.

A partir daí, hoje na casa do Ricardo, tomo distância, ontem encontro com a T., que respeita a decisão e começa a entender.

Volto pela Santa Fe deserta por volta das quatro da manhã, sem condução por causa da greve, e de repente um pelotão de automóveis avança com tudo do fundo da avenida, quando estão perto distingo um carro da polícia e dois caminhões do Exército perseguindo um Torino: na esquina da Suipacha, a vinte metros de mim, se atravessam na frente do carro em fuga e o obrigam a parar. Descem homens à paisana e soldados com metralhadoras, mandam descer três jovens com as mãos ao alto, frágeis. Atravesso e sigo pela Charcas para não me ver envolvido no assunto e chego à casa vazia envolto em todas as catástrofes.

Como já me aconteceu em outros momentos da vida, ao abrir este caderno encontro a letra da Julia. *Peço a palavra*, disse, *você sabia que eu ia ser tua primeira leitora, mas o que não sabia é minha confusão ao perceber que daqui a alguns anos você vai reler o caderno e vai realmente acreditar no que se diz aqui, porque é a confusão o que me incita ao sacrilégio de escrever no teu caderno para que um dia eu não seja só essa presença indefinida que estrutura seu relato. Estranho o caso deste romance onde o personagem que foi assassinado ressuscita e interpela o autor para lhe dizer que não soube entender os meus sinais e que o morto era um absurdo dostoievskiano que falou em "fantasia" para referir-se ao reencontro com essas longínquas amizades adolescentes que por vezes se empenhava em cultivar. Talvez um dia você comece a*

recordar que meu jeito de ser sempre foi brutal demais para os pequenos senti-
mentos, porque nunca quis usar (com você!) as grandes palavras. Por isso agora
tento que você entenda por que se enganou, que para mim tua relação com a
Tristana era convencional demais. Da minha parte, não estive com ninguém e,
se tivesse que escolher alguém, teria sido teu irmão, ou melhor, talvez teu pai,
algo um pouco mais abissal que, como se sabe, combina melhor com meu estilo.
O restante era tão miserável e sórdido como teu interesse nessa pobre louqui-
nha milionária que descobriu no homem que estava com sua amiga a possibi-
lidade de renascer. Uma triste burguesinha que eu te ajudei a inventar porque
para me valer diante de você (menino terrível e brutal) precisava valorizar
quem eu acreditava que estava comigo. Meu estilo está nos atos terríveis, belos
ou cruéis, mas um pouco mais generosos.

25 de março

Afinal regresso e escrevo pela primeira vez neste apartamento na Canning com a Santa Fe que consegui alugar há alguns dias.

Impossível escrever nestes tempos tumultuosos. Enquanto eu lia o que a
Julia escreveu, voltei a entender que nunca ninguém diz o necessário e que
tudo é um mal-entendido sinistro.

Ainda assim, segui tocando a vida, escrevi dois artigos políticos no *Desacuerdo*, mas não consegui escrever neste caderno um balanço destes dois
meses eternos em que minha vida deu uma guinada. Para onde?

O mais difícil foi a mudança, a fantasia da polícia chegando ao aparelho, na
véspera os cestos para trazer os livros, os papéis, um caos que era o espelho da minha alma: velhos cadernos, fotos, sapatos, cartas. Uma nova cronologia. Sentado no chão, rodeado de todos os objetos que consegui acumular. No dia seguinte, com a luz do apartamento cortada, iluminado com
velas às seis da manhã, a incrível sensação de abandonar, forçado, um lugar
onde fui feliz. Depois o encarregado da mudança, que percebe seu caráter
clandestino e pede 25 mil pesos (em vez dos quinze que tínhamos combinado), insinuando que deve se acertar com a polícia.

A sensação de que me movimento aos saltos e agora estou aqui neste lugar vazio aonde vou trazer os restos abandonados para me instalar e resistir.

Terça-feira 28 de março

Ontem, encontro com o Andrés, seu livro proibido. Espera poder se recolher para invernar.

Voltar a estes meses impossíveis. Ver do que sou capaz.

29 de março

Reunião do jornal *Desacuerdo*, nada além de boas intenções. O Oscar me oferece a direção, recuso com a firmeza mais polida possível. Assisto constrangido às conversadas discussões sobre meus méritos para o cargo. No fundo, sou incapaz de aceitar aquilo que eu mesmo escolho. Esse jornal que circula na legalidade, que é vendido nas bancas e discute a política da ditadura é minha decisão de trabalho político, mas não posso dedicar todo meu tempo a ele porque não sou mais do que um amigo dos meus amigos que dedicam a vida à política.

Encontro com o Andrés, cerimonioso, frágil por trás de uma postura agressiva. Com todos os meus amigos sempre há alguma coisa nos separando.

Há pouco a dizer sobre mim neste momento, três pacotes amarrados com barbante de sisal onde estão os meus cadernos. Quando os desamarro, volto a encontrar o escrito aqui, evito falar da minha despedida da T.

Um homem que se encontra encurralado, de cara para a parede, e depois de um tempo ali percebe que essa parede é um espelho.

Abril

Descubro Charles Ives. Bom momento para o encontro com essa música.

Fui construído por certas leituras, lembrar do voluntarismo puritano de Pavese, como se aí tivesse encontrado o oráculo escrito da minha vida.

Escuto Ives na noite, sob a luminária que me recorta um círculo de luz, só com este perverso sentimento de estranheza que sempre confundo com a solidão.

"O que se procura nas prostitutas é o falo anônimo, o de todos os homens."
J. Lacan.

Terça-feira 4 de abril

Talvez eu tenha voltado a cometer um erro (sempre o mesmo, sempre voltamos ao mesmo lugar), escolher a solidão para romper os laços. Efeito de quê? A discussão com o León, ver televisão, são consolações frágeis. Nunca consegui sair desta obsessão em que vivo. Quero dizer, minha absurda discussão de ontem com o León me deixou desnorteado porque, como sempre em casos assim, descubro certa inépcia cuja fragilidade ninguém conhece melhor do que eu.

"O estilo dos sentimentos é o barroco." G. Rosolato.

Nada do que escrevi nestes cinco anos se aproveita, acabo de reler com uma indiferença mortífera os rascunhos do romance. É a história de uma quadrilha de bandidos que assalta um carro-forte com a cumplicidade da polícia e depois foge para Montevidéu rompendo o pacto. Alguns dias depois, delatados por traição, são cercados num apartamento do centro. Decidem resistir até o amanhecer, mesmo sabendo que será impossível escaparem com vida se não se entregarem. Tomam essa decisão heroica, inesperada, que de fato os transforma — ao menos para mim — em heróis trágicos. Para fechar o círculo, quando vai raiando o dia e já não podem mais se defender, decidem queimar os quinhentos mil dólares do assalto. Resumi a história para que ela sobreviva a um romance que deixarei cair pela janela (se tiver coragem).

Agora escuto Alban Berg, os músicos faziam o mesmo que Joyce. Estou sentado numa poltrona de couro de frente para a janela que dá para o rio, curioso estado de ânimo, eufórico, descubro que apesar de tudo consegui encontrar um lugar para morar. Sensação de fidelidade inesperada às minhas decisões dos dezoito anos, que se confirmam também neste tempo sombrio em que testo meus limites.

Sábado 8 de abril

Discussões no jornal *Desacuerdo*, encontros casuais com os amigos na livraria Galerna, estive na *Los Libros*, a revista só sai na segunda. Voltei para casa, trabalhei nos artigos para o *Desacuerdo*, deixei na caixa de correio, caminhei pela praça Lavalle e acabei jantando sozinho no El Dorá.

Domingo 9

Basta eu abrir o pacote onde estão os originais do romance em que trabalhei durante três anos para sentir uma espécie de frio mortal. Penso deixá-lo de lado, fazer outra coisa ou começar de novo.

Quarta-feira 12

Durmo dez horas, como nos meus melhores tempos. Antes e durante o dia inteiro vaguei pela cidade procurando ar e acabei no cinema assistindo a *O sopro do coração*, de Louis Malle.

Enquanto escrevo, sirenes policiais. O ERP matou Salustro, gerente da Fiat, ao ser descoberto pela polícia. Um comando ERP-FAR matou o general J. C. Sánchez, braço-direito de Lanusse no plano político do Grande Acordo. Era o estrategista da luta antiguerrilha.

Sábado 15

Leio biografias (C. Baker sobre Hemingway, E. Jones sobre Freud) como quem lê romances escapistas para sair de si mesmo.

Ontem visitei o David, me pareceu bem, tenso com a perspectiva da estreia de *Lisandro*, mas tranquilo como se tivesse conseguido relaxar. O que o acalma é a possibilidade de se garantir economicamente este ano e o ano que vem. Com ele está o Germán, discutimos sobre peronismo, amavelmente. Dizem que Perón vai buscar apoio na Europa para enfrentar os Estados Unidos. Uma espécie de versão livre-cambista da luta contra os monopólios. O David, por seu lado, está muito atraído pelo populismo, pensa segundo o mesmo mecanismo de fascínio diante do fato consumado. Critério realista, aquilo que se dá e se vê é o que o obriga a fantasiar essa realidade que a esquerda está longe de conseguir. Depois passeamos com o Germán pela cidade, ele quer trabalhar na "instituição" da psicanálise porque os Mannoni passaram uma semana falando disso em sua passagem por Buenos Aires.

Quarta-feira 19

A Série X. Encontro com o Rubén K., inteligente, sagaz. Com ele não é preciso insistir na confiança, que, no entanto, se apaga assim que ele parte.

"O teatro acontece o tempo todo, em qualquer lugar, e a arte apenas nos convence de que é assim." John Cage.

Reunião na revista, o Schmucler se peroniza, eu morro de tédio.

24 de abril

Escrevo, aqui e em toda parte, cada vez menos. Ocorreram certos acontecimentos nestes dias. O David, por seu lado, estreou *Lisandro* na sexta com grande variedade de pessoas. Estávamos todos, toda a esquerda cultural e também a direita liberal. Uma espécie de radiografia interior do David. A montagem é boa, aprofunda o lado delirante "sacramental", o que reduz a eficácia política mas reforça o ritmo e a qualidade plástica. No final, aplausos, o David subindo ao palco e recebendo as gratificações de que necessita.

Enquanto isso, conflitos políticos, desacordo que avança em meio às guinadas do Andrés. O Rubén fica para dormir aqui uma noite e me dá sua versão: o Andrés, pressionado pela Susana I., certo ressentimento. No meio-tempo, no sábado, o León me visita, e me entendo com ele depois de meses de tensões ocultas.

Terça-feira 25

Trabalho respondendo a cartas para a editora, escrevendo releases, orelhas e apresentações (Uwe Johnson, LeRoi Jones etc.).

Domingo 30

O David passa para me ver, eufórico com o sucesso de *Lisandro*, primeira semana com quinhentos espectadores por dia e suas aventuras jornalísticas e televisivas: no Canal 9, denuncia ao vivo o sequestro de Jozami.

Quinta-feira 4

Sai o primeiro número do *Desacuerdo*, feito com o que temos. Contra o Grande Acordo Nacional da ditadura, ou seja, invertemos o lema. Dias intensos, as reuniões, acertos do padre Longoni, o ímpeto do Rubén e fatos diversos que observo com desabrida ironia.

Escrevo nestes cadernos, não é trivial acumular dados ou subentendidos que se apagarão para todos. Hoje, por exemplo, disposto a começar o prefácio de Chandler enquanto espero pela Aurora, que vai cuidar do apartamento enquanto vou à reunião da *Los Libros*.

Segunda-feira 15

Visita do David, eufórico com o sucesso da peça, grande impacto. Amontoa projetos desmesuradamente.

Terça-feira 16

Diário do jovem que atentou contra Wallace, governador do Alabama. As páginas contam a história de um rapaz solitário e confuso. Alguns dos parágrafos dizem: "A felicidade é escutar George Wallace cantar o hino nacional: Eu sou uma parte do mundo. Hoje sou uma três bilionésima parte da história. Se eu viver amanhã, serei um cara muito largo. Estou jogando o jogo da vida para ganhar". Morava em seu apartamento desde novembro, e os vizinhos dizem que era um solitário que viam poucas vezes, inclusive contaram que a mãe foi vê-lo e, depois de muito bater na porta ouvindo ruídos do outro lado, não recebeu resposta alguma.

Quarta-feira 17

Ontem o David, que nos convida para jantar. Ao sair, na esquina, Germán, Osvaldo Lamborghini, Luis Gusmán, com quem na verdade eu tinha ficado de me encontrar. Vou com eles tomar um café para quebrar a tensão provocada sobretudo pelo David. Projeto de organizar um grupo literário anônimo, publicar um panfleto contra os canais de distribuição da literatura. Sigo viajando pela cidade com o David, eufórico, paranoico, até as três da manhã.

Antes disso, o Mario S., ingênuo até o grotesco. Vem me contando há vários dias seu caso com uma loira que é sua colega de trabalho. Finalmente ele marca um encontro com ela depois do expediente, na sexta, chega às seis da tarde ao La Paz e a presenteia com uma caixa de bombons e um cartão declarando seu amor. Tudo isso, claro, a sério. Ela recua, amável etc.

Li *Eva*, de Chase. Notável, vou publicá-lo. Depois, um livro de Mailer que inclui um conto autobiográfico escrito em terceira pessoa.

Também animado com a ideia de transpor a história familiar a *Respiração artificial*.

Domingo 21

Viajo a Córdoba com o Boccardo e o Ricardo. Seis horas numa igreja gravando histórias de vida. No sábado, um baile em apoio aos presos políticos, apenas um toca-discos no estrado, a quadra meio vazia, uma alegria falsa. No final, todos cantam a balada de Sacco e Vanzetti com o punho erguido.

Quarta-feira 24 de maio

De manhã, o David que chega de mala na mão fugindo do hotel onde estava, tudo parece inacabado. Ele cada vez mais delirante, ocultando sua debilidade por trás da exasperação. Discute com Somigliana-Cossa e Halac-Talesnik: grita que *Lisandro* é a melhor peça argentina. O tipo de bravata em que ele precisa acreditar mais do que ninguém.

Faço hora na *Los Libros* com a Beatriz S., concordamos em que o David propõe um modelo literário século XIX, tipo Sarmiento, *Lisandro* se insere nesse projeto e encontra um público passivo e acomodado.

Quinta-feira 23

Passo cinco horas escutando a fita gravada em Córdoba, partes boas. No fim, vou jantar com o Andrés e o Rubén no Pepito. O Andrés me conta "alvoroçado" o rompante do David, que partiu para cima do Cossa, do Halac etc., e os desafiou a superar *Lisandro*. No restaurante, a Julia, que reapareceu na minha vida, muito brilhante, encurrala o Rubén, argumentando sobre o lugar da mulher na política.

Sexta-feira 26

O Altamirano veio falar comigo pedindo para eu ir à primeira reunião. Quando volto, aparece o David, que continua com suas obsessões. Quer que daqui a três ou quatro meses eu seja testemunha de uma discussão dele com o León, a quem pensa acusar de amigo infiel.

Sábado 27 de maio

Acordei às seis da tarde, tinha dormido ao meio-dia depois de escrever várias cartas e descer na manhã gelada para comprar envelopes. Fiquei lendo até as sete e meia. Depois o David apareceu e fomos jantar na Paraná com a Sarmiento e o acompanhei ao teatro: lotado, com senhores e senhoras burgueses aplaudindo nos momentos mais insólitos.

Segunda-feira 29 de maio

Vou ao centro e topo com Marcelo, Ismael e Tula. Os livros de Trótski são vendidos a trezentos pesos no sebo, a peça do David que o Ismael vai ver graças ao Soriano, já que "meu irmão não me mandou nenhum ingresso". Depois me encontro com o Néstor García Canclini, desventuras em La Plata com a invasão peronista da faculdade.

Em casa, reunião com Rubén, Ricardo e Carlos. O Rubén conta com grande densidade a origem dos recursos, as relações entre dinheiro e política, "doações" e ascetismo. Descemos com a Julia para comer empanadas, finalmente ela assinou o contrato de aluguel de um apartamento na Cangallo. Vamos viver cada um por seu lado.

1º de junho

Vou ao cine Lorraine para rever *Made in USA*, de Godard, a sombra de David Goodis. A sala arruinada e fria. A turma de cinéfilos — quatro ou cinco — assistindo ao filme com paixão, e o resto dos espectadores — uns vinte — olhando as imagens como quem mata o tempo. Eu sou uma síntese das duas atitudes.

Aquele surto paranoico quando abandonamos o apartamento invadido pelo Exército na rua Sarmiento e passamos alguns dias na casa da Alicia. Eu estava escrevendo na mesa da sala (branca, oval) e de um modo súbito, que sintetizava a tensão provocada pelos acontecimentos, desci para a rua convencido de que a casa estava "visada" e o telefone, grampeado pela polícia.

Ontem, a manhã inteira às voltas com a mudança semiclandestina. Não sou capaz de carregar o sofá-cama e o aparador que dei para a Julia; o motorista do carreto — um velho italiano de jeito suave e divertido — reclama amar gamente e acaba conchavando um ajudante. Mesmo assim, deixam o aparador no primeiro andar e tenho que contratar mais dois homens para carregá-lo até o apartamento.

Termino os trabalhos pendentes, a apresentação de uma reportagem sobre teatro de rua para o *Desacuerdo* e uma minibiografia de Uwe Johnson para o livro dele na editora. Passo pela revista, encontro com o Carlos Altamirano, que me lembra do debate com vários intelectuais (Viñas,

Rozitchner, Aricó, Sciarreta etc.) aonde no fim só eu compareço. Atravesso a cidade inteira de ônibus até Núñez; antes disso, no bar da esquina topo com o "Farolito", um ruivo que em Mar del Plata incitava os jovens nas lutas estudantis. Parece inchado, sem falar no bigodinho que lhe dá um ar de vilão de filme húngaro. Faço a viagem aflito por não ter sido capaz de me safar desse debate. Na Arquitetura, os estudantes pintam cartazes, falando com preocupação irônica de todos os convidados ausentes, eu fecho o tempo, não acho graça em ser o único a aparecer. Numa manobra admirável, o Gutiérrez — líder estudantil expulso da universidade que circula entre os alunos como peixe n'água — inventa uma série variável de argumentos para provar que, na realidade, em vez do ato programado sobre o Vietnã, é melhor fazer uma assembleia de agitação em apoio aos estudantes presos na mobilização de 29 de maio. O Carlos lê uma declaração que tínhamos preparado, os estudantes escutam sem interesse e de vez em quando gritam para ele falar mais alto. Saímos pelos corredores cobertos de cartazes e lemas e descemos até o larguinho de onde partem os ônibus: bela imagem das luzes brancas dos prédios da Cidade Universitária, vidros e madeira numa espécie de estrutura abstrata estilo Mondrian. Volto com o Carlos, comentando o estado da esquerda entre os intelectuais, discutindo a pertinência do trabalho específico nesse campo (como eu penso) ou se se trata de um terreno que deve ser definido "de fora" pela luta política (como sustenta Carlos). Algumas piadas, além disso, com o incidente que aconteceu enquanto esperávamos a situação se resolver: um estudante amigo do Carlos se aproxima. Logo de saída já não vou com a cara do sujeito (o imbecil estuda arquitetura e sociologia), fala com uma espécie de suficiência esnobe feita de referências atualizadas: situação da cadeira de Portantiero, os cursos de Sciarreta. Também parece obcecado com Oscar Landi, que faz questão de citar, parafrasear, elogiar e rastrear em todas as aulas ou revistas ao seu alcance. Depois de se desmanchar em elogios a Landi, comenta o debate na *Nuevos Aires* e solta: um cara que eu não entendo é o Renzi, tão vanguardista. O Carlos, cúmplice, logo trata de esclarecer o sujeito, que não sabe onde enfiar a cara. Eu sorrio, compreensivo, e em seguida cito aquela frase do Brecht: "É bom ser empurrado a uma posição extrema por uma época reacionária".

À tarde, reunião na *Los Libros*. Germán, Carlos e eu discutimos com o Toto, que anda fascinado com o sucesso do peronismo entre os intelectuais.

Tempos difíceis se avizinham nesse terreno, sem dúvida eles têm a hegemonia e não vão deixar nenhum lugar para nós. O Toto é um sintoma, eles têm a mídia (jornais, revistas, cinema, consenso) para fazer o que bem entenderem; como cultivam certa fraseologia que se parece com a nossa, parece que conseguem impor uma linha, não por isso, mas graças à sua própria capacidade política. Nós, ao contrário, parecemos sempre ineficazes e abstratos, afastados da prática. Nessa linha caberia analisar o Viñas como um populista que se afasta deles antes de qualquer outro, e não só por isso, mas porque é antiperonista.

Chega o David e jantamos juntos, depois ele me leva para mostrar seu novo apartamento na Corrientes com a Paraná, muito alto. Acima da cidade. Ele se posta temeroso na sacada e olha as luzes da cidade como se fossem sinais de algum triunfo pessoal. Quando fala de literatura, é muito sagaz, procura seu lugar e reconstrói constantemente a história da literatura argentina. "Sicardi, por exemplo", diz durante o jantar. "Você sabe quanta coisa tem em *El libro extraño*, aí está todo o grotesco, já está o Arlt."

3 de junho

Acordo tarde, vou caminhando da Callao até a Santa Fe, e na esquina com a Córdoba um sujeito se aproxima acompanhando meu passo: "Documentos", diz. É o zelador da passagem Del Carmen. Desolado, conta que foi mandado embora. Fala sem parar, com a barba por fazer, os dentes quebrados e manchados, furioso, meio acuado. Nega-se a desocupar o apartamento, ameaça matar alguém. Não consegue arranjar outro emprego. Expulso do Partido Comunista, próximo do PCR, o síndico o mandou embora. E diz: "Eu tenho minha dignidade, não é orgulho, é dignidade. Zelador não é capacho". Acha que vão ajudá-lo. "Os camaradas não vão me abandonar." Foi metalúrgico, demitido nas greves de 62, vaga pela cidade como uma sombra sobre a qual nós — intelectuais de esquerda — teorizamos. "Quer tomar um cafezinho?", pergunta. "Não, desculpe", respondo, "mas estou com pressa." Na hora de nos despedirmos, me foge seu sobrenome e sorrio tentando parecer otimista quanto ao seu futuro. "Que nada", diz. "A coisa está feia." Entro na boca do metrô, faço hora ao pé da escada, depois volto a sair furtivamente e atravesso a Córdoba longe da esquina, tentando evitar que o Merlo me veja.

Domingo 4 de junho

A Julia me conta uma história muito engraçada do David, que tentou seduzir uma mocinha e depois elaborou uma teoria ridícula, caiu como sempre numa espécie de malditismo teatral (oferece levar a mocinha à Europa, compra roupa fina para ela) para depois começar a ideologizar a situação a seu favor com citações de Marcuse e outros. Definitivamente, ele me lembra uma série de escritores que pensam que o que escrevem lhes permite assumir qualquer atitude no mundo, por exemplo o Oscar D., que sempre tem uma citação de Bataille na manga. Por outro lado, o sucesso de bilheteria de sua peça fez aflorar seu pior lado, ele funciona bem melhor quando pensa como um perdedor.

Segunda-feira 5

Acordo às nove e meia, leio o jornal na cama, depois tomo um banho, arrumo o apartamento, preparo umas torradas e tomo um café com leite. Agora estou lendo o original de *Vento vermelho*, de Chandler, para definir o tema da imagem de capa e da apresentação. A tradução do Walsh é muito boa, pega muito bem o tom de Chandler, uma espécie de distância irônica que vai criando uma trama dupla: o olhar do narrador por um lado e a série de acontecimentos por outro. Em seus melhores momentos, Chandler é perfeito como Borges, narra muito bem a violência (ou melhor, o efeito da violência) e é um mestre nos detalhes incidentais que criam um clima de realidade em histórias que são sempre meio inverossímeis. O detetive circula entre assassinos, mulheres da vida, policiais, cadáveres, viciados em drogas, como se estivesse de escafandro, nenhum desses dramas lhe diz respeito, ele os olha de fora procurando pistas, sem emoção, apoiado num sarcasmo cínico. Distante, o narrador, que é o herói, presencia os acontecimentos como se ao mesmo tempo estivesse assistindo a um filme. Sua narrativa vai sendo construída como um comentário de fatos que já aconteceram, uma espécie de crítica cômica. Por outro lado, o efeito "romântico" que subjaz em Chandler resulta de um vaivém: por momentos, o detetive-narrador se impressiona, se complica com os fatos; por outro lado, faz tudo por dinheiro e é um *loser*, que também tem seus ritos solitários (o ritual do café, das partidas de xadrez contra si mesmo) e sentimentais. Quando os dois planos se cruzam, surge o melhor de Chandler: a cerimônia do *gimlet* etc. Esse duplo vínculo se concentra em Linda Loring, uma loira fatal, atraente e romântica, que ainda por cima é milionária. Em suma, um dos eixos de Marlowe é o vaivém entre ganho econômico e moral estoica, que serve também para definir o tom da narrativa.

Assim como em muitos grandes escritores, como Borges em primeiro lugar, há em Chandler uma contradição que nunca se resolve: uma atração pelos aspectos da vida que os escritores mais tradicionais resolvem optando por um deles (por exemplo, em Chase vale apenas o lado cínico), enquanto os grandes sempre se batem entre duas tentações simétricas.

Terça-feira 6

Na hora do almoço, fui no Pocho P., um gângster muito simpático que trabalha no mercado negro: elevadores automáticos até o 13º andar e dizer a quem espia pela câmera o nome da pessoa de confiança que nos recomendou. Lá dentro, escritório acarpetado e muito luxuoso: viajantes internacionais, serviçais de terno branco, senhoras distintas com a bolsa apertada contra o peito. Aqui, nenhum gângster parece um gângster, são todos cavalheiros que aprendem os modos e as modas na *Playboy*. Respira-se certa ansiedade nervosa nesse escritório um tanto abstrato de onde se avista uma larga faixa do Rio da Prata. Dentro, a atividade é constante, entra e sai de homens elegantes, funcionários, cifras, valores ditados pelo movimento do mercado negro. A cotação do dólar muda a todo instante, sobe e desce criando nesse lugar uma espécie de metáfora teatral do dinheiro como destino no capitalismo. Talvez seja possível escrever uma sátira com esse cenário: os personagens sentem, sofrem e se alegram ao sabor das oscilações do mercado global, como se seus corpos estivessem conectados diretamente aos circuitos globais do capital. P., cabelo grisalho, maneiras suaves, atende todo mundo, resolve várias questões ao mesmo tempo, entra e sai das diversas salas. "Foi o Willie que te mandou", diz. "Tem um colega teu aí", e aponta para o Marcelo Díaz, que, com ar homicida — está deixando a barba crescer e tem o rosto escurecido, como que manchado ou sujo —, está tentando descobrir, no melhor estilo do gênero policial, quem roubou os quinhentos dólares que a Universidad de México mandou para a revista como pagamento de publicidade. Volto com o Marcelo, passamos juntos na Martín Fierro para ver o Gusmán, ansioso por publicar seu livro. Lá me encontro com o Puig, que voltou da Europa.

Às cinco da tarde me encontro com o Néstor, que sempre parece assustado, e dali a pouco aparecem os estudantes da Universidad de La Plata para me convidar a dar um curso sobre literatura e vanguarda.

Quarta-feira 7

Série E. No meu caso, difícil e lento caminho em direção ao que Pavese chama de "maturidade", querendo dizer autonomia e paixão como um território que se conquista a cada dia. Não gosto da palavra, mas também não quero praticar o juvenilismo retórico dos escritores da minha geração. Faz quinze anos que escrevo um diário, e essa deveria ser a prova de que tento transformar algumas coisas da minha vida.

Vou à editora, passo várias horas lendo e respondendo a cartas, classificando pareceres, revistas com informação internacional sobre livros e traduções. Depois passo pela livraria Galerna para olhar livros e fazer hora, e entra o Sebreli, nós dois nos observamos com cautela, por fim ele se aproxima. Está para sair seu livro sobre os Anchorena, fala de si mesmo com ênfase, mas ao mesmo tempo dá a impressão de ter acabado de sair da cadeia ou de estar prestes a voltar. Falamos dos trotskistas, dos ensaístas políticos. "Milcíades Peña plagiou tudo de Nahuel Moreno", diz. "Nahuel Moreno é sensacional, mas não escreve nada; ele, Ismael Viñas, o gordo Cooke e Abelardo Ramos são os únicos ensaístas políticos deste país." Pouco depois, diz sobre o peronismo: "Os estudantes sempre se enganam. Se enganaram em 45 e se enganam agora. Naquele tempo, comparavam Perón a Hitler e agora o comparam a Mao Tsé-tung".

Antes disso eu tinha escrito uma carta para o Andrés; se eu tiver clareza quanto aos meus interlocutores e souber o que eles esperam de mim, posso ser um escritor de grande eficácia. Virtude ou calamidade? Antes de mais nada: conhecer o público e ao mesmo tempo não o conhecer. O público de um escritor são seus amigos; para além desse círculo, as trevas.

O David aparece em casa deprimido, apocalíptico, como nos seus melhores tempos. Está fulo com um crítico de Entre Ríos que no jornal *El Litoral* o acusa de totalitário por causa dos seus ensaios. Também está fulo consigo mesmo por ter que voltar a montar seu apartamento pouco depois de ter arrumado o da Cangallo. Na origem de tudo está, sem dúvida, a solidão. Ela o encontra na rua, diz que está apaixonada por outro, sabe que não poderá voltar a procurá-la e se sente perdido. Na saída me pede mil pesos, está ganhando um milhão e meio por mês com sua peça. Metáfora nítida, levar alguma coisa porque não fui jantar com ele, como uma criança que rouba uma maçã na feira.

Quinta-feira 8

Um sonho. Bate-boca com um taxista social-democrata, discutimos, na verdade somos várias pessoas no carro, mas sou eu quem o enfrenta. Tenho a sensação de não ter ido a fundo na discussão, mas horas depois sou levado a julgamento. Todos me acusam, inclusive aqueles que viajavam comigo no táxi. Alguém, um gordo balofo, diz "é ele" e aponta para mim dizendo "nós dois somos igualmente gordos". Tudo isso acontece na sala de um tribunal, e eu tenho certeza de que vou ser condenado, depois o sonho continua em cores (é a primeira vez na vida que sonho em cores, ao menos que eu me lembre). No oceano, ao cruzar o Mediterrâneo, fazem uma festa. De um dos navios que se reuniram no lugar, vejo vir na minha direção três ou quatro marinheiros que nadam empurrando um balão colorido. "Esta é a festa do cruzamento", dizem, "deve-se festejar porque é como perder a virgindade."

Passo pela Galerna para usar o telefone, me encontro com o Vicente Battista, que agora está de barba e, como sempre, ri às gargalhadas quando não tem nada a dizer. Me conta de um debate organizado pela *Nuevos Aires* sobre cultura popular e populismo. Com Getino, Villarreal, Puiggrós e a "China" Ludmer: monólogos, indecisões. Isso me faz lembrar da China, e resolvo procurá-la, ela está trabalhando num bom projeto sobre Onetti e me dá sua versão do debate, defende a ideia de tentar o diálogo com os peronistas em vez de preferir sempre o confronto, como o David ou o Villareal. Temos que pensar muito bem nisso e preparar uma estratégia. Acordos nos enfrentamentos e definições imediatas.

Segunda-feira 12

Escrevo para o Andrés, preparo a quarta capa do livro de Chandler. Em La Plata me oferecem 2,5 mil pesos pelo curso, para falar uma vez por semana durante um mês. Trabalho em casa e no meio do dia chega o David, enfurecido com o Granica. Por meu lado, vou à editora e ao Centro Editor e consigo coletar setenta mil pesos que me devem por trabalhos diversos e "colo" no Germán García, jantar incluso, falando de Lacan e arredores.

Sábado 17

Passo doze horas na Arquitetura, primeiro encontro de "artistas" e escritores. A distinção é clara, a diferença é que nós — os ditos escritores — temos como matéria a linguagem. É só isso que nos une. Os artistas são uma turma mais variada que inclui também os arquitetos, o que é até interessante. Discutiram-se o compromisso e a prática. A discussão é sempre a mesma, para mim a política é interna à ação artística, enquanto a maioria pensa a política como uma coisa rumo à qual é preciso ir. Basicamente se tratava, para a maioria dos que lá estavam, de falar direto em tortura e repressão, temas que supostamente são garantia de uma arte de denúncia. Da minha parte, procurei evocar algumas experiências da vanguarda mais ligadas à definição de uma linguagem específica para os lemas, os jornais, os manifestos e as declarações da esquerda. Voltamos de trem às quatro da manhã, quando já distribuíam os jornais do dia na estação de Retiro. Vou ao Pippo antes de amanhecer e observo os notívagos que ainda festejam a noite em claro.

Segunda-feira 19 de junho

O David passa em casa às onze da manhã e me tira da cama, falo para ele subir, e enquanto me visto fica assobiando na sacada, depois pega um livro que acha na estante e finalmente descemos juntos para tomar o café da manhã. Caminhamos pela Santa Fe até a Coronel Díaz e no Tolón, depois de algumas generalidades, ele vira e me pergunta: "Que é que você anda fazendo?". Eu lhe dou uma versão sonolenta do estado do romance que estou escrevendo e digo que provavelmente acabe jogando tudo fora. "Sabe de uma coisa?", ele diz depois de certa hesitação, com ar comovido, "sinto satisfação, do ponto de vista competitivo, ao ver que você tem limitações; eu, em compensação, sou onipotente." Me subiu o sangue, e a partir daí, depois de trocarmos algumas palavras, disparei: "Olha, meu velho, vamos parar esta conversa onde está e daqui a dez anos voltamos ao assunto. Lembra bem do que estou te falando agora, e aí você vê como cada um de nós vai estar até lá". Saímos cada um para o seu lado, e eu tive a sensação de que nossa amizade estava perigando, pelo menos do meu lado.

Terça-feira 20

O Ricardo vem em casa e vamos ver o Boccardo e compramos ingressos para ir ao cinema à noite. Tudo isso sem o menor entusiasmo da minha parte. Almoço um bife no Pippo na frente deles, que tentam voltar ao assunto do roteiro. Na volta encontramos o Viñas, tensão entre mim e ele. Cumprimenta a todos com muita cerimônia, enquanto eu olho o fundo da rua e ele fala sem parar e procura uma brecha para escapulir. "Me liga", diz num aparte ao se retirar, ensaiando uma pose de mendigo. "Vai lá em casa", devolvo com meu melhor tom de indiferença.

Alguns escritores "politicamente" reacionários, digamos, são a vanguarda em tudo o mais, como se sua posição política muito arcaica lhes possibilitasse um olhar crítico do mundo moderno. Exemplos: Borges, Céline, Pound e, na mesma linha, mas no extremo oposto do espectro político, Brecht e Benjamin. Um caso à parte é Gombrowicz, gosto muito desta citação dele: "O escritor não existe, todo mundo é escritor, todo mundo sabe escrever. Quando se escreve uma carta para a namorada, isso também é literatura. E diria mais: quando se conversa, quando se conta um caso, se faz literatura, é sempre a mesma coisa".

Série E. Na realidade, eu deveria usar estes diários para procurar na trama monótona dos dias os pontos de inflexão, a diferença, aquilo que não se repete, que persiste por si só para além do hábito e é único, novo, pessoal. Isso existe? Essa é a pergunta da literatura.

Sábado 24

Preso a uma sucessão de projetos. Prefácio ao livro de Luis Gusmán *O vidrinho*. Preciso reler o livro para poder pensar no que vou escrever (em princípio, neste fim de semana). Um relato do encontro de artistas e escritores na faculdade de arquitetura para entregar até quarta-feira no *Desacuerdo*. Reunião com o Germán García para organizar a enquete sobre crítica para o número especial da *Los Libros*, cuja apresentação ainda tenho que escrever. Roteiro para o B. sobre o filme *El atraco*, que deve estar pronto antes do fim do mês. Aula para o grupo de psicanalistas sobre a negação em Freud, nesta quinta. Começar o curso sobre Borges na Universidad de La Plata, quatro aulas que começam depois de amanhã (expor plano de trabalho). A par disso tudo, diversas tarefas na editora: releases, quartas capas, pareceres, prefácio de Chandler. Faço listas na ilusão de pensar que com isso as coisas já são feitas, quando na realidade apenas as enumero.

Domingo 25

Encontro com a Julia, fico esperando por ela na sua casa enquanto faço anotações sobre o livro do Gusmán. Vamos almoçar no Pippo, e ela e me conta seu encontro com o David, que a procura para chorar pelo nosso rompimento.

Segunda-feira 26

O Andrés me tira da cama de manhã, almoçamos e nos despedimos no meio da tarde na frente do fórum. Ele leu para mim um conto excelente, lírico, épico, com tom faulkneriano, de longa duração (por momentos, digamos, demasiado retórico e literário no mau sentido).

Depois, reunião na editora, com os mal-entendidos de sempre, a Serie Negra está vendendo em média 2500 exemplares, e mesmo assim eles relutam em ampliá-la.

Mais tarde me reúno com o grupo de La Plata, combinamos as aulas sobre Borges em troca de 25 mil pesos. Depois me despeço do León R. com certa nostalgia. Encontro o Héctor, boa conversa sobre teatro, ele está planejando um espetáculo num circo, eu lhe proponho uma versão de *Hormiga Negra*, o romance de Gutiérrez. Ao sair do Pippo, passamos no Ramos para tomar um café. O David entra com Daniel Open. Tensão, olhar subdividido. Ao sair, passo na frente dele: "Salve, David", digo, e ele me encara solene, estendendo a mão. Aperto cerimonioso, "significativo". Seguimos pela Corrientes e, ao virar na Callao, alguém me chama fazendo psiu. É a Julia, que vem da aula de Sciarreta. Ao lado dela, com mais presença do que minha negação lhe atribuía, também de barba, estava o Pepe. Apresentações, cumprimentos. Insisto em tomar um café com eles, mas recusam porque estão indo jantar. "Te vejo amanhã", digo a ela. A situação toda num clima enfadonho que me ultrapassa.

Quarta-feira 28

Só agora, às quatro da manhã, com as bocas do fogão acesas para quebrar o frio, começo a escrever sobre o Gusmán. Primeiras anotações que têm um centro para ordenar o "excesso" de sentido que a narrativa contém. Tudo é dito, e se alguns acham o livro estranho é porque eles não têm o contexto a partir do qual foi escrito.

Toda a dificuldade com o prefácio de *O vidrinho* resulta de eu não querer escrever um "ensaio freudiano", e sim, antes, organizar o excesso de significado para mostrar o que aí resta de escrita literária.

Sexta-feira 30 de junho

De repente uma visão nítida, uma epifania, uma recordação inesperada, fotográfica: vejo a rua ou, melhor dizendo, a calçada paralela à praça da Catedral em La Plata. Um muro com sacadas de concreto, uma porta gradeada, árvores, do outro lado a praça deserta e, à minha esquerda, o mais inquietante, eu mesmo de costas caminhando em direção à rua 7. Toda vez que vejo a mim mesmo com nitidez numa lembrança, aconteceu alguma coisa de que não consigo me lembrar, mas a imagem indica, sem dizer, a existência de um acontecimento. Na lembrança sou ao mesmo tempo quem conta o fato e seu protagonista.

1º de julho

Trabalho por um tempo sobre Borges para o curso de segunda-feira, depois me encontro com a Julia, rebenta o caos. Sempre o mesmo caos quando ela está. Volto para casa e no caminho topo com o Juan de Brasi e passo com ele três horas das quais não me lembro nada. Chego em casa tarde da noite, não é possível trabalhar, também não é possível dormir. Desço, pego o ônibus, vou até o apartamento da Julia. Ela não está. Olho o vazio até as cinco da manhã, mas ela não volta, e então desço para a rua e volto para cá.

Domingo 2

Depois do meu surto dostoievskiano de ontem à noite, estou mais tranquilo. Não sei muito bem o que procuro, já que fui eu quem se separou dela, a ilusão de uma mulher que sempre está presente quando vou procurá-la. Por questões como essas, Raskólnikov mata a agiota.

Segunda-feira 3

Na Galerna topo com o Sazbón e o Marcelo Díaz, a *Los Libros* continua em crise por causa do artigo do Carlos Altamirano. Na quinta, discussão violenta, o Toto viaja comigo a La Plata, ressaibo pelo dogmatismo do Carlos. A questão fica em aberto.

Melancolia nas diagonais da cidade, dou a aula e tudo corre bem. Depois tomamos um café todos juntos no bar da rodoviária. Volto, como tantas vezes, no ônibus escuro, pensando durante uma hora e meia como dez anos atrás.

Terça-feira 4

Depois de algumas idas e vindas, escrevo o prefácio ao Gusmán. Um rascunho de seis laudas intitulado "O relato fora da lei".

Sábado 8

Na quinta, discussão na redação da *Los Libros* até as três da manhã, primeiro na casa do Germán, depois na minha. O Schmucler decidido a vetar o artigo do Altamirano. Não explicita sua "passagem" ao peronismo, e o debate é circular, elíptico. Qual é o espaço da revista? A questão fica em aberto, o Toto parece ter encontrado no peronismo o caminho de muitos outros intelectuais próximos a ele, basicamente o grupo da *Pasado y Presente*. A peronização geral cresce sem medida e quem se opõe fica isolado, pelo visto o Toto quer que a revista siga esse caminho.

Na sexta, reunião no *Desacuerdo* com o Roberto C. Talvez eu esteja sensível demais, mas enxergo os rastros do pedantismo político e reajo. Não acho que a política deva determinar todos os aspectos da realidade. Lembremos as intervenções do Roberto C. no debate de políticos na Filosofia e Letras. A questão não se resolve e tudo fica como na *Los Libros*, no ar.

Domingo 9

De tarde chega a Beatriz, trabalhamos no editorial da revista, com pessimismo, certos do fracasso. Da minha parte, certas fantasias com a Nené, quem pode me censurar por isso em meio a essa situação? Ela sofre do impulso mimético, viu *Hiroshima mon amour* e se casou com um arquiteto japonês. Depois se matriculou num curso de leitura dinâmica, é assim a crítica que ela escreve.

Terça-feira 11

Nada pode acontecer comigo às três da manhã, sozinho na cidade, como um sonâmbulo que vai perdendo tudo o que tem e que custa a conquistar a liberdade de circular como se estivesse em outro planeta.

Quarta-feira 12

Durmo quatro horas e ao meio-dia caminho contra o vento gelado para ir pagar a luz num banco de pé-direito altíssimo. Depois almoço no Hermann, sozinho no salão deserto. Vivo como alguém que cumpre uma missão delicada e secreta num país estrangeiro. Desconhecido, perdido entre as pessoas, sem esperar nada de ninguém, aprendendo a sobreviver com seus próprios recursos, sem contato com o país que lhe confiou a missão e com o único objetivo de cumprir um plano que conhece apenas pela metade. A vida de um espião infiltrado em território inimigo. Foi essa minha identidade — ou minha certeza no mundo — desde o princípio, os sinais estão nestes cadernos, escritos numa linguagem cifrada cujo sentido real só eu posso entender. Desde 1958, já faz tantos anos, insisto no empenho de construir para mim aquilo que se costuma chamar uma vida "normal". Se eu resistir, quer dizer, se for capaz de recordar meus reflexos daquele tempo, vou conseguir me safar; enquanto isso, estou num beco sem saída.

"A posição do artista não se revela nos materiais de que ele se serve, e sim no processo de elaboração desses materiais." Sergei Tretiakov. Encontro essa citação no excelente número da *VH 101* dedicado à vanguarda soviética. Encontro aí uma foto de Tretiakov, desmonto o quadro que emoldurava a foto de Hemingway e colo a do russo por cima, sinal das minhas mudanças.

Tema. Uma quadrilha de *gauchos* supersticiosos, organizados em torno de um curandeiro que se diz filho de Deus, enviado pelo Pai Eterno à província de Buenos Aires, resolve roubar a imagem de Nossa Senhora de Luján para montar um santuário e passar a receber as doações à Virgem. Entram na Basílica à noite, tiram a imagem do altar e a levam de carro, vão para o campo e num bosque olham para ela e em seguida se ajoelham fascinados. (Seria interessante que Nossa Senhora fizesse um milagre   por exemplo, o carro nao pegar.)

Sexta-feira 14

Série E. Há quase quinze anos procuro uma letra que mal entendo, por momentos, sempre me deixando levar por um impulso seguro, em cadernos de capa preta onde falo de mim, sem saber muito bem qual é o sentido que tento captar. Para entender melhor o que digo, convém que eu tente explicar o que foi (o que é) para mim isso que convencionamos chamar literatura.

Terça-feira 25

À noite volto para casa, e dali a pouco chega o Roberto Jacoby, inteligente, com humor, e a conversa flui como sempre com ele. Depois dou umas voltas pelo bairro para encontrar uma caixa de correio onde pôr as cartas que escrevi. Em casa toca o porteiro eletrônico: o David Viñas, envelhecido, de cabelo branco, arrasado, depois de certa tensão, retomamos nossas conversas circulares. Ele me conta seu projeto de um romance (*Pueblada*) com certo tom de Payró: num vilarejo do interior, um soldado tem um "grande amor" com um barbeiro veado e no final rebenta uma rebelião popular. Depois elabora comigo a discussão com um jovem que censurou seu liberalismo numa conferência. Quando sai, eu lhe digo: "Precisamos conversar". Ele sorri, baixa a cabeça: "Eu já não vim?".

Domingo 30

Ontem apareceu o Héctor, afobado, emocionado, planeja levar o teatro para a rua, desapropriar os palcos, fazer um cerco, procura por mim e me dá trabalho pensar com ele.

Quinta-feira 3 de agosto

Trabalho com interrupções, pelo menos consigo organizar uma exposição para o grupo das segundas sobre filosofia. Encontro alguns eixos: a negação, os atos de fala, a situação de enunciação. Procuro fazer com que os psicanalistas pensem na gramática e no pensamento da filosofia analítica. O Oscar Landi propõe que assumamos uma cadeira na Filosofia. Não tenho muita certeza de que possamos trabalhar com a mesma tranquilidade se entrarmos na estrutura acadêmica.

Depois, reunião na *Los Libros*. No meio da conversa, vejo a sombra de uma mulher atrás do vidro biselado da porta, uma mancha vermelha, e em seguida a Vicky espia timidamente e eu saio com ela para o corredor. Veio de La Plata. "Queria conversar", diz. Passamos a noite juntos até o meio da tarde da sexta.

Segunda-feira 7

A Vicky me espera na estação, faz planos, eu a olho de longe como sempre, sentado com ela no bar barulhento, em meio ao entra e sai.

Terça-feira 8

Fantasia de fuga, ir a um hotel em algum vilarejo do interior, levar o rascunho do romance e ficar lá até terminá-lo. Trabalhar de noite, comer no restaurante do hotel, passear no meio da tarde pelo vilarejo e voltar a trabalhar repetidas vezes até terminar o livro.

Sexta-feira 11

Alguns rastros de "loucura" nestes dias que me fazem enxergar possíveis destinos. A Vicky aparece, ontem jantamos no Hermann, eu a olho estranhado, algumas incertezas que ela parece não perceber. No dia seguinte — hoje — as coisas melhoram. Assim como da outra vez, é necessário prometer algo, certa armadilha ficcional que surge por si só. Hoje, então, a certeza em mim de que o "assunto" não funcionava: explicação do meu estado atual (ruptura com a Julia, vontade de terminar o romance), pretexto para deixar tudo como está, não nos vermos etc.

Mas o melhor da história aconteceu depois, descemos para a rua, eu na intenção de acompanhar a Vicky até o ônibus e depois ficar sozinho. Caminhamos pela Santa Fe até a Coronel Díaz. Aí resolvemos pegar o trem das nove, mas, ao entrar no ônibus, vejo que o prefácio para o livro do Gusmán não está na minha pasta. Penso que o perdi, não tenho cópia etc. Salto na primeira esquina, caminho pela Santa Fe agarrado à esperança de ter esquecido o texto no apartamento, mas não está lá. Volto para a rua, e aí acontece uma coisa inacreditável: na esquina da Canning com a Santa Fe, sobre o asfalto, em frente a uma loja, vejo um papel, é a página nove do prefácio levada pelo vento; entre os carros, encontro mais seis páginas. A partir daí me atiro no meio do trânsito que vem dos quatro lados, tentando adivinhar a direção do vento. Rodopio de um lado para o outro. A certa altura, a Vicky me faz uns sinais: na sarjeta, a meia quadra, junto à Santa Fe, encontro todas as outras folhas menos uma boiando na água, a ponto de afundar. Esse episódio me mostrou, como poucos, a que ponto pode chegar minha "loucura" atual.

Quarta-feira 16 de agosto

A Série X. Reunião no jornal. Absurda discussão sobre a ação do ERP, que libertou Santucho e outros líderes guerrilheiros, depois de tomar a penitenciária de Rawson e o aeroporto de Trelew, onde o grupo conseguiu um avião que o levaria ao Chile. Elías e Rubén criticam o aventureirismo dos guerrilheiros que põem em risco o trabalho político.

Sexta-feira 18

Levo o prefácio para o Gusmán à livraria Martín Fierro. Vacilações do Luis, influenciado por O. Lamborghini, que, contrariado porque não o mencionei, quer que ele recuse o prefácio. Obviamente, digo que ele tem todo o direito de não publicá-lo se isso criar problemas com seus chefes espirituais.

Domingo 27

Encontro o David, que atende ao meu chamado com grande cordialidade e dissipa minhas reticências. No Ramos ele aparece agora de barba, os dois nos deixamos levar pelas velhas cumplicidades, jantamos no restaurante da Paraná remexendo velhas obsessões do David (o peronismo, Cortázar), no fim ele se empolga e dá o maior apoio à minha ideia de escrever uma linha argumental com o tema do roubo da Virgem de Luján. "Acho sensacional, isso aí deve funcionar no teatro", diz. Acabamos no bar da galeria onde anos atrás eu o vi uma tarde tomando café com o Jorge Álvarez, agora nós também tomamos café e falamos da "velha questão". Ele se desculpa sem convicção e mudamos de assunto. Por fim subimos ao seu apartamento, ele me empresta um dos livros do Colóquio de Cluny, falamos do seu projeto de escrever sobre Túpac Amaru, com a cidade abaixo cheia de luzes, e por fim eu volto para casa sem maiores esperanças.

Quinta-feira 31 de agosto

Um sonho. Eu morria atrás de um muro num parque imenso, uma mulher tentava me levantar e me enfiar num carrinho de madeira. Não vê que estou morto?, pergunto para ela. Acordei assustado tentando lembrar, em vão, se eu via a mim mesmo morto ou se sabia, como acontece nos sonhos, que estava morto e aceitava isso com naturalidade. Os sonhos são um exemplo de como é possível narrar uma história desde que o leitor conheça os subentendidos e acredite neles. Um sonho tem a particularidade de reunir numa única imagem o narrador, o espectador e o herói da história, você está ao mesmo tempo na cena do sonho, mas também vê a si mesmo enquanto os fatos acontecem. E, claro, é você mesmo quem narra tudo.

Setembro

Na realidade — aprendi com Brecht —, a emoção que reconcilia e consola no lugar-comum dos sentimentos "profundos" (a miséria extrema, a infância abandonada) são, sempre, os extremos visíveis de uma realidade sórdida; são de acesso fácil, uma ilusão real que encanta as belas almas. O massacre de Trelew serve para que cada um fale de suas impressões em vez de procurar a resposta e, para além da explicação, encontrar algo de útil.

Sábado 2 de setembro

Não deu certo um encontro que marquei na saída do cinema, depois de ver o excelente filme *O ato final*. Saio sem rumo pela cidade, no sábado à noite, e hesito entre comer em algum restaurante da Corrientes e voltar para casa; finalmente resolvo, na estação Callao perco o metrô, fico na plataforma deserta plantado embaixo da luz, olhando os cartazes, e ao fundo, quase das sombras, aparece o Marcelo Díaz, eu me aferro a ele (assim como antes outros que estavam sozinhos se aferravam a mim) e vamos jantar no El Ciervo.

Terça-feira

Telefono para C., um psicanalista indicado pelo Oscar Masotta. Consulta marcada para segunda 2 de outubro, às 18h15, numa clínica na rua Díaz Vélez.

No cinema outra vez, *Estamos todos em liberdade condicional*, título premonitório, na saída vou me encontrar com o B. no café El Colombiano, alguém me cutuca no ombro, é a Lola Estrada, emocionada, que me olha com malícia e timidez. "Eu te vi outro dia", diz, "com o Rivera no La Paz." Digo que vou ligar para ela, que vamos almoçar juntos. Nós dois sabemos que eu sei que ela disse para o Marcelo que queria ir para a cama comigo. Eu não quero "rolos" (não quero voltar à minha vida promíscua de 1962-63). Mesmo assim, acho engraçado que ela se lembre de ter me visto, como se nestes tempos sombrios me bastasse que uma mulher repare em mim.

Terça-feira

Ontem, alguns sintomas. Encontro a Nené na Galerna, ela diz que quer passar em casa à noite para pegar *O informe de Brodie* (como se não pudesse conseguir o livro em outro lugar). Digo que hoje não posso. "E amanhã à noite?", insiste. Também não. Está claro que ela foi à livraria às cinco da tarde porque sabe que ia me encontrar a essa hora. Rapidamente decido que não me interessa jantar com ela nem levá-la para a cama. Prefiro planejar uma saída com a Ana, apesar de não ter o menor interesse nela agora. Dou minha aula no Instituto, na saída telefono para a Ana, que não pode me ver, e agora estou com a noite vazia, então fico no centro, vou jantar sozinho. Tomo um par de taças de vinho e de repente decido ligar para a Lola. São onze da noite e me desculpo como um fantasma, ela também não pode, está terminando um trabalho, por que não ligo amanhã?

Segunda-feira 2 de outubro

Primeira sessão com C. Certa inquietação durante a meia hora anterior. Tomo um café no La Paz para fazer hora e depois um táxi na Lavalle. A rua Díaz Vélez me lembra a pensão da Medrano, a ponte sobre os trilhos perto da Rivadavia. A sala de espera é uma garagem, há um aquecedor e estou sozinho. Poltronas de couro, um quadro, dali a pouco entra um sujeito com aparência juvenil, magro, baixo, olha, cumprimenta com voz forte e sobe as escadas aos saltos. Não usa terno, carrega livros embaixo do braço, parece inteligente, logo vou constatar que é mesmo C. Agora penso que veio por minha causa, que não tinha pacientes, que passou cinco minutos estudando meus dados. Dali a pouco chega uma mulher, em seguida mais duas. Uns sujeitos com cara de intelectuais assomam no peitoril da escada, chamam por elas, que sobem. Depois das 18h15, penso que devia ter ligado para confirmar a consulta, tento interpretar, "não fiz isso porque queria protelar". Mas, se eu ligasse, pensariam que sou compulsivo. Vou dizer que acabei de chegar de viagem. Mas não podia ter ligado cinco minutos antes? Nesse momento me vem a ideia de sair, procurar um telefone e ligar. Não sei o que fazer para que ele saiba que estou aqui. Dali a pouco aparece uma garota muito nova com um avental cor-de-rosa. "Para o dr. C.", diz. Eu a sigo. Atravessamos um corredor com várias portas laterais, volto a pensar num hotel (de alta rotatividade?), numa pensão (um tanto sórdida). À esquerda há um quartinho, uma luz mortiça, um divã (Giacovate?) com capa de plástico, uma escrivaninha. Atrás está sentado C.; numa ponta da mesa, contra a parede e ao lado da luminária, uma pilha de livros. Depois abriu uma gaveta e pude ver ali dentro várias notas de quinhentos pesos. Eu olho o divã, a parede com um quadro, tento imaginar como será deitar ali, onde ele vai se sentar, que lado da parede vou ver. (Hoje sonhei que me deitava ao contrário, de modo que o quadro ficasse de frente para mim e eu pudesse vê-lo.

A não ser que eu me sente nesta cadeira, quer dizer, a que eu usava, porque a outra está atrás da mesa e do divã e não pode ser deslocada.) Como sempre, ponho em ação meus *a prioris*. Ele não vai falar, eu é que tenho de ir aos núcleos etc. Falo da minha separação da Julia, dos meus conflitos com o trabalho. Em geral, ele se põe de fora, além disso eu não olho para ele. Faz duas ou três intervenções, nada espetaculares, afetivas eu diria, mais do que inteligentes. Diz que a base do meu trabalho lhe parece sólida, que os resultados são bons e é gratificante para mim, mas que eu posso aceitá-lo, que não há contradição entre fazer análise para quebrar certos moldes que não me deixam avançar e o medo de que a análise desmonte minha relação com o trabalho. Por fim falamos de dinheiro, ele é muito caro, eu ponho meus limites (entre trinta mil e quarenta mil pesos por mês). Ele se safa pedindo para eu marcar outra sessão na sexta. Ao sair, perambulo um pouco pelo bairro, que não consigo localizar (perto de Almagro?). Penso: "Mas que senso do tempo ele tem! Passados cinquenta minutos, sem olhar o relógio, sabia que era hora de parar". Penso: "Por trás de tudo, estão o dinheiro e o tempo".

Segunda-feira 9 de outubro
Monólogo (i). Quando vinha para cá, ele lhe disse, pensei que precisava decidir bem qual seria a primeira frase da minha análise. Por onde começar? etc.

Série C. A ciranda dos telefonemas, com encontros intercalados, agora há pouco para a Julia marcando para hoje, e para a Lola marcando para amanhã, é regida pela vertigem em que vivo. Não posso me apegar a nada, e as garotas me acompanham imaginariamente na desordem. Sempre haverá alguma quando eu a procurar.

Quinta-feira 26
Ontem, nova despedida da Julia, nos encontramos em El Foro, em frente ao prédio onde o David mora, que está sendo evacuado porque há risco de desabamento. Ela começou a fazer análise e temos que parar de nos ver; depois de remexer um tanto no passado, eu lhe digo que estou prestes a viajar para a Europa. Dali a dois minutos saímos do restaurante. Numa das mesas encontro o Perrone, que me retém; na rua, a Julia já se foi. Ando sozinho pela Paraná, sozinho na noite, obstinadamente. Cerca de duas horas de caminhada me levam ao fundo da cidade, onde começam as casas baixas, atrás dos trilhos de Palermo, lá pego um táxi e volto para casa.

Reunião na revista, o Toto não vem, o Germán não vem, outros vêm a contragosto. Decidimos encarar o problema de frente na próxima quinta (outra revista?). No La Moncloa, para mim tudo gira em torno dos sinais da Nené, certa cumplicidade. Saímos juntos. Marcamos um encontro no sábado. Depois procuro a Lola, tudo ótimo como sempre, ela bem à vontade. Passamos em casa, olhamos cartazes russos, jantamos no restaurante da Salguero, passamos a noite juntos.

Sexta-feira 27 de outubro

Eu me encontro com a Beatriz em El Foro e passamos para pegar o Gregorich e juntos irmos até Morón, para um debate, e então começa uma das noites mais delirantes e confusas de que eu tenha memória. Atravessamos o centro até Retiro, pegamos um trem com a Susana Zanetti e a Nené, descemos em Morón. Durante todo o trajeto, várias piadas com a Beatriz sobre o progressismo cultural da zona oeste. No estrado, pastinhas brancas e uma jarra de louça. Minha intervenção sai mais ou menos bem. No final, a Beatriz nervosa, imprecisa, escolar, excedida. Jantamos num restaurante de comida típica, e eu discuto com o G. sobre Borges, sem vontade. Por fim, o trem, chegamos à estação Once, eu me enfio num táxi com a Nené, vamos até sua nova casa em San Telmo, ela não tem as chaves. Aparecem dois amigos sonolentos e abrem para nós. Finalmente entramos num lugar desolado. Quando ficamos sozinhos, tudo segue no mesmo tom. Ela está assustada com o lugar onde vai morar, insiste em que não quer que a protejam, não quer relações dependentes. "Você está querendo me levar para a cama", diz. "Claro, foi para isso que eu vim." A Nené se senta na escada que sobe para o outro andar. Vou embora de táxi pensando que tudo foi uma espécie de circo mambembe, muito divertido.

Quinta-feira 2

A Série X. O Rubén K. passa para me pegar e vamos almoçar em Constitución com o Chiche P., dois quadros profissionais. Vidas que me intrigam, há algo de burocrático na sequência de reuniões e algo de épico em sua maneira de consagrar a vida à luta política.

Reunião do grupo de estudos do Landi, que vai indo muito bem. A violência e a conjuntura política como campo de experimentação da realidade discursiva. Como se refere à situação uma série de jornais que trata de definir o mundo político?

Na *Los Libros* iniciamos a discussão política, assim veremos o que vai acontecer com a revista. Não podemos continuar assim. O xis da questão é o peronismo, mas também insisto em que devemos redefinir seu objetivo específico e seu projeto.

Na reunião, a Nené linda, infantil. Muito melancólica, apenas, e trocamos alguns olhares. Ela chegou tarde e eu saí cedo. É assim que são as coisas para mim.

Antes disso, a Lola, pelo telefone, passei para vê-la à noite. As coisas correram bem, nem ela nem eu queremos esticar a história. Trocamos elogios, confortamos um ao outro e me retirei certo de que não haverá despedidas dramáticas.

Minha viagem iminente à China é para mim um ponto de fuga. Por um lado, me retiro explicitamente da zona de conflito da minha vida atual. Por outro, para mim é como ir à Lua, um lugar que imagino porque o vi nas noites imaginárias da cultura de esquerda. Torcendo para que chegue logo a hora de partir.

Sábado

De manhã na Faculdade de Engenharia, um labirinto deserto a essa hora, os elevadores lentos e no fim um grupo de estudantes muito parecidos com o que eu era quando tinha a idade deles. São rápidos, inteligentes, fazem boas associações, têm iniciativa. Discussões sobre a vanguarda russa, a *proletkult* e a arte de propaganda.

Caminhando pelo Paseo Colón até a praça de Mayo, desço pela avenida, sinto a solidão da cidade sem afeto. Ligo então para a Tristana, combino de almoçamos juntos, eu me aferro a essa mulher como faria com qualquer outra que fosse amável e carinhosa comigo. Ficamos de nos encontrar à noite na casa dela, enquanto eu finalizo os preparativos da viagem a Córdoba.

Essa mulher me ajudou nestes meses difíceis, e agora acho que já estou sozinho e que não posso recorrer a ninguém, ele disse, tudo é distante, socializado e falso.

Durante a viagem a Córdoba, o Héctor, em quem projeto minhas velhas ilusões dos anos 60, me conta a história do Espanhol, que os levou ao sótão e lhes mostrou orgulhoso uma carta que recebeu de Cuba ("do Fidel"), em resposta a uma dele, escrita porque, de noite, escuta a Rádio Havana.

Domingo 5 de novembro em Córdoba

A Série X. A confeitaria no terraço da rodoviária, a cidade sob o sol. Almoço na casa do Rubén K., que prepara a comida em estilo didático, enquanto eles acertam o esquema de trabalho e discutem a relação com outras organizações maoistas. O Rubén, sereno, sábio, firme, sabe escutar.

Segunda-feira 6

Passo a manhã falando de Brecht, em Córdoba, para jovens diante dos quais volto a me sentir como um veterano. No meio da tarde, conversa informal com um grupo formado por alunos de arquitetura. A partir daí decido ficar sozinho, passeio pela cidade preparando mentalmente a palestra da noite e caminho para cima e para baixo sem sair da avenida Vélez Sarsfield. Finalmente volto à Faculdade de Arquitetura e no Salão Nobre exponho uma série de hipóteses sobre as relações entre vanguarda estética e vanguarda política.

Terça-feira

Segunda palestra igualmente improvisada que acaba numa noite em claro com o Héctor e o Greco, na casa de uma arquiteta. Depois aparece o Roberto C. com seu tom de sempre, sentencioso e pausado, um modo de pensar que reconheço e que não tem nada a ver comigo.

Quarta-feira

Ainda em Córdoba, em meio a reuniões, trabalhos e palestras. Por momentos preciso me isolar, ficar sozinho.

Afinal volto a Buenos Aires, viajo a noite toda sem dormir, olhando pela janela o campo aberto e os vilarejos iluminados, tento imaginar como será a outra viagem, na qual espero me livrar do lastro que carrego. Chego a Buenos Aires e me deparo com um feriado inesperado em comemoração aos cem anos da publicação de *Martín Fierro*, faço vários telefonemas, não encontro ninguém. As coisas vão se reorganizando enquanto tomo um copo de vinho em El Olmo, aparece a Beatriz, e em seguida outros, para a reunião da revista. Logo de saída, o Toto propõe fechar as portas e fazer o funeral, acha a discussão supérflua porque todos sabemos nossas posições. Tentamos definir a situação, e eu defendo a necessidade de discutirmos algumas alternativas. Sabemos que no centro do debate está o peronismo, a que o Toto aderiu e do qual somos críticos. No fim, a Beatriz me convida para tomar um café e jantar. Conversamos tranquilamente no Pepito sobre a volta de Perón, num tom amistoso, de outros tempos. Depois que ela vai embora, passo pela livraria Martín Fierro, onde marquei com o Gelman.

Sábado 11

Passo a noite com a Lola até de madrugada. Vemos Esther Ferrán dançar no teatro La Potra, jantamos num restaurante da rua Viamonte e voltamos para a casa dela.

Segunda-feira 13

Seja como for, sempre resta uma via de escape. Hoje, depois de passar a noite com a Lola, encontrei uma carta da Amanda e tudo entrou nos eixos. Agora me sinto muito bem, mais tranquilo.

Terça-feira 14

De manhã, outra carta da Amanda, anterior àquela que chegou ontem e mais explícita, sempre apaixonada e sedutora. "Nestes tempos difíceis, é mais fácil dar a vida que o coração."

Quarta-feira

A Lola aparece e fica comigo, linda de calça listrada e suéter preto, como se fosse um rapazinho.

Sexta-feira 17

Vejo pela televisão a chuvosa chegada de Perón depois de muitos anos de exílio. Rodeado de soldados e de armas que o escoltam, os militares não pensavam que sua vontade de voltar fosse real.

Terça-feira 21 de novembro

Meu irmão me visita e trocamos impressões sobre o mundo familiar. Não há muita diferença no que vivemos apesar dos dez anos que nos separam.

Quarta-feira 22

A Beatriz deixou um recado na Galerna pedindo que eu lhe telefone. "Quer conversar sobre a situação da revista antes da reunião de amanhã, quinta."

Depois da reunião do *Desacuerdo*, penso que levo comigo o endereço do Héctor, mas na verdade é o do Horacio. Pego o 59 e atravesso a cidade, desço em Núñez, procuro um telefone, disco e percebo que não é ele, que estou perdido e não sei aonde ir. Dou voltas tentando encontrar a casa na sorte, inutilmente. Acabo voltando para casa sozinho.

Quinta-feira

Na reunião da *Los Libros*, fica claro que o Carlos, a Beatriz e o Marcelo trabalham juntos alinhados com o PCR e dão o caso por encerrado, eu fico à margem.

Sábado 25

Estava esperando uma carta da Amanda que não chegou. A cidade escura na praça de Mayo, úmida, tétrica no entardecer.

Quarta-feira

Carta da Amanda. "No fim de dezembro, depois que acabarem as apresentações no teatro, vou a Buenos Aires. E fico aí."

Quinta-feira 30

Reunião na *Los Libros*, o Schmucler abandona a revista que ele mesmo fundou. Paradoxos da cultura de esquerda. A evolução política do Toto com o passar do tempo foi criando tensões, até que por fim resolveu se afastar.

Estou no La Moncloa com Germán, Carlos, Beatriz et al. Aparece o David, tímido, com ar humilde, veio me procurar, marco com ele no La Paz duas horas mais tarde. Sentamos a uma mesa pegada à janela, e de repente explode o caos. O David começa a reclamar de que os atores se humilham a seus pés para arranjar trabalho, daí passamos aos critérios que ele usa para escolher o elenco, se é que ele pode escolher. A discussão cresce e se desordena até o caos. O David me faz várias recriminações, diz que é sempre ele que me procura, que eu banco o difícil, que o julgo de cima etc. Por fim saímos, e na esquina que dá para a Montevideo o David desata a chorar, várias vezes durante a discussão ele me chamou pelo nome do filho. Eu me sinto péssimo etc. etc.

Sexta-feira 1º de dezembro

Visita do Héctor, apaixonado, comovido com uma mulher que mora no seu prédio, que ele "ama", aterrorizada pelo ex-marido, um fascista da Guarda de Ferro que a espanca e ameaça. A partir disso, algumas confusões (entre mim e o Héctor) sobre a infância e as imagens que vêm do passado, enquanto tomamos mate com biscoitos e avançamos desajeitados numa dessas amizades típicas da minha vida: eu sou o pai, o "maduro", e o outro leva tudo de mim, que permaneço imóvel (outros exemplos, B., S. etc.).

Trabalho preparando o curso de amanhã, então aparece a Lola, emocionada, agradecida pelo telegrama, sempre perdida em milhares de trabalhos a fazer, amigas loucas, surpresa diante dos acontecimentos. Depois, de noite, fiquei sozinho e comecei a trabalhar, sem necessidade de sair para a rua, de escapar para cidade.

Monólogo (20). Ele procura entender certa frieza que marca estes tempos, o fim da Julia e a arbitrariedade com que de repente — sem muita relação com o objeto ou o momento — aflora o afeto (com a Lola, com a Tristana). Ser frio, distante, duro contra certa região obscura que o aturde e que ele mal consegue nomear; linguagem confusa, abstrata, para "explicar". Seu choro inesperado diante de um quadro de Morandi que violenta a passagem da razão ao sentimento. Em que lugar nasceu essa fissura? Atua por necessidade: estar com uma mulher, ter amigos, ser inteligente, sem que nunca apareça o que ele quer na realidade; quando aparece, ele fica tão confuso que começa a balbuciar...

Terça-feira 5

Para ser inesquecível, primeiro você tem que se perder, depois é lembrado por isso. A mesma virtude da imortalidade (que é reservada aos mortos).

Quarta-feira 6

Monólogo (21). Quem gosta pode. Ele disse isso e pensou que o afeto é uma coisa dada (que ninguém pode roubar), há certo desalento porque não pode retribuí-lo, e, quando o afeto lhe falta ou ele duvida de que possa existir e lhe seja dado, defende-se com o escudo do esquecimento; o pudor de poder ser melodramático. Para ele, ser inteligente é esquecer o afeto, porque, quando entram os sentimentos, não consegue pensar. Assim, a inteligência serve para que ele se faça gostar, é a única coisa — acredita — que permite que gostem dele, mas suas maneiras agressivas mostram o sujeito "duro", que não precisa de nada e se vira sozinho. Nesse vaivém entram em jogo e em risco sua inteligência e também sua literatura. Para romper o limite é preciso que ele aja de surpresa, como um caçador que espera a ocasião fortuita: o conto sobre Urquiza escrito sem planejamento. Como se pensasse que, ao chegar tão longe, vai perder tudo. É quem ele diz que é.

Sexta-feira 8

Um sonho. Várias pessoas dentro de um quarto, como em La Plata nas reuniões estudantis. De repente, começo a ler um poema, título: Tristana Tejera Transita Thames. No sonho, lembro e recito o poema inteiro. É um soneto? A habilidade está nas letras, vejo com clareza o jogo com o T e o S porque a certa altura o poema ceceia, penso que essa primeira pessoa falada é uma coisa insólita: esse retorno? Escrevo um comentário no caderno preto (onde sei que anoto todos os sonhos).

Sábado

Dou minha aula, saio para caminhar, a cidade sempre estranha a essa hora da noite.

Vou assistir a uma peça de Brecht no Embassy, numa montagem de Onofre Lovero. Saio no meio, exasperado com a estupidez progressista.

Domingo

Monólogo (22). Pensara que a cisão era na verdade um modo de ser e ao mesmo tempo uma aparência, não levara em conta o momento real, portanto seus pensamentos tendiam à mitologia.

Segunda-feira 11

Encontro a Beatriz, que me devolve a pasta com desenhos soviéticos da década de 20.

Terça-feira

Reviso o prefácio ao Gusmán, que vai ser publicado nos próximos dias. Jantar com o Boccardo, depois vamos ao La Paz.

Quinta-feira

Um sonho. Estou numa torre circular, um terraço no topo de uma coluna, sinto vertigem, estou estirado de bruços no chão.

Sábado 16

Passo o dia no Tigre, no barco do Alberto. Reunião de homens sozinhos: León, Altamirano e Boccardo.

Volto tarde da noite. Sentado no escuro junto ao janelão, olho a cidade, as luzes, e não consigo pensar no futuro.

Domingo 17

Passo o fim de semana com a Lola. No meio da tarde tocam a campainha, é Amanda, tímida mas imperativa. Vem do passado. Os três sentados em volta da mesa "Já tenho que ir embora?", perguntava Amanda. "Eu sabia que tinha que ir embora assim que chegasse." Marco com ela amanhã e a acompanho até o elevador. Como sempre os acontecimentos decidem por mim, as coisas se precipitam, deixo passar os dias. Jantamos na Costanera sob as árvores.

Segunda-feira 18

Série C. Encontro a Amanda no Ramos, o vestido amarelo, a pele bronzeada. "A todos os homens com quem vivi, eu disse que tudo estaria bem a menos que aparecesse o E. R." Me levantei para chamar o garçom, ela se movia entre lânguida e vivaz, muito erótica, com os seios sem sutiã, depois virou a genebra dupla de um gole. Insistiu em pagar a conta. "Eu pago para os homens." Saímos para a cidade e seguimos pela Corrientes até a esquina da Córdoba com a Carlos Pellegrini para buscar a garrafa de pisco e os livros de presente que estavam na casa da irmã dela. Passamos pela rua Lafinur e eu lhe mostrei o bar aonde vou todos os dias, em frente ao Botânico. Fomos até em casa e depois saímos para jantar no Hermann, e eu me levantei para telefonar para a Julia. Voltamos e fomos dormir. "Eu fico com você para sempre, não nos separamos mais."

De manhã me encontro com a Beatriz Guido, que me dá uma força com o passaporte. Ela no caos de sempre, agora se organizando em torno da sua obsessão com o peronismo, das drogas, da tentativa de suicídio do irmão. Tomamos um café no Alvear, ela vai sacar dinheiro enquanto a empregada (Marieta) espera pacientemente que lhe entregue o necessário para a despesa do dia. Sempre amável, encantadora, muito inteligente.

Monólogo (27). Começou a falar de sua distância das coisas, do vidro que o separa e o fixa num lugar inabitável. Olha tudo como se se tratasse de outra pessoa e, ao mesmo tempo, os acontecimentos o levam de um lado para o outro sem que ele escolha. A viagem iminente que ele ainda não chega a viver como real. Nesse centro obscuro depois foram se ordenando os cadáveres, como se agora estivesse num quarto fechado, sem janelas, com o ar do ventilador circulando como se estivesse vivo. Alguém toma nota daquilo que penso e o escreve. As mulheres que se impõem a ele ou as histórias que ele contava das mulheres que se impõem a ele. Tudo em meio a uma grande tristeza.

Terça-feira

Falhou um encontro com a Julia, magoada porque faz vários dias que não nos vemos. Vou então ao Mona dar minhas aulas, que considero encerradas. Depois me encontro com a Lola, feliz com suas flores, preocupada comigo, que, por meu lado, estou preocupado com ela. Tinha se abalado até o *La Prensa* para me comprar o exemplar do jornal onde saiu o discurso do comandante em chefe do Exército de 1969.

Quarta-feira 20

Vejamos o que acaba de acontecer: falo com o secretário da Beatriz Guido, ele me passa o nome de um oficial, vou até o Departamento Central de Polícia. "Está comissionado", dizem. Volto para casa preocupado com a demora. Escrevo os textos para o jornal. Resolvo descer, ligar para a Lola, passar na casa dela. Vou me trocar e de repente fico gelado: não acho a carteira de identidade. Procuro nos bolsos, na escrivaninha. Reconstruo o que fiz com ela. Eu a tirei da carteira de documentos onde a guardo, estava com ela na mão quando entrei na polícia, não a coloquei de volta no seu lugar: perdi no táxi!, penso. Vertigem, autocomiseração, certeza de ser eu mesmo quem constrói minha catástrofe. Tudo perdido, agora também não vai dar tempo de tirar a segunda via da identidade. Zanzo aniquilado pela casa por cerca de uma hora. Desço e ligo para a Lola, ela não está. Volto. Desabo na poltrona. Resolvo sair, me encontrar com a Amanda. "Do jeito que estou, vai dar tudo errado." Vou ao banheiro, sem motivo, abro o armário da pia, e ali, atrás do espelho, estava a identidade. Como que escondida por mim mesmo. Eu me sinto bem com essa tragédia? Atordoado, fico sem ação. Costumo construir situações reais a partir de um elemento que para mim tem uma carga particular. O que vai acontecer no dia em que o perdido não for um objeto real (a identidade, o prefácio a *O vidrinho*, o caderno que entreguei à Vicky por engano), e sim um vazio que, evidentemente, nunca poderei encontrar? Diante desse caos que me gela o sangue e das minuciosas descrições das dificuldades que me aguardam se aquilo se confirmar, passo a vida.

Impressionado com a Amanda desta vez, como há muito tempo uma mulher não me impressionava. Apaixonada pela certeza do seu amor por mim, ela me procurou, diz, por muitos anos.

Passei para buscá-la no casarão da Córdoba, uma estranha abriu a porta. Pensei: é a irmã dela. Mas era ela mesma, de cabelo molhado e calça listrada. Almoçamos na cervejaria da Carlos Pellegrini e depois lhe comprei um anel para que jogasse fora o que estava usando. Gosto dela: não é tranquila nem sóbria, alucina. Me abraça enquanto espero o táxi: "O homem me conta", diz, quando lhe falo do passado.

Fomos jantar na Costanera. Longas histórias, sobretudo as minhas, as de sempre. Ela me escuta fascinada, eu sinto que é tudo falso. Do seu lado, um amor "louco", fantasiado durante dez anos. Não sou eu, é ela que recorda um passado que não vivemos.

Quinta-feira 21
Discutimos (Altamirano, Beatriz e eu) com o Germán e a Miriam, desconfiança da "política".

Sexta-feira 22
Dificuldades com o trabalho "obrigatório": aulas, artigos, resenhas, pareceres. Na verdade, são coisas que eu faço para ganhar a vida. Portanto existe algo menos claro, menos visível nesse assunto. Não é o tipo de trabalho que me incomoda, e sim o resultado concreto. Tento juntar dinheiro para a viagem à Europa, tenho 1,4 mil dólares e muitas despesas pela frente.

A Lola aparece carregada de presentes (toalhas, cortina de banho). "Não saberia o que comprar para você." Passamos a noite juntos depois de jantar e passear pela cidade. De madrugada ela parte para Rosario, certa repetição da minha despedida quando eu sair de viagem.

Sentados no La Paz fazendo hora antes do cinema. Ele tinha passado no casarão da rua Córdoba para buscá-la, os corredores com espelhos confrontados. Com ela sempre tinha um leve temor dos excessos, Amanda insistira em ler seu futuro na borra do café. A essa altura tinham mudado para a mesa junto à janela que dava para a rua e olhavam a cidade sob a chuva. Ele com a secreta e perversa intuição de ser visto por Julia, como se adivinhasse que ela também estava no cinema assistindo ao filme de Melville que eles veriam em seguida.

As duas senhoras que conversam na entrada da casa da Amanda enquanto espero por ela. Observam a ventania que engrossa a chuva, obcecadas com as mortes acidentais. A senhora lembra do Natal de 50?, pergunta uma de cabelo envolto em papel celofane. Os telhados voavam, lembra como voavam? Eu estava em San Fernando e olhávamos as telhas que passavam pelo ar. Que ventania!, disse com um brilho maligno. Porque o vento é o pior, traz o fogo, traz a água, acrescentou. Verdade, disse a outra no mesmo estilo bíblico. Mas meu medo são as marquises, sempre caminho rente ao meio-fio, por causa das marquises que caem e matam a gente num piscar de olhos. Encarou a amiga com cara de horror. Seja como for, no ano 2000 todos vamos andar de máscara, por causa da poluição, disse a primeira, entusiasmada. Claro que no ano 2000 vamos estar mortas. A partir daí começaram a elaborar uma meticulosa estratégia para atravessar o vão da Carlos Pellegrini, onde a cidade se abre, sem que o vento as carregasse pelo ar, como fez com os telhados no Natal de 50.

O velhinho que mora ao lado da Amanda e pede que os vizinhos o visitem todo dia porque tem medo de morrer no apartamento vazio e que ninguém fique sabendo.

Série E. Talvez o modo de usar estes cadernos seja transcrever sucessivamente as anotações de um mesmo dia ao longo de vinte anos, sem dar o contexto nem as variantes, explicitamente.

Domingo 24

Passo a noite de Natal com meus pais num restaurante chinês, agradeço o gesto de virem para estar comigo, mas à meia-noite peço licença e saio para caminhar pela cidade, sozinho, como eu sempre quis.

Segunda-feira 25

Passo o dia em casa com a Amanda, à noite vemos *Roma*, de Fellini.

Terça-feira 26

Vamos jantar com o Carlos e o Oscar Landi no Bachín, falamos dos jogadores de rúgbi chilenos que caíram nos Andes num desastre de avião e sobreviveram por quase um mês, até que finalmente um deles resolveu se aventurar pelos picos e conseguiu encontrar um andarilho do lugar, que os resgatou. Evidentemente, eles comeram a carne dos companheiros mortos, e o canibalismo os levou a uma espécie de mística que lhes permite suportar a transgressão do tabu.

Acordo no meio da noite com um pesadelo terrível. Num lugar baldio, um vulto humano semidevorado, a face meio comida, veem-se os buracos e a textura do rosto. Efeito da conversa sobre canibais e cadáveres.

Quarta-feira 27

Passo o dia com a Amanda, almoçamos no Pippo, saímos pela cidade, chegamos à praça de Mayo pelo Bajo e depois vamos ao El Dorá. Cenas do passado. Ela subindo até meu quarto no sótão da pensão em La Plata, uma noite; dormimos juntos, e de manhã ela quis levar algo meu, uma folha de papel. Eu lhe dei uma pedrinha achatada e branca que ela ainda guarda e sempre carrega. Uma vez me encontrou na rua, numa diagonal, eu lhe mostrei um papel onde tinha anotado as coisas que ia fazer, ela ficou fascinada com alguém que tentava ordenar a própria vida. Outro dia a encontrei quando ia prestar uma prova na faculdade. Ela usava uma faixa na cabeça. "Você parece uma esfinge egípcia", falei, e ela anotou o diálogo num papel. "Que foi?", perguntei. "Não percebeu que eu anoto tudo?" Ela ficou na faculdade esperando eu sair. Depois a convidei para tomar um copo de leite no bar Don Julio, ao lado da universidade, e agora volto a fascinar essa mulher que se embriaga todo dia.

Durante a caminhada, ela me conta suas quedas na loucura, no álcool, as tentativas de suicídio, as fobias. Fala dessas coisas doída, temendo, diz, que eu deixe de gostar dela. Sentados num banco na praça de Mayo em frente à palmeira que divide os canteiros, a Amanda lê apaixonadamente meu conto "Suave é a noite" e, claro, se reconhece no personagem de Luciana, que, de certo modo, está inspirado nela. Belíssima, amarra um lenço na cabeça para que eu a elogie e fala de mim, "certa deste amor". Da minha parte, medo do quê? Da sua loucura (ou da minha?).

Estava na cama com a Amanda quando a campainha tocou, em silêncio, baixei o volume do toca-discos. Era a Lola, que me passou por baixo da porta uma linda gravura de dom Quixote atormentado por suas leituras. Um belo recado com referências ao meu arquivo onírico, com despedida desolada por causa da ausência. Repetição invertida do primeiro dia, quando a Amanda chegou e se deparou com a Lola. Predileção pelos triângulos.

Quinta-feira

Ficamos juntos até a hora do almoço, ela sai ligeira, fugaz, para ver seus amigos perdidos na história, perseguidos. Finalmente consigo terminar o trâmite do passaporte e volto para buscá-la. Em seguida vou à reunião da *Los Libros*. Ela me acompanha. Descemos para comprar bolachas e erva-mate, ela ironiza sobre nós enquanto combino pelo telefone um encontro com a Lola para a noite. Por momentos, a estranha certeza de que vou passar os próximos anos com a Amanda.

Sexta-feira 29

Série C. Encontro a Julia, que me telefonou ontem na revista. Linda, mais linda do que qualquer outra e ao mesmo tempo, como sempre, inteligente, ressabiada, capaz de adivinhar o que estou pensando. Almoçamos juntos no Pepito, muito bem, no melhor estilo. Promessas de amor também com ela, vai me esperar, hoje mesmo pode vir morar comigo. Vou deixar o apartamento para ela, e quando eu voltar vamos ver o que acontece. Encontro a Lola, e tudo se complica. Diz que estou me afastando, que ela se sente excluída e que vou abandoná-la quando viajar. Sonhou que eu tenho outra mulher, e no sonho pensou: "Mas como ele me faz uma coisa dessas, agora que está quase de partida?". Será que um dia vou achar um jeito de escolher e falar às claras? De lá fui ver a Amanda. Passei o dia inteiro com ela, triste porque de noite ia para

Mar del Plata. Em casa, pela cidade, planejando o futuro, ela com ciúme da Julia. "Será que ela não podia morrer?" Descemos e no bar da Lafinur tomamos Gancia com queijo, depois voltamos para escutar música e ficar juntos. Por último, vou ver o Ricardo Nudelman e a levo comigo, orgulhoso dessa mulher tão linda que desperta interesse e receio nos homens que vão chegando à reunião para festejar algo que não chego a entender. Saímos de lá desesperados porque ela vai perder o trem, passamos por sua casa, ela levemente bêbada e a casa um caos. A irmã está no banho, precisa embrulhar [*ilegível*], levar garrafas de vinho chileno, mas ela as derruba na rua e eu tenho que recolher o pacote sujo de vinho. Na estação, nos sentamos num estrado na plataforma 14, chegam "as meninas", suas amigas, correndo, aos trambolhões, na última hora. Eu a acompanho até o trem, ela me abraça, não quer subir. Tinha tropeçado pouco antes, bêbada, e bateu o joelho. Ereta sobre o degrau, me olhou de um jeito que nunca vou esquecer. Ainda soava o apito avisando da partida do trem, e eu já estava ao telefone com a Lola. Tratava de combinar como faria para passar pela casa dela para dormirmos juntos, considerando a hora. Se este dia de hoje não for um sintoma de loucura, maldade, desolação, estupidez, jamais aceitarei que sou louco, malvado, estúpido ou que estou desolado.

Monólogo (30). Não consegue parar de pensar no pesadelo da outra noite, com uma mulher que havia sido devorada. Tinha o rosto roído, parece que, quando ele não está isolado e "trancado", afloram os terrores e as ações o desorientam e se estilhaçam. Lembra-se também dos chilenos que comiam carne humana. Estes "cavalheiros", pensa, são protegidos pela sociedade, como heróis capazes de praticar o proibido.

Sábado 30

Passo a noite com a Lola, depois de jantar numa mesa junto à janela, no Munich da Carlos Pellegrini. Ela também vai me esperar "porque me ama". Três meses passam rápido etc.

Monólogo (31). Começou a se mover entre três damas que parece desejar ao mesmo tempo. Não consegue "se desapegar" e, portanto, não consegue escolher. Parece que as coisas estão dadas e ninguém pode alterá-las. Por isso se espanta com sua própria violência. Insulta A. porque ela põe a mão no seu sexo enquanto ele dorme. B. está lhe explicando o que sente por causa da distância que ele impõe e da viagem que a assusta e, enquanto ela fala, ele pega no sono. Por último com C., a chegada de X quando estão num bar introduz um terceiro no jogo, e explode a violência. O que vem de fora, benigno ou malvado, por inesperado, desestabiliza o sistema em que tudo estava previsto. Então se aguça a tendência a construir catástrofes e tragédias, agravando os conflitos, agravando as dificuldades, para criar um vazio, se bem que, pensa agora, na realidade, o vazio já existia antes.

Sonho. Minha mãe está passando roupa num varal que vai de parede a parede. Há pedaços de tecido transparente pendurados, como se fossem roupa suja.

Domingo 31 de dezembro

O León R. vem me ver no meio da tarde, como uma sombra do que eu provavelmente serei no futuro. Desolado e triste, "não sabe o que fazer da vida", sente-se "fracassado" com seu livro sobre Freud "que ninguém lê", com sua impossibilidade de encaminhar e manter uma relação conjugal. Sempre amarrado à Isabel, que o rejeita e recusa. Nele vejo meus próprios traços, e por isso nos entendemos tão bem. A promiscuidade só terá fim se eu me apaixonar, porque o difícil é amar. Nos anos em que vivi com a Inés e depois com a Julia, fui monogâmico, não tinha olhos para as outras damas, mas quando estou sem ancoragem minha vida é um caos. Não consigo fixar o desejo e me transformo num canalha desesperado para quem tudo dá na mesma.

A Lola vem em casa e passamos a noite na sacada olhando as luzes da cidade. Tínhamos comprado comida e champanhe, escutamos os discos de Jimi Hendrix que ela trouxe. Na sacada, olhávamos a cidade e os papéis que caíam pela janela como neve amarela. Os vizinhos batendo panelas para se somar à barulheira geral. A lâmpada do banheiro estourou, os vizinhos andavam pelo corredor fazendo festa, eu entreabri a porta para espiar. Urinei enquanto a Lola tomava banho. Tive a tentação de jogar champanhe na careca do vizinho de baixo. Não me lembro de mais nada. De manhã, ela teve que me contar o que eu tinha vivido sem querer lembrar. Farrapos de conversas. "Há cada vez menos coisas que possam me ajudar."

Foi essa a minha passagem de um ano para o outro, de um lugar para o outro. Para onde?

6.
Diário 1973

Segunda-feira

Série C. Quando começamos, a Amanda estudava teatro com Agustín Alezzo. Passei três dias em Rosario dando umas conferências, voltei no sábado tarde da noite, e ela não estava. Chegou de madrugada. Tinha arrumado um trabalho no cabaré Bambú, na Carlos Pellegrini quase com a Lavalle, ela faz um show lá. Ontem fui assistir. Uma espécie de striptease canalha, travestida de homem. Olho para ela de uma mesa preferencial, junto à pista. Depois ela vem se sentar comigo, beijos, sorrisos. Os garçons se dirigem a mim com muita deferência. O dono, um uruguaio com ar de dândi, o cabelo tingido de marrom, me diz: este é um lugar de alta categoria, só turistas e provincianos endinheirados. Gente bem de vida. Ao sair, ela se pendura no meu braço. Vai, Emilio, diz, larga de ser bobo, com o que eu ganho dá para nós dois vivermos. Muito obrigado, respondo, mas não sou Erdosain. Você está mais para o Rufião Melancólico, devolve. Ela quer atuar, falta trabalho no teatro... A vocação artística... Óbvio que ela trabalha como garota de programa e sai com os clientes.

Quinta-feira

Ontem à noite fiquei pensando na Amanda. "Agora está lá", eu pensava. Ela tem um camarim, disse o uruguaio. "Não ensaio", ela me disse. "Eu me visto e entro em cena." É uma piada entre os atores que estudam o método Stanislavski. Foram ver uma apresentação de Pedro López Lagar, um ator espanhol que morava em Buenos Aires, nessa temporada estava encenando *Vista da ponte*, de Arthur Miller. E o senhor, como se prepara para atuar, *don* Pedro? Bom, eu ponho a boina e entro em cena. Assim como a Amanda. Vestida de enfermeira, ou com uniforme de colegial, ou vestida de garoto. *Eu me visto e entro em cena.*

Levou suas coisas com ela, couberam todas numa mala; foi morar com a irmã. Essas são coisas que eu escrevo, digo a ela, não me interessa vivê-las. Você perdeu uma experiência, diz. Experiências eu já tenho de sobra. Tchau, lindo, disse, e entrou no elevador. Já fala comigo como se eu fosse um cliente.

Deixou na parede a foto em que ela aparece ao meu lado na porta da rádio Provincia, em La Plata — ano 64? —, muito bonita, magra, malha preta, cabelo comprido, ar de Juliette Gréco. Nos conhecemos em *Once varas*, o programa de cultura de Julio Bogado. Não olho os cadernos daquele tempo, mas me lembro bem da noite em que ela subiu até meu quarto, sem avisar, meio bêbada. Não, ela disse, não acende, não acende a luz. Reapareceu no Peru faz alguns meses, me mandou uma carta através do José Sazbón, que a encontrou no cinema. Pouco depois veio morar em Buenos Aires e ficou comigo.

Tento não sair de noite para não procurá-la.

Trabalho até de madrugada num ensaio sobre o romance. Observação de Brecht muito sagaz sobre Kafka. Está convencido de que Kafka nunca teria encontrado sua própria forma sem a passagem de *Os irmãos Karamázov* em que o cadáver de Zóssima, o santo *staretz*, começa a feder. Todos esperam a manifestação da transcendência. O homem santo não vai se corromper. Até que depois de um tempo um monge vai e abre a janela. O cheiro da morte. Ninguém entende o que acontece. O natural era o milagre. Excelente anotação que aponta para a história dos procedimentos, para o tipo de leitura utilitária dos escritores e também para um conhecimento muito preciso da obra de Kafka, não entender o que está acontecendo é a chave das suas narrativas, centradas no desejo de uma transcendência que fracassa. O herói de Kafka procura o sentido e não transige nem concilia.

Terça-feira

Acordo ao meio-dia, desço e como duas empanadas com um copo de suco de laranja e um café duplo na pizzaria da Santa Fe com a Canning, enquanto leio a *Crónica*. O enxadrista húngaro que se suicidou em Mendoza, quando a polícia conseguiu cercá-lo, dois dias depois de ter iniciado sua fuga com a garota que ele havia raptado porque se parecia com sua irmãzinha morta na guerra. Ele a tratava e lhe falava com carinho — segundo as declarações dela — e queria ensiná-la a jogar xadrez. No rapto, matou um amigo da jovem que tentou detê-lo. Planejava fugir para o Chile, atravessando a cordilheira a pé. Saio e ligo do telefone público na loja de tecidos da outra esquina. Amanhã, reunião na revista *Los Libros*.

A paixão impede de ver os detalhes. Por exemplo, só agora lembrei que a Amanda não tirou a correntinha com a água-marinha que lhe dei quando chegou de Lima. Ela também a usava nua no palco, como quando estava comigo. A imaginação é a arte de *vincular* a mesma pedra azul em duas mulheres que são — ou parecem — diferentes. A imagem transmite a emoção e abre caminho no peito (uma dor no lado esquerdo). É preciso ter calma para narrar o sentimento que já passou.

Quinta-feira
Desapegado — desapegado, solto —, olha a realidade com o assombro de um estrangeiro que não sabe onde está e deve aprender cada gesto, todas as palavras, sem dar nada "como certo". Uma súbita mudança no mundo — no universo, no cosmos — que o obriga a permanecer alerta — para se adaptar — para sobreviver. (Não exagera, lindo, disse ela.)

Recordemos também aquela tarde dez anos atrás na esquina da 7 com a 50, em La Plata, quando contei para o Dipi Di Paola um romance cujo tema era a vida de um sujeito separado do mundo… Iria se chamar *O desencaminhado*. Aquilo que eu não escrevo, eu vivo.

Terça-feira
Havia uma mulher que escrevia seu nome e telefone no banheiro de homens dos bares. Entrava bem cedo de manhã, quando tinha mais chances de não ser flagrada. Recebia três ou quatro ligações por dia.

Havia uma mulher que escrevia anônimos para o marido onde lhe contava a verdade da sua vida. O espantoso é que o marido nunca comentou com ela que recebia essa informação confidencial.

Havia uma mulher que gastou metade do patrimônio familiar pagando do próprio bolso a publicação, em todos os jornais do país, de uma carta aberta em que manifestava sua surpresa diante das homenagens e demonstrações de afeto e estima que recebera de figuras da máxima consideração por ocasião da morte do marido, um cientista que em três ocasiões quase ganhara o Prêmio Nobel. Na carta, a mulher dizia que finalmente se sentia livre do terror que padecera durante quase trinta anos de convivência forçada com um louco, mitômano e psicopata. Como exemplo da verdadeira personalidade do marido, contava que o cientista tinha um arquivo com fotografias de todos os cientistas rivais, ou possíveis rivais ou futuros rivais, em cujos olhos espetava minúsculas agulhas de platina que ele mesmo confeccionava à noite em seu laboratório, no intuito de paralisá-los em suas pesquisas, feri-los, cegá-los e impedir que pudessem superá-lo em sua luta para obter o Prêmio Nobel de Física.

Segunda-feira

Com David, sentados num bar durante três horas para matar a solidão (e a fome). Ele melhora quando está sem dinheiro: aciona, indiscriminadamente — e com intensidade —, seu poder de convicção. Põe logo em cena suas ideias fixas, hoje repisou a ambiguidade da revista *Los Libros*, o culto ao sucesso dos cubanos, o oportunismo político de Cortázar. Utiliza uma linguagem viva, encaixa diminutivos (*hermanito*), expressões arcaicas (*sonaste, Maneco*), palavras com emprego incomum (precisa pôr um *passe-partout* nele), recorre a muletas, expressões enigmáticas, tende ao idioleto, à linguagem privada. Ele é muito melhor do que seus livros: quando escreve, usa uma retórica áspera, uma sintaxe esquemática; quando fala cara a cara, o que ele diz parece uma confissão, sempre muito sincera e arriscada — como se caminhasse na corda-bamba —, protegido por uma rede de subentendidos e crenças, uma série de alusões carregadas de uma certeza pétrea que nunca é questionada. Refere-se ao mundo como se contasse um segredo pessoal (nisso ele é muito sartriano): de repente se mostra obcecado com a cidade, Buenos Aires não é mais a mesma, está cheia de desconhecidos, de engravatados, de sujeitos austeros e cinzentos. De onde é que saem esses caras?, pergunta apontando pela janela para as pessoas que passam pela calçada. Qual é a deles? Não suporta a multidão, os outros lhe parecem objetos inertes, sem desejo, alheios à vida verdadeira. Voltou a vender seus livros, ele se desprende incessantemente de tudo, repetidas vezes. Vem comigo até em casa para pegar emprestado cem pesos que eu junto pobremente (em moedas!), eu lhe devolvo a primeira edição de *El idioma de los argentinos* que ganhei dele anos atrás — para que a venda. Enquanto fazemos esses transações, não há

explicação nem justificativas ("Não façamos cenas de taberna", diz), conta-
mos as moedinhas sobre a mesa em pilhas de dez pesos enquanto continuamos falando de política ("o Cámpora vai arregar, é um dentista com cara de
máquina de lavar roupa"); de literatura, ele não gosta nem um pouco de saber que ando lendo o Mailer ("Romances, meu velho, que o tempo é curto!");
da Amanda, que ele conheceu, mas olha a foto bem de perto com a atenção
de um colecionador ("Magra demais para o meu gosto", diz rindo). É muito
generoso, muito divertido, é muito sagaz, muito original, mas fala sozinho
(como se tentasse convencer a si mesmo).

A troca econômica — entre amigos — não se distingue da troca intelectual: é a
mesma coisa, estudando um nível entende-se o outro. Brecht com Fritz Lang.

Segunda-feira

Conto para o Junior a grande hipótese de Dumézil sobre as origens das
formas simbólicas. Para Dumézil, realmente existiu um povo indo-europeu
que se espalhou militarmente por todo o mundo até desaparecer, identifi-
cando-se na rede dos derrotados, e do qual restam apenas as raízes comuns
de todas as línguas e a estrutura simbólica da tripartição; parece-me fascinante como exemplo histórico do caso hipotético. Tão fascinante quanto a
teoria de Bohr sobre os mundos concêntricos. Ninguém viu o povo indo-
-europeu, não há nenhum rastro de sua existência, nenhum vestígio ar-
queológico, nenhum documento. Só existem isoladamente em diversos
lugares da Terra, da Índia até o norte da Europa, alguns traços que permitem inferir um evento comum. Esses dados, de resto, são abstratos: certas raízes da língua, certas estruturas da construção simbólica. Esses rastros permitem reconstruir um povo, situá-lo nos desertos da Ásia Central,
imaginar que eles inventaram a roda e produziram os primeiros carros de
guerra e um exército tão poderoso que em pouco mais de um século do-
minaram o mundo inteiro. Como todos os conquistadores, foram assimi-
lados por seus vencidos e desapareceram na rede de suas vítimas até não
deixar rastro algum de sua existência. As raízes comuns na morfologia da
língua e certa visão hierárquica do universo dividido, segundo Dumézil,
sempre num triângulo que põe quem manda, quem reza e quem trabalha
numa trindade que se repete em todas as culturas sobre as quais se infere
que os indo-europeus reinaram antes de desaparecer. Somente para aquele
povo fantasma essa trindade era uma forma política real, uma instituição

do Estado, para os outros se transformou numa estrutura mental. Isso é o que o Junior chama de evidência hipotética.

Sexta-feira

Jantar com o Eduardo e o Juan Mazzadi, o encanto dos músicos, o Eduardo conta: Bach, mestre numa igreja de província, "obrigado" a escrever uma missa por dia. Ficou nisso durante quatro anos, restaram "apenas" 280. Devia compor uma paixão por ano, das quais duas se perderam.

Juan — poeta inédito e pianista de tango — toca cinco arranjos diferentes de "El Marne" de Arola. Quando incorporaram o piano ao tango — com Roberto Firpo, nos anos 20 —, surgiu a orquestra típica. Faz elogios a Goñi, o pianista de Troilo, com o mesmo tom admirado e compassivo que seu irmão usou para falar de Bach (ou Steve para falar de Malcolm Lowry).

Saudade do passado, mas nenhuma lembrança. Em 1990 vou ter cinquenta anos, corroído pela saudade destes dias dos quais tampouco me lembrarei. O anti-Proust: nenhuma memória involuntária. Eu vivo no passado, não o recordo.

Segunda-feira

O carro da polícia com o para-brisa estilhaçado por uma pedra que caiu "por acidente" de uma construção na esquina da Reconquista com a Sarmiento. Os policiais descem empunhando as armas e olhando para o céu, carrancudos, raivosos, enquanto os operários continuam trabalhando, capacetes amarelos contra o sol do meio-dia.

Em 1926, Eisenstein começa a desenvolver a hipótese de um cinema conceitual, isto é, de uma linguagem cinematográfica capaz de transmitir não apenas emoções e sentimentos, mas também reflexões e modos de pensar — com imagens.

Quinta-feira

Viagem-relâmpago a Mar del Plata, para desocupar a casa dos meus pais, que já foi vendida. Consulto a agenda do meu pai para chamar seus amigos, seus colegas, seus conhecidos. Vêm em bando, falam dele, o elogiam e vão pegando o que podem: provam as roupas diante do espelho, embrulham as taças em papel de jornal, põem a geladeira numa carroça de carreto. São velhos, estão constrangidos, medem a sola dos seus sapatos contra os do meu pai, são peronistas, enfermeiras, ex-pacientes, garotas do cabaré da avenida Colón, jogadores de pôquer do Club Vasco, vários penetras que aproveitam a oportunidade. Posso?, me pergunta uma loira vistosa, pegando o vaso azul que minha mãe comprou no México. Posso? O consultório está vazio, mas nas gavetas ainda há amostras grátis de remédios. Nesse entra e sai de desconhecidos, a casa vai ficando vazia como num sonho. No fim não resta nada, as luminárias sem cúpula, as paredes já não têm quadros, estou sozinho, vasculho os cômodos, e no final subo aos aposentos de cima, que eram os meus, e encontro um gordo ("Sou o gordo Miguel", diz) que está fumando na janela que dá para a rua. Já estava de saída, diz, vou levar o estetoscópio do doutor de lembrança. Só então noto que já está pendurado no seu pescoço. Seu pai, diz, era uma figura. Uma figura…, repete. Desce as escadas lentamente, e lá de cima eu o vejo atravessar a rua e virar na Belgrano. Ele se balança um pouco ao caminhar, e a luz da esquina faz brilhar o círculo de metal que meu pai aplicava no peito nu dos seus pacientes para ouvi-los respirar. Fico por algum tempo apoiado na janela aberta, observando, como sempre faço, os galhos do jacarandá plantado na calçada antes de eu nascer. Depois fecho as janelas, apago as luzes e vou embora.

Sábado

Diálogo entre dois rapazinhos que viajam no banco de trás do ônibus e contam suas primeiras aventuras. Alguém dá risada, os dois brincam e se divertem. "Eu, da primeira vez que fui com um homem, tive medo de ficar grávido."

Domingo

A Pola vem de La Plata, zanzamos pela cidade, jantamos no El Dorá, ela meio deslocada, eu quase sempre caio no tédio e na cama logo me afasto, como se não quisesse saber que ela está lá.

Segunda-feira

Caminho com a Pola por Palermo, em frente ao lago procuro as palavras mais suaves para me livrar dela, ela se aferra, fala naquela velha linguagem que sempre me dá vontade de rir: "Temos que esgotar a experiência". Eu olho a água do lago que corre entre o mato.

Vamos juntos a La Plata, onde eu termino o curso sobre Borges. Discussão com uma tal de Graciela Reyes que é peronista e não quer saber de mais nada. Um sintoma, em todo caso, das lutas que será preciso sustentar. Ela reduz tudo à política, não resta lugar para nenhuma reflexão específica.

Tarde da noite deixo a Pola na rodoviária que parece um mercado e viajo para cá tentando pensar nestes tempos difíceis.

Na estação Constitución, encontro inesperado com o Eduardo M., que emerge da névoa que envolve a praça. Está meio bêbado, com a boca roxa de vinho. Conta a desventura das suas viagens a Bahía Blanca que o desarticulam, não pode ler, não pode compor, ele vive a música — diz — como uma viagem de trem atravessando o pampa rumo ao Sul. Quando lhe conto que estou morando sozinho, separado da Julia, tem um lampejo da sua velha inteligência: "Então você acha que vivendo assim, avança. Só toma cuidado para não continuar avançando e acabar na infância, morando com a mãe, como eu". Discutimos sobre a revista, que ele acha hermética, sofisticada; finalmente saímos de novo para a cidade depois de tomar um café num bar minúsculo e sórdido, a névoa continua, ele leva um jornal na mão direita, caminhando furtivo, e eu penso "veio a esta hora até Constitución para caçar comedores".

Terça-feira

Escrevo para o Andrés: por aqui, as coisas continuam, digamos, bem; cultivo a saudade como Robinson o tabaco, tenho saudade porque no meu caso é a única coisa que persiste antes mesmo de eu notar que algo já passou. Às vezes, de noite, tenho sonhos ruins, desses em que a gente vê certos rostos que ama como se fossem estranhos, mas uma xícara de café bem forte me ajuda a esquecê-los até não restarem vestígios, nenhum sinal, até a manhã seguinte. Em meio a essas cerimônias noturnas escrevo, bem mais pacificamente do que em outras épocas, como se tivesse descoberto que a melhor coisa a fazer nesses casos é dar tempo ao tempo.

Quinta-feira

Em El Foro encontro o Manuel Puig, ele se queixa de que eu nunca lhe telefono. Não pensa em publicar este ano. Está trabalhando no seu romance policial. Muita cordialidade e um diálogo amistoso, ele se solta, brinca, ri e fala como uma moça, me conta, divertido, a história dos chatos que pegou no cine Cervantes, "aonde é bom não ir".

À noite janto com o Viñas no restaurante da rua Uruguay, ele me conta sua aventura no Departamento de Polícia. Retido quando foi pegar seu passaporte. Os níveis de linguagem e de achaque. O ex-funcionário que visita a repartição com o filho, Gastón, que todos cobrem de agrados. A viatura com os policiais gordos, o Departamento de Polícia onde o tratam como se fosse "um móvel" e, finalmente, a Câmara Federal, onde o juiz Ure lhe oferece sua cumplicidade. Dando voltas pela cidade e falando do mesmo que falamos desde que nos conhecemos: peronismo, sucesso e fracasso, Urondo e outros inimigos, cinema, política. No final ele me conta que uma garota com quem cruzamos na Corrientes lhe fez "uma proposta". Ela se deita com escritores, e eles lhe pagam a consumação. Depois aparece a Pola, que chega quando o David se afasta e que eu olho como se fosse uma estranha ou, melhor, uma pedra.

Sábado

Suspenso, enfurnado, enquanto fora chove a cântaros, combato uma dor de garganta, a febre, e mergulho no excelente *The Good Soldier* de Ford Madox Ford. Volto a 1958, pelo menos aos textos que para mim têm uma importância central e que descobri naqueles anos: o *Gatsby*, *O coração das trevas*, *A casa na colina*, de Pavese, uma primeira pessoa contida, distanciada e ágil. O narrador de Ford não entende por completo aquilo que narra.

Reagi violentamente contra o Carlos Altamirano, ontem, na *Los Libros*, quando ele me acusou de ter excluído Perón do discurso das classes dominantes "por oportunismo". Fico furioso, não me interessa muito Perón, mas nunca o consideraria um inimigo, ele negocia com as classes dominantes porque é um populista, mas não faz parte do bloco de poder. O Carlos posa de homem de princípios, mas seus princípios mudam a cada temporada.

Domingo

Trabalho no bar da esquina da Lafinur com Las Heras, aqui em cima morou Macedonio Fernández.

Terça-feira

Muitas vezes resvala no melodrama que abomina: agora há pouco saiu na sacada, olhou para a rua cem metros abaixo, pensou que bastava se jogar que tudo acabaria. Pensou em sua mãe, pensou que vasculhariam seus papéis, leriam estes cadernos, encontrariam na gaveta da sua mesa os preservativos coloridos que o homem da banca lhe recomendou com veemência: saberiam quem ele é, portanto de nada teria valido se matar. Por fim, pensou: se eu não me jogar, daqui a dez ou vinte anos vou poder ver se as coisas que consegui fazer justificavam ou não que eu me jogasse pela sacada.

Quarta-feira

Ontem à noite, caminhada pela avenida de Mayo e jantar no El Dorá, no Bajo, com o B., que com certa alegria perversa e certo ceticismo me conta que descobriu que a Juana, sua mulher, o traiu "uma ou duas vezes". Sua única obsessão é perceber que, se ela lhe mentiu uma vez, tudo pode ser falso.

A Pola vem me procurar, tão boa e tão idiota que não consigo suportá-la, jantamos no Hermann, é loira e linda, me fala de Freud, de Lacan, como se fossem senhores que frequentam as revistas de moda.

Sábado

À tarde aparece o Héctor, que me fascina com sua romântica vontade de viver "livremente" e tenta se animar com o projeto de uma obra que não pode ser definida. Depois, em seu apartamento, ele lê para mim uns textos, põe um disco de Charlie Parker e eu me deixo estar, tentativamente.

De noite com a Pola, que tem sempre um senso claro e certa acuidade para falar de mim e ver com clareza o que ela chama de "minhas oposições radicais". "Você é o Senhor Isto ou Aquilo." Pode ser, respondo, mas, em todo caso, não sou um senhor.

Domingo

Um sítio em Martínez. Otto Vargas fala sobre sua viagem à China. Encontro Constantini, Viñas, Luppi, fantasmas misturados com mocinhas militantes, a conversa tem um nível baixo mas bom tom. "Avanço político", como afirma o Galego com sua pinta de revolucionário russo. Termino a tarde sozinho voltando de trem para Retiro, vendo a cidade no entardecer.

Segunda-feira

De manhã escuto indiferente os elogios do Andrés Rivera ao capítulo do meu romance sobre Almada. Duvido que eu ainda seja capaz, já nem digo de escrever, mas de ler com algum critério.

Terça-feira

O dia inteiro na rua, não aguento mais ficar em casa (depois de uma semana). Almoço com o Haroldo Conti, sempre igual a si mesmo apesar de fazer uns cinco meses que eu não o via. Também obcecado porque está prestes a se separar da mulher, pensando nos "meninos", para ir viver com uma guria que sem dúvida vai fazer com que ele sofra. Outro que não consegue escrever.

Sexta-feira

Encontro com o Ricardo Nudelman e o Galego. Viajamos juntos a Córdoba. Lá, reunião da força revolucionária antiacordista num desolado clube de boxe onde passamos o dia, discussões VC/PCR, pouca gente, não vejo muita saída.

Domingo

A Série X. Na casa do Rubén, o dia inteiro comendo churrasco, assistindo à sua vida cotidiana, tom "operário" (miséria digna...), grande afeição. Certa loucura por trás de tudo. Com frieza, observo como todos se disfarçam daquilo que não são, o mais desconfortável em seu personagem é o Ricardo N. Por fim, chega o Roberto C., que teatraliza seu papel de Lênin e o cumpre com dedicação e eficácia. O Andrés não sabe muito bem onde se posicionar.

Depois de dois dias de imersão entre políticos revolucionários, minhas conclusões são as seguintes: obsessivos como qualquer um de nós, apoiam uns aos outros, grandes vazios — conflitos e dúvidas — que de repente saltam aos olhos e explodem: as rupturas "inesperadas", os amigos que abandonam a causa. São heroicos numa dimensão microscópica, mas se defrontam com um inimigo incalculável.

Terça-feira

Os grandes romances são como as cidades: lugares prosaicos onde ocorrem fatos extraordinários. Todas as vidas possíveis se sobrepõem e se entrecruzam em suas ruas, e uma cidade é também um tecido de histórias.

Leopoldo Marechal realizou um desejo latente na narrativa argentina desde Sarmiento: escrever o grande romance de Buenos Aires. A pulsação dos bairros e o ritmo das ruas, os mundos sobrepostos e os personagens secretos, e especialmente os tons e o estilo das vozes da cidade, fazem desse romance um dos grandes acontecimentos literários da nossa língua. Marechal seguiu o exemplo de Joyce, definir marcadamente o tempo e o lugar de uma história. A cidade fixa o âmbito dos acontecimentos, e a narração tem definidos seus limites temporais (a ação dura um dia e meio, desde o despertar do herói até sua morte). Nesse marco é possível desfraldar uma ampla rede de temas e motivos. Nesse sentido, *Adán Buenosayres* guarda parentesco com outro grande romance do século: *À sombra do vulcão*. Os dois começam com o protagonista já morto e reconstroem um dia de sua vida. Herdeiros muito criativos do *Ulysses* de Joyce, publicados quase ao mesmo tempo, são gêmeos em mais de um sentido. São obras-primas absolutas da narrativa da segunda metade do século XX. Em certo sentido, foram livros "malditos" que tiveram de suportar a incompreensão. A carta de Lowry e a explicação de Marechal a Prieto são exemplos de sua alta consciência literária. São artistas clássicos, formados em Virgílio. Os únicos livros que podem ombrear com os grandes projetos dos anos 20 (*Ulysses, Os sete loucos*). As relações com Joyce estão no centro. A preocupação com Dante como exemplo. A extrema consciência do que se está fazendo. O percurso pela cidade. A cidade como tema de um romance. *Roman à clef*. Uma dessas chaves é a autobiografia. Adán encarna certo percurso metafísico do autor. Ambiente literário (Bernini). A arapuca da vida vulgar. A transcendência. O destino do herói. Despertar metafísico de Adán. Marechal e a tradição do nacionalismo católico. Revista *Sol y Luna*, 1947. Adán é um Ulisses moderno que segue os passos do herói homérico. Outros são correlatos invertidos, assim como Tesler é de Aquiles (não só por seu quimono-escudo, mas também por seu orgulho). Ruth é Circe, a sedução em roupa de cozinha. Paródia e amplificação grotesca. O viajante andarilho que tem a imobilidade por destino. Viagem iniciática rumo à cruz. História de uma conversão.

Adán Buenosayres é talvez o romance mais ambicioso da literatura argentina. Como todo grande romancista, Marechal era consciente desse desafio e trabalhava com a matéria da sua vida. Difícil encontrar na literatura contemporânea um projeto tão ambicioso como o desse romance, e tão bem realizado.

Sábado 5 de maio de 1973

De novo um sonho com o vagabundo e seu filho. Agora na barraca de comida. O filho fazendo gestos teatrais, como se fosse um ator do nô japonês.

Terça-feira 8

À noite aparece o León R., nos lamentamos mutuamente das nossas desgraças. Principalmente ele, incapaz de manter a relação com mulheres que, no entanto, ele não quer perder. Depois, leitura fragmentária do seu projeto sobre Freud. No meio da conversa começamos a ouvir sussurros, que logo viraram gemidos e suspiros e vozes entoando os velhos cânticos do amor, a cama do apartamento ao lado geme com ganidos metálicos. O León então vai até a parede-meia e encosta a orelha para ouvir melhor os vizinhos fazendo amor. Grande cena freudiana.

Sábado

Talvez eu prepare um livro de contos: a mulher sozinha na cidade, o casal com a mãe morta, o cuidador que mata uma visita, o casamento forçado de Adriana, trilha sonora contrária aos fatos vividos, o suicídio do pai, o adolescente apaixonado pela mulher de outro, a ruiva.

Releituras de Faulkner.

Encontro com o Rodolfo Walsh, que racionaliza "politicamente" (como escrever para ter leitores?) sua impossibilidade de terminar um romance; falamos de Borges, atacado por suas ideias políticas, "que ninguém considera por sua literatura".

25 de maio

Posse de Cámpora. Chegamos à Praça quando a multidão começava a se dispersar. Marchavam em colunas pela avenida de Mayo, em sentido contrário ao nosso. Presença hegemônica da Juventude Peronista, saída dos grupos armados à superfície: cartazes e palavras de ordem das FAR e dos Montoneros, os muros da cidade repentinamente cobertos de pichações guerrilheiras. Nota-se a relação direta da JP com os grupos. Não permitiram que William Rogers se aproximasse da Casa Rosada e o obrigaram a se refugiar na Embaixada dos Estados Unidos; por outro lado, abriram alas para o carro de Dorticós, que fizeram avançar sem escolta. Impediram o desfile militar; puseram para correr a banda da Escola de Mecânica da Marinha, o pessoal da JP pegou os instrumentos musicais e se pôs a tocar no meio da praça; pintaram lemas guerrilheiros nos tanques, barraram a guarda de honra que faria a despedida de Lanusse. A par disso, o circo peronista: os vendedores de santinhos de Eva Perón, os fantasiados, o ar de Carnaval criado pelos bumbos, a tradição popular aparece "encenada" teatralmente pelos ativistas.

Depois, noite inesquecível em frente à penitenciária de Villa Devoto, uma multidão conseguiu a libertação dos presos políticos. Lá a política definia tudo; cinquenta mil manifestantes recordando os mortos pela repressão com tochas e cartazes, e do outro lado os presos políticos falando pelas janelas embandeiradas da prisão (os lençóis utilizados para fazer cartazes). A mobilização obrigou Cámpora a assinar o indulto. Com a notícia, começou uma marcha lenta da multidão até os portões. Falou-se de uma tentativa de tomar a penitenciária para resgatar os trinta detidos que faltavam. Repressão, tiros, bombas de gás, e quando nos dispersamos ficaram três mortos na rua.

Sexta-feira 7 de junho

Viajo para a China por cinco meses, já que adiei a volta para ficar na Europa. Voo da Air France 090, partida de Buenos Aires na segunda-feira 25 às 15h30, chegada a Orly na terça-feira 26 às 12h45; recebo carta do José Sazbón me oferecendo sua casa em Paris.

"Os agentes da Gestapo tinham permissão para matar os prisioneiros mas não para roubá-los; em vez disso, obrigavam-nos a vender seus pertences e a 'doar' o dinheiro obtido a um braço da Gestapo." Bruno Bettelheim.

Ontem à noite, *A ópera dos três vinténs* de Brecht na versão de Pabst. Os diálogos e legendas em alemão do filme não chegam a comprometer o prazer de uma história sempre levemente exagerada e frenética.

Encontro o Haroldo Conti, mais livre — segundo suas palavras — depois de se separar; escreveu em sete meses um romance que — pelo que ele me disse — periga acentuar seus tiques populistas.

Nas três obras em curso de que me falaram nos últimos dias (Rivera, Conti, Szichman), é evidente a influência de García Márquez, realismo mágico, niilismo narcisista.

Sábado 23 de junho

Encontro a Iris, certas sondagens. Ela diz que uma cartomante previu que o eremita se aproximava dela. Sou eu mesmo, digo, espera que vou ali na China e já volto. Risadas e beijos. Acaba de se separar do seu persistente marido e se livrou do perverso profissional argentino.

Domingo 24 de junho

Ontem passei o dia sepultando velhos manuscritos em duas caixas (o romance da quadrilha de bandidos argentinos em Montevidéu, os diários, os velhos contos) que vou despachar para a casa do meu primo Roberto em Mar del Plata.

7.
Diário 1974

Em Paris consigo um número antigo da *Les Temps Modernes* (1952) que inclui um ensaio de Étiemble sobre Borges com divertidas alusões à China e ao maoismo. Levo para Guo Moruo, o grande escritor que visito no fim da minha viagem.

Em Pequim, ele me recebe em sua casa, vestindo um impecável terno Mao cinza-escuro, o rosto suave, rugas profundas e olhos límpidos. Não ouve bem, usa um aparelho de surdez, caminha titubeante, vacilando por causa da idade. Nós nos cumprimentamos, apertamos as mãos e caminhamos juntos até as poltronas. Como vai a saúde?, pergunto, e ele sorri dizendo que não muito bem, que tem sentido tonturas. Depois começa a falar e por momentos se perde procurando as palavras certas. Fala dos inimigos da China, que sempre vieram do Norte. No passado construímos a muralha e agora cavamos túneis, diz rindo da sua própria tirada, com as mãos pairando no ar. O caractere chinês *wen* significa ao mesmo tempo os traços, os veios — da pedra, da madeira —, as pegadas das aves, as tatuagens, o desenho na carapaça das tartarugas, mas também a literatura, diz como que despertando. A cada lado dele sentam-se vários ajudantes que lhe sopram as palavras que lhe escapam, se aproximam para lhe falar aos gritos, anotam tudo o que ele diz e também o que eu digo. Disseram-me que o senhor é um escritor e estudioso, diz. Espera que a experiência de conhecer a China seja apenas um ponto de referência, porque a questão é conhecer melhor o próprio país. Eu assinto, sorrio, conheço um pouco da literatura argentina, mas não conheço a literatura chinesa, embora seus poemas já tenham sido traduzidos em Buenos Aires. Oh não, diz, muito ruins, muito ruins. Continua a me falar em aprender a conhecer a Argentina, e enquanto fala não dá tempo para o intérprete, que ele não ouve. Tien repete minhas palavras aos gritos, e ele sorri ou faz um gesto com as mãos. Então me mostra uma frase de Mao para uns intelectuais japoneses que o visitaram: "Quando voltarem ao Japão, esqueçam tudo o que viram na China". Onde diz Japão, ponha Argentina, diz rindo.

O velho é o escritor mais famoso da China, depois de Lu Xun, mas o reconhecimento e as honrarias começaram a minguar a partir de 1966, quando os setores mais extremistas da Revolução Cultural fizeram sérias acusações contra ele por seus supostos "desvios ideológicos". O intérprete se apressa a dizer que essas ações foram responsabilidade de Lin Biao. Explica então que, depois de alguns meses de ostracismo e de uma autocrítica um tanto forçada, ele resolveu parar de escrever e agora se dedica apenas a caligrafar poemas de Mao. Um castigo, digo. Ao contrário, uma graça, a caligrafia é uma arte tão importante quanto a poesia ou a pintura. Os poemas de Mao que se veem pela cidade foram caligrafados por ele, são belíssimos. Prefiro ser um calígrafo, diz. Em seguida alguém se aproxima com um livro azul com os poemas de Mao belamente caligrafados por Guo Moruo. Farei uma dedicatória para o senhor, diz, o que acha? Nova movimentação dos auxiliares, que lhe trazem pincéis, tinta nanquim e uma placa com meu nome escrito em chinês. Escreve trêmulo, pede desculpas, já não consigo controlar minha mão, qual a sua idade? Trinta, digo, e ele olha para o lado parecendo surpreso de que alguém possa ter essa idade. Oh, diz, ainda pode fazer muitas coisas, aprender o que quiser, inclusive o chinês. Sou 53 anos mais velho, e volta a sorrir enquanto me estende o livro. Então eu lhe dou o exemplar da *Les Temps Modernes*. Inclui um belo ensaio de Étiemble, digo, acho que vai lhe interessar. Agradece com entusiasmo. Aprendi francês em Paris nos anos 20, nesse instante a movimentação dos auxiliares deixa claro que devo me despedir. Digo algumas palavras, ele me aperta as mãos com frouxa simpatia, e eu apoio uma mão no seu ombro. Desejo-lhe cem anos de vida, diz, e dá alguns passos comigo até a saída em meio ao círculo de auxiliares, que esbarram uns nos outros quando tento adivinhar qual deles devo cumprimentar primeiro. Sensação de ter encontrado um poeta que espera a morte enquanto cita Mao Tsé-tung com certa resignação irônica.

Março

Sexta-feira 15
Divirto-me pensando em certo "destino" alterado por mim sem causas aparentes, ou melhor, agarrado a velhas fantasias — nascidas onde? Viver

de literatura, ter todas as cartas na mão, e no entanto uma obscura certeza que me trouxe ao que sou agora. À medida que o futuro se dissolve, aumenta a sensação de incerteza. Não por acaso me refugio na nostalgia, a cada encruzilhada escolher sem pensar, convencido de conseguir o que procurava. Nestes tempos as decisões parecem vir de fora. Por exemplo, ter me dedicado à história, entrar na carreira universitária, seguir por aí. Agora parece que tudo é posto em jogo numa cartada. Consigo pensar na minha vida daqui a seis meses, o que virá depois, nem eu mesmo posso prever.

Lá fora, a cidade cinza, pesada depois da chuva. Releio mais uma vez Carson McCullers, sempre volto a encontrar essa escrita reflexiva que interrompe a narrativa e ordena o clima exagerado numa trama "natural" e espontânea.

Voltei a trabalhar a tarde inteira em "O Laucha Benítez", já está escrito e tento apenas limpar o estilo, ajustar a fábula. Algumas dúvidas em relação ao final, que parece chegar rápido demais. Tomo cuidado, em todo caso, para não dar demasiadas explicações.

Ontem à noite, num bar da Corrientes, discussão com o B. e o Daniel S. sobre o roteiro do filme. A primeira leitura do texto me leva a pensar que a estrutura é muito solta, repetitiva, sem *crescendo* dramático. Proponho algumas alterações, narrar a preparação do atentado ao jornalista, exasperar a derrota de Murena fazendo com que no final, quando ele parte para o exílio, a mulher o abandone. Esta semana vou ter que escrever seis cenas sobre essa curiosa separação.

Sábado 16
Estranha paz, o dia inteiro no barco do Alberto, navegando pelas águas calmas do Delta, tomando sol, nadando. Parêntese ou pausa benéfica.

Domingo 17
Estou trabalhando em "O Laucha" desde a hora do almoço, dificuldades para soldar as passagens, por momentos parece demasiadamente escrito.

Segunda-feira 18
A Julia vem me ver, volto a me assustar, absurdamente reprimo a vontade de dizer que a desejo temendo que ela queira reatar.

Preparo o programa para o curso com os psicanalistas. Filosofia, mas nada de Freud; em todo caso, alguns textos dele que apresentarei "mal lidos": procurar a forma, os procedimentos que ele usa para apresentar os casos e, acima de tudo, ver como ele narra os sonhos. Em filosofia, discutiremos a versão analítica (B. Russell, L. Wittgenstein): o que acontece se lemos a psicanálise como um jogo linguístico?

Deixo recados, vou procurar o que falta quando a reunião é suspensa. O corredor escuro. O telefone que toca na hora certa. Mas mesmo assim não posso sair, como sempre.

Terça-feira 19
De manhã aparece o Andrés, de quem começo a me afastar. Leio para ele "O Laucha", que funciona bem em voz alta.

Sexta-feira 22
Tomei decisões. Deixo de lado essa realidade que fui negando, antes de mais nada porque tem me associado às dívidas, à sordidez. Por esse lado, as dificuldades parecem fortalecer o trabalho. Todas as minhas expectativas concentradas.

Vontade de abandonar o romance e escrever contos. Depois trabalhar no livro sobre o diário. Não seria a melhor coisa a fazer para encontrar um caminho? Nesse sentido, seria como escrever um retrato do artista usando a técnica da interpretação dos sonhos. Teria que começar a trabalhar nesse livro agora mesmo, enquanto escrevo alguns contos para incluir na reedição de *A invasão*.

Contos: Suicídio do pai, O homem que conheceu Roberto Arlt, O acidente, A educação sentimental, além de O Laucha, O nadador, O joalheiro e Desagravo.

Começar a reunir material, talvez definir os núcleos antes de ler os cadernos. Não me preocupar com a coerência anedótica antes de ter certos eixos a desenvolver. Aí trabalhar os primeiros núcleos. Seria bom terminar alguns contos nestes dois meses para começar a escrever o livro do diário em junho. Duvido que consiga começar antes de abril. Enquanto isso, vou tentar organizar um pouco minha situação, deixar o curso preparado para garantir o dinheiro de que necessito.

Separações, repetidas vezes. Sempre definitivas, nunca totalmente desejadas. O pior é o vazio. Um morto que só pode pensar.

Sábado 23

Um mês lento, interminável. Entendi, pelo menos, que para mim não existe coisa pior do que esta paralisia.

Quarta-feira 27

Série C. A não ser por certas dúvidas que me assaltam de improviso, esperança de encontrar um recado ou receber um telefonema, poderia dizer que tenho conseguido amainar minhas desventuras sentimentais, aferrado à ideia de encontrar na Iris a paz perdida. Ao mesmo tempo crescem as tensões porque sei que é impossível mudar o passado, esse projeto romântico em que não importa com quem se joga o jogo. Enquanto isso, espero escrever o livro sobre o diário, como se ao voltar atrás e ler o que vivi pudesse mudar o presente.

Ontem levei "O Laucha" ao *La Opinión*. Boa metáfora sobre uma encomenda que aceitei, com a argúcia de entregar um conto escrito em 1968.

Um leve mal-estar, certas ideias que me ganham para reconstruir a realidade. Estou com a Iris mas penso na Julia, e quando estou com a Julia penso na Iris.

Quinta-feira 28

Ontem à noite, no bar da Santa Fe e antes em El Toboso, a Julia construindo seus rituais. Preciso publicar um romance, diz, para comprar um relógio, pois ela acaba de perder o seu.

Segunda-feira 1º de abril

Estou com a Iris e me sinto bem quando estou com ela, até que surgem leves borrascas. Eu devia tirar uma lição disso. Em vez disso, entro no jogo da Julia e espero um telefonema da Amanda.

A ilusão das mulheres incondicionais. Perdida essa certeza, só resta o vazio.

Terça-feira 2

Visita do León, que continuo vendo como um espelho futuro de mim mesmo. Sempre com dúvidas, sempre à procura daquilo que não tem.

Encontro com a Julia, e se desata o caos. Ela vai embora, como tantas outras vezes, compulsiva, furiosa. Eu me levanto e ligo para a Amanda, que não está em casa. Depois encontro a Iris e passamos uma noite belíssima, com dedicatórias, fantasias e longas recordações.

Domingo 7 de abril

Vou ao hospital visitar a Melina, que está melhorando aos poucos, mas continua com vômitos. A sala nos fundos e a cama dela num canto, um bebê, o soro no braço amarrado, a expressão de fadiga.

Domingo 14

Passei vários dias com a Iris, tudo corre bem. Estou me apaixonando por essa mulher tranquila e luminosa.

Quarta-feira 17

Na revista *Crisis* com Galeano e Aníbal Ford, diversos projetos. Boa perspectiva econômica. Cinquenta mil pesos por uma seleção de cartas de Pavese. Projeto de apresentar Brecht.

Certa descontinuidade na minha relação com a Iris. De fato, passo a maior parte do tempo sozinho. Impossível dar conta da vida cotidiana quando estamos juntos. Certa inquietação me faz acordar sobressaltado. Esta manhã, levemente incômodo, inquieto sem motivos definidos.

Sexta-feira 19

Trabalho no curso para os psicanalistas e num projeto de artigo para a revista. Com uma economia relativamente tranquila, poderia chegar a duzentos mil pesos neste mês.

Sábado 20 de abril

Desço para comer um sanduíche no Jardim Botânico entre velhos moribundos.

Segunda-feira 22

Saudade daquela ficção que construo com certas mulheres, o mito da incondicionalidade, que é ilusório mas ajuda a esquecer as falhas. Optar pela solidão é começar a ver a realidade sem nenhum véu.

Terça-feira 23

Reunião da revista, encaminhamos o próximo volume.

Notícias do Manuel Puig, que se instalou no México e me oferece diversas alternativas para eu passar um tempo lá. Segundo ele, o México é "seu primeiro amor".

Quinta-feira 25

Começo bem o curso com os psicanalistas. Lemos algumas páginas de Wittgenstein. Um deles me diz: "Com esta aula, tenho material para trabalhar por cinco anos".

Terça-feira 30 de abril

Avanço no artigo da revista. Passo vários dias com a Iris. Tudo corre bem.

Quarta-feira 1º de maio

Enquanto trabalho no ensaio, escuto o discurso de Perón: crítica frontal à esquerda peronista ("idiotas", "imberbes"), defesa do movimento sindical. A esquerda abandona a praça. Difícil entender como é que os Montoneros podem se dizer peronistas e depois querer questionar a liderança de Perón.

Sexta-feira 3

Hoje é o aniversário da Iris, vamos jantar fora, depois ao bar Unión para escutar tangos cantados por Edmundo Rivero.

Domingo 26

Escrevo um texto sobre Hemingway. No fim do dia aparece o León, que fica conversando comigo e recordando o passado até as três da manhã.

Quarta-feira 29

Digo para o Andrés: "Não se preocupe com meus silêncios, isso vem de longe. Passo semanas construindo mentalmente parágrafos que depois esqueço também lentamente".

Ato na praça Flores. Aniversário do Cordobaço. Pouca gente. Provocação policial, tiros, bombas de gás, dispersão. Novo reagrupamento. Encontro vários amigos.

Sábado 1º de junho

Vejo sombras sinistras, monstros do coração. Desvios, desvarios, dissidências despóticas. As aliterações perigosas, disse. Volta a pensar em se matar, pular da sacada.

Segunda-feira 3

Na editora encontro o B., que passou o fim de semana na cadeia, acusado pela ex-mulher, que o denunciou por violência mental. Ela deve ter razão. São as garotas reagindo às bravatas varonis. Mesmo assim eu o consolo. O jeito é viver só, irmão, digo, como num tango.

Terça-feira 4 de junho

Avanço bem no ensaio sobre Borges. Recebi o dinheiro do curso, 75 mil pesos.

Sexta-feira 7

No teatro com a Iris, uma peça de Lorenzo Quinteros no Payró.

Quarta-feira 12

Vou à praça de Mayo. Perón convoca um ato para fazer frente à crise e às pressões militares. Pouca gente.

Quinta-feira 13

Ontem, antes de dormir, algumas ideias como sonhos diurnos, talvez escrever um conto com a história de Pavese. Um diálogo entre o narrador e um desconhecido num trem atravessa toda a trama.

Sexta-feira 14

Vou até a editora Sudamericana, o prefácio a *O brinquedo raivoso* não vai sair este ano. Dou uma volta por San Telmo e num bar planejo um livro de ensaios: *Trabalho crítico*, incluindo Manuel Puig, Borges, Bioy: os policiais; Onetti: "Um sonho realizado"; Roa Bastos: a narração da história; Mansilla--Arlt: crônicas. Trabalhar a crítica como narração. Argumentar com exemplos e com casos (o caso falso).

Domingo 16

Deitei às sete da manhã, depois de tomar o café da manhã e ler os jornais. Gosto da cidade a essa hora, indecisa entre os que passaram a noite em claro e os que madrugam, figuras opostas, parece mais desperto quem não dormiu.

Estou numa espécie de estranha espera, talvez esperando a chegada de alguém que não conheço ou que alguma coisa mude. A Amanda se apaga, se dilui, persiste numa tênue saudade sem objeto definido.

Acordo às três e meia da tarde, desço para comer um sanduíche (oh, as repetições).

Sábado 22

Vou até a Galerna, ainda não saiu o número 35 da *Los Libros*, várias vezes atrasado. Almoço sozinho no Pippo, prevendo encontros que não se concretizam.

Trabalho na minha própria ruína, digo à Iris. Para com isso, deixa de besteira, ela me diz, o pateticismo não cola mais. A ironia dessa mulher me desanuvia no ato.

Quarta-feira 26

Durmo até o meio-dia, estou com o ensaio sobre Borges quase pronto. À noite, um pesadelo tenaz, um homem era o presidente e seus olhos eram, juntos, o sol negro e os alquimistas. Em seguida umas mulheres, numa pista circular de madeira, dançavam tocando castanholas para depois alucinar que já estavam mortas.

Um livro só com a análise de contos. A impossibilidade de escrever: "Escritor fracassado" e "Pierre Menard". A cena perdida: "Um sonho realizado" e "Instruções para John Howell".

Domingo 30

O dinheiro em Arlt. O dinheiro e o desejo. Dinheiro como meio de circulação: deslocamento, metonímia. Dinheiro como medida de valor, metáfora, condensação. Dinheiro equivalente geral, "fictício", convencional, uma convenção generalizada, imaginária. Tesouro. Crédito. Dívida: temporalidade, promessa, crença, protelação. Ouro: fundamento do valor (ausente), seu "brilho", qualidade estética. Intercâmbio, transações. Roubo, dom, presente. Dinheiro, moeda falsa. Poder infinito do dinheiro, pode se transformar em qualquer objeto vivo ou morto. Acaso das trocas, destino incerto. Economia, luxo, herança. Efeito "patológico" do dinheiro, cobiça, avareza, fetichismo. Frenesi — sem regra nem medida — da acumulação.

Tema para o curso. O dinheiro em "O homem dos ratos". O dinheiro no hospício, economia entre os internos de um manicômio: inflação. Um cigarro vale um peso de manhã e duzentos pesos à noite. Delírio e fortuna. O dinheiro no contrato analítico. O dinheiro na vida de Freud.

Série E. Análise estilística destes cadernos. Nó do procedimento, chave do escrito aqui: eles têm por função tirar da vida sua aparência absurda e inocente, para transformá-la numa espécie de acontecimento "compreensível". Coerência imaginária, datada: um diário é um diário porque segue uma lógica formal cronológica, temporal (somente essa lógica). Um dia e depois outro e depois outro. Daí a importância possível do meu livro sobre o diário.

Encontro com o Miguel Briante, papo cordial, medimos um ao outro como dois galos de briga. Vamos de bar em bar, cada vez mais bêbados, dizendo a mesma verdade sempre do mesmo modo, primeiro num sussurro, depois em voz baixa e no fim aos berros. Nele, o mito do talento natural. Não se fala nisso, digo, já se dá como certo. O talento, ele me diz, é sempre chocante. Concordo, digo, mas tem que tomar cuidado com os *autitos chocadores* [carrinhos bate-bate]. No seu desespero ele encarna o mito do criador. Seu espectro, que pede vingança, é o fantasma de Onetti. Pensa que, aos trinta anos, Onetti era como ele, mas já tinha escrito — ou quase — *A vida breve.*

Segunda-feira 1º de julho

Comecemos com a morte de Perón. Na segunda, depois das versões, dos rumores de melhoras. De manhã reunião em casa com o Rubén e o Boccardo, ilusões com Sadovsky e outros senhores que descobriram Lênin (como é? Lênin?) através dos seus "nomes prestigiosos". Essa melancolia enquanto Perón agonizava, pelo menos enquanto nascia o relato da sua morte, do qual não tomei conhecimento até depois das quatro da tarde, quando saí de casa e comecei a me inquietar com as filas em frente às lojas (pensei: "tenho óleo em casa", pensei: "surgem filas, como no Chile"), com a livraria Galerna fechada. No bar fico sabendo da morte do Rei Lear: espanto geral por meu desconhecimento da notícia que tinha abalado o mundo inteiro. "Onde você estava?" etc. Para piorar, quem me dá a notícia é Saúl Sosnowsky, um pirado despolitizado que mora nos Estados Unidos e que eu encontro para lhe entregar um capítulo do meu ensaio sobre Arlt para sua revista *Hispamérica*. A cidade quieta, gente apinhada na frente do Congresso, ao anoitecer, esperando para fazer fila e ver o morto.

Visito o David, furioso com o telegrama de pêsames que o PCR mandou a Isabelita.

Terça-feira 2

Acordo às duas da tarde. Inesperada aparição da Amanda, que vem com Anita Larronde (mulher do Luppi), para me trazer um romance de Pavese que, segundo ela, eu tinha lhe emprestado. Conversa trivial, sem grandes tensões, com final agradável: eu lhe dou a revista *Los Libros*. A Ana diz: "Aqui tem um artigo excelente". Procura por ele, é o meu, demonstra surpresa. "Vou dizer para o Federico que estive com gente importante." Isso se chama deslocamento, dizer uma coisa por outra.

Percorro a cidade chuvosa, as filas intermináveis, fúnebres, todos parecem empenhados em que a despedida não acabe, ninguém quer voltar para casa, me lembra os velórios da minha infância, que duravam a noite inteira e se estendiam até depois de meio-dia, mas agora ampliado, multitudinário, com expressões carregadas que se repetem em todas as ruas. Alguns passaram trinta horas na fila para poder ver o morto venerado pela última vez.

Quarta-feira 3

Caminho pela cidade vazia, travessas bloqueadas, pessoas vagando com ar pesaroso, acabo na Carlos Pellegrini, onde (sem vê-lo) sinto os efeitos do cortejo fúnebre que percorre a avenida de Mayo com o cadáver. Homens chorando, vejo um policial com o rosto banhado em lágrimas, também choram os soldados do cortejo. O pesar gravita sobre a cidade como uma sombra. Os Montoneros entoam seus lemas. Eu me perco na multidão e chego ao Congresso. Na volta cruzo ruas intermináveis contornando uma fila persistente de homens e mulheres que esperam a vez para ver o cadáver. A longa procissão insiste pela Carlos Pellegrini até Retiro. A dor popular.

Volto para casa e do alto observo a cidade às escuras. As filas prosseguem apesar da chuva.

O León R. vem em casa, personaliza a história, diz: "O que esse homem fez conosco", não é uma pergunta, é uma queixa, como se se referisse ao espectro do pai de Hamlet. O olhar pessoal do León liga tudo a si mesmo e seus próprios sentimentos. Esse é seu olhar filosófico. O que significa o mundo para mim? Mais radical e extremo que Descartes: o sujeito é a verdade do real.

A Iris fala das relações entre vida e escrita — entre viver ou escrever — com as mesmas palavras que eu usei anos atrás: "Largar tudo. Viver para escrever".

Quinta-feira

A morte de Perón apagou o sentido, fez desaparecer o significante despótico, o luto sem fim e as histórias que proliferam. Registro algumas enquanto caminho pelas ruas: "Um regimento de La Tablada já se rebelou" (dizem no primeiro dia). Ou seja: morto Perón, voltam os militares. Cámpora surge como a única figura política do peronismo com algum aval e algum respaldo. A direita vê nele um inimigo e querem que desapareça. Por isso hoje circularam o dia inteiro boatos sobre um atentado em que Cámpora teria sido morto. Balbín é o único que pode homogeneizar as classes dominantes: é o substituto degradado e imaginário de Perón. Diante do féretro na câmara-ardente, sucederam-se os discursos vazios até que, postado junto ao morto, apareceu *El Chino* com seus oclinhos redondos e disse, inspirado numa alta retórica latina: "Hoje um velho adversário vem se despedir de um amigo". Todos choravam, menos ele, que altivo e sereno falava pela primeira vez de igual para igual com o Homem (como meu pai e todos os peronistas nos anos da Resistência o chamavam) que o vencera, aprisionara e humilhara. Me lembrou o tom inigualável da prosa de Quevedo sobre o assassinato de Júlio César: "Era Marco Bruto varão severo, e tal, que repreendia os vícios alheios com a virtude própria, e não com as palavras. Tinha o silêncio eloquente, e as razões, vivas". A emoção épica reside na exaltação que um homem faz do rival que o derrotou ou a quem ele venceu. Tem a forma de um desafio que transforma o rancor em admiração. O sentido réquiem que o derrotado enuncia já sem ódio. Todos os políticos e o povo inteiro apontaram Balbín como herdeiro do morto.

Sexta-feira 5

Leio o livro de Marthe Robert sobre o romance familiar freudiano como nó básico na história das origens da narração moderna. Estuda Robinson Crusoé como quem nega o pai e inventa uma linhagem e um território próprios.

Telefonema da Julia, vou me encontrar com ela no Tolón, e lá se vai a minha paz. Perdeu a bolsa com os óculos — não está enxergando (ela sabe que sou eu?) — e os documentos. Está sem dinheiro, sozinha, perdida, parte com tudo para cima de mim. (Por outro lado, fantasia em pegar o David, que vai ficar sozinho na quarta, quando a Beba parte para a Europa atrás de um chileno.) Obviamente não tenho o que dizer, digo isso e lhe dou mil pesos para que ela volte para casa... Oh, os amores perdidos. É como uma luz que se apaga. Essa mulher que amamos é uma estranha que fala conosco e nos interpela como se nos conhecesse. Parece louca e desvaria. É assim que a vejo agora, o amor melhora as pessoas, e, quando acaba, oh, é tarde demais para lágrimas.

Sábado 6 de julho

No ônibus, cadeia de associações, o criminoso sempre conta sua história como se fosse de outro. Ele pode matar, mas não pode dizer "matei". Acontece como no sonho, a intensidade da experiência não pode ser transmitida com palavras: para dizê-la, o assassino tem que voltar a assassinar. Razão gramatical do *serial killer*: só consegue falar com os corpos alheios. E quem é capaz de ler sua mensagem gravada nos cadáveres, como quem escreve palavras na areia? Não pode dizê-la, e por isso a repete.

Vou jantar com a Iris no América. Na volta o León me liga, encontro melancólico. Fala de outro planeta: analisa a morte de Perón sob uma perspectiva personalizada, como se a história argentina fosse parte da sua vida. É o problema da esquerda com Perón. Ficou com as classes populares como se as roubasse. Essa é a questão do León e do David. O peronismo visto como uma artimanha, um modo demagógico de usar as classes subalternas por meio do engano e da mentira. A personalização da política vista como ardil psicológico. O que fez comigo esse homem que governou o país durante anos e morreu sem ter sido condenado? Tudo é vivido em primeira pessoa. A política como um drama privado. Essa é a virtude de um pensamento apaixonado e também sua prisão autorreferencial.

Domingo 7

Dia pacífico e feliz. Assisto à final da Copa do Mundo pela televisão: Alemanha×Holanda. O futebol é como a vida, dizia meu pai, nunca vence o melhor. Passeio com a Iris pela cidade marcada pela ausência do Homem. Ele foi sempre controlado pelas mulheres, diz a Iris rindo. Primeiro Eva e depois Isabelita. E o melhor, acrescenta, é que sempre se casava com garotas de má vida. "Quarteleiras", como se diz, no jargão militar, das soldadeiras que acompanham os homens na guerra.

O Andrés aparece: seu filho mais velho está morrendo de câncer. Todas as catástrofes em série: sem emprego, a ex-mulher vivendo com Juan Gelman, seu ex-melhor amigo, ele é obrigado a se mudar. Aflito, no limite, delira um pouco e eu o acompanho, delirando com ele. "Será possível matar e não ser descoberto?" Falamos tranquilos e analisamos algumas alternativas.

Terça-feira 9

Pode-se dizer que passei o dia dormindo. Acordei às dez, o Carlos veio me visitar. Vou almoçar num pé-sujo da rua Serrano. Volto a dormir até as três da tarde. Agora imagino que vou sair para a rua como um sonâmbulo à procura de uma mulher.

Sexta-feira 12

Recebo bela carta da Tristana. Anuncia envio de pedras para o homem do braço de ouro. De novo num canto renascem as fantasias, que dizer a uma mulher (casada, com dois filhos) por carta? Tema stendhaliano.

Passo o dia na casa da Iris, muito bem. Saímos para jantar no meio da chuva, sob as luzes claras.

Domingo 14

Escuto Mozart, faço um chá e me preparo para escrever sobre "as duas linhagens" em Borges. Faço as vezes de copista e transcrevo várias vezes as páginas iniciais do ensaio. Três laudas que mal insinuam o tom. Um ensaio depende da convicção que a prosa transmite.

Terça-feira 23

Que dizer de um homem como eu? Bastou uma simples carta da Tristana para provocar este surdo desassossego que me acompanha. Incerteza provocada pelo voo das aves; enxergo sinais do destino no mais leve rastro de vento entre as árvores. Ler esses sinais toma meu tempo e minha energia. Essa carta, por outro lado, reabriu a ferida em outro lugar do meu corpo. Tudo pode ser parte do romance que estou escrevendo. O romance e a vida, sempre a mesma cisão. Seria melhor dizer: "O romance de uma vida".

Sensação de estar preso à aridez dos tempos. Encontro o David, que me telefona, e vou vê-lo no La Moncloa. Reunião da *Los Libros*. Deixam pronto o número 36. Excelente artigo do Altamirano sobre Althusser. Vários artigos sobre urbanismo. Quais são os perigos que me inquietam? Mais que de perigos, trata-se de um descontentamento com a escassez da minha vida.

O erro parece residir na ilusão de esperar a confirmação no presente. Não conjugar os verbos em tempos passados. Esquecer o futuro. Essa visão atual do futuro parece não ter se dado nunca, ou talvez antes, em outro tempo. Repito a mim mesmo: "Não se ater ao bom tempo passado e sim ao mau tempo futuro".

O ensaio poderia se chamar "Ideologia e ficção em Borges". O significado prolifera, trata-se de reconstruir a ficção da origem. Como um escritor imagina as condições materiais que possibilitam sua obra. Por momentos não suporto a combinatória, tenho que tomar distância, e aí saio para fumar um cigarro.

Quarta-feira

Eu a encontro, mesmo assim, e como sempre sem festa. Mais perdida do que eu mesmo, nostálgica e sozinha, diz: "Na verdade, ela queria te ver e se encontrar com você porque, segundo suas amigas, você é o homem da sua vida e ela quer estar na cerimônia do teu casamento". A Amanda, assim como eu, fala de si mesma em terceira pessoa quando está emocionada.

Sábado 27

Dia pacífico, belo, a Iris me acorda ao meio-dia, e passo a tarde com ela em casa. À noite assistimos a *Os dias da Comuna* de Brecht no Payró.

Publicações:
Agosto: "Roberto Arlt, la ficción del dinero" (*Hispamérica*).
Outubro: "Ideologia y ficción en Borges" (*Los Libros*).
Envio esses trabalhos a Nicolás Rosa, José Sazbón, David, León, Noé.

Hoje acordei ao meio-dia, desci para almoçar na churrascaria da Serrano, depois caminhei pelo Botânico, sentado ao sol junto às plantas, uma sensação de alegria, ou melhor, a visão de uma vida realizada...

Sexta-feira 2

Insólita aparição da belíssima Kitty (amiga da Amanda), misterioso pedido sobre materiais que eu poderia receber. A Amanda fala de mim para suas amigas, e elas querem me conhecer e muitas vezes me levar para a cama. Vai me ligar na segunda.

Domingo 4

Ontem à noite esperei os jornais e os li de madrugada depois de descer ao boteco da Canning para comer uma pizza entre bêbados e demais solitários. Depois subi para me deitar e tive um sonho. Lucio Mansilla aparecia falando — brilhante, eficaz — para que eu reconhecesse minha mãe, que estava lá, também seduzida. Isso é o que eu me lembro do sonho. Penso: eu deveria escrever — um dia — um livro sobre Mansilla que fosse ao mesmo tempo uma história da língua literária. Mansilla, a fluência de uma escrita de classe que revela o estado da língua ainda a salvo das mudanças que espero. Daqui a pouco chega a angelical sra. Aurora para limpar o apartamento, portanto vou descer para caminhar um pouco na esperança de esquecer o que me perturba.

Terça-feira 6

Talvez quando eu tiver escrito o livro sobre o diário consiga escrever um romance.

Ontem ao me aproximar vi a Iris, belíssima, na esquina da Anchorena com a Corrientes, ar de felino no seu casaco claro.

Sexta-feira 9

Reviso a transcrição da palestra que fiz na Filosofia e Letras sobre minha viagem à China. A chave é perguntar-se que tipo de visão (ou de verdade) o homem sozinho tem do mundo. Esta foi minha posição: em meio a multidões insuspeitadas, misturado às massas chinesas que parecem ir todas na mesma direção, eu parei no meio da estrada para trocar um pneu do carro (como no poema de Brecht). O que vê o solitário no meio do caminho? Não vê nada, ou só vê o que está escrito nos mapas. Seja como for, minha versão tem a virtude do olhar pessoal. Tudo é social, na China fala-se o tempo todo de classes sociais, e, quando se individualiza alguém, é porque esse sujeito é um inimigo. A subjetividade é vista como um desvio. Só vale o pensamento que expressa o sentido da multidão, o sentir das classes sociais, mas o engraçado é que na China é difícil adivinhar a diferença: todos se vestem igual, riem ao mesmo tempo, gritam os mesmos lemas e têm os mesmos sentimentos. Assim, a diferença de classes não se percebe (ou não existe), entretanto o pensamento político é definido aqui por sua capacidade de identificar o conteúdo de classe em meio ao sempre igual.

Com a última parte dessa conferência talvez se possa montar facilmente um artigo sobre a cultura na China, para publicá-lo na *Los Libros*. Aqui só existe a vanguarda, tudo o que não está à frente é retrógrado e reacionário. A ilusão de uma vanguarda constituída por milhões de pessoas (que seguem fielmente o pensamento de Mao Tsé-tung).

Um exemplo. Minha visita a um colégio secundarista. O diretor, ar de intelectual, óculos sem aro, cabelo grisalho e não mais de quarenta anos, introspectivo, faz desenhos num papel. O professor de geografia usa o poema de Mao sobre o rio amarelo e, enquanto um estudante o recita de cor, outro indica a interminável linha do rio no mapa. A professora de inglês que espera por nós em frente à classe, olhando o relógio, nervosa, insegura, hiperativa. A aula gira em torno da Guerra do Vietnã: "O povo indochinês é composto por Laos, Camboja e Vietnã", explica em inglês, mostrando a frase escrita na lousa. "Os imperialistas norte-americanos são assassinos sem alma." Na aula de língua chinesa, um poema anônimo do século XVII: o velho carvoeiro com o rosto sujo de fuligem e de cabelos brancos, morrendo de frio em sua cabana no inverno impiedoso. O professor chama a atenção para a contradição entre o desejo do velho de aplacar o frio e sua necessidade de que não faça calor para que ele possa continuar vendendo carvão. Na China tudo é direto e alegórico.

Sábado 9

Com o jogo dos corpos, a ficção (o disfarce) atua e produz sobretudo deslocamentos e substituições. "Um homem por outro" é a lógica secreta da narrativa policial. Aí se define um regime metafórico de substituição, mas também o modo de ser da equivalência psicótica. O dinheiro é a única medida de valor.

Cansado, desci para ligar, do telefone público da loja, para a Iris: mal a escutava, está doente, com o filho, e eu a desejo. Tornei a caminhar pelas calçadas que margeiam o Jardim Botânico e depois voltei para casa. Aqui estou, olho a cidade pela janela e escrevo estas linhas num caderno.

Domingo 11 de agosto

Acordei ao meio-dia, li os jornais, preparei o almoço e me sentei para trabalhar. Agora são sete horas da noite e deixo tudo como está para ir à casa da Iris, fazer alguma coisa.

Quarta-feira 14

Série C. Mais uma vez, a sensação de estar vivendo como um morto, sem paixão. De repente, no meio do silêncio e do desvario, rompo a chorar. Por que chora quem chora? Talvez a crise tenha a ver com a presença da Amanda nos meus últimos sonhos. A partir daí, um misto de autocomiseração e senso do ridículo (é triste chorar sozinho). Vou até a editora e lá encontro um recado da Kitty (que o deixou como quem deixa uma foto). Venho para casa sem ânimo e me deito para dormir. Sou acordado pela Julia, que vem me acusar de não ter lhe emprestado vinte mil pesos. Ela tem direitos, diz, porque viveu seis anos comigo. Isso é o que me perturbou, como pude ter vivido com uma mulher como essa durante seis anos. De novo as equivalências perturbadas: seis anos em troca de vinte mil pesos. "É o que valem", talvez.

Pretensão inútil, dois minutos depois de ter começado a ler já estou "em outra coisa". Em qual? Um curioso estado de ansiedade e temor. Desisto de preparar a palestra desta noite, queria não ir, não ter que encarar as pessoas. Por outro lado, como preencher o vazio das três horas que faltam para as 22? A melhor coisa a fazer seria eu me deitar, me deixar ficar. Os livros me cercam, me sufocam. Tenho trinta e três anos, a idade de Cristo. Estou sozinho na cidade. Estarei sozinho esta noite e toda a minha vida.

Depois, como quem troca de roupa, saí de casa, caminhei até o Instituto na praça Italia e falei, durante duas horas, da economia metafórica que rege a literatura. Uma hipótese sobre as equivalências perturbadas (corpos por dinheiro, palavras por experiências).

Eu me agarro às fantasias, a carta da Tristana, o encontro secreto com a Kitty.

Quinta-feira 15 de agosto

De manhã o Luna vem me ver, arranjou um emprego no *El Cronista* e sua moral sombria se fortalece. Reacionário, pratica uma espécie de tautologia especular. Descreve o que vê com cinismo mas imagina que sua visão conformista é fruto do seu radicalismo político (sustenta-se numa imaginária aristocracia elitista e autodefinida). O pessoal do ERP é fascista, a esquerda não consegue reunir três gatos-pingados, o sindicato da Smata não reúne mais do que duas mil pessoas num ato. Essa visão é resultado do seu medo de ser questionado. Ligada a isso, sua bajulação dos chefes do jornal, seu desprezo pela política em geral. Se continuar assim, em poucos meses vai se tornar um inimigo sistemático da esquerda.

Sexta-feira 16

No curso me propõem publicar as conferências. Não é o momento, digo, prefiro esperar até que se veja mais claramente o que estou tentando fazer agora, meio às cegas. Tenho uma intuição sobre o modo de intervir e ser escutado numa situação tão confusa como esta. É isso o que eu gostaria de transmitir.

Diria: trata-se de gravações de aulas, levemente corrigidas, e devem ser lidas como pontos de partida de uma discussão.

Tenho vários projetos de contos e ensaios; se conseguir escrevê-los, depois poderia me dedicar ao livro sobre o diário. Os contos ou novelas que tenho já bem avançados são: um romance de não ficção baseado em fatos reais mas que constrói a trama livremente e, de fato, é um livro de ficção disfarçado. A história de Pavese, que se desenvolve na Itália nos dias em que o protagonista vive em Turim com uma bolsa da universidade, deixou Buenos Aires para esquecer uma mulher (mas a encontra na Europa). O relato do suicídio de um pai contado pelo filho na noite em que viaja depois de receber a notícia.

Sábado 17
Série E. Volto trabalhosamente às reflexões metafísicas dos meus diários de 1960 e 1961, uma tentativa de narrar a percepção alterada. Sentimento de ter vivido esses meses num torpor turvo, sempre com a sensação de lentidão e de não atingir a velocidade necessária para viver.

Terça-feira 20
Escrevo o ensaio sobre Borges. A noção de ficção da origem que também usei na análise de *O brinquedo raivoso*, de Arlt, e tenho também bem adiantada uma hipótese sobre o modo como Sarmiento se torna escritor (e quanto dura esse estado).

Ligados a isso, os "acontecimentos": hoje, ligações do Dipi Di Paola, entrevista por telefone para a revista *Panorama*. Respostas secas demais, e já posso imaginar o efeito que vão provocar numa matéria que também inclui uma entrevista com Bioy Casares, Viñas e Soriano, como se eu fosse um deles. Mas não sou, pertenço a outra estirpe.

Na reunião da *Los Libros*, lido desastradamente com a Beatriz e o Carlos. Faço piadas, conto a história das minhas duas noites no cassino, mas não intervenho na discussão da revista. Pedido de conferência em Santa Fe e Tucumán, que recuso com pretextos infundados.

Quarta-feira 21

Gasto 175 mil pesos por mês, mais cinquenta mil de aluguel e dez mil com a mulher que vem fazer a faxina. Em todo caso, enquanto eu continuar com o curso no ICICSO (dez mil por mês), com o trabalho na editora e os artigos para o Luna, consigo me virar.

Encontro com a Catalina, que vem do passado remoto; é a espanhola amiga da Elena, que eu frequentava no colégio em Adrogué. Passou na livraria para me ver: envelheceu (assim como eu) e tem um filho. Isso foi tudo.

Ficção. Escrever um conto, "O assassino de Roberto Arlt", outro com a história do amante que rouba um jogo de talheres de prata da mulher (ela vê o roubo e não diz nada), "O amor roubado", "Suicídio de um pai". Incluí-los num volume junto ao conto "O Laucha Benítez".

Sábado 24

Belo dia, ameno e suave. Passeio pelo zoológico, fico um bom tempo em frente à jaula dos leões. Saio e passo algumas horas no Jardim Botânico, sem pensar em nada, tentando ser eu também uma planta. Tinha saído para a rua depois de dois dias de confinamento. A metáfora do forasteiro (o estranho) que não é daí.

Domingo 25

A Amanda veio me ver, sem dúvida pela última vez. Levou com ela a prancheta de desenho, eu a acompanhei até o táxi. Tudo na maior distância, nenhum dos dois indaga sobre a vida atual do outro. (Como você está? Bem, eu disse. E você?, perguntei. Mais ou menos bem, ela disse.) O resto foi troca de notícias. Estou trabalhando no ensaio sobre Borges, informei, porque vão me pagar um milhão de pesos por ele. Ela está ganhando bem num escritório de arquitetura, tem progredido nas aulas de teatro. Por que conto essas coisas? Porque quero reter a última imagem dela. Linda e talvez por isso mesmo meio fora do ar. Fria, como sempre que quer parecer razoável. Estranha história que termina em descompasso e me deixa o desassossego da perda.

Não é ela, enfim, que provoca esta nostalgia, mas é ela, sim, que me reabre a velha ferida de dez anos atrás, ou melhor, é como se ela encarnasse a outra vida que eu poderia ter vivido. Uma vida, digamos, mais simples, sem a literatura, trabalhando para construir (o quê?) uma família, por exemplo, ou algo parecido. Não por acaso ela veio do meu passado, de dez anos atrás, quando ainda era possível ser outro, e agora se dilui porque entendi (tento entender) que nem tudo é possível para mim. Ela está associada a certa facilidade e à vida cotidiana. De outro, há de ser de outro, como antes era...

Segunda-feira 26

Imprevista felicidade, ou melhor, só o imprevisto torna possível, para mim, uma felicidade, mas ontem e hoje foram dias sem ordem, sem rotina, muito improvisados. Saí da casa da Iris de manhã com a intenção de não ir à editora e desci pela Callao caminhando sem rumo. De repente estava na livraria Martín Fierro, consertando minha amizade com o Luis Gusmán depois do desentendimento com o Osvaldo L. por causa do meu prefácio a *O vidrinho*, o imbecil megalomaníaco queria que eu o citasse nesse prefácio e encheu a cabeça do Germán e do próprio Luis. Dei um jeito bem fácil, falei: "Eu fico com o prefácio e jogo fora. E fala pro Osvaldo que, se ele está inseguro, procure alguém que o cite em tudo o que escreve". Acabei indo à editora e me encontrei com o Néstor García Canclini, que disse que me indicou para dar um curso na Universidad de La Pampa. Hoje almocei com o Lafforgue, que me passou a bibliografia da obra de Borges que o Beco e eu fizemos num bar, deixei pronta a aula de hoje à noite sobre Wittgenstein e a linguagem privada.

Então, ele disse, inesperada, surge a felicidade e persiste, como na infância. A plenitude dependia da sensação de descobrir e de conhecer o novo. Havia uma rua perigosa e proibida, segundo sua mãe, que terminava no barranco dos trilhos do trem, e ao subir, sob o sol, avistava-se ao longe uma realidade desconhecida. Agora é mais como uma liberdade que chega feito uma brisa noturna.

Domingo 1º de setembro

Dia pacífico, chove lá fora, ontem à noite saí com a Iris e peregrinamos pelos botecos do Bajo até de madrugada.

Projeto. Um livro de contos

1. O Laucha Benítez.

2. O ofício de viver (Pavese, transcorre na Itália). O narrador mantém um diário onde anota suas impressões sobre o diário de Pavese.

3. O suicídio. No ônibus, voltando depois de visitar o pai que tentou se matar.

4. Roberto Arlt. Um sujeito que conheceu o Arlt guarda manuscritos dele. Conhece um segredo. Rouba um desses textos e o publica como se fosse dele? Nesse caso, eu escrevo esse conto que foi do Arlt e o publico como conclusão da história.

5. O adolescente. Clima de pensão de estudantes, uma moça visita a casa a cada duas semanas e se deita com todos os pensionistas, circula pela cidade numa Vespa ("A garota da Vespa"), o provinciano que se apaixona pela puta. Rouba para conseguir o dinheiro para ficar com ela (para que ela tire a roupa).

6. A educação sentimental. O jovem que rouba da amante um objeto de valor, ela vê e finge que não viu.

7. O vigia (um aposentado). Quando lhe dão férias, volta para casa e mata um vizinho sem motivo (para ver se o revólver está funcionando). Retoma o trabalho como se nada.

Encontro com Arlt. Um ex-jornalista (ou uma mulher) tem um caderno com escritos inéditos de Arlt. Tem cartas. O narrador está preparando uma biografia "secreta" de Arlt. Tem um romance inédito por terminar? Conversa com Rinaldi. Tudo é ou não é apócrifo.

Domingo 8

Visita da China Ludmer, vamos caminhar no Botânico, ela me conta suas hipóteses sobre *A vida breve* de Onetti, uma leitura extraordinária. Como escrever isso?, ela se pergunta. Como sempre, a crítica não pode dar como certo que o leitor conhece o livro que está analisando. Então, deve contá-lo ou sintetizá-lo? Ela parece ter escolhido aplicar como marco de análise um "mapa" um tanto abstrato do romance. Melhor não pôr isso, digo, acho melhor que não se entenda, ou que se entenda sem dar uma referência direta ao texto analisado. Uma leitura sem referência, um modo de levar o "fantástico" à crítica literária. Em vez de escrever a crítica de um livro que não existe, escrever a análise de um livro que existe, mas que está ausente ou não se conhece. Ela já escreveu um trabalho notável sobre *Para uma tumba sem nome*, no qual reduz a história a uma matriz que, mais do que sintetizar a fábula, a reescreve, ou melhor, a conceitualiza (tudo muito brilhante e também muito psicanalítico, na moda. Muito Lacan, estilo revista *Literal*).

Uma narrativa. Uma mulher conta, no Jardim Botânico, caminhando entre as plantas, sua leitura de um livro, e, a partir da descrição e da análise que escuta de sua amiga, o narrador imagina como é esse livro que ele não conhece.

Terça-feira 10

Série E. Cada vez tenho menos que dizer, por isso agora posso escrever. Eu também quero dar tudo como sabido e só escrever o que fica, os restos da linguagem comum, referências que só eu conheço. É esse o estilo que eu procuro nestes cadernos. Quem escreve não pode contar para si mesmo aquilo que já sabe. Se eu for fiel a essa diretriz, conseguirei algumas páginas válidas. Limpas de sentimentalismo, sem dados concretos, apenas dados emocionais. Quem fala parece estar em outro mundo, não fala com ninguém, mas também não fala sozinho. Viagens de visita, deslocamentos, conversar com estranhos, mostrar a diferença entre esse lugar e o lugar de onde venho e do qual falo. Aí estão a tensão e o rancor acumulado pelo desnível (de experiência) entre a cidade e o campo, a metrópole e a província. Nos próximos dias vou viajar a Tucumán, Córdoba e Santa Fe. Vou chegar de avião ou de trem ou de ônibus, a qualquer hora do dia ou da noite, e um estranho — ou uma estranha —, falando como se fôssemos amigos, me receberá no terminal e me levará de carro até o hotel, e a conversa impossível continua. Essa pessoa me deixa no lugar onde terei que passar duas noites. Um quarto de hotel, com janelas que dão para o jardim e um televisor diante da cama, como um espelho em que o adormecido se veja sonhar.

Anotei o seguinte em algum momento, dias atrás, num guardanapo de papel do bar Los Galgos; não consigo entender minha letra, só decifro esta frase: "Alegria com a Iris, cada [*ilegível*] mais perto dela".

Afinal de contas, o que quer dizer livre associação?, pergunto ao dr. C., o homem que me escuta em troca do dinheiro que lhe pago. Grande invenção de Freud: quem fala paga. O que não pode ser associado (a nada) é o núcleo duro da vida. A fissura, a cisão — vivo sempre em dois lugares, desde criança —, a ferida. No meu caso é (ou são) o vazio, a dispersão, a ideia fixa.

Quarta-feira 18

Pouco a dizer, como se vê. Fui e voltei de Mar del Plata, na casa da minha mãe. Procurei me manter ocupado e subi ao sótão onde meu pai guardava seus papéis (e os do pai dele), por exemplo, coleções inúteis de jornais que ninguém lê. Notícias que ele sublinhava em vermelho, rastreando dados que confirmassem suas crenças: assinalava certos obituários, a previsão do tempo, as cotações da Bolsa de Comércio, alguns crimes (principalmente sexuais) e também os resultados (as cifras) da *quiniela* e da Loteria Nacional. Números e mais números encerrados num círculo místico de esferográfica vermelha, à espera de uma revelação cifrada (isto é, inscrita nas cifras). Depois que meu pai saiu da prisão, nunca mais foi o mesmo. Deixou de acreditar, continuou atuando, mas no sentido teatral da palavra, como um ator que representasse um peronista que por sua vez representasse um médico que por sua vez representasse um homem sem esperanças.

Fui visitar a Susana Campos na ilusão de ir para a cama com ela, mas me recebeu com o namorado, os dois totalmente drogados. Bebiam de uma garrafa um líquido esbranquiçado, água onde tinham diluído anfetaminas, LSD e, dispersos como poeira no ar, alguns gramas de cocaína. Estavam totalmente chapados, o namorado subiu numa árvore e ficou lá no alto pregando feito um pastor. Para descer, diziam que fumavam maconha e isso os trazia de volta à realidade. Durante quase duas horas me contaram a inacreditável experiência de ir ao cinema drogados. O filme durava séculos, segundo eles, e era muito intenso. Precisavam interrompê-lo para ir ao banheiro e às vezes não conseguiam achar suas poltronas de volta.

Depois fui ao cassino, decidido a enriquecer, e no fim da noite saí "apenas" com vinte mil pesos de saldo, caminhei pelo calçadão da beira-mar e, no mar iluminado pela claridade do céu, vi um risco cortando a água como um crucifixo invertido, a barbatana de um tubarão que deslizava ávido sob a superfície. Atrás de mim, as janelas iluminadas do cassino tornavam tudo mais irreal. Um tubarão, pensei, nadando silencioso à procura de uma vítima enquanto os jogadores empedernidos e bêbados comentam o azar que tiveram essa noite. Talvez o tubarão estivesse cevado e sempre voltasse à praia em frente ao Hotel Provincial esperando encontrar mais uma vez um jogador — um perdedor sistemático — que decidisse se afogar no mar para que o grande peixe branco pudesse devorar outro suicida.

Voltei a Buenos Aires num trem noturno, para me esticar e dormir a viagem inteira, mas foi impossível, passei o tempo todo inquieto, ansioso, olhando o escuro pela janela do vagão.

Ao chegar à cidade fiquei imobilizado: havia greve dos transportes. Portanto fui a pé da estação Constitución até a Córdoba com a Callao, pela Nueve de Julio, e passei o dia com a Iris, na intenção de com ela conseguir pensar "em outra coisa". Por exemplo, na intervenção da universidade, agora controlada pela direita peronista. Com isso, a Iris perdeu o emprego. Por outro lado, um primo dela meio esquizo, que acreditava ser Jesus Cristo, se suicidou.

Fui caminhar pela Corrientes, disposto a fazer hora (bela expressão: "fazer hora") no bar La Paz e fuçar livrarias até que o metrô voltasse a funcionar. Inesperadamente (como sempre) me encontrei com a Amanda, estava triste, desolada, chorando, "porque tinha decidido largar o teatro". Veio se sentar comigo na mesa do canto junto à janela, e tentei acalmá-la enquanto ela ia entrando "no fim de suas fantasias adolescentes" (as mesmas que eu mesmo cultivo, embora em outro gênero). "Você nunca vai deixar de atuar", eu lhe disse, "a vida é teu palco." Não a convenci, para ela o teatro é um modo de esquecer sua vida e acima de tudo é o modo de sentir — ou imaginar — os aplausos, o reconhecimento. Eu a vejo embarcada num ônibus que a leva direito ao manicômio. Mas não posso fazer nada...

Agora estou em casa, sozinho. Com a secreta certeza de estar em perigo, ameaçado pelas demandas que vêm de fora. Preparar uma conferência sobre Sarmiento para dar em Tucumán e em Santa Fe. Inquieto com a realidade e as perdas. Daqui a pouco vou dar uma palestra sobre os jogos verbais de Wittgenstein. Além disso, há as exigências políticas. Em outubro irei a Córdoba, para a reunião de revistas culturais.

Sexta-feira 20

No cassino, não fui capaz de arriscar, saí quando embolsei vinte mil pesos em vez de ficar e arriscar tudo para ganhar duzentos mil.

Sábado 21

Ontem, o León R. que veio matar sua solidão, chorando na penumbra. Que se pode fazer? Eu o consolo, em vez de chorar com ele. Uma mulher o abandonou. Não consegue pensar, não entende nada de nada. (Daria para escrever um romance com a história do grande filósofo que passa a noite chorando por uma mulher na casa de um amigo.)

Olho o rio pela janela, são cinco horas da tarde. Se eu não conseguir integrar a escrita à minha vida, vou acabar mal. Vou me segurando com as drogas e as justifico com a literatura, mas isso não é verdade, eu as uso por elas mesmas em busca da lucidez extrema, e a literatura é apenas um pretexto. Sou um homem que está sozinho na cidade e olha o entardecer, o rio tem agora uma cor cinzenta, uma dor no flanco esquerdo. O escritor desordenado, misturam-se as anotações, as fotos, os papéis, sensação de afundar. Na mesa vejo o dicionário de María Moliner, o *Baudelaire* de Sartre, o *Proust* de Deleuze, *Chaves para o imaginário* de Mannoni, um romance de Calvino, os contos de Martínez Estrada (um mapa da confusão da minha alma).

Releio meus cadernos de dez anos atrás. Por que não escrevo um conto sobre a adolescência a partir desse material? Sobreposto ao de Pavese ou complementando-o?

Um conto. A mulher que se masturba na sacada, sozinha na cidade. O narrador a espia com os binóculos que seu avô trouxe — como único troféu — da guerra.

Como é possível que em 1969, quando comecei a passar os cadernos a limpo, eu não tenha percebido que aí estava o romance que queria escrever? (E agora, o que é que eu não vejo?)

Vou descer e caminhar pela cidade tentando romper com este olhar perturbador e parar de pensar. É para isso que a gente caminha, para não ver as imagens que espreitam, sangrentas e lívidas. Mania ambulatória. Procuro um jeito de poder, pelo menos, ler alguma coisa.

Vou até a revista, precisava discutir o editorial do próximo número. Uma moça começa a me procurar, diversos jogos com ela. O que você vai fazer à noite? Não sei qual dos dois fez essa pergunta. Eu a convidei para ir comigo ao Tigre e conhecer El Tropezón, o hotel onde Lugones se matou. Agora alugam quartos e a diária inclui uma visita guiada ao quarto onde o poeta tomou seu arsênico, deixaram tudo igual, parece a cela de um monge. Uma coisa que me chamou atenção foi a garrafa azul que usam para a água noturna, como explicou a dona. E acrescentou: "Neste copo ele dissolveu o veneno". No final, quando saio da revista, a garota vem atrás de mim. "Quer uma carona?", diz, e vamos no carro dela até minha casa. Penso: "Deixo ela subir, vamos para a cama, e depois peço que me leve ao Tigre de carro".

Domingo 22

Estou no Tigre com a moça, o rio me acalma. Passei o dia olhando velhos papéis. Não chego a me reconhecer no indivíduo que escreve aí certos fatos da minha vida. Esse é o paradoxo, é minha vida, digamos assim, mas não sou eu quem a escreve. Nesse ponto incerto está o melhor da minha literatura. O ser ou não ser se traslada ao conteúdo dos acontecimentos, mas quem os escreve fica à margem, a salvo da incerteza. Essa enunciação — vamos chamá-la assim — é o que justificaria publicar uma seleção destes escritos. O material é verdadeiro, é a experiência real, mas quem escreve — quem fala — não existe. É assim que eu defino a ficção: tudo é ou pode ser verdade, mas a chave do procedimento é que quem narra é um sujeito imaginário. A construção desse lugar, e a possibilidade de torná-lo convincente e crível, é o núcleo do que chamamos ficção.

Trabalho na transcrição desses cadernos com o mesmo espírito com que antes fazia listas e mais listas de objetos preferidos ou rejeitados, dos melhores filmes, das melhores garotas, da roupa que devia comprar, dos livros lidos no mês, dos países que pensava visitar e dos livros que queria escrever. Materiais verdadeiros, dicção delirante.

Situação curiosa, de novo a sensação de ter ido a pique. Nenhum interesse por "minha própria" vida. Prefiro viver a vida de outro, ou contar, como se fosse de outro, minha própria vida. Quem escreve? Essa é a grande pergunta das autobiografias e dos diários. Não é verdade, como diz Foucault que diz Beckett, que "não importa quem fala".

Segunda-feira 23

Os rascunhos estão já prontos, quer dizer "estalam" ou "estão lá".*

Certa dispersão, vários projetos paralelos. Preciso com urgência de um plano de trabalho que me dê o chão e o impulso para seguir em frente. Por outro lado, trabalhei na reescrita do editorial da revista. Diferenças políticas, o Carlos e a Beatriz apoiam Isabelita rezando a cartilha da Frente Única. Mas o peronismo — especialmente esse — não vai resistir ao golpe, a ala direita (López Rega e seus sequazes) já se acertou com os militares e atua na clandestinidade, decidida a aniquilar qualquer rastro de política de esquerda. No fim, às nove da noite, decidimos que este número vai sair sem editorial.

Terça-feira 24

Pablo G., o proprietário, veio aqui. Pediu para eu deixar o apartamento. Quer que eu lhe pague cem mil pesos por mês. É economista, portanto só fala em dinheiro. Possibilidade: oferecer 75 mil. Poupar, cortar gastos supérfluos e viver com duzentos e cinquenta dólares por mês, e assim garantir reservas para dois anos. Outra opção seria deixar tudo como está e viver bem e tranquilo até abril. Quer dizer, gastar os dólares e viver sem reservas. Posso me casar com a Iris — coisa que não quero —, me fechar com ela em sua casa e viver juntos para dividir as despesas. Achar um jeito de ganhar mais dinheiro. Deixo o apartamento em abril ou pago o aluguel que ele pede. O melhor seria gastar o dinheiro que eu tenho e depois ver o que faço.

---

* Em espanhol há um jogo com a sonoridade das palavras, potencializado pela pronúncia rio-platense: *están ya / estallan / están allá*. [N.T.]

Domingo 29

Hoje de manhã assisti a um excelente filme de John Huston no ciclo do Auditório Kraft: *Cidade das ilusões*, o mundo dos pugilistas liquidados e pobres. Encontro o Máximo Soto, que me convida a entrar e me dá o número mais recente da *Filmar y Ver*. Vou ver o David, todos muito preocupados com o assassinato de Silvio Frondizi, o exílio de Puiggrós e toda a situação política. O David se sente ameaçado, e ele tem razão. Está muito exposto. Parece envelhecido e sem energia.

Quarta-feira 2 de outubro

O dia de hoje merece registro porque é como um instantâneo da situação atual na cidade.

Passo a manhã inteira na casa da Iris e escrevo meia página sobre Brecht para apresentar uma breve seleção de seus ensaios na revista *Crisis*. O León R. telefonou e veio me buscar. Temeroso com a onda de atentados da ultradireita e da Triple A e com as leis repressivas que o governo tem implementado na aliança com os militares. Sente-se perseguido, e ele também tem razão. Vem recebendo ameaças e já nem vive mais em sua casa, quer ir para o México, a princípio por três meses. Quer parar de escrever. Vive no mesmo estado de ânimo da maioria dos intelectuais, que começam a fugir em massa. E eu, o que penso fazer? Não estou na linha de frente, sou pouco conhecido e quase invisível, embora isso não seja nenhuma garantia. A ameaça pode vir só de ter o nome na agenda de alguém que foi perseguido, preso ou morto. Depois me encontro com a Julia no La Moncloa, linda e envelhecida. Está indo para a Venezuela com o Mario Szichman. Ela me oferece seu apartamento na Cangallo com a Rodríguez Peña (cinquenta mil por mês, com telefone), vai deixar os móveis, se tentarem me despejar, diz, posso dizer "que moramos juntos". Leves jogos, como no passado; cada um, diz, foi o amor da vida do outro. Antes de ir embora, me conta o seguinte caso: a Amanda levou o Alberto Cedrón ao meu apartamento na Canning durante minha viagem à China. Ao ver minha foto, ele pergunta do que se trata. "Eu sou mulher", ela responde, aí ele veste as calças (que já havia tirado antes de olhar a foto) e vai embora. De lá vou à editora, pânico geral. O Alberto S. quer vender tudo e ir para o México. Estou nisso quando liga a Amanda. Só para saber como estou, para me pedir que, por favor, tome cuidado. Termino o dia encarando um grupo de seis psicanalistas que me pagam 120 mil pesos por mês para que lhes fale de filosofia. Um deles me pergunta: "Você é parente do Renzi mais velho?". "Sou eu mesmo", respondo, espantado com minha fama de homem maduro. Por fim, na *Panorama*, série de fotos e entrevistas com narradores (entre eles eu), de Bioy a Viñas. Minto, como sempre. Tenho um livro de contos pronto e, além disso, *Respiração artificial* já está escrito numa primeira versão. Oh, meu Deus...

Quinta-feira 3

Às sete da manhã, pego o trem para Santa Fe. Viagem introspectiva, lendo os — excelentes — contos de Silvina Ocampo. Ao chegar, maratona de atividades, entrevistas para o jornal e o rádio. Critico a ofensiva direitista sustentada pelo governo. Estaremos todos em perigo se os terroristas reacionários atuarem impunemente. Por fim descanso um pouco e depois dou minha conferência. Começo difícil e final firme. Viajo de volta à noite e troco de trem em Rosario. Por toda parte, rastros do Saer: na rodoviária, no café da galeria, nas churrascarias ao ar livre à beira do rio, no vinho com gelo, nas conversas que varam a noite.

Sábado 5

Ontem desci do ônibus de madrugada, morrendo de cansaço por causa das duas noites perdidas e sem dormir nas viagens. Em frente ao zoológico, pela Libertador na manhã clara, sensação de irrealidade, um ar de pesadelo ou de sonho premonitório, porque de repente surgem três carros (Falcons verdes) sem placa, com homens à paisana empunhando submetralhadoras e tocando sirenes. Na quietude da manhã, a repressão clandestina e o horror irrompem como fantasmas. O pior é a sensação de normalidade, ninguém parece ver nada, os carros militares, camuflados, andam pela cidade espalhando o terror, e parece que ninguém os vê.

Domingo 6

Lindo dia, inesperada visita da Iris, sempre divertida e sedutora. Cresce a intimidade entre nós, e eu leio para ela — porque estão abertos sobre a mesa, e ela diz que os segredos existem para ser revelados, e depois dá risada — algumas páginas dos meus cadernos de 1960, e se diverte com os tons altivos da prosa daqueles anos, e no fim vamos para a cama.

Segunda-feira 7

Preparo um plano para o curso com os psicanalistas. A noção de linguagem privada em W., a situação analítica em Freud e os diálogos socráticos em Platão, uma cena para possibilitar a palavra (comparar as três estratégias). Primeira questão: como se começa a falar? Como se sai do "murmúrio inautêntico"? Os três parecem não querer evitar a conversa insubstancial, e sim partir justamente daí. Num caso trata-se de perguntar, no outro trata-se de estabelecer um "cenário" (alguém fala para outro sem vê-lo, e pelas coisas que diz e pela possibilidade de falar sem controle durante cinquenta minutos, tem que pagar o preço em ouro: porque alguém o escuta). Por fim, a terceira forma implica regras que definem os modos de vida da qual o que se diz é um registro confuso.

Na editora, tento conseguir os direitos do romance policial que Boris Vian escreveu sob pseudônimo norte-americano, quer dizer, como se ele fosse um escritor norte-americano. Chama-se: *J'irai cracher sur vos tombes*. Aparece o B. e depois o Mario Szichman, que tenta reatar seus laços comigo, apesar (ou por causa) da sua relação com a Julia. Os amigos e eu mesmo só olhamos as mulheres da tribo e circulamos entre elas como cartas marcadas de um baralho viciado, nenhum de nós pode reclamar, porque todos fazemos a mesma coisa. Por exemplo, estou com a Iris, que antes esteve com o Osvaldo L., que antes, por sua vez, tinha estado com... Endogamia e paixões circulares. Sentados um a cada lado da mesa no La Moncloa, fazemos previsões sobre a situação política enquanto nossos amigos (David, León) planejam fugir para o estrangeiro.

Cada vez mais interessado no projeto de escrever, a partir do diário, um romance de educação (sentimental). "Sem perceber" vou vendo aparecer nos cadernos o narrador que sempre procurei: furioso, irônico, desesperado, clíptico. Vem daí o tom de um protagonista que não sou eu. Não há nada melhor que a autobiografia para confirmar que quem escreve não é quem é. (Mas quem é?, pergunta idiota.) Penso nesse outro na linha dos escritores imaginários que conheço bem: Stephen Dedalus, Quentin Compson, Nick Adams, Jorge Malabia, Silvio Astier. A vida do herói antes de ser derrotado.

Terça-feira 8 de outubro

Estou me sentindo muito bem agora, disse. Uma manhã tranquila, tomo notas para um livro futuro (no fim, não serão mais do que as anotações preliminares, os apontamentos) e potencial. Essa é que deveria ser a obra, em andamento, inacabada, frágil, com a iminência de algo que não chega e com a felicidade da inspiração como único tema. O apartamento está cheio de luz. Cheguei às dez, depois de ler o jornal e de tomar o café da manhã com a Iris. O processo de criação é mais importante que a própria obra.

Depois de preparar uma carne assada no forno (com batatas fritas), desci para passear pelo Botânico. Acabei de montar, sentado num banco sob as árvores, um parecer editorial para o Centro Editor e o levei à sede ruinosa da editora (recebi vinte mil pesos). Encontrei com a Beatriz Sarlo e o Carlos Altamirano: a revista *Los Libros* recebeu uma carta — com ameaças — da Triple A. Por muito menos que isso, meus amigos se exilam, mas não vamos nos deixar intimidar e seguiremos em frente (para o abismo).

À noite, aula com o grupo de psicanalistas. Os cenários da linguagem, as condições — não verbais — que possibilitam a enunciação. Na saída, recebo o pagamento do mês: cem mil pesos.

No cinema com a Iris: *Morir en familia*, um policial que faz pensar numa leitura torta de Faulkner. No cinema saltam aos olhos as maneiras de um autor que é roubado e adaptado sem reconhecimento. Por exemplo, *O homem errado*, de Hitchcock, versão ilegal de Kafka. *Taxi Driver*, de Scorsese, baseada em — ou melhor, roubada de — *Memórias do subsolo* de Dostoiévski. A adaptação como plágio.

Quarta-feira 9

Recordações da infância. A praça das acácias, a igreja em construção, minha avó doando ao pároco suas panelas de cobre (que trouxe da Itália) para fazer o sino.

Passo pela redação da *Crisis*, deixo os trabalhos sobre Brecht, recebo 75 mil pesos. (De fato, este mês recebi quase trezentos mil pesos por trabalhos extraordinários.) Propostas várias do Galeano, que leve um conto, que prepare alguma coisa para publicar em todos os números. O *freelance* não pode recusar nenhuma oferta porque teme que a fonte seque e assim vai se enchendo de trabalhos e mais trabalhos sempre pendentes. Como juntar a grana necessária para limpar de obrigações cinco ou seis meses e poder escrever tranquilo?

Quinta-feira 10

A realidade insiste. Chega um professor da Universidad de La Pampa. Proposta de um curso sobre Arlt e Borges para a primeira semana de novembro. Três dias em troca de cem mil pesos (o que de saída me parece pouco dinheiro). Aceito (o desesperado) e começo a preparar o programa.

Sábado 12

Sou feliz e livre quando não escrevo, e se escrevo não consigo ser feliz nem livre.

O León veio aqui, sonolento e melancólico. Ele se fez abandonar várias vezes pela mesma mulher por quem chorava. Boa discussão com ele sobre Borges. A leitura dele é a clássica sartriana, que não lê mas aplica modelos prontos.

Segunda-feira 14

O Andrés vem em casa e passo a manhã com ele. Seu filho morrendo, e é como se ele não o visse. O Andrés hesita em publicar um conto na *Crisis* por medo de chamar a atenção da Triple A. É um grande detector dos lugares e das posições arriscadas. Posiciona-se longe daí, junto à direita.

Um sonho. Borges morre afogado, eu choro por ele, mas aparece vivo, renasce com ar limpo, cabelo branco, óculos redondos (não consigo identificar o cabelo).

Quarta-feira 16

Na segunda à noite meu pai aparece inesperadamente num sonho, quase como uma alucinação, e ao vê-lo constato que era só seu o cabelo branco que eu não podia reconhecer no sonho. De fato, me vem a sensação de que eu mesmo "alucinei" meu pai para entender o sonho e assim não ter que ir ao cemitério por causa dele.

Ontem, sonho que preciso retirar a velha máquina de escrever Underwood do papai (que era do meu avô Emilio), da parte de alguém cujo nome não me lembro. Foi a máquina em que aprendi a escrever, com dois dedos. A cadeia das gerações.

Sexta-feira 18

Mais um dia vazio, agora quero descer ao bar da esquina para me embriagar, apagar a dor no peito (que não me deixa estar). As imagens fugazes de uma felicidade que nunca tive mas da qual sinto mais falta a cada dia. Estar com amigos, conversar com eles, numa casa iluminada com grandes janelas de cortinas azuis. O rosto ou certas frases da Amanda como memória de uma paixão. Aquele quarto que dava para o jardim onde escrevi o conto de Urquiza. Subir num trem num dia de sol com livros e revistas que acabo de comprar e empreender uma longa viagem para o Sul e à noite percorrer os corredores do vagão-dormitório até o vagão-restaurante e lá pedir batatas fritas e uma garrafa de vinho branco, livrar-me da inquietação que vem da certeza de que está tudo perdido e que o melhor tempo já passou, a época dos grandes projetos, quando era possível ter esperanças. A Julia lia deitada na grande cama, largada contra a parede no quarto azul da pensão em Barracas, aonde entrava o sol da avenida pela parede de vidro que ia do teto ao chão de madeira recém-lavado. Faz cinco anos que comecei a afundar e é inútil eu querer me salvar.

Sábado 19

Encontrei de repente o eixo do romance do adolescente: a mãe tem um cofre com fotos pornográficas que o marido foi fazendo com ela ao longo dos anos, nesse cofre há também uma foto da mãe como rainha da primavera, a mais bonita, e também cartas de um ex-amante. Será que eu sou mesmo filho do meu pai?, ele se pergunta.

Quinta-feira 24

Esta semana recebi 175 mil na Tiempo Contemporáneo, cem mil no curso dos psicanalistas e 75 mil na *Crisis*. Ou seja, quinhentos mil pesos. No mês que vem continuam os mesmos trabalhos, mais cem mil pesos pelo curso em La Pampa. É assim que ganha a vida, dissipando-se, um escritor — como eu — na Argentina.

Na quarta me encontro com o Roa Bastos, que escreveu um romance extraordinário (*Eu o Supremo*) e me pede que eu resenhe o livro para o *La Opinión*, declino e recomendo a China L., que ele elogia: "Ninguém faz melhor crítica". Depois no Ramos encontro o Eduardo Galeano, que escreveu um romance ruim. Para os dois, elaboro a fábula de que tenho um romance terminado que darei para eles lerem.

Sábado 26
Lindo dia, passo a tarde com a Iris na cama, os passeios da fantasia.

Vida obscura. Em todo caso, este mês foi um dos mais sossegados, desde que a queda começou (1971). Só queria saber mais e escrever melhor.

Quarta-feira 30
Encontro o Norberto Soares, que me telefona para me pedir uma entrevista sobre Borges. Depois, tomado pela intenção de melhorar a matéria e a reportagem, eu odeio a mim mesmo por aceitar as propostas da mídia. Agora espero a Iris para me enfiar na cama com ela.

Quinta-feira 7 de novembro
Ontem, velório do filho do Andrés. Os grandes silêncios. Com ele estavam Roberto Cossa e Jorge Onetti. Sensação de desamparo em todos os que estávamos lá. A morte de um jovem é sempre impossível.

Sexta-feira 8 de novembro
Sentado no restaurante do hotel em Santa Rosa, La Pampa, fazendo hora, daqui a pouco vou dar a segunda aula do ciclo sobre Arlt e Borges. Sensação curiosa, tempo confuso de dez dias para cá. Aqui, a lentidão provinciana e um leve tom puro que todos têm ao falar.

Leio *A Journal of the Plague Year*, de Daniel Defoe.

Sábado 16
Como sintetizar estes dias? Idas e vindas à casa do Norberto Soares, discussões intermináveis e alcoólicas. Na quinta fui a Adrogué. Retorno ao passado. As velhas casas, as ruas da minha infância. O tio Mario me acompanhando até a estação e me mostrando os lugares "históricos" da

família: a casa onde mamãe nasceu, o chalé dos McKenzie, o Queen's College. Ontem comprei roupa, camisas, calças e sapatos.

Domingo 17

Condensações em torno da novela sobre Roberto Arlt. O narrador prepara uma edição de seus escritos inéditos, conhece um sujeito que tem textos sem interesse, mas depois de muito insistir o sujeito lhe mostra um conto de Arlt, o narrador paga pelo manuscrito. Depois, passado algum tempo, o conto aparece publicado e assinado (sob pseudônimo?) pelo homem que o vendeu. O enigma é: por que o publicou?

Quarta-feira 20

Se tivesse que definir esta época, ele diria que todos dizem que parece bem, "muito melhor"; pensa que lhe falam assim por saber que já começou a morrer e tentam animá-lo. Cada coisa que precisa fazer exige dele um esforço impossível. Passa os dias tentando passar os dias.

Encontro o Germán García, falamos de Borges, do seu livro sobre Macedonio, do peronismo. Ele está trabalhando nas relações entre retórica e psicanálise. Propõe que eu dê um curso em certa escola freudiana que estão pensando em fundar.

Sexta-feira

A Série X. Passo o dia inteiro enfurnado numa casa em Avellaneda com quatro operários e o Rubén K., longa discussão sobre o peronismo e a situação atual.

Domingo 24

Trabalho no ensaio sobre Borges, hoje completo trinta e três anos, sombrio futuro econômico.

Segunda-feira

Incômodo ao ler a entrevista sobre Borges que o Norberto Soares me fez para *El Cronista.*

Sábado 30

Passagem: traslado. Ontem à noite, a Amanda, sempre linda, me telefona, nos encontramos. Decidiu deixar de ser a atriz que nunca foi. Terminamos na cama depois de jantar no Hermann, achando graça nesse clima romântico.

Trabalho num artigo sobre Cortázar para o *La Opinión*. A ideia de consumo exclusivo e do colecionador como metáfora do artista para Cortázar.

Quinta-feira 5 de dezembro

É falso que "todo mundo" queira escrever, faz falta um desajuste; não foi por acaso que aos dezesseis anos comecei a sofrer dessa febre lúgubre.

Sexta-feira 6 de dezembro

As belas mulheres que tomam sol nos terraços: corpos nus, espalhados entre os brancos e geométricos espaços da cidade. Irrealidade parecida com a de um sonho.

O gesto da Amanda, que depois de fazer amor estende a mão e me pega o pulso para olhar a hora. Lindo gesto, cínico, chave, enfim, do estado atual da nossa relação, que eu leio — a partir do passado — como se fosse uma carícia. Então a abraço e depois de um segundo me dou conta do engano.

Leio o excelente trabalho de Freud sobre Leonardo: o meticuloso registro das despesas com o enterro da mãe. Patético poema de amor do obsessivo.

"A atitude de um homem diante do mundo deveria ser tão literária quanto possível. Todo homem de uma raça menos débil ri, certamente, de uma raça que caiu tão baixo que, para ela, ser literário é ter uma falha de caráter. Todos os grandes homens eram literatos." Bertolt Brecht.

A lógica do contágio: os veículos se copiam uns aos outros, se você aparece num deles, os outros, que só veem o que se vê, pedem textos ou preparam matérias. Essa lógica mortífera pode tornar famoso um escritor que não escreve, ou melhor, que só escreve para a mídia. Bom modo de fracassar gloriosamente. Tudo isso porque recebi um telefonema da revista *Crisis* (vale esclarecer, para leituras futuras, que essa revista é dirigida por Eduardo

Galeano e faz parte do *establishment* da esquerda): precisam dos meus dados biográficos para fazer um perfil na seção dedicada aos escritores. Claro, concedi uma entrevista para o jornal *El Cronista Comercial* e dali a poucos dias publiquei um ensaio sobre Cortázar no *La Opinión*. Os jornalistas só sabem ler jornais e tomam como real tudo aquilo que leem.

Sábado 28 de dezembro

Trabalho três horas e deixo prontas as cinco primeiras páginas do conto, intoxicado de tabaco e café. Ontem, antes de dormir encontrei a solução para narrar o suicídio do pai (depois de dois anos sem enxergar a saída). A narrativa inteira numa viagem de ônibus a Mar del Plata. Narrar em terceira pessoa, ele pensa no pai. Na primeira parada, lê a carta e vê uma mulher que viaja sozinha. Na segunda parada trava relação com a mulher e se despede dela na rodoviária. Depois a clínica onde seu pai respira sofregamente. Ele não aguenta, desce para comprar cigarros e vai se deitar com a mulher. Trabalhei sobre quatro finais possíveis e no fim escolhi o melhor.

Segunda-feira 30 de dezembro

O melhor do ano foi o conto "O fim da viagem", que escrevi em dez dias à razão de duas páginas por dia.

8.
Diário 1975

Quinta-feira 2 de janeiro

Cartão da Tristana. À noite vou ao cinema com a Iris: *Chinatown*, de Polanski. Na realidade, o filme parece baseado num romance que Chandler nunca escreveu.

Sexta-feira

Talvez se pudesse escrever um volume de contos centrado num único protagonista ("No barranco", "Tarde de amor", "No xadrez", "Suave é a noite", "O fim da viagem", "Pavese").

Terça-feira 14

A moça recém-casada que interrompe a lua de mel para transportar carne, leite e pão numa sacola de rede e dar de comer a muita gente. Eu estava tomando o café da manhã num bar junto à plataforma da estação Once, quando a vi passar e escutei um homem ao meu lado no balcão contar sua história.

Terça-feira

Às nove da noite, reunião da revista *Los Libros* num café da rua Corrientes. Violenta discussão com o Carlos e a Beatriz. Eu me recuso a centrar o próximo número numa denúncia à União Soviética. Eles acabam negociando, e eu me sinto pior.

Quinta-feira

Encontro o David, que deixou um recado para mim na editora. Sentados no Ramos, eu lhe faço uma síntese da situação geral. Ele me conta da sua fuga de um hotel no México, de onde saiu sem pagar, me conta da sua visita à casa de Trótski. (Segundo ele, Trótski no fim criava coelhos, que se reproduzem rapidamente, para compensar o magro crescimento do seu grupo político.) Depois me conta do seu trabalho secreto na adaptação para o cinema do conto "O morto", de Borges, que será assinado por Juan Carlos Onetti.

Terça-feira 11

Dias de Carnaval. Acho que tenho mais ou menos resolvida a estrutura da novela "Homenagem a Roberto Arlt".

1. O narrador fala em editar uma homenagem a Roberto Arlt. Publica um anúncio nos jornais. Aparece um caderno com anotações e inéditos, aí se fala de Kostia e de um conto que Arlt está para escrever.

2. Encontra Kostia na pensão. Falam de Arlt.

3. Dali a uma semana, Kostia aparece. Traz o conto. Falam por telefone.

4. Kostia vai vê-lo. Pede o conto de volta (como se fosse uma traição). Ele se recusa.

5. Poucos dias depois, o conto aparece publicado por Kostia como se fosse dele.

Alternativas:

a) Kostia publica o conto, devolve o dinheiro ao narrador e indica onde está o original.

b) Kostia *não* publica o conto, mas manda o original e o dinheiro ao narrador.

Sexta-feira 14

A novela sobre Arlt está crescendo maravilhosamente, a ideia do caderno permite tudo.

Insólita aparição da Amanda, que vem me ver como sempre que se sente perdida. Nada, salvo certa tensão.

Sobre Arlt. Cuidado, se o "romance" que aparece no caderno crescer demais, perde-se o efeito do texto perdido.

Segunda-feira 17

Fim de semana no Tigre, o rio, a pele ardendo. Histórias de Helios Prieto. A cena dostoievskiana do Indio Bonnet que, ao voltar de Cuba com dólares para o ERP, faz escala em Roma, tem o dia livre, vai passear pela cidade e se deixa tomar pela paixão e pelo desafio. Numa praça, aposta no jogo das três tampinhas que escondem uma bolinha preta. Perde dois mil dólares...

Releio o ensaio "Arlt: La ficción del dinero". Escrito em 1973, a sair. "Borges: Los dos linajes", escrito em 1974, a sair.

Quarta-feira 19 de fevereiro

Terminei um primeiro rascunho de "Homenagem a Roberto Arlt". O enigma de Kostia é que Arlt, precisando de dinheiro, reescreveu um conto de Andrêiev. Mas o narrador *não* sabe disso.

Sexta-feira 21

Deixei pronta a primeira versão de "Homenagem a Arlt": ainda faltam as notas de rodapé e o outro conto.

Ontem à noite, encontro com a Amanda. Jantamos no restaurante da Carlos Pellegrini e depois fomos ao La Paz. Voltamos para a casa dela para escutar o disco de Charlie Parker que eu lhe dei no início de tudo. Nenhum desejo, nada, salvo a nostalgia de outros dias.

O livro de contos (que ainda não tem título) está pronto e é bastante bom.

Pela primeira vez constato que a literatura não conserta as imperfeições da vida. Fazer uma obra. E daí? Comprovação curiosa, a esta idade.

Quinta-feira 27

Encontro o David no La Paz na hora do almoço, ele traz a edição cubana do meu primeiro livro de contos e me conta a desgraça que é trabalhar como *ghost writer* na roteirização de "O morto".

Sábado 1º de março

De manhã vou à livraria Martín Fierro, lá encontro o Gusmán. (As grutas ou as gretas onde se enfiam os "cúmplices" de sua família.) Dificuldades da minha parte para falar da ficção que escrevo.

Dois títulos para o livro: *Visão tendenciosa* ou *Nome falso*.

Segunda-feira 3

Enterrado em Stendhal, de quem aprendi *todo* meu credo em 1963: estratégia, controle, prosa clara.

Passo a tarde arrumando minha biblioteca, jogando papéis fora, sem me decidir a revisar os contos escritos (que não quero tornar a ler).

Terça-feira 4

Quero esclarecer que, ao reler os contos, gosto cada vez menos deles.

Quarta-feira 5

Vou à revista *Crisis* para entregar meu conto "O preço do amor". Topo com os "jovens" narradores bem-sucedidos (Eduardo G., Jorge A.) que falam de sua literatura do mesmo jeito que se falava dez anos atrás. Presunçosos, autocomplacentes. O Eduardo G. fala das cartas que recebe dos leitores e lê a carta da sua tradutora para o tcheco. O Jorge A. "cita" seus próprios romances. Por aí, nenhum futuro. Mais promissor parece ser o Aníbal Ford, que escreveu um bom conto com tom indireto e um personagem "simples", um caminhoneiro. No fim, Juan Gelman, pedindo que escrevam à Espanha para mandarem seu livro que acaba de sair etc.

Terça-feira 11

Sonho. O crime está no lenço, alguém diz. Aparece um quebra-cabeça que fica incompleto no sonho. De repente estamos no teatro: um improviso.

Quinta-feira

Em frente, junto à janela, dois jovens almoçam como no palco de um teatro. Não tenho nada para comer, vou ter que descer apesar da chuva e caminhar até a rotisseria onde vendem comida pronta.

Sexta-feira 21

A convite do Jacoby, vou dar um curso sobre Arlt e Borges no CICSO,* toda segunda às nove e meia da noite.

---

* Centro de Investigaciones en Ciencias Sociales. [N. T.]

Quarta-feira 26

Ontem, o José Sazbón, que passa a tarde em casa. Falamos de Borges, escutamos canções de Brecht. Ele continua igual, muito inteligente e muito tímido.

Crescem os rumores de um golpe de Estado.

Abril

Acabei de revisar *Nome falso*. Exceto por certa dureza no estilo, esse livro basta para mostrar até onde posso chegar nesta época. A prosa talvez pudesse ser melhorada, mas o livro foi escrito em pouco tempo, numa espécie de espaço cego onde eu não tinha muita escolha.

"O fim da viagem", em certo sentido, fecha a poética que começou em 1961 com "A atiradeira", não dava para ir além. Aí estão os norte-americanos, Pavese, "a narração". "Homenagem a Roberto Arlt", ao contrário, abre certo caminho, a possibilidade de "pensar" no meio de uma narrativa e quebrar sua estrutura. Seja como for, não posso opinar sobre o valor desses contos. Tenho poucas ilusões, como se finalmente tivesse conseguido escrever sem nenhuma pretensão além de seguir o ritmo da prosa. Isso explica a indiferença, a estranha apatia que sua releitura me provoca, como se tivesse sido escrito por outro e não por mim.

Quarta-feira 2

Reencontro certa emoção perdida da cidade, entremeada nas horas mortas. A descida da Corrientes, o bar na Santa Fe com a Pueyrredón com as paredes chapeadas e as jovens garotas rindo e bebendo cerveja. Acabo no cinema, assistindo a um filme mediano (*O bebê de Rosemary*) entre outros homens solitários matando o tédio da tarde.

Antes, encontro com Germán, Oscar Steimberg, Luis Gusmán, bandearam para o barroco, estudam retórica. Certa ligação afetiva, em todo caso, principalmente com o Luis (que me dedicou seu romance).

Faço hora em outro bar, leio um conto de Borges, uma utopia anacrônica, homens futuros que se queixam, fúnebres.

Quinta-feira 3

Visita do Norberto, sua crítica obstinada contra todo o mundo como máscara de todos os textos que ele vive anunciando e nunca escreve. Vai falar de mim o mesmo que me fala dos outros.

Resolvo sair da revista *Los Libros*. As diferenças com o Carlos e a Beatriz são cada vez mais definitivas, não se trata das discrepâncias literárias, que existem desde o sempre, e sim das posições políticas, que até agora sempre decidiram minhas posições públicas (por exemplo, a saída da *El Escarabajo de Oro* por seu seguidismo do Partido Comunista). Nunca discuto publicamente questões literárias ou posturas culturais que se refiram a mim, jamais respondo aos críticos e procuro não entrar em inúteis polêmicas "artísticas", mas tenho minhas desconfianças das grifes políticas. Neste caso, pelo oportunismo em relação a López Rega, pelo delírio sobre um suposto golpe dos soviéticos... Seja como for, não vou conseguir continuar até o próximo número. Encontro a Beatriz (com quem ainda não comentei nada), que me fala do meu artigo sobre Brecht, que já está diagramado.

Na casa do Juárez com o Julio G., parece acovardado, indeciso, fora da política. Eu me lembro dele anos atrás, na faculdade, como um otimista militante do PC, eu tinha perdido por três votos a eleição para presidente do centro acadêmico e o Julio subiu numa mesa para dizer que aquela derrota era uma vitória. O otimismo idiota dos progressistas sempre me causou repulsa.

Sexta-feira 4

Por que meu deslumbramento com Scott Fitzgerald, há tantos anos? (Eu o li pela primeira vez em 1958 e depois tornei a relê-lo várias vezes.) Talvez seja seu modo lírico e nostálgico de contar o fracasso e ao mesmo tempo certa arrogância frágil; como ele, eu esperava "ser" melhor que qualquer outro escritor da minha geração.

Às vezes eu me sentava para escrever só para poder olhar o rio, ao longe entre os prédios, especialmente às seis da tarde, quando o sol já havia sumido e a luz cinzenta tinha a mesma cor da água.

Nosso inimigo do momento é um tal de Luis G., estúpido e pretensioso, hoje escreveu no *La Opinión* uma crítica maldosa contra o excelente trabalho da Ludmer sobre *Para uma tumba sem nome*, de Onetti. Antes, várias referências a mim em torno do prefácio ao Gusmán e do meu projeto sobre Borges, que ele tachou — como bom policial da cultura — de "maoista". Resume bem o pensamento dominante na mídia e entre as pessoas de pouca formação; pede simplicidade, pede que se escreva claro, quer dizer, do seu jeito chato e medíocre.

Na editora Corregidor, Juan Carlos Martini se prontifica a publicar *Nome falso* "sem ler". O Schmucler está doente, o que atrasa o projeto na Siglo XXI.

Vou deixar passar este mês antes de decidir o que continuarei escrevendo. Na realidade, "teria" que terminar o texto sobre Borges, mas não tenho muita vontade. Prefiro seguir com a ficção, escrever meu romance de formação (há poucos neste país: *O brinquedo raivoso* e *A traição de Rita Hayworth*). O único senão é que eu detesto as autobiografias e teria que escrever o romance em terceira pessoa.

Leio uma biografia de Scott Fitzgerald. Algumas cenas: Zelda ("louca") que sai nua de casa enquanto Scott joga tênis com um amigo. Grande tema: o sucesso e a queda. (Fitzgerald e Pavese substituem para nós Byron e Rimbaud, são nossos mitos.)

Como sempre, tento ler todos os livros de um autor que me interessa; nas últimas semanas, Katherine Anne Porter; antes — muito antes —, Stendhal; agora, Fitzgerald: suas histórias com heróis ridículos, a deselegância como pecado mortal são a marca (o oráculo) que prenuncia o fracasso e a morte. Perder a graça natural é viver — antecipadamente — a queda. Seus contos da década de 30 — especialmente "Babylon Revisited" — têm uma solidez trágica e só podem ser escritos "com a autoridade do fracasso".

Sábado 5

Uma alegria destes tempos continua sendo entrar no estúdio de manhã com o rio ao fundo, sentar na poltrona e ler os jornais.

É como se, por algum motivo que ignoro, nestes meses eu tivesse cristalizado o escritor que tentei construir durante anos. Por isso me sinto frio e alheio à crítica (embora seja com ela que eu tenha que ganhar a vida nestes anos).

O ponto de vista em Fitzgerald, como em Conrad, também pode ser encontrado na obra de Borges: o narrador perplexo diante de uma história que não entende por completo. Para mim, ao contrário, trata-se de manter essa incerteza para poder pensar aí. A testemunha evita ter que "aquecer" a prosa em relação à fábula. Um pouco disso eu tenho que encontrar no romance de iniciação: talvez usar o personagem como testemunha em La Plata e depois fazer dele o protagonista. Um exemplo em *The Last Tycoon*, no meio da narrativa se expõe o ponto de vista: "havia um brilho no nascente, e Wylie podia me ver bem — magra, traços bem-feitos e muito estilo, e o gérmen inquieto de uma mente. Agora me pergunto que figura eu fazia naquele amanhecer, há cinco anos. Meio desmazelada e pálida". A testemunha descreve a si mesma através do modo como imagina que outro a vê ou a viu. Esse procedimento é o mesmo usado por Chandler (que por isso também deu o nome de Marlowe ao seu protagonista, duplo narrativo do Marlow de Conrad).

Hoje assisti a um filme de John Huston com Bette Davis, uma história cruel com momentos antológicos: Bette Davis rouba o marido da irmã. Bette vai visitá-la, e a irmã está com o retrato do marido na cama, está deitada com essa foto. Bette pega o retrato e fica olhando para ele.

Domingo 6
No romance, tentarei narrar a entrada nessa zona de perigo em que se reativa certo desejo perdido. Essa entrada é motivada pela chegada do estudante a La Plata. Não esquecer a observação de André Green: "O traço dominante é a distinção entre ideia e estado emocional. Enquanto a ideia é passível de mudança, o estado emocional permanece idêntico". Essa distinção é fundamental para mim e está ligada à relação que o herói mantém com sua própria experiência: quando a narra, ele se afasta e olha com ironia o estado emocional, que, no entanto (e apesar dele), segue vivo. Muitas vezes, por exemplo em Hemingway ou Conrad, o narrador conta a história de uma época posterior aos fatos, portanto não pode transmitir o estado emocional que sentia no passado, mas pode pensá-lo.

Green analisa a toxicomania, isto é, o vício, como uma explosão das formas transacionais do eu: perdem-se todas as mediações. No meu caso, trata-se da relação entre a escrita e as drogas.

Segunda-feira

Dou um pulo na revista *Crisis*, onde recebo oitenta mil pesos pela publicação do meu conto "O preço do amor". Antes, passei a manhã preparando o programa sobre narrações do eu para o curso em Parera. Vão me pagar quarenta mil por aula (o dólar está a 3,5 mil pesos).

Sob a chuva, atravesso a Viamonte até a *Los Libros*. No escritório, encontro a Beatriz Sarlo. Olhamos as provas do meu artigo sobre Brecht. Depois anuncio minha saída. Uma etapa que se encerra.

Terça-feira 8

Passo a manhã no La Paz, na mesa do canto, terminando a revisão de *Nome falso*, no meio do trabalho aparece o Juan Carlos Martini e fica uma hora comigo. Almoço com o Schmucler e deixo o livro com ele, vamos ver o que acontece. Depois reviso as provas do ensaio sobre Brecht e não escrevo um final, como pensava, portanto vou entregá-lo do jeito que está.

Quarta-feira

Na sessão de análise, C. lhe diz: "Você está dando tempo a seu pai, adiando tudo para esperar por ele". História estranha que ele reluta em entender.

Reunião com Beatriz Sarlo e Carlos Altamirano, um tanto fúnebre. O Carlos se lamenta "politicamente" pelo fim do nosso trabalho em comum.

Sexta-feira 11

Reunião melancólica e assertiva com Andrés R., Norberto S. e Jorge F. Experiência da *Los Libros*, crítica à *Pasado y Presente*, possibilidades de outra revista etc. Tudo termina às três da manhã, e fico para dormir na casa do Norberto.

Reunião com a Beatriz e o Carlos às seis da tarde, apresento minha carta de demissão, cumprimentos simpáticos e fim do meu trabalho na *Los Libros*.

Leio *A cartuxa de Parma*, o segredo, o disfarce, o complô, o bovarismo são construídos em torno de Napoleão (Fabrizio na batalha: não entende o que está acontecendo e vê Bonaparte atravessar como um fantasma a cavalo).

Domingo 13

Dia pacífico na casa da Iris, vamos ao cinema e voltamos sob a chuva.

Segunda-feira

Certa cadeia de recordações que persistem reaparece convocada pelo presente: aquela viagem no último banco do ônibus de La Plata a Buenos Aires com Virginia, Manolo e Pochi Francia. A discussão com ele sobre o PC e os poetas russos em Cuba. Aquela manhã no final de 1967 quando olhei pela janela do quarto no hotel da rue Cujas e vi a neve sobre os telhados escuros.

Encontro com Gusmán, Altamirano, Steimberg e Germán García nos bares perto da livraria Martín Fierro. Carta de Oscar Masotta de Londres, referências a *Brillos* e ao meu prefácio de *O vidrinho* (os dois primeiros livros do Luis).

O José Sazbón com o filho, divertido, que cresce e o desestabiliza, sempre preocupado com dinheiro, sempre sagaz, desqualificou com um sorriso Emilio de Ípola e sua tese sobre Lévi-Strauss ("muito superficial").

Terça-feira 15

Convite — via Germán García — para dar uma palestra na Escuela Freudiana de Buenos Aires (efeito da carta do Masotta): vou falar de Borges, análise de "Emma Zunz", equivalências, substituições, um nome pelo outro.

Seria interessante e instrutivo fazer uma análise histórica dos sucessivos discursos do comandante em chefe do Exército em 29 de maio (dia do Exército). Vêm sendo pronunciados desde 1870: ver a quem os militares se dirigem em cada momento e qual é em cada momento seu inimigo.

Reunião na Siglo XXI por causa da inauguração de uma filial da editora na rua Peru. Vertiginosa sucessão de rostos de amigos, conhecidos e rivais. Tiramos uma foto onde aparecemos sorrindo a China L., o Luis, o Pezzoni, o Toto e eu. O Schmucler elogia (exageradamente) minha "Homenagem a Roberto Arlt", mas (tenho certeza) não gosta dos outros contos. O Luis G. me pega para conversar apesar do vazio ao seu redor. Ele tenso porque Lola Estrada está lá, eu me refugio num canto com a Iris, rodeado por Gusmán, Máximo Soto, Urbanyi, até que se juntam Andrés R. e Norberto S. Acabamos num restaurante do bairro jantando com muito álcool, e eu de repente resolvo pagar dez mil pesos por uma flâmula do Peñarol de Montevidéu.

Quarta-feira

Cansado por causa dos dois cursos semanais que estou dando, mas encaro tudo com calma. No meio da tarde aparecem o León R. e em seguida a Tristana, que me leva para passear de carro e me presenteia com um livro de anotações que alguém perdeu.

Quinta-feira

Os dois cursos estão indo bem. Recebi 120 mil pesos por três aulas para os psicanalistas e estou tranquilo. Preparo a aula desta noite sobre Borges, a exigência exterior apaga o vazio, parece que o trabalho (pelo menos o de ler e preparar aulas) fosse algo necessário, lembrando o ditado dos marinheiros (navegar é preciso, viver não é preciso).

Sexta-feira 18 de abril

Encontro o Schmucler na churrascaria da Santa Fe com a Salguero. Marcamos à uma, ele se atrasa. Peço um risoto de frango e me convenço de que ele não vai aparecer, que recusou meu livro. Ao contrário, chega empolgado com a "Homenagem", diferenciado do resto nesta ordem decrescente: "O fim da viagem", "O Laucha", "O preço do amor". Propõe publicar o livro antes de outubro e me pagar um adiantamento de quinhentos mil pesos.

Ontem, primeira aula do curso sobre Borges e Arlt no CICSO. Sala cheia, muitos inscritos, grande interesse. Público dividido: Iris, José Sazbón e um grupo de iniciados, conjunto de estudantes de letras, alguns perdidos (como a ruiva que trabalha na *Crisis*). Tudo corre bem. Termino a noite com a Iris, o José e outros amigos jantando no Hispano de avenida de Mayo.

Sábado

Ontem à noite, churrasco no sítio do Vogelius. Lugar insólito, uma grande biblioteca, extraordinária hemeroteca, ótimos quadros, jardim imenso, clima Fitzgerald (melancólico). Galeano, Conti, Asís, Pichon--Rivière, Perrone. Eu vou com o Schmucler e me dedico a beber e a sorrir diante da altiva imbecilidade dos — jovens — escritores argentinos. Volto de carro com o Haroldo, que parece ter envelhecido de repente, sempre com a expressão de alguém que acaba de sair da cadeia.

Economia e literatura
   Nome falso: quinhentos mil pesos (setembro).
   Antologia de Arlt: quinhentos mil pesos (junho).
   Antologia contos Estados Unidos: idem (abril-junho).
   Borges: 1 milhão de pesos (novembro).

Passo a tarde trabalhando no curso sobre literatura do XIX, veremos se consigo encontrar uma base concreta: Mansilla e Hernández.

Domingo 20
   Um condenado à prisão perpétua, encarcerado numa cela que dá para o rio, gozando de certos privilégios (cinema, bares com amigos, uma mulher). É isso que eu sou. Não devo esperar nada que não venha da própria solidão.

"A perda de objetos pode ocorrer também sem que o valor do objeto em si tenha diminuído em nada. Isso é o que acontece quando se tem a intenção de sacrificar uma coisa ao destino com o propósito de evitar uma perda que se teme." S. Freud, *O. C.*, volume II, p. 2166.

"Em tempos, houve quem pensasse que os homens se afogavam apenas por acreditarem na ideia da gravidade. Se tirassem esta ideia da cabeça, declarando por exemplo que não era mais do que uma representação religiosa, supersticiosa, ficariam imediatamente livres de qualquer perigo de afogamento. Durante toda a sua vida, o homem que assim pensou viu-se obrigado a lutar contra todas as estatísticas que demonstram repetidamente as consequências perniciosas de uma tal ilusão." Karl Marx.

"Um paciente fez uma comparação que vem bem ao caso: é como se ele tivesse caído na água, dizia, com uma toalha na mão, e alguém tentasse enxugá-lo com aquela toalha que se encharcara junto a seu corpo." S. Freud.

Segunda-feira 21

Preciso avisar na editora que já acertei a publicação do meu livro pela Siglo XXI.

O Sazbón vem em casa, eu não lhe dou a devida atenção porque ainda preciso terminar o esquema da aula de hoje sobre morte e religião em Freud. Nesse grupo, os psicanalistas falam de pintura enquanto a mais jovem das mulheres, Estela, tenta me seduzir.

Quinta-feira

Pressionado pelos cursos mas feliz, porque tenho muito tempo livre. Chego às nove e trabalho o dia inteiro, até as cinco da tarde, hoje no almoço preparei carne assada com tomate, depois me deixo estar esperando o futuro.

Sexta-feira

Esta semana, excelente "atuação" nos cursos. Experiência mais parecida com o teatro do que com a escrita; falar em público me enche de vacilações horas antes de começar e de certo nervosismo no início da fala. Depois me esqueço de quem sou e me deixo levar pelas palavras. Agora são sete da noite, tomo uísque e leio Conrad, sentado na poltrona de couro fazendo hora antes de me reencontrar com a Iris. A Amanda me ligou. Amanhã, reunião na casa dela. Dois anos atrás, um dia ela leu os meus cadernos, e tudo terminou. Estou tentado a ir, mas não me convém, embora eu sempre ache um jeito de arrumar problemas. Na terça vou levar *Nome falso* à Siglo XXI, amanhã vou tentar revisar o livro. Hoje encontro a Estela, que desanca a psicanálise porque não encontra seu lugar nela.

Segunda-feira 28 de abril

Amanhã vou à Siglo XXI para assinar o contrato. Preciso revisar os contos (principalmente "Luba") e decidir se deixo ou corto "O preço do amor". Espero que me paguem os quinhentos mil pesos.

Amanhã, entrevista com produtores de televisão que me convidaram a participar de um programa da tarde no Canal 13, quinhentos mil pesos por mês. (Vou dizer não.)

Anunciam um concurso de contos policiais na revista *Siete Días*. Borges é um dos três jurados. O prêmio é uma semana em Paris com direito a acompanhante. Eu gostaria de ganhar, mas não sei o que escrever.

1º de maio

Ato na praça de Mayo sob a garoa. Isabel Perón tende a afirmar sua condução pessoal. Eu passo a manhã revisando minhas respostas à entrevista, daqui a pouco o Lafforgue vem buscá-la. No Obelisco, jovens sindicalistas armam uma confusão.

Domingo 4

Agora estou sozinho na tarde vendo a noite chegar sobre o rio. Longo almoço com a Julia e o Mario Szichman (que chegou da Venezuela), com eles estava Pelín N., um estudante trotskista. Impossível eu me sentir bem nessa sociedade, como se só pudesse me sentir bem com meus amigos mais chegados ou falando de literatura, do contrário, desatento e distante.

Estranha época que não deixa marcas, na terça, ao descer do ônibus voltando do Canal 13, onde fui recusar o emprego, vejo na esquina da Callao com a Córdoba descarregarem os exemplares da revista *Crisis* com meu conto. Sento no bar da Corrientes com a Rodríguez Peña e folheio a revista. Na sexta, na casa do Norberto Soares, telefonema do Andrés Rivera, elogios a "Homenagem a Arlt", exagerados, como sempre. Estranhamente, eu me distancio cada vez mais do livro.

Terça-feira 6

Tema: os bascos de Tandil. Siglo XXI. O "messias", um curandeiro que mobiliza uma *montonera* e degola imigrantes bascos da região. Coincide com *El gaucho Martín Fierro*, 1872. Daria para fazer uma peça de teatro, estilo Brecht.

Quarta-feira 7

Ontem à noite fui ver a Amanda em sua casa, melancólica e reclusa. Mal e pra baixo, abraçada à "seriedade", perdeu o que a fazia ser o que ela era, as formas de sua sedução e seu encanto. Jantamos no Arturito, depois ela me acompanhou até o metrô, levando seu cachorro Bolero pela coleira.

Sai o número da *Los Libros* com minha carta de demissão e a resposta do Carlos e da Beatriz. Certa tristeza mas também o alívio de romper por minha conta.

Sexta-feira

Estranha impressão ao me encontrar, ou melhor, ao descobrir os eixos do meu trabalho com dez anos de atraso. A ficção ligada à minha paixão pela história argentina.

Chega uma hora em que certa distração se impõe como "curso legal", atuar de um modo estranho porque é mais adequado às convenções. Por exemplo, ontem à noite topo com o Alberto S. no cinema. Penso "está com outra mulher" e a partir daí atuo em função dessa suspeita. Saio do cinema e vejo que ele estava com a Clara, sua mulher; portanto fui antipático, evasivo etc.

Segunda-feira 12 de maio

No sábado, festa na casa do Norberto Soares, eu me atraquei com o Pancho Aricó numa displicente discussão que motivou a intervenção furiosa de uma bela dançarina histérica (concordamos em concluir que ela dançava sozinha para aparecer). O Germán García, cúmplice comigo, se enredou num discurso fácil para provar à dançarina que estava desorientada. Além disso, renovados elogios à novela sobre Arlt. O Aricó e a María Teresa Gramuglio insistem em que a publique à parte. Volto com a Iris às quatro da manhã caminhando pela Callao molhada de garoa.

Terça-feira 13

Chove e eu trabalho tranquilo, sem vontade de sair.

Ontem, boa aula com os psicanalistas sobre a negação em Freud e a negatividade em Hegel. Antes, encontro com o Oscar Landi, que concorda com minha carta de demissão da *Los Libros*. Precisávamos achar um jeito de reunir um grupo de intelectuais (o próprio Landi, De Ípola, Menéndez etc.) no projeto de "outra" revista.

Sexta-feira 16

Depois de almoçar com o Carlos Altamirano no restaurante que fica ao lado da casa onde vivi anos felizes (na rua Sarmiento, junto ao portão de entrada), vou à Siglo XXI para assinar o contrato de *Nome falso*. O Schmucler me dá uma cópia de um parecer com diversos elogios, sobretudo à novela sobre Arlt.

Sábado 17

Passo a tarde lendo literatura argentina. Descubro Holmberg e o veio da literatura fantástica que, através do positivismo, se abre às ciências ocultas e, em certo sentido — via Lugones —, vai dar em Roberto Arlt. Leio com muito interesse, por outro lado, os folhetins de Eduardo Gutiérrez (*Moreira* e *Hormiga Negra*).

Sábado

À noite, ponho açúcar num saco plástico amarelo e vou levar para a Iris, porque está difícil de conseguir. Espero o metrô, tranquilo e exausto, enquanto uma mulher mostra para um homem os painéis de azulejos representando Nossa Senhora de Luján. Jogo xadrez com o Fernando num tabuleiro de madeira que raspa ao mover as peças.

Domingo 18

Há três meses que não escrevo, só faço ler e preparar aulas. Começo a ter "sonhos ruins".

Terça-feira 20

Na hora do almoço, aparece o José Sazbón, falamos do meu ensaio sobre Brecht, o José está pensando em preparar um volume para a Nueva Visión e incluir esse texto.

No fim da tarde vou à livraria Martín Fierro e me encontro com o Roa Bastos, em noite de autógrafos. Com ele, muita gente da Siglo XXI, o Marcelo Díaz, o Tula, também o Lafforgue, todos insistem em que, se eu concorrer, vou ganhar o prêmio de contos policiais da *Siete Días*. Essa certeza basta para me bloquear, não vou escrever coisa nenhuma.

Quarta-feira 21

Mario Szichman vem com o convite para eu escrever dois artigos por mês para um jornal venezuelano em troca de cinquenta dólares (o que dá quase duzentos mil pesos). Tendo à dispersão e prefiro não assumir mais compromissos.

Sexta-feira 23

Avanço na hipótese sobre a relação entre o fantástico e o policial no final do século XIX como uma linha presente em Roberto Arlt. A aula de ontem no CICSO foi suspensa por causa do pico de repressão que se seguiu à nomeação de Numa Laplane como chefe do Exército e ao fortalecimento da ala mais reacionária do governo (via López Rega).

Sábado

Leio excelentes contos políticos de Cabrera Infante, escritos no estilo de Hemingway. Olho a tarde cair belamente sobre o rio.

Não sei como vou fazer para achar um tema e escrever num mês um conto policial para o concurso. Argumento: Almada leva as fotos, Antúnez se despede de Larry. Além disso, preciso construir uma história, os dois talvez nunca se encontrem.

Domingo 25

Releio sem paixão artigos sobre os *mass media* para minha aula de amanhã. A incerteza entre verdade e falsidade vem dos meios de comunicação (Enzensberger). Ontem, duas idas ao cinema: sozinho, para fugir do vazio, assisti a *Los gauchos judíos* no cinema aqui em frente e à noite, com a Iris, *Casa de bonecas* na versão de Losey.

O projeto do conto policial não me deixa fazer mais nada, como também não o escrevo, fico imóvel olhando o vazio.

Segunda-feira 26

Preparo a aula de hoje para os psicanalistas, reluto em aceitar que preciso trabalhar para ganhar a vida. Procuro uma "saída" para escrever um conto policial de dez páginas.

Sábado 31 de maio

Ontem, jantar na casa do Carlos B., projeto de um filme sobre "Emma Zunz", o Carlos se apoia em certa aristocracia do artista. É exatamente o que eu tento evitar, "não fazer" nada, apenas trabalhar; quanto às minhas fantasias, tenho a cortesia de não compartilhar semelhantes coisas com ninguém.

Quinta-feira 5 de junho

Encontro o Andrés e o Norberto Soares no café da Córdoba com a Uruguay. Diversas versões sobre a situação política. Greve em Córdoba, tudo muito instável. Grave crise depois do plano econômico de Rodrigo.

Sexta-feira 6

Trabalho no conto policial, mas não encontro a fábula. Talvez eu me concentre na morte da garota de programa chinesa. Mas duvido que consiga escrevê-lo enquanto o enigma não estiver bem claro para mim. Depois de quase seis horas trabalhando no conto, ainda estou no começo. Almada apaixonado por Larry. Seja como for, continuo sem encontrar o enigma.

Sexta-feira 13

Descubro um novo final para o conto. Talvez Almada seja o assassino.

Quinta-feira

Hoje no meio da tarde aparece o León R. depois de meses, continua com suas ideias sobre o peronismo para o livro que pretende escrever. Muito crítico, imagina que as classes populares apoiam Perón por interesses imediatos.

Sexta-feira

Explode a crise política, o ministro da Economia não quer acatar os aumentos acertados nas convenções coletivas (150% para a Unión Obrera Metalúrgica), a CGT decreta greve geral. Além disso, chove, e assim, no meio do conflito político e do mau tempo, eu me fecho em casa e em dez horas de trabalho consigo finalmente escrever um conto razoável dentro do gênero policial. Ainda falta revisar o texto e fazer alguns cortes, mas acho que pode funcionar. Encontrei uma solução "linguística" para o crime.

Sábado

Escrevo meu conto número trinta: "A louca e o relato do crime", além disso, tenho a novela sobre R. Arlt e o romance fracassado sobre os bandidos cercados num apartamento em Montevidéu. Quinze anos de trabalho, triste constatação.

Em meio à minha paixão pela escrita me aparece a Tristana com suas tragédias: seu marido voltou a se deitar com a empregada (como um personagem de Gombrowicz), crise, terapia do sono. Ela vaga pela cidade sem ter onde se agarrar, se joga no chão, é seu modo de dizer que quer se deitar comigo. Passamos o fim da tarde na cama. Vez por outra, maus pensamentos banais: o dia de trabalho partido.

Julho

Termino um bom rascunho do conto policial. Trabalho firme até conseguir montar uma história dupla:

I. Almada-Antúnez (Larry).

II. A louca que viu o crime.

Falta fazer uns cortes, reduzir o texto a oito páginas, mas talvez sirva para ganhar o concurso.

Terça-feira 8

Terminei agora há pouco de passar a limpo "A louca e o relato do crime". Certa confiança obstinada me permitiu escrevê-lo.

Por estes dias se deflagrou a crise política, mobilizações operárias no país inteiro. Todo o ministério se demitiu, mas Isabel continua a respaldar López Rega.

Quinta-feira 10

Tiro a manhã para despachar o conto policial para o concurso; à tarde vou à Siglo XXI, confirmam que *Nome falso* vai sair ainda este ano.

Sexta-feira 11 de julho

Por acaso estudar a arte da guerra não seria um mecanismo de defesa?

Não seria o caso de publicar um livro chamado *Viagem sentimental*, com a transcrição do diário da minha viagem à China?

Sábado 12

Tristana aparece a altas horas, meio bêbada, como sempre que vem me ver. Ficamos juntos até hoje à tarde, direto na cama e sem sair até o final, antes da despedida, com ela sentada na banheira embaixo do chuveiro. Imagem derradeira que não hei de esquecer.

Segunda-feira 14

Assim como para os empregados de escritório, a segunda-feira é o pior dia para mim (curso para os psicanalistas). Além disso, resolvi deixar a barba crescer, mas acho que vou acabar desistindo. Mesmo assim, registro aqui um procedimento supersticioso: não vou raspar a barba enquanto não sair o resultado do concurso de contos policiais. Se eu ganhar (?), vou tirar fotos com essa barba e depois raspar. Se perder, raspo assim que souber do resultado.

Quarta-feira

Pagar o aluguel, ir à revista *Crisis*, ver o Norberto Soares, escrever sobre Bellow, arrumar a casa.

Na hora do almoço, vou à Siglo XXI. Revisões de *Nome falso* (que cada vez mais me parece mal escrita). Vai entrar na gráfica nos próximos dias. Na Tiempo Contemporáneo, telefonema do David, que me convoca à sua casa para discutir sobre "crítica literária".

Quinta-feira

Excesso de álcool ontem à noite, levanto ao meio-dia levemente tonto. Leio o livro de Laplanche sobre Hölderlin. Depois aparece o Pablo G., pedindo trezentos mil pesos pelo aluguel do apartamento, eu lhe ofereço duzentos mil. Ele recusa a oferta e ameaça me despejar.

"A criança encontrada só percebia os pais através de um movimento maciço de projeção que lhes retirava sua individualidade pessoal. Daí o equívoco de seus sentimentos e a ausência de conflito que paralisava sua ação." Marthe Robert: *Romance das origens e origens do romance*. Trabalha com o modelo do romance familiar de Freud.

Sexta-feira

Passo o dia inteiro fechado no escritório e sem sair. Lendo diversos livros, me defendendo do frio e da solidão com uma garrafa de uísque. Vou e venho pelo aposento, faço projetos e tento descobrir qual seria "o caminho mais direto" (para onde?).

Terça-feira 29

Dias inteiros no ar; além disso, vagas inquietações e más leituras (S. Crane, V. Nabokov, W. Styron). Visitas inesperadas, Graciela que volta a me procurar pela terceira vez.

Em *Una excursión...*, de Mansilla, a história do cabo Gómez. O homem que esfaqueia a própria mulher ao sonhar que ela se deita com seu inimigo. Ele *acredita* no sonho. Como homem valente, mata ("em sonhos") um oficial que o esbofeteou no meio de uma batalha. Na verdade, está bêbado e mata outro homem, mas acredita que se trata do seu "inimigo". Mansilla tenta salvá-lo, mas não consegue impedir o fuzilamento. A irmã sonha que ele morreu e vem de longe, convencida ("eu sei") de que seu irmão morreu. Curioso alento shakespeariano nessa história.

A mesma coisa em *Facundo*: o comerciante que entra num bar sem reconhecer Facundo Quiroga (que está deitado sobre o balcão) e o insulta exigindo dinheiro. Alguém se dirige a Facundo chamando-o de "meu general". O homem percebe quem ele é, cai de joelhos pedindo perdão. Quiroga ri e o deixa ir com o dinheiro. Anos mais tarde, o comerciante é um mendigo que relembra o caso na porta de uma igreja. Quiroga lhe dá uma moeda de ouro.

Outra de *Facundo*: um oficial que Quiroga vai executar com sua própria espada. O oficial se defende e por duas vezes tira a espada da sua mão e a devolve altivo e digno. Facundo manda amarrá-lo e em seguida o mata.

No sábado acertei meus trabalhos para os próximos meses, três cursos, dois deles no mesmo dia. Vou ter mais dinheiro do que nunca na minha vida e mais trabalho. Um homem que ganha a vida lendo.

Quarta-feira 30

Excesso de demanda: no jornal *El Cronista* me pedem um artigo sobre Pavese e um conto. Em agosto, as conferências.

Ontem, encontro com a Pola, longa conversa cansativa, jantar no restaurante da Agüero com as lembranças do passado. No final ela não quer ir para a cama e volto sozinho na madrugada. Ao amanhecer sem dormir, penso que *Nome falso* é ruim e está mal escrito. Sento na cama e me deixo levar por essas ilusões perdidas.

Quinta-feira 31

Voltei a Pavese, ao clima dos meus começos. Lembro que um artigo sobre ele foi a primeira coisa que publiquei há mais de dez anos.

Passam-se os dias sem que eu dê um passo além. Preso por momentos a certas leituras soltas: Stephen Crane, William Styron.

Sexta-feira 1º de agosto

O desejo de um desejo impossível? É o que diz o homem que o escuta. Os véus: telas de tule para tapar a saudade.

A Série X. Longa tarde com o Rubén K. por vários bares. É fato que para mim ele tem o prestígio da política revolucionária, uma prática que sempre pensei como feita por outros (Casco, Lucas), que infelizmente eu vi "traírem". O Rubén, não, apesar do seu otimismo sempre renovado, sua monótona lista de contatos (agora via Cámpora). Parece não ter memória e essa deve ser a "razão" de um político: quanto vai durar, por exemplo, a estúpida pretensão de fazer seu grupo crescer capturando os quadros de outros partidos? No final apareceu o David, com quem tínhamos marcado, e aí de repente o Rubén começou a falar num tom sacerdotal sem nenhum conteúdo além de um vago reformismo: "aliar-se" a Cámpora, Alende etc. Nada de análise política, enfim, as carências que eu suporto na própria pele.

Curioso fim de noite, resolvo voltar pela Corrientes e não pela Callao para caminhar um pouco. Contente de ir dormir sozinho e ajudado pelo vinho. No La Paz, através da vidraça, vejo o rosto da Tristana numa mesa com outras mulheres, a Amanda com um novo parceiro, que quando me vê entrar no café começa a falar de livros. Ela parece cada vez mais um fantasma, faço brincadeiras inofensivas com a Silvia P. e com a Tristana, bancando o distraído ao ouvir as frases com que a Amanda insinua o que pensa de mim. Mas por que será que me dou ao trabalho de registar essas bobagens?

Sábado

Ida e volta a Adrogué, aos bairros da infância. Olho as velhas casas, sentindo o peso das lembranças, dos bons tempos. Em casa, trato de arrumar as caixas com os arquivos do vovô Emilio. Passo a noite lendo cartas, anotações e olhando fotos. A parte da frente continua ocupada pelos inquilinos, que são simpáticos e generosos (ele é um gráfico bem conhecido entre os editores amigos).

Segunda-feira

Termino a noite com o Soares e o Di Paola no La Paz, como sempre, lá está o Miguel Briante. Longas conversas e piadas. O Miguel íntimo, sempre com suas histórias luxuosas.

Terça-feira 5

Linda manhã, a névoa da cidade contra o rio. Estranhos sinais, destruições que conservam sua elegância.

Quarta-feira

Encontro a Tristana no restaurante da Serrano, passamos a noite juntos. Ela se senta no chão, de frente para a janela. Deixa comigo as cartas que me escreve quando está sozinha.

Domingo 10

Ontem, visita do Roa Bastos, narra a bela história do final de Solano López. Ele escreveu *Eu o Supremo*, uma obra-prima, mas isso não mudou nada. Está sozinho, doente e sem dinheiro.

Segunda-feira 11

Reunião na Sade, uma chapa de escritores para as eleições. Castelnuovo, Kordon, Conti, Viñas, me lembrou as reuniões no centro acadêmico. Depois janto com o David e o Conti. A crise política, a mudança de ministério, os rumores de golpe.

Na hora do almoço, visita do Andrés R., traz um conto, demasiado *escrito* e retórico ("La lectura de la historia").

Segunda-feira 18

O mate e a chaleira sobre a escrivaninha, os pregadores segurando as páginas, os livros, um caderno aberto, a luminária.

Uma versão possível de Hamlet, que não se interroga sobre a presença do pai morto e seu fantasma, apenas duvida de sua própria realidade. "Estou vivo ou morto?", pergunta-se o enlutado que se apoia na repetição do verbo *to be*.

Terça-feira 19

Ontem, depois de uma melancólica reunião na Sade com jovens ingênuos e escritores maduros que se iludem com ganhar as eleições, janto com o David. Como sempre, eu me deixo arrastar pelo seu entusiasmo e pelas divertidas histórias que ele me conta sobre sua vida. A viagem de 1956 à Bolívia e suas vitórias.

Em cerca de duas horas passo a limpo o rascunho do artigo sobre Pavese. Às três aparece o José Sazbón, temeroso, muito inteligente, está preparando um curso sobre história e literatura. Falamos disso. Quando ele vai embora, trabalho mais um pouco e não saio de casa até que chegam o Hugo V. e seus sequazes. Pálida reunião, vagos projetos de fazer um folheto sobre arte e propaganda. À noite, com os psicanalistas, dou uma aula até que boa sobre a negatividade e o mal.

Quinta-feira

Vida social: na casa do Norberto Soares está o Andrés R. Entrevista do Conti à Beatriz Guido etc. Notícias, piadas, fofocas. Na livraria Martín Fierro, encontro o Pezzoni, que me pede um livro sobre Borges para a Sudamericana. Só que eu jurei nunca escrever um livro sobre Borges.

Sexta-feira 22

Claro que meu projeto sempre foi ser um escritor conhecido que vive de seus livros. Projeto absurdo e impossível neste país. Daí a necessidade de descobrir outro caminho. Qual? Não o jornalismo, provavelmente acabe me dedicando ao ensino, por ora vivo do meu trabalho como *editor*. O risco de sempre é aparecer tanto na mídia que se acabe virando uma "pessoa conhecida", que tem nome mas não tem obra.

Leio fragmentos do diário de Enrique Wernicke na *Crisis*. Imediatamente tomo a decisão de "melhorar" estes cadernos, *escrevê-los*, e não reduzir tudo a estas anotações esporádicas. Agora vejo que este caderno durou demais (cinco meses). Eu nunca soube por que os escrevo.

Vou passar a noite sozinho preparando a aula de amanhã. Certa paz apesar dos "terrores noturnos". Quem sabe se conseguirei me desvencilhar da urgência que há dez anos me afasta das coisas, me faz viver atrás de um vidro. Só conheço a felicidade retrospectivamente.

Sábado
   Uma lembrança. A tarde em que saí para caminhar pela cidade, a mulher que falava aos gritos com um homem pendurado no telhado.

A longa travessia dos cursos, falar quatro horas para ganhar o que faz falta.

O Roa Bastos vem em casa, conversa vacilante e errática sobre livros ingleses e Virginia Woolf. A melhor parte são as histórias do seu trabalho, que escuto como se há muitos anos fossem minhas e as tivesse perdido. Passa um ano numa casa em Mar del Plata, sem fazer nada além de escrever, vivendo à base de peixe e sem dinheiro. Acordava às cinco da manhã e tomou anfetaminas durante seis meses até terminar *Eu o Supremo* (e ganhar um enfarte).

Domingo
   Passo a tarde lendo *Cosmos*, de Gombrowicz. Ontem recebi uma notificação da ação de despejo. Vou ao cinema com a Iris embaixo de chuva para assistir a uma versão de *Daisy Miller*.

Segunda-feira
   Logo mais vou à editora, tenho que escrever uma carta para um tal Zimmermann, autor de um livro sobre Goldman que o David me mandou. Tenho que ir ao escritório dos advogados que vão me defender na ação de despejo.

Jantar com o David e o Norberto Soares. Falamos de Armando Discépolo.

Quarta-feira 27

Ontem, dia vazio. Acordei com febre e dores no peito. Dormi 24 horas seguidas. A Iris entrava e saía, o quarto às escuras. Dia perdido. Hoje, no jornal, movimentações militares. Pressão de Videla contra Numa Laplane. Este é obrigado a apresentar seu pedido de reforma, assim como Damasco (ministro do Interior). Isabel Perón cada vez mais isolada.

Passei o dia lendo James Purdy.

Quinta-feira

Continuo de cama, prostrado, impondo-me prazos. Leituras, tédio, apatia.

Sábado 30 de agosto

À noite, na casa de Pichon-Rivière, reunião de "jovens narradores", Briante, Libertella, Soriano. A besteirada de sempre, grandes gestos vazios. Discussões sobre o critério de seleção da antologia. Se são esses os meus colegas de geração... Reencontros, principalmente com o Miguel, a quem me une uma grande cumplicidade. Ele também está envelhecendo, como eu.

Domingo 31

Escutam-se marchas militares. Abro a janela, é como se um circo se aproximasse.

No cinema, "O morto" de Borges, transposto — secretamente — pelo David. Suas virtudes, certa qualidade nos detalhes (procura os arreios para dormir). Diversos erros, tudo muito explícito. Perde-se assim a possibilidade de um *western* "trágico".

Segunda-feira 1º de setembro

Passo a limpo meu conto sobre os russos brancos em Buenos Aires. Parece escrito por outro e vão me pagar cinquenta dólares por ele.

No teatro Payró, vários grupos se apresentam para arrecadar fundos para a campanha de escritores na Sade. A corrente "progressista", os mesmos poemas de sempre, as boas intenções. Lá estou eu, em todo caso, e todo meu esforço parece ser no sentido de inverter e virar do avesso tudo o que eles dizem. Faço literatura com "maus" sentimentos, não me parece que isso seja um avanço.

Terça-feira

Estranho ritual, sentei num restaurante especializado em carnes e pedi um bife. Como se eu fosse um turista que quer conhecer as peculiaridades do país.

Quarta-feira 3

Tudo é possível. Certeza que sempre me acompanha. Isso explica o desencanto? Teria que fazer o inventário das minhas ilusões. Desmedidas, sem dúvida.

Quinta-feira

Começo um novo curso sobre Borges no Instituto da rua Bartolomé Mitre. Ao sair, penso que estive brilhante "demais"... Será que estou ficando louco?

Janto com a Julia. As recriminações de sempre. Um morto, alguém que não sabe o que fazer. Por isso é impossível pensar em atravessar a cidade sozinho para voltar para casa. Durmo com ela, melhor dizendo, ao lado dela, os dois vestidos, sem nos tocarmos.

Sábado 6

Decido ligar para a Iris no túnel do metrô da Uruguay com a Corrientes. "Você ganhou o concurso", ela diz. O Lafforgue lhe telefonou para comunicar oficialmente que estou entre os cinco premiados do concurso policial. Realizadas certas fantasias dos meus dezoito anos, viajar à Europa com ela, financiado pela literatura.

Domingo 7

Tudo parece trivial, o conto não é nada do outro mundo, e no entanto aí está.

Segunda-feira 8

Anunciam que ganhei — com Goligorsky e Antonio Di Benedetto — o prêmio do concurso de contos policiais com "A louca e o relato do crime". Prêmio, viagem a Paris. Entre os jurados, Borges.

Os amigos me telefonam, me dão os parabéns. Termino a noite jantando com o Andrés Rivera e o Norberto Soares.

Terça-feira

Releio "A caixa de vidro", daria para escrever um romance com esse procedimento (um diário lido em segredo por outro). O Carlos atravessa para me ver. Estranha a emoção que a Melina me provoca, movendo-se e falando de animais.

Apesar de tudo, é uma época afortunada, frase com que fecho este caderno.

Quarta-feira

Vou à casa da Amanda. Ela me espera com champanhe para festejar o prêmio em estilo Fitzgerald etc. Levemente nervosa mas doce comigo. Passei a noite com ela porque chove lá fora (leva o cachorro para passear todas as tardes; quer um filho; tem saudade do passado comigo; diversos medos), não quer que eu durma com o relógio no pulso.

Quinta-feira 11

A situação política cada vez mais tenebrosa, com o fortalecimento dos militares que ocupam a cena. Planejam ordenar a repressão do movimento sindical. Isabel Perón, agora junto com Luder, Lorenzo Miguel, Calabró, parece fraca e vacila.

Série E. Como fazer para melhorar o estilo deste diário? Talvez tenha chegado a hora de passar à máquina os dezessete anos destes cadernos para aí encontrar os núcleos e os tons.

Sexta-feira

Não suporto ficar sozinho à noite, queria procurar uma mulher, ficar com qualquer uma delas, que se amontoam desde o passado, e por isso saio para a cidade. Jantar no Pippo, depois cinema, um filme nacional (*Una mujer*, de Stagnaro) com rara perfeição técnica, narração vazia, combinação de cinema comercial e cinema publicitário com ar intelectual, homólogo aos jovens best-sellers. Volto de táxi depois de tomar um par de uísques no La Paz e oferecer uma rodada para o Dipi, o Miguel e uma porção de desconhecidos, como se eu precisasse torrar o dinheiro que não tenho.

Sábado

Leio Conrad, o covarde como tema épico e trágico — Lorde Jim. "Um posto avançado do progresso" é uma espécie de *Bouvard et Pécuchet*.

Segunda-feira

Começo a passar à máquina meu diário I (1957-1962). Para quê? É impossível que se possa publicar.

Reunião na Sade: Constantini, Conti, Viñas, Iverna Codina, Santoro. Discutimos as declarações de Elías Castelnuovo (nosso candidato a presidente) contra González Tuñón. Vou jantar com o David. Aparece a Beba: estranhos jogos a que respondo com ironia. Gosto muito dessa mulher, mas com ela está acontecendo o que já me aconteceu com outras, prefiro manter distância.

Terça-feira

Recebo um envelope com as cartas da Tristana, ela me escreve fragmentos de diálogos que parecem ditos por outro, mas segundo ela são meus.

"Precisaria não dormir nunca mais. Que o dia tivesse 35 horas para ler tudo o que quero ler e escrever tudo o que quero escrever."

"Você precisa entender, não tenho outro jeito de te explicar isso, mas estou vazio (a definição a convenceu, e acrescentei), vazio como uma garrafa vazia."

São essas as coisas que parece que eu lhe disse.

Um dia ainda vou escrever um conto reproduzindo as cartas que um homem qualquer recebe ao longo dos anos.

Encontro o Di Paola no bar Ramos. Não para de falar, impelido por uma estranha mitologia que dissolve sua vida e a de todos os que tem por perto. Seu pai, que quebrou e percorre a cidade de ponta a ponta, sempre a pé. As brigas do Dipi com a mulher: os dois se batem como crianças, choram e depois se abraçam. Tudo se transforma numa história humorística, a melhor foi sua lembrança de uma entrevista com Borges: ele lhe levou um prefácio apócrifo que um poeta colombiano tinha escrito para elogiar seus próprios poemas. Em nenhum momento Borges disse não ser o autor do texto. Simplesmente, enquanto o Dipi lia, foi interrompendo-o com comentários do tipo: "Essa frase poderia ser dita melhor desta forma, não?". Ou: "O senhor não acha que teria sido mais correto deste modo?". De fato, ao terminar a entrevista, Borges havia produzido um texto próprio. Seu tema: o elogio de um livro de poemas que ele nunca leu.

Quinta-feira 18

Série E. Nestes cadernos preciso respeitar uma lei: nunca escrever textos longos. Tudo o que eu disser aqui deve ter menos de trezentas palavras. Relatos, lembranças, leituras, reflexões, encontros: é preciso descobrir o modo de sintetizar e concentrar; o diário é uma cadeia de elos finos, como aquela correntinha que meu avô Emilio usava para prender seu relógio de bolso.

Vou pôr uma frase de Borges na abertura do meu livro *Nome falso*, mas atribuí-la a Roberto Arlt: "Só se perde o que realmente não se teve". Essa frase não faz mais do que sintetizar o que para mim é o "tema" central do livro: as perdas.

Segundo Marx, a loucura de dom Quixote consiste em ter de "pagar pelo erro de imaginar que a cavalaria andante fosse igualmente compatível com todas as formas econômicas da sociedade".

Outra do Marx: "No século XII, renomado por sua piedade, encontramos frequentemente entre essas mercadorias coisas muito delicadas. Um poeta francês dessa época conta, por exemplo, entre as mercadorias que se viam no mercado de Landit, além de tecidos, sapatos, couro, instrumentos agrícolas, peles etc., *femmes folles de leurs corps* (mulheres de corpos fogosos)".

Domingo

Hoje me obrigo a descansar de uma semana agitadíssima. Primeiro vou ao cinema assistir à versão de Kurosawa para *Macbeth*, e depois, ao voltar, sento na frente da tevê para assistir à versão Hollywood 1950 de *Babylon Revisited* de Fitzgerald, e quando o programa termina vou até a poltrona, acendo a luminária e releio de uma sentada *O coração das trevas* de Conrad. Consumo histórias alheias para apagar minhas suaves aflições.

Série E. Dois guias para a transcrição do diário: (1) Chamar todas as mulheres pelo mesmo nome. (2) Incluir as citações de outros autores sem referência, como frases que fazem parte do texto. Vou escrever um relato com os papéis que aparecem dentro dos meus cadernos: pelo jeito, vou enfiando neles o que tenho sobre a mesa, frases, listas, mapas, projetos, citações, mensagens ao vazio.

Segunda-feira

(Anotações de uma velha aula de Nilda Guglielmi sobre cultura medieval.)

Na Idade Média, todo leitor era ao mesmo tempo autor que copiava em seu livro as passagens interessantes dos autores que lia. Depois acrescentava seus próprios comentários, e assim o livro crescia e ganhava forma. O livro nunca era "publicado", simplesmente um dia começava a circular de mão em mão, enquanto o autor continuava a acrescentar novos comentários. O livro nunca tinha um único conteúdo — ou tema ou campo de ideias — e incluía todos os centros de interesse do autor. Um diário, afinal, repete essa técnica medieval? Dispersão, cópia, livro para ser lido depois da morte.

Quarta-feira

No suplemento cultural do *El Cronista Comercial* publicam minhas notas sobre Pavese; diversos convites para tentar me comprometer. Quinhentos mil pesos por mês em troca de dois artigos, vendendo os mesmos textos para a Venezuela (via Mario Szichman) a cem dólares cada. Com isso eu poderia viver com folga, passando de viver da leitura a viver da escrita. Duvido. Pound dizia, falando de Joyce: "Ele está coberto de razão quando se nega a interromper seu trabalho para escrever um artigo ou dois por dinheiro".

Sexta-feira

O duplo que sustenta a escrita: o outro escreve e eu assisto ao seu trabalho.

O Lafforgue vem em casa, reviso as provas de "A louca e o relato do crime": não gosto muito do conto, pouco espaço para desenvolver a trama; mas a mudança de estilo e certa densidade na história que vai além da fábula funcionam.

Quarta-feira 1º de outubro

Ontem, entrega do prêmio. Borges aparece, desce a escada vacilante, como num sonho. Cantou velhos tangos com voz altiva, gosta das letras marginais, seu preferido é "Yvette". Fez diversos comentários políticos: estamos pior do que no tempo de Rosas, não faz sentido exilar-se, porque ao voltar sempre se encontra outro governo pior. Caminhava apoiado no braço de Donald Yates.

Vou à livraria Martín Fierro, numa mesa do Banchero, topo com Gusmán, Di Paola, Germán García, Pichon-Rivière, Norberto Soares: divertidas discussões de diversos desconhecidos distintos.

Sexta-feira

Ontem à noite, debate sobre Sartre na Hebraica, com Rozitchner, Matamoro e outro senhor cujo sobrenome me fugiu. Digo algumas palavras sobre Sartre e a crítica literária na Argentina. Discuto com Matamoro sobre Masotta.

Domingo

Aos poucos volto a me interessar pelo meu velho trabalho sobre Borges, queria escrevê-lo num estilo fluido, nada técnico. Pensamento que surgiu na cama, enquanto fumava o primeiro cigarro da manhã depois de ler os jornais e antes de começar a trabalhar na aula de amanhã.

Hoje, daqui a pouco, começa a luta de boxe entre Clay e Frazier, que vou ficar para ver.

Quinta-feira 9

Hoje chegam as primeiras provas de prelo de *Nome falso*, vou pegá-las, releio o livro no bar escuro que fica na Diagonal, perto do Vivex. Certo receio de encontrar muitos problemas que já não possam ser resolvidos. Aos poucos vou me acostumando à ideia de que o que estou lendo é meu próprio livro. Corrijo as provas na casa da Iris melhorando os textos naquilo que ainda posso. Agora veremos se é possível ver o livro impresso até o fim do ano.

Sexta-feira 10

É bonito ver a tarde cair, o rio escurece, a última luz do sol se reflete nas vidraças do edifício de um banco que parece incendiar. São sete horas da noite e estou sentado na poltrona de couro escrevendo isto e tomando um uísque, à espera da Lola, várias fantasias. Estranha mistura de desejo e amor.

Segunda-feira

Fim de semana tranquilo, visita da minha mãe, vou com ela ao cinema. Depois, ontem à noite, fico em casa para escrever a quarta capa do meu próprio livro, mas é impossível. O que dizer sobre mim mesmo, de quem sei menos do que sobre qualquer outra pessoa?

Ao voltar, vi sujeira no chão do corredor. "Não limparam", penso, depois vejo que alguém riscou minha porta com um prego e escreveu um insulto. A marca do mal. Quem poderia ser? Não escreveram meu nome, só me xingaram. Voltam à minha lembrança os muros pichados da minha casa natal, a mesma surpresa diante do ódio anônimo.

É impossível para mim escrever um texto sobre meus próprios contos. Aparecem todas as alternativas e os rostos de todos os meus amigos. Posso escrever vários textos diferentes, uma defesa da narração com ações entre os contos e a realidade. Defesa da experimentação em "Homenagem...".

Terça-feira 14

O romance vai aos poucos se montando na minha cabeça. Encontro o começo: "Cometo o erro de falar com Maggi sobre as cartas". Maggi está escrevendo a biografia de um herói desconhecido do século XIX.

Na sexta, encontro com a Lola. Jantamos no Hansen e passamos a noite juntos. Hoje ela veio em busca do fim. Conseguiu aquilo que eu procurava (me varrer da sua vida) e fez bem. Levíssima melancolia e ao mesmo tempo a certeza de que essa era a última coisa (a única) que eu podia fazer por ela.

Terça-feira 21

Circulações, divagações. Os dias marcados pelas aulas e pelos encontros. Nada digno de lembrança. O David, que foi aos Estados Unidos; as mulheres, Julia, Tristana, Lola, que entram e saem da minha vida.

Sexta-feira 24

Hoje na Siglo XXI vi a quarta capa escrita pelo Schmucler, o incômodo de sempre ao ler algo escrito sobre mim, como se espiasse uma carta destinada a outra pessoa em que alguém me difama ou me elogia, o que importa é a sensação de estar lendo algo que não me cabe. A Cuqui Carballo acaba de me mostrar os testes de fotos para a capa que ela vai fazer, imagens da cidade. Lentamente se constrói um fetiche, depois de publicados, não quero saber nada desses livros que escrevi, mas eles persistem em mim com a luz de um objeto perigoso e sagrado.

Eu deveria reconhecer a prosperidade desta época, sem sobressaltos econômicos, com um livro prestes a sair e às vésperas da viagem à Europa com a Iris.

Segunda-feira

Na editora, as últimas provas de prelo de *Nome falso*. Os dias de reclusão, os anos vazios estão lá. Nenhuma ilusão, antes a certeza da rejeição que deve despertar, ou melhor, a indiferença geral. Nunca vou conseguir que um livro meu esteja à altura das minhas expectativas.

Terça-feira

Encontro o Mario Szichman no Ramos. Ele "compra" de mim (a 75 dólares cada) os textos sobre Brecht, o artigo sobre Arlt, o texto sobre Pavese. Portanto, também minha relação com o dinheiro melhorou nesta época. Queria viver este tempo do modo que o recordarei.

Obsessões, arrumar a casa, jogar fora os papéis velhos, fazer outra estante de livros.

Segunda-feira 10

Digressões circulares agravadas. Na sexta, dia negro, encontro com a Julia, que diz a verdade sobre minha vida e arrasa com tudo para que eu fique sabendo que não me esqueceu. Antes e depois, curso, aulas, leituras discretas. Propostas, entrevista na *Crisis*, no *El Cronista*. Possibilidade de acordo com o Fischerman para escrever um filme policial. Vivo no ar, apesar de tudo vou todo dia ao cinema, esperando sem saber bem o quê.

Complacência e aceitação, impossibilidade de pensar intensamente, salvo em circunstâncias delimitadas que sempre conheço de antemão (por exemplo, as aulas, as entrevistas). Procuro a "harmonia", saudade do paraíso perdido, descobrir o real pioraria o mundo, destruiria a tranquilidade. Melhor eu me ligar às ideias em que não quero pensar. Serei um assassino manso?

Quarta-feira 12

Furores cujo sentido desconheço. A expectativa do livro? Vejo as mulheres passarem, desejos incertos enquanto caminho pela cidade.

Terça-feira 18

Entro e saio de escuridões diversas, um único núcleo que não quero ver, que conheço e deixo de lado, como se alguém me proibisse de enxergar com clareza.

Hoje, na Siglo XXI, vi a capa do livro. Nenhuma emoção, vim caminhando pela Corrientes sob o sol morno. Provas finais do conto policial.

Sexta-feira 21

Sentado diante da máquina, reescrevo velhos papéis, os mesmos que tornei a ver repetidas vezes anos atrás. Diversas dificuldades. Não sei como falar de mim.

Farto de dar cursos, cada vez mais próximo da Iris, espero apenas um substituto. Finalmente vou à Europa em janeiro, sem muito interesse. Navegações.

Segunda-feira 1º de dezembro

O Norberto Soares vem em casa, confusa pretensão de que nos encontramos para fazer algo que nunca entendo por completo. Daí minhas complicadas relações de amizade. Daí a trama sufocante de exigências que os outros me fazem com naturalidade. Vago pela cidade, preciso me mexer e não sei bem para onde.

Terça-feira 2

Deixo o tempo correr, leio ao acaso. Também me dedico ao livro da Ludmer sobre Onetti, que estou lendo com muito interesse. Bom começo, os dois primeiros capítulos com excelentes arremates sobre o corte e o início da narrativa, ao mesmo tempo há como que uma superinterpretação, que faz pensar nos excessos de uma crítica que acrescenta significados próprios e que pode ser lida como a autobiografia do próprio crítico, que sem saber escreve sobre si mesmo.

Entro e saio da história argentina. Agora as origens do teatro.

Passo pela Martín Fierro, o Gusmán elabora teorias de modo um tanto brusco. Defende Medina e os best-sellers. "É bom para todos nós." Por trás disso há sempre um pensamento realista. Fica claro que o sujeito de "vanguarda" pensa o mercado como o futuro lugar dos seus textos.

Quarta-feira

Segundo o homem que o escuta, suas angústias não são mais do que velhas crenças que ele não se conforma a perder. Seja como for, desde o começo, uma forte opressão, uma pedra — daquelas pedras de concreto que em Mar del Plata são usadas para construir os quebra-mares — no peito.

Aos poucos vou entrando na ideia da viagem a Paris, encontro o Goligorsky, que já voltou. O hotel em Paris é esplêndido e tudo parece uma história de Fitzgerald.

Tenho pensado cada vez mais em que preciso abandonar a política antes que ela me abandone. Minhas relações com o Elías e o Rubén flutuantes entre o tédio e a distância. Talvez meus ressaibos tenham a ver com o aumento da repressão.

Quinta-feira 4

Horas no Registro Civil fazendo trâmites para mudar o endereço. O funcionário que me atende tem cara de pássaro, fala alto e inesperadamente exibe seus conhecimentos de filosofia.

Sexta-feira 5

Volto ao Departamento de Polícia para renovar meu passaporte. Assim como em 67 e 72, sempre em dezembro. Vou a um bar da esquina para esperar e leio o capítulo de Quentin Compson no romance de Faulkner.

Sábado

Encontro o Norberto S., que me cansa repetindo sempre a mesma coisa sobre Armando Discépolo. Vamos à casa dele para revisar minha entrevista, que consideram, ele e o pessoal da redação, "perfeita, inteligente" etc., enquanto eu acho que está péssima. Tenho que cortar uma resposta e não me referir ao marxismo. Concordo com o corte sem problemas porque não quero lhe trazer complicações e porque, de resto, acho melhor não classificar o pensamento de quem quer que seja usando rótulos prévios e de prestígio.

Terça-feira 9 de dezembro

Ligo como sempre do telefone público da loja de tecidos na Santa Fe com a Canning. Na Siglo XXI confirmam que o livro acaba de chegar da gráfica. O que eu penso? Remota alegria, irrealidade. No balcão, uma das secretárias me mostra um exemplar, bela edição. Pego o 29 e levo o livro para a Iris, depois encontro o Andrés no La Paz, que se comove quando lhe dou o livro e divaga sobre os contos que ele escreve no seu estilo faulkneriano, depois vou ver o Gusmán. Acabo almoçando sozinho no Claudio, releio a "Homenagem...", que desta vez me parece excelente.

Quarta-feira 10

Na Air France, data final para a viagem: segunda-feira, 5 de janeiro às 15h30. Tudo se encadeia. À tarde, no Querandí, sessão de fotos para o suplemento literário do *El Cronista*. Com a Iris, antes de dormir, sensação estranha quando ela critica (agora que não tem mais jeito) "O fim da viagem". O pior é que ela tem razão, o texto inteiro pode ser melhorado. Mas eu me escoro no entusiasmo do Saer pelo conto, sobre o qual me escreveu uma carta muito generosa. Pus esse conto em primeiro lugar no livro e estou contente. Talvez porque não pudesse escrevê-lo melhor.

Quinta-feira 11 de dezembro

De manhã na editora, o primeiro exemplar de *Nome falso*, o livro é muito caro (vinte mil pesos), depois me encontro com o Dipi, o Soriano, o Gusmán e discuto com ironia o artigo de Enrique Pezzoni, que num balanço do ano escreveu que eu sou o melhor crítico argentino (por causa dos meus ensaios sobre Arlt).

Segunda-feira 15

Almoço com o Lafforgue, divagações e voltas ao passado. Ele me dá um exemplar das *Nuevas aguafuertes* de Arlt, e eu lhe dou meu livro.

De manhã cedo, entrevista na rádio Rivadavia, improviso respostas arrastadas para reforçar o clima opressivo e melancólico dos jornalistas radiofônicos. Regresso à cidade que se desintegra ao amanhecer.

Quarta-feira

Primeiros comentários sobre *Nome falso*, alguém diz que viu alguém lendo o livro no metrô. As preferências dos meus amigos se dividem entre "O fim da viagem" e "O preço do amor".

Quinta-feira 18

Série E. Na reportagem do *El Cronista*, falei deste diário pela primeira vez em público, digamos assim. Agora que o divulguei, seria bom que eu finalmente começasse a escrever direito aqui.

Desço para comprar comida; na venda, clima de euforia. Levante na Aeronáutica, o golpe militar está em curso. Sensação de velhas catástrofes, primeiro pensamento: "Fico em Paris".

Sexta-feira 19

A crise se estabiliza. Os aviadores divulgam seus programas fascistas. Videla mantém o Exército como árbitro da situação.

Sentado no bar da Corrientes quase esquina com a Rodríguez Peña, leio minhas próprias palavras, meu artigo sobre Brecht reproduzido na Colômbia. Faço hora para voltar para casa.

Sábado

Estranha inquietação ao ver minha foto de página inteira no suplemento do *El Cronista*. Não consigo ler minhas declarações, como se eu fosse um estranho. Notícias sobre o livro, rasgados elogios de Pezzoni, de Muraro etc.

Última aula com meu grupo dos sábados. Retomamos no ano que vem.

Sexta-feira

Na *Confirmado*, resenha elogiosa do Di Paola. Leitura dos contos usando meu próprio ponto de vista: os personagens encenariam as relações sociais. Não parece que sejam essas as opiniões que me ajudarão a acreditar na literatura que escrevo. Procuro algo, em todo caso, sem saber muito bem o que é.

Estou em Mar del Plata rodeado da família, vim ver minha mãe para as festas, como todos os anos. Só faço ir ao mar.

Índice onomástico

62. Modelo para armar (Cortázar), 97

A

À la recherche du temps perdu (Proust), 72
À queima-roupa (filme), 47
À sombra do vulcão (Lowry), 150, 192, 230, 362
Abril (editora argentina), 207, 209
Absalom, Absalom! (Faulkner), 36
Abuelo, Miguel, 100
Actual (revista), 206
Adán Buenosayres (Leopoldo Marechal), 176, 295, 362-3
Adolecer (Paco U.), 97
Adrogué (Argentina), 10, 36, 57, 100, 141, 178, 268, 301, 386, 401, 427
Aeroporto de Trelew (Argentina), 331
África, 39
África do Sul, 63
Agustín, José, 96, 186-7
Air France, 80, 190, 267, 364, 441
Akutagawa (livraria de Buenos Aires), 81
Albina (avó de Ricardo Piglia), 171
Alcalde, Ramón, 239
Aldrich, Robert, 115
Alemanha, 379
Alezzo, Agustín, 351
Algren, Nelson, 100
Aliança Francesa (Buenos Aires), 122
Allende, Salvador, 226-7
Almagro (Buenos Aires), 245, 335
Almendra (banda de rock argentina), 100
Alonso, José, 220-1
Alonso, Luis, 112, 267

Altamirano, Carlos, 196, 198-200, 248, 256, 264, 281, 288, 295, 300, 316-7, 327, 328, 343, 345, 359, 380, 398, 413-4, 419
Alterio, Héctor, 61
Althusser, Louis, 160, 380
Álvarez, Jorge, 17-8, 29, 50-1, 58, 60, 65, 67, 81, 100, 104, 112, 115-6, 120, 123, 133, 135, 137, 140, 147-9, 151-2, 154, 159-60, 177, 185, 332, 408; *ver também* Jorge Álvarez (editora/livraria de Buenos Aires)
Amalia (filme), 156
Amanda (namorada de Ricardo Piglia), 339-40, 343, 345-8, 351, 353, 355, 370-1, 374, 376, 381, 383, 386, 391, 395, 400, 403, 406-7, 417-8, 426, 432
Amengual, Lorenzo, 108
América Latina, 136, 142, 188
"Amor roubado, O" (projeto de Piglia), 386
Análisis (revista), 86, 297
Andrêiev, Leonid, 407
Andrés A., 97
Anna Kariênina (Tolstói), 42, 114, 129
Antártida, 218
Antología del cuento extraño (Walsh), 246
Antonio (avô de Ricardo Piglia), 171, 231
Antonioni, Michelangelo, 18
Anzoátegui, Aráoz, 20
Aramburu, Pedro Eugenio, 199-200, 210, 212, 214, 278, 303
Argentina, 11, 115, 136, 150, 203, 226, 236, 251, 307, 366-7, 400, 436
Arguedas, José María, 175
Aricó, José (Pancho), 117, 187, 207, 213, 224-5, 251, 264-5, 267, 300, 318, 419
Aristóteles, 41

Arlt, Roberto, 27, 40-2, 53, 81, 116, 120, 149, 187, 196, 201, 232, 291, 319, 369, 374-6, 381, 385-6, 388, 399, 401-2, 406-9, 414-6, 418-22, 434, 438, 441
Arola, Eduardo, 356
Arquivo Histórico da Província de Buenos Aires, 81
Arturito (restaurante de Buenos Aires), 82, 151, 418
Ásia Central, 355
"Assassino de Roberto Arlt, O" (projeto de Piglia), 386
Assim na paz como na guerra (Cabrera Infante), 233
"Atiradeira, A" (Piglia), 409
Atlántida (revista), 189
Ato final, O (filme), 333
Atraco, El (filme), 325
Auditório Kraft (Buenos Aires), 395
Auster, Paul, 247
"Autoestrada do Sul, A" (Cortázar), 237
"Autos do processo, Os" (Piglia), 135, 202
Avellaneda (Argentina), 51, 277, 402
Avión negro, El (Cossa), 222
Ayala, Fernando, 156, 169, 203, 257, 290

B

Babylon Revisited (filme), 434
"Babylon Revisited" (Fitzgerald), 411
Bach, Johann Sebastian, 356
Bachelard, Gaston, 184
Bachín (restaurante de Buenos Aires), 202, 347
Bahía Blanca (Argentina), 290, 358
Bajo (Buenos Aires), 47, 122, 168, 207, 209, 213, 221, 347, 360, 387
Bajo la garra (peça), 69
Baker, Carlos, 275, 313
Balance de E. H. (projeto de Piglia), 38
Balbín, Ricardo, 377-8
Baldwin, James, 280
Balzac, Honoré de, 22, 289
Banco de Desarrollo (Buenos Aires), 304
Bapsy, 185
Barba (professor de Ricardo Piglia), 81, 159

Barrio Norte (Buenos Aires), 282
Barrios, Gregorio, 252
Barth, John, 213
Barthelme, Donald, 213
Barthes, Roland, 22, 35, 115, 119, 122, 184, 231, 236, 264
Bastos, Roa, 156, 374, 401, 420, 427, 429
Basualdo, 84
Bataille, Georges, 176, 184, 238, 320
Battista, Vicente, 137, 242, 273, 323
Baudelaire (Sartre), 392
Baudelaire, Charles, 230
Bazárov, 48
beat generation, 110, 117, 164, 296
Beatles, The, 219
Bebê de Rosemary, O (filme), 409
Beckett, Samuel, 24, 35, 99, 117, 129, 135, 149, 170, 187, 263, 394
Beijos proibidos (filme), 203
Belgrano (Buenos Aires), 100, 252, 256, 278, 357
Bellamy, Edward, 184
Bellow, Saul, 184, 424
Benedetti, Mario, 119, 221, 256
Benjamin, Walter, 150, 230, 237, 248, 263-4, 325
Berg, Alban, 312
Bettelheim, Bruno, 364
Bianco, José (Pepe), 17, 41, 70, 103, 150, 232, 247
Bíblia, 237
Biblioteca Lincoln (Buenos Aires), 26, 29, 84, 213
Biblioteca Nacional (Buenos Aires), 25, 107
Big Typescript 213, The (Wittgenstein), 282
Bignozzi, Juana, 186
Billiken (revista), 250
Bioy Casares, Adolfo, 45, 247, 272, 374, 385, 396
Black Panthers (grupo norte-americano), 214, 241
Blow-Up (filme), 18
Bo, Armando, 104
Boccardo, 105, 155, 196, 219, 222, 300, 316, 324, 343, 376
Boedo Sur (Buenos Aires), 69
Bogado, Julio, 352

Bohr, Niels, 355

Bola de Nieve (cantor), 100

Bolívar (Argentina), 25, 43, 228

Bolívia, 213, 428

Bolognini, Mauro, 269

Bolsa de Comércio, 390

Bombal, María Luisa, 41

Bonavena (boxeador), 45

Boorman, John, 47, 300

Boquete, El (filme), 278

Boquinhas pintadas (Puig), 18, 115, 162, 203, 205-6

Bordaberry, 302

Borges, Jorge Luis, 19, 22, 27-8, 35, 40-2, 47, 53, 62, 70-1, 81, 86, 93, 106-7, 109, 114-5, 120, 123, 126, 128, 132, 136-9, 181, 187, 196, 201, 212-3, 219, 224, 234, 244, 246-7, 251, 253, 265, 267, 272, 286, 288, 303, 320-1, 325-7, 336, 358, 363, 366, 373-4, 380-1, 385-7, 399, 401-2, 406-9, 411-2, 414-6, 418, 428, 430-1, 433-6

"Borges: Los dos linajes" (Piglia), 407

Bouvard et Pécuchet (Flaubert), 22, 29, 35, 60, 109, 111, 433

Brasil, 205, 286

Braudel, Fernand, 231

Braun, Oscar, 201

Brecht, Bertolt, 65, 139, 188, 225, 237, 244, 246, 248, 260-1, 263-4, 280, 291, 296, 298-300, 308, 318, 325, 333, 338, 342, 352, 355, 364, 371, 381-2, 395, 398, 403, 409, 410, 413, 418, 420, 438, 442

Briante, Miguel, 25, 36, 96, 105, 111, 159, 178, 194, 218, 226, 248, 256, 268, 274, 277, 375, 427, 430

Brik, Ossip, 255

Brinquedo raivoso, O (Arlt), 42, 55, 374, 385, 411

Bruto, Marco, 378

Buenos Aires, 9-11, 21, 32, 37, 50, 56, 81-2, 123, 136, 142, 158, 167-8, 174, 176, 178, 180, 184, 186, 201, 209, 243-4, 258, 267, 275, 280, 285, 297, 302, 304, 313, 329, 338, 340, 351-2, 354, 362, 364, 366, 385, 391, 414, 430

Bullitt (filme), 130

Bullrich, Silvina, 104

Burgess, Anthony, 96

Burroughs, William, 29, 51, 148, 214, 217, 241

Butor, M., 109

Byron, Lord, 411

C

C. (psicanalista de Ricardo Piglia), 333-4

Cabalgata Deportiva Gillette (programa de TV), 166

Cabana do Pai Tomás, A (Stowe), 198

Cabanillas, Héctor, 278-9

Cabeza de Vaca, Álvar Núñez, 255

Cabot Wright Begins (Purdy), 33

Cabrera Infante, Guillermo, 37, 48, 233, 262, 421

Cacho, 131, 197, 216

Cage, John, 314

Cain, James M., 40, 102

"Caixa de vidro, A" (Piglia), 120, 432

Calabró, 432

Callois, Roger, 246

Calvino, Italo, 392

Camboja, 190, 383

Cámpora, Héctor, 355, 363-4, 377, 426

Campos, Susana, 390

Camus, Albert, 99, 129, 206

Canadá, 61

Canal 13 (televisão argentina), 417-8

Caño 14 (casa de tango de Buenos Aires), 87

Capelutto (contador), 120

Capital, O (Marx), 23, 96

Capozzo, Tranquilo, 293

Carabineiros, Os (filme), 35

Carga da Brigada Ligeira, A (filme), 109

Carlos B., 101, 144, 170, 187, 192, 257, 421

Carpani, Ricardo, 108

Carta Aberta (projeto de revista), 161

Cartuxa de Parma, A (Stendhal), 291, 413

Casa de bonecas (filme), 421

Casa de las Américas (Havana), 233, 251, 287

Casa dos mortos, A (Dostoiévski), 205

Casa Lamota (Buenos Aires), 250

Casa na colina, A (Pavese), 359

Casa Rosada (Buenos Aires), 364

Casco (dirigente trotskista), 102, 112, 426

445

Castañeda, padre, 20
Castelar (café de Buenos Aires), 143
Castelli (colega de Ricardo Piglia), 137
Castelnuovo, Elías, 136, 147, 220, 427, 433
Castillo, Abelardo, 19, 240
Castro, Fidel, 226, 251, 257-8, 338
Casullo, Nicolás, 199, 204, 206, 227, 228, 257, 266
Catalina (amiga de Elena), 386
Catch-22 (Heller), 140, 149
Caudillo, El (filme), 163, 169
Cedrón, Alberto, 395
Celina (mulher de Lucas), 34, 98, 112, 204
Centro de Investigaciones en Ciencias Sociales *ver* CICSO
Centro Editor (Argentina), 18, 49, 147, 323, 398
Cervantes, Miguel de, 78, 359
Cervatillo, El (bar), 7, 9, 11, 15-6
César, Júlio, 378
CGT (Confederación General del Trabajo de la República Argentina), 37, 102*n*, 153, 272, 274, 298, 422
CGTA (Confederación General del Trabajo de los Argentinos), 102, 305
Chandler, Raymond, 64, 92, 98, 103-5, 116, 118-9, 125, 144, 246, 315, 320-1, 323, 325, 405, 412
Charcot, Jean-Martin, 137
Charmed Life, A (McCarthy), 256
Chase, J. H., 92, 96, 100, 120, 198, 306, 315, 321
Chaves para o imaginário (Mannoni), 392
Chesterton, G. K., 19, 247
Chiarini, Paolo, 244
Chiche P., 336
Chile, 186, 226-7, 243, 252, 264, 266, 268, 332, 353, 376
China, 109, 245-6, 337, 360, 364-7, 382-3, 395, 423
China L. *ver* Ludmer, "China"
Chinatown (filme), 405
Churrasquita, La (restaurante de Buenos Aires), 219
CIA (Central Intelligence Agency), 152
CICSO (Centro de Investigaciones en Ciencias Sociales), 386, 408, 415, 421

Cidadão Kane (Welles), 109
Cidade das ilusões (filme), 395
Cidade Universitária de Núñez (Buenos Aires), 267
Círculo da Marinha (Buenos Aires), 80
City Hotel (Buenos Aires), 9
City of Night (Rechy), 31
Clarín (jornal), 198-9, 261, 268
Clay, Cassius (Muhammad Ali), 436
Clínica Central (Mar del Plata), 176
Clínica Mayo (Rochester, Minnesota), 38
Club Alsina de Villa Urquiza (Buenos Aires), 242
Club Cabral de Villa Adelina (Buenos Aires), 242
Club Temperley (Argentina), 79
Cobián, Juan Carlos, 155
Coca (tia de Ricardo Piglia), 179
Codina, Iverna, 433
Colômbia, 442
Colombiano, El (café de Buenos Aires), 176, 333
Comuna, La (revista), 267, 272, 281
Condição humana, A (filme), 149
Confirmado (revista), 25, 97, 178, 181, 223, 271, 442
Confissões de uma máscara (Mishima), 29, 245
Conrad, Joseph, 22, 68-9, 106-7, 109, 412, 417, 433-4
Conrado C., 122
Constanza, 50
Conti, Haroldo, 93, 101, 139, 218, 255, 265, 267, 272-4, 285-7, 299-300, 361, 365, 415, 427-8, 433
Contracampo (editora), 185
Cooke, John William, 322
Coordinación Federal, 154, 159, 224, 243, 302, 304
Copa do Mundo (Alemanha, 1974), 379
Coração das trevas, O (Conrad), 359, 434
Córdoba (Argentina), 148-9, 174-5, 196, 201, 208, 236-9, 241, 250, 256, 266*n*, 267, 269, 275, 277, 284, 286, 288, 292, 298, 316, 337-8, 361, 389, 391, 422
Cordobaço (1969), 202, 208, 219, 266*n*, 373
Corno Emplumado, El (revista), 164
Corregidor (editora), 411

Corriente alterna (Octavio Paz), 27

Cortázar, Julio, 19, 45, 86, 92, 97, 102, 109-10, 115, 134, 150, 178, 180, 185, 189, 196, 201, 207, 212, 237-8, 244, 254, 272, 281, 305, 332, 354, 403-4

Cosas concretas (David Viñas), 147-8, 162, 164, 169, 175, 178, 180

Cosmos (Gombrowicz), 429

Cossa, Roberto, 85, 109, 136, 156, 183, 193-4, 212-3, 222, 224, 316, 328, 338, 361, 401

Costanera (Buenos Aires), 112, 343, 345

Cozarinsky, Edgardo, 206-7

Crane, Stephen, 425-6

Crime e castigo (Dostoiévski), 35, 99, 327

Crime sem perdão (filme), 112

Crisis (revista), 371, 395, 398-400, 403, 408, 413, 415, 418, 424, 429, 438

Cristo *ver* Jesus Cristo

Crítica y significación (Nicolás Rosa), 183

Croce, Benedetto, 53

Crónica (jornal), 90, 143, 304, 352

Cronista, El (jornal), 384, 402, 404, 425, 435, 438, 441-2

Cuaderno de Pasado y Presente (org. Aricó), 225

Cuaderno Rojo (revista), 216, 227-6

Cuba, 19, 31, 50, 99-100, 119, 144, 164, 188, 196, 204, 233, 255, 262, 266, 291, 338, 406, 414

Cuqui (primo de Ricardo Piglia), 36, 179, 437

D

Daisy Miller (filme), 429

Dama do cachorrinho, A (filme), 135

Damasco, Vicente, 430

Dante Alighieri, 192

David (amigo de Ricardo Piglia) *ver* Viñas, David

Davis, Bette, 412

Dazai, Osamu, 98

De Brasi, Juan, 111, 176, 327

De Ípola, Emilio, 414, 419

De la Vega, 169

De Lío, Ubaldo, 87

De Micheli, 203

De Sarmiento a Cortázar (David Viñas), 207

Death in the Afternoon (Hemingway), 167

Defoe, Daniel, 401

Del Barco, Oscar, 117, 176, 224, 238-40, 320

Del Paso, Fernando, 256

Deleuze, Gilles, 123, 203, 392

Deliciosamente amoral (filme), 245

Della Volpe, Galvano, 53

Delon, Alain, 135

Demônios, Os (Dostoiévski), 35

Desacuerdo (jornal), 310-2, 314, 317, 325, 328, 340

"Desagravo" (projeto de Piglia), 369

"Desde el alma" (canção), 25

Devoto, Daniel, 41

Di Benedetto, Antonio, 41, 431

Di Giovanni, Fernando, 175

Di Paola, Dipi, 42, 159, 161, 176, 229, 231, 270, 353, 385, 427, 432-3, 436, 441-2

Di Tella, Torcuato, 285; *ver também* Instituto Di Tella (Buenos Aires)

Dia da Raça (feriado argentino), 82

Día, El (jornal), 184

Diana (amiga de Ricardo Piglia), 71

Diário (Gombrowicz), 48

Diário de um sedutor (Kierkegaard), 191

Diários (Camus), 206

Diários (Kafka), 111

Diários (Musil), 213

Diários (Tolstói), 108, 131, 283

Dias da Comuna, Os (Brecht), 381

"Días futuros, Los" (Piglia), 76

Díaz G., 287

Díaz, Marcelo, 300, 321, 327, 333, 420

Dickens, Charles, 290

Dietrich, Marlene, 171

Dinesen (livraria de Buenos Aires), 81

Diógenes, 232

Discépolo, Armando, 429, 440

"Discurso da história, O" (Barthes), 231

Discurso do método (Descartes), 96

Divinsky, Daniel, 194

Dom Quixote (Cervantes), 64, 73, 78, 271, 291, 348, 434

Dorá, El (restaurante de Buenos Aires), 312, 347, 357, 360

Dorra, Raúl, 268

Dorrego, Manuel, 278, 306

Dorticós, Osvaldo, 364

Dostoiévski, Fiódor, 35, 38, 93, 99, 120, 205, 294, 299, 309, 327, 398, 406
Double Indemnity (Cain), 102
Douglas, G., 112, 124
Doze condenados, Os (filme), 115
Dublin (Irlanda), 73
"Duelo, O" (Conrad), 106
Dueños de la tierra, Los (David Viñas), 228
Dumézil, Georges, 355
Durrell, Lawrence, 179

E

Échec de Pavese, L' (Fernandez), 158
Echenique, Bryce, 263, 285
Echeverría, Esteban, 115
Eco Contemporáneo (revista), 258
Eco, Umberto, 217-8
Edgardo F., 62, 125, 131, 221, 270
"Educação sentimental, A" (projeto de Piglia), 369, 388
EGP (Ejército Guerrillero del Pueblo), 85
Eguía, Negra/Beba, 48, 144, 146, 153, 180, 195, 378, 433
Einaudi (editora italiana), 120
Eisenstein, Serguei, 248, 280, 356
Elena (amiga de Ricardo Piglia), 71, 95, 113, 160, 213, 386
Elías S., 288
Elisa (tia de Ricardo Piglia), 177
Ellington, Duke, 296
Emilio (avô de Ricardo Piglia), 80, 400, 434
"Emma Zunz" (Borges), 414, 421
En vida (Conti), 218, 255, 293
Encerrona (filme), 116
Entre Ríos (Argentina), 322
Envido (revista), 257
Enzensberger, Hans Magnus, 421
Erdosain, Juan (pseudônimo de Ricardo Piglia), 266
ERP (Ejército Revolucionario del Pueblo), 304-5, 313, 331, 384, 407
Escándalos y soledades (Beatriz Guido), 236, 289
Escarabajo de Oro, El (revista), 152, 240, 274, 281, 410

Escola de Mecânica da Marinha (Buenos Aires), 364
"Escritor fracassado" (Arlt), 375
Escuela Freudiana (Buenos Aires), 414
Espanha, 142, 181, 190, 233, 265, 278, 285, 288, 408
Espartaco (movimento argentino), 111
"Essa mulher" (Walsh), 93
Estados Unidos, 19, 38, 109, 139, 217, 255, 277, 313, 364, 376, 416, 437
Estamos todos em liberdade condicional (filme), 333
Estrada, Lola, 333-7, 339, 341, 343-4, 346, 348-50, 414, 436-7
Estrangeiro, O (Camus), 129
Estranho acidente (filme), 56
Étiemble, René, 366-7
Eu o Supremo (Bastos), 156, 401, 427, 429
Eugenio (tio de Ricardo Piglia), 231
Europa, 48, 65, 115, 145-7, 155, 253, 269, 278, 284, 303, 313, 320-1, 335, 345, 355, 364, 378, 385, 431, 438-9
Eva (Chase), 315
Evangelho segundo São Mateus, O (filme), 271
Excalibur (filme), 300
Excursión a los indios ranqueles, Una (Mansilla), 425

F

Faculdade de Filosofia (Buenos Aires), 136, 211
Facundo (Sarmiento), 194, 425
FAL (Fuerzas Armadas de Liberación), 243
Falcón, Ramón, 274
Fanger, Donald, 299
Fanon, Frantz, 227
FAR (Fuerzas Armadas Revolucionarias), 275, 313, 363
"Farolito" (líder estudantil), 318
Faulkner, William, 23, 40, 67-8, 73, 103, 117, 120, 139, 144, 150, 163, 187, 208, 271, 363, 398, 440
Ferdydurke (Gombrowicz), 17
Feria d'agosto (Pavese), 102
Fernández Moreno, César, 168, 179

448

Fernandez, Dominique, 158

Fernández, Macedonio, 23, 28, 36, 123-4, 212, 267, 359, 402

Ferrán, Esther, 339

Fiat (montadora), 208, 266n, 267, 298, 313

Ficções (Borges), 126, 247

Fiesta (romance), 104

Filhos de Sánchez, Os (Lewis), 26, 256

Filmar y Ver (revista)

"Filosofia" (Wittgenstein), 282

"Fim da viagem, O" (Piglia), 404-5, 409, 415, 441-2

Finnegans Wake (Joyce), 192, 193, 208

Firpo, Roberto, 356

Fitzgerald, F. S., 23, 30, 60-1, 109, 123, 144, 156, 187, 224, 410-1, 412, 415, 432, 434, 440

Fitzgerald, Zelda, 30, 411

Flaubert (Sartre), 286-7, 297, 305-6

Flaubert, Gustave, 22, 60, 112, 297

"Flor amarela, A" (Cortázar), 98

Florida (bar de Buenos Aires), 122, 207

Foley (boxeador), 45

Fondo de Cultura (México), 256

Ford, Aníbal, 19, 117, 153, 159, 161, 196-7, 199, 281, 371, 408

Ford, Henry, 39

Ford, Madox Ford, 247, 359

Formações econômicas pré-capitalistas (Marx), 233

Fornari, 159

Foro, El (bar), 32, 105, 192, 267, 306, 335-6, 358

Forster, E. M., 247

Foucault, Michel, 120, 122, 256, 394

Fragata, La (café de Buenos Aires), 93

França, 88, 115, 232, 285, 296

Francisco H., 192

Frazier, Joe, 436

Frente Única (Argentina), 394

Freud, Sigmund, 8, 83, 120, 123, 137, 140, 161, 170, 172-3, 187, 191, 199, 304, 313, 325, 350, 360, 363, 369, 375, 389, 397, 403, 416-7, 419, 424

Friedman, Bruce, 148, 280-1

Frondizi, Silvio, 395

Fuentes, Carlos, 80

Funes, 218, 227

G

G. L., 112

Gaceta Literaria (revista), 297

Galatea (livraria de Buenos Aires), 29, 241

Galeano, Eduardo, 371, 398, 401, 403-4, 408, 415

Galego, 361

Galería del Este (Buenos Aires), 122, 276

Galeria Rocha (Buenos Aires), 81, 291

Galerna (editora), 144-5, 152, 186-7, 199, 243, 254, 269, 276, 306, 312, 322, 323, 327, 333, 340, 374, 376

Gálvez, Manuel, 142, 147

García Canclini, Néstor, 102, 232, 263, 270, 317, 387

García Lupo, Pajarito, 100, 159

García Márquez, Gabriel, 286, 365

García, Germán, 18, 20, 98, 117, 133, 152, 159, 175, 183-4, 187, 196, 204, 209, 218, 227, 266, 305, 307-8, 313, 315, 318, 323, 325, 328, 336, 340, 345, 387, 402, 409, 414, 419, 436

Gardel, Carlos, 87, 245

Garnett, Constance, 99

Gaucho Martín Fierro, El (José Hernández), 299, 338, 418

Gauchos judíos, Los (filme), 421

Gazapo (Sainz), 29

Gelman, Juan, 186, 267, 339, 379, 408

Gente (revista), 295

Gerson (futebolista brasileiro), 205

Gestapo, 364

Gibraltar, 32

Gide, André, 51, 60, 69, 83, 102, 103

Giovanni, José, 278, 295

Glass Key, The (Hammett), 104

Godard, Jean-Luc, 35, 237, 317

Goligorsky, Eduardo, 431, 440

Goloboff, 273

Gombrowicz, Witold, 17, 42, 48, 73, 258, 325, 423, 429

Gómez de la Serna, Ramón, 33

Goñi, Orlando, 356

González Trejo, 111

González Tuñón, Raúl, 433

Good Soldier, The (Madox Ford), 359
Goodis, David, 103, 151, 214, 317
Goyeneche, Roberto, 87
Goytisolo, Juan, 80
"Grace" (Joyce), 192
Gráfico, El (revista), 30
Gramsci, Antonio, 89
Gramuglio, María Teresa, 419
Grande Acordo Nacional (Argentina), 313-4
Grande Gatsby, O (Fitzgerald), 104, 109, 359
Grande valsa, A (filme), 36, 42
Grass, Günter, 124, 165
Gréco, Juliette, 352
Green Hills of Africa (Hemingway), 167
Green, André, 412
Green, Julien, 247
Greimas, Algirdas Julius, 176
Grela, Roberto, 87
Grippo, Víctor, 152
Grotowski, Jerzy, 134
Guerra e paz (Tolstói), 48
Guerrero Marthineitz, Hugo, 287
Guerrero, Diana, 232
Guevara, Che, 37, 213, 226, 238, 282
Guglielmi, Nilda, 435
Guido, Beatriz, 99, 135, 185, 191, 236, 245, 289, 328, 336, 339-40, 342, 344-5, 385, 394, 405, 410, 419, 428
Guillermo P., 242
Guo Moruo, 366-7
Gusmán, Luis, 265, 267, 274, 287, 297, 315, 321, 325-6, 328, 331-2, 343, 387, 407, 409, 411, 414, 436, 440-1
Gustavo (tio de Ricardo Piglia), 189
Gustavo F., 203
Gutiérrez (líder estudantil), 318
Gutiérrez, Eduardo, 326, 420

H

Hachette (livraria de Buenos Aires), 158, 306
"Hadji-Murat" (Tolstói), 253
Halac, 212, 316
Hamlet (Shakespeare), 35, 180, 377, 428
Hammett, Dashiell, 40, 104, 119-20, 269

Handke, Peter, 181
Havana (Cuba), 31, 65, 103, 204, 232, 262, 291, 338
Hebraica (Buenos Aires), 81, 149, 151, 169, 436
Héctor G., 136
Hegel, Georg Wilhelm Friedrich, 233, 419
Heker, Liliana, 240
Helena, 50, 133, 160, 222
Heller, Joseph, 140
Hemingway, Ernest, 23, 38, 39, 55, 73, 93, 102, 117, 120, 128-9, 139, 167, 170, 187, 196, 208, 244, 267, 275, 313, 329, 372, 412, 421
Hendrix, Jimi, 350
Heráclito, 27
Hermann (restaurante de Buenos Aires), 329, 331, 343, 360, 403
Hernández, Felisberto, 41
Hernández, José, 164, 178, 416
Herrera, Francisco, 297
Hiroshima mon amour (filme), 328
Hispamérica (revista), 376, 381
Historia de jóvenes (programa de TV de Piglia), 232
História e consciência de classe (Lukács), 199
Hitchcock, Alfred, 25, 398
Hitler, Adolf, 322
Holanda, 379
Hölderlin, Friedrich, 424
Hollywood, 34, 144, 434
Holmberg, Eduardo, 420
Hombre en la orilla (Briante), 248
Homem do braço de ouro, O (filme), 100
"Homem dos ratos, O" (Freud), 375
Homem errado, O (filme), 398
Homem que odiava as mulheres, O (filme), 112
Homem sem qualidades, O (Musil), 111-2, 156
"Homenagem a Roberto Arlt" (Piglia), 406-7, 409, 414-5, 437, 441
Homero, 43, 62
Hora de los hornos, La (filme), 104-5, 108, 111, 282
Horacio (colega de infância de Piglia), 268
Hormiga Negra (Gutiérrez), 326, 420
Hotel Habana Libre (Cuba), 17
Hotel Roma (Turim), 62, 74
Hugo K., 240-1, 246, 248
Hugo V., 428

Hugo, Victor, 106, 199
Huracán (time de futebol), 201
Huston, John, 395, 412

I

"Ideologia e ficção em Borges" (Piglia), 380-1
Idioma de los argentinos, El (Borges), 70, 354
Índia, 355
Indochina, 383
Inés (namorada de Ricardo Piglia), 50, 120, 126, 146, 295, 350
Informe de Brodie, O (Borges), 219, 333
Instituto Di Tella (Buenos Aires), 122, 214, 219, 276
"Instruções para John Howell" (Cortázar), 375
"Internacional, A" (hino socialista), 209
Interpretação dos sonhos, A (Freud), 8, 172-3
Invasão, A (Piglia), 9, 61, 117, 369
Invenção de Morel, A (Bioy Casares), 247
Iris (namorada de Ricardo Piglia), 365, 370-4, 377, 379-83, 387, 389, 391, 394-8, 401, 405, 414-5, 417, 419-21, 429-31, 436, 438-9, 441
Irmãos Karamázov, Os (Dostoiévski), 35, 38, 249, 352
Ismael (amigo de Ricardo Piglia) *ver* Viñas, Ismael
Itália, 88, 98-9, 115, 135-7, 191, 205, 238, 249, 278, 385, 388, 398
Ives, Charles, 311

J

J'irai cracher sur vos tombes (Vian), 397
Jacoby, Roberto, 13, 119, 122, **175**, 187, 203, 209, 214, 217-9, 222, 229, 243, 251, 260, 270, 330, 408
Jakobson, Roman, 83-4, 88, 176
Jamaica (casa de tango de Buenos Aires), 87
James, Henry, 27, 85, 247, 269
Japão, 367
"Jaqueta de couro, A" (Pavese), 75

Jardim Botânico (Buenos Aires), 343, 371, 381, 383, 386, 388-9, 398
"Jardim dos caminhos que se bifurcam, O" (Borges), 123
Jáuregui, Emilio, 153-4, 206, 275
Jauretche, Arturo, 100
Jesus Cristo, 145, 165, 188, 271, 384, 391
Jitrik, Noé, 226, 256, 261, 281, 287, 290
"Joalheiro, O" (projeto de Piglia), 287, 369
Jogo da amarelinha, O (Cortázar), 22, 92, 97-8, 126, 192, 201
Johnson, Uwe, 314, 317
Jones, E., 313
Jones, LeRoi, 214, 314
Jorge Álvarez (editora/livraria de Buenos Aires), 29, 33, 37, 99, 101, 109, 184, 197, 209, 211, 213, 249; *ver também* Álvarez, Jorge
Jorge F., 413
José Trigo (Del Paso), 256
Journal (Gide), 83
Journal of the Plague Year, A (Defoe), 401
Jovem Törless, O (filme), 281
Joyce, James, 24, 60, 73, 109, 126, 149-50, 192, 194-5, 205-9, 211-2, 244, 260-1, 273, 290, 303, 312, 362, 435
Joyce, Lucia, 192
Juan (músico de tango), 356
Juan M., 154, 257
Juan Ñ., 302
Juárez, Enrique, 174
Julia (mulher de Piglia), 9-10, 12, 15-7, 19, 21, 27, 41-3, 47-8, 51-3, 65-6, 68, 81-2, 89, 93-5, 109, 122, 131-2, 134-5, 146, 153-5, 157, 160, 180, 183, 185-8, 190, 196, 198-9, 207, 211, 215, 219, 230, 231, 251, 253-4, 259, 265, 269, 273, 275-6, 278, 280-1, 286-8, 292, 300, 301-2, 306, 308-10, 316-7, 320, 326-7, 331, 335, 341, 343-4, 346, 348-50, 358, 368, 370-1, 378, 383, 395, 397, 400, 418, 431, 437-8
Julio G., 410
Junior (amigo de Ricardo Piglia), 49, 112, 116, 355-6
Jusid, 169
Justine (Durrell), 179
Juventude Peronista, 363-4

K

Kafka, Franz, 61, 64, 69, 77, 99, 110-1, 114, 126-9, 210, 257, 269, 352, 398
Kant, Immanuel, 259
Kaplan, 287
Kattan, Naïm, 190
Keats, John, 229, 271
Kennedy, Robert Francis (Bobby), 33
Kieffer, Gudiño, 19
Kierkegaard, Søren, 191
Kipling, Rudyard, 80, 247
Kitty (amiga de Amanda, namorada de Ricardo Piglia), 381, 383-4
Kluge, Alexander, 299
Kordon, Bernardo, 245, 427
Korenblit, 81
Kurosawa, Akira, 434

L

La Boca (Buenos Aires), 47, 130
La Calera (Argentina), 208
La Pampa (Argentina), 387, 399-401
La Paz (bar de Buenos Aires), 29, 140, 156, 158, 181, 196, 204, 217, 223, 226-7, 248, 256, 264, 270, 272, 277-8, 281, 287, 294-5, 297, 299-300, 315, 333-4, 340, 343, 346, 391, 407, 413, 426-7, 432, 441
La Plata (Argentina), 30, 32, 34, 37, 44, 50, 54, 59, 66, 81, 83-4, 89, 97, 112, 130, 153, 170, 183-4, 212, 214, 215, 219, 231, 252-3, 255, 259, 262-3, 267, 270, 288, 291, 317, 322-3, 325-7, 330, 342, 347, 352-3, 357-8, 412, 414
La Rioja (Argentina), 163
Lacan, Jacques-Marie, 183, 267, 311, 323, 360, 389
Lacay, Celina, 37, 184
Lācis, Asja, 263
Lafforgue, Jorge, 153, 206-7, 387, 418, 420, 431, 435, 441
Lagunas, Alberto, 152
Lajolo, 218
Lamborghini, Osvaldo, 240, 315, 332
Landi, Oscar, 318, 330, 336, 347, 419

Lang, Fritz, 355
Lanusse, Alejandro Agustín, 159, 202, 287, 295, 313, 364
Laos, 383
Laplanche, Jean, 424
Larronde, Anita, 376
Last Tycoon, The (Fitzgerald), 412
"Laucha Benítez, O" (Piglia), 25, 30-1, 65, 287, 368, 369-70, 386-7, 415
Laura Y., 30
Le Clézio, Jean-Marie Gustave, 65
Leblanc, Libertad, 245
"Lenda do Grande Inquisidor, A" (Dostoiévski), 35
Lênin, Vladímir, 361, 376
León (amigo de Ricardo Piglia) *ver* Rozitchner, León
Lessing, Doris, 63, 199
Lettere (Pavese), 145
Lévi-Strauss, Claude, 114, 119, 123, 414
Lewis, Oscar, 26, 256
Libre (revista), 277
Libro extraño, El (Sicardi), 319
Libros, Los (revista), 9, 144, 149-50, 155, 158, 160, 174, 176, 183, 185, 192, 200, 205, 208, 219, 223, 227-8, 236, 239, 266, 269, 276, 281, 284, 286-8, 293-5, 300, 303, 305, 308, 312, 315-6, 318, 325, 327-8, 330, 337, 340, 348, 353-4, 359, 374, 376, 380-2, 385, 398, 405, 410, 413, 419
Life and Opinions of Tristram Shandy, Gentleman, The (Sterne), 124
Ligações perigosas, As (Choderlos de Laclos), 109
Lili (prima de Ricardo Piglia), 166, 228
Lin Biao, 367
Lisandro (David Viñas), 198-9, 203, 212, 233, 266, 272, 290, 294, 300, 313-4, 316
Literal (revista), 389
Literatura y Sociedad (revista), 64
Litoral, El (jornal), 322
Little Sister, The (Chandler), 104, 116
Lolita (Nabokov), 133, 135
Londres, 63, 293, 414
Long Goodbye, The (Chandler), 92, 104, 125
López Lagar, Pedro, 351
López Rega, José, 394, 410, 421, 423

Los Angeles (Califórnia), 255
Losada, Luis, 208
Losey, Joseph, 56, 421
Loteria Nacional, 390
"Louca e o relato do crime, A" (Piglia), 422-3, 431, 435
Lowry, Malcolm, 21, 140, 144, 150, 154, 186, 192, 229, 257, 356, 362
Lu Xun, 367
Lucas T. M. (guerrilheiro), 22, 24, 34-5, 69, 85, 88, 101-2, 112, 134, 139, 143-4, 149, 153, 159, 204, 214, 264, 270, 275, 289, 303, 426
Luder, 432
Ludmer, "China", 206, 209, 323, 388, 401, 411, 414, 439
Lugones, Leopoldo, 393, 420
Lugones, Piri, 18, 30, 32, 44, 47, 50, 60, 84, 100, 148, 155, 164, 249, 274
Luis D., 160
Luis G., 183, 410, 414
Lukács, G., 99, 199, 248, 264
Luna, Félix, 34, 51, 56, 58, 60, 62, 65-6, 76, 79, 120-1, 133, 135, 137, 149, 162, 169, 181, 218, 223-4, 237, 256, 267, 277, 286, 362, 384, 386
Luppi, Federico, 256-7, 360, 376
"Luz que sumia, Uma" (Piglia), 61
Lynch, Marta, 264, 281

M

Macbeth (filme), 434
Macdonald, Ross, 103, 125
Macherey, Pierre, 102-3
Machi, 294
Made in USA (filme), 317
Madri, 251, 277-9, 286
Maggi, Marcelo, 179
Mailer, Norman, 65, 105, 161, 165, 202, 263, 273, 315, 355
Malle, Louis, 313
Mallea, Eduardo, 262
Manal (trio argentino), 100
Mandelstam, Osip, 263, 283
Mannoni, Octave, 313, 392
Mansilla, Lucio, 374, 381, 416, 425

Mao Tse-tung, 156, 220, 322, 366-7, 382
Mar del Plata (Argentina), 10, 21, 61, 82, 84, 99, 105, 118, 123, 176-7, 179-80, 185, 231, 270, 274, 280, 300-1, 318, 349, 356, 365, 390, 404, 429, 440, 442
Marcelo (tio de Ricardo Piglia), 204
Marcha (jornal), 258
Marcuse, Herbert, 320
Marechal, Leopoldo, 176, 206, 254, 362-3
Marieta (empregada), 344
Marimón, 238
Mario (tio de Ricardo Piglia), 401
Mario E., 97
Marita, 211
"Marne, El" (canção), 356
Marshall, Raymond (pseudônimo de Chase), 120
Martín Fierro (José Hernández), 41
Martín Fierro (livraria de Buenos Aires), 267, 321, 332, 339, 387, 407, 414, 420, 428, 436, 440
Martín Fierro ver *Gaucho Martín Fierro, El* (José Hernández)
Martínez Estrada, Ezequiel, 392
Martínez, Dámaso, 238
Martínez, Javier, 100
Martínez, Ricky, 59
Martini, Juan Carlos, 271, 289, 411, 413
Marvin, Lee, 47
Marx, Karl, 19, 23, 31, 57, 96, 156, 161, 178, 233, 264, 271, 284, 304, 416, 434
Masetto, Dal, 176, 204
Masotta, Oscar, 70, 183-4, 333, 414, 436
"Mata-Hari 55" (Piglia), 29, 61, 119, 170, 216
Mau Mau (boate de Buenos Aires), 160
Mazía, Floreal, 99
Mazzadi, Juan, 356
McBain, Ed, 100
McCarthy, Mary, 256
McCoy, Horace, 180
McCullers, Carson, 296, 368
McDonald (colega de Ricardo Piglia), 137
McKenzie, família, 402
McLuhan, Marshall, 169, 218
McQueen, Steve, 130
Medina, 440
Mejía, Martín, 25, 43

453

Meléndez, Eduardo, 175, 270, 279, 356, 358

Melina, 371, 432

Melville, Herman, 29, 49, 110, 198

Melville, Jean-Pierre, 126, 135, 346

Memórias de um caçador (Turguêniev), 205

Memórias do subsolo (Dostoiévski), 93, 99, 109, 121, 398

Mendoza (Argentina), 352

Menéndez, Eduardo, 201-2, 222, 260, 295, 419

Merlo, 319

Metello (filme), 269

Meu amigo Che (Ricardo Rojo), 37

"Meu amigo" (Piglia), 61

Meu ódio será sua herança (filme), 250

México, 186, 194, 205, 256, 288, 321, 357, 372, 395, 405

Meyerhold, Vsevolod, 252

"Mi noche triste" (canção), 87

Michelet, Jules, 82

Miguel R., 242

Miguel, Lorenzo, 432

"Milagre secreto, O" (Borges), 62

Milano, Marcela, 98

Miller, Arthur, 351

Minimax (supermercados), 154

Mishima, Yukio, 29, 245

MLN (Malena/Movimiento de Liberación Nacional), 161

Moby Dick (Melville), 198

Modelo, La (bar), 23, 54, 59

Moderno, El (bar), 122

Moisés e o monoteísmo (Freud), 191

Moliner, María, 392

Molloy (Beckett), 24

Moncloa, La (restaurante de Buenos Aires), 336, 340, 380, 395, 397

Monde, Le (jornal), 259

Mondrian, Piet, 318

Monegal, Emir R., 29, 179

Monte Ávila (editora venezuelana), 266

Montes, "Sapo", 267

Montesquieu, Barão de, 45

Montevidéu, 29, 60-1, 97, 168, 203, 210, 241, 286, 312, 365, 415, 422

Montoneros (grupo guerrilheiro argentino), 208, 229, 236, 364, 372, 377

Moore, Archie, 30

Morandi, Giorgio, 341

Moreira (Gutiérrez), 420

Moreno, Nahuel, 322

Moreyra, Juan, 290

Morir en família (filme), 398

Morón (Argentina), 336

"Morte de Ivan Ilitch, A" (Tolstói), 253

Morto, O, 430

"Morto, O" (Borges), 406-7, 430

Moveable Feast, A (Hemingway), 167

Moyano, Daniel, 218

Mozart, Wolfgang Amadeus, 82, 263, 380

"Muchachos peronistas, Los" (canção), 208

Mujer, Una (filme), 432

Mundo Nuevo (revista), 52

Mundo, El (jornal), 65, 181

Munich (restaurante de Buenos Aires), 75, 349

Murena, H. A., 226, 368

Muriel (filme), 232

Musil, Robert, 61, 111, 156, 212, 281, 290

N

Nabokov, Vladimir, 42, 133, 247, 425

Nación, La (jornal), 104, 141, 143, 153, 190, 281

"Nadador, O" (Piglia), 79, 369

Naked Lunch (Burroughs), 148

Nanina (Germán García), 98

Napoleão Bonaparte, 235, 291, 413

Narradores ante el público, Los (série literária mexicana), 36

Natalio W., 228, 277

Nené (amigo de Ricado Piglia), 328, 333, 336-7

Nethol, Menena, 170, 201, 263

"Nevada Gas" (Benedetti), 119

Nichols, M., 117

Nietzsche, Friedrich, 195

"No barranco" (Piglia), 405

No Transar (jornal), 102, 220

"No xadrez" (Piglia), 405

Nobel, Prêmio, 170, 354

Nome falso (Piglia), 407, 409, 411, 413, 416-7, 420, 423-4, 426, 434, 436, 438, 441-2

Noria, La (ponte de Buenos Aires), 69
Nossa Senhora de Luján (padroeira da
    Argentina), 329, 332, 420
Nova York, 140, 150, 249, 273
Novalis, 27
Nudelman, Ricardo, 252, 254, 281, 287, 349,
    361
Nueva Visión (editora), 420
Nuevas aguafuertes (Arlt), 441
Nuevos Aires (revista), 200, 242, 273, 288,
    297, 318, 323
Nuevos narradores argentinos (org. Sánchez),
    266
Numa Laplane, Alberto, 421, 430
Núñez (Buenos Aires), 267, 318, 340

O

O que é arte? (Tolstói), 235, 283
O'Connor, Flannery, 294
Ocampo, Silvina, 41, 242, 396
"Ode a uma urna grega" (Keats), 271
Ofício de viver, O (Pavese), 98, 388
Oficios terrestres, Los (Walsh), 218
Ojo (revista), 159
Oliver, María Rosa, 149-50
Olivos (Argentina), 195
Olson, Carl, 49
Omar, 140, 160
Onetti, Juan Carlos, 34, 40-1, 47, 97, 109,
    149-51, 157, 187, 200-1, 211, 247, 323,
    374-5, 388, 401, 406, 411, 439
Onganía, Juan Carlos, 89, 153, 158-9, 202,
    285
Open, Daniel, 326
Ópera dos três vinténs, A (filme), 364
Ópera, La (bar), 18, 257
Operação massacre (Walsh), 26, 37
Opinión, La (jornal), 259-60, 265, 267, 272,
    295, 303, 370, 401, 403-4, 410
Oscar C., 231
Osvaldo L., 163, 174, 183, 215, 387, 397
Otelo (Shakespeare), 191
Otero, Lisandro, 262-3
"Outro céu, O" (Cortázar), 98

P

Pablo G. (proprietário do apartamento de
    Ricardo Piglia), 394, 424
Pabst, Georg Wilhelm, 364
Pacheco, José Emilio, 186
Paco U., 97, 99
Padilla, Heberto, 257-8, 262-5, 273
"Padre Sérgio" (Tolstói), 38, 253
Páez (sindicalista), 266
Pajarito (cantor argentino), 100
Palavras e as coisas, As (Foucault), 120, 256
Palavras, As (Sartre), 120, 297
Palazzoli, 196
Palermo (Buenos Aires), 118, 122, 273, 292,
    335, 357
Panamá (Lowry), 186
Pando (Uruguai), 166
Panorama (revista), 248, 270, 385, 396
Pappo (cantor argentino), 100
Para uma tumba sem nome (Onetti), 388, 411
"Parientes de E. R., Los" (Beatriz Guido), 99
Paris, 88, 115, 134, 136-7, 219, 267, 277, 305,
    364, 366-7, 418, 431, 440, 442
Paris é uma festa (Hemingway), 267
Parker, Charlie, 87, 360, 407
Parker, Eleanor, 100
Parque Japonés (Buenos Aires), 38, 240
Partido Comunista (Argentina), 10, 153, 166,
    243n, 319, 410, 414
Partido Comunista Revolucionario (PCR,
    Argentina), 243n, 272, 319, 340, 361, 376
Pasado y Presente (revista), 249, 251, 267,
    328, 413
Paseo Colón (Buenos Aires), 337, 357
Paseo de Julio (Buenos Aires), 101
Pasión de Urbino (Otero), 262
Pasolini, Pier Paolo, 161, 271
Pasternak, Boris, 263
"Pat Hobby e Orson Welles" (Fitzgerald), 109
Pavese, Cesare, 35, 40, 55, 62, 65-6, 69, 71-2,
    74-5, 79, 83, 88, 97-8, 102, 103, 119-20,
    126-7, 145, 158, 167, 191, 218, 222, 238,
    242, 244, 246, 268, 282, 287, 311, 322,
    359, 371, 373, 376, 385, 388, 392, 409,
    411, 425-6, 428, 435, 438

"Pavese" (Piglia), 405
Payró, Roberto Jorge, 292, 330, 373, 381, 430
Paz, Octavio, 27
PC *ver* Partido Comunista (Argentina)
PCR *ver* Partido Comunista Revolucionario (PCR, Argentina)
Peckinpah, S., 250
Peeping Tom (filme), 17
"Peixe num bloco de gelo, Um" (Piglia), 75
Pelé (futebolista brasileiro), 205
Pelín N. (estudante), 418
Pellegrini, Carlos, 36, 52, 176, 200, 250, 270, 343, 345-6, 349, 351, 377, 407
Peña, Milcíades, 322
Peñaloza, Chacho, 176, 178
Peñarol (time de Montevidéu), 415
Penitenciária de Rawson (Argentina), 331
Penitenciária de Villa Devoto (Buenos Aires), 364
Penn, Arthur, 39, 274
Perdidos na noite (filme), 190
Perec, Georges, 123
Pérez, Pascualito, 134
Periscopio (revista), 180
Perón, Eva, 37, 62, 278-9, 364, 379
Perón, Isabel, 379, 394, 418, 423, 432
Perón, Juan Domingo, 89, 106, 237, 272, 277-9, 281, 286, 291, 295, 313, 322, 339, 359, 372-3, 376-7, 379, 418, 422, 430
peronismo, 14, 25, 36-7, 48, 57, 61, 69, 111, 119, 153, 198, 200, 208, 219-20, 222, 226, 229, 244, 255, 257, 261, 266, 270, 272, 274, 281-2, 287, 294, 296, 298-9, 313, 317-8, 322-3, 328, 332, 337, 339, 344, 357-9, 364, 372, 377-9, 390-1, 394, 402, 422
Pérsia, 43
Peru, 196, 296, 352
Pezzoni, Enrique, 414, 428, 441-2
Piazzolla, Astor, 87
Pichon-Rivière, Enrique, 155, 415, 430, 436
"Pierre Menard" (Borges), 375
Piglia, Carlos (irmão de Ricardo Piglia), 21, 61, 228, 302, 317, 339
Piglia, Pedro (pai de Ricardo Piglia), 10, 21, 25, 36, 57, 61, 66, 71, 74, 122, 138, 147, 170, 176-7, 179, 191, 206, 231, 249, 275-7, 347, 356,

357, 378-9, 390, 399-400; *ver também* Renzi, Aída (mãe de Ricardo Piglia)
Piñera, Virgilio, 17, 103, 232
Pinter, Harold, 56
Pippo (restaurante de Buenos Aires), 198, 207, 231, 259, 270, 308, 324-6, 347, 374, 432
Písarev, Dmitri, 48
Pizarnik, Alejandra, 305
Playback (Chandler), 125
Playboy (revista), 321
Plaza y Janés (Buenos Aires), 294
Plaza, Ramón, 18
Pochi F., 223, 254
Pocho P. (gângster), 321
Poço, O (Onetti), 200
Poe, Edgar Allan, 229
Pola (amiga de Ricardo Piglia), 186, 263, 357-60, 425
Polanski, Roman, 405
Polônia, 228
Portantiero, Juan Carlos, 215, 318
Porter, Julio, 245
Porter, Katherine Anne, 242, 411
Posadas, J., 251
"Posto avançado do progresso, Um" (Conrad), 433
Pound, Ezra, 60, 246, 261, 267, 303, 325, 435
Powell, Michael, 17
Praça da Catedral (La Plata), 327
Praça Rodríguez Peña (Buenos Aires), 110, 119
Praça San Martín (Buenos Aires), 79, 87
Prater, Richard, 100
Pratolini, Vasco, 269
"Preço do amor, O" (Piglia), 408, 413, 415, 417, 442
Premier (livraria de Buenos Aires), 206
Prêmios, Os (Cortázar), 98
Prensa, La (jornal), 117, 143, 223, 344
Prieto, Helios, 406
Primeira noite de um homem, A (filme), 117
Primera Plana (revista), 18, 20, 44, 66, 133, 150, 158-9, 180, 260, 285
"Primo amore" (Pavese), 102
Proust, Marcel, 19, 72, 123, 271, 356, 392
"Provisión San Miguel" (Buenos Aires), 78
Psicologia das massas e análise do eu (Freud), 191
Psicopatologia da vida cotidiana (Freud), 120

Puig, Manuel, 18, 28, 33-4, 36-7, 42, 45, 47-8, 51-3, 86, 99, 101, 104, 115, 134, 137, 140-2, 164, 169, 175-6, 178, 193, 196, 203, 205-6, 211, 248-9, 272-4, 284, 285, 321, 358, 372, 374

Puiggrós, Rodolfo, 323, 395

Punta del Este (Uruguai), 155, 185

Punta Lara (Argentina), 293

Purdy, James, 33, 222, 430

Púshkin, Alexander, 48, 114

Pynchon, Thomas, 148, 182, 213

Pyryev, I., 249

Q

Quain, H., 123

Queda, A (Camus), 99

Queen's College (Adrogué), 402

Queneau, Raymond, 29, 109

Querandí (casa de tango de Buenos Aires), 441

Quevedo, Francisco de, 378

Quinzaine, La (revista), 17, 115, 136, 190

Quiroga, Facundo, 425

R

Rabbit, Run (Updike), 208, 255

Racconti (Pavese), 120

Racing (time de futebol), 201

Rádio Municipal (Buenos Aires), 81, 84, 89

Rádio Rivadavia, 441

Ramón T., 194

Ramos, Abelardo, 322

Randall, Margaret, 164

Ratas, Las (Bianco), 247

Raúl (amigo de Ricardo Piglia), 71, 160

Razón, La (jornal), 143, 242

Rechy, John, 31

Recoleta (Buenos Aires), 206

Redação, A (projeto de David Viñas), 149

Rei Lear (Shakespeare), 38

Rei Lear, 376

Renzi, Aída (mãe de Ricardo Piglia), 44, 61, 128, 147, 169, 179, 195, 206, 231, 285, 294, 303, 347, 356-7, 381, 390, 402, 437, 442; *ver também* Piglia, Pedro (pai de Ricardo Piglia)

Renzi, Juan Pablo, 235

Resnais, Alain, 232

Respiração artificial (Piglia), 116, 184, 194, 210-1, 315, 396

Responso (Saer), 37

Resumo do Evangelho (Tolstói), 165

Retamar, Fernández, 251, 264

Revista de la Liberación, 207

Revolução Cubana (1959), 233

Revolução Cultural (China, 1966-76), 109, 367

Revolução Libertadora (Argentina, 1955-58), 36

Reyes, Graciela, 358, 425

Reynal, Lucía, 54

Reynal, Orfila, 256

Richardson, Tony, 109

Rimbaud, Arthur, 411

Rivera, Andrés, 18, 38, 40, 63, 75, 81, 84, 93, 98, 100-2, 116, 154-5, 159, 166, 175, 186-7, 192, 196, 204, 210, 213, 220, 224, 277, 287, 303, 311, 314, 316, 322-3, 326, 358, 361, 369, 373, 379, 399, 401, 413-4, 418, 422, 427-8, 432, 441

Rivera, Jorge, 117, 153

Rivero, Edmundo, 372

Robbe-Grillet, Alain, 65

Robert, Marthe, 137, 378, 424

Roberto (primo de Ricardo Piglia), 365

"Roberto Arlt: La ficción del dinero" (Piglia), 381, 407

Roberto il Diavolo, 101

Robinson Crusoé (Defoe), 109, 138, 149, 189, 378

Rocha, Glauber, 265

Rodríguez, Gabriel, 174

Rogers, William, 364

Rojo, Ricardo, 37, 159

Roma, 135, 137, 147, 229, 279, 347, 407

Romance das origens e origens do romance (Marthe Robert), 424

Romano, 153, 261

Rosa (avó de Ricardo Piglia), 25, 43

Rosa, Nicolás, 147, 170, 183, 193, 209, 263, 381

Rosario (Argentina), 148, 174, 153, 186, 207, 228, 233-4, 346, 351, 396

Rosas, Manuelita, 272

Roth, Philip, 190

Rousseau, Jean-Jacques, 26

Rovira, Eduardo, 87

Rozenmacher, Germán, 87, 187, 207, 212, 221-2, 274, 277

Rozitchner, León, 28, 31, 33, 64-5, 67, 70, 71, 83, 134, 136, 139-40, 160-1, 164-5, 177, 186-7, 191-2, 195, 198, 201, 205, 227, 233, 237, 251, 254, 256, 262, 265, 271, 277, 287, 290, 300, 304, 312, 314, 316, 318, 326, 343, 350, 363, 371-2, 377, 379, 381, 392, 395, 397, 399, 415, 422, 436

Rubén K., 200, 216, 221, 233, 269, 296, 313, 336, 338, 402, 426

Rulfo, Juan, 40, 179, 194, 247, 256, 277

Russell, Bertrand, 369

Rússia, 228, 249; *ver também* União Soviética

S

S. W., 229

Sabato, Ernesto, 47, 86, 128, 150, 178, 242, 294-5

Sacher-Masoch, Leopold von, 203

Sade (Sociedad Argentina de Escritores), 60, 427, 428, 430, 433

Sadovsky, 376

Sáenz, Dalmiro, 108

Saer, Juan José, 28, 36, 37, 212, 396, 441

Sainz, Gustavo, 29, 52

Salão Literário (Bueno Aires, 1837), 86

Salas, Horacio, 261

Salas, Lauro, 166

Salgán, Horacio, 87

Salinger, J. D., 117, 187, 289, 292

Salustro (gerente da Fiat), 313

Same Door, The (Updike), 208

Samurai, O (filme), 135

San Blas, ilha (Panamá), 209

San Fernando (Argentina), 168, 170, 203, 346

San Francisco (Califórnia), 130, 164

San Telmo (Buenos Aires), 108, 270, 336, 374

Sánchez, J. C., 313

Sánchez, Néstor, 19, 124, 196, 212, 266

Sanguineti, Edoardo, 144, 149

Santa Fe (Argentina), 385, 389, 391, 396

Santo da espada, O (filme), 185

Santucho (guerrilheiro), 331

Sara (tia de Natalio W.), 228

Sara de Jorge, 150

Sarduy, Severo, 149, 212

Sarli, Isabel, 104

Sarlo, Beatriz, 316, 398, 413

Sarmiento, Domingo Faustino, 27, 62, 75, 164, 178, 193-4, 207, 316, 362, 385, 391

Sarquis, Nicolás, 265

Sartre, Jean-Paul, 76, 99, 103, 120, 139, 183, 187, 250, 286-7, 297, 305-6, 392, 436

Saussure, Ferdinand de, 116

Sazbón, José, 18, 23, 28, 35, 117, 141, 153, 263, 273-4, 288, 305, 327, 352, 364, 381, 409, 414-5, 417, 420, 428

Schapiro (editora), 147

Schavelzon, Willie, 140, 166, 228, 321

Schmucler, Héctor ("Toto"), 36, 42, 104, 115-7, 121, 136, 140-1, 144-5, 147, 149, 152-3, 156-8, 166, 170, 175-6, 181, 183, 185, 192, 202, 208-9, 213, 218, 224, 227, 236-9, 251, 256, 261, 263-5, 269, 277, 281, 287, 300, 305-6, 314, 318-9, 327-8, 336, 339-40, 411, 413-5, 420, 437

Schubert, Franz, 81, 263

Schumann, Robert, 263, 308

Sciarreta, Raúl, 52-3, 223, 239, 318, 326

Scorsese, Martin, 398

Sebreli, Juan José, 111, 183, 322

Seducción, La (Gombrowicz), 42

Seiguerman, Osvaldo, 297

Sem destino (filme), 296

Semanal (revista), 134

Señas de identidad (Goytisolo), 80

Sendic, Raúl, 217

"Señorita Z., La" (Del Barco), 240

Sentimental Journey Through France and Italy, A (Sterne), 36
Sergio (tio de Ricardo Piglia), 108
Serie Negra (coleção de romances de Piglia), 100, 116, 139, 151, 166, 180, 181, 225, 248, 326
Sete loucos, Os (Arlt), 362
Sexteto Mayor (grupo musical), 155, 258
Shakespeare, William, 222, 271, 283, 299, 425
Sicardi, Francisco, 319
Siete Días (revista), 150, 207, 209, 220, 254, 418, 420
Siglo XXI (editora), 151, 207, 256, 273, 305, 411, 414, 417-8, 420, 423-4, 437, 439, 441
Signorelli, Luca, 120
Signos (editora), 187, 192, 196, 199-200, 202, 207, 213, 224, 264
Silvia P., 426
Simon, Claude, 65, 103
Sinatra, Frank, 100, 112, 124
SiTraC (Sindicato de Trabajadores de ConCord), 266-7, 269, 292, 299
SiTraM (Sindicato de Trabajadores de MaterFer), 266n, 292
Situación (revista), 139
Smata (sindicato argentino), 384
Soares, Norberto, 401, 402, 413-4, 418-9, 422, 424, 428-9, 432, 436, 439-40
Sobre (revista), 187, 217
Sociedad Argentina de Escritores *ver* Sade
Solanas, Fernando, 108, 111, 281
Solano López, Francisco, 427
Sombras do mal (filme), 161
"Sombrio dia de justiça, Um" (Walsh), 197
Somigliana, 212, 316
"Sonata a Kreutzer, A" (Tolstói), 253
Sopro do coração, O (filme), 313
Soriano, 317, 385, 430, 441
Sosnowsky, Saúl, 376
Soto, Máximo, 395, 414
Speroni, José, 207
Stagnaro, Juan José, 432
Stanislavski, Constantin, 351
Steimberg, Oscar, 163, 181, 183, 409
Steiner, George, 109, 120, 294

Stendhal, 36, 291, 379, 408, 411
Sterne, Laurence, 36, 124, 208
Stevenson, Robert Louis, 106
Stivel, D., 203, 232-3
"Strange Comfort Afforded by the Profession" (Lowry), 229
Strega (prêmio literário italiano), 83
Strick, Joseph, 209
Styron, William, 425-6
"Suave é a noite" (Piglia), 61, 79, 348, 405
Sudamericana (editora), 374, 428
"Suicídio de um pai" (projeto de Piglia), 24, 31, 116, 287, 363, 369, 386, 404
Sun Also Rises, The (Hemingway), 129
Sur (revista), 46, 142
Susana I., 154, 314
Szichman, Mario, 140, 281, 288, 307, 315, 365, 395, 397, 418, 420, 435, 438
Szpunberg, Alberto, 133, 159, 226, 395, 419

T

T. N., 185
Taco Ralo, guerrilha de (Argentina), 69, 85, 102, 271
Talesnik, Ricardo, 212, 316
Tandeter, 256
Tanechka (neta de Tolstói), 131
Tânger (Marrocos), 101
"Tarde de amor" (Piglia), 61, 405
Tarsitano, Carlos, 295
Taxi Driver (filme), 398
Tchecoslováquia, 165, 226, 251
Tchékhov, Anton, 232
Tcherkaski, Osvaldo, 207, 209, 220, 275, 277, 285, 300
Teatro Alvear (Buenos Aires), 69
Teatro Apolo (Buenos Aires), 100
Teatro La Potra (Buenos Aires), 339
Teatro Liceo (Buenos Aires), 203
Teatro Sha (Buenos Aires), 149; *ver também* Hebraica (Buenos Aires)
Tel Quel (revista), 115, 123, 176
Temperley (Argentina), 178
Temps Modernes, Les (livraria de Buenos Aires), 81

Temps Modernes, Les (revista), 366-7
Teoria do romance (Lukács), 199, 248
Terán, Oscar, 201
Thomas, Dylan, 150
Thompson, Jim, 214
"Through the Panama" (S. W.), 229
Tiempo Contemporáneo (editora), 29, 101, 105, 116, 120, 123, 147, 149, 154, 162, 180, 196, 201, 223-4, 228, 246, 254, 276-8, 280, 286-7, 400, 424
Tiempo, César, 245
Tierra de nadie (Onetti), 40
Tigre (Argentina), 282, 286-7, 289, 292-4, 343, 393, 406
Tin Man, The (Hammett), 119-20
Tito (remador), 293-4
"Tlön, Uqbar, Orbis Tertius" (Borges), 22
"Todos os fogos o fogo" (Cortázar), 98
"Todos os verões" (Conti), 93
Tolstáia, Alexandra (filha de Tolstói), 38, 132, 253
Tolstáia, Sofia (esposa de Tolstói), 113, 188
Tolstói, Liev, 37-8, 42-3, 48, 54, 78, 83, 108, 113-4, 120, 128-9, 131, 145, 165, 168, 188-9, 205, 232, 235, 253, 282-3, 294
Tolstói ou Dostoiévski (Steiner), 120, 294
Tomachevski, Boris, 82
Tony Rome (filme), 124
Torre Nilsson, Leopoldo, 135, 185-6, 236, 245
Totem e tabu (Freud), 191
Toto *ver* Schmucler, Héctor ("Toto")
Trabalho crítico (projeto de Piglia), 374
Traição de Rita Hayworth, A (Puig), 34, 42, 126, 142, 203, 249, 411
"Transeunte, O" (McCullers), 296
Treblinka (confirmar autor), 26
Trejo, Mario, 159
Trelew (Argentina), 331, 333
Três tristes tigres (Cabrera Infante), 233, 262
Tretiakov, Sergei, 237, 248, 263, 329
Tretiakov, Sergio (pseudônimo de Ricardo Piglia), 51, 102
Tristana (amante de Ricardo Piglia), 16, 302-3, 306-11, 337, 341, 379-80, 384, 405, 415, 423, 426-7, 433, 437

Tristram Shandy ver Life and Opinions of Tristram Shandy, Gentleman, The (Sterne)
Troilo, Aníbal, 87, 356
Tropezón, El (hotel em Tigre), 393
Trótski, Leon, 185, 222, 225-6, 317, 405
Truffaut, François, 203
Tucumán (Argentina), 68, 243, 250, 254, 290, 385, 389, 391
Tula, 317, 420
Tumba, La (José Agustín), 96
Tupamaros (grupo guerrilheiro uruguaio), 132, 166, 217, 220
Turguêniev, Ivan, 48, 205
Turim (Itália), 62, 74-5, 88, 98, 126, 224, 385
Turquestão, 43
Tyniánov, Iúri, 248, 263

U

"Última curda, La" (canção), 87
Último round (Cortázar), 180
Último suspiro, El (filme), 126, 278
Ulysses (Joyce), 60, 73, 96, 209, 273, 295, 362
Ulysses (filme), 209
Under the Volcano (Lowry) ver *À sombra do vulcão*
União Soviética, 19, 146, 165, 216, 226, 251, 257-8, 265, 329, 342, 405, 410; *ver também* Rússia
Unión (bar), 372
Universidad de La Pampa, 387, 399
Universidad de La Plata, 81, 255, 322, 325
Universidad de México, 321
Uno más Uno (revista), 219
Uno por uno (revista), 236, 240
Updike, John, 208, 213, 255
Urondo, Francisco, 179, 262, 281, 359
Urquiza, Justo José de, 202, 342, 400
Uruguai, 132, 175, 220, 286

V

Valéry, Paul, 96, 123
Vallese, Felipe, 51, 211
Vandor, 154

Varela, Héctor Benigno, 156
Vargas Llosa, Mario, 65
Vargas, Otto, 360
Varsóvia, 228
Vázquez, Manolo, 141
Vázquez, María Esther, 106
Venezuela, 266, 395, 418, 435
Vento vermelho (Chandler), 320
Verbitsky, Horacio, 97, 147
Verde Olivo (revista cubana), 262
Vermelho e o Negro, O (Stendhal), 36, 291
Verne, Júlio, 137
Verón, Eliseo, 201, 205, 260, 274, 277
"Viagem de núpcias" (Pavese), 75
Viagem sentimental (projeto de Piglia), 423
Vian, Boris, 397
Vicky (amiga de Ricardo Piglia), 73, 80, 330-1, 345
Vida breve, A (Onetti), 40, 200, 375, 388
Videla, Jorge Rafael, 430, 442
Vidrinho, O (Gusmán), 325, 327, 345, 387, 414
Vietnã, 18, 213, 277, 318, 383
Villa Devoto (Buenos Aires), 364
Viñas, David, 13, 18-9, 33, 38, 43, 46-8, 51-3, 56, 62, 64-6, 69-70, 75, 78, 80-1, 83, 93-4, 99, 101, 134-7, 139, 144-9, 153-6, 158-9, 161, 163-6, 168-70, 172, 174-6, 178, 180-1, 184-90, 192, 194-6, 198-204, 206-7, 209, 212, 214-6, 222, 226-30, 232-3, 237-8, 243-4, 251, 254-5, 257, 262, 264-7, 269, 272, 274, 278, 281-2, 285, 290, 292, 294-5, 297, 299-300, 305-7, 309, 313-7, 319-20, 322-6, 330, 332, 335, 340, 354, 359-60, 376, 378-81, 385, 395-6, 405, 407, 424, 426-30, 433, 437
Viñas, Ismael, 20, 52-3, 65, 70, 75, 81, 98, 101, 175, 181, 186, 192, 200, 228, 237, 317, 322, 341
Virgílio, 362
Vista da ponte (Miller), 351
Vogelius, 415
Von Ficker, Ludwig, 165
Vonnegut, Kurt, 213
Voz Proletaria (jornal), 251
Vuelo (revista), 277

W

Wallace, George, 315
Walsh, Rodolfo, 26, 37, 52, 75, 93, 98, 102, 104, 111, 136-7, 140, 159, 178, 188, 197, 207, 218, 230, 241, 246, 251, 262, 272, 274, 281, 305, 320, 363
Wassermann, 209
Weaver, Miss, 208
Weekend (filme), 237
Weiss, Peter, 299
Welles, Orson, 109, 161
Wernicke, Enrique, 93, 429
Wilder, Billy, 280
Wilderness, Sigbjorn, 150, 229-30
Williams, Tennessee, 263
Wittgenstein, Ludwig, 145, 165, 282-3, 369, 372, 387, 391
Wolfe, Thomas, 60
Woolf, Virginia, 128, 270, 429

X

X, Malcolm, 197

Y

Yates, Donald, 436
You're Lonely When You're Dead (Chase), 92
"Yvette" (canção), 436

Z

Z. (primo de Ricardo Piglia), 135
Zaguri (cantor argentino), 100
Zanetti, Susana, 336
Zárate (Argentina), 152
Zimmermann, 429

© Heirs of Ricardo Piglia c/o Schavelzon
Graham Agencia Literaria, 2019
www.schavelzongraham.com

Todos os direitos desta edição reservados à Todavia.

Grafia atualizada segundo o Acordo Ortográfico da Língua
Portuguesa de 1990, que entrou em vigor no Brasil em 2009.

capa
Pedro Inoue
imagem da capa
Arquivo do autor
composição
Marcelo Zaidler
preparação
Silvia Massimini Felix
índice onomástico
Luciano Marchiori
revisão
Valquíria Della Pozza
Tomoe Moroizumi

Dados Internacionais de Catalogação na Publicação (CIP)
——
Piglia, Ricardo (1941-2017)
Os anos felizes: Os diários de Emilio Renzi: Ricardo Piglia
Título original: *Los diarios de Emilio Renzi: Los años felices*
Tradução: Sérgio Molina
São Paulo: Todavia, 1ª ed., 2019
464 páginas

ISBN 978-65-80309-01-6

1. Literatura argentina 2. Diários
I. Molina, Sérgio II. Título

CDD 868.9932
——
Índice para catálogo sistemático:
1. Literatura argentina: Diários 868.9932

todavia
Rua Luís Anhaia, 44
05433.020 São Paulo SP
T. 55 11. 3094 0500
www.todavialivros.com.br

fonte
Register*
papel
Munken print cream
80 g/m²
impressão
Ipsis